Eric Malpass

Morgens um sieben ist die Welt noch in Ordnung

Rowohlt

Eric Malpass

Wenn süß das Mondlicht auf den Hügeln schläft

Rowohlt

Morgens um sieben ist die Welt noch in Ordnung
Deutsch von Brigitte Röseler
Übertragen nach der
bei William Heinemann Ltd., London, 1965
unter dem Titel *Morning's at Seven*
erschienenen Originalausgabe

Wenn süß das Mondlicht auf den Hügeln schläft
Deutsch von Margret Schmitz
Übertragen nach der
bei William Heinemann Ltd., London, 1967
unter dem Titel *At the Height of the Moon*
erschienenen Originalausgabe

Schutzumschlag- und Einbandentwurf
von Werner Rebhuhn
(Foto Peter Langenbach)

1.–20. Tsd. der Sonderausgabe März 1972
21.–34. Tsd. der Sonderausgabe April 1972

Deutsche Gesamtauflage 1 500 000 Exemplare

Deutsche Gesamtauflage 880 000 Exemplare

ISBN 3 498 09277 4

Morgens um sieben ist die Welt noch in Ordnung

Für Michael und Janet
Heather und Rosemary

Pippas Lied

Das Jahr ist im Lenz,
Der Tag neugeborn;
Morgens um sieben
Die Hügel betaut,
Die Lerche im Blau,
Die Schnecke am Strauch
Gott ist im Himmel
In Ordnung die Welt

Robert Browning

I

Morgendämmerung und ein Himmel wie kalter Haferbrei. In den Winkeln des Daches noch ein paar Flecken nassen Schnees.

In dem großen, weitläufigen Haus lag die Familie im sonntagmorgendlichen Winterschlaf, eingekuschelt gegen die Kälte und den kommenden Tag.

Aber Gaylord war gegen Kälte unempfindlich. Der junge Gaylord Pentecost war gegen die meisten Dinge unempfindlich. Gleich nach dem Aufwachen hopste er erst mal ein bißchen auf dem Bett herum. Als ihm das langweilig wurde, zog er die Schlafanzughose auf seine nicht vorhandene Taille herauf und machte sich auf eine Besuchstour durch das Haus.

Zuerst war Opa an der Reihe. In seinem Zimmer war es noch dunkel. Gaylord zog die Vorhänge auf.

Die Vorhänge hingen an Messingringen. Wenn andere sie zurückzogen, klapperten sie wie Kastagnetten. Wenn Gaylord sie zurückzog, klang es wie eine Maschinengewehrsalve.

Opa öffnete nicht einmal die Augen. «Verschwinde, zum Teufel noch einmal», sagte er.

Opa wirkte unter der Bettdecke wie ein massiver, kleiner runder Berg. Gaylord nahm einen Anlauf und landete mitten auf dem Berg. «Ich bin ein Ritter», schrie er. «Und du bist mein Schlachtroß.»

«Ich bin kein Schlachtroß», sagte Opa. «Ich bin ein alter Mann, der seine Ruhe haben will. Herrgott noch mal.»

Neugierig berührte Gaylord mit dem Finger eins der faltigen Augenlider. Er schob das Lid nach oben und betrachtete nachdenklich das gelbe, unheilverkündende Auge. Er ließ das Lid wieder herunterklappen. «Soll ich dir eine Tasse Tee machen?»

«Wenn du recht lange dazu brauchst, ja», sagte Opa. Gaylord kletterte von ihm herunter. «Geht wie der Blitz», antwortete er vergnügt.

«Bitte, laß dir Zeit», sagte Opa.

Gaylord spazierte weiter zu Großtante Marigold. «Willst du eine Tasse Tee haben?» schrie er von der Tür her.

Aber Großtante Marigold, deren Hörapparat neben der Brille und den falschen Zähnen auf dem Nachttisch lag, verhielt sich mucksmäuschenstill und stellte wieder einmal fest, daß bei solchen Gelegenheiten ihre Taubheit kein Leiden war, sondern sich als Segen und himmlische Zuflucht entpuppte.

Gaylord begab sich zu Tante Rosie. Tante Rosies längliches, blasses Gesicht wirkte auf dem weißen Kissen nur wie ein gelblicher Fleck. Beim Anblick ihres Neffen wurde es keineswegs fröhlicher. «Was liest du denn da?» fragte Gaylord.

«Ein Buch.»

«Wie heißt es?»

«‹*Psychopathologie des Alltags*›», sagte Tante Rosie. «Bist du jetzt klüger?» fragte sie mürrisch.

Wie Kohlen in eine Schütte purzelten die Silben in Gaylords Gehirn und lagen dort in wildem Durcheinander. Er trat dicht an das Bett heran und spähte Tante Rosie über die Schulter.

«Sind Bilder drin?»

«Nein», sagte Tante Rosie.

«Wovon handelt es denn?»

«Von Psychopathologie», sagte Tante Rosie. «Im täglichen Leben», fügte sie belehrend hinzu.

Gaylord zog versuchsweise an ihrer Bettdecke. «Darf ich in dein Bett kommen?»

Mit Tante Rosie ging urplötzlich eine Veränderung vor sich. Wie eine in die Enge getriebene Katze krümmte sie sich zusammen. Ihre Lippen spannten sich über den Zähnen. Sie umklammerte ihr Buch wie ein Radfahrer die Lenkstange, wenn er ohne Bremse bergab rast. «Ausgerechnet in der einzigen Stunde am Tag, in der ich vor dieser verflixten, verrückten Familie Ruhe habe, mußt du hier reinkommen! Raus jetzt und laß mich weiterlesen. Geh zu Becky. Sie hat bestimmt gern jemand bei sich im Bett, selbst dich.» Vor Erregung zitternd, starrte sie in ihr Buch.

Gaylord betrachtete sie interessiert. Das hatte er schon oft bei ihr erlebt. Man unterhielt sich ganz normal mit Tante Rosie, und plötzlich tat sie, als wolle sie einen anspringen. Sehr interessant. Natürlich wußte er, woran das lag. Das hatte er von Opa gehört. Er kletterte auf das Fußende des Messingbetts. Es hatte wohl nicht viel Sinn, länger hierzubleiben. «Willst du eine Tasse Tee?» fragte er.

Tante Rosie gab keine Antwort. Gaylord nahm sich vor, Tante Becky zu besuchen.

Tante Becky war wie Erdbeeren mit Sahne, ganz Rüschen und Spitzen. Gaylord hatte Tante Becky gern. Er war so gut wie entschlossen, sie zu heiraten, wenn er erst einmal groß war. Jetzt zupfte er probeweise an ihrer Bettdecke. «Schlüpf rein», sagte Tante Becky.

Er schlüpfte hinein. Tante Becky war warm und weich und roch gut. Gaylord war weder warm noch weich. Es ist, als habe man einen großen Frosch im Bett, dachte Becky. «Wo warst du denn schon überall?» fragte sie.

«Bei Tante Rosie.»

«Und was hat sie getan?»

«Gelesen.»

Tante Becky schien amüsiert. «Was denn?»

Gaylord dachte an den Haufen Silben. «Psychologo ... irgendwas mit Lokomotive», sagte er auf gut Glück.

«Großer Gott.»

«Und dann wurde sie ganz komisch.»

«Komisch?»

«Ganz verdreht. Ich glaube, sie wollte mich nicht bei sich haben.»

«Arme Rosie», murmelte Becky faul und zufrieden.

Jetzt fand Gaylord es an der Zeit, Opas Diagnose anzubringen. «Sind ihre verflixten Nerven», sagte er.

Tante Becky warf den Kopf zurück und lachte. Zwischen ihren weißen Zähnen konnte Gaylord die kleine rosa Zunge sehen. Er streckte einen Finger vor und berührte sie. «Was hast du denn gemacht?» fragte er.

«Geträumt.»

«Wovon?»

«Von Männern», erwiderte Becky und rekelte sich genußvoll. Ziemlich langweiliger Traum, fand Gaylord. «Willst du eine Tasse Tee?» fragte er.

«Das wäre himmlisch.»

Gaylord krabbelte aus dem Bett, zog wieder seinen Schlafanzug hoch und trabte zur Tür.

«Geht wie der Blitz», verkündete er. Dann ging er zu Mummi und Paps.

Zu seiner Verwunderung lag Mummi allein im Bett. «Mummi, wo ist denn Paps?» fragte er.

«Auf dem Dachboden», sagte Mummi.

Gaylord ging zum Toilettentisch und spielte mit den Sachen herum, die dort lagen. «Warum ist Paps auf dem Dachboden, Mummi?» fragte er.

«Weil er ein Schuft ist und wir wieder einmal verschiedener Meinung waren», sagte Mummi.

«Worüber denn?» fragte Gaylord.

«Über Geld», antwortete Mummi.

Gaylord kletterte auf den Dachboden. Paps lag dort eingewickelt in einen Wust von Armeewolldecken auf einem Feldbett und sah aus wie eine ägyptische Mumie, deren Verpackung sich gelöst hat. Verzweiflungsvoll suchte er, sich schlafend zu stellen.

«Warum schläfst du denn auf dem Dachboden, Paps?» fragte Gaylord.

«Ich schlafe ja gar nicht», sagte Paps. «Ich *habe* geschlafen, aber man hat mich brutal geweckt.»

Sanfte Vorwürfe gehörten auch zu den Dingen, gegen die Gaylord unempfindlich war. «Es muß doch ziemlich kalt sein auf dem Dachboden», sagte er.

«Ist es auch», sagte Paps. «Saukalt.»

«Mummi schien es sehr gemütlich zu haben», sagte Gaylord. «Willst du eine Tasse Tee?»

«Bitte», sagte Paps und drehte sich zur Wand.

Voller Eifer begab sich Gaylord an sein karitatives Werk. Unten in der Küche drehte er erst einmal den Kaltwasserhahn weit auf. Dann preßte er den Finger unter die Hahnöffnung. Köstlich spritzte das Wasser durch die Küche und über Gaylord. Er betrachtete seinen triefenden Schlafanzug und strich im Geiste Mummi von der Teeliste. Allmählich entwickelte er einen sechsten Sinn dafür, worüber Mummi sich aufregen würde. Eigentlich hatte er für Mummi nicht sehr viel übrig. Sie waren zu oft verschiedener Meinung.

Er suchte ein Sammelsurium von Tassen und Untertassen zusammen, stellte sie auf ein Tablett und füllte die Tassen zur Hälfte mit einem Brei aus Zucker und Milch. Dann setzte er den großen Kessel auf den Gasherd.

Das Wasser brauchte lange. Gaylord begann sich zu langweilen. Mummi hatte ihm einmal von einem kleinen Jungen erzählt; der hatte, als das Wasser kochte, einen Löffel über die Kesseltülle gehalten und so die Dampflokomotive erfunden. Als das Wasser endlich kochte, probierte Gaylord das aus. Der Deckel flog durch die Gegend. Was das mit einer Dampflokomotive zu tun hatte, war Gaylord unklar, aber er beschloß, eines Tages etwas Eigenes zu erfinden; nur daß die Dampflokomotive bereits erfunden war und ihm im Moment nichts anderes einfiel, was er hätte erfinden können, machte das Ganze so kompliziert.

Er kippte ein Viertelpfund Tee in die Kanne. Als vorsichtiges Kind drehte er das Gas ab und ließ den Kessel erst ein bißchen abkühlen, ehe er den Tee aufgoß. Schließlich war alles fertig, und die Tassen konnten gefüllt werden. Oben auf dem Tee schwammen so viele Blätter, daß das Erzeugnis eigentlich eher wie Kräutersauce als wie Tee aussah; aber er fand, das mache nichts aus. Mit dem Tablett beladen, stapfte er die Treppe hinauf.

Die erste Tasse brachte er Opa, der einen Blick auf das höllische Gebräu warf und schauderte. «Ich laß ihn besser noch ein bißchen abkühlen», sagte er.

«Er *ist* kühl», sagte Gaylord.

Er ging zum Fenster und sah hinaus. Es war ein eisiger Novembertag: wie ein Kranker, der zwar atmet, aber nichts sieht und fühlt, sondern unbeweglich daliegt, würde der Tag dahindämmern, bis die winterliche Dunkelheit das Land wieder gnädig verhüllte. Dann würde er sterben; ungeliebt, unbetrauert, fast unbemerkt. «Paps hat nicht bei Mummi geschlafen», sagte Gaylord.

«Schön dumm von ihm», sagte Opa.

Gaylord trug die frohe Botschaft weiter zu Großtante Marigold. Trotz ihrer Taubheit besaß Großtante Marigold großes Geschick darin, alles, was sie interessierte, genau zu verstehen. Auch jetzt fuhr sie in die Höhe wie eine Tote in ihrem Sterbehemd am Auferstehungstag. «Gott steh uns bei», rief sie. «Warum denn nicht?»

«Sie waren verschiedener Meinung», erklärte Gaylord.

Dann trollte er sich zu Tante Rosie, steckte den Kopf durch die Tür und fragte: «Wolltest du nun eigentlich Tee haben oder nicht?»

Tante Rosie zuckte krampfhaft zusammen, starrte auf ihr Buch und gab keine Antwort.

«Paps hat nicht bei Mummi geschlafen», sagte Gaylord.

Die Wirkung auf Tante Rosie war erstaunlich. Sie streckte die Arme aus und rief: «Ach, mein armes Lämmchen.»

Gaylord fragte sich, warum er plötzlich ein armes Lämmchen sein sollte. Dann aber fiel ihm ein, daß er noch eine Pflicht zu erledigen hatte, und brachte Tante Becky eine Tasse Tee.

«Hat Rose auch eine bekommen?» fragte sie.

«Sie wollte anscheinend keine», sagte Gaylord.

Tante Becky lächelte. Auch zu Paps trug Gaylord eine Tasse. Paps warf nur einen Blick darauf und drehte sich dann wieder zur Wand. «Ich hab Opa und allen andern erzählt, daß du hier oben bist», sagte Gaylord, während er nachdenklich an dem Glasauge einer ausgestopften Eule herumspielte.

«Du bist ein Goldkind», sagte Paps.

«Ist der Tee gut so?»

«Köstlich. Du hast doch nicht aus Versehen Schierling genommen?»

«Ich glaube nicht», sagte Gaylord und überlegte, in welcher Dose Mummi wohl den Schierling aufbewahren mochte. «Ich geh mich jetzt anziehen.»

«Gute Idee», sagte sein Vater dankerfüllt.

Wie die Winterschläfer beim ersten Lockruf des Frühlings regten sich jetzt die Mitglieder der Familie. Mit einem Seufzer legte Tante Rosie ein ledernes Lesezeichen in ihre Psychopathologie, zog sich einen Morgenrock über das schlichte Nachtgewand, sah in den Spiegel, erschauderte und trat auf den Korridor hinaus. Sie drückte eine Türklinke nieder. Besetzt. Leicht gereizt klopfte sie. «Bin gleich fertig», rief Gaylord fröhlich von drinnen.

Tante Becky zog über ihren spitzenverzierten Schlafanzug ein duftiges Negligé, lächelte ihrem Spiegelbild anerkennend zu und trat auf den Flur hinaus. Besetzt. Sie trommelte an die Tür. «Bin gleich fertig», rief Gaylord fröhlich von drinnen.

Die nächste war Mummi. «Gaylord, wenn du den ganzen Vormittag da drin hockst, mußt du in Zukunft draußen aufs Klo gehn.»

Gaylord seufzte. Das Klo draußen mochte er gar nicht. Es hatte ein großes tiefes Loch, und er wußte genau, daß er eines Tages da hineinfallen und in das Meer hinausgeschwemmt werden würde. «Bin gleich fertig», rief er.

Opa kratzte sich an der Brust und fuhr dann gähnend in seine langen gelblichen Unterhosen. Sonntag, dachte er. Und die ganze verdammte Familie um einen herum. Rosie und Becky, die sich wie zwei Katzen belauern. Dieser Narr Jocelyn, der mit einer so verdammt hübschen Frau wie May nicht schlafen will. Und Gaylord! Und die Novemberkälte, die überall in das große Haus eindringt.

Opa war untersetzt, breitschultrig und kräftig gebaut. Wie eine knorrige Eiche. Er lächelte selten und lachte nie, obwohl ihn oft ein heimliches verstecktes Lachen zu schütteln schien, das aber niemals ganz an die Oberfläche drang. Bis zu seinem sechzigsten Lebensjahr war er Notar gewesen. Dann war er in den Ruhestand getreten, hatte sich endlich den langerträumten Landsitz gekauft und versuchte nun, in seine letzten Jahre die Erfüllung eines ganzen Lebens hineinzupressen. Er war grantig, halsstarrig, voller Vorurteile und überaus sentimental. Als er sich jetzt rasierte, schimpfte und fluchte er vor sich hin, während die Klinge über sein graubestoppeltes Kinn fuhr. Er band seine Krawatte zu einem dicken Knoten, zog sein Jackett über und erschien unten am Frühstückstisch.

Alle saßen da und warteten. Er grunzte und entfaltete den ‹*Observer*›, wobei er die Literaturbeilage ostentativ auf den Boden warf. Er hatte es der Zeitung nie verziehen, daß sie sich «wie eine verdammte intellektuelle Amöbe» in zwei Teile spaltete. Er hielt diese Zeitung nur aus Verehrung für den verstorbenen J. L. Garvin; sonst hätte er längst den ‹*Telegraph*› abonniert.

Zufrieden stellte er fest, daß Jocelyn ein Schafsgesicht machte. May wirkte spröde und gefaßt. Becky glich, wie stets, einem Kätzchen, das an der Sahne geschleckt hat. Und Rose – Rose glich dem feuchten, verhangenen, freudlosen Novembertag.

Gaylord, dem plötzlich einfiel, daß er ein armes Lämmchen war, brach in Tränen aus. «Was hat der Bengel denn, zum Teufel», erkundigte sich Opa.

«Da hast du allen Grund zu fragen», sagte Tante Rosie düster.

«Verflucht noch mal, das tu ich ja.»

Tante Rosie warf Mummi und Paps einen bedeutungsvollen Blick zu. «Vielleicht können uns seine Eltern Auskunft geben», sagte sie.

Paps schüttete sich aus einem Glasröhrchen zwei Aspirintabletten auf die Handfläche, schluckte sie hinunter und sah ganz elend aus.

«Wenn ihr schon aufeinander keine Rücksicht nehmt, so denkt wenigstens an das Kind», sagte Rose.

«Mein Ei ist faul», sagte Gaylord, der keine Lust mehr hatte, ein armes Lämmchen zu sein und Eier verabscheute.

«Ihr habt ja keine Ahnung, welche Zerstörung ein Schock wie der von heute morgen in einem kindlichen Gemüt anrichten kann», erklärte Tante Rosie.

«Das einzige, was sein kindliches Gemüt zerstören könnte, wäre ein Sherman-Panzer», sagte Opa. «Und selbst dann ist es noch nicht raus, wer dabei auf der Strecke bliebe.»

«Mein Ei stinkt wie die Pest», sagte Gaylord.

«Gaylord!» Mummis Stimme klang scharf.

«Freud erklärt eindeutig ...» begann Tante Rosie.

Opa hieb auf den Tisch und brüllte: «*Dieser* Kerl!»

«Was für ein Kerl?» fragte Tante Rosie.

«Freid», erwiderte Opa.

«In meinem Ei sitzt ein Küken», sagte Gaylord.

Großtante Marigold mischte sich ein. «Also Rose, du weißt doch genau, daß dein Vater verboten hat, den Namen Freid beim Frühstück zu erwähnen.»

Rose trommelte mit ihren Fäusten auf den Tisch. «Müßt ihr ihn denn immer Freid nennen», kreischte sie hysterisch.

«Jetzt geht das schon wieder los», sagte Opa. Er stand auf, schleuderte seine Serviette hin und verließ das Zimmer. Weinend eilte Großtante Marigold ihm nach. «Rose, was hast du nur wieder angestellt. Jetzt verkriecht er sich den ganzen Tag grollend hinter den ‹*Observer*›.»

Mummi sah Rose an. «Also», sagte sie angriffslustig. «Worauf willst du hinaus?»

Rose blickte besorgt zu Gaylord hinüber. Aber der war, ein Auge zukneifend, ganz damit beschäftigt, sein Ei zu inspizieren. Sie sagte: «Ich meine, daß du Jocelyn gezwungen hast, auf dem *Dachboden* zu schlafen.»

«Hat sie gar nicht», sagte Paps. «Mir wurde es zu bunt, und da bin ich gegangen.»

«Unsinn, ich hab dich rausgeschmissen und dir dein Nachtzeug nachgeworfen.»

Paps erhob sich. «Wenn jetzt schon mein Nachtzeug ins Gespräch kommt ...» Er zuckte die Schultern und verließ ebenfalls das Zimmer.

«Ich kann seinen Schnabel sehen», verkündete Gaylord.

2

Rose war ein nettes Mädchen. Sie unterrichtete in der Stadt an der Schule beim Gaswerk. Der Lehrerberuf lag ihr nicht sonderlich. Obwohl sie einzelne ihrer Schüler ganz gern hatte, fand sie Kinder im allgemeinen schrecklich. Sie hielt sie für unaufrichtig, verdorben und grausam. Sie war schon dreißig, und die Säuerlichkeit eines drohenden Altjungferntums machte sich bereits bemerkbar. Heute war sie besonders gereizt, weil sie eine Eröffnung machen mußte, die sie in den Brennpunkt des allgemeinen Interesses rücken würde. Während des ganzen Frühstücks hatte sie versucht, den Mut für ihre Ankündigung aufzubringen. Aber, wie alles, was in dieser Familie geschah, hatte sich auch die Sache mit Gaylord zu einer Lawine entwickelt. Also mußte sie es jetzt beim Mittagessen loswerden. Länger konnte sie es nicht mehr aufschieben.

Sie schluckte krampfhaft, errötete und nahm einen ersten Anlauf: «Ich habe ...»

«Ruhe, verdammt noch mal», fauchte Opa, weil er beim Bratenschneiden an einem kritischen Punkt angelangt war, der seine ganze Aufmerksamkeit erforderte.

Rose verstummte. O Gott, ist das die Sache wert? dachte sie.

Opa beendete das Hackwerk der Verstümmelung. Rose nahm einen neuen Anlauf und verkündete: «Ich habe jemanden zum Abendessen eingeladen.»

Jetzt ist es heraus, dachte sie. Nun gibt es kein Zurück mehr.

Zu ihrer Überraschung erfolgte keinerlei Reaktion. Becky fragte völlig desinteressiert: «Wer ist es denn? Kenne ich sie?» Für Becky waren Roses Freundinnen alle gleich: Sie trugen Tweedkostüme, waren überspannt und gerade noch eben als weibliche Wesen erkennbar; sie lachten viel, ohne wirklich Humor zu haben, und diskutierten höchst ernsthaft über Kunst und Literatur ohne eigene Vorstellungen und ohne Verständnis. Nicht, daß Becky einen Pfifferling für Kunst oder Literatur gegeben hätte. Aber sie merkte sofort, wenn sich jemand bloß wichtig tun wollte.

Jetzt mußte Rose Farbe bekennen. «Es ist ein Mr. Roberts. Er unterrichtet in den Oberklassen», erklärte sie.

«Rose!» Beckys Augen glitzerten vor Amüsement und Neugier. «Ein Mann!»

Großtante Marigolds Hörapparat funktionierte ausgezeichnet. Bei wichtigen Nachrichten allerdings verlangte sie eine besondere Bestätigung. «Was hat sie gesagt, John?» fragte sie.

«Daß sie einen Kerl zum Abendessen eingeladen hat», dröhnte Opa.

«Hört, hört.» Großtante Marigold strahlte und gluckste. «Rose auf Liebespfaden. In ihrem Alter.»

«So ist es ja gar nicht», sagte Rose hitzig.

«Ist er Tante Rosies Liebhaber?» fragte Gaylord, der in seinem Brei von Bratensauce und Kartoffelpüree herumrührte.

Roses bleiches Gesicht hatte die unangenehme Farbe von dunklem Purpur angenommen. «Bobs ... Mr. Roberts ... ist nur ein Freund von mir. Wir ... wir interessieren uns beide für Psychologie. Mehr nicht.» Sie stotterte weiter: «Da gibt's ... nichts Albernes.»

«Ich finde Sex keineswegs albern», sagte Becky im Brustton der Überzeugung.

«Also jedenfalls ist nichts zwischen uns», sagte Rose.

Gaylord sah aus dem Fenster. «Es wird immer nebliger», bemerkte er. «Ich geh jede Wette ein, daß Tante Rosies Liebhaber, wenn er kommt, hier übernachten muß. Dann schläft er bei ...»

«Gaylord!» rief Mummi, die zwar nicht wußte, was er sagen wollte, aber das Schlimmste befürchtete.

«... bei Paps auf dem Dachboden», fuhr Gaylord fort, der sich nicht so leicht mattsetzen ließ.

«Ich schlafe nicht auf dem Dachboden», sagte Paps.

«Wirklich nicht, mein Lieber?» fragte Mummi zuckersüß.

Aber Rose sah ängstlich aus dem Fenster. Gaylord hatte ganz recht. Der Nebel kam herangezogen wie eine Besatzungsarmee, stieg aus den grauen Feldern und wallte über die Wiesen. Wenn Bobs nun tatsächlich nicht kam. Wie dumm stand sie dann da. Die Familie würde sich ein Fest daraus machen. Es war einfach ungerecht. Beckys junge Männer wurden nie aufgehalten. Die brausten in ihren Sportwagen daher, schnell und selbstsicher wie junge Adler, oder sie kamen auf schweren Motorrädern angedonnert. Aber Bobs, der in seinem alten Morris durch die Windschutzscheibe blinzelte ... Bobs war leider ganz anders. Lieber Gott, laß ihn kommen, betete sie. Wenn er nicht kam, würde sie vor Scham und Liebeskummer einfach sterben.

«Wird immer dichter», verkündete Gaylord strahlend. «Ich wette, Tante Rosies Liebhaber findet überhaupt nicht her.»

«Ach, halt den Mund», fuhr Tante Rosie ihn an.

Der Sonntagnachmittag war nichts für Gaylord. Alle machten ein Schläfchen. Er beschloß, sich zu verkrümeln.

Er schlüpfte in den Hinterhof hinaus und wurde sofort vom Nebel verschluckt.

Gaylord liebte den Nebel. Es wäre sicherlich ganz leicht, überlegte er, darin verlorenzugehen. Die ganze Familie würde ihn mit Sturmlampen suchen und schließlich seinen kleinen, steifen, kalten Körper finden, nur wenige hundert Meter vom Haus entfernt. Bei diesem Gedanken kamen ihm fast die Tränen.

Das Tageslicht verging bereits. Unter den Bäumen, die wie lauernde Riesen emporragten, bildeten sich Schatten, die aussahen wie dunkle Tümpel. Gaylord schlenderte den Heckenweg hinunter. Im Grunde wußte er genau, wie schwer es war, verlorenzugehen. Aber ein Versuch konnte nichts schaden.

Er kam zu seinem Lieblingsplatz, einem alten, von Bäumen überhangenen Steinbruch, auf dessen Grund ein Gewirr von Silberbirken, abgestorbenen Oleanderzweigen und Brombeerranken wucherte, an denen vereinzelt noch dürre Beeren hingen. Hier war der Nebel am dichtesten. Totenstille.

Gaylord stampfte durchs Dickicht. «Hallo, Gaylord», rief eine sanfte, freundliche Stimme.

Gaylord erschrak zu Tode, ließ sich aber nichts anmerken. Er blieb stehen.

«Was machst du denn hier?» fragte die Stimme.

Gaylord spähte umher. Durch den Nebel hindurch lächelte ihm ein bleiches Vollmondgesicht entgegen. «Ach, Willie. Ich wußte gleich, daß du es bist», sagte Gaylord ungeheuer erleichtert.

«Ziemlich neblig», sagte Willie. «Wollen wir spazierengehen?»

Das war aufregend. Zu der Möglichkeit, im Nebel verlorenzugehen, kam noch hinzu, daß Mummi ihm den Umgang mit Willie verboten hatte. Willie hatte nicht alle Tassen im Schrank. Gaylord kannte sonst keine Menschenseele, die nicht alle Tassen im Schrank hatte, und es war wieder einmal typisch Mummi, daß sie ihm gerade den Umgang mit einem so faszinierenden Wesen verbot.

Willie streckte seine große Pranke aus und nahm Gaylord bei der Hand. Sie zogen los.

«Ziemlich still, nicht?» sagte Willie.

Er hatte recht. Kein Vogelruf, kein einziger Laut. Einmal schimmerte durch die Dämmerung ein sanfter gelber Schein, aber sie ließen ihn hinter sich. Stille, Nebel, der von nassem, vergilbendem Gras gesäumte, feuchte Weg. Und sonst nichts auf der ganzen weiten Welt.

Sie gingen weiter. Der gesunde Menschenverstand, der bei Gaylord immer auf der Lauer lag, schob sich energisch in sein Bewußtsein. «Glaubst du, daß wir uns schon verlaufen haben, Willie?» fragte er und hielt inne.

«Ja», sagte Willie und umklammerte seine Hand noch fester.

Gaylord stemmte die Füße auf den Boden. «Ich geh jetzt zurück», erklärte er.

Willie zerrte an seiner Hand. «Du hast ja bloß Angst», sagte er.

«Nein, hab ich nicht» erwiderte Gaylord.

Schweigend kämpften sie auf dem verlassenen Weg. Aber Willie war achtzehn und sein Körper wesentlich stärker als sein armer, schwacher Verstand. Gaylord konnte sich nicht losreißen. «Muß dir was zeigen», lockte ihn Willie.

«Was denn?»

«Warte, bis du's gesehn hast», sagte Willie.

Vielleicht hatte Willie einen vergrabenen Schatz entdeckt. Mürrisch ging Gaylord ein Stückchen weiter. Aber plötzlich war der Nebel wie von Geräusch durchtränkt. Das Geräusch wurde lauter. Der Nebel vor ihnen begann zu leuchten und verdichtete sich zu zwei trüben gelben Augen. Quietschend hielt das Auto. «Gaylord», rief eine Stimme.

«Andermal», sagte Willie und verschwand im Nebel.

Gaylord ging auf den kleinen roten Sportwagen zu und spähte hinein. Enttäuscht stellte er fest, daß es sich um keine

Suchaktion handelte. Es war nur einer von Tante Beckys jungen Männern. «Gaylord, willst du einsteigen und mir den Weg zeigen?» fragte er höflich.

«Wenn Sie möchten», sagte Gaylord großzügig und kletterte hinein. Fünf Minuten später landete er unbemerkt wieder im Schoße der Familie.

Wenigstens glaubte er das. Mummi blickte ihn plötzlich scharf an und fragte: «Wo warst du?»

«Draußen», erklärte Gaylord lammfromm.

«Wo draußen?»

«Nur so draußen», sagte Gaylord. Mit teuflischer List wechselte er das Thema. «Ist Tante Rosies Liebhaber schon gekommen?»

Damit erreichte er genau, was er wollte. «Mr. Roberts kommt erst zum Abendessen», zischte Tante Rosie, und der Sportwagenmensch, glücklich und händchenhaltend mit Becky auf dem Sofa, spitzte die Ohren und fragte: «Nanu, Rosie? Bist du etwa ein stilles Wasser?»

«Ich wette, er kommt nicht», sagte Gaylord. «Ich mache jede Wette, daß er nicht kommt.»

«Na schön.» Tante Rosies Stimme klang eisern beherrscht. «Dann kommt er eben nicht.»

«Der Nebel wird dicker und dicker und dicker», sagte Gaylord. «Ich wette, daß er einen Unfall baut, wenn er es doch versucht.»

«Vielleicht liegt er bereits in einer Lache von geronnenem Blut», sagte Tante Rosie aufgebracht.

Gaylord dachte nach. «Was ist geronnen?» fragte er.

«Dickes Blut. Dick und klebrig.»

«Geronnen», wiederholte Gaylord. «Geronnen, geronnen, geronnen.» Ein herrliches Wort. Es gefiel ihm. Er würde es sich für die Zukunft merken. Dann fiel ihm etwas anderes ein. «Ich wette, daß Tante Beckys junger Mann heute hier übernachten muß. Er schläft dann bei . . .»

Opa schleuderte den *‹Observer›* auf den Fußboden. «Hörst du jetzt endlich auf, zu entscheiden, wer in diesem Haus bei wem schläft?»

Gaylord war beleidigt. «Ich hab doch nur gesagt ...»

«Hör auf damit.»

Nun wandte sich Gaylord an Tante Beckys jungen Mann. «Paps hat heute nacht auf dem Dachboden geschlafen», sagte er beiläufig. «Er war mit Mummi verschiedener Meinung.»

Dunkelheit und Nebel umschlichen und umschlossen das Haus immer dichter. Drinnen jedoch tanzte das Kaminfeuer, und die Familie fand sich zum Sonntagabend zusammen. Becky und ihr junger Mann hielten Händchen und kicherten ab und zu. Rose, den aufgeschlagenen Freud auf den Knien, tat, als lese sie, sobald sie sich von einem Familienmitglied beobachtet glaubte, starrte sonst aber nur vor sich hin. Opa arbeitete sich noch immer durch die Mammutseiten des *‹Observer›* hindurch. Mummi nähte an einem Treppenläufer. Großtante Marigold, Paps und Gaylord vertrieben sich die Zeit mit Nachdenken.

Großtante Marigolds betagtes Gedächtnis war wie eine unberechenbare Zeitmaschine; es führte sie aus der Gegenwart in längst vergangene Tage, von vergessenen, unseligen Begebenheiten zum morgigen Mittagessen. Leider brachte sie allmählich immer öfter durcheinander, was gerade dran war. Manchmal saß noch Victoria auf dem Thron, manchmal war es Elizabeth. Manchmal pflegte sie Umgang mit alten Jugendfreunden, und sie erschienen ihr wirklicher als die Menschen ihrer jetzigen Umgebung. Manchmal war Gaylord wirklich Gaylord, manchmal jedoch war er Paps vor dreißig Jahren, als die Welt noch jung und voller Süße schien und der Sommer noch länger zu verweilen pflegte und nicht, wie heutzutage, nur eine unfreundliche Übergangszeit zwischen Frühling und Herbst war.

Paps saß, mit der Feder in der Hand, meditierend vor jungfräulich weißem Papier. Wie die meisten Humoristen war er melancholisch und grüblerisch veranlagt. Wie die meisten Humoristen hätte er lieber den *‹Hamlet›* geschrieben, wäre ihm der Barde nicht zuvorgekommen – eine Tatsache, die ihn immer wieder mit Groll gegen den Dichterfürsten der englischen Literatur erfüllte. In seinem Unterbewußtsein schwelten Konflikte und tragische Ironie. Aber er hatte immer witzig zu sein. Mehr war ihm nicht gegeben. «Lache, Bajazzo, lache», murmelte er grimmig und begann zu schreiben.

Gaylords kleine Vorstellungswelt schmurgelte glücklich vor sich hin. Zunächst einmal war da Willies verborgener Schatz, Anlaß zu endlosen Spekulationen. Was Mummi auch immer dazu sagen mochte, er wollte bei nächstbester Gelegenheit Willie aufstöbern. Und dann war da der höchst erregende Gedanke an Tante Rosies Liebhaber. Und dann die Frage, warum Tante Becky und dieser junge Mann es so schön fanden, Händchen zu halten. Und schließlich der bevorstehende Kampf gegen das Zubettgehen. Jeden Augenblick konnte Mummi, so wie er sie kannte, plötzlich sagen: Gaylord «Zu Bett», und dann mußte er zur Gegenoffensive gerüstet sein. Er ging ans Fenster, zog den Vorhang beiseite und preßte seine Nase gegen das kalte Glas. «Es wird immer schlimmer und schlimmer», stellte er fest.

«Zu Bett, Gaylord», sagte Mummi.

Beleidigt drehte er sich um. «Es ist nicht mal sechs Uhr», rief er ungläubig und erstaunt.

«Aber in einer Minute», sagte Mummi.

«Die Uhr geht vor», sagte Gaylord.

«Also los, räum deine Sachen weg.»

Das war wieder so eine Eigenart von Mummi. Völlig ungerührt setzte sie sich über logische Argumente hinweg. «Opa hat gesagt, sie geht vor», maulte Gaylord.

«Ja, vor einer Woche», sagte Opa.

Blitzschnell dachte Gaylord nach. «Also, wenn sie vor einer Woche schon vorging, dann geht sie jetzt noch mehr vor.»

«Ich hab sie längst gestellt», sagte Opa.

Keinerlei Unterstützung. Gaylord wechselte die Taktik. «Jetzt kommt Tante Rosies Liebhaber bestimmt nicht mehr», sagte er.

«Zu Bett», wiederholte Mummi.

Gaylord verkündete das Resultat seiner Überlegungen. «Entweder hat er keine Lust zu kommen oder er hat einen Unfall gehabt.»

«Oder beides», murmelte Paps vom Schreibtisch her.

Gaylord strahlte. Diesen Topf konnte er vielleicht am Kochen halten. «Ja, wenn er einen Unfall gehabt hat, kann er gar nicht kommen, weil er im Krankenhaus liegt, ganz vollgeronnen.»

«Oder tot», sagte Paps.

«Ich zähle jetzt bis zehn», erklärte Mummi. «Eins, zwei ...»

«Kann ich nicht noch aufbleiben und Tante Rosies Liebhaber sehen?»

«Drei. Vier. Du hast doch gerade eben gesagt, er kommt nicht mehr.»

«Aber Mummi, er *könnte* doch kommen ...»

«Herzlichen Dank», sagte Rosie verbittert.

«Fünf. Sechs. Gleich ist es soweit, Gaylord.»

Verzweifelt strengte Gaylord sein Gehirn an. Sein Blick fiel auf Tante Becky und ihren jungen Mann. «Warum halten du und Paps nicht auch Händchen?» fragte er.

«Zehn», zählte Mummi. «Zu Bett.»

Gaylord wußte genau, wann er verloren hatte. «Gute Nacht zusammen», sagte er forsch und gab den Kampf auf. Tante Rosie bekam einen nicht sehr enthusiastischen Kuß,

Tante Becky einen genüßlichen, Mummi und Paps einen flüchtigen und Opa einen leidenschaftlichen, allerdings weniger aus Zuneigung, sondern weil Gaylord das Kratzen von Opas Bartstoppeln so gern mochte.

Als die Tür sich hinter ihm geschlossen hatte, seufzte alles erleichtert auf; während das Feuer im Kamin gemütlich brannte, senkte sich nun der Abend auf sie nieder.

Ich gebe ihm noch Zeit bis halb sieben, dachte Tante Rosie. Wenn er dann noch nicht erschienen ist, verschwende ich keinen einzigen Gedanken mehr an ihn.

Um halb sieben dachte sie: Er könnte doch noch kommen. Vielleicht ist er im Nebel nur falsch abgebogen und verspätet sich deshalb. Um sieben warf sie Becky einen Blick zu und dachte: Warum hat sie immer einen jungen Mann an der Hand? *Die* werden nie aufgehalten. Aber wenn ich zum erstenmal einen Mann zum Abendessen einlade, muß ihn natürlich der Nebel aufhalten. Und dabei bin ich schon dreißig, und es wird höchste Zeit.

Um acht hatte sie nur noch den einen Wunsch, daß der Abend rasch zu Ende gehe. Sonst genoß sie das Wochenende als eine Unterbrechung des Schulbetriebes. Aber heute sehnte sie sich nach ihrer Schule, wo sie den lieben Bobs wiedersehen würde.

Zeit zum Abendessen. Alle gingen hinüber. Zu ihrer großen Erleichterung erwähnte keiner den leergebliebenen Stuhl. Endlich durfte sie in ihr Zimmer hinaufgehen. Sie sah aus dem Fenster. Der Nebel hing vor den Scheiben wie eine schmutziggraue Felddecke. Die Welt draußen war leer und leblos. Der ganze Tag war leer gewesen, leer wie die Vergangenheit und leer wie die Zukunft. Wenn Bobs sie liebte, wirklich liebte, dann wäre er gekommen, auch tausend Meilen hätten ihn nicht geschreckt. Jetzt aber wußte sie die Wahrheit.

3

Nachdem der Nebel seine schmutzige Arbeit verrichtet hatte, faltete er wie die Araber seine Zelte zusammen und stahl sich über Nacht davon. Der Montagmorgen war hell und freundlich, als sei der Kalender plötzlich zum September zurückgeschnellt. Im Hof sang ein Vogel; ein letzter Freudenausbruch vor dem Schweigen des Winters. Gaylord wachte auf und rannte sofort zu Mummi und Paps. Aber sie waren ihm zuvorgekommen. Sie waren beisammen und bereits angezogen. Sie lächelten ihm voller Milde entgegen. «Auf der Jagd nach Neuigkeiten?» fragte Paps.

Gaylord war ziemlich gekränkt. Sie wollten ihn also nicht mehr ins Vertrauen ziehen. «Hat Paps auf dem Dachboden geschlafen?» fragte er.

Wieder lächelten sie ihn an. Dann lächelten sie einander zu. Sie schwiegen. Gaylord zog ab. Sein Interesse erlahmte. Er verbrachte eine nachdenkliche halbe Stunde, eingeschlossen auf dem Klo. Dann wanderte er in die Dorfschule, wo er den Lehrstoff mühelos in sich aufnahm wie ein Schwamm, der sich mit Wasser vollsaugt.

Tante Becky wurde in einem grünen Sportwagen abgeholt und flitzte in die Stadt, wo sie ihre Arbeit als Privatsekretärin mit Charme und überraschender Tüchtigkeit verrichtete.

Tante Rose strampelte grimmig auf einem alten, klapprigen Fahrrad die zwei Meilen bis zum Bahnhof. Sie würde Bobs wiedersehen. Ungeduldig hockte sie im kalten Zweiter-Klasse-Abteil auf der Kante der Sitzbank, während der Zug schnaubend durch den hellen Morgen zuckelte. Gleich würde er in den Bahnhof einfahren. Vielleicht, dachte sie, vielleicht steht Bobs auf dem Bahnsteig und holt mich ab. Er hatte das noch nie getan. Aber heute war es etwas anderes. Erklärungen, Entschuldigungen und verzeihende Worte waren im Lehrerzimmer nicht gut möglich. Sie streckte den Kopf zum Fenster hinaus. Der Bahnsteig war leer. Sie hastete in die Schule. Der Zug hatte Verspätung gehabt, und als sie endlich ankam, waren die anderen Lehrer bereits in ihren Klassenzimmern, wo sie den allwöchentlichen Kampf wieder aufnahmen, gleichgültigen, widerspenstigen Kinderhirnen das Beste einzutrichtern, was je gedacht oder geschrieben worden war. Sie traf Bobs erst in der großen Pause.

Er stand mit dem Langweiler Symons am anderen Ende des Lehrerzimmers. Als er sie sah, blickte er beiseite. Schließlich arbeitete er sich aber doch durch den überfüllten Raum bis zu ihr hindurch. «War das nicht eine Gemeinheit», sagte er. «Du hast hoffentlich nicht auf mich gewartet.»

«Gott behüte, nein», antwortete sie.

«Bei so einem Wetter kriegt man J. R. Roberts nicht auf die Straße», sagte er. «Dafür ist ihm seine Haut zu kostbar.»

«Es wäre auch wirklich töricht gewesen.»

«Töricht! Das kann man wohl sagen!» Er lächelte vertraulich auf sie herab. «Nicht mal der Königin von England zuliebe wäre ich gestern abend aus dem Haus gegangen.»

«Vielleicht hast du Lust, nächste Woche zu kommen», schlug sie vor und spielte nervös mit einem Drehbleistift.

«Okay», sagte er. «Wenn du für besseres Wetter garantierst.»

«Ich werde mein Bestes tun», erwiderte sie leichthin, obwohl ihr fast das Herz brach. Sie senkte die Stimme. «Bobs, ich war so enttäuscht, daß du nicht kommen konntest.»

«Ja, aber wir können das englische Klima nun mal schlecht ändern, nicht wahr?»

Da klingelte es. Sie lächelte ihn matt an. «Ich muß zurück zu den Kindern.»

«So ist es», sagte er. «Zurück in die alte Tretmühle.» Er klopfte seine Pfeife aus.

Sie konnte sich noch immer nicht losreißen. «Also dann nächsten Sonntag», sagte sie, «wenn nichts dazwischenkommt.»

«Wenn nichts dazwischenkommt», sagte er abwesend, während er seine Bücher zusammensuchte. Er ging hinaus, und sie spürte deutlich, daß er sie bereits vergessen hatte.

«Komm gleich nach Hause», hatte Mummi befohlen, und Gaylord gehorchte auch, fast. Nur einen ganz kleinen Umweg über den alten Steinbruch machte er.

Der helle Morgen hatte sein Versprechen nicht gehalten. Um die Mittagszeit hatte sich hoch oben eine dünne Wolkenschicht der Sonne genähert und sich langsam herabgesenkt, den Sonnenschein erst verschleiert, dann ganz ausgelöscht und schließlich einen kalten Frost über die klamme Erde gebreitet. Die unsichtbare Sonne senkte sich dem Untergang entgegen, und als Gaylord den Steinbruch erreichte, lag bereits Dämmerung schwer über dem Land. Gaylord stapfte ins nasse Unterholz. Und da stand auch Willie, müßig und selbstverständlich wie ein Baum.

«Du wolltest mir doch was zeigen?» fragte Gaylord.

«Du wolltest ja nicht mitkommen», sagte Willie.

«Jetzt will ich aber.»

Willie bewegte sich träge. «Na, dann komm», sagte er. Sie marschierten los.

Über einen feuchten Fußweg gingen sie auf den Fluß zu. Sie verließen den Weg und bogen in einen von hohen Buchsbaumhecken gesäumten Pfad ein, auf dem Brennesseln und

Sauerampfer moderten. Dann gelangten sie zu den sumpfigen Wiesen.

Die Wolken hatten sich in diesen letzten Augenblicken des Tages auseinandergezogen, über dem strudelnden Fluß lag ein schwaches, wässeriges Licht, es fiel auf die verwitterten Steine einer alten Fischerhütte. Dorthin lenkte Willie seine Schritte. Wieder erklang in Gaylords Kopf eine warnende Glocke. «Wohin gehen wir?» fragte er zögernd.

«Da drinnen ist es», sagte Willie.

Gaylord hörte nicht auf die warnende Glocke. Das war genau der richtige Ort für verborgene Schätze. Sie traten in die baufällige Hütte. Aus dem geborstenen Steinfußboden trieben Baumschößlinge und Grasbüschel hervor, das Dach war im Lauf der Jahre eingesunken. Da war ein Herd mit einem rußigen, zerbrochenen Rost. Willie sah Gaylord plötzlich voller Mißtrauen, fast feindselig an. Er packte ihn beim Arm. «Versprich, daß du keinem was verrätst», sagte er.

«Versprochen», sagte Gaylord und vollzog ein kunstvolles, geheimes Ritual, bei dem er sich bekreuzigte, ausspuckte und die Augen verdrehte.

Willie ging auf den Rost zu. Er riß eine Schicht von vertrocknetem Gras weg. Gaylord trat neben ihn und spähte erwartungsvoll darauf. Dort lag in einem Nest von Zweigen und Blättern das Schönste, was Gaylord je gesehen hatte. Es funkelte und glänzte sogar in diesem Dämmerlicht. Ehrfürchtig hob Willie es heraus. Gaylord starrte es begierig an. «Was ist das?»

«Ein Briefbeschwerer», sagte Willie.

«Wofür?»

«Weiß nicht.» Zärtlich ließ Willie seine dicken weißen Finger über das glatte Glas gleiten, betrachtete liebevoll das Bild des Rathauses von Leeds, das darin, wie eine Fliege im Bernstein, eingeschlossen lag. «Laß es mich auch mal in die Hand nehmen», bat Gaylord.

Ganz vorsichtig gab Willie es ihm. Es war mächtig schwer, eine große glatte Kugel aus Glas, in die das hübsche Bild eingeschlossen war. Es war wunderbar, die Kugel anzufassen, wunderbar, sie anzuschauen. Gaylord war hingerissen. Doch plötzlich riß Willie sie ihm grob, aber geschickt aus der Hand. Er legte sie an ihren Platz zurück, deckte sie ehrfürchtig, wie ein Priester die geweihten Gefäße, zu und sah sich wieder mit der merkwürdigen Mischung aus Argwohn und Mißtrauen nach Gaylord um. «Wetten, daß du es jemandem verrätst?»

«Bestimmt nicht», sagte Gaylord. Er wiederholte das Ritual.

«Ich wollte, ich hätt es dir nicht gezeigt», sagte Willie. Plötzlich verzog sich sein bleiches, schwabbeliges Gesicht zu einem Weinen. «Du wirst jemand davon erzählen, und dann nehmen sie es mir weg», schniefte er.

«Ich tu's bestimmt nicht, Willie», beteuerte Gaylord.

Willie hob eine Hand und wischte sich die Tränen ab. Er machte ein verschlagenes Gesicht. «Ich mach dich tot, wenn du's tust», erklärte er schlicht und überzeugend.

Gaylord lief ein wohliger Schauer den Rücken hinunter. Aber er steckte scheinbar gelassen die Hände in die Hosentaschen und fragte beiläufig: «Hast du schon mal jemand getötet, Willie?»

Willie öffnete den Mund und wollte antworten. Dann trat wieder der Ausdruck halbirrer Verschlagenheit in sein Gesicht. «Los, komm», sagte er nur und zerrte Gaylord unsanft aus der Hütte, dem Dorfe zu, dessen gelbe Lichter bereits in der Dämmerung schimmerten.

Gaylord gab sich sorglos und pfiff durch die Zähne, als er, die Hände in die Hosentaschen, zu Hause ankam. Mummi brauchte ihn nur anzusehen. Und sie fragte sofort: «Hallo, was hast du wieder angestellt?»

«Gar nichts», sagte Gaylord gekränkt. Seine Stimme und sein Gesicht waren ein einziger Vorwurf.

«Dafür hast du aber ziemlich lange gebraucht.»

«Wofür?»

«Gar nichts zu tun.»

«Ich bin in der *Schule* gewesen», beteuerte Gaylord.

«Ich meine, was du danach getan hast.»

Gaylord machte ein erstauntes Gesicht. «Ich bin nach Hause gegangen.»

«Dann mußt du aber wirklich sehr langsam gegangen sein.»

Er humpelte mit schmerzverzerrtem Gesicht durch die Küche. «Hab was am Bein», sagte er. «Die Lehrerin meint, es ist vielleicht gebrochen.»

Sie warf ihm einen Blick zu, der ihm gar nicht behagte. «Hast du etwa mit Willie gesprochen?» fragte sie vorwurfsvoll.

Mummi war wirklich ekelhaft argwöhnisch. Gaylord war immer wieder betroffen davon, er sah darin einen schwerwiegenden Charakterfehler. Seine blauen Augen sahen sie voll gekränkter Unschuld an. Aber es war merkwürdig mit Gaylord: Schwindeleien und Ausflüchte waren für ihn das tägliche Brot, aber wenn es um eine richtige, faustdicke Lüge ging, meuterte sein Gewissen. «Nicht direkt gesprochen», sagte er.

«Also, was dann direkt?» fragte Mummi und wirkte dabei größer als zwei Meter. Aber jetzt hatte Gaylord sie mit Erfolg vom geraden Weg der Wahrheit oder der Lüge weggelotst und die weitverschlungenen Pfade der Vermutungen und Halbwahrheiten erreicht. «Er sagte: ‹Guten Abend, Gaylord›, und ich sagte: ‹Guten Abend, Willie›.» Seine Stimme nahm wieder einen beleidigten Tonfall an. «Ich konnte doch nicht nicht ‹Guten Abend, Willie› sagen, wenn er ‹Guten Abend, Gaylord› gesagt hatte, oder?»

«Und was geschah dann?» fragte Mummi.

«Dann bin ich nach Hause gekommen», antwortete Gaylord. Das war er schließlich ja auch. Hier stand er, um es zu beweisen.

«Geradewegs nach Hause?» bohrte Mummi weiter.

Manche Menschen konnten sich mit einer schlichten Erklärung einfach nicht zufriedengeben. «Beinahe», sagte Gaylord und hatte das Gefühl, als hätte er damit die Schleusen zu einer Flut von Fragen geöffnet.

Zu seiner Überraschung drang Mummi nicht weiter in ihn. Statt dessen setzte sie sich, legte ihm die Hände auf die Schultern, sah ihn ganz ernst an und sagte: «Gaylord, du sollst mit Willie weder reden noch dich mit ihm treffen. Damit ist es mir sehr ernst.»

«Aber warum denn, Mummi?»

Schweigen. Dann: «Ich weiß es nicht, Gaylord, ich weiß es wirklich nicht», sagte Mummi, es klang fast so, als ob sie mit einem Erwachsenen spräche. «Ich hab einfach das Gefühl, es ist nicht ... ratsam.»

«Nur weil er nicht alle Tassen im Schrank hat?»

«So etwas sagt man nicht», meinte Mummi, «aber ... ja, ich glaube deshalb.»

Mummi machte ein sehr nachdenkliches Gesicht, und Gaylord fand den Augenblick für ein Ablenkungsmanöver günstig. «Ist Tante Rosies Liebhaber gekommen?» fragte er.

«Du mußt es mir versprechen», sagte Mummi.

«Was denn versprechen?» fragte Gaylord, als wüßte er von nichts.

«Dich nicht mit Willie zu treffen.»

Schnell vollzog er sein Geheimritual. «Gaylord», schrie Mummi voller Entsetzen. «Laß mich das ja nur nicht noch einmal sehen.»

«'tschuldige, Mummi», sagte Gaylord zerknirscht und begriff im gleichen Augenblick, daß er damit eigentlich gar nichts versprochen hatte und daß Mummi das auf keinen Fall merken durfte.

«Die Lehrerin sagt immer, ‹Gut Ding hat gut Weil, und ein Pups ist kein Pfeil.›»

«Du sollst solche Worte nicht in den Mund nehmen», erwiderte Mummi.

Jetzt steuerten sie weg von Willie, auf die offene See hinaus. «Die Lehrerin sagt das auch immer», sagte Gaylord.

Mummi seufzte. Wenn die Lehrerin nur die Hälfte der Dinge sagte, die Gaylord berichtete, mußte sie eine recht sonderbare Person sein. «Gibt es nicht bald Tee?» fragte Gaylord und vergrößerte damit den Abstand zwischen ihnen und Willie um einige weitere Meilen.

«Er hat sich wieder mit Willie getroffen», sagte Mummi. «Aber er hat mir versprechen müssen, es nicht wieder zu tun.»

«Hast du's schriftlich?» fragte Paps.

«Ich glaube, man kann ihm schon trauen, wenn er etwas versprochen hat.»

«Wenn er's versprochen hat. Aber bist du auch ganz sicher, daß er das getan hat, ohne sich ein kleines Hintertürchen offenzulassen?»

Mummi dachte nach. «Ich glaube, ja. Aber woher soll ich oder jemand anders schon wissen, was in diesem kleinen vertrackten Gehirn vor sich geht?»

Das war in der Tat eine berechtigte Frage. «Willie ist vermutlich ohnehin vollkommen harmlos», sagte Paps.

«Ich weiß nicht», sagte Mummi. «Er hat ein sehr nettes Lächeln, das muß ich zugeben, und er scheint so sanftmütig. Trotzdem bekomme ich bei ihm immer eine Gänsehaut. Ich kann mir vorstellen, daß er zu fast allem fähig ist.»

Freitagabend, und wieder war eine langweilige und enervierende Woche vorbei. Rose traf Bobs gerade, als er sein Fahrrad aus dem Schuppen holte. Sah es nicht einen Augenblick so aus, als ob er sich ertappt fühlte? Aber sie hielt sich nicht zurück. «Sehen wir dich am Sonntag?» fragte sie.

«Oh. Ach ja. Ehrlich gesagt, ich bin noch nicht *ganz* sicher...»

«Mach es doch möglich», sagte sie und wußte, daß sie das nicht hätte sagen sollen. Je mehr man sie jagte, desto schneller liefen sie einem davon. Aber wenn man es nicht tat, verlor man sie auch. Ein wahrer Teufelskreis, ein Problem, mit dem Mädchen wie Rose nicht fertig wurden, das es aber für Mädchen wie Becky überhaupt nicht gab.

Er war jünger als Rose, hatte glattes schwarzes Haar und einen korrekten kleinen schwarzen Schnurrbart. Sein Anzug saß etwas zu knapp, die Krawatte war etwas zu lebhaft, die Schuhe waren etwas zu spitz und sein Lächeln viel zu bewußt. Aus seiner Brusttasche ragten, wie Zahnstummel, ein Sortiment Federhalter und Bleistifte hervor. Für die meisten Männer war er eine recht kümmerliche Erscheinung, Rose hingegen schmolz vor Liebe. «Mach es doch möglich», sagte sie noch einmal.

«Okay», sagte er mürrisch. «Ich werde mein Bestes tun. Gegen acht?»

Sie hätte am liebsten sechs gesagt. «Komm, wenn du kannst, doch ein bißchen früher», sagte sie dann.

«Gut. Viertel vor.» Er schenkte ihr noch ein schnelles, nichtssagendes Lächeln und schwang sich dann aufs Rad. Er wird kommen, dachte Rose ohne eigentliche Freude. Sie fühlte sich gedemütigt, ohne zu wissen, warum. Natürlich war es nicht Bobs' Schuld. Sondern ihre eigene, weil sie sich so erniedrigt hatte. Aber mußte sie es nicht tun? Sonst würde er nicht kommen, und die Welt so leer sein wie immer.

Aber an diesem Sonntag sah Rose von einer Ankündigung

ab. Sie brachte es einfach nicht fertig. Wenn Bobs kam, war es noch früh genug – wenn er überhaupt kam. Gespannt wie ein an der Kette liegender Hund wartete sie in nervöser Angst. Um sieben hörte sie etwas. Ein Auto kam den Weg herauf, die Auffahrt herauf, dann hielt es. Rose erhob sich halb, wobei sie sich mit zitternden Händen an den Hals griff. Aber Becky sagte in bestimmtem Ton: «Klingt wie Peter» und eilte zur Haustür.

Es war Peter. Sie kamen lachend und händchenhaltend herein. Rose hätte die beiden umbringen können.

Sie war fast am Ende ihrer Nerven. Abendessen gab es um halb acht. Sie hatte sich nicht getraut, Bobs das mitzuteilen, und stand nun vor der schrecklichen Alternative, entweder um Verschiebung des Abendessens bitten und erklären zu müssen, warum, oder es darauf ankommen zu lassen, daß Bobs mitten in die Mahlzeit hineinplatzte und alles drunter und drüber ging.

Fünf Minuten vor halb, und kein Bobs. Aber noch lag Opa schnarchend unter dem *‹Observer›*, und solange Opa schlief, gab es kein Abendessen. Lieber Gott, laß ihn bloß nicht aufwachen, betete sie und verhielt sich mucksmäuschenstill. Aber um Punkt halb acht tauchte Opa unter der Zeitung auf, blickte unheilvoll umher und fragte: «Na, gibt es heute abend noch was zu essen oder nicht?»

«Können wir nicht noch ein paar Minuten warten?» sagte Rose tapfer. «Vielleicht kommt Mr. Roberts.»

«Wer?» bellte Opa.

«Mr. Roberts. Erinnerst du dich, er wollte schon letzte Woche kommen, aber ...»

«Aber er tat 's nicht. Und es sieht ganz so aus, als ob er auch diese Woche nicht käme.» Mühsam stand Opa auf.

«Er sagte, er würde wohl erst etwas später kommen können», sagte Rose unglücklich.

Die baumstammdicken Beine gespreizt, ließ sich Opa wieder nieder. Er schielte auf seine Uhr. «Geben wir ihm noch fünf Minuten», sagte er.

Fünf Minuten vergingen. Opa ließ den Deckel seiner Uhr zuschnappen, erhob sich und wandte sich dem Eßzimmer zu. «Ich lasse mir jedenfalls durch diesen legendären Mr. Roberts nicht meinen Haushalt durcheinanderbringen», erklärte er. «Jetzt wird gegessen.»

Das taten sie auch. Sie waren gerade bei Roastbeef mit kalten Beilagen angelangt, als es draußen unbekümmert und gebieterisch klopfte.

Rose sprang wie elektrisiert auf. «Langsam, Mädchen, langsam», rief Becky, die jede Sekunde genoß. «Überschlag dich nur nicht gleich.»

Rose verminderte ihre Geschwindigkeit von acht auf vier Stundenkilometer, ging hinaus und öffnete die Tür. «Hallo, Bobs», sagte sie schüchtern. «Es tut mir leid, aber wir haben schon mit dem Essen angefangen.»

Leicht pikiert antwortete er: «Ich dachte nicht, daß ich zu spät dran sei.»

«Bist du auch nicht», sagte sie hastig. «Es ist nur so, daß Vater . . .» Sie wußte nicht weiter. «Komm, gib mir deinen Mantel.»

Er ließ sich, noch etwas blinzelnd, ins Eßzimmer führen. «Das ist Bobs», sagte sie.

«Ist das dein Liebster, Rose?» fragte Großtante Marigold glückstrahlend.

«Das würde ich nicht sagen», verwahrte sich Mr. Roberts lautstark. Er war der Meinung, daß jeder über fünfundsechzig taub und beschränkt sei.

«Und das ist May. Und mein Bruder Jocelyn. Meine Schwester Becky.» Becky lächelte gewinnend. «Peter. Und das ist mein Vater.»

Opa erhob sich höflich, verbeugte sich und setzte sich wieder. Trotzdem gelang es ihm, dabei recht deutlich werden zu lassen, daß er jeden, der so verwegen war, ihn bei Roastbeef mit Beilagen zu stören, haßte. Er aß weiter, warf nur dem Neuankömmling gelegentlich argwöhnische Seitenblicke zu, als fürchtete er, Bobs könnte ihm das Essen unter der Nase fortschnappen. Aber schließlich siegte die Höflichkeit. «Rückt doch noch einen Stuhl heran», sagte er kauend.

Ein guter Vorschlag. Nur gab es leider keinen Stuhl mehr, und selbst wenn es einen gegeben hätte, so war doch nicht Raum genug, ihn heranzuziehen, da die Familie in geschlossener Phalanx um den Tisch saß.

Rose, die vor Aufregung weder klar denken noch handeln konnte, fuhrwerkte hilflos herum. «Los, rückt doch zusammen», befahl Opa, worauf alle unter ihre Stuhlsitze griffen, sich halb erhoben und nach links oder rechts rückten, wie es ihnen gerade einfiel. Langsam begannen sich die Dinge zu ordnen. Man hatte Platz gemacht. Und natürlich neben Becky. Großtante Marigold hatte einen Teller herbeigezaubert, Opa säbelte bereits ungeduldig an dem Roastbeef herum, und Rose, die allmählich wieder zu Verstand kam, holte einen Stuhl aus der Küche. Bobs setzte sich. «Pickles?» fragte Becky mit der Beflissenheit einer tscherkessischen Sklavin, die dem Sultan Konfekt anbietet.

«'kay», sagte Bobs und starrte hungrig auf seinen Roastbeef-Teller. Wenn ihm bloß jemand Messer und Gabel geben wollte, damit er anfangen könnte. Aber die Familie schien zu keinerlei Anstrengungen mehr fähig zu sein. Rose saß da und starrte ihn an. Die übrigen hauten kräftig rein, bemüht, die verlorene Zeit aufzuholen. Bobs machte Rose flehende Zeichen. Sie lächelte liebevoll. «Könnte ich ...?» begann Bobs. In diesem Augenblick öffnete sich die Tür. Gaylord stand, die Pyjamahosen wie immer auf halbmast, in der Tür und lächelte zuckersüß.

«Gaylord!» rief Mummi. «Warum bist du nicht im Bett?»

«Ich wollte mir nur Tante Rosies Liebhaber ansehen», sagte Gaylord.

«Ach, du lieber Gott», sagte Bobs. ‹Liebster› hatte ihm schon gereicht. Er fragte sich, welche Rolle sie ihm wohl in diesem Haushalt zugedacht hatten. Wenn er sich den Alten anschaute, konnte er sich sogar vorstellen, daß man ihn mit der Flinte vor den Altar trieb.

«Du solltest doch schon längst schlafen», sagte Mummi.

«Hab ich ja auch», sagte Gaylord artig. «Ich bin aber aufgewacht.»

«Na, dann sag Mr. Roberts guten Abend. Und marsch zurück ins Bett.»

«Abend», sagte Gaylord ohne großes Interesse. Er wußte nicht so recht, was er eigentlich erwartet hatte. Aber er war jedenfalls schwer enttäuscht. Mr. Roberts sah so aus wie alle andern auch.

«Abend», antwortete Bobs ebenso gleichgültig. Langsam fühlte er sich ungemütlich. Diese Rose schien der Familie ihre Bekanntschaft ja in den glühendsten Farben geschildert zu haben Er beschloß, sehr vorsichtig zu sein. Sehr, sehr vorsichtig. Und noch *immer* hatte er weder Messer noch Gabel.

Gaylord wanderte um den Tisch herum und gab, lediglich um die Zeit totzuschlagen, jedem einen Kuß. «Mr. Roberts hat sein Fleisch nicht gegessen», verkündete er.

«Schmeckt es Ihnen etwa nicht?» fragte Opa in kriegerischem Ton.

«Ich habe kein Besteck», gab Mr. Roberts fast ebenso kriegerisch zurück.

«Guter Gott», fuhr es Opa heraus. Saß da und gab keinen Ton von sich! Konnte denn jemand so blöd sein? «Nun gib ihm doch mal einer sein Eßwerkzeug», befahl er.

«Entschuldige tausendmal, Bobs.» Rose war den Tränen nahe. Sie brachte Messer und Gabel. «'kay.» Bobs gelang es, in diese abscheuliche Silbe eine Welt von Ironie hineinzulegen.

«Gaylord, ab mit dir», sagte Mummi. Wie eingleisig diese Frau doch dachte. «Ich hab Hunger», sagte Gaylord.

«Du darfst dir einen Keks nehmen.»

«'kay», sagte Gaylord.

«Was hast du gesagt?» fragte Paps drohend. Kleinere Vergehen wie Lügen oder Stehlen vermochte er allenfalls noch hinzunehmen, aber wenn sich jemand an der Muttersprache verging, inszenierte er, wie Mummi sagte, sofort seinen großen Auftritt: «Was hast du da eben gesagt?»

«'kay», erklärte Gaylord in der sicheren Gewißheit, zwei Züge vorauszusehen.

«Wie oft habe ich dir ...?» begann Paps außer sich.

«Mr. Roberts hat es auch gesagt», trumpfte Gaylord auf. Wäre er alt genug gewesen, sich auf Schach zu verstehen, hätte er ‹Matt› hinzugefügt.

«Wenn du erst mal so alt bist wie Mr. Roberts ...» begann Paps seine übliche Antwort. Gaylord blieb unbeeindruckt. Aber Mummi, wie immer die beiden dialektischen Duellanten trennend, griff sich Gaylord und schob ihn kurzerhand aus dem Zimmer. Als sie zurückkam, warf Opa ihr einen bewundernden Blick zu. «Ich ziehe das *fortiter in re* dem *suaviter in modo* vor. Wie halten Sie es, Mr. Robinson?»

«Roberts», korrigierte Bobs. «Wie bitte?»

Opa machte ein finsteres Gesicht und aß weiter. Er war nicht gewillt, seine Zeit mit langatmigen Erklärungen zu verschwenden.

Becky wandte sich Bobs zu. Sie lächelte ihn so strahlend an, daß es ihm einen Augenblick lang richtig schwindlig wurde. «Vater will damit sagen, daß er mehr für kurzen Prozeß ist.»

«Oh», sagte Bobs. «Vielen Dank.» Er lächelte zurück.

«Stets gern zu Diensten», sagte Becky wiederum strahlend. Eine Sekunde lang berührte ein entschlossenes zartes Knie das seine. Wieder ergriff ihn ein Schwindelgefühl. Er sah auf und blickte direkt in Roses Augen, die ihn vom anderen Tischende aus schmachtend ansahen. «Bobs, hast du auch alles, was du brauchst?» fragte sie.

«Ja, 'kay», sagte Bobs.

Rose zermarterte ihr Hirn, was sie noch sagen könnte, aber ihr fiel absolut nichts ein. Diese verdammte Becky, dachte sie, hat schon einen Mann und ist jetzt noch hinter meinem her. Nur weil's ihr Spaß macht. Aber Becky reagierte einfach auf jedes Mannsbild wie Benzin auf ein flammendes Streichholz. «Was haben Sie für einen Beruf, Mr. Roberts?» gurrte sie.

«Ich bin Lehrer», sagte Bobs.

«Ach, du großer Gott», ließ sich Opa vernehmen.

«Wie bitte?» fragte Bobs erschreckt.

Konnte der blöde Kerl denn nichts anderes als ‹Wie bitte› sagen? Becky schaltete sich wieder als Übersetzerin ein und erklärte: «Vater hält nicht viel von Lehrern.»

Über diese bemerkenswerte Erklärung mußte Mr. Roberts nachdenken. Rose sagte: «Kümmere dich doch nicht um ihn, Bobs. *Ich* finde, Lehrer ist ein sehr ehrenwerter Beruf.»

«Das finde ich auch», sagte Becky im Brustton der Überzeugung.

«Jedenfalls haben sie verdammt lange Ferien», ließ Peter sich zum erstenmal vernehmen. Dabei lachte er nervös.

Opa warf ihm einen säuerlichen Blick zu. «Müssen sie ja auch», meinte er. «Wie soll man sonst überhaupt jemand für diesen Job finden?»

Bobs sagte förmlich: «Schließlich gibt es auch so etwas wie Berufung, Sir.»

«Nicht bei Lehrern», erklärte Opa entschieden.

Becky sagte: «Vater, du bist ausgesprochen unfreundlich und unfair zu Mr. Roberts.»

«Ich?» Opa sah sie fassungslos an.

«Deine Manieren sind schändlich», sagte Paps, der noch immer unter dem *suaviter in modo* litt.

Opa war ehrlich entsetzt. Wenn er auf etwas stolz war, dann auf seine altväterliche Höflichkeit. Er wandte sich an Mr. Roberts: «Mein lieber Mr. Robertson. Bitte verzeihen Sie, wenn ich irgend etwas gesagt haben sollte ... ich kann mich wirklich nur entschuldigen und Sie bitten, es der Torheit des Alters zuzuschreiben.»

«Ist schon gut», sagte Bobs. «Manche Lehrer sind ja auch wirkliche Ekel.»

«Nehmen Sie noch etwas Käse», ermunterte Opa ihn. «Den Stilton kann ich sehr empfehlen.»

Endlich war die Mahlzeit zu Ende. Man zog sich ins Wohnzimmer zurück. Rose, die Becky und Peter händchenhaltend auf dem Sofa sitzen sah, dachte: Endlich, jetzt habe ich ihn für mich, denn das kleine Biest ist beschäftigt. «Bobs, komm, setz dich hierher», sagte sie glücklich und klopfte auf den Sessel neben sich.

Aber sie hatte nicht mit Opas schlechtem Gewissen gerechnet. «Mr. Robertson, kommen Sie zu mir und unterhalten Sie einen alten Mann. Was halten Sie von Burnhams Memorandum zur Lehrerbesoldung?» sagte Opa, während er einen Stuhl neben den seinen zog.

«Vielen Dank», sagte Bobs geschmeichelt.

Opa bot ihm eine Zigarre an. Der Abend verstrich. Opa und Mr. Roberts waren Feuer und Flamme füreinander. Becky lächelte zärtlich ihrem Peter zu und, wenn sie seinen Blick erhaschen konnte (was ihr ziemlich oft gelang), auch Bobs. Rose mußte sich mit dem Anblick ihres Geliebten und dem Klang seiner Stimme zufriedengeben. Großtante Marigolds Erinnerungen eilten im Pendelverkehr zwischen dem Heute und den neunziger Jahren hin und her. Mummi machte sich Sorgen wegen Willie, warum, wußte sie selber nicht. Es war eine undefinierbare Ahnung der Gefahr. Paps hatte sich in sein Reich der Träume zurückgezogen, wo er als unbestrittener König herrschte, ja, wo er Gott war, Schöpfer, Lenker, Zerstörer.

Aber um halb zehn machte Opas Gewissen Feierabend. Gähnend ließ er seine Taschenuhr aufschnappen und sagte: «Verflucht spät schon.»

Man verstand den zarten Wink. Becky und Peter erhoben sich und verließen das Zimmer. Mr. Roberts sagte: «Ja, wird Zeit, daß ich mich auf den Weg mache. Darf meinen Schönheitsschlaf auf keinen Fall versäumen.»

«Sie müssen bald wiederkommen», sagte Opa. «Habe mich prächtig mit Ihnen unterhalten.»

«'kay», sagte Bobs und stand auf. «Gute Nacht allerseits.»

«Ich komme mit und hole deinen Mantel», sagte Rose. Sie zitterte am ganzen Körper. Jetzt kam der entscheidende Augenblick, in dem dieser ganze elende Abend noch gerettet werden konnte. Sie würde ihn bis ans Auto bringen, allein in der Dunkelheit. Und dort, unter den Sternen, weit weg von der Familie, weit weg vom Klassenzimmer, wer weiß, was da geschehen konnte? Ein inniger Händedruck, ein Kuß, vielleicht sogar sein Arm um ihren schmachtenden Leib? Sie gingen in die Halle. Sie half ihm in den Mantel. «'kay», sagte er. «Bis morgen dann, in unserem alten Saftladen.»

«Ich bring dich noch ans Auto», sagte sie hastig.

Sie gingen nach draußen auf die finstere, verregnete Terrasse. «Regnet ja wie verrückt», sagte er.

Verflixt, dachte sie. «Dann müssen wir uns hier verabschieden», sagte sie mit schwankender, halberstickter Stimme. In der Dunkelheit blickte sie zu ihm auf. Sie lehnte sich an ihn. Fühlte den rauhen Tweed seines Mantels, die Wärme seines Körpers.

«Wiedersehen, Bobs», flüsterte sie mit unendlicher Zärtlichkeit.

«Na, nun ziert euch doch nicht so, ihr zwei», sagte eine fröhliche Stimme direkt neben ihr. Rose zuckte zusammen. «Becky», brachte sie heraus, und ihre Stimme klang enttäuscht, ja, haßerfüllt. «Was hast du denn hier zu suchen?»

«Knutschen, wenn dir dieser Ausdruck geläufig sein sollte», erwiderte Becky vergnügt.

Rose konnte in der Finsternis gerade noch die beiden Gesichter erkennen, ganz dicht beieinander. «Also, auf bald», sagte Bobs munter. Und mit wesentlich mehr Nachdruck: «Gute Nacht, Becky.»

«Wiedersehn», sagte Becky.

«Ich komme noch mit zum Auto», sagte Rose wild entschlossen.

«Aber du wirst ja klatschnaß.»

«Ich komme trotzdem», beharrte sie.

Aber die Stimmung, wenn sie überhaupt je vorhanden gewesen war, war jetzt dahin. Rose stand kläglich im strömenden Regen, während Bobs eilig in den Wagen sprang, die Lichter einschaltete, den Motor anließ und mit den Worten «Bis bald» winkend davonfuhr. Sie ging auf die Terrasse zurück. «Trennung ist ein süßer Schmerz», sagte Becky.

«Verdammtes Biest», sagte Rose böse und eilte ins Haus.

«Regnet es denn?» fragte Großtante Marigold überrascht.

«Es gießt», sagte Rose und rannte auf ihr Zimmer, wo die Tränen wie ein Sommergewitter aus ihr hervorbrachen.

«Wirklich nett, daß man Rose mal turteln sieht», meinte Großtante Marigold. «Ich finde es schön, wenn junge Leute glücklich sind.»

Zu ihrer großen Freude kam er am folgenden Morgen im Lehrerzimmer auf sie zu. Er lächelte sogar: «Warum hast du mir nichts davon erzählt?» fragte er mit der freundlichsten Stimme.

«Wovon, Bobs?»

«Daß du so eine pfundige Schwester hast.»

«Ach so, Becky. Ja, sie ist sehr hübsch, nicht wahr?»

«Kann man wohl sagen. Dein alter Herr ist auch sehr nett. Komisch, dabei hatte ich vor, als er anfangs so loslegte, ihm richtig die Meinung zu sagen.»

«Ich habe eigentlich wenig von dir gehabt, Bobs», sagte Rose ganz ruhig.

«Das macht nichts», erwiderte er abwesend, während er die kleine Miss Jones beobachtete, die sich nach einem Buch bückte.

«Du mußt unbedingt wiederkommen», sagte sie, bemüht, ihren Kummer nicht durch ihre Stimme zu verraten.

«Klar, unbedingt», antwortete er mit mehr Enthusiasmus, als sie je zu hoffen gewagt hatte. Aber was ging davon auf ihr Konto und was auf Beckys? Gequält dachte sie, daß sie auf diese Frage vermutlich nie eine Antwort finden würde.

4

November, Totenmonat, Allerheiligen, Allerseelen; Nebelschwaden, die wie ruhelose Geister der Verstorbenen über die Felder wallten; der hoch angeschwollene Fluß war mit gelben Blättern übersät, sickerte in morastigen Pfützen bis in die sumpfigen Wiesen; die Buchen flammten an einem Tag wie ein Freudenfeuer und standen am nächsten leblos, tot und klamm. Der Hof war voller Schlamm und brauner Pfützen, und das Gesträuch ließ trauernd Blätter und Regentropfen fallen; die Luft war weich und feucht, und die Kiefernschonung duftete süß; die frühe Dämmerung umhüllte die Hügel; auf der Terrasse lagen Gummistiefel und Plastikregenmäntel herum.

Gaylord stampfte mit seinen Gummistiefeln durch jede Pfütze, die er nur finden konnte. Zunächst hatte er beim Herumwandern die Fischerhütte, die Willies Schatz barg, nur aus der Ferne gesehen, doch allmählich zog er seine Kreise immer enger.

Die Hütte zog ihn wie ein Magnet an. Er könnte ja mal hineingehen und einen Blick drauf werfen. Aber nein. Die Hütte war Willies Reich. Ohne Willie konnte er nicht hineingehen.

Doch eines Tages fand er sich plötzlich, fast gegen seinen Willen, auf ihrer Schwelle. Wie er dahin gekommen war, wußte er selbst nicht.

Verlassen lag die weite Landschaft da. Er ging hinein.

Seit jenem Tag hatte sich die Hütte nicht verändert. Gaylords Blick suchte sofort den Ofenrost. Das Nest aus Blättern und Gras war noch da.

Ein Blick konnte nichts schaden. Er hob den Grasbelag ab und geriet in Verzückung. Es war sogar noch schöner als in seiner Erinnerung. Das Rathaus von Leeds schimmerte in einem Licht, das es weder zu Wasser noch zu Lande gab. Mit der gleichen Ehrfurcht, als wären es die Kronjuwelen, nahm er es in die Hand. Während er es berührte, es umschloß und in seine klare, durchsichtige Tiefe blickte, erfüllte ihn ein Staunen, das wohl nur ein Kind, ein Dichter oder vielleicht ein Irrer empfinden kann. Er stand da, liebkoste seinen Schatz und vergaß den alten Tyrannen, die Zeit, wie es nur ein Kind fertigbringt. Der Gedanke, daß er diesen Schatz in seinem Zimmer haben, vor dem Schlafengehen und beim Erwachen damit spielen könnte, erfüllte ihn ganz. Willie würde nie erfahren, wer ihn fortgenommen hatte. Und Willie konnte sowieso nichts ausrichten, er hatte ja nicht alle Tassen im Schrank.

Zum erstenmal in seinem Leben kämpfte Gaylord einen harten Kampf mit der Versuchung. Und siegte. Ohne zu wissen, warum. Aber irgendein tief verwurzeltes Empfinden für Recht und Unrecht kam ihm dabei zu Hilfe. Er bettete den kostbaren, betörenden Gegenstand wieder in sein Nest und ging, mit einem Gefühl der Einsamkeit und des Verlustes, nach Hause.

Der Winter schleppte sich weiter. Überall in den Städten und Städtchen Englands legten ältere ehrbare Herren (natürlich nur nüchterne und kinderliebe) weiße Bärte und rote Mäntel an und bezogen in den Warenhäusern ihre Posten. Die Hersteller von Weihnachtskarten hielten für die Intellektuellen die Anbetung der Hirten, für die alten Tanten Rotkehlchen auf Baumästen und für die rosawangigen, gintrinkenden Ex-Militärs gräßlichen, goldglitzernden

Kitsch bereit. Außerdem wurden von so vielen Wohltätigkeitsvereinen eigene Karten verkauft, daß man annehmen mußte, es sei bald eine weitere Wohltätigkeitsorganisation fällig: Die Gesellschaft zur Unterstützung der notleidenden Weihnachtskartenhersteller. Auf den Ladentischen von sonst ganz nüchternen Geschäften traten scheußliche, abstoßende Neuheiten wie ein bösartiger Fieberausschlag zutage. Vom Koffer bis zum Teekessel verwandelte sich einfach alles in Weihnachtsgeschenke. Die Schaufenster kleiner, schmuddeliger Nebenstraßenläden waren mit Girlanden aus Baumwollbällchen geschmückt. In den Geflügelläden hingen, den Opfertod gestorben, stolz, fett und sauber gerupft, die Puten, Gänse und Hühner zu Hunderten. Das christliche England bereitete sich wieder einmal darauf vor, am Weihnachtsfest Millionen zu verdienen.

Mummi hatte den leichteren Teil des Unternehmens Weihnachtskarten bereits absolviert. Mit anderen Worten, sie hatte fünfzig Karten gekauft und siebenundvierzig davon adressiert, mit Marken versehen und abgeschickt. Der schwierigere Teil stand noch bevor: Paps mußte sanft überredet oder brutal dazu gezwungen werden, die restlichen drei Karten zu schreiben: die eine an eine ältliche Tante und die anderen beiden an zwei Kriegskameraden, die Paps hartnäckigerweise nicht vergessen wollte, um die er sich aber sonst nie kümmerte. Lieber würde Paps eine ganze Kurzgeschichte schreiben als eine Weihnachtskarte. Er fand das unschöpferisch.

Die Plumpuddings waren fertig. Schuldbewußt umhätschelte die ganze Familie den Truthahn Abdullah, was dieses Tier mit gleichgültiger Verachtung über sich ergehen ließ.

Paps fragte Mummi: «Was wünscht sich wohl Gaylord zu Weihnachten?»

Mummi blickte Paps einigermaßen überrascht an. Daß

Paps im Zusammenhang mit Weihnachten die Initiative ergriff, war überhaupt noch nicht dagewesen. «Was hast du dir denn vorgestellt?» fragte sie.

«Eine elektrische Eisenbahn», erklärte Paps.

«Ich werde ihn fragen», sagte Mummi. «Aber du kennst Gaylord ja. Er wünscht sich bestimmt etwas ganz Ausgefallenes.»

Paps machte ein trauriges Gesicht und sagte: «Meine Eisenbahn bestand aus einer kleinen Lokomotive zum Aufziehen, die so schnell über die Schienen raste, daß sie nie mehr als eine Runde schaffte. Dann flog sie regelmäßig aus der Kurve, lag wie ein dicker Käfer auf dem Rücken und strampelte im Leerlauf.»

«Armer Jocelyn», sagte Mummi.

«Ich beschloß daher, zu heiraten und Kinder zu bekommen, in der Hoffnung, einen Sohn zu kriegen, dem ich dann eine elektrische Eisenbahn schenken könnte.»

«Aha! Ich habe mich schon immer gefragt, warum du überhaupt geheiratet hast», sagte Mummi. «Eigentlich bist du doch gar nicht der Typ dafür.»

«Das war ein langwieriger Plan, aber jetzt ist die Zeit reif.»

«Häng dein Herz nicht zu sehr daran», mahnte Mummi. «Du hast deine Rechnung ohne Gaylord gemacht.»

Sie sah, wie recht sie hatte, als sie Gaylord fragte: «Was möchtest du denn vom Weihnachtsmann haben?»

«Einen Briefbeschwerer», sagte Gaylord wie aus der Pistole geschossen.

Erst einmal herrschte Stille.

«Einen was, bitte?» fragte Mummi.

«Einen Briefbeschwerer.»

Mummis Stimme klang gefaßt. «Was denn für einen Briefbeschwerer?»

«Na, eben einen Briefbeschwerer», sagte Gaylord.

«Paps dachte, du hättest vielleicht gern eine elektrische Eisenbahn.»

Gaylord überlegte. «Ich möchte lieber einen Briefbeschwerer», sagte er schließlich.

Sie ging zurück zu Paps. «Sagte ich dir nicht, daß sich Gaylord etwas ganz Ausgefallenes wünschen würde?»

Paps machte ein unglückliches Gesicht. «Schieß los», sagte er.

«Rat mal, wie ausgefallen», sagte Mummi.

Paps dachte nach. Dann schüttelte er den Kopf. «Dazu reicht meine Phantasie nicht aus.»

«Einen Briefbeschwerer», sagte Mummi.

Drückendes Schweigen. «Die ganzen Jahre über», sagte Paps schließlich. «Gewartet. Geplant. Und dann will der Bengel einen Briefbeschwerer.» Plötzlich hieb er beide Fäuste auf den Schreibtisch. «Verdammt noch mal, er bekommt eine elektrische Eisenbahn, und damit hat sich's.»

«Er wird sie nicht mal auspacken», sagte Mummi. «Nicht, wie ich Gaylord kenne.»

In einem Antiquitätengeschäft in der Stadt fanden sie einen Briefbeschwerer. Einen schmiedeeisernen Hirsch, von widerlich schmuddeliger brauner Farbe, und als Paps ihn zum Auto trug, hatte er das Gefühl, mindestens einen halben Zentner zu schleppen. «Wenn du mich fragst – das hält der beste Geschenkstrumpf nicht aus», sagte er. «Für den brauchen wir schon eine Art Drahtkorb.» Da er sich mehr als sonst deprimiert fühlte, wollte er die ganze Geschichte möglichst schnell hinter sich bringen. «Vermutlich müssen wir auch Bea und Ben, die ja so gerne feiern, wieder einladen, oder?»

«Überflüssig», sagte Mummi, «die haben sich schon selber eingeladen.»

Großtante Bea und Großonkel Ben waren, ob einzeln oder gemeinsam, unvermeidliche Requisiten jeder Gesellschaft.

Als solche wurden sie von der gesamten Familie gefürchtet, argwöhnisch betrachtet und widerwillig geduldet. Paps, mit Paketen geschmückt wie ein Weihnachtsbaum, meinte wehmütig: «Weihnachten könnte ein so hübsches Fest sein, wenn man es nur dabei beließe: Morgens in die Kirche, dann futtert man nach Herzenslust, holt gemütlich vor dem gewaltigen Kaminfeuer versäumte Lektüre nach, kippt sich in allen Ehren einen hinter die Binde, schläft lange und macht am zweiten Feiertag morgens einen großen Spaziergang.»

«Übrigens wird ja wohl auch Roses Mr. Roberts kommen», sagte Mummi, die die glückliche Gabe besaß, abzuschalten, sobald Paps zu weitschweifig wurde.

«Statt dessen spielen wir Gesellschaftsspiele, die kein Mensch ausstehen kann, und laden uns das Haus voller Leute, die wir wie die Pest meiden würden, wenn wir sie in einem Hotel träfen.»

«Man kann nicht sagen, daß wir uns das Haus voller Leute laden, nur weil Bea und Ben kommen», sagte Mummi, die die noch glücklichere Gabe besaß, passende Antworten zu geben, obwohl sie bereits abgeschaltet hatte.

«Das kann man nicht sagen?» Paps klang verbittert. «Du brauchst nur die beiden in ein Zimmer zu stecken, und schon ist es überfüllt, ganz gleich, wie viele sonst noch drinnen sitzen.» Er ließ ein Paket fallen, bückte sich, um es aufzuheben, und verlor gleich noch zwei weitere Päckchen. Jetzt war er wütend. «Dieses ganze Tam-Tam haben wir nur Dikkens zu verdanken», schrie er aufgebracht.

«Liebling, die Leute sehen schon her», sagte Mummi. «Laß dich nicht von beruflicher Eifersucht übermannen.»

Paps verstummte. Eines der heruntergefallenen Pakete war das mit dem Briefbeschwerer gewesen, und bei dem Gedanken, was es hätte enthalten können, wurde er ganz traurig.

«Hallo, Ben. Hallo Bea, da seid ihr ja», sagte Opa. Er war sichtlich niedergeschlagen.

Onkel Ben schlug ihm auf den Rücken, eine Verwegenheit, die sich selbst der Kühnste zweimal überlegt hätte. «John, du siehst miesepetrig aus. Was ist los? Ist dir Weihnachten auf den Magen geschlagen?» röhrte er.

Paps kam herein, sah die Gäste. «O Gott», murmelte er. «Fröhliche Weihnachten allerseits!»

Onkel Ben betrachtete ihn prüfend, während er sich sein fülliges Kinn strich. An seinem Augenzwinkern konnte man erkennen, daß er jetzt eine Bombe loslassen würde. «He, was ist denn mit dir los, Joss? Du siehst aus, als wärst du einem Gespenst begegnet.»

«Dem Schreckgespenst des teuren Weihnachtsmannes», erwiderte Paps. Er fand dabei nichts Komisches, wohl aber Onkel Ben, der wieder losröhrte: «Bea, hast du das gehört? Dem Schreckgespenst des *teuren* Weihnachtsmannes. *Teurer* Weihnachtsmann, verstehst du? Joss, das mußt du unbedingt in einem deiner Bücher verwenden.»

Wenn Paps etwas noch mehr haßte, als Joss genannt zu werden, so war es die Empfehlung, er solle dies oder jenes in einem Buch verwenden. Das klang immer, als käme ein Buch ebenso zustande wie das Höllengebräu der drei Hexen, die die verschiedensten Ingredienzien in ihren Eintopf werfen. Am liebsten hätte er geantwortet: Hör mal zu. Weißt du, wie Faulkner die Aufgabe eines Schriftstellers definiert? ‹Aus dem Material des menschlichen Geistes etwas zu schaffen, was vorher noch nicht existierte.› So entsteht ein Buch. Nicht, indem man abgedroschene Phrasen zusammenflickt. Aber er sagte es nicht. Onkel Ben hätte es doch nicht verstanden.

Rose glitt ins Zimmer. «Hallo, Herzchen», schrie Tante Bea. Sie küßte Rose und hielt sie auf Armeslänge von sich wie einen Rock, den man daraufhin ansieht, ob er zur Reinigung muß. «Du siehst ein bißchen spitz aus, Liebes. Ben, findest du nicht auch, daß Rose ein bißchen spitz aussieht?»

«Ja», sagte Ben, der mehr für das Mollige war und sowieso fand, daß die ganze verflixte Familie ein bißchen spitz aussah.

Wie ich Weihnachten hasse, dachte Rose. Alle gluckten zusammen, alle waren geradezu ekelhaft herzlich; vom Alkohol wurde ihr übel, und das fette Essen machte ihrer Galle zu schaffen. Und morgen würde Bobs kommen, und sie wußte jetzt schon, daß es ein schrecklicher Tag werden würde, weil Becky einfach nicht ihre Finger von ihm lassen konnte.

Als sie eben diese Überlegungen anstellte, betrat Becky die Szene. Sie war sanft, duftig, ganz rosa und weiß. Sie hätte, in kleine Stückchen zerschnitten, wie Zuckerkonfekt ausgesehen. Sie trug ein hübsches blaues Kleid und zeigte viel von dem, was Gaylord in Gedanken ziemlich desinteressiert die Schlucht in Tante Beckys Brust nannte. «Hallo, Onkel Ben, da bist du ja», rief sie.

Bis zu diesem Augenblick hatte die dumpfe Resignation der Familie sogar Onkel Ben etwas gedämpft; er wirkte, als habe man ihm die Luft herausgelassen. Jetzt aber sah er aus, als sei jemand dabei, ihn aufzupumpen. Seine Bäckchen rundeten sich sanft, er warf sich in die Brust und wuchs dadurch sichtlich in die Höhe. In seinem Alter schätzte man die Nähe einer hübschen kleinen Nichte ganz besonders. Die einzige Gelegenheit, jemanden zu küssen, der unter Fünfundsechzig war. «Becky», schrie er erfreut und breitete weit die Arme aus.

Sie trippelte auf ihn zu und küßte ihn zärtlich, und er erwiderte ihren Kuß. Sein Benehmen war gerade noch onkelhaft zu nennen. «*Riesig* nett, dich zu sehen, Onkel Ben», schnurrte Becky und rieb ihre Wange an der seinen. «Und auch dich, Tante Bea», fügte sie mit der gedämpften Begeisterung hinzu, die sie dem eigenen Geschlecht entgegenbrachte.

Aber Tante Bea interessierte sich für etwas anderes. «Da kommt ja mein Zuckerbübchen», rief sie aus und strahlte dabei Gaylord an, der unversehens ins Zimmer gestolpert war und leider zu spät erkannte, daß er nicht ebenso unversehens wieder hinausstolpern konnte. Verdrossen stand er da.

«Nein, was bist du gewachsen», sagte Tante Bea. «Bald bist du so groß wie dein Onkel Ben.»

Gaylord schob die Unterlippe vor.

«Willst du deinem alten Tantchen keinen Kuß geben?»

Nicht, wenn er es irgendwie vermeiden kann, dachte Paps. Laut jedoch sagte er: «Nun, los schon, Gaylord. Ein bißchen mehr gesellschaftlichen Elan.» Ihm selbst war das Ganze gleichgültig, aber Mummi hatte soeben das Zimmer betreten, und da erschien es angeraten, die Spielregeln einzuhalten.

Doch das Schrillen des Telefons rettete Gaylord. Becky ging hin, dann hielt sie Rose den Hörer entgegen. «Für dich, mein Schatz. Ein Mann.»

Rose flatterte aufgeregt zum Apparat. «Hallo, Rose? Hier Bobs.»

«Hallo, Bobs.» Rose fühlte sich unter den zahlreichen interessierten Blicken wie auf einer Bühne.

«Rose, es tut mir wahnsinnig leid, aber ich glaube, ich kann morgen nicht kommen.»

Oh, nein. «Wirklich nicht?» fragte sie traurig.

«Nein, dieser Freund von mir ist aufgetaucht. Du weißt doch.»

«Welcher Freund?»

«Na, der Freund, mit dem ich im letzten Ferienkurs zusammen war. Er hat hier in der Nähe eine Panne mit seinem Motorroller gehabt. Und das kann erst nach den Feiertagen repariert werden. Da erinnerte er sich an mich und besuchte mich. Er schläft im Schlafsack auf dem Boden.»

«O Bobs, ich hatte mich so auf dich gefreut.»

«Tut mir wirklich leid, altes Mädchen. Aber ich fürchte, ich bin etwas gebunden durch ihn.» Dabei klang es geradezu widerwärtig vergnügt.

Plötzlich kam ihr eine großartige Idee. «Bring ihn doch mit, Bobs. Wir freuen uns, deinen Freund kennenzulernen.»

Sie lauschte angstvoll in die darauffolgende Stille. Vielleicht gab es gar keinen Freund mit Motorroller. Vielleicht suchte Bobs nur nach einer Entschuldigung für sein Nichterscheinen. Da hörte sie seine Stimme: «Na ja, er ist eigentlich kein richtiger Freund. Überhaupt nicht mein Typ.»

«Du kannst ihn trotzdem mitbringen», sagte sie.

«Okay. Aber er kommt ein bißchen schwer auf Touren. Redet nie, wenn man ihn nicht anspricht.»

«Macht nichts», sagte sie. «Dann kommt ihr also?»

«Also schön!» sagte er. «Auf Wiedersehen am Weihnachtsbaum.» Und hing ein.

Sie legte den Hörer auf. Alle taten so, als hätten sie nicht zugehört. «Mr. Roberts bringt einen Freund mit», erklärte sie gefaßt. «Hoffentlich hat niemand was dagegen.» Er kam, alles andere zählte nicht.

«Und wer ist Mr. Roberts?» fragte Bea, und in jeder Falte ihres teuren Tweedkostüms schien der Schalk zu sitzen.

«Tante Rosies Liebhaber», erklärte Gaylord.

«Rose, Liebes, gratuliere», rief Tante Bea aufgeregt. Es klang entzückt, was nett war, aber zugleich etwas erstaunt, was deprimierend war. «Und was wird aus dem Küßchen», fuhr sie fort, «das mein Zuckerbübchen seinem alten Tantchen geben wollte?»

5

Der Nachmittag ging in einen gemütlichen Weihnachtsabend über. Die Nüsse waren voll von der Süße des Herbstes, der Portwein leuchtete rot, der Benediktiner reif und goldfarben, der Zigarettenrauch formte sich zu wogenden Schwaden, das Feuer knisterte im Kamin, und nach einer Weile erschienen sogar Onkel Bens komische Geschichten fast erheiternd. Dann war es Zeit, schlafen zu gehen. Einer nach dem andern verschwand, um seinen kleinen nächtlichen Tod zu genießen. Alle – außer Mummi und Paps. Mummi und Paps gingen zur Mitternachtsmesse.

Auf dem Heimweg in der ersten Stunde des Weihnachtsmorgens waren sie so schweigsam, wie es nur Menschen sein können, die sich sehr nahe sind. Es herrschte typisches Weihnachtswetter, wärmer als an Ostern und trockener als an Pfingsten. Die sanfte milde Luft streifte ihre Gesichter. Im Westen zog ein junger Mond eine zarte weiße Wolkenschleppe hinter sich her. Das Firmament trug einen Sternenschleier.

Sie kamen nach Hause, zurück ins warme Lampenlicht und zu dem verglimmenden Kaminfeuer ... «Noch ein Täßchen?» fragte Mummi.

Im Halbdunkel tranken sie ihren Tee. «Mir kommt es nicht vor, als sei schon wieder ein Jahr vergangen», sagte er.

«Mir auch nicht», sagte Mummi.

Er stellte die Tasse hin. «Geh nur schon ins Bett. Ich kümmere mich noch um Gaylords Geschenkstrumpf.»

Gaylord glaubte schon lange nicht mehr an den Weihnachtsmann. Um so mehr war er erstaunt, daß Mummi offenbar noch an ihn glaubte. Bei Paps wunderte ihn das nicht. Der glaubte alles, was man ihm erzählte, solange es ihm nur in den Kram paßte. Aber daß Mummi, die nicht einmal die einfachsten Behauptungen akzeptierte, ohne sie vorher bis ins kleinste überprüft zu haben, daß Mummi offensichtlich noch an so etwas Absurdes glaubte, war wirklich nicht zu fassen.

Merkwürdig war dabei nur, daß, obwohl keiner mehr daran glaubte, immer noch die Geschenke kamen. Das blieb Gaylord ein Rätsel. Der Weihnachtsmann konnte es nicht sein. Die Eltern konnten es aber auch nicht sein, denn sie glaubten ja noch an den Weihnachtsmann. Indem er alle anderen Möglichkeiten, sie sorgfältig überdenkend, ausklammerte, kam er zu dem Resultat, es müsse entweder Opa oder Gott sein. Und damit gab er sich zufrieden, denn für Gaylord waren Opa und Gott ohne weiteres austauschbar. Beide waren so alt wie die Zeit, beide hatten uneingeschränkte Macht, und vor beiden mußte man sich in acht nehmen. Und glücklich in dem Bewußtsein, daß irgend jemand oder eine Gottheit ihn füllen würde, hängte er seinen Kissenbezug am Fußende seines Bettes auf.

Paps holte Gaylords Geschenke aus der obersten Kommodenschublade, ging ins Kinderzimmer und stopfte sie in den Kissenbezug. Gaylord lag auf dem Bauch und gab pfeifende Töne von sich. Man hätte glauben können, sich auf dem Londoner Flughafen zu befinden. Paps kam ins eheliche Schlafzimmer zurück. «Ich frage mich, ob er wohl noch an den Weihnachtsmann glaubt», sagte er.

«Gaylord? Bestimmt nicht. Jedesmal, wenn ich den alten Herrn erwähnt habe, habe ich gemerkt, wie er darüber nachdenkt, ob er mich aufklären soll. Bis jetzt hat er's aber noch nicht getan. Ich glaube, er hat beschlossen, daß es klüger ist, uns in Unwissenheit zu lassen.»

«Warum?»

«Ich weiß nicht. Wahrscheinlich viel zu kompliziert, als daß wir es begreifen könnten.»

Sie saß aufrecht im Bett und lächelte ihm müde zu. Er knotete sich den Schlips auf, schleuderte die Schuhe von sich, zog seine Uhr auf. Sein Entkleidungsakt hatte keinerlei System. Er trat ans Fenster, zog die Vorhänge beiseite und schaute hinaus. «Der Gottesdienst war schön», sagte er.

«Das fand ich auch. Wenn du dich jetzt aber nicht beeilst, mußt du dich zum Frühstück wieder anziehen, ehe du dich zum Schlafen ausgezogen hast.»

Aber er blickte weiter aus dem Fenster. «Merkwürdig», sagte er. «Das uralte Wunder. Es wirkt noch immer. Nicht immer. Nicht oft. Aber manchmal. Vielleicht alle zehn Jahre einmal.»

Er öffnete das Fenster und lehnte sich hinaus. Irgendwo draußen im stillen Land, oder auch nur in seiner Einbildung, wieherte ein Pferd, hörte man das Aufschlagen eines römischen Speers, den dünnen Schrei eines kleinen Kindes. Heute war Weihnachten, in England, und der Verkehr donnerte über die Autostraße, und auf dem Berkeley Square tanzten sie. Es war Weihnachten, in Bethlehem, und der Stern hing tief im Osten, und zwischen den Sternen ertönte der rauschende Klang einer Harfe. Noch lag das Kind als Kind in den Armen der Mutter, noch gab es kein Kreuz, und zweitausend Jahre waren unter dem Sternenlicht verblaßt und ausgelöscht.

Er schloß das Fenster. «Dieses Jahr hat es gewirkt», meinte er und wußte, daß er eines Tages über diese dunkeln Wintertage ein Stück schreiben würde; schon jetzt hörte er die Rufe der Wachen, den Tumult in der Schenke, den Chor der Engel in den Straßen der hochgelegenen kleinen Felsenstadt.

«Es hat die Zeiten überdauert», sagte May. «Entweder hat sich damals etwas ereignet, was von ewiger Bedeutung für die Menschheit ist, oder die Menschen haben etwas erfunden, um eine ewige Sehnsucht zu stillen. Du wirst dich noch erkälten, wenn du nicht bald ins Bett kommst.»

«Beides leuchtet ein», sagte Jocelyn. Gott, dachte er, was für ein Wunder das alles ist. Er starrte immer noch durch das Fenster. Aber draußen konnte er nichts erkennen. Im Fenster spiegelten sich nur der gemütliche Raum, seine Gestalt und die von May, die noch immer aufrecht im Bett saß und lächelte. Da gibt es noch ein anderes Wunder, dachte er. Diese Frau, die mir vor zehn Jahren noch vollkommen fremd war und jetzt Fleisch von meinem Fleische ist. Dieses Fleisch ist aber auch Geist, ist Lachen und Güte und Verständnis. Dieser Geist ist aber auch ein warmer, anschmiegsamer Leib. Diese Frau ist, wie alle guten Frauen, Mutter, Freundin, Gefährtin, Geliebte. Eine Gnade.

«Komm ins Bett», sagte sie.

Er drehte sich mit einem zögernden, nachdenklichen Lächeln herum. Dann löschte er das Licht und ging zu Bett; von dort, wo er lag, konnte er die Sterne sehen, die sich vorm Fenster drängten, und den Lichtschein, dort wo der Mond im Nebel versunken war.

Als Gaylord aufwachte, erfüllte ihn der Gedanke an Weihnachten mit gemischten Gefühlen. Vermutlich würde er den ganzen Tag damit verbringen müssen, Fluchtwege zu suchen, um bloß Tante Bea zu entgehen. In seinem ganzen Leben war ihm noch nie eine so unersättliche Küsserin begegnet. Normales Küssen akzeptierte er, wie Regen oder Auf-die-Toilette-Gehen, als kleinere Unannehmlichkeit. Aber bei Tante Bea fühlte er sich nicht mehr Herr der Lage. Man kommt in ein Zimmer, und schon sitzt sie da und wartet darauf, sich auf einen zu stürzen und einen wie ein großer, in Tweed gekleideter Bär zu umärmeln. Und warum mußte sie immer «Hallo, Zuckerbübchen» sagen. Er hatte sich eine wohlüberlegte Retourkutsche ausgedacht: Hallo, Essigtantchen. Er fand das äußerst geistreich. Aber er wußte schon jetzt, daß Mummi es schlichtweg frech und vorlaut nennen würde. Und immer, wenn Gaylord etwas sagte, was von Mummi als frech und vorlaut bezeichnet wurde, kam er sich wie ein Schuft vor. Natürlich war das mächtig unlogisch, und er versuchte krampfhaft dagegen anzukämpfen. Aber es half nichts. Er kam sich eben wie ein Schuft vor.

Immerhin gab es im Augenblick nettere Dinge, an die er denken konnte. Am Fußende seines Bettes lag das aufregendste Ding, das jemals von den gefallenen Eva-Kindern erfunden worden war, ein Kissenbezug voller Weihnachtsgeschenke. Gaylord richtete sich auf, trampelte über sein Bett und entleerte den Bezug auf sein Federbett. Ein Apfel, eine Apselsine, ein Glückspfennig, eine Zuckermaus, und ein Dutzend verschiedene Päckchen.

Welches mochte wohl der Briefbeschwerer sein? Gaylord dachte, während er abwechselnd von dem Apfel und der Zuckermaus abbiß, angestrengt nach. Aber es war nicht zu erraten. Also fing er an, auszupacken.

Eine Trommel. Vielversprechend. Ein Trommelwirbel am frühen Morgen in Opas Zimmer würde viel wirkungsvoller sein als das Aufziehen der Vorhänge.

Ein Stabilbaukasten. Gaylord war solchen Baukästen gegenüber immer etwas skeptisch. Niemals hatte man genug Einzelteile, um diesen Eiffelturm mit dem Licht oben bauen zu können.

Eine Trompete. Es wurde immer besser. Wenn er es fertigbrächte, Trompete und Trommel gleichzeitig zu bearbeiten und außerdem noch einen Überraschungseffekt zu erzielen, würde es ihm vielleicht gelingen, Opa eines Morgens doch ein: Gott verdammt, daß dich der Teufel hole, zu entlocken.

Ein kleines eisernes Pferdchen, dem oben aus dem Kopf zwei Büsche herauswuchsen. Es schien nichts weiter tun zu können. Absolut nichts. Weder konnte man es aufziehen noch konnte man es drücken, damit es quiekte. Er versuchte, es in der Badewanne schwimmen zu lassen. Es sank wie ein Stein. Was für ein dämliches Geschenk, dachte Gaylord. Konnte nur von Tante Bea sein.

Jetzt mußte aber langsam der Briefbeschwerer kommen. So viele Päckchen waren gar nicht mehr übrig. Er wurde unruhig. Weder Gott noch Opa traute er einen Fehler zu, aber man konnte ja nie wissen. Fieberhaft riß er die restlichen Päckchen auf. Kein Briefbeschwerer.

Gaylord weinte nicht oft, und wenn, dann nur aus Gründen der Taktik. Aber jetzt weinte er ehrlich. Die Vorstellung, daß er jeden Augenblick Alleinbesitzer eines so blankpolierten Wunders hätte sein können, war herrlich aufregend gewesen. Um diese Vision betrogen zu werden, war unerträglich. Er weinte hemmungslos.

«Gaylord weint», sagte Mummi und stützte sich auf den Ellbogen. «Geh doch mal und sieh nach, was er hat.»

«Den Teufel auch», sagte Paps, aus den Kissen auftauchend. «Fröhliche Weihnachten, Schatz.» Er gab ihr einen Kuß, rollte sich aus dem Bett, kletterte in Morgenrock und Hausschuhe und taumelte ins Kinderzimmer. Ihm fiel ein, daß heute Weihnachten war und daß er die nächsten achtzehn Stunden herzlich und jovial zu sein hatte. Da konnte er ja gleich damit anfangen. «Was? Unser Gaylord in Tränen? Und das an seinem Hochzeitstag?» scherzte er übertrieben munter, wie es sich für diese Sieben-Uhr-Morgen-Party gehörte.

Gaylord schniefte. «Ist gar nicht mein Hochzeitstag.» Sein

Gesichtchen heiterte sich etwas auf. «Oder doch?» fragte er voller Hoffnung.

«Nicht so richtig», gestand Paps. «Wir haben leider keine passende Braut für dich gefunden. Warum weinst du denn?» fragte er.

«Ich habe keinen Briefbeschwerer bekommen», sagte Gaylord.

«Doch, natürlich», versicherte Paps voller Überzeugung. Verflixt, er hatte ihn doch selbst hineingesteckt.

«Wo denn?» fragte Gaylord schmollend.

Paps begann, in dem Papierhaufen, in dem er und Gaylord bis zu den Knien standen, herumzuwühlen. Er fand den Hirsch. «Na und, was ist denn das?» fragte er triumphierend.

«Keine Ahnung», sagte Gaylord. «Was soll das denn sein?»

Paps seufzte. «Die Frage war rein rhetorisch.»

«Was ist rhetorisch?»

«Laß das mal jetzt», lenkte Paps ein. «Das *ist* dein Briefbeschwerer.»

«Das ist aber kein Briefbeschwerer. Das ist ein Pferd mit Bäumen.»

«Ein Hirsch ist das.»

«Du hast aber gesagt, es ist ein Briefbeschwerer.»

Paps wischte sich die Hände an seinem Taschentuch ab. «Er ist ja ganz naß», sagte er überrascht.

«Ich hab versucht, ihn in der Badewanne schwimmen zu lassen. Ist gleich untergegangen», sagte Gaylord vorwurfsvoll.

Du lieber Himmel, dachte Paps. Was für eine Unterhaltung morgens um sieben. «Natürlich geht er unter», schrie er. Weihnachten, ermahnte er sich. Friede auf Erden. Geduldig erklärte er: «Wenn du etwas in der Badewanne schwimmen lassen willst, dann gibt es kaum etwas weniger Geeignetes als einen Briefbeschwerer.»

«Ich wollte ihn ja gar nicht in der Badewanne schwimmen lassen.»

«Aber du hast doch gerade gesagt...»

«Wenn man etwas bekommt, von dem man nicht weiß, was es ist, läßt man es *immer* erst einmal in der Badewanne schwimmen», belehrte ihn Gaylord.

«Aber doch keine Briefbeschwerer», sagte Paps.

«Es ist doch auch kein Briefbeschwerer», widersprach Gaylord.

Jetzt sind wir wieder am Anfang, dachte Paps. Er fror und war müde. Er setzte sich aufs Bett. «Das ist ein Briefbeschwerer in der Gestalt eines Hirsches. Ein Hirsch ist ein männliches Reh. Was da aus seinem Kopf herauswächst, sind keine Bäume. Das ist sein Geweih.» Er kam sich sehr pädagogisch vor.

Aber Gaylord zeigte kein Interesse mehr. «Soll ich dir was vortrommeln?» fragte er.

Schweigen. «Jetzt noch nicht», sagte Paps. «Die andern schlafen noch», fügte er voller Neid hinzu.

Rose wurde durch einen unmelodischen Trompetenstoß aufgeweckt. Weihnachten, dachte sie voller Unbehagen, und Bobs und sein geheimnisvoller Freund kommen. Den ganzen Tag würde sie damit zuzubringen haben, Beckys Angriffe abzuwehren, das stand einmal fest. Es würde einen Kampf geben. Und es standen ihr nur so wenige Waffen zur Verfügung. Nennenswerte Reize habe ich nicht vorzuzeigen, dachte sie bekümmert, und außerdem wußte sie, daß sie in der Defensive stachelig wie ein Igel war. Ich darf die Ruhe nicht verlieren, nahm sie sich fest vor. Ich darf mich von ihnen einfach nicht rausbringen lassen.

Weihnachten, dachte Opa hochbefriedigt. Gottlob genoß er das Essen immer, und an Weihnachten konnte er es mit gutem Gewissen tun. Und den Wein auch. Wie es manche

Menschen fertigbrachten, diese schönste Gottesgabe zu schmähen, war ihm schleierhaft, aber er war fest davon überzeugt, daß man ihnen im Jenseits wegen ihrer Undankbarkeit schon die Leviten lesen würde.

Essen, Wein und Gemütlichkeit. Opa sah einen herrlichen Tag vor sich, wenn bloß Bea nicht darauf verfiel, auch das Vergnügen noch zu organisieren.

Weihnachten, dachte Tante Marigold. Was für ein herrliches Jahr war es gewesen, als sie alle auf dem See Schlittschuh gelaufen waren. Sechsundneunzig, nicht wahr? Oder Achtundneunzig? Und die anderen Weihnachten, als es wenig zu heizen und noch weniger zu essen gab und man nicht viel mehr tun konnte, als für die Jungens in den Schützengräben zu stricken und darauf zu hoffen, daß das Gaslicht nicht abgedreht wurde, weil die Zeppeline im Anflug waren. Trotzdem waren sie schön gewesen, diese spartanischen Weihnachtsfeste vor so langer Zeit, schön in ihrer merkwürdigen, verträumten Weltuntergangsstimmung. Aber die Welt war nicht untergegangen. Seitdem hatte es so viele, so viele Weihnachten gegeben. Milde, nasse, frostige, verschneite. Und alle waren sie schön gewesen. Auf ihre stille, in sich ruhende, genügsame Art hatte Marigold sie alle genossen. Und sie würde auch dieses Weihnachtsfest genießen.
Weihnachten, dachte Becky, und drei junge Männer im Haus. Sie rekelte sich genüßlich, regte ihre Krallen und schnurrte.

Gaylord strolchte über den Hof. Er wollte ein bißchen mit Abdullah, dem Puter, reden. Kein Abdullah. Er kroch in den Verschlag. Alles leer. Das war noch nicht dagewesen. Er ging ins Haus zurück, wo fast die ganze Familie versammelt war, um sich ein stilles Gläschen Sherry zu genehmigen. «Ich kann Abdullah nirgends finden», sagte er.

Allgemeines Schweigen. «Wo ist denn Abdullah?» fragte er.

«Im Ofen», erwiderte Opa gefühllos.

Gaylord wurde es ganz schwach. Es ist doch wirklich bestürzend, wenn man mit jemand ein Schwätzchen halten will und hören muß, daß er im Ofen ist. «Oh», sagte er beklommen.

Rose sagte: «Vater, das war sehr grausam.»

«Was? Wirklich?» Opa war ganz erschrocken. «Guter Gott.»

«Bedenke doch, daß ein Kindergemüt noch leicht verletzlich ist. Noch nicht gefestigt, und allem ausgesetzt, das ...»

«Tut mir wahnsinnig leid», murmelte Opa. «Wirklich wahnsinnig leid. Ich hätte das nicht ... um alles in der Welt ...»

«Ob er jetzt wohl im Himmel ist?» fragte Gaylord.

«Wer?»

«Abdullah.»

«Puter kommen nicht in den Himmel», erklärte Paps.

«Kommen sie in die Hölle?»

«Sie kommen nirgends hin.»

«Nur die Gurgel hinunter,», gluckste Tante Bea, was Gaylord unglaublich geschmacklos fand. «Was, Zuckerbübchen?»

Das war zuviel: «Essigtantchen», sagte Gaylord, aber nur mit den Lippen. Den Ton unterdrückte er wohlweislich.

Aber selbst so warf ihm Mummi einen ihrer berühmten Blicke zu. Dieser Frau entging einfach nichts. Sie hatte gerade das Sherryglas an die Lippen gesetzt und ließ es wieder sinken. «Gaylord, was hast du eben gesagt?»

«Gar nichts, Mummi», sagte er im Ton gedämpfter Entrüstung. Nur weil man die Lippen bewegte, hatte man doch noch nichts gesagt, oder? Manche Leute zogen aber auch gar zu schnelle Schlüsse.

Mummi beobachtete ihn weiter. Endlich hob sie das Glas an die Lippen. Sie hatte die Angewohnheit, beim Trinken die Augen zu schließen. Das tat sie jetzt auch gerade. «Essigtantchen», wiederholte Gaylord schweigend, nur mit den Lippen. Mummi öffnete die Augen wieder und sah ihn immer noch an. Er starrte zurück, mit unbewegtem Gesicht wie ein Chinese. Du hast gewonnen, dachte Mummi im stillen. Aber überspann nur den Bogen nicht, Sonnyboy.

Du hast gewonnen, dachte Rose verbittert. Becky hatte genau den richtigen Zeitpunkt erwischt. In dem Augenblick, als Bobs und sein Freund erschienen, stand sie genau unter dem Mistelzweig. «Hallo, Becky», begrüßte Bobs sie. «Fröhliche Weihnachten.»

«Fröhliche Weihnachten, Bobs.»

Er sah Becky an. Er sah den Mistelzweig an. Und ging zum Angriff über. Becky, die plötzlich bemerkte, wo sie stand, machte Anstalten zu fliehen. Zu spät. Er küßte ihre warmen, roten, lachenden Lippen. «Hallo, Rose», sagte er dann über Beckys Schulter hinweg.

«Hallo», sagte Rose.

Mit sichtlichem Widerstreben löste er sich von Becky. Rose hätte jetzt am liebsten Becky unter dem Mistelzweig abgelöst, aber wenn sie nicht Becky beiseite schubsen wollte, konnte daraus nichts werden. Bobs ging jetzt auch zu ernsthafteren Dingen über. «Darf ich euch Stan vorstellen, Stan Grebbie. Rose. Becky.»

«Freut mich ehrlich, Sie kennenzulernen», sagte Mr. Grebbie und schien es auch wirklich so zu meinen. Sein Händedruck war schlaff und feucht. «Hoffentlich störe ich nicht», sagte er.

«Aber keineswegs», versicherte Becky. «Alle Freunde von Bobs ...» Alles, was Hosen anhat, willst du wohl sagen, dachte Rose. Gleichzeitig aber dachte sie, daß Becky enttäuscht sein mußte. Mr. Grebbie war keineswegs ihr Typ. Er mußte an die Vierzig sein und hatte bereits angegrautes

Haar. Graues Haar, graue Hautfarbe, grauer Anzug, graue Persönlichkeit. Und außerdem der erste Mann, der sich mehr für sie als für Becky zu interessieren schien. Er machte sogar den Eindruck, als würde er das Weite suchen, wenn Becky versuchen sollte, sich ihm zu nähern. Zu Rose aber sagte er: «Bobs hat mir erzählt, daß Sie auch Lehrerin sind.»

Zum erstenmal lächelte sie ganz entspannt. «Ein gräßlicher Beruf, nicht wahr?»

Er erwiderte ihr Lächeln zögernd und resigniert. «Ja. Gräßlich.»

«Man muß nur streng sein. Ihnen zeigen, wer der Stärkere ist», sagte Bobs und schenkte Becky ein strahlendes Lächeln. «Dann klappt alles wie am Schnürchen.»

Opa stapfte in die Vorhalle. «Was, da ist ja Mr. Robson! Fröhliche Weihnachten.» Er schüttelte ihm herzhaft die Hand und fragte ihn besorgt: «Sie müssen doch nicht schon wieder gehen? Wie wär's mit einem Gläschen Sherry?»

«Ich... ich...» begann Bobs. Aber Rose half ihm. «Mr. Roberts wird heute bei uns bleiben. Ich hab's dir doch erzählt, Vater.»

Zwei vorwurfsvolle gelbliche Augen hefteten sich auf sie. «Niemals! Keiner hat mir was davon gesagt. Kein Mensch in diesem Hause sagt mir jemals etwas. Es ist zwar zufällig mein Haus, aber was die Rücksichtnahme auf mich anbelangt, so könnte es ebensogut ein gottverdammtes Hotel sein. Ein ewiges Kommen und Gehen...» Er wandte sich wieder an Bobs. «*Sie* sind mir natürlich willkommen, mein Lieber.»

Mr. Grebbie hatte unterdessen ziemlich erfolgreich im Dämmer der Vorhalle Deckung gesucht. Aber jetzt sah er zu seinem größten Unbehagen Opas Blick auf sich gerichtet. «Junger Mann, Sie brauchen sich dahinten nicht im Dunkeln zu verkriechen», sagte Opa freundlich. «Kommen Sie doch her und lassen Sie sich anschauen.» Mr. Grebbie wagte sich ein paar Schritte vor und lächelte nervös.

Rose stellte vor: «Mr. Grebbie, Bobs' Freund, der eine Motorradpanne hatte.»

«Ich vermute, daß ich darüber auch genau informiert worden bin», sagte Opa sarkastisch.

«Ja.» Rose klang kriegerisch.

Opa warf ihr nur einen Blick zu. «Unsinn. Aber trotzdem fürchte ich, daß ich langsam alt werde. Hängt mich nur in den Rauchfang, dann braucht ihr mich überhaupt nicht mehr zu fragen.»

«Ich hab's dir aber erzählt», verteidigte sich Rose.

«Mein liebes Kind, willst du etwa behaupten, ich sei schon vertrottelt? Na, wie dem auch sei. Herzlich willkommen in der Stadthalle, junger Mann. Sie sind wohl auch eine Eroberung von Becky, wie ich vermute. Na, geduldige Schafe gehen viel in einen Stall.» Er hakte Bobs unter und ging mit ihm zusammen ins Wohnzimmer. Becky folgte ihnen, aber Rose fühlte plötzlich, wie jemand sie nervös am Ärmel zupfte. Sie drehte sich um und blickte in die verängstigten Augen von Mr. Grebbie. «Ich ... ich sollte lieber nicht hierbleiben», stotterte er.

Rose sah ihn an. Und dann passierte etwas Merkwürdiges. Plötzlich überflutete sie eine Welle der Zärtlichkeit. Hier stand jemand vor ihr, der noch unscheinbarer und noch weniger für das Leben geschaffen war als sie. Um ihm etwas Selbstvertrauen zu geben, antwortete sie mit einer bei ihr sonst ungewohnten Sicherheit: «Natürlich bleiben Sie hier, Mr. Grebbie. Mein Vater ist im Grunde der freundlichste Mann der Welt. Er wäre sehr betrübt, wenn er den Eindruck gewinnen müßte, Sie irgendwie verletzt zu haben.»

Er sah noch immer besorgt aus. «Ich fürchte, ich ... ich bin kein sehr geselliger Mensch. Menschen wie Ihre Schwester und Ihr Vater ... sie sind schrecklich nett ... aber sie machen mir eher Angst.»

«Ich nehme mich schon Ihrer an», sagte sie lächelnd.

«Na gut, wenn Sie wirklich glauben, daß ich nicht störe, will ich bleiben. Aber es ist mir wirklich unangenehm, hier so hereinzuplatzen.»

«Sie sind doch gar nicht hereingeplatzt», sagte sie. «Kommen Sie nur. Sonst trinkt man uns den ganzen Sherry weg.» Mit einemmal fühlte sie sich quicklebendig und glücklich; alle Schwere war von ihr abgefallen. Ihr mütterlicher Instinkt, seit Jahren brachliegend, hatte plötzlich ein Ventil gefunden und drängte ans Tageslicht.

6

Gaylord war betrübt. Er würde weiß Gott froh sein, wenn dieses Weihnachten erst hinter ihm läge. Erstens das Mißverständnis mit dem Briefbeschwerer. Zweitens Tante Bea, die ihn den ganzen Morgen lang wie eine übergewichtige Waldnymphe verfolgt hatte. Und dann hatten sie seinen Freund Abdullah verspeist. Er hatte nicht einmal gut geschmeckt. Gaylords Leibgerichte waren Fleischpastete und Reispudding. Und je eher man zu ihnen zurückkehrte und aufhörte, seine Freunde zu verspeisen, desto besser, dachte er. Und das viele Gerede. Opa, das Tranchiermesser gezückt, mit Paps flüsternd. Aber Gaylord hatte es doch verstanden: «Wird Gaylord davon überhaupt was mögen? Er schien so außer sich zu sein ...» Und darauf Paps: «Großer Gott, natürlich. *Der* würde nicht mit der Wimper zucken, wenn man Mummi garniert auf den Tisch brächte.» Das war einfach nicht wahr. *Er* würde Mummi nicht essen wollen. Sicher war sie zähe. Und bitter. Paps stellte manchmal schon sehr ungerechte Behauptungen auf.

Immerhin hatte diese Bemerkung neue, recht erfreuliche Überlegungen ausgelöst. «Warum essen wir eigentlich keine Menschen?» fragte er.

Opa, der an Abdullah herumsäbelte, sagte: «Wenn wir nicht so viele Schafe und Kühe hätten, würden wir das wahrscheinlich tun. Das ist immer eine Sache von Angebot und Nachfrage.»

«Ich weiß nicht, ob du recht hast, Vater», sagte Paps.

«Leute, die Menschenfleisch versucht haben, sagen, es sei nicht sehr schmackhaft. Reichlich fade und zäh.» Er sah mit Besorgnis das gefürchtete Aufleuchten in Onkel Bens Augen. «Weißt du, was der Kannibale zu dem Missionar sagte?» fragte Onkel Ben auch schon.

Nein, und ich will es auch nicht wissen, dachte Paps. Nur, um Onkel Ben zum Schweigen zu bringen, fuhr er hastig fort: «Ich glaube, es hängt auch vom Kochen ab. Wahrscheinlich sind die primitiven Stämme niemals über ein simples Menschengulasch, in Kokosnußschalen kalt serviert, hinausgekommen.»

«O Gott», seufzte Mummi.

Voller Wonne spann Gaylord den Faden weiter: «Ich wette, die Finger sind arg knorpelig.»

«Die Finger werden nicht mitgegessen», sagte Paps.

«Vermutlich ist das einer von den Gründen, warum sich der Kannibalismus nicht durchgesetzt hat», sagte Opa. «Zu vieles am Menschen ist einfach nicht genießbar.»

Zur allgemeinen Überraschung sagte Mr. Grebbie: «Die menschliche Leber schmeckt ziemlich widerlich.»

«Haben Sie sie denn schon versucht?» fragte Opa und reichte ihm dabei einen Teller voll Abdullah.

«Um Gottes willen, nein», erhitzte sich Mr. Grebbie. «Ich ... ich habe das bloß mal irgendwo gelesen.» Erstaunt über seine Kühnheit, versank er wieder in Schweigen.

«Hat irgend jemand noch Appetit auf den Weihnachtsbraten?» fragte jetzt Mummi.

«Ich nicht», sagte Becky. «Wer hat das Thema eigentlich aufgebracht?»

Alle blickten auf Gaylord, der sagte: «Als Gehacktes würde es vielleicht noch gehen. Dann könnte man auch alle knorpeligen Teile wie Finger, Zehen, Ohren ...»

«Sei jetzt still», unterbrach ihn Mummi.

Ja, das war eine ganz interessante Unterhaltung gewesen,

die ihm allerhand Stoff zum Nachdenken gegeben hatte. Aber jetzt war das Essen vorbei, und alle saßen entweder mit jenem schrecklich glasigen Blick herum, den die Erwachsenen immer nach dem Essen bekamen, oder sie schliefen. Gaylord spürte instinktiv, daß weder seine Trommel noch seine Trompete jetzt besonders willkommen war. Daher beschloß er, sich zu verkrümeln.

Draußen auf dem Weg traf er Willie. «Komm und laß uns zu deinem Schatz gehen», schlug er vor.

Sie trabten los. «Hast du viel geschenkt bekommen?» fragte Willie.

Gaylord hatte herausgefunden, daß Weihnachtsgeschenke, welcher göttlichen oder weltlichen Quelle sie auch immer entstammen mochten, in direktem Verhältnis zum Geldbeutel der Eltern standen. So war es nicht wahrscheinlich, daß Willie viele erhalten hatte. Mit angeborenem Takt antwortete er: «Nicht viel. Nur einen Hirsch.»

«Was ist denn das?»

«Eine Art Pferd.»

«Was tut es denn?»

«Nichts», sagte Gaylord.

Darüber mußte Willie erst nachdenken. «Klingt nicht gerade doll», sagte er.

Gaylord sagte: «Hast du auch was bekommen, Willie?»

Willie schlurfte weiter und starrte geradeaus. Er schien die Frage nicht gehört zu haben. Gaylord wünschte insgeheim, er hätte sie nicht gestellt.

Sie kamen zur Hütte. Das Nest aus Gras und Blättern lag verstreut am Boden. Der Ofenrost war leer. Das bezaubernde, glänzende Spielzeug war verschwunden.

Eine Ewigkeit lang stand Willie reglos, mit hängenden Armen da und starrte auf den Boden. Dann warf er sich auf Hände und Knie und suchte, wie ein Tier, grunzend und schluchzend und schniefend umher. Von der Tür her beobachtete ihn Gaylord, von einem seltsamen, lähmenden Schrecken erfüllt. Das war einfach nicht fair. Gerade Willie, der schon keine Weihnachtsgeschenke bekommen hatte und zudem nicht alle Tassen im Schrank hatte, hätte das nicht passieren dürfen. Gaylord begann daran zu zweifeln, ob Gott wirklich so tüchtig war, wie man ihn immer hinstellte.

Willie richtete sich auf. Seine Nase lief, die Backen waren tränenverschmiert, und sein Mund stand offen. Seine Stimme klang so undeutlich, daß Gaylord ihn kaum verstehen konnte. «Wo ist es? Was hast du damit gemacht?»

Gaylord bekam Angst. «Ich doch nicht. Ich hab's doch nicht genommen, Willie.»

«Wo ist es?» wiederholte Willie. Gaylord merkte plötzlich, daß der Abstand zwischen ihnen sich sehr verringert hatte. Er vergaß ganz, Willie zu bemitleiden, und konzentrierte sich auf die reine Selbsterhaltung, drehte sich um und rannte davon.

Aber mit schwerfälligen Riesenschritten, schnaufend und schluchzend, kam Willie hinter ihm her. Gaylord fühlte seine Knie weich werden und seine Füße schwer wie Blei. Er dachte daran, daß Willie damals gesagt hatte: «Ich mach dich tot, wenn du ...» Er versuchte, schneller zu laufen, aber er hatte keine Kraft mehr. Und dann wurde sein Handgelenk mit heißem, rohem Griff umklammert. Der Arm wurde ihm hinter dem Rücken verdreht. «Was hast du damit gemacht?» und bei jeder verwaschenen Silbe wurde ihm der Arm noch weiter verdreht.

Der Schmerz war unvorstellbar. Er lief wie ein alles verzehrendes Feuer durch seinen ganzen Körper. Die ganze Welt bestand nur noch aus Schmerz. Zwischen Himmel und Erde gab es augenblicklich nichts weiter, keine Mummi, keinen Paps, weder Sonne noch Mond, Gott oder Engel, Leben oder Tod. Nur dieses Feuer des Schmerzes, in dem er wie ein Blatt Papier zusammenschrumpfte und sich wand.

«Ich war's nicht, ich war's nicht», schrie er.

Willie ließ ihn los. Er weinte jetzt nicht mehr. Er hockte sich auf die Erde und starrte in unendlicher Hoffnungslosigkeit in die Landschaft. Für Gaylord kehrten Himmel und Erde langsam wieder zurück. Noch überkam ihn der Schmerz in großen Wellen, ebbte aber langsam ab und erfüllte nicht länger das ganze Universum. Jetzt hätte er davonrennen sollen. Aber er tat es nicht. Obwohl ihm der Arm schlaff herunterhing und er ihn sicher bis an sein Lebensende nicht mehr würde gebrauchen können und obwohl er durch die erste Begegnung mit dem Schmerz noch ganz benommen war, brachte er es nicht fertig, fortzulaufen und Willie in der Winterdämmerung allein zu lassen. Er stand da, seine kräftigen Beinchen weit gespreizt, und hielt sich die Schulter mit einer Hand. «Wer wußte denn außer uns, daß es da versteckt lag, Willie?» fragte er.

Willie starrte ins Weite.

«Du mußt es jemand gezeigt haben», sagte Gaylord.

«Warum bist du gekommen und hast es genommen?» stotterte Willie.

«Ich bin's doch nicht gewesen. Jemand anderes muß das Versteck noch gekannt haben.»

«Ich mach den tot, der's war», sagte Willie und starrte leeren Blickes in die Ferne. Er saß vollkommen unbeweglich da. Nur seine Finger zuckten und krallten sich zusammen, als umklammerten sie bereits den Hals des Opfers. «Ich mach dich tot, wenn du's warst.»

«Aber ich war's ja nicht», beteuerte Gaylord.

«Ich erzähl's meinen Brüdern», sagte Willie.

Gaylord spürte eine kalte Leere im Magen. Willie hatte mindestens ein halbes Dutzend Brüder. Sie alle waren grausam, bösartig und schreckten vor nichts zurück. Obwohl sie für Willie keinen Finger krumm machen würden, war ihnen jede Gelegenheit recht, jemanden, der gegen sie allein stand, zu quälen. Mit dem untrüglichen Instinkt eines Kindes ahnte Gaylord das und fürchtete sich davor. Wenn Willie seinen Brüdern tatsächlich alles erzählte, war Gaylord, das wußte er jetzt schon, wirklich in Gefahr.

Aber noch war es nicht soweit. Er sagte: «Willie, ich muß jetzt gehen», und trat einen Schritt zurück. Willie warf sich herum und versuchte, ihn am Knöchel zu packen, griff aber daneben.

Gaylord rannte los. Nach einer Weile sah er sich um. Willie lag noch immer auf der Erde. Da es schon dämmerig war, konnte man nicht erkennen, ob er weinte.

Sein Arm war steif, und stechende Schmerzen durchfuhren ihn. Aber er konnte ihn immerhin wieder bewegen. Ihm war außerdem ein bißchen übel und schwindlig, und zudem war er nicht sicher, ob man ihn nicht einem Verhör unterziehen würde.

So öffnete er denn ganz vorsichtig die Küchentür. Keiner da. Ungesehen und ungehört erreichte er die Treppe. Auf Zehenspitzen schlich er sich hinauf in sein Zimmer und fing an, Trompete zu blasen. Übrigens mit großer Raffinesse. Er tutete in wohldosierten Abständen ein paar kleine Töne. Töne, welche die Familie im unteren Stockwerk nur im Unterbewußtsein aufnehmen würde. Dann ein bißchen lauter. Und dann ein gewaltiges, langanhaltendes Getute, so daß niemand an Gaylords Anwesenheit zweifeln konnte. Den ganzen Nachmittag hat er auf dieser verdammten Tute geblasen, würde Opa sagen. Tante Bea würde ihm beipflichten: Ja, das hat er. Das liebe Kind. Und damit hätte das Opfer ein wunderbares, handfestes Alibi.

Aber das Opfer hatte nicht mit Mummi gerechnet. «Den ganzen Nachmittag hat er auf dieser verdammten Tute geblasen», sagte Opa.

«Ja, das hat er. Das liebe Kind», sagte Tante Bea. Aber

Mummi sagte: «Irgend etwas stimmt nicht mit Gaylord. Das hab ich im Gefühl.» Sie stieg die Treppe hinauf und stieß die Tür zu Gaylords Zimmer auf.

Das hinter ihm liegende schreckliche Erlebnis und dazu noch die Anstrengung des Blasens waren zuviel für Gaylord gewesen. Er fühlte sich ganz schwach auf den Beinen, er schwitzte, und das Zimmer fing an, sich um ihn zu drehen. Mit weit aufgeblasenen Backen blickte er Mummi angstvoll entgegen. «Gaylord», fragte sie, «was hast du denn?»

Er schüttelte den Kopf und blies weiter, obwohl die Anstrengung ihn fast umbrachte.

«Gaylord! Laß dieses idotische Getute und hör zu.»

Er ließ die Trompete sinken und sah sie an. Seine Unterlippe begann zu zittern.

Noch nie hatte sie ihn so hilflos gesehen. Wortlos kam sie zu ihm, setzte sich auf den Bettrand und nahm ihn in die Arme. Einen Moment lang wehrte er sich. Dann fiel sein dunkler Schopf an ihre Brust. Sie hielt ihn eine ganze Weile in ihren Armen und wartete auf die Tränen. Aber es kamen keine Tränen. Nur ein unterdrücktes Schluchzen schüttelte seinen Körper. Das letzte Licht wich aus dem Zimmer. Sie streifte mit den Lippen über sein Haar. «Was hast du denn?» flüsterte sie.

Er schwieg. «Was hast du denn?» fragte sie noch einmal.

«Nichts», sagte er.

Die Angst ließ ihre Stimme scharf klingen. «Gaylord, du mußt es mir aber erzählen.»

«Nichts», wiederholte er und machte sich von ihr los.

«Nun gut», sagte sie sanft. «Dann reden wir eben später darüber, wenn du dich besser fühlst.»

Er schwieg.

«Komm, ich mach dir eine Wärmflasche und pack dich gemütlich ins Bett», versuchte sie ihm zuzureden.

«Es ist doch Weihnachten», sagte er aufgebracht.

«Na schön», sagte sie unsicher. «Aber eins mußt du mir noch sagen. Hast du dir weh getan?»

«Weh getan?» Er machte ein Gesicht, als hätte er nicht verstanden.

«Ja, weh getan», sagte sie und wurde plötzlich ärgerlich.

«Nein, Mummi», antwortete er kläglich.

Sie sah ihn an. Es gab so viele Fragen, die sie gern gestellt hätte. Statt dessen sagte sie verständnisvoll. «Also, dann geh ich jetzt. Komm bitte runter, wenn du soweit bist.»

In der Tür blieb sie noch einmal stehen. «Bist du ganz sicher, daß du mir nichts erzählen möchtest?»

Es war bereits zu dunkel, um sein Gesicht erkennen zu können. Aber er sagte nichts. Sie ging, um Paps zu suchen. Sie wollte ihn nicht beunruhigen, nicht an Weihnachten, und versuchte es daher auf die leichte, literarische Tour. «Gaylord trägt eine Lilie auf der Stirn», erklärte sie.

Paps sagte: «Ich fürchte, *La Belle Dame* würde ihn noch ein bißchen zu jung finden. Vielleicht hat er sich nur überfressen.»

Jetzt konnte sie es doch nicht mehr für sich behalten. «Jocelyn, ich mache mir Sorgen. Er sah schlimm aus. Saß da im Halbdunkel und trompetete, als ob sein Leben davon abhinge. Es ... es hat mir fast das Herz gebrochen.»

«Und er hat dir nicht verraten, was ihn quält?»

«Den Teufel hat er getan! Du kennst doch Gaylord. Er hat das Zeug zu einem Märtyrer in sich.»

«Ich werde mal ein Wörtchen mit ihm reden», sagte Paps.

Sie schüttelte den Kopf. «Nein, laß ihn lieber in Ruhe. Er hat Kummer und versucht, ihn gewaltsam zu unterdrücken. Das Kerlchen hat wirklich Mumm.»

Er machte ein besorgtes Gesicht. «Sollen wir es dabei belassen?»

«Ich fürchte, wir können nichts anderes tun. In seinem augenblicklichen Zustand bringt er kein Wort heraus. Ich weiß nur, daß er fort gewesen ist. Und das ist es, was mich beunruhigt.»

«Woran denkst du?»

«An Willie», sagte sie.

7

In ganz England weihnachtete es weiter. Die Nacht senkte sich herab, Vorhänge wurden zugezogen, Kaminfeuer aufgeschichtet und Kuchen angeschnitten. Eine ungesellige Nation versuchte auf ihre verbissene englische Weise gesellig zu sein. Verwandte, die sich dreihundertvierundsechzig Tage im Jahr nicht ausstehen konnten, zogen gemeinsam an Knallbonbons, trugen närrische Hüte und waren für die Erlebnisse ihrer Mitmenschen ganz Ohr.

Im Zypressenhof wartete jeder mit Schrecken auf den fürchterlichen Moment, in dem Tante Bea Gesellschaftsspiele vorschlagen würde. Becky und Peter hielten Händchen. Bobs und Großtante Marigold unterhielten sich über Rugby, ein Thema, über das die alte Dame erstaunlich gut Bescheid wußte. Onkel Ben und Opa dösten vor sich hin und Paps allem Anschein nach auch, obwohl er immer wieder erklärte, daß sein Verstand nie wacher sei als im Halbschlaf. Mr. Grebbie beobachtete Opa wie ein Briefträger, der einem anscheinend schlafenden Wachhund mißtraut, und lächelte Rose ab und zu schüchtern und dankbar an. Rose dachte, wie gut Bobs doch aussehe und daran, daß der Tag verstrich und sie ihn noch keinen einzigen Augenblick für sich allein gehabt hatten. Warum war er nur gekommen? Aus Höflichkeit? Nein, dachte sie traurig. Bobs war nicht der Mensch, der der Höflichkeit auch nur einen einzigen Tag opfern würde. Um Becky wiederzusehen? Um von den Brosamen zu essen, die von Peters Tisch fielen? Das konnte sie sich eigentlich auch nicht vorstellen. Ganz bestimmt aber nicht, um mit Großtante Marigold über Rugby zu sprechen. Nein, er war doch ihretwegen gekommen. Er hatte eben nur eine seltsame Art, seine Zuneigung zu zeigen.

Aber sie war nicht restlos davon überzeugt.

Gaylord lümmelte sich auf den Knien seiner Mutter, während sie ihm *«Winnie the Pooh»* auf lateinisch vorlas. Das englische Original konnte er nicht leiden, empfand aber die gewichtigen lateinischen Silben eigenartig wohltuend. *«Vita nubeculae est fons superbiae»*, las Mummi.

Opa regte sich. «Klingt ja wie Latein», knurrte er.

«Ist es auch», sagte Mummi.

Opa rappelte sich hoch und visierte Mummi mit einem unheilvollen Blick. «Das versteht er doch gar nicht, oder?» bellte er.

«Kein Wort», sagte Mummi.

«Warum in aller Welt liest du's ihm dann vor?»

«Ihm gefällt das Englische nicht», erklärte Mummi.

Opa dachte darüber nach. Da mußte es doch eine andere Lösung geben. Es gab auch eine, und er hatte sie gefunden. «Könntest du nicht», sagte er, «ein Buch aussuchen, das ihm *wirklich* gefällt? Das könntest du ihm dann auf englisch vorlesen», erklärte er.

«Als ob ich das nicht schon versucht hätte», sagte Mummi.

Opa schnaubte nur. Aber damit hatte er etwas Schönes angerichtet, denn nun ließ sich Tante Bea hören: «Ah, John, endlich bist du aufgewacht. Also dann mal los. Wer ist für Schreibspiele?»

Paps verkroch sich noch tiefer in seinem Sessel. Stan Grebbie sah ganz verstört aus. Onkel Ben richtete sich energisch auf. «Sehr richtig. Zu Weihnachten gehören auch Schreibspiele.»

«Wieso?» wollte Paps wissen, der plötzlich merkte, was ihm bevorstand.

Tante Bea verteilte bereits Bleistifte und Papier aus ihrer Handtasche und ließ ein Nein nicht gelten. «Jocelyn, auch einen Bleistift?»

«Nein, danke, ich nehme meinen Füller», sagte er verdrießlich und zog sein kostspieliges Schreibutensil aus der Tasche. Wenn er schon leiden mußte, wollte er es so elegant wie möglich tun. «Kann ich bitte eine Schreibunterlage haben?» fragte er und hielt sein Papier hilflos in die Gegend.

Tante Bea nahm Mummi *«Winnie the Pooh»* ab und reichte es Paps. «Es wundert mich, daß du nicht darauf bestehst, auf deiner Schreibmaschine zu schreiben», sagte sie. Sie fand Paps prätentiös.

«Danke», sagte Paps im Tonfall eines Großwesirs, dem man eben die seidene Schnur überreicht hat.

Das gräßliche Ritual begann. Opa traf die Bardot im Supermarkt, Bobs traf die Äbtissin bei der Windmühle und Mr. Grebbie, zu seiner grenzenlosen Verwirrung, die Pompadour beim Ostermarsch der Atomwaffengegner. Schließlich hatte sogar Tante Bea genug. «Was machen wir jetzt?» fragte sie.

«Wir essen zu Abend», sagte Jocelyn schnell.

«Wir können doch noch nicht Abendbrot essen», sagte Tante Bea, «wir haben ja erst ein Spiel gespielt.»

Becky machte einen nicht sehr überzeugenden Versuch, den Rock über ihre hübschen Knie zu ziehen. «Spielen wir doch ‹Der Briefträger kommt›», sagte sie.

«Oh, sei doch nicht kindisch», sagte Rose. Aber Onkel Ben fand den Vorschlag großartig. «Den ‹Briefträger› hab ich seit Jahren nicht mehr gespielt.» Dabei rieb er sich genüßlich die Hände, und seine Augen glitten über Beckys verführerisch junge Formen.

«Wie spielt man denn ‹Der Briefträger kommt›?» fragte Gaylord.

Tante Bea erklärte: «Jemand geht vor die Tür. Dann zieht

jeder eine Zahl; derjenige, der draußen ist, ruft eine Zahl, und der mit dieser Zahl muß hinausgehen.»

«Und was passiert dann?»

«Dann küssen sie sich draußen.»

Das hätte ich mir denken können, dachte Gaylord. Immer derselbe Quatsch. Er hatte schon das Schreibspiel mit ungläubigem Staunen verfolgt und es für einen absoluten Tiefpunkt der Erwachsenen-Idiotie gehalten. Aber ihm wurde nun klar, daß es noch schlimmer kommen konnte. Wie ihn ja überhaupt das Benehmen der Erwachsenen meistens überraschte und deprimierte. Aber am heutigen Abend wollten sie sich anscheinend selbst übertreffen.

«Ich geh zuerst raus», sagte Becky.

«Das konnt ich mir denken», sagte Rose.

Becky ging hinaus. Und rief Gaylords Zahl auf.

Er ging in die Vorhalle. Tante Becky stand lächelnd unter dem Mistelzweig. Als sie sah, wer da zu ihr herauskam, kniete sie sich hin und streckte beide Arme aus. Gaylord ließ sich hineinfallen und fand hier Trost für seinen schmerzenden Körper und seine geschundene Seele. Becky lächelte nicht mehr. Als sie den Kuß auf seine zarten Kinderlippen drückte, sah sie ihn besorgt an. «Was hast du denn, mein Kleiner?» flüsterte sie.

Er schüttelte den Kopf, als er sich an sie schmiegte, und spürte dabei etwas von dem Frieden, den abgekämpfte Männer bei zarten und wohlriechenden Frauen finden. Dann richtete er sich auf und preßte einen Augenblick lang seinen Kopf gegen den weichen Stoff ihres Kleides. Sie fragte: «Was willst du für eine Zahl haben?»

«Sieben», sagte er.

Becky grinste ihn verschmitzt an und ging zurück ins Zimmer. Kurz darauf kam Tante Rosie in die Halle.

Tante Rosie war nicht nach Gaylord zumute. «Hallo, Gaylord», sagte sie. «Willst du mich küssen?»

«Eigentlich nicht», sagte Gaylord.

«Das beruht auf Gegenseitigkeit», sagte Tante Rosie.

«Was heißt auf Gegenseitigkeit?»

«Das heißt, das ganze Spiel ist blöde.»

«Finde ich auch», sagte Gaylord. «Soll ich ihnen denn dann eine Zahl von dir sagen?»

«Ich glaube, es bleibt uns nichts anderes übrig», sagte Rose scheinbar gleichgültig. «Fünf.»

Gaylord wanderte ins Zimmer zurück. Rose wartete. Die Tür öffnete sich. Stan Grebbie drückte sich schüchtern in die Halle und sah dabei so ängstlich aus wie eine viktorianische Braut in der Hochzeitsnacht. Oh, das ist ungeheuerlich, dachte Rose. Hier müssen sich zwei Erwachsene der peinlichsten Situation aussetzen, nur weil Weihnachten ist und Bea und Ben idiotische Spiele spielen wollen. «Lassen wir's gut sein, Mr. Grebbie», sagte sie. «Wir müssen das nicht alles bis zum bitteren Ende mitmachen, wissen Sie.»

Er lächelte sie mühsam und etwas gequält an. «Sie sind sehr verständnisvoll, Miss Pentecost. Man will ja natürlich nicht ungalant erscheinen. Aber wir sind ... *ich* bin ein bißchen zu alt für solche Spiele, finden Sie nicht auch?»

«Armer Mr. Grebbie», sagte sie. «Ich fürchte, daß dieses Weihnachten eine rechte Nervenprobe für Sie ist.» Sie lachte befreit. Es war so merkwürdig, daß seine Schüchternheit ihr Selbstvertrauen stärkte.

«Ein höchst angenehmes Weihnachten», beteuerte er. «Und ich möchte Ihnen recht herzlich für all ihre Freundlichkeit danken. Sie waren eine ... eine wahre Säule für mich.»

«Ich?» Rose lachte noch immer. «Aber ich bin doch die schwächste Person unter der Sonne.»

«Nicht für mich», sagte er. «Ich finde, Sie sind ... ein großartiger Mensch.»

Das Blut schoß ihr in die blassen Wangen. Sie wirkte auf

einmal größer, aufrechter. «Das ist das schönste Kompliment, das man mir jemals gemacht hat», sagte sie ruhig.

«Aber es ist die Wahrheit», sagte er. Er machte einen Schritt auf die Tür zu und spielte mit dem Türknauf. Er setzte mehrfach dazu an, etwas zu sagen, fand aber keine Worte. «Was ist denn, Mr. Grebbie?» fragte sie.

Er sah zu Boden. «Darf ich Sie... nicht vielleicht doch küssen, Miss Pentecost?»

Lächelnd stand sie da und streckte ihm mit einer kleinen freundschaftlichen Geste die Hände entgegen. Er trat auf sie zu und küßte sie sehr förmlich auf den Mund. «Danke», sagte er und hielt die Zimmertür für sie auf.

Paps küßte Mummi. Sie lächelten beide. «Ich finde es immer noch schön», sagte sie. «Selbst nach all den Jahren.»

«Wirklich? Und ich dachte, arme alte Mummi, jetzt wählt sie auch noch meine Zahl. Sie hat auch nie eine Abwechslung.»

«Ich brauche gar keine. Komisch mit diesem Spiel, wenn man dabei seinen eigenen Mann küßt, kommt man sich direkt unmoralisch vor.»

Später sangen sie, um das Klavier versammelt, fröhliche Lieder, Weihnachtslieder, alberne, sentimentale Lieder, Scherzliedchen, schwermütige schottische Lieder von Nebel und Not, von Bächen und Bergen, Herzweh und Heide.

Und plötzlich war der Tag vorbei. Alle fühlten sich glücklich und von einer Sorglosigkeit erfüllt, wie sie einem nur selten beschieden ist und nicht für lange. Vielleicht lag es am Wein, vielleicht an den schwermütigen Liedern, vielleicht an Tante Beas albernen Spielen. Und alle gingen hinaus ins Freie, die Jungen Arm in Arm, hinaus in die milde Nacht, um die Gäste abfahren zu sehen. Sogar Rose kicherte. Und Mr. Grebbie erkühnte sich sogar, ihre rechte Hand zu halten, während Bobs ihre linke hielt. «Steig ein, Grebbie», sagte Bobs. Widerstrebend gab Stan ihre Hand frei und kletterte ins Auto. Er steckte den Kopf durchs Fenster. «Auf Wiedersehen, Rose. Und noch vielen Dank.»

«Auf Wiedersehen», antwortete sie abwesend. Sie wandte sich Bobs zu, der noch immer ihre Hand festhielt. «Wiedersehen, Bobs.»

«Auf bald, Rosie», sagte er und zog sie an sich. «Bleib brav. Bis zum nächstenmal.»

Sie kicherte glücklich und ließ sich vor allen von ihm küssen. Einen kurzen Augenblick lang schien alles so einfach und leicht und unkompliziert. Alle Spannungen, alle Zweifel und alle Hemmungen waren wie weggefegt, und sie hielt ihren Liebsten leicht und glücklich, wie niemals zuvor und vielleicht niemals wieder.

8

Schon verschwand Weihnachten wieder in der Vergangenheit, wie ein erleuchteter Zug, den die Nacht verschlingt. Vom alten Jahr blieben nur noch wenige trübselige Tage, in denen sich all die unangenehmen und lästigen Pflichten meldeten, die man so unbekümmert bis nach Weihnachten aufgeschoben hatte. Als nächstes stand der Januar auf dem Kalender; man sah durch den langen Tunnel des Winters die trügerischen Versprechen des Frühlings vor sich liegen und die ganze Niedertracht eines englischen Sommers.

Silvester kam heran. Der einzige Tag des Jahres, den Paps ehrlich haßte und fürchtete, war Silvester. Auf der Schwelle eines Jahres zu stehen und in die Zukunft zu spähen mit all ihren Nöten und Ängsten, war mehr, als er ertragen konnte. Es war noch schlimmer, als sich rückblickend die Versäumnisse, Fehlentscheidungen und Kompromisse des sterbenden Jahres zu vergegenwärtigen.

Das sterbende Jahr! Guter Gott, wie melancholisch das klang. Das Jahr starb und damit ein bißchen von einem selbst. Nicht nur von ihm; von Mummi und Gaylord und den guten Alten; von Beckys Schönheit und Roses schwindender Jugend. Alles starb dahin. Läutet das Alte hinaus, aber läutet nicht das rohe, kalte Neue ein, bevor ich mich mit noch einem Gläschen Port dafür gestärkt habe. Paps, der sonst nicht viel trank, leerte an Silvester immer mindestens eine halbe Flasche Portwein. Das hielt die Gespenster und die Nebelschleier fern.

Gerade an diesem Silvester mußte er über etwas ganz Bestimmtes nachdenken. Erst heute hatte Mummi gesagt: «Liebster, es kann sein, daß ich wieder ein Kind kriege.»

«O nein», hatte er geschrien. «Nicht noch einen Gaylord.»

Sie hatte ihn amüsiert angelächelt. «Sehr enthusiastisch klingst du ja nicht gerade. Du würdest wahrscheinlich lieber eine Romanfigur in die Welt setzen, was?»

«Romanfiguren schreien wenigstens nachts nicht», hatte er gesagt.

Es war fast Mitternacht. Alle lagen schon in den Betten. Paps saß noch am Kamin, rauchte eine Zigarre und betrachtete durch den roten Wein hindurch den tanzenden Feuerschein. Was ist doch ein Glas Port für eine köstliche Sache, dachte er. Hat etwas von Gestalt und Farbe einer Rose und im Schein des Kaminfeuers auch etwas vom Leben einer Rose. Aber es war viel mehr als eine Rose. Aus einer Blume konnte man weder Mut noch Trost, Entspannung oder gar zeitweilige Zufriedenheit trinken.

Aber aus einem Glas Port konnte man das. Er tat es und schenkte sich wieder ein.

Die Tür ging auf. Gaylord schlüpfte herein. «Ich habe scheußlich geträumt», sagte er.

«Ich auch», sagte Paps.

«In meinem Traum kamen Tiger und Löwen vor», berichtete Gaylord. «Wovon hast du geträumt?»

«Nur von der Zukunft und der Vergangenheit», sagte Paps.

«Ich wette, das war nicht so schlimm wie meine Tiger und Löwen», sagte Gaylord.

«Das kann schon sein», sagte Paps. «Aber es war schlimm genug.»

Gaylord machte es sich in dem Sessel Paps gegenüber bequem, die Hände in den Taschen seines Morgenrocks vergraben, die Beine weit gespreizt. In der Haltung eines Erwachsenen bei einem Männergespräch. Es war die Haltung eines selbstbewußten Studenten, eines Mittfünfzigers im Club, eines alten, müden Mannes. Paps erblickte zum erstenmal hinter dem kleinen Jungen den erwachsenen Mann. Noch ein paar Jahre weiter, und Gaylord würde eine Frau in den Armen halten, sich mit anderen Männern messen, seinen Portwein trinken und sich Sorgen machen, was mit Mummi und Paps geschehen sollte, die nicht mehr die jüngsten waren.

Gaylords Augen waren hell und wach, aber die späte Stunde verlieh ihnen einen Ausdruck von Weisheit und Verstehen, der bei einem Kind befremdlich war. Paps betrachtete seinen ernsten, erwachsenen, kräftigen Sohn, und er spürte, daß dies ein seltener Augenblick der Freundschaft und Liebe war, in dem es vielleicht endlich einmal keine Schranken mehr zwischen ihnen gab. «Hör mal, alter Knabe», sagte er. «Deine Mutter macht sich große Sorgen um dich. Was ist eigentlich am Weihnachtstag passiert?»

Paps nannte Gaylord nicht oft «Alter Knabe». Aber wenn er das tat, fing Gaylords Gehirn fieberhaft an zu arbeiten. Alarmglocken schrillten, und alle Signale schalteten auf Rot. Der arme Paps hatte keine Chance. «Nichts», sagte Gaylord und blickte Paps dabei mit seinen langbewimperten, ernsten, ehrlichen schwarzen Augen an.

«Ich dachte, du würdest es mir vielleicht erzählen», sagte Paps.

«Ich bin nur spazierengegangen. Dann bin ich wieder nach Hause gekommen.»

«Soso», sagte Paps und starrte ins Feuer. «Du bist also spazierengegangen und dann wieder nach Hause gekommen.» Er seufzte.

«Ja, genau», sagte Gaylord. Er sah seinen Vater an. Es kam eigentlich selten vor, überlegte er, daß man Paps etwas fragte, ohne eine alberne Antwort zu bekommen. Aber heute nacht, das spürte er, könnten die Schranken vielleicht geöffnet sein. «Wann kommt der andere Gaylord?» fragte er.

«Der was?» Paps sah verblüfft aus. Nach einer halben Flasche Port konnte er nicht mehr genau sagen, welche Fragen Sinn hatten und welche keinen, aber diese, das fühlte er, diese hatte keinen Sinn.

«Der andere Gaylord. Du hast doch zu Mummi gesagt: ‹Nicht noch einen Gaylord.›»

«Das solltest du gar nicht hören», sagte Paps.

Gaylord machte ein verschmitztes Gesicht.

«Mummi bekommt wieder ein Baby», sagte Paps.

Diese Erklärung hatte Gaylord gefürchtet. Er war gekränkt. In einer Angelegenheit, die ihn so unmittelbar betraf, hätte man ihn doch wenigstens fragen können. «Ich muß doch nicht etwa mit ihm spielen?» fragte er.

«Wahrscheinlich wirst du das wollen», sagte Paps ohne große Überzeugung. Philoprogenetik war nicht gerade seine Stärke. Bei Babies dachte er eher an Windeln und die Sechs-Uhr-Flasche als an den Fortbestand des Lebens und das Gesegnet-ist-der-Mann-der-viele-Kinder-hat.

Gaylord saß mit halbgeschlossenen Augen da. Einen hoffnungsvollen Augenblick lang dachte Paps, er würde einschlafen. Aber dann öffneten sich die Augen wieder weit, und Gaylord sagte: «Wo kriegt ihr eigentlich die Babies her?»

O Gott, dachte Paps, jetzt hat's mich erwischt. Er hatte immer gehofft, daß im entscheidenden Augenblick Mummi das Opfer sein würde. Aber sie war es nicht. Er war es. Und das eine Viertelstunde nach Mitternacht und auf einen Ozean von Portwein.

Mummi hatte aber immer wieder gesagt, daß man Fragen furchtlos und offen beantworten müsse. So sagte er furchtlos und offen: «Sie kommen aus dem Leib der Mutter.»

Gaylord lachte vergnügt. «O Paps, bist du aber komisch», schrie er anerkennend.

Paps sagte: «Ich bin gar nicht komisch! Das ist die Wahrheit.»

Aber Gaylord bog sich noch immer vor Lachen in seinem Sessel. Jocelyn hatte schon lange nicht mehr eine so erfolgreiche Bemerkung gemacht. Nur war diese ja eigentlich gar nicht komisch gewesen. Er erklärte weiter: «Ein Baby ist wie eine Eichel. Es wächst neun Monate im Leib der Mutter und wird dabei immer größer und kräftiger. Dann wird es geboren und beginnt sein eigenes Leben.»

Gaylord wurde langsam wieder nüchtern. Er sah jetzt nachdenklich aus. «Paps ...» begann er.

«Ja, Gaylord?» sagte Paps, auf alles gefaßt. Jetzt wird er gleich nach den Details dieses Vorganges fragen, dachte er. Und das war die Quiz-Preisfrage. Krampfhaft versuchte er sich daran zu erinnern, wie das in den Aufklärungsbüchern dargestellt wurde.

Gaylord runzelte die Stirn. «Paps, kannst du mir sagen, wie es der Mann fertigbrachte, seiner Frau zu Weihnachten ein Rebhuhn auf einem Birnbaum zu schenken?»

«Also, willst du nun, daß ich dich aufkläre oder nicht, Gaylord? Verdammt noch mal!» sagte Paps verbittert. Er als Junge war mit unersättlicher Neugier hinter diesem Thema hergewesen. Aber ihm hatte man immer nur Geschichten von Störchen und Teichen aufgetischt. Und Gaylord, dem man die Tatsachen furchtlos und offen auf einem Tablett präsentierte, zeigte dafür nicht das geringste Interesse. Es war nicht zu fassen.

«Paps», sagte Gaylord, «du hörst ja gar nicht zu. Er konnte das doch gar nicht machen, stimmt's? Wenn er den Baum bis zu ihrem Haus getragen hätte, wäre doch das Rebhuhn davongeflogen, oder?»

«Ich glaube, das darf man nicht so wörtlich nehmen», sagte Paps. Sein Interesse wurde wach. «Aber andererseits, muß ich gestehen, hatte diese Geschichte für mich nie etwas Symbolisches.»

«Oh», sagte Gaylord. Er dachte nach. «Vielleicht hat er das Huhn an einem Zweig festgekettet oder so.»

Er stand auf und sah seinen Vater mit aufgerissenen Augen an. «Aber das wäre doch grausam gewesen, findest du nicht, Paps?»

«Ja», sagte Paps. «Gehst du jetzt ins Bett?»

«Nacht», sagte Gaylord. «Ist jetzt schon nächstes Jahr?»

«Ja.» Der Sprachfanatiker in Paps sehnte sich danach, zu erklären, daß es niemals nächstes Jahr sein könne, aber er war zu müde.

«Ich wette, daß 'ne Menge Leute dieses Jahr sterben werden», sagte Gaylord.

«Warum, um Gottes willen?»

«Das tun sie doch immer», sagte Gaylord. «Millionen.»

«Und was hast du gemacht?» fragte Mummi und streckte sich wohlig im Bett.

«Ununterbrochen gebechert. Und mit Gaylord in die Zukunft geschaut.»

«Was habt ihr denn gesehen?»

«Ich überhaupt nichts. Aber Gaylord stellte die Prognose, daß dieses Jahr ein Haufen Leute sterben würden. Er sagt, das täten sie immer.»

«Warum, um Himmels willen, ist er denn noch mal aufgestanden?»

«Er mußte sich von einem schlimmen Traum erholen. Ach ja, im übrigen habe ich ihm einen Aufklärungsvortrag gehalten.»

«Großer Gott. Wie hat er denn reagiert?»

«Er hat sich totgelacht. Hielt es für die komischste Geschichte seit der Witwe Bolte.»

«Damit könnte er recht haben», sagte Mummi.

Paps haßte und fürchtete Silvester. Rose aber haßte und fürchtete gleich mehrere Tage im Jahr – immer die ersten nach den Ferien.

Sie wachte schon lange vor Morgengrauen auf, hatte in der molligen Dunkelheit die Knie weit heraufgezogen, und wußte genau, daß dies ihre letzten friedlichen Minuten waren. Sowie der Wecker schrillte, hieß es, hinaus ins feindliche Leben und hinein in ein neues Trimester. Jedesmal dachte sie, ich schaffe es nicht. Jedesmal schaffte sie es doch. Ihre Tapferkeit mußte selbst Engel zu Tränen rühren. Aber es kam sie hart an. Menschen wie Rose stehen jeden lieben Arbeitstag einem Exekutionskommando gegenüber.

Das Wintertrimester war das schlimmste. Jedermann war übellaunig und erkältet, die ganze Schule roch nach nassem Zeug und Eukalyptusbonbons. Und dann diese Morgenstunden, diese entsetzlich düsteren Morgenstunden im gnadenlosen elektrischen Licht. Nicht einmal der Gedanke, Bobs wiederzusehen, vermochte der Aussicht, an einem kalten Januarmorgen zu diesen gräßlichen Knaben und Mädchen zurückkehren zu müssen, etwas von ihrem Schrecken zu nehmen.

Gaylord sagte zu Mummi: «Kennst du den Mann, der seiner Frau ein Rebhuhn auf einem Birnbaum brachte?»

«Ja», sagte Mummi.

«Na, das konnte er doch gar nicht. Wenn er nämlich den Baum zu ihrem Haus getragen hätte, mit dem Rebhuhn drauf, wäre das Rebhuhn doch fortgeflogen, oder?»

«Ich könnte mir denken, daß er schon mit dem Baum allein genug zu tun hatte, ohne auch noch auf den verflixten Vogel achten zu müssen», sagte Mummi. «Willst du eine Mohrrübe haben?»

«Ja, bitte», sagte Gaylord, der Mummi beim Kochen half. Er knabberte daran. «Wo kriegst du eigentlich die Babies her?»

«Aus dem Kaufhaus», antwortete Mummi abwesend.

«Wie bitte?»

Mummi war sehr beschäftigt. «Hör mal», sagte sie, «ich dachte, das hättest du alles schon mit Paps besprochen?»

Gaylord verschluckte sich beinahe. «Paps sagt, sie kommen den Damen aus dem Leib. Der ist vielleicht komisch, was?»

«Er hat ganz recht», sagte Mummi, während sie anfing, die Kartoffeln zu schälen. Aber so ging es wohl doch nicht. Sie trocknete sich die Hände ab und setzte sich an den Küchentisch. «Du lebst auf dem Lande», sagte sie. «Du weißt doch, wie es bei den Tieren ist. Also gut, bei den Menschen ist es genauso.» Sie nahm Gaylords Hand. «Gaylord, ich werde wieder ein Baby bekommen. Und bei mir ist es genauso.» Sie machte das doch wirklich großartig. Sie war über sich selbst gerührt. «Es ist alles ganz natürlich.»

Gaylords Gedanken wanderten zur Sau Bessie. «Du meinst, du ... wirfst Junge?» fragte er.

Mummi schwieg. «Ja», sagte sie schließlich. «Ich würde es vielleicht nicht ganz so ausdrücken, aber ... so ähnlich ist es wohl.»

Gaylord betrachtete seine Mutter mit ganz neuem Interesse, ja, mit einer ganz neuen Hochachtung. Er hätte nie gedacht, daß sie so etwas konnte. «Darf ich dabei zugukken?» fragte er begierig.

«Nein», sagte Mummi.

«Opa hat mich aber bei Bessie zugucken lassen», sagte Gaylord enttäuscht.

Mummi sagte: «Obwohl Bessie und ich biologisch vieles gemein haben mögen, hoffe ich doch, daß es zwischen uns kleine Unterschiede in Wesen und Charakter gibt.»

Den letzten Satz bekam Gaylord nicht so ganz mit. Er klammerte sich daher an eines der Worte, die er begriffen hatte. «Was für Unterschiede?»

Mummi wurde ungeduldig. «Mein Gott, Gaylord, wenn du zwischen mir und einer alten Sau keinen Unterschied sehen kannst, dann kann ich dir auch nicht helfen.» Sie stand auf und ging zum Spülbecken zurück. Zu ihrer eigenen Überraschung war sie dem Weinen nahe. Sie war wirklich über sich selbst erstaunt. Sie, die sonst immer so kühl und ironisch war, hatten die unschuldigen Fragen des Kindes aus der Fassung gebracht. Das kann nur diese verwünschte Schwangerschaft sein, dachte sie. Aber wenn ich jetzt schon so empfindlich bin, wie soll das erst gegen Ende dieser Zeit werden? Bessie, meditierte sie, würde sich nie so gehenlassen. Vielleicht konnte sie von dem alten Mutterschwein doch noch etwas lernen.

9

Das neue Jahr hatte die offene See erreicht und dampfte mit voller Kraft voraus. Die Tage wurden länger und heller, matter Sonnenschein schimmerte auf den entlaubten Bäumen, der Matsch war dick und zäh, und die Erde geriet bereits in Erregung, den nahenden Frühling erwartend. Aber dann kam der Schnee.

Schnee ist etwas Merkwürdiges. Er kann das nasseste, kälteste und deprimierendste Phänomen der Natur sein, so unbehaglich wie klamme Bettücher. Er kann aber auch die Welt in ein verwunschenes Eiszuckerreich des Entzückens verwandeln. Es hängt ganz von dem Temperament und vom Alter des Betrachters ab und von den sonstigen Umständen.

Rose, die an ihrem ersten Schultag durch den Schnee radelte, haßte ihn. Er haftete an den Speichen, er war tückisch, und als der in Dampf, Schnee und Feuchtigkeit gehüllte Zug in den Bahnhof einfuhr, glich er eher der transsibirischen Eisenbahn als dem Acht-Uhr-zweiunddreißig-Zug von Shepherd's Warning.

Gaylord liebte den Schnee nicht so sehr, wie jeder von ihm erwartete. Man konnte aus ihm natürlich diese riesigen Schneebälle rollen, die zweimal so groß wurden wie man selber. Aber, ehrlich, was sollte das schließlich? Es ging ihm dabei wie vermutlich manchem Ptolemäer nach der Vollendung einer Pyramide. Das Ding tat einfach nichts. Das gleiche konnte man von Schneemännern sagen. Und da Gaylord ein empfindsames Kind war, fand er auch kein Vergnügen daran, das Gesicht voll Schnee zu kriegen oder sich beim Schneeballen die Hände halb abzufrieren.

Mummi und Paps liebten den Schnee. Sie machten im Schnee lange Spaziergänge, wirbelten ihn mit den Schuhspitzen hoch wie im Herbst die toten Blätter und schüttelten ihn von den Bäumen in ihre lachenden Gesichter. Gaylord, den sie öfter auf diese albernen Ausflüge mitnahmen, versuchte krampfhaft, sich in sie hineinzuversetzen. Aber das fiel ihm sehr schwer. Eltern konnten manchmal schon wirklich anstrengend sein.

Rose hastete ins Lehrerzimmer. Ängstlich blickte sie sich um. Nein, er war noch nicht da. Vor dem Fenster wirbelten die Schneeflocken aus einem tief herabhängenden Himmel. Es sah fast so aus, als würde es niemals, niemals wieder aufhören. Sie fing an, sich Sorgen über den Heimweg zu machen. Wenn nun der Zug steckenblieb. Was sollte sie dann tun? Es gab keinen Bus nach Shepherd's Warning. Sie fühlte sich plötzlich verloren, von Haus und Familie abgeschnitten, allein unter Fremden.

«Ich wette, du kommst heute nicht mehr nach Hause», sagte eine Stimme hinter ihr. Sie fuhr herum. «Bobs», sagte sie.

«Hier hast du einen Brief», sagte er, «von einem Verehrer.» Er hielt ihn ihr entgegen. Er war an sie, per Adresse J. R. Roberts, gerichtet. «Für mich?» fragte sie. Sie konnte sich nicht vorstellen, wer ihr schreiben sollte, und riß den Umschlag auf. «Na so was, von Mr. Grebbie», rief sie.

«Stell dir vor», sagte Bobs.

Sie las den Brief und war gerührt. «Wie reizend von ihm. Er dankt mir für den netten Weihnachtstag. Er hofft, daß wir uns mal wiedersehen.»

«Fein, fein», sagte Bobs.

«Er war richtig nett», sagte Rose und tippte mit dem Finger auf den Brief.

«Hat er dir wirklich gefallen?» Das klang erstaunt. «Der ist doch kein Mann.»

«Doch», widersprach Rose. «Er ist nett und sanft. Und ich dachte, er wäre dein Freund.»

«Ist er ja auch. Aber man muß doch klarsehen.»

Langsam geriet Rose in Wut. Jeden Augenblick konnte sie die Fassung verlieren. Und das ausgerechnet bei Bobs. Aber sie konnte nicht anders. «Auf jeden Fall hat er mir zum Dank für Weihnachten einen Gruß geschickt.»

«Das soll wohl heißen, daß ich es nicht getan habe, wie?» Er sah auf einmal ganz böse aus. Aber sie hatte sich nicht mehr in der Hand und hörte sich sagen: «Hast du es denn etwa?»

«Ich hatte es vor», muffelte er.«Ich bin leider nicht dazu gekommen.»

«Aber Mr. Grebbie», sagte sie.

Da klingelte es. Er schnappte sich seine Bücher und eilte, ohne sie eines weiteren Blickes zu würdigen, davon. «Bobs», rief sie bekümmert. Er schien es nicht zu hören. Ein oder zwei ihrer Kollegen sahen überrascht und amüsiert zu ihr herüber. Was für eine Närrin sie doch war. In der letzten Zeit konnte sie sich einfach manchmal nicht beherrschen. Wie konnte sie Bobs nur so behandeln! Er würde sie als hysterische alte Jungfer einfach abschreiben, und man konnte es ihm ja auch nicht verdenken. Und heute war erster Schultag, und die Kinder heulten entweder nach ihren Müttern oder waren .wegen des Schnees nicht zu halten. Zudem stand fest: der Heimweg heute abend würde entsetzlich werden, wenn sie überhaupt nach Hause kam. Sie warf einen Blick aus dem Fenster. Die Wolken hingen bis auf die Schornsteine herab, und die wie Derwische tanzenden Flokken machten sie schwindlig.

Mittags war keine Spur von Bobs zu entdecken. Ein heulender Wind trieb den Schnee vor sich her und türmte ihn zu dichten Wehen auf. Wo sonst der Verkehr dröhnte, herrschte unheilvolle Stille. Es war, als hätte die Winterdämmerung bereits Besitz von der Stadt ergriffen. Rose ängstigte sich.

Als die Glocke zum letztenmal schrillte, war die Dunkelheit bereits mit Macht eingebrochen – eine wirbelnde, beunruhigende Dunkelheit, in der alle Geräusche gedämpft und unwirklich klangen, in der die Schneeflocken wie aufgescheuchte Motten um die Straßenlaternen schwirrten. Trotz ihrer Besorgnis, ob sie wohl nach Hause käme, trödelte Rose noch herum in der Hoffnung, Bobs zu sehen. Sie mußte ihm alles erklären, sich entschuldigen und ihn wieder freundlich stimmen. Aber er war wohl schon früh gegangen, denn das letzte Fahrrad war schon aus dem Schuppen verschwunden, und sie hatte ihn nicht zu sehen bekommen. Was mußte er bloß von ihr denken? Sie sehnte sich danach, sich vor ihm zu erniedrigen, wie ein reuiger Sünder, der nach dem Geständnis verlangt. Aber er war fort.

Rose lief zum Bahnhof und ging auf den Bahnsteig. «Fährt der Zug nach Shepherd's Warning?» fragte sie den Gepäckträger.

«Das dürfte ihm schwerfallen», sagte er und wies auf die weiße Wüste außerhalb der Bahnhofshalle. «Die Schneewehen da draußen liegen fast vier Meter hoch.»

«Aber ... aber wie komme ich denn dann nach Hause?» sagte Rose.

«Gar nicht», sagte er. «Der Warteraum für Damen ist geheizt.»

«Also, die Nacht möchte ich da aber auf keinen Fall verbringen.» Rose war schon wieder in Harnisch. Aber wo sollte sie denn die Nacht verbringen? Das war ja fürchterlich, wenn man nicht wußte, wohin. Vermutlich mußte sie es im Hotel versuchen. Es gab nur ein einziges. Nervös trat Rose durch die Drehtür. Sie war es nicht gewöhnt, Hotels zu betreten. In der Halle saß ein Zigarre rauchender Mann, und Rose wußte schon jetzt, daß er aufstehen und ihr unauffällig folgen würde, wenn sie auf ihr Zimmer ging.

Aber dazu kam es gar nicht, denn es war kein Zimmer mehr frei. «O du lieber Gott», stammelte Rose, «da bin ich aber schön in der Patsche.»

«Da sind Sie nicht die einzige, deswegen sind wir ja auch besetzt», sagte das Mädchen am Empfang. Ihre Sorge war das nicht.

Rose stand da und überlegte, was sie nun tun sollte. Sie fürchtete, daß der Mann mit der Zigarre sich ihr nähern und ihr zweideutige Angebote machen würde, aber zu ihrer Überraschung nahm er keine Notiz von ihr. Was sollte sie nur tun? Am besten ging sie wohl zur Polizei. Die mußten ja etwas tun.

Da fiel ihr Bobs ein. Sie könnte ja zu ihm in die Wohnung gehen und ihn um Hilfe bitten. Vielleicht versuchte er sogar, sie nach Hause zu fahren. Und sie würde Gelegenheit haben, sich bei ihm zu entschuldigen. Dort, in seiner stillen Wohnung, könnten sie sich wieder versöhnen.

In seiner stillen Wohnung! Wenn er nun, wenn er nun dachte, sie liefe ihm nach. Ihr wurde ganz heiß. Wenn er nun versuchte, sie bei sich zu behalten. Schließlich und endlich war auch der liebe Bobs nur ein Mann. Und es hieß ja immer, daß *alle* Männer gleich seien, wenn es – um gewisse Dinge ging.

Aber die Aussicht, Bobs zu sehen, war stärker als alle Bedenken. Sie und der Gedanke, in einer fremden Stadt nicht mehr allein zu sein.

Sie kannte seine Wohnung. Von einer ziemlich mißglückten Party her. Fünf Minuten später klingelte sie bei ihm.

Rose konnte sich nicht einreden, daß Bobs über ihren Anblick erfreut war. «Was, um alles in der Welt, tust du denn hier?» fragte er, sie unter der Tür anstarrend.

«Bobs, ich komme nicht nach Hause», erklärte sie. «Es fahren keine Züge mehr.»

«Aber um Himmels willen, du kannst doch nicht bei mir bleiben.»

«Nein, natürlich nicht, Bobs», sagte sie hastig, «ich dachte ... ich dachte nur, du hast vielleicht irgendeine Idee.»

Er überlegte. «Einen Verein Christlicher Junger Mädchen gibt es hier ja nicht», sagte er.

Schlimmer hätte es kaum kommen können. Aber immerhin gab er sich Mühe. So dachte Rose wenigstens. «Das Hotel ist besetzt», sagte sie.

«Ach, verflixt.» Er trat beiseite. «Aber komm doch erst mal rein, damit wir in Ruhe überlegen können», sagte er galant.

Sie trat ein. Eine gemütliche kleine Wohnung. Neben dem Kamin summte der Teekessel. Die obdachlose Rose glaubte sich im Himmel. Er mochte den hungrigen Blick aufgefangen haben, mit dem sie sich umsah. «Ich wollte gerade Tee machen», sagte er, «willst du eine Tasse trinken, während wir Überlegungen anstellen ...?»

«O Bobs, meinst du, das wäre schicklich? Ich meine ... ich möchte nicht ...»

«Ach was, ist schon in Ordnung», sagte er ziemlich unwirsch. «Komm, leg erst mal ab.»

Mit einer Mischung von Widerstreben und Erregung trennte Rose sich von ihrem Mantel. Widerstreben, weil man in der Wohnung eines Junggesellen gar nicht genug Kleider anhaben konnte. Erregung, nun, weil in der Wohnung eines Junggesellen den Mantel abzulegen eben erregend war.

«Eier im Glas gefällig?» fragte er.

«Ja, gern. Soll ich mich um den Toast kümmern?»

Sie hockte sich mit der Toastgabel vor das Kaminfeuer; ihre Schuhe fingen zu dampfen an, und Bobs bereitete den

Tee und die Eier. Nach der Kälte draußen rötete das Kaminfeuer ihr die Wangen. Das Abenteuer dieses himmlischen Intermezzos ließ ihre Augen leuchten. Als sie beide nebeneinander vor dem Feuer auf dem Sofa saßen und ihre Eier im Glas verzehrten, betrachtete er sie mit erwachendem Interesse. «Ich glaube fast, du mußt heute nacht doch hierbleiben», sagte er und fügte hastig hinzu: «Ich schlafe natürlich auf dem Sofa und überlasse dir mein – Bett.»

Das schreckliche einsilbige Wort platschte in die Stille wie ein Stein in einen tiefen Brunnen und erschreckte Rose zu Tode. «Aber nein, das kann ich doch nicht.» Vor Erregung ließ sie fast den Teller fallen. «Wirklich nicht, Bobs.»

«Ich tu dir schon nichts», sagte er kalt.

«Ach, das weiß ich doch, natürlich, ja. Aber trotzdem kann ich's nicht. Es ... es wäre nicht fair dir gegenüber.»

Das hätte sie sich vorher überlegen können, dachte er bei sich. Hatte sie aber nicht. Und er hatte sie jetzt auf dem Hals. Aber so übel war sie eigentlich gar nicht. Er durfte nur keine falsche oder hastige Bewegung machen, dann bekam sie schon Zustände. Nur weil er das Wort ‹Bett› benutzt hatte, war sie vor Entsetzen fast die Gardinen hochgegangen. Für seine Verhältnisse ungeheuer sanft sagte er daher: «Jetzt wasche ich erst mal ab. Du legst die Füße hoch und entspannst dich ein bißchen.»

Also, die Füße hochlegen, wollte Rose nun keinesfalls, aber sie versuchte, sich wenigstens zu entspannen. Immerhin war sie schließlich bei ihrem geliebten Bobs. Sie wollte ja kein Spielverderber sein. Also hockte sie sich auf die Kante des Sofas, faltete die Hände im Schoß ihres züchtigen Tweedrocks und sah dabei so entspannt aus wie ein Löwenbändiger, der zum erstenmal seine Solonummer vorführen muß.

Sich am Geschirrtuch die Hand abtrocknend, kam Bobs wieder herein und warf ihr einen Blick zu. «Ich mag das

Deckenlicht nicht, du etwa?» sagte er, machte es aus und knipste eine Tischlampe an. «Musik?» fragte er. Er setzte den Plattenspieler in Gang, ein Walzer von Strauß. Dann warf er noch ein paar Kohlen aufs Feuer und setzte sich aufs Sofa. Die gute alte Rose sah bei dieser Beleuchtung gar nicht so übel aus. Wenn er sich's recht überlegte, mochte er sie eigentlich ganz gern, wenn sie bloß nicht so hinter ihm her wäre. Im Augenblick war davon allerdings nicht das geringste zu spüren. Sonderbare Wesen, manche Frauen. Erst machen sie Jagd auf einen, und wenn sie es dann geschafft haben, sterben sie vor Angst. Also, entweder oder. Er beugte sich vor und ergriff Roses Hand.

10

Gaylord stapfte von der Schule nach Hause. Wenn die Schneeflocken Kohlweißlinge gewesen wären und er wäre ein Kohlkopf, so hätten sie ihn nicht beflissener umtanzen können. Sie kitzelten seine Nase, schossen ihm in die Augen, flatterten seinen Nacken hinunter und nisteten in seinen Ohren. Der Schnee wurde immer tiefer. Er war gar nicht sicher, ob er es bis nach Hause schaffen würde.

Die weiße Welt war so öde wie die Antarktis. Alle vertrauten Markierungen waren verschwunden. Es gab nur das Heulen des Schneesturms, die langsam herankriechende Dunkelheit und die sich über ihn neigenden Bäume. Um sich bei Laune zu halten, versuchte er zu pfeifen. Da er aber nur einen trübseligen Ton zustande brachte, half das nicht viel.

Vor ihm bewegte sich etwas. Wölfe? Er spähte angestrengt durch den Schneedunst. Zwei Gestalten blockierten seinen Weg. Es waren keine Wölfe. Viel schlimmer. Es waren Willie und sein Bruder Bert.

Schweigend und tückisch starrten sie ihn an. Bert zerrte etwas aus der Hosentasche. Klick, das Messer sprang auf. Mit der mörderischen Spitze begann er, sich nachdenklich die Fingernägel zu säubern.

Gaylord beobachtete ihn mit grauenerfüllter Faszination. Endlich: «Ist das der kleine Schweinehund?» fragte Bert.

«Das is er», sagte Willie.

Bert säuberte weiter seine Nägel. «Warum hast du Willies Dings geklaut?» fragte er.

«Hab ich ja gar nicht», sagte Gaylord empört.

Bert blickte hoch und sah Gaylord an. Und Gaylord begann zu zittern. In Berts Augen war nichts Menschliches. Weder Mitleid noch Haß. Sie waren vollkommen ausdruckslos. «Du hast eine Woche Zeit», erklärte er. «Ich gebe dir eine Woche, sonst ...»

«Sonst was?» fragte Gaylord, keineswegs herausfordernd, sondern um Klarheit zu gewinnen.

Bert hörte auf, seine Nägel zu säubern. Langsam bewegte er die Spitze des Messers auf Gaylords Gesicht zu. Gaylord stand da wie hypnotisiert. Das Messer berührte fast sein Gesicht. Er konnte sehen, wie eine Schneeflocke auf der blitzenden Klinge langsam zu Wasser zerschmolz. «Ich mach dich fertig», sagte Bert.

«Das sag ich meinem Vater.»

«Den mach ich auch fertig», sagte Bert.

Gaylord sagte: «Ich hab Willies Dings nicht. Ich kann es gar nicht zurückgeben.»

«Komm», sagte Bert. Er und Willie verschwanden in der Dunkelheit.

Nachdenklich stapfte Gaylord weiter. Wieder tauchten aus dem weißen Dunst zwei Gestalten auf. «Da ist er ja», sagte Mummi, und es klang sehr erleichtert.

«Du siehst aus wie ein Polarforscher», sagte Paps. Sie nahmen ihn in die Mitte, jeder nahm eine Hand. Nicht immer war Gaylord restlos glücklich, wenn seine Eltern auf der Bildfläche erschienen, aber heute war er es. Um ehrlich zu sein, war er noch nie in seinem ganzen Leben so froh gewesen, jemandem zu begegnen; aber er zeigte es natürlich nicht, denn er hatte das Gefühl, es würde ihnen nicht bekommen.

«Du bist ja so still», sagte Mummi. «Fehlt dir was?»

«Ich hab Kopfschmerzen», erklärte Gaylord.

Mummi haßte Gaylords Kopfschmerzen. Sie konnten fast

alles bedeuten. «Hat es Ärger in der Schule gegeben?» fragte sie.

«Ja, aber nichts Schlimmes», sagte Gaylord erleichtert. Wenn Mummi ihre eigene Erklärung für die Dinge gefunden hatte, gab sie sich meist zufrieden damit und stellte keine lästigen Fragen mehr.

Er behielt recht. Mummi und Paps marschierten weiter, machten fröhliche Bemerkungen über den Schnee und erlaubten Gaylord damit, seinen sorgenvollen Gedanken weiter nachzuhängen.

Aber eigentlich gab's da nicht viel zu denken. Die Tatsachen standen fest. 1. mußte Gaylord bis nächsten Montag Willies Dings wiederbeschaffen, oder er wurde fertiggemacht, 2. konnte Gaylord bis nächsten Montag Willies Dings nicht beschaffen, weil er keine Ahnung hatte, wo es sich befand. Also 3., er wurde fertiggemacht.

Alles war ganz einfach.

Er dachte noch einmal an seine erste Erfahrung mit dem Schmerz am Weihnachtstag. Er fühlte sich einsam, verängstigt und verwirrt. So erschreckt, daß er fast bereit war, seinen Eltern davon zu erzählen. Aber diesen Gedanken schlug er sich rasch aus dem Kopf. Mummi würde alles genau wissen wollen. Und wenn sie alles aus ihm herausgeholt hätten, würde es heißen: «Das kommt dabei raus, wenn du mit Willie redest. Ich hab's dir doch gleich gesagt. Oder nicht?» Und so weiter und so fort. Nein. Es mußte noch einen anderen Ausweg geben. Aber welchen?

Als er diesen Abend betete: «Und möge Gott Mummi und Paps und Opa und Tante Becky und Tante Rose beschützen, und auch Abdullah, falls es nicht zu spät ist», fügte er hinzu: «Und laß nicht zu, daß Bert mich fertigmacht.» Er konnte an gar nichts anderes mehr denken.

II

Bobs legte, nachdem er Roses Hand ergriffen hatte, den einen Arm um ihre Schultern. «Gemütlich?» fragte er.

Rose betrachtete ihn lange und nachdenklich. Aber dann entspannte sie sich plötzlich und lächelte. Ein trauriges, bemühtes Lächeln. Das Lächeln einer verliebten Frau, die genau weiß, daß der Mann sie nicht wiederliebt. «Sehr gemütlich», flüsterte sie.

«Fein.» Er küßte sie.

Es hätte wunderschön sein müssen. Das war es aber nicht. Da gab es zu viele Fragen und Zweifel. Sanft und nachdenklich erwiderte sie seinen Kuß, wie jemand, der einen Wein probiert, von dem er weiß, daß er zu stark ist. Und die Uhr zeigte erst auf sechs, und der lange Abend lag noch vor ihnen.

Da klingelte es.

Selbst Rose hätte nicht sagen können, ob sie Gott sei Dank! oder Verdammt noch mal sagen sollte. Bobs hingegen sagte: «Wer um alles in der Welt ...?» Und ging an die Tür.

Rose saß still da, war wieder steif und verkrampft. Wer konnte das sein? Hoffentlich niemand, den sie kannte. Sie hätte es nicht ertragen, mit einem Mann allein in seiner Wohnung angetroffen zu werden. Sie hätte auf lächerliche Weise schuldbewußt gewirkt, ohne etwas dagegen tun zu können.

Doch eigentlich konnte es niemand sein, den sie kannte.

Vielleicht nur einer von Bobs Freunden ... Oder jemand aus der Nachbarwohnung, der ...

«Rose ist doch nicht etwa zufällig bei Ihnen?» hörte sie eine freundliche, etwas heiser klingende Stimme fragen. Die allerletzte Stimme, die sie gern gehört hätte. Und Bobs darauf ganz selig: «Nein, so was, Becky, kommen Sie herein. Was für eine freudige Überraschung.»

Becky, reizvoll in einen Lammfellmantel gehüllt, trat herein. Ihr munterer, amüsierter Blick erfaßte die Situation sofort. «Hallo, Rose, hab mir doch gleich gedacht, daß du stekkengeblieben bist.»

«Hallo», sagte Rose.

«Ich kann in deinem kleinen Köpfchen wie in einem Buch lesen. Ich wußte sofort: Rose wird nicht nach Hause kommen können. Also wird sie zu Bobs gehen. In Ingerby kennt sie außer ihm keine Menschenseele. Bin ich nicht klug?»

Bobs sagte, sich die Hände reibend: «Da Sie schon mal hier sind, können Sie ruhig Ihren Mantel ablegen. Setzen Sie sich doch neben Rose.»

Beckys schöne Augen strahlten vor Dankbarkeit. «Bobs, Sie sind wirklich süß. Aber ich wollte Rose abholen. Peter steht mit seinem Kombiwagen draußen. Er glaubt, daß er bis zu uns durchkommt.»

«Ich hol nur meinen Mantel», sagte Rose. Aber jetzt wußte sie, was sie am liebsten gesagt hätte, nämlich: Verdammt noch mal.

Becky besah sich den Plattenspieler, der noch immer lautstark verführerische Musik spielte. «Aber vielleicht störe ich hier nur», sagte sie. «Komm um Gottes willen nicht mit, wenn du lieber bleiben willst ...»

«Doch, doch, natürlich komm ich mit», stammelte Rose. Jetzt konnte sie doch unmöglich bleiben. Was das für ein Gerede gäbe. Und außerdem, Bobs hielt ihr schon den Mantel hin.

«Ich möchte nicht euren jungen Liebestraum stören», sagte Becky verständnisinnig.

«Großer Gott, nein», sagte Bobs.

«Sei nicht so albern», sagte Rose und knöpfte sich ihren Mantel zu. «Wiedersehen, Bobs. Dank für den Tee.»

«Auf bald», sagte er. «Auf bald, Becky.»

Becky schenkte ihm ein strahlendes Lächeln. Und schon waren sie fort. Rose, die auf dem Hintersitz durchgerüttelt wurde, dachte an das warme, erleuchtete Zimmer, das sie eben verlassen hatte, an den Abend, der so verheißungsvoll und aufregend begonnen hatte und jetzt wie eine Kerze einfach ausgeblasen worden war. Ein Abend, der nie wiederkehren mochte, nie wiederkehren würde. Und plötzlich zuckte in ihrem Hirn ein gräßlicher, unwürdiger Verdacht auf. Sie versuchte, ihn im Keim zu ersticken, aber er ließ ihr keine Ruhe. «Woher wußtest du eigentlich Bobs Adresse?» fragte sie und bemühte sich um einen möglichst gleichgültigen Tonfall, aber sie hörte, daß ihre Stimme hart und feindselig klang.

Becky hob ihren Kopf lässig von Peters Schulter. «Ich hab die Polizei angerufen», sagte sie. «Man war dort schrecklich hilfsbereit.»

«Soviel Mühe hast du dir gemacht?» fragte Rose. «Nur damit ich heil nach Hause komme?»

«Aber selbstverständlich, Schätzchen. Das hättest du doch auch für mich getan, oder etwa nicht?»

Rose schwieg. Es war wahr. Höchstwahrscheinlich war Becky eine gutherzige Seele, das mußte Rose zugeben. Aber in ihrer augenblicklichen Verfassung war sie eher geneigt, die ganze Geschichte als raffinierte Störaktion gegen ihr Zusammensein mit Bobs anzusehen. Das war nicht fair, und sie tat sich selber leid. Nicht nur war sie unattraktiv, es kam auch jedesmal etwas dazwischen, wenn sie sich mit Bobs treffen wollte: das Wetter, Vater oder Becky. Immer, immer wieder Becky. Sie hockte in der klammen Finsternis und preßte die Lippen zusammen, damit man ihr zorniges Weinen nicht hören konnte, und die Tränen rannen ihr kalt und naß die Wangen hinunter.

Sie gelangten ohne weiteren Zwischenfall nach Hause. Becky und Peter liefen ins Haus, Rose folgte langsam und suchte verzweifelt, die Spuren ihrer Tränen zu verbergen.

«Gottlob, daß ihr da seid», rief Mummi. «Aber wo steckt denn bloß Rose? Wir machen uns Sorgen.»

«Alles in bester Ordnung», sagte Becky. «Wir haben sie mitgebracht.» Und da trat auch schon Rose herein und blinzelte in das helle Licht. «Wir haben sie vor einem Schicksal, schlimmer als der Tod, bewahrt, nicht wahr, Rose?»

«Ich habe keine Ahnung, wovon du redest», antwortete Rose.

Becky knöpfte sich den Mantel auf. «Ach, komm, tu doch nicht so. Du sprichst mit einer Expertin. Gedämpftes Licht, das Sofa vors Feuer gerückt...»

«Wo hat sich denn das alles abgespielt?» fragte Mummi gespannt.

Rose antwortete kläglich: «Ich bin zu Mr. Roberts gegangen, weil ich nirgendwo unterkam. Es war ganz harmlos.»

Becky bemerkte dazu: «Schätzchen, wenn ein Mann die Platte ‹Geschichten aus dem Wienerwald› auflegt, bleibt es nicht mehr sehr lange harmlos.»

«Bobs ist nicht so», sagte Rose.

«Wirklich nicht, Schätzchen?» fragte Becky zuckersüß. Einen Augenblick lang starrten sich die Schwestern an. Ein Blick voller finsterer Rivalität. Dann schlug Rose die Augen nieder. Opa sagte: «Roberts? Roberts? Ist das der Bursche, der an Weihnachten hier war?»

«Ja», sagte Rose.

«Wirklich? Erstaunlicher Zufall. Erstaunlich», sagte Opa.

«Was ist erstaunlich?» fragte Paps irritiert.

«Na, daß Rose diesen Burschen wieder getroffen hat.» Manchmal war sein Sohn doch ein ziemlicher Dummkopf.

Paps sagte: «Also ehrlich, Vater. Ich finde nichts Erstaunliches daran. Sie unterrichteten doch an derselben Schule. Und er hat uns an Weihnachten besucht, weil er mit Rose befreundet ist.»

Opa lag in seinem Stuhl wie ein Nilpferd, das im Begriff ist, sich aus dem Schlamm herauszuarbeiten. «Das stimmt doch überhaupt nicht. Er ist auf meine ausdrückliche Einladung hin gekommen. Ich habe ihn im November kennengelernt. Übrigens ein Mann, mit dem man sich verdammt gut unterhalten kann. Und deswegen hab ich ihn an Weihnachten eingeladen.»

«Ich geb's auf», seufzte Paps. Und Rose dachte nur: diese verdammte Familie. Nicht genug, daß man mir den Abend mit Bobs verdorben hat. Nein, jetzt müssen wir auch noch darüber diskutieren und uns darüber streiten. Es ist nicht zum Aushalten. Ich kann es einfach nicht ertragen, wenn man mein Privatleben so durchhechelt. Aber schon bellte Opa: «Was soll das eigentlich heißen, Rose? Du wolltest doch nicht etwa mit dem Burschen die Nacht verbringen, oder?»

«Ich konnte nicht nach Hause», sagte Rose. «Das Hotel war besetzt. Was hätte ich denn tun sollen? Mich in den Schnee legen?»

«Ja, aber ich muß schon sagen: die ganze Nacht mit einem Burschen verbringen...!» Opa sah indigniert aus. «Zu meiner Zeit wäre das unmöglich gewesen, will ich dir sagen.»

«Was wäre unmöglich gewesen, mein Bester?» fragte Großtante Marigold.

Auch das noch, dachte Rose. Jetzt mischt sich auch noch Großtante ein. Nun fängt es wieder von vorne an.

Opa funkelte seine Schwester wütend an. «Die Nacht mit einem Mann verbringen», blaffte er.

Großtante Marigold schien eher interessiert als schockiert. «Wann ist es denn passiert, Herzchen?»

«Es ist ja gar nichts passiert», schrie Rose. «Und außerdem hätte er auf dem Sofa geschlafen.»

«Ach, das sagen sie immer», murmelte Becky.

«Halt den Mund», fauchte Rose. Sie litt unsagbar. Diese öffentliche Diskussion einer Liebesaffäre hätte die meisten Menschen peinlich berührt. Aber Rose war besonders scheu und sittsam. Opa hatte einmal zu Jocelyn gesagt: «Wenn unsere Rose mitten in der Sahara mal verschwinden müßte, würde sie versuchen, sich hinter einer Sanddüne zu verstecken.» Also war sie jetzt völlig verwirrt und, wie sie selbst zugegeben hätte, stachlig wie ein Igel. «Halt deinen Mund», wiederholte sie.

«Aber gewiß doch, Schätzchen», sagte Becky friedlich.

«Und tu nicht so, als hätte ich was zu verbergen», schrie Rose aufgebracht.

«Ei der Potz», sagte Großtante Marigold.

Rose fuhr fort: «Hört alle mal zu. Ich wünsche einfach nicht, daß meine Privatangelegenheiten in dieser Form von euch diskutiert werden. Es ist ... es ist einfach taktlos.»

«Hört, hört», sagte Paps.

Großtante Marigold: «Deine Großtante Maud ist mit einem aus Nikaragua durchgegangen.»

«Was zum Teufel hat denn das damit zu tun?» fragte Paps.

«Mexikaner», sagte Opa.

«Was sagst du, mein Lieber?»

«Maud ist mit einem Mexikaner durchgebrannt.»

«Bist du ganz sicher, mein Lieber? Es war jedenfalls ein sehr dunkelhäutiger Herr.»

«Verdammt noch mal, sind Mexikaner vielleicht hellhäutig?»

Paps versuchte einzulenken: «Hört mal, Rose ist mit niemandem durchgebrannt. Sie hat ganz einfach einen Freund besucht, weil sie wegen des Schnees nicht nach Hause konnte. Sehr vernünftig, wenn ihr mich fragt.»

«Danke, Jocelyn», sagte Rose. «Und jetzt geh ich auf mein Zimmer, wenn ihr nichts dagegen habt. Ich habe keinen Appetit aufs Abendessen mehr.» Sie rauschte davon.

Opa sah verblüfft in die Gegend. Dann fixierte er seinen Sohn. «Was hat sie denn auf einmal? Du hast sie doch nicht etwa geärgert, Jocelyn?»

«Nein», sagte Paps wütend.

«Rose ist ein sehr empfindsames Mädchen. Man muß sich genau überlegen, was man zu ihr sagt.»

Aufgebracht fuchtelte Paps mit der Zeitung herum. «Ich hab sie doch nicht geärgert, Vater.»

«Schon gut, schon gut. Sei nicht so sauertöpfisch. Ich wollte nur sagen, daß man sie vorsichtig behandeln muß.»

«Ich bin nicht sauertöpfisch.»

Großtante Marigold, die inzwischen von den Mexikanern wieder heimgekehrt war, bemerkte: «Rose schien verstimmt zu sein. Hat Jocelyn sie vielleicht gekränkt?»

Paps schleuderte wütend die Zeitung auf den Boden und marschierte aus dem Zimmer. «Ein lieber Kerl, der Jocelyn», sagte seine Tante anerkennend. «Jetzt geht er sich bestimmt entschuldigen.»

12

Ganz England lag wie erstarrt. Wie eh und je hatte der Schnee die gänzlich unvorbereiteten Inselbewohner überrumpelt. Die Autos steckten in Schneewehen. Die Züge saßen auf Nebengeleisen fest. Per Hubschrauber mußten die Ponies im New Forest mit Heu und die von der Nacht überraschten Reisenden mit Nahrung versorgt werden. Zeitung und Fernsehen berichteten von nichts anderem. Ein Volk, das mit Bonaparte, Wilhelm II. und Hitler spielend fertig geworden war, war bestürzt und hilflos. Sein Unterbewußtsein lehnte jeden Schneefall über fünf Zentimeter als unenglisch ab. Erdbeben und Tornados waren Ereignisse, mit denen nur Nichtengländer in ihrem ohnehin schlecht organisierten Leben fertig werden mußten. Aber nicht wir. Obwohl sie sich bitter beklagten, wurde eigentlich nichts dagegen unternommen. So etwas durfte eben nicht passieren, nicht in England. Eine Geschmacksverirrung. Nicht hinschauen, dann würde er schon verschwinden.

Der Schnee verschwand aber keineswegs, und mindestens ein Engländer war darüber äußerst erleichtert. Gaylord, dem der kommende Montag wie das Jüngste Gericht bevorstand, schaute auf die herabtaumelnden Schneeflocken: Wenn es so weiterschneite, konnte ihn das vielleicht retten. Wenn es so weiterschneite, wären am Montag die Straßen unpassierbar. Oder Gaylord konnte wenigstens behaupten, sie seien unpassierbar.

Prompt schoß das Thermometer am Donnerstag zehn

Grad in die Höhe, der Schnee verwandelte sich in Regen und das Land in einen uferlosen Sumpf. Der matschige, schmutzige Schnee konnte gar nicht schnell genug verschwinden. Brombeersträucher und Heckenrosen zeigten ihre Dornen wie Stacheldraht auf einem verlassenen Schlachtfeld. Die schwarzen Bäume tropften vor Nässe, und schwarze Bäche unterhöhlten die verharschten Schneekrusten.

Gaylord beobachtete das alles mit bangem Herzen. Seine Hoffnung, am Montag in Sicherheit zu Hause bleiben zu können, wurde vernichtet. Er mußte sich allein auf die bösartig lauernde Landstraße wagen, wo ihm unvermeidlich Bert und Willie begegnen würden, die Gewalttätigkeit und der Schmerz.

Der Freitag kam, und die Sonne fraß den Schnee. Am Samstag ließ ein starker Frost den Matsch gefrieren und die Straßen trocknen. Sonntag. Mit aller Willenskraft versuchte Gaylord, den unerbittlichen Gang der Zeit aufzuhalten. Aber es ging nicht. Tickend verrannen die Minuten und Stunden.

Schlafenszeit. Wie ein Lamm zur Schlachtbank schlich er in sein Bett und versuchte keinen seiner Verzögerungstricks, was Mummi einigermaßen beunruhigte. Er verkroch sich unter der Bettdecke. Dort war es warm und dunkel. Bis in alle Ewigkeit hätte er hier liegen mögen. Er versuchte, den Atem anzuhalten, aber das ging auch nicht. Also gut, dann würde er eben die ganze Nacht über wach bleiben; dadurch konnte er vielleicht den schrecklichen Augenblick so lange wie möglich hinauszögern.

Er mußte aber doch eingedöst sein, denn plötzlich hörte er Mummi rufen – dabei verkrampfte sich sein Magen vor Entsetzen –, er solle aufstehen; da wußte er, daß er die süße, sanfte Nacht im Schlaf vertan hatte.

Erschreckend munter und geschäftig kam Mummi herein. «Los, Gaylord, du kommst sonst zu spät.»

«Ich habe Kopfschmerzen», erklärte er mit matter Stimme

Mummi hielt inne. «Du siehst aber wohl aus», sagte sie zweifelnd.

«Ich bin krank», sagte Gaylord. Und so fühlte er sich auch.

Mummi legte ihre Hand auf seine Stirn. «Ich hab bestimmt Fieber», sagte er.

Mummi ergriff das Thermometer und steckte es ihm in den Mund. Gaylord umschloß es mit der Zunge, um dadurch die Sache günstig zu beeinflussen. Mummi wartete, während sie ihn nachdenklich betrachtete. Dann zog sie das Thermometer heraus und besah es sich. «Siebenunddreißig», sagte sie.

«Ist das sehr schlimm?» fragte Gaylord.

«Vollkommen normal.»

Gaylord wedelte mit seiner Hand und schnappte nach Luft. «Mir ist aber heiß, ganz höllisch heiß.»

«Gaylord!»

Typisch Mummi, die eher einer kleinen Glasröhre glaubte als dem eigenen Sohn. Aber noch machte sie ein besorgtes Gesicht. «Du hast doch nicht wirklich Kopfschmerzen, oder?»

Matt strich er sich über die Stirn: «Es ist schrecklich.»

«Los. Steh auf!» sagte sie.

«Aber ich bin doch krank. Ich glaube, ich hab Masern.»

«Wenn du Masern hättest, könnte man dich vor Flecken gar nicht mehr erkennen.»

Langsam begann er zu verzweifeln. «Die Lehrerin sagt, man kann auch Masern ohne Flecken bekommen. Das sind die schlimmsten, sagt sie.»

Mummi setzte sich auf die Bettkante und nahm seine Hand. «Gaylord, warum willst du nicht in die Schule?»

«Ich will ja», antwortete er wahrheitsgemäß. Das war keine Lüge. «Aber es ist doch nicht fair, hinzugehen und alle anderen anzustecken.»

Wieder legte ihm Mummi die Hand auf die Stirn. So kühl wie eine grüne Gurke. «Hat es vielleicht mit Willie zu tun?»

«Nein», sagte Gaylord. Willie war's ja auch nicht, sondern Willies Bruder.

«Warum hast du dann Angst? Schikaniert man dich vielleicht in der Schule?»

«Nein. Ich hab nur Masern.»

«Also mein Gott noch mal!» Mutter und Sohn starrten sich an. Sein Gesicht war entwaffnend unschuldig wie immer. Verbarg sich hinter der Klarheit dieses Blickes etwa Angst? Wenn sie das nur wüßte.

«Gaylord», sagte sie liebevoll, «du mußt jetzt aufstehen und in die Schule gehen. Ich bin überzeugt, dir fehlt überhaupt nichts, und wenn du wirklich vor irgend etwas Angst hast, nützt dir das Davonlaufen auch nichts.» Sie lächelte, obwohl ihr nicht danach zumute war. «Das ist übrigens eine der ersten und schwersten Lektionen, die wir im Leben lernen müssen.»

Beim Hinausgehen sah sie sich noch einmal um. Gaylord kroch gerade aus dem Bett. Tapferes Kerlchen, dachte sie, und ging in ihr Zimmer zurück. «Gaylord hat die Masern», verkündete sie. «Die ohne Flecken.»

«Was soll das heißen?» fragte Paps.

«Das heißt, daß er noch immer vor irgend etwas Angst hat und mir einfach nicht sagen will, wovor.»

Paps nickte. «Dann muß er wohl sehen, wie er selbst mit der Sache fertig wird!»

«Ja. Oder sind wir da nicht sehr hart?»

«Nicht wir», sagte er. «Das Leben. So ist es nun mal.»

Er verschwand im Badezimmer. Als er zurückkam, sagte er: «Ich habe nachgedacht. Ich könnte ihn bis ins Dorf begleiten. Ich sage einfach, daß ich mir Tabak besorgen will. Vielleicht erfahre ich dann etwas.»

Mummi sah erleichtert aus. «Ja, tu das, Jocelyn. Mir gefällt die Geschichte gar nicht. Gaylord muß wirklich vor irgend etwas Angst haben.»

Gaylord würgte an seinem Frühstück. Jeder Bissen blieb fast im Halse stecken. Wenn doch Mummi bloß aufhören würde, ihn immerfort zu beobachten. Paps zog seinen Tabaksbeutel heraus, um sich eine Pfeife zu stopfen, und rief: «Verflixt, May, ich hab keinen Tabak mehr. Da muß ich schnell mal ins Dorf.» Zu Gaylord gewandt fragte er: «Gestattest du gütigst, daß ich dich begleite?» Wenn Mummi diese Frage gestellt hätte, wäre Gaylord das höllisch verdächtig vorgekommen. Aber Paps traute er keinerlei Hintergedanken zu. Für Gaylord war Paps ein aufgeschlagenes Buch. «Okay», sagte er.

«Sag nicht okay», sagte Paps. «Können wir gehen?»

«Muß noch mal aufs Klosett», sagte Gaylord.

Paps war schockiert. «Wo mußt du hin?»

«Die Lehrerin sagt Klosett», sagte Gaylord. Und verschwand.

Paps wandte sich an Mummi. «Da haben wir's, so kommt's immer. Du brauchst dein Kind nur auf die Dorfschule zu schicken, und schon schnappt es die ordinärsten Ausdrücke auf.» Er war wütend. Opa kam herein. «Was hast du denn?» fragte er seinen Sohn.

Düster erwiderte Paps: «Wir haben gerade zur Kenntnis genommen, daß man Gaylord beigebracht hat – stell dir vor, beigebracht –, Klosett zu sagen statt Toilette.»

«Großer Gott», sagte Opa.

«Ich hab gar nichts gegen die gute, ehrliche Muttersprache», sagte Paps. «Aber Klosett! Ich werde an die Schulbehörde schreiben.»

Gaylord kam zurück. Dann ging er mit Paps in die Halle.

«Wo will er denn hin?» fragte Opa.

«Tabak kaufen», sagte Mummi.

Opa eilte zur Tür. «He, Jocelyn! Ich hab noch eine volle Dose, die kann ich dir geben.»

«Schon gut, danke», sagte Paps. «Ich geh ganz gern.»

«Ganz gern? Am frühen Morgen? Du?» Opa ließ keine Gelegenheit verstreichen, ohne deutlich zum Ausdruck zu bringen, wie verachtenswert er es fand, daß Jocelyn vor halb elf Uhr vormittags nicht ansprechbar war.

«Ja. Ich», sagte Paps verärgert.

Großtante Marigold erschien mit einer kalten Wärmflasche und einer leeren Tasse nebst Untertasse. «Warum hat Jocelyn denn seinen Mantel an?»

«Kein Grund zur Aufregung. Er fängt nicht etwa an, einer einträglichen Beschäftigung nachzugehen», beruhigte sie Opa. An kalten Wintermorgen konnte er ausgesprochen perfide sein.

«Also Vater, ich bitte dich», schrie Jocelyn. Fast jede Bemerkung des alten Mannes ging ihm auf die Nerven. Aber diese unverhüllte Ansicht der ganzen Familie, ein Schriftsteller verdiene sein Geld, ohne arbeiten zu müssen, machte ihn rasend.

Becky schoß durch die Halle, um sich noch schnell wenigstens eine Tasse Tee einzuverleiben, ehe sie von ihrem Galan abgeholt wurde. «Verläßt du uns, Jocelyn?» fragte sie munter.

«Ich komm zu spät», jammerte Gaylord.

«Ich komm ja schon», sagte Paps ermattet. Jetzt wollte Tante Marigold ihn unbedingt noch zärtlich umarmen, zumindest so zärtlich, wie sie das mit Tasse nebst Untertasse in der einen Hand und der Wärmflasche in der anderen vermochte. Warum sie der Meinung war, daß Paps sie alle verlassen wollte, ahnte kein Mensch. Rose, die in diese rührende Szene hineinplatzte, rief: «Jocelyn, was ist denn nur los?»

«Wenn du glaubst», sagte Paps mit großer Selbstbeherrschung, «daß ich euch verlasse, um in Amerika mein Glück zu suchen, dann irrst du dich. Ich gehe nur einfach ins Dorf, um mir ein bißchen Tabak zu besorgen.»

«Ach, weiter nichts?» Rose klang enttäuscht.

Opa sagte: «Das brauchst du doch nicht. Ich hab dir doch gesagt, du kannst eine Dose von mir bekommen.»

«Wenn du bis heute abend warten kannst, bring ich dir welchen aus der Stadt mit», sagte Rose.

Becky, die wieder aufgeregt durch die Halle flatterte, sagte: «Warum ruft ihr nicht den alten Bates an? Der kann euch doch den Tabak zusammen mit den Lebensmitteln schicken.»

«Ich komme zu spät», sagte Gaylord.

«Komme schon», sagte Paps. Er schüttelte Tante Marigold ab und verließ das Haus. Was für eine Familie, dachte er. Nur weil ich mal ins Dorf gehen möchte, machen sie im Handumdrehen daraus eine Mischung zwischen einer Parlamentsdebatte und einer Abschiedsvorstellung der Großen Oper. Wütend stapfte er mit großen Schritten weiter.

Gaylord versuchte mitzuhalten. Jetzt fühlte er sich sicher. Was für ein glücklicher Zufall, daß Paps heute morgen ins Dorf wollte. Aber der Morgen beunruhigte Gaylord eigentlich weniger als der Abend.

Sie kamen zur Schule. Paps besah sich das Getümmel auf dem Schulhof. Kein Wunder, daß Gaylord schon der Gedanke daran Kopfschmerzen bereitete. Paps fand, daß jeder, der sich zwischen diese Meute stürzte, bereits das Georgskreuz verdiene. «Soll ich mitkommen?» fragte er.

Bei diesem Vorschlag verzog Gaylord entsetzt das Gesicht. «Nein, Paps, vielen Dank.»

«Ist wirklich alles in Ordnung?»

«Klar.» Er stapfte durch das Schultor und wurde sofort von dem schreienden, kreischenden, durcheinanderquirlenden Haufen verschlungen. Paps ging nachdenklich fort. Das Altern hatte doch allerlei Gutes für sich. Abgesehen von

Weltkriegen, wußte man wenigstens, daß man nicht mehr in einen solchen Nahkampf verwickelt wurde.

Langsam wanderte er heim. «Nun?» fragte Mummi. «Hast du was rausgefunden?»

«Nicht das geringste. Aber mich wundert's nicht, wenn er plötzlich die fleckenlosen Masern bekommt. Keine zehn Pferde hätten mich auf diesen Schulhof gebracht. Nicht ohne Polizeischutz.»

Mummi sagte: «Das wird's auch sein. Sie schikanieren ihn.»

«Ich weiß nicht recht, denn als wir bei der Schule waren, schien er ganz vergnügt zu werden. Er spazierte in dieses Inferno, als mache es ihm direkt Spaß.»

«Mir wäre es eigentlich lieber gewesen, du hättest ein Wort mit der Lehrerin gesprochen», sagte Mummi.

«Weswegen denn? Weil er Klosett sagt?»

«Nein, du Dummer. Sondern weil dein Sohn vor irgend jemand wahnsinnige Angst hat.»

Paps machte ein Schafsgesicht. May hatte, wie immer, recht. Wahrscheinlich hätte er tatsächlich mit jemand von der Schulleitung sprechen sollen. Wenn er doch nur einer von diesen entschlossenen, patenten Männern wäre, die immer genau wissen, was sie in einem solchen Fall zu tun haben. So einen fabelhaften Kerl verdiente May, und nicht so eine kümmerliche, hilflose Kreatur wie ihn. Er suchte rasch nach einer Antwort, doch ohne großen Erfolg. Er war viel zu sehr daran gewöhnt, seine Worte sorgfältig zu wählen und gute Sätze zu formulieren, als daß er schlagfertig gewesen wäre. Mummi betrachtete ihn zärtlich, wenn auch leicht irritiert, und wartete gespannt, was er jetzt wohl vorbringen würde. Schließlich kam's: «Ich hatte die Absicht, ihn heute abend wieder abzuholen und dann mit der Lehrerin zu sprechen. Ich dachte, sie hätte dann mehr Zeit.»

«Du vergißt anscheinend, daß wir um halb vier nach Ingerby fahren wollen.»

«Wieso?» Er schien erschrocken. «Ach ja. Die Diskussion in der Gemeindehalle.»

«Ja, mein Lieber. Die Diskussion in der Gemeindehalle.» Aber zu seiner großen Erleichterung lächelte sie ihn an. «Ist das nicht merkwürdig? Man hält uns beide für intelligent genug, an dieser Diskussion teilzunehmen. Aber wenn's um unser eigenes Kind geht, sind wir jedesmal ratlos.»

13

Gaylord hatte sich in eine Lokomotive verwandelt, war ganz Lärm, Dampf und rasende Kolbenstangen. Im gleichmäßigen Sechzig-Kilometer-Tempo dampfte er laut puffend dahin, verlangsamte seine Geschwindigkeit an der gefährlichen Kurve beim Krämer und beschleunigte sein Tempo auf der geraden Strecke beim Spielplatz.

Am Ende der Strecke stand eine kleine Gruppe von Jungens. Offensichtlich ein Bahnhof. Gaylord drückte Hebel hoch, zog Ventile, ließ Dampf ab und drosselte die Geschwindigkeit. Das Puffen verlangsamte sich und erstarb endlich ganz. Genau neben den Jungens kam Gaylord zum Stehen. Eine gelungene Fahrt, sagte er sich. Laut Fahrplan eine Minute zu früh.

Niemand nahm Notiz von ihm. Alle starrten auf einen Gegenstand, den einer von ihnen in der Hand hielt. Gaylord beendete sein Dasein als Lokomotive und verwandelte sich wieder in einen neugierigen kleinen Jungen. «Laßt mich auch mal sehen», sagte er.

Mürrisch machten sie ihm Platz. Er sah hin. Die fahle Vormittagssonne schien von Sammy Breens Hand eingefangen und brach sich in Splittern von Blau und Rot und Gelb. Gaylord blieb der Mund offen. Was er da sah, war Willies Briefbeschwerer.

Gaylord zitterte. Er fühlte, wie seine Hand unwillkürlich emporschoß, um dieses Ding zu erwischen, von dem es abhing, ob er fertiggemacht würde oder nicht. Aber er wußte, daß es zwecklos war. Trotzdem schrie er laut: «Das gehört dir nicht. Das gehört Willie.»

«Jetzt gehört's mir.» Sammy Breen umschloß es mit seinen Händen.

«Wo hast du das her?»

«Gefunden», sagte Sammy. Er hatte kurzgeschorenes sandfarbenes Haar, einen unsteten Blick und sah bösartig aus. Seine Eltern hatten ihm obendrein beigebracht, daß er sich nichts gefallen lassen sollte, was sie sich offensichtlich hätten sparen können.

Gaylord spürte sofort, daß nur ein einziges Argument bei Sammy zog: Geld. Aber mehr als einen Sixpence besaß er nicht. Verbittert dachte er an sein Weihnachtsgeld, das er für Süßigkeiten, Popcorn und einen Beitrag für den Tierschutzverein vergeudet hatte. «Ich geb dir dafür einen Sixpence», sagte er.

«Sixpence!» Sammy sah empört aus. «Für eine halbe Krone kannst du's haben.»

Eine halbe Krone! Das war eigentlich nicht soviel. Wenn man ihm Zeit ließe, alle seine Quellen anzuzapfen, konnte er diese Summe einigermaßen leicht zusammenbringen. «Wenn du mir's gibst, bekommst du morgen eine halbe Krone.»

«Okay», sagte Sammy gleichgültig. «Bring mir morgen das Geld, und dann kriegst du's morgen.»

Aber morgen war es zu spät, bis dahin hatte man ihn fertiggemacht. «Kann ich's nicht schon heute haben?» sagte er.

«Nicht ohne das Geld», sagte Sammy. Plötzlich brachte David Snow zwei Shillinge und einen Sixpence zum Vorschein und erhielt dafür den Briefbeschwerer. Die Glocke ertönte, und sie gingen ins Klassenzimmer zurück. David saß da und bewunderte seinen neuerworbenen Schatz. Dann kam die Lehrerin herein. David versteckte den Schatz in seinem Pult. Der Unterricht begann.

Gaylord war verzweifelt. Heute abend, in der Winterdämmerung, würden Bert und Willie ihm auflauern. Noch einmal durchzuckte unerträglicher Schmerz seinen Körper. Heute würde es noch schlimmer werden. Er sah die Messerklinge unmittelbar vor seinen Augen blitzen. Aber diesmal würde sie zustoßen. Diesmal würde sie gnadenlos zustechen und schneiden. Als die Glocke zur Mittagspause ertönte, blieb er sitzen. Die anderen rannten mit lautem Getöse davon. David mit ihnen. Er hatte nichts aus seinem Pult herausgenommen.

Miss Marston sah zu Gaylord hinüber und überlegte einen Augenblick, ob sie ihn ansprechen sollte, entschied sich aber dagegen und verließ die Klasse. Gaylord blieb mit dem Briefbeschwerer und seinem Gewissen allein.

Gaylords Gewissen war noch nicht sehr alt und reichlich unerfahren. Wie ein Fahrschüler konnte es eine gerade Strekke ganz ordentlich bewältigen. Aber auf Gefahren zu reagieren, vermochte es noch nicht. In dieser speziellen Situation warf es die Hände hoch wie ein ägyptischer Taxifahrer und rief: Allah lenkt.

Von seinem Gewissen im Stich gelassen, öffnete Gaylord David Snows Pult. Der Briefbeschwerer lag tatsächlich noch darin.

Gaylord ließ den Pultdeckel wieder zufallen. Er brachte es nicht fertig, zu stehlen. Aber Stehlen konnte man das eigentlich nicht nennen. Er wollte nur Willie sein Eigentum wieder zurückgeben. Er öffnete das Pult wieder.

Aber daß David Geld dafür bezahlt hatte, komplizierte die moralische Seite der Angelegenheit.

Aber Willie hatte das Geld nicht bekommen; folglich gehörte es noch immer ihm. Ein ganz klarer Fall.

Gaylord wußte genau, daß der Fall keineswegs so klar war. Sonnenklar war nur etwas anderes: Wenn Gaylord den Briefbeschwerer nicht ablieferte, würde Bert ihn fertigmachen. Er nahm das Ding aus dem Pult, ließ es in seine Hosentasche gleiten und schloß den Pultdeckel wieder. «Gaylord, was machst du denn da?» fragte eine besorgt klingende Stimme.

Miss Marston war ausgesprochen nett, obwohl sie ‹Klosett› sagte. Sie liebte und achtete die ihr anvertrauten Kinder. Und sie liebte und achtete Gaylord von allen vielleicht am meisten. Sie hielt ihn für aufrecht und gut erzogen, ja, für eine kleine Persönlichkeit. Ein Kind mit Charakter. Und jetzt machte er ein schuldbewußtes Gesicht wie ein ganz gewöhnlicher hinterhältiger Dieb. Und als das erwies er sich hier auch, befürchtete sie. «Was machst du denn da?» wiederholte sie.

Gaylord glaubte, sein Herz müsse zerspringen. «Ich... ich... ich hol mir was», stotterte er.

«Was denn?» Miss Marstons Stimme klang jetzt etwas schärfer.

Sein Unterbewußtsein registrierte, daß der alte Gaylord soeben gestorben war. Der lustige, anständige Gaylord war tot. Statt dessen gab es jetzt eine armselige Kreatur, die die ganze Welt und, was noch viel schlimmer war, die er selbst einen Dieb nennen mußte. Die Würfel waren gefallen, aber im Unterbewußtsein beschloß er, daß er nicht auch noch zum Lügner werden wollte. Das wenigstens konnte aus diesem Schiffbruch gerettet werden.

«Was denn?» hörte er Miss Marston noch einmal sagen; dann zog er den Briefbeschwerer aus der Hosentasche und antwortete: «Das hier.»

Sie überlegte, ob es dafür nicht eine ganz plausible Erklärung gäbe. Dieser Junge konnte einfach kein Dieb sein. «Gehört es denn dir?» fragte sie. «Hat David es dir weggenommen?» So konnte es ja nur sein. Sie mußte sich vor voreiligen Schlußfolgerungen hüten.

Aber Gaylord sagte: «Nein, Miss. Es gehört David. Er hat es Sammy Breen abgekauft.»

Sie verwünschte insgeheim seine Ehrlichkeit. «Warum hast du es dann genommen?»

«Es … es ist so hübsch», sagte er.

«Ja», sagte sie. «Hübsch ist es schon. Aber deswegen darfst du es doch noch nicht nehmen.»

Er schwieg. «Du weißt doch, daß ich das melden muß. Ich muß es der Schulleitung melden.»

«Ja, Miss.»

Sie standen schweigend da. «Gut», sagte sie schließlich, «leg es bitte zurück.»

Er folgte ihrer Aufforderung und schloß das Pult. Ein Dieb, den man erwischt hatte – und heute abend würde Bert ihn zusammenschlagen.

Miss Marston sagte: «Du gehst jetzt besser zum Essen. Wir kommen später darauf zurück.»

«Jawohl, Miss», erwiderte er und ging. Er hatte keinen Hunger.

Sie kam hinter ihm her. «Gaylord, warum hast du das bloß genommen?»

Schweigend stand er da. Sie wartete. Das Verlangen, dieses stumme Häufchen Elend in die Arme zu schließen, überwältigte sie fast. Nur mit Mühe hielt sie sich zurück. Gemeinsam verließen sie das Klassenzimmer. Auch sie hatte keinen Appetit mehr.

Das Mittagessen war vorüber, der Nachmittagsunterricht auch, und Messerstecher Bert lauerte auf dem Weg, um sich auf Gaylord, den Dieb, zu stürzen. Aber die ganze trübe Affäre mit dem Briefbeschwerer mußte vorher noch einmal aufgerollt werden. Miss Marstons Schuld war das nicht. Niemandes Schuld. Aber ein Körnchen Unehrlichkeit, ist es erst einmal entdeckt, kann auf lange Zeit hinaus das Leben vieler Menschen in Unordnung bringen.

Die Klasse leerte sich, und die Lehrerin hatte nichts gesagt. Während die Kinder hinausdrängten, saß sie lesend auf ihrem Platz. Gaylord kam gerade an ihrem Pult vorbei – im nächsten Augenblick wäre er draußen –, da kam es: «Gaylord», sagte sie ruhig, noch immer lesend.

Er blieb stehen. «Ja, Miss?»

«Warte, bitte», sagte sie und las noch immer.

Er wartete. Erst nachdem alle Kinder draußen waren, sah sie auf. Ihr junges Gesicht zeigte Mitleid. «Du weißt doch, daß ich zur Schulleitung gehen muß wegen dieser dummen Geschichte?» fragte sie.

Gaylord nickte stumm.

«Ich gehe aber nicht. Wenigstens heute noch nicht.»

Gaylord war erleichtert. Der Gedanke, daß dieser weibliche Jehova sich mit ihm befassen würde, erfüllte ihn nicht gerade mit Begeisterung.

«Nicht etwa», sprach Miss Marston weiter, «um dir Unannehmlichkeiten zu ersparen, sondern weil ich das Gefühl habe, es steckt noch etwas anderes dahinter, und das möchte ich erst einmal herausfinden.»

«Ja, Miss», sagte Gaylord.

Keine sehr aufschlußreiche Bemerkung. «Ich habe also beschlossen, erst einmal mit deinen Eltern darüber zu reden. Ich glaube, ich gehe gleich heute abend mit dir nach Hause.»

«Jawohl, Miss», sagte Gaylord, nicht mehr ganz so erleichtert. Mit Mummi würde er kein leichtes Spiel haben, das wußte er. Andererseits brauchte er Bert nicht zu fürchten, wenn die Lehrerin mitkam. Sie als Begleiterin würde wirken wie eine ganze Schutzstaffel.

Ohne viele weitere Worte gingen sie los. Und sie trafen auf der Hälfte des Heimwegs, wie nicht anders zu erwarten war, nicht nur Bert, sondern sämtliche Brüder Willies. Die Foggerty-Jungens drückten sich an der einsamsten Stelle des Heimwegs an einem Zaun herum. Als sie Gaylord auftauchen sahen, reckten sie sich und starrten ihn in abwartendem drohendem Schweigen entgegen. Sie ließen Gaylord nicht aus dem Auge. Miss Marston beobachtete sie voll Unbehagen und verlangsamte den Schritt. Aber niemals, sagte sie sich, darf man vor Kindern Angst zeigen. Und so marschierte sie denn tapfer weiter. Gaylord, der sich von ihr beschützt wußte, nahm in seiner Haltung etwas Herausforderndes an. Als sie glücklich vorbei waren, drehte er sich um und machte eine lange Nase.

«Was für widerliche Jungens», sagte Miss Marston. «Ein Jammer, daß sie nichts Besseres zu tun haben, als herumzulungern und auf Unfug aus zu sein.»

Die sind nicht auf Unfug aus, dachte Gaylord, sie waren auf mich aus. Es tat ihm schon bitter leid, daß er ihnen so selbstsicher eine lange Nase gedreht hatte.

Opa war auf dem Geflügelhof. Er betrachtete Miss Marston mit Interesse. Gaylord sagte: «Das ist mein Opa.»

«Guten Tag», sagte Miss Marston. «Ich bin Gaylords Lehrerin. Miss Marston.»

«Sehr erfreut», sagte Opa. Was war denn nun wieder los, zum Teufel.

Miss Marston erklärte: «Ich bin herausgekommen, weil ich mit Gaylords Eltern sprechen will. Etwas ...»

«Es tut mir leid, aber die sind zu irgendeiner blöden Veranstaltung in Ingerby. Sie kommen sicher nicht vor elf zurück.»

«O je. Und ich wollte sie so gern sprechen.» Miss Marston sah unglücklich aus. Unheil schien seine Schatten auf den Geflügelhof zu werfen. Opa, dem man so leicht nichts vormachen konnte, spürte das genau. «Kommen Sie doch bitte herein», sagte er.

Sie gingen ins Haus. «Also», sagte Opa, «kann ich etwas für Sie tun?»

Sie sah ihn zweifelnd an. Verlegen spielte sie mit dem

Verschluß ihrer Handtasche. «Ich wollte eigentlich mit seinen Eltern ...»

«Wenn Sie sich nun damit abfinden, daß Sie seine Eltern nicht sprechen können, dann nehmen Sie vielleicht mit mir vorlieb?»

Miss Marston war immer noch mit ihrer Handtasche beschäftigt. Trotz seiner Höflichkeit fühlte sie sich durch den alten Herrn eingeschüchtert. Auch ein Kanonenschlag war so lange harmlos, bis man ein brennendes Streichholz an die Zündschnur hielt. Außerdem hatte sie sich schon überwinden müssen, die Eltern des Jungen aufzusuchen. Wer weiß, was noch alles passieren würde, wenn sie es diesem explosiven alten Herrn erzählte?

Aber die Entscheidung darüber wurde ihr aus der Hand genommen. Gaylord war sicherlich nicht stolz auf sich. Er schämte sich bitterlich und ehrlich. Aber er besaß einen untrüglichen Sinn für Dramatik und eine unersättliche Neugier darauf, wie Erwachsene in ungewöhnlichen Situationen reagierten. Er sagte laut und deutlich: «Miss Marston hat mich beim Stehlen erwischt.»

Die Stille im Haus war so drückend wie vor einem Gewitter. «Was hat Miss Marston getan?» fragte Opa.

Miss Marston sagte traurig: «Ich kam noch einmal in die Klasse zurück. Gaylord war dort ganz allein. Ich sah, wie er aus David Snows Pult etwas nahm und in seine Tasche steckte.»

Opa fixierte sie unter zusammengezogenen Augenbrauen wie ein Bulle kurz vor dem Angreifen. Aber er sagte milde: «Sicher nur ein Jungensstreich.»

«Wenn Sie sein Benehmen gesehen hätten, würden Sie das nicht sagen.» Sie saß da und hatte schützend ihren Arm um Gaylord gelegt. Gaylord fühlte, wie sie zitterte.

«Und was war das für ein Ding?»

«Ein Briefbeschwerer.»

«Gehört er der Schule?» fragte er schnell und streckte herausfordernd sein Kinn vor.

«Nein. Es war eine von diesen hübschen Glaskugeln. David hatte ihn gerade einem andern Jungen abgekauft.»

Er ließ sie nicht aus dem Auge. «Haben Sie es schon der Schulleitung gemeldet?»

«Nein. Ich hätte es tun müssen. Aber ich habe das Gefühl, als gäbe es für die Geschichte eine Erklärung, irgend etwas, und deshalb wollte ich mit seinen Eltern sprechen.»

«Nett von Ihnen», sagte er. «Sehr nett. Ich wünschte von Herzen, Sie könnten es tun.»

«Gaylord ist kein Junge, der stiehlt», sagte sie.

Eine Augenbraue hob sich. «Miss Marston, kann man jemals voraussehen, wie sich ein Mensch unter gewissen Umständen verhält?»

«Nein», sagte sie langsam.

«Eben. Ich fürchtete, Sie seien noch zu jung, um das schon erkannt zu haben.»

«Ich kann einfach nicht glauben, daß Gaylord ein Dieb ist.»

Opa erhob sich. «Ich werde Gaylords Eltern Ihre Meinung mitteilen, Miss Marston. Sicher werden sie sich mit Ihnen in Verbindung setzen.» Er schüttelte ihr die Hand. «Und vielen Dank. Vielen Dank für Ihr ... für Ihr Verständnis.»

Sie erhob sich, um sich zu verabschieden. Dann beugte sie sich zu Gaylord nieder und küßte ihn. Ihr Lächeln dabei sollte beruhigend wirken, war aber ängstlich und nervös. Opa ging voraus und öffnete ihr die Tür. Dann kam er zurück. Er sah Gaylord nicht an. Er setzte sich und entfaltete die Zeitung.

Gaylord stand da und spielte an der Büste von Milton herum. Wenn er jetzt nicht mit jemandem sprechen konnte, würde er ersticken. Aber mit wem sollte er sprechen? Mit

Großtante Marigold? Nein. Er würde ihr das niemals klarmachen können, und wenn, würde sie der Schock umbringen. Gaylord überlegte es sich vorher immer genau, was er seiner Großtante erzählte, damit der Schock sie nicht umbrachte. Tante Rosie würde bald nach Hause kommen. Aber ihr wollte er auch nichts sagen. Entweder würde sie entsetzt zurückschrecken oder aber ihn an sich drücken und ihn ein ‹armes Lämmchen› nennen. Auf keines von beiden hatte er Lust. Am liebsten, dachte er, würde er Tante Becky alles erzählen. Mit ihrem amüsierten Lächeln würde sie alles aus ihm herausholen. Dann würde sie sagen: «Ach, du kleiner Dummerjan. Warum um alles in der Welt hast du das denn getan?» und ihm einen spielerischen Klaps geben und sorglos fortgehen, um sich mit einem jungen Mann zu treffen.

Aber Becky würde heute abend spät nach Hause kommen, weil sie tanzen ging. Er hatte sie das sagen hören.

Er spürte eine ganz ungewöhnliche Sehnsucht nach Mummi und Paps. Aber Opa hatte gesagt, sie kämen erst mit dem Spätzug zurück.

Es blieb nur Opa.

Gaylord hatte mit Opa mehr gemeinsam als mit seinen Eltern. Er wie Opa waren beide aufrechte, unabhängige Charaktere. Beide mochten konkrete Dinge und Menschen lieber als Bücher und Ideen. Gaylord sah den alten Herrn an, vielmehr das, was von ihm hinter der Zeitung zu sehen war. «Opa?» sagte er.

Opa sah ihn über den Zeitungsrand hinweg an. «Willst du vielleicht Konversation mit mir machen? Oder willst du mit mir über diesen verflixten Briefbeschwerer reden?»

«Über den Briefbeschwerer», sagte Gaylord kleinlaut. «Muß ich jetzt ins Gefängnis?»

«Nein», sagte Opa. «Du kommst nicht ins Gefängnis, das schlag dir nur gleich aus dem Kopf. Aber abgesehen davon, kann ich mit dir nicht darüber reden, das ist *sub judice*.»

«Was heißt *sub judice*?»

«Das heißt, daß keiner sich traut, darüber zu sprechen.»

«Und warum nicht?»

Opa ließ die Zeitung sinken. «Weil das ein Fall für deine Eltern ist, mein Junge. Sie haben die Verantwortung für dich. In so eine ernste Sache kann ich mich nicht einmischen. Das wäre sinnlos und unkorrekt.»

«Ich verstehe», sagte Gaylord, der kein Wort verstand, aber genau wußte, daß es keinen Zweck hatte, mit Opa zu streiten.

Der alte Herr sagte: «Geh zu deiner Großtante. Sie muß irgendwo stecken. Bitte sie, daß sie dir was Gutes zum Tee gibt. Und dann tu, was dir Spaß macht. Häng nicht herum und warte, bis du zu Bett mußt.»

Triumphgeschwellt kamen Mummi und Paps heim. Sie waren bei der Diskussion ein großer Erfolg gewesen. Mummi saß in dem schmutzigen, schlechterleuchteten Abteil und wiederholte sich in Gedanken all die harmlosen Witzchen, die Paps von sich gegeben hatte. Paps blickte Mummi an und dachte, wie klug es doch von einer so intelligenten Frau war, bei solchen Gelegenheiten die Rolle eines charmanten Dummchens zu spielen. Aber das ist es ja gerade, was die klugen Frauen so klug macht! Sie wissen genau, daß die Männer es hassen, wenn ihre Frauen klüger sind als sie selbst. Folglich geben sie sich so, daß jedes männliche Wesen sich als tatkräftiger und überlegener Beschützer fühlt und gleichzeitig die weibliche Konkurrenz entwaffnet ist.

In gehobener Stimmung kamen sie heim. Das Haus kam ihnen kleiner und bescheidener vor, als sie es in Erinnerung hatten. Eigentlich nicht der richtige Rahmen für einen berühmten Schriftsteller und seine charmante, allseits beliebte Gattin. Sie gingen ins Wohnzimmer. Und dort schmolz ihre Euphorie.

Opa war noch auf und erwartete sie. Und wenn Opa um diese nachtschlafende Zeit noch auf war, konnte das nur Unheil bedeuten. Das und der Ausdruck von Opas Gesicht.

«Vater», rief Jocelyn. «Warum bist du noch auf?»

Opa sagte: «Setzt euch, alle beide. Ich habe euch etwas zu sagen. Nicht, was du denkst, May. Gaylord ist heil und gesund. Es ist nur ...»

«Was?» fragte Mummi und tastete nach einem Stuhl, ohne den alten Herrn aus den Augen zu lassen.

«Miss Marston, seine Lehrerin, war hier, um mit euch zu sprechen. Sie hat Gaylord erwischt, wie er aus dem Pult eines Jungen etwas gestohlen hat.»

«Das glaube ich nicht», sagte Paps schließlich.

«Ich auch nicht», sagte Opa. «Andererseits haben wir die Aussage einer relativ intelligenten Frau und Gaylords Geständnis dazu.»

«Gaylord hat es zugegeben?»

«Er hat es mir selbst gesagt.»

Mummi saß schweigend da, während ihr ein Dutzend Vorstellungen und Erinnerungen durch den Kopf gingen. Dann sagte sie: «Willie. Es muß etwas mit Willie zu tun haben.»

«Das kann nicht sein, Schatz. Willie geht doch gar nicht in die Schule.»

«Es hat aber was mit Willie zu tun, Jocelyn. Das fühle ich. Was hat er denn ... genommen, Schwiegervater?»

«Einen gläsernen Briefbeschwerer.»

«Was?»

Opa war von der Wirkung seiner Worte überrascht. «Was ist denn daran so bemerkenswert?»

Mummi sagte: «Das spielt jetzt keine Rolle. Was ist nun wirklich passiert, Schwiegervater? Wir müssen alles von Anfang an hören.»

Er berichtete. Sie schwiegen. Dann sagte Paps: «Mir ist es gleichgültig, was die Leute sagen. Gaylord ist kein Dieb.»

Mummi sagte: «Jocelyn, wir müssen den Tatsachen ins Auge sehen. Nach dem, was geschehen ist, ist er ein Dieb. Auch wenn er unser Sohn ist.»

«Na gut. Aber irgendwie hat man ihn dazu getrieben.»

«Da pflichte ich dir allerdings bei.»

Opa erhob sich. «Längst Schlafenszeit für mich. Gute Nacht, ihr beiden.»

May stand auf und küßte ihn, was ihn offensichtlich entzückte. «Gute Nacht, Schwiegervater. Es tut mir leid, daß du in diese Sache mit hineingezogen wirst.»

«Gute Nacht, meine Liebe. Gute Nacht, Jocelyn.» Er zögerte. «Wenn ihr die Meinung eines alten Mannes hören wollt – an der euch wahrscheinlich gar nichts liegt –: Ich halte Gaylord nicht für kriminell.»

«Danke, Vater», sagte Jocelyn. Er öffnete dem alten Herrn die Tür, schloß sie wieder hinter ihm, kam zurück und ergriff die Hände seiner Frau. «Armer alter Gaylord», sagte er.

«Ja. Armes Kerlchen.» Doch ihr praktischer Verstand war dem ihres Mannes bereits weit voraus. «Heute abend können wir ja doch nichts mehr tun. Aber ich glaube, es ist besser, wenn er morgen zu Hause bleibt und wir versuchen, der Sache auf den Grund zu gehen.»

«Ja», sagte er. «Ein Briefbeschwerer. Er wünschte sich zu Weihnachten einen. Wir haben ihm einen gekauft. Er zeigte überhaupt kein Interesse dafür. Und jetzt hat er einen gestohlen.»

«Willie», sagte sie. «Was könnte Willie mit einem Briefbeschwerer zu tun haben ... was kann da nur für eine Verbindung sein?»

«Ich kann mir nicht vorstellen, daß es da eine gibt», sagte

er. «Aber sollte wirklich eine Verbindung bestehen, dann kann nur Gaylord uns etwas darüber sagen.»

Sie gingen zu Bett und beschlossen, alles dem Morgen zu überlassen. Aber die ganze Nacht über beschäftigte sie diese Geschichte, unabhängig voneinander. Gaylord, ein Dieb. Gaylord, ihr Sohn, der bei einem der niederträchtigsten Vergehen ertappt worden war. Lange vor Morgengrauen besuchte Mummi ihn im Gefängnis in Brixton, wo er bereits seine fünfte Strafe zu verbüßen hatte. Aber Paps, mit der ungebundeneren Phantasie eines Schriftstellers, sah ihn bereits in der Todeszelle; und das Innenministerium hatte gerade ein Gnadengesuch abgelehnt, als der Wecker klingelte.

14

Als einziger von allen Betroffenen hatte Gaylord wie ein Murmeltier geschlafen. Er wachte erfrischt und guten Mutes auf. Er würde schon klarkommen.

Mummi würde natürlich keine Ruhe geben. Aber dagegen stand die Gewißheit, daß sein Bericht bemerkenswertes Interesse auslösen würde, und die sehr verlockende Aussicht, in Zukunft den Schulweg in einem Polizeiauto mit Blaulicht zurückzulegen. Er hörte den Wecker bei seinen Eltern rasseln und konnte es kaum erwarten, seine Geschichte loszuwerden.

Er brauchte nicht lange zu warten. Schon kamen sie gemeinsam im grauen Morgenlicht, nervös lächelnd, herein und setzten sich zu beiden Seiten auf die Bettkante. Mummi sah Paps an. Paps ergriff das Wort, räusperte sich und sagte: «Nun also, alter Junge, was haben wir da alles über dich zu hören bekommen?»

Gaylord antwortete: «Es gehört Willie, und irgendwer hat es geklaut, und Willie dachte, ich wär's, aber ich war's nicht, und Bert hat gesagt, er macht mich fertig, wenn ich's nicht zurückgebe, und dann hat Sammy Breen es an David Snow verkauft, und ich wollte mir's borgen, damit Bert mich nicht fertigmacht.»

Er machte eine Pause, in der Paps erst einmal versuchte, dieses Knäuel zu entwirren, und Mummi, wie es zu erwarten war, sagte: «Ich dachte, ich hätte dir strikt verboten, mit Willie zu reden? Das kommt davon, wenn man Heimlichkeiten hat, Gaylord.»

«Ich hab mit ihm ... kaum geredet.»

«Soso. Aber doch offenbar genug, um dich in eine Lage zu bringen, in der du gezwungen warst, etwas zu stehlen.»

«Wer ist eigentlich Bert?» fragte Paps.

«Ach, Jocelyn! Stell doch nicht so törichte Fragen. Das weißt du doch genau. Das ist dieser grobschlächtige Bruder von Willie.» Angst und Erleichterung ließen Mummi an diesem grauen Morgen richtig giftig werden.

«Ach, du meine Güte, der», sagte Paps. «Womit hat er dir denn gedroht, Gaylord?»

«Mit einem Messer. Er hat mir die Spitze hier rangehalten.» Er zeigte auf seinen zarten Hals. «Und dann hat er gesagt: ‹Wenn du Willie sein Ding nicht zurückgibst, flutscht das Messer da rein!› Höchst befriedigt legte er sich auf sein Kissen zurück. Es bestand kein Zweifel darüber, daß er immerhin die Hälfte seiner Zuhörerschaft gefesselt hatte.

Aber nicht Mummi. «Gaylord», sagte sie, «bist du auch ganz sicher, daß du das nicht alles erfunden hast?»

Gaylord schoß in die Höhe. «Mummi. Er hat's getan. Er hat mir das Messer hier hingehalten.» Man hätte einem so kleinen Kerl ein solches Maß an Entrüstung gar nicht zugetraut.

Paps sagte: «Deine Mutter hat ganz recht, Gaylord. Das ist nicht zum Spaßen. Wir müssen absolut sicher sein können, daß du uns auch wirklich die Wahrheit sagst.»

«Natürlich sag ich die Wahrheit.»

«Da gibt's kein ‹natürlich›», fuhr ihn Mummi an. «Man hat dich beim Stehlen erwischt, und du könntest dir das Ganze ebensogut nur als Ausrede ausgedacht haben, aber das kann ich nicht glauben», sagte sie gefaßt.

«Hab ich auch nicht», sagte er immer noch voller Entrüstung. Im übrigen fand er, daß Mummi doch gar nicht so übel war.

Paps stand auf und vergrub die Hände in den Taschen

seines Morgenrocks. «Also gut, alter Knabe, wir glauben dir. Du bleibst jedenfalls heute besser zu Hause, und ich schreibe deiner Lehrerin ein paar Zeilen.»

Gaylord legte sich noch einmal in die Kissen. «Fahre ich jetzt mit einem Polizeiauto in die Schule?» fragte er.

Mummi warf ihm einen mißtrauischen Blick zu. Aber Paps sagte: «Weißt du, die haben sehr viel zu tun. Ich glaube, die können keine weiteren Fälle übernehmen.»

Sie gingen in ihr Schlafzimmer zurück. Mummi schloß gewissenhaft die Tür. Dann klammerte sie sich an ihren Mann und weinte, wie sie seit vielen, vielen Jahren nicht mehr geweint hatte.

Als sie schließlich wieder sprechen konnte: «Es ist ungeheuerlich, ungeheuerlich. Ein solcher Riesenkerl macht einem kleinen Jungen Angst. Mit einem Messer noch dazu.» Sie umfaßte ihn noch fester. «O Jocelyn. Er hätte ... er hätte ihn töten können. Wenn ich daran denke, was das arme Kerlchen alles hat durchmachen müssen, und wir haben nicht das geringste unternommen.»

Paps drückte ihren Kopf an seine Schulter. Ehrlich gesagt, brauchte er Zeit, um nachzudenken. Um sieben Uhr morgens war, wie allgemein bekannt, sein Verstand nicht gerade der klarste, und es war ihm auch noch nicht ganz wach, was sich überhaupt abgespielt hatte. Noch weniger wußte er, was er nun zu unternehmen hatte. Also wartete er geduldig, voller Hoffnung, daß Mummi es ihm sagen würde.

Da brauchte er nicht lange zu warten. Mummi hob ihr verweintes Gesicht und sagte: «Du mußt unbedingt zu Mrs. Foggerty gehen.»

Paps traute sich nicht zu fragen: Wer ist Mrs. Foggerty? Er wollte nicht riskieren, daß ihm der Kopf wieder abgerissen wurde. Er tat so, als dächte er ernsthaft nach, und sagte dann: «Wie wär's denn mit der Polizei?»

Sie schüttelte den Kopf. «Ich glaube, im Augenblick hat das noch keinen Sinn. Sicher hat Gaylord die Wahrheit gesagt, aber... nun ja, er hat vielleicht übertrieben. Ich glaube, du solltest erst einmal mit Willies Mutter sprechen.»

Jetzt hatte sich wenigstens herausgestellt, wer Mrs. Foggerty war. Der Gedanke, diese Dame aufsuchen zu müssen, war für Paps nicht besonders erquickend, zumal es so aussah, als ob Mummi nicht mitkommen würde. Aber er wollte sich auch nicht vor seinen Pflichten drücken. Zwei Stunden später war er auf dem Wege zu den Foggertys.

Irgend jemand war auf die Idee gekommen, eine Reihe armseliger, städtisch aussehender Häuser mitten auf eine Wiese zu stellen; dort wohnten die Foggertys. Mit einer Beherztheit, die in diesem Augenblick keineswegs echt war, klopfte Paps an die Haustür. Mrs. Foggerty selbst öffnete und betrachtete ihn mit äußerstem Mißtrauen. Als sie sich vergewissert hatte, daß er weder wegen der Miete noch wegen der Versicherungs- oder der Fernseherrate gekommen war, preßten ihre Lippen die Zigarette noch fester zusammen: «Kommen Sie herein.»

«Vielen Dank», sagte Paps, nahm seinen Hut ab und trat ein.

Mrs. Foggerty verfolgte seinen Auftritt mit einer Überraschung und einer Anerkennung, die sie nicht zu verbergen suchte. Es kam selten vor, daß sie Besucher empfing, die ihren Hut abnahmen und «Danke» sagten. «Sie sind doch Mr. Pentecost, nicht wahr?» sagte sie. «Ich hab schon Sachen von Ihnen im Radio gehört.»

«Tatsächlich?» Paps sah dankbar aus.

Mrs. Foggertys Bemühung, ihre Zigarette nicht zu verlieren, verlieh ihrer Aussprache etwas Verwischtes, etwa wie bei einem drittklassigen Bauchredner. «Man muß wohl ganz schön schlau sein, um so was schreiben zu können.»

Paps sah, wenn möglich, noch dankbarer aus. Ein Jammer, daß einige Mitglieder seiner Familie diese Meinung nicht teilten. «Wie Sie sich solche Sachen ausdenken können, ist mir ein Rätsel», sagte Mrs. Foggerty.

«So? Nun ...» sagte Paps. Aber er war ja nicht hierhergekommen, um die Quellen der schöpferischen Impulse zu diskutieren, obwohl er das viel lieber getan hätte. «Sie haben doch einen Sohn, Bert», sagte er.

«Ja, da sitzt er», sagte Mrs. Foggerty, und zum erstenmal nahm Jocelyn seine Umgebung wahr, ein wirres Durcheinander, in dem es hauptsächlich nach nasser Wäsche, Eintopf und Heizöl roch, und das einzige menschliche Wesen war ein Junge, der in Hemdsärmeln und Hosenträgern am Küchentisch saß. Bert hatte eine alte Nummer des ‹*Mirror*› vor sich und durchsuchte sie, offensichtlich mit wenig Erfolg, nach Neuigkeiten.

«Mein kleiner Sohn sagt, daß Bert ihn mit einem Messer bedroht hat», sagte Jocelyn.

«He! Bert!» Mrs. Foggerty versuchte, die Aufmerksamkeit ihres Sohnes zu erregen, indem sie ihm kräftig vors Schienbein trat. «Hast du Mr. Pentecosts kleinen Sohn mit dem Messer bedroht?»

Bert sah auf. «Nein», sagte er und las weiter.

Mrs. Foggerty wandte sich ihrem Besucher wieder zu. «Na also», sagte sie. «Haben Sie gehört?» Sie hatte ihre Schuldigkeit getan. Die Sache war für sie erledigt.

Das Ganze war sehr schwierig. Noch nie in seinem Leben hatte Jocelyn jemanden einen Lügner genannt. Sehr sorgfältig seine Worte setzend, sagte er: «Aber mein Sohn sagt, daß er es gesagt hat. Und natürlich glaube ich meinem eigenen Sohn.»

«Und ich meinem, guter Mann», sagte Mrs. Foggerty und steckte sich an dem alten Zigarettenstummel eine neue Zigarette an.

Jocelyn überhörte das. Er sagte: «Ihr Sohn hat Gaylord beschuldigt, Willies Briefbeschwerer gestohlen zu haben. Dann hat er ein Messer an seinen Hals gehalten und gesagt, er würde zustoßen, wenn er ihn nicht zurückgäbe.»

«Na schön und gut. Schließlich aber steht die Behauptung Ihres Sohnes gegen die Worte von Bert, oder etwa nicht?» Der Zigarettenrauch schwebte ihr um Nase und Augen. «Ich meine, daß Ihr Sohn ja auch lügen kann, stimmt's?»

«Das könnte er. Aber er tut es nicht.»

«Also», sagte sie, die Achsel zuckend, «wenn Sie mir so kommen.» Sie schien eher bekümmert als ärgerlich. «Mein Sohn war in der Besserungsanstalt, und Ihrer geht nach Eton, also hat Ihr Sohn recht. Sie spielen sich hier ganz schön auf, Mr. Pentecost.»

«Hören Sie doch. Wo ist Willie? Fragen Sie ihn doch, ob er einen Briefbeschwerer besessen hat.»

«Hat keinen Zweck, ihn zu fragen. Er kann sich doch an nichts erinnern.» Sie sah Jocelyn traurig an. «Mr. Pentecost, haben Sie nichts Besseres zu tun, als eine arme Witwe zu belästigen, die sich abrackert, um die Familie durchzubringen und einen Schwachkopf zu pflegen?»

Noch niemals in seinem Leben war Paps sich so schuftig vorgekommen. Er hatte nur noch das Bedürfnis, sich zu entschuldigen, der armen Seele fünf Shilling in die Hand zu drücken, damit sie ihre Familie durchbringen konnte, und Fersengeld zu geben.

Aber plötzlich fiel ihm Gaylord ein, der bis zum heutigen Morgen ganz allein seine Angst hatte mit sich herumtragen müssen. Er erinnerte sich an die Tränen seiner Frau. In einem blendenden Blitz der Erkenntnis wurde ihm plötzlich klar, daß es diese Gewalttätigkeit war, diese bittere, finstere Gewalttätigkeit, mit der die Menschen zu seinen Lebzeiten die süße Welt in eine einzige riesige Hölle für Millionen verwandelt hatten. Und diese Geschichte hier, das war dasselbe im kleinen. Wenn er sich damit zufriedengab, verdiente er selbst nichts anderes, als in der Hölle zu landen. Er ging zurück ins Zimmer und hieb beide Fäuste auf den Tisch. «Also, nun hören Sie mal, Sie», sagte er.

Er blickte in Augen, deren unheimlicher Ausdruck ihn vor Entsetzen schaudern ließ. Hier klaffte ein Abgrund, den niemand – kein Priester, Arzt oder Henker – überbrücken konnte. Weder Liebe noch Freundschaft, weder Haß noch Strafe würden diesen Augen jemals irgendeine Reaktion entlocken. Jocelyn sagte: «Sie haben meinem Jungen gedroht. Und jetzt warne ich Sie. Wenn Sie ihm noch einmal zu nahe treten, hetze ich Ihnen die Polizei auf den Hals – und dann geht's Ihnen an den Kragen.»

Seine Stimme bebte. Er atmete erregt. Tränen der Wut stiegen ihm in die Augen. Und dabei haßte er nichts mehr, als die Selbstbeherrschung zu verlieren. Aber immer noch stand er, beide Hände auf den Tisch gepreßt, vorgebeugt da. Und immer noch starrten ihn diese ausdruckslosen Augen an. Dann verzerrten sich die bleichen, ungesunden Lippen höhnisch. «Ach, Sie können mich mal», sagte Bert Foggerty und wandte sich wieder der Lektüre der wochenalten Zeitung zu.

Jocelyn richtete sich auf. «Ich habe Sie gewarnt», sagte er, «und ich mache ernst ...» Er blieb noch einen Augenblick stehen, um seine Fassung wiederzugewinnen. Dann ging er auf die Tür zu. Mrs. Foggerty öffnete sie ihm. Die Sache war offenbar damit für sie erledigt. «Haben Sie schon mal was im Fernsehen gehabt, Mr. Pentecost?» fragte sie im Plauderton.

«Nein.»

«Na, vielleicht schaffen Sie's, wenn Sie sich ordentlich anstrengen», sagte sie aufmunternd. «Im Radio kommt ja doch 'ne Menge von Ihnen, nicht wahr?»

Er kam nach Hause. Mummi sagte: «Während du fort

warst, habe ich noch etwas Neues erfahren. Erinnerst du dich an Weihnachten, als Gaylord so elend aussah? Einer von diesen Foggerty-Lümmels hatte ihm damals den Arm verrenkt.»

Paps starrte sie an. «O mein Gott», sagte er. Er gehörte zu denen, die sich eine spezielle Hölle für alle wünschten, die kleinen Jungens den Arm verrenkten.

Sie sah ihn besorgt an. «Liebling, so wütend habe ich dich ja noch nie gesehen.»

«Ich bin auch noch niemals so wütend gewesen. So ein Untermensch wagt es, Gaylord anzufassen.» Er flog noch am ganzen Körper vor Erregung.

«Hör mal», sagte sie. «Du kannst jetzt nur eins tun. Mach einen langen Spaziergang, und lauf dir den Ärger vom Hals. Dann setzen wir uns in Ruhe zusammen und du erzählst mir alles von Mrs. Foggerty.»

«Ja», sagte er. «Ja. May, du bist ein Engel.» Er stürmte davon und hieb mit seinem Stock auf das nasse, graue Gras ein. Liebste May! – Wie hatte er sie in jenem besinnlichen Augenblick am Weihnachtsmorgen genannt? Weib, Mutter, Freund, Geliebte: Heute war sie die Mutter, die ihr wütendes Kind fortschickte, damit es allein mit sich ins reine kam und Frieden fand. Aber woher wußte sie nur immer so untrüglich, in welcher Rolle er sie gerade brauchte? Wie konnte sie nur so klar in sein Inneres blicken?

Er war noch wie besessen von dem Gedanken an Schmerz und Gewalttätigkeit und Grausamkeit. Ein Sadist, der einem Jungen den Arm verrenkt. Auschwitz, Sharpeville, es war immer dasselbe, nur Gradunterschiede. Er eilte mit großen Schritten dahin und versuchte die Antwort auf eine Frage zu finden, für die es keine Antwort gab. Aber langsam beruhigten ihn der Rhythmus seiner Schritte, die freundliche, holperige Straße unter seinen Füßen und der graue, stille, tote Wintertag, so daß er, als er wieder nach Hause kam, zwar keine Antworten gefunden hatte, aber mit sich selbst im reinen war. Und mehr konnte er jetzt nicht erhoffen.

Außerdem hatte er beschlossen, daß Gaylord sich vorerst nicht ohne Begleitung außerhalb des Grundstücks bewegen sollte. Er selbst, Jocelyn, würde ihn jeden Tag zur Schule bringen und wieder abholen. Sobald das Wetter besser war, würden er und May mit dem Jungen Ausflüge unternehmen. Jedenfalls durfte Gaylord nicht allein herumstreifen. Das alles war lästig und unangenehm, aber diese friedliche, ländliche Gegend war von Gefahr überschattet, Gewalttätigkeit lauerte auf Wegen und Wiesen. Und obwohl es, vernünftig betrachtet, nicht sehr wahrscheinlich war, daß ein Halbwüchsiger wie Bert seine Vendetta gegen einen kleinen Jungen fortsetzte, war das doch keine Angelegenheit, bei der man ein Risiko eingehen durfte.

15

Frostig kam der Frühling, ließ die Lämmer und die Narzissen im Ostwind erbeben; der Fluß war grau und kalt wie der Styx, und die Krähen torkelten protestierend in den Lüften herum. Plötzlich war alles ganz anders. Die Luft war milde, und eine wohltuende Ruhe lag über dem Land. Die Baumstämme waren wie mit Sonnenlicht lackiert. Der Fluß glitzerte. Der Himmel war von farbigen Wolken belebt.

Doch das war erst der Anfang. Die Silberbirken legten ein zartgrünes Gewand an, der Weißdorn schüttelte seine weißen Flocken auf das Gras, und über dem Land türmte sich dramatisch der Aprilhimmel. May und Jocelyn wanderten staunend umher und riefen wie jedes Jahr: «Noch niemals ist der Frühling so herrlich gewesen.»

Für Rose traf das jedenfalls zu. Rose erlebte zum erstenmal in ihrem Leben das Glück erwiderter Liebe. Bobs war, nach einem langsamen Anlauf, sehr aufmerksam geworden. Rose hatte ihn zwar nicht oft für sich allein; aber mit Becky und Peter zusammen gaben sie ein ganz passables Quartett ab. Sie spielten Tennis, fuhren lange durch die stillen Abende und speisten in gemütlichen, kerzenerleuchteten ländlichen Gasthöfen. Und gelegentlich auf diesen Ausflügen hielt Bobs ihre Hand oder küßte sie sogar mit sichtlichem Vergnügen. Oh, es war wundervoll, und Rose blühte auf, genau wie das Land ringsum, sie lebte nur für den Augenblick und wußte tief in ihrem Herzen, daß das alles nicht lange andauern konnte, weil es ihr, wie sie meinte, vorbestimmt war, eine alte Jungfer zu werden. Und ihr weiblicher Instinkt sagte ihr noch mehr. Er sagte ihr, daß Bobs sie nicht wirklich liebte, daß er ohnehin kein Mann war, der von der Ehe etwas hielt. Sie wußte, daß das alles nicht so bleiben konnte, und wahrscheinlich wollte sie es auch gar nicht anders haben. Aber hier war ihre letzte Chance. Bevor der Frost kam, wollte sie die wenigen letzten Rosen pflücken.

Auch Gaylord freute sich über den Frühling. Manchmal stapfte er mit Opa über das Gelände, seine kleine Hand fest in dessen schwielige Faust gelegt. Manchmal machte er mit Mummi und Paps Spaziergänge, bei denen er knietief in einem Meer von Glockenblumen watete oder in kindlicher Versonnenheit einen murmelnden Bach betrachtete.

Wenn er es auch nie zugegeben hätte, fühlte er sich doch sehr erleichtert, daß er dabei niemals allein war. Obwohl seine Eltern sich große Mühe gaben, das als ganz natürlich erscheinen zu lassen, gab ihm dieser ständige Begleitschutz ein Gefühl von Wichtigkeit, vor allem aber hatte er wirklich Angst vor den jungen Foggertys. Sie waren eine Bande gefährlicher, bösartiger Bengels, hatten auf alles und jedes einen Groll, aber aus Gaylords Sicht waren sie zwei Meter große gewissenlose Mörder. Er wußte genau, daß sie in der Überzahl waren, schneller als er und stärker, und die Schmerzen, die er bereits von Willies Pranke zu spüren bekommen hatte, würden sich vertausendfachen. Schon der Gedanke daran war unerträglich.

Er hatte nur einen Kummer: Seine Zuneigung zu dem sonst immer sanften und harmlosen Willie war sehr stark, und es betrübte ihn, daß er seinen Freund nicht mehr zu sehen bekam. Er vergaß die Schmerzen des verdrehten Armes und erinnerte sich nur an Willies fast tierische Verzweiflung, als er sein Spielzeug verloren hatte. Er dachte Tag und Nacht an Willie. Auf irgendeine Weise wollte er Willie dafür entschädigen, daß er nicht alle Tassen im Schrank hatte, in einem so schäbigen Haus lebte und abgelegte Kleider trug. Und er wußte kein anderes Mittel, als sich in dem alten Steinbruch neben Willie zu setzen und auf sein Schweigen zu lauschen. Viel war das nicht. Aber immerhin mehr, als die andern zu tun bereit waren.

In dem alten Steinbruch streckten die Brombeeren ihre langen Ranken aus, und das Farnkraut, das sich zuerst nur wie winzige, zarte grüne Hirtenstäbchen gekrümmt hatte, wuchs jetzt bereits kniehoch. Alles knospte, trieb und drängte im sommerlichen Rausch der Sonne entgegen. Sommer! Und er schien in diesem Jahr nicht so trostlos zu werden wie sonst. Im Obstgarten standen die Liegestühle. Paps saß dort und schrieb und ließ sich die Sonne auf die Backen scheinen. Gaylord lag auf dem Rasen und malte. Mummi saß im Schatten, behaglich zufrieden, und spürte in sich das keimende Leben und fühlte sich eins mit der lebenstrotzenden, fruchtbaren Erde. Auch sie würde ihre Ernte einbringen. Um ihre geschlossenen Augen vertieften sich die kleinen Lachfältchen. Paps, der sie beobachtete, sagte: «Ich würde sonst was drum geben, wenn ich wüßte, woran du in diesem Augenblick denkst, May.»

Sie öffnete die Augen, lächelte ihn zärtlich und träge an: «Ich dachte daran, daß Gaylord der Zweite gerade zum Erntedankfest erscheinen wird.»

«Oh.» Er machte ein enttäuschtes Gesicht. «Und ich dachte, du denkst an etwas wirklich Komisches.»

«Der Pfarrer würde sich darüber sicherlich sehr freuen. Denn schließlich gehört er ja auch zu der Gemeindeernte.» Sie lachte glücklich. Paps blickte verständnislos. «Ist ja egal», sagte sie. «Gaylord der Zweite hat es sich jedenfalls so vorgenommen, er findet das komisch.» Sie schloß die Augen und schaukelte wieder zwischen Wachen und Träumen hin und her wie ein Stück Treibholz in der Brandung. Auch Jocelyn konnte besser mit geschlossenen Augen nachdenken. Lautlos, wie ein Indianer, schlängelte sich Gaylord auf dem Bauch davon.

Nachdem ihm die Flucht gelungen war, hielt er inne. Er wollte gern seinen Freund wiedersehen, aber keinesfalls dessen Brüder. Sehr vorsichtig blickte er sich nach allen Seiten um. Und als er an den alten Steinbruch kam, blieb er, mit laut klopfendem Herzen, erst einmal lauschend stehen.

Nur die Grillen, die schilpenden Spatzen, die fleißigen Bienen. Ganz leise schlich er weiter und wurde belohnt, denn da stand Willie. Allein. Erleichtert atmete Gaylord tief auf.

Wie schön war es, in das Gestrüpp des alten Steinbruchs zu kommen und Willie lächeln zu sehen. Willies Lächeln war so warm und so wohltuend wie der Sonnenschein. «Hallo, Gaylord», sagte er. «Dachte schon, dich gäb's gar nicht mehr.»

«Hatte bloß keine Zeit», sagte Gaylord und bohrte träge ein Loch in den Sand.

Die Sonne brannte heiß. Der Steinbruch roch nach warmem Sand, nach Felsen und Fingerhut und Farn. Gaylord blinzelte durch das Sonnenlicht zu Willie hinüber und lächelte. Er war selig, daß Willie wieder der alte war und alles andere vergessen schien. Langsam schlich der Nachmittag weiter. Sie redeten wenig, aber sie waren zufrieden, wieder beieinander zu sein, und genossen das lange Schweigen. Endlich sagte Willie: «Du kennst doch unsern Bert?»

Gaylord fuhr zusammen. Er nickte.

«Er will dich fertigmachen», sagte Willie.

Gaylord bohrte weiter im Sand. «Warum?» fragte er.

«Du warst unverschämt. Und dein Vater war unverschämt.» Willies Stimme klang vorwurfsvoll.

Gaylord wünschte mehr denn je, er hätte ihnen nicht die lange Nase gedreht. Er bohrte weiter.

«Du kennst doch unsern Dave?» fragte Willie.

«Ja», sagte Gaylord unglücklich.

«Er will dich auch fertigmachen. Du warst unverschämt. Und dein Vater auch.»

Die Schatten im Steinbruch wurden jetzt länger. «Du kennst doch unsern Mike?» fragte Willie.

Es hatte keinen Zweck. Die Herrlichkeit war zerstört. Gaylord stand auf. «Willie, ich muß jetzt nach Hause», sagte er und wünschte um alles in der Welt, er wäre niemals hierhergekommen.

Willie machte ein enttäuschtes Gesicht. «Gaylord, du kommst jetzt gar nicht mehr. Und wenn du mal kommst, dann bleibst du nicht.»

Gaylord klopfte sich den Sand von seiner kurzen Hose. «Mein Vater ist nie unverschämt», sagte er.

«Sagt aber unser Arthur», sagte Willie. «Er will dich auch fertigmachen deswegen.»

Becky, die auf dem Rasen lag, war rundherum nußbraun, wenn man von den paar Zentimetern absah, die ihr Badeanzug bedeckte. Rose, die von der Sonne lediglich müde wurde und Sommersprossen bekam, saß im Schatten und unterhielt sich mit Bobs. Bobs hörte Rose zu und sah dabei zu Becky hinüber. Peter sah ebenfalls zu Becky hinüber. Großtante Marigold und Opa sahen zu Becky hinüber. Und Großtante Marigold dachte, solche kurzen Dinger hat man zu meinen Zeiten nicht zu sehen bekommen, und Opa dachte dasselbe, fügte aber im stillen hinzu, das war doch ein Jammer, verdammt. So saßen sie alle oder lagen und rekelten sich zufrieden, während die Sonne mit löblicher Trägheit über den wolkenlosen Himmel schlich. Nur die Bienen, die armen Schlucker, waren bei der Arbeit, und ihr emsiges Summen war gerade das Richtige, um faule Menschen schläfrig zu machen und einzulullen.

Ein selten befriedigender Nachmittag. Einer dieser Tage,

an denen die Wärme der Sonne bis ins Herz hineinsickert. Bobs sagte friedlich zu Rose: «Wie wär's mit einer Autofahrt am nächsten Sonntag? Wir könnten ein Picknick machen, wenn du willst. Fahren wir doch zum Leuchtturm.»

Sie traute kaum ihren Ohren. «Du meinst – nur wir beide allein?»

«Ja. Na, was hältst du davon?»

«Bobs, das wäre herrlich. Wann willst du mich abholen?»

«Um halb drei?»

«Gut, dann bin ich fertig.»

Mache ich jede Wette, dachte er und wünschte, sie würde die Sache ein bißchen spannender machen. Arme alte Rose. Sie überschlug sich fast, um ihm zu gefallen. Da machte das alles keinen rechten Spaß mehr.

Aber jetzt endlich versank die Sonne im Westen. Eine kleine Brise flüsterte im Blattwerk der Obstbäume. Hoch oben am Himmel flogen zwei Vögel heimwärts. Ein schöner Tag, summten die Bienen und flogen zu ihrem Bienenstock zurück. Die Menschen erhoben sich, gähnten fröstelnd. Vom Sonnenlicht betäubt und ermüdet, gingen sie ins Haus und nahmen ihre Liegestühle mit. Nur Paps blieb noch draußen. Nichts war vom langen Frieden des Sommernachmittags zurückgeblieben, nichts außer ein paar Abdrücken im Gras, einem aufgeschlagenen Buch unter den Bäumen und dem Abendstern, der von Minute zu Minute goldener wurde, um allen heim zu leuchten, die der helle Tag verstreut hatte ...

Allen? Allen? Wo um Himmels willen steckte Gaylord, dachte Paps, als er ins Haus trat. Er hatte die unklare Vorstellung, als sei er den ganzen Nachmittag über bei ihnen gewesen. Aber als sie aufbrachen, hatte er ihn nicht entdekken können. Er eilte in den Obstgarten zurück.

Gaylord war so in sein Malen versunken, daß er Paps erst bemerkte, als der ihn ansprach. Paps sagte: «Du bist doch nicht die ganze Zeit über hier gewesen, oder?»

Gaylords erstaunter Blick ließ Paps sich fast schwachsinnig vorkommen. «Ich habe gemalt», sagte Gaylord.

«Oh», sagte Paps und sah hilflos aus. «Na, dann komm mal lieber rein, es wird zu kühl.» Nachdenklich folgte er Gaylord ins Haus. Wirklich, er mußte versuchen, nicht immer so geistesabwesend zu sein. Hatte er doch nicht mal bemerkt, daß sein eigener Sohn ...

16

Rose glaubte, es würde niemals Sonntag werden. Aber es wurde Sonntag, und zur Frühstückszeit schien die Sonne bereits warm, die Vögel sangen, die Bienen summten, die Hennen gackerten zufrieden, und der Rauch stieg bläulich und senkrecht aus den Kaminen. Was für ein vollkommener, herrlicher Morgen! Selbst die kleinen, eilfertigen Spinnen und die dicken, metallblauen Brummer schienen sich zu freuen, die Fischchen, die kühl und still im Strom des Wassers standen, die bunten, sonnengefleckten Kühe, die über die Wiesen zum Melken trotteten; Lebensfreude war in den Würmern, die sich an die Erdoberfläche emporarbeiteten, und in der auf alles niederstrahlenden Sonne; Freude auf Erden und gewiß auch im Himmel über eine so gelungene Schöpfung, und vor allem wohl Freude in Roses Herz, die den Nachmittag allein mit ihrem Liebsten verbringen sollte.

Vielleicht hatte sie sich in ihm getäuscht! Vielleicht machte er ihr einen Heiratsantrag! Denn das wünschte sie sich mehr als alles auf der Welt. Aber selbst wenn es dazu nicht käme, so würden sie wenigstens allein auf dem hohen, einsamen Leuchtturm sein, zwischen Himmel und Erde, nur die Lerchen und den Himmel über sich und die Welt der Menschen ameisengleich weit, weit unter ihnen. Sie würden allein sein. Ein so glückverheißender Gedanke, daß er kaum zu ertragen war.

Statt wie sonst, unauffällig wie eine Maus, an ihren Frühstücksplatz zu schlüpfen, inszenierte Rose geradezu einen

Auftritt. «Was für ein himmlischer, himmlischer Morgen», rief sie.

«Gewitter in der Luft», sagte Opa und sah nicht einmal von seinem ‹*Observer*› auf.

Rose sank das Herz. Aber das von Gaylord hüpfte: «Opa, glaubst du wirklich, daß es ein Gewitter gibt?»

«Da müßte ich mich schon schwer täuschen.»

Gaylords Augen leuchteten. Von allen Dingen, die sich in seinem jungen Leben ereignet hatten, waren Gewitter das allerschönste. Da gab es soviel Krach, wie man sich nur wünschen konnte. Und kein Mensch, nicht einmal Mummi, konnte ihn dafür verantwortlich machen; außerdem kosteten Gewitter nichts, und die Entscheidung zwischen einem Gewitter und einem Viertelpfund Bonbons blieb einem erspart. Und sie erschreckten die Frauen. Sogar Mummi verlor etwas von ihrer Resolutheit, wenn es donnerte.

Opas Worte hatten Rose unvorstellbar deprimiert. Sie wußte aus eigener Erfahrung, daß Bobs mit den Elementen nicht viel im Sinn hatte. Bei Gewitter brachten ihn keine zehn Pferde auf den Leuchtturm hinauf. Sie hatte das unbestimmte Gefühl, daß der heutige Tag ein Wendepunkt war. Gingen sie allein zum Picknick – wer weiß, was alles geschehen mochte. Kam etwas dazwischen – dann würde es das Ende ihrer Affäre bedeuten. Die Sache würde im Sande verlaufen; Ereignislosigkeit und Mangel an passenden Gelegenheiten würden sie abtöten. Warum sie das glaubte, vermochte sie nicht zu erklären. Sicher reine Einbildung. Vermutlich war sie überarbeitet. Ferienreif, hätte man annehmen können, aber bis zu den Ferien waren es noch zwei Monate.

Sofort nach dem Frühstück rannte sie auf ihr Zimmer und sah aus dem Fenster. Immer noch derselbe, wunderschöne Morgen. Vater mußte sich einfach irren. Er wollte nur den Wetterpropheten spielen.

Aber sie mußte zugeben, daß Vater viel zu natürlich war, um Theater zu spielen (abgesehen von seiner berühmten Rolle: ‹Ich bin ja nur ein alter Mann, dem keiner was sagt›, auf die aber niemand mehr hereinfiel). Und am östlichen Horizont hing tatsächlich eine weiße Wolkenbank. Sie ging zum Barometer und klopfte daran. Es sank, und sie wäre vor Enttäuschung und Selbstmitleid fast in Tränen ausgebrochen. Wenn es heute, nach einer so wunderschönen Woche, regnete, empfand sie das als persönliche Kränkung.

Sie wollte einfach nicht an den Regen denken. Sie wollte alle ihre Energie und ihre Gedanken auf die Vorbereitungen des Picknicks konzentrieren.

In der Küche brachte sie Mummi, die das Sonntagsessen kochte, fast zur Raserei. Rose stand Mummi überall im Weg, sie schnitt Gurken in Scheiben, bestrich Sandwiches mit Leberpastete und verwandelte Tomaten in eine breiige, rote Substanz. Und da stand auch Großtante Marigold, die gar nichts weiter tat, sich aber aufs Nichtstun weniger gut verstand als die Leute im Parlament. Und dann erschien Becky, die nach einem Blick auf Roses hauchdünne Sandwiches sagte: «Schätzchen, diese Dinger da sind doch nicht etwa für einen Mann bestimmt?»

«Doch», sagte Rose, errötete zornig und säbelte weiter.

«Aber Schätzchen, er stopft sich davon gleich drei auf einmal in den Mund, ohne zu merken, daß er überhaupt was gegessen hat. Wie ein großer, fetter Wal, der Plankton in sich hineinschlingt.»

«Kümmere dich doch um deinen eigenen Kram», schrie Rose.

«Ei der Potz», sagte Großtante Marigold.

«Meine Liebe, ich will dir doch bloß helfen. Ein Mann versteht unter einem Sandwich zwei dicke Türschwellen mit einem Viertelpfund Butter und Schinken dazwischen.»

Es ist ein Naturgesetz, daß selbst die größte Küche zu

klein ist für zwei Frauen, ganz zu schweigen von vier. Und, ganz abgesehen von dem Wetter draußen, herrschte in der Küche bereits jetzt ausgesprochene Gewitterstimmung. Mummi, der Gaylord der Zweite heute morgen etwas zu schaffen machte, sagte: «Jetzt hört doch endlich einmal auf, euch zu zanken.»

«Wir zanken uns ja gar nicht», sagte Rose. «Becky mischt sich nur wieder einmal in alles ein und kann einen rasend machen.»

«Du liebes Schwesterchen», lächelte Becky nachsichtig.

Gaylord kam hereinspaziert. «Tante Rosie, kann ich ein Sandwich haben?»

«Nein», sagte Rose.

«Aber ich sterbe vor Hunger.»

Rose sagte gar nichts. «Sehr groß sehen die ja nicht aus», sagte Gaylord. «Was ist denn das graue Zeugs?»

«Leberpastete», sagte Becky.

«Es riecht scheußlich», sagte Gaylord.

«Kein Mensch hat dich um deine Meinung gefragt», sagte Rose.

Mummi wurde energisch. «Gaylord, hör auf, uns auf die Nerven zu fallen. Los, raus mit dir. An so einem schönen Tag will ich dich nicht hier drin haben.»

«Es ist gar kein schöner Tag. Überall sind dicke, scheußliche Wolken.»

Rose ließ alles aus der Hand fallen und eilte ans Fenster. Gaylord hatte recht. Die Sonne, die bis jetzt so freundlich herabgelächelt hatte, war verhangen und hatte sich verdunkelt. Sie sah aus wie ein sterbender Goldfisch.

Mummi sah Gaylord an. «Raus», sagte sie mit jener unnachgiebigen Beharrlichkeit, die in seinen Augen zu ihren unangenehmsten Eigenschaften gehörte. Er ging. Seine mageren, hängenden Schultern waren ein einziger Vorwurf der Unterernährung und der Vernachlässigung. «Wir hätten daran denken sollen, ihm ein Sandwich mitzugeben», sagte Großtante Marigold ahnungslos. «Sein Vater war in diesem Alter auch immer auf ein Sandwich aus.»

«Heute auch noch», sagte Mummi und fügte in Gedanken schmunzelnd hinzu, ich wette, Gaylord der Zweite könnte auch eins vertragen, so wie er sich im Augenblick aufführt.

Das Mittagessen war vorüber, der Tisch abgeräumt. Rose betrachtete die immer düsterer werdende Landschaft. Wenn sich das Wetter wenigstens bis halb drei hielte, ehe sich die Schleusen des Himmels öffneten.

Denn das stand offensichtlich unmittelbar bevor. Seit einiger Zeit grummelte und grollte der Donner schon in der Ferne und erfüllte das Zimmer mit einer Spannung, wie das nur ein Gewitter vermag. Gaylords Magen flatterte wie ein gefangener Vogel. Seine braunen Knie zitterten. Er reagierte genauso wie die geduckte, wartende Erde. Aber gerade das liebte er. Er schlenderte zum Großvater hinüber, der am Fenster stand, die Hände tief in den Hosentaschen. Endlich mal eine Situation, in der die Männer das Kommando führten, eine Gelegenheit, aus der man das meiste herausholen mußte. «Ich verstehe nicht, wie irgend jemand Angst vorm Donner haben kann», bemerkte er gesprächig.

«So?» sagte Opa.

«*Ich* hätte nicht mal Angst, wenn der Blitz ins Haus einschlägt», sagte Gaylord. Er warf Großtante Marigold, deren alte Hände ein Aspirinfläschchen umklammert hielten, einen Blick zu. Er sah zu Tante Rosie hinüber, deren Blick immer wieder furchtsam zum Fenster irrte.

«Wo steckt Becky?» fragte Tante Marigold.

«Auf ihrem Zimmer. Donnert sich auf», sagte Rose bitter.

«Sie sollte jetzt nicht ausgehen ...» begann Großtante. Aber in diesem Augenblick trat Becky ins Zimmer. Sie trug einen weiten Rock und einen Hut, groß wie ein Wagenrad.

Mit strahlendem Lächeln zeigte sie ihre weißen Zähne. Gaylord betrachtete sie anerkennend. Aber Opa sagte säuerlich: «Wenn du raus willst, zieh dir lieber Gummistiefel und einen Regenmantel an.»

«Dann sehe ich kaum so nett aus.»

«Auf jeden Fall aber würdest du verdammt vernünftiger aussehen», fauchte Rose.

Die beiden Schwestern sahen einander an. «Schätzchen», gurrte Becky, «ein Mädchen, das vernünftig aussieht, ist das letzte, was ein Mann sich wünscht.»

Opa sah seine beiden Töchter etwas irritiert an und vermochte nicht recht zu begreifen, wie es ihm gelungen war, zwei so gegensätzliche Wesen zu produzieren. Wenn sie doch nur beide schon verheiratet wären! Bei Becky war es natürlich nur eine Frage der Zeit. Aber Rose? Trotz ihrer Farblosigkeit war ihr Gesicht von einer eigenen, marmornen Schönheit, dachte er. Aber die war vergänglich. In ein oder zwei Jahren würden die Männer ihr Gesicht hart finden. Und was dann? Er seufzte. Warum schnappte sie sich nicht diesen Burschen Roberts, ehe es zu spät war?

Die beiden albernen Weiber sahen einander immer noch an. Wie zwei gereizte Katzen. Opa konnte es nicht mehr aushalten. «Warum, zum Teufel, verschwindest du nicht endlich, wenn du sowieso fortgehen willst?» schrie er.

Becky machte vor ihm einen Knicks und verschwand lächelnd. Sie ließ einen Duft von Parfum und frischer Wäsche zurück.

«So, wie die aussieht, trifft sie sich sicher mit einem Freund», sagte Großtante Marigold, entzückt über ihren Scharfsinn. Energiegeladen kam Mummi aus der Küche herein. «Gaylord, geh vom Fenster weg, es donnert.»

War das nicht mal wieder typisch? Nur weil er Gewitter so gerne mochte, durfte er sie sich nicht ansehen. «Opa steht auch am Fenster», stellte er fest.

«Wenn du erst mal so alt wie Opa bist, kannst du tun und lassen, was du willst. Bis dahin ...»

Gaylord seufzte. Mummi fand immer eine Antwort, die wenigstens sie, wenn schon sonst niemand, befriedigte. Aber sie wandte ihre Aufmerksamkeit jetzt Rose zu. «Rose, ist dein junger Mann noch nicht aufgetaucht?»

«Sieht es denn so aus?» sagte Rose.

Mummi, die wegen Gaylord dem Zweiten und dem Donnern keine Lust hatte, sich über den Mund fahren zu lassen, sagte: «Er scheint nicht gerade glühend verliebt zu sein, meine Liebe.»

Rose erwiderte nichts. Sie hielt ihre Augen auf die vor ihr liegende Illustrierte gesenkt. Aber alles verschwamm. Bobs war nicht erschienen, und jetzt fing auch noch die süße, sonnige, ausgeglichene May an, bissig zu werden. Das war wirklich das Letzte. Mit gesenktem Kopf saß sie da, und eine Träne fiel auf die Zeitschrift wie der erste, schwere Tropfen des heraufziehenden Gewitters.

Aber das Zimmer war bereits viel zu düster und viel zu geladen mit Elektrizität, als daß jemand es bemerkt hätte. Gaylord war kribbelig wie ein Glas Sprudel. Na schön, wenn man ihm nicht erlaubte, vom Fenster aus zuzusehen, würde er sich wieder einmal verdrücken. Unauffällig ging er in die Küche hinüber. Ganz behutsam öffnete er die Hintertür. Und schon war er draußen, unter dem bleiernen Himmel.

Man konnte das Gewicht der Wolken fast auf den Schultern spüren. Sie wogten und quollen schwarz und schmutzig daher. Die Vögel, die sich unter den Hecken verkrochen hatten, zwitscherten gedämpft, wie Kinder in der Kirche, die unruhig und ehrfurchtsvoll auf den Beginn des Gottesdienstes warten. Das Vieh hatte aufgehört zu grasen. Obwohl es ruhig und widerkäuend umherstand, war es von Unruhe erfüllt. Der Fluß schimmerte stumpf wie geschmolzenes Blei. Die Landschaft am Horizont war ungewöhnlich klar, als sähe man sie durch ein Fernglas. Alles – die Bäume, der Kirchturm, die fernen Hügel – war ein wenig näher gerückt. Die Landschaft zog sich bedrohlich zusammen.

Gaylord erschauerte genüßlich. Und überlegte, was er anstellen sollte. Zunächst einmal konnte er das hier ohne Mummi betrachten, die ihm sonst bei jedem Blitz immer die Hand vor die Augen hielt. Jede sich bietende Deckung ausnutzend, rannte er zur Scheune. Und gelangte unbemerkt in ihr schützendes Dunkel.

In der Scheune roch es nach Kartoffeln und Heu und Brennholz, nach dem erdigen, staubigen Geruch von Jahrhunderten. Ein Ort unsäglicher Herrlichkeiten. Wenn Gaylord erwachsen war, wollte er nur noch hier leben, im süß duftenden Heu schlafen und den alten Hauklotz zu seinem Tisch machen. Er kletterte die Leiter zum Heuboden hinauf, wand sich wie eine Schlange durchs Heu und sah mit glänzenden Augen zum Scheunentor hinaus, das sich so aufregend in die Weite öffnete. Von hier aus konnte er das ganze gewitterschwangere Tal erblicken, konnte die Windungen des Flusses und das ferne, nachtschwarze Zentrum des Gewitters sehen.

Plötzlich, noch weit fort, zuckte ein Blitz durch den Wolkenbauch und fuhr in die Erde. Das Signal zum Beginn der großen Vorstellung. Und da war auch schon der Donner genau über ihm, hämmerte und dröhnte über den ganzen Himmel, erstarb, wurde wieder lauter und verebbte schließlich weit über den Hügeln. Aber jetzt blitzte es stärker, heller, näher, ganz nah. Wie Nadeln, die in die Augen stechen. Und der Donner so nahe, als krache er einem im Kopf. Trotz seiner Angeberei fing Gaylord an, sich zu fürchten. Er hätte es allerdings nicht um die Welt zugegeben, nicht einmal sich selbst gegenüber. Und als er bemerkte, daß er auch noch Gesellschaft bekommen sollte, stieß er einen lästerlichen Fluch aus. «Gott verdammt noch mal», sagte Gaylord, als er

Tante Becky, Hand in Hand mit Tante Rosies Liebhaber, auf die Scheune zurennen sah.

Er hörte sie, kichernd und flüsternd, die Leiter heraufkommen. Er vergrub sich tief ins Heu und hielt den Atem an. Erwachsenen traute er nicht, keinem von ihnen. Und Tante Roses Liebhaber mochte er sowieso nicht sehr. Er fand ihn albern. Immer wenn er lachte, zeigte er sämtliche Zähne und sah dabei wie ein Pferd aus. Außerdem war Gaylord etwas erstaunt, daß er ihn mit Tante Becky zusammen sah. Aber er hatte es längst aufgegeben, von Erwachsenen zu erwarten, daß sie sich so benahmen, wie man es annehmen sollte. Sie brachten es immer wieder fertig, einen zu überraschen. Und schließlich fand er den Sturm viel zu interessant, um weiter auf die beiden zu achten. Jetzt fielen die ersten Tropfen; fett und schwer wie Kröten pladderten sie herab. Ganz nah hörte er Tante Beckys Stimme: «Jetzt geht's los», keuchte sie, «das haben wir gerade noch geschafft.»

«Es hätte mir leid getan, wenn dein hübsches Kleid naß geworden wäre», sagte Tante Roses Liebhaber. «Du siehst verdammt hübsch darin aus.»

«Wirklich, Bobs?» Und Gaylord konnte sich das Lächeln vorstellen, mit dem sie das sagte. «Rose hat, glaube ich, wieder einen ihrer bösen Migräneanfälle», fuhr sie fort.

«Arme Rose», sagte Bobs.

«Ja, arme Rose.» Tante Becky kicherte. Dann waren sie still.

Jetzt goß es mit Macht. Der Regen prasselte aufs Dach, lief in Bächen und Rinnsalen in den Hof und bildete Tausende von kleinen Kreisen auf der glatten Oberfläche des Flusses. Der Donner grollte und dröhnte, und die Blitze spiegelten sich im nassen Gras und in den tausend Pfützen wider. Mit schmeichelnder Stimme sagte Tante Becky: «Es sieht so aus, Bobs, als ob wir hier ein Weilchen bleiben müßten.»

Tante Rosies junger Mann antwortete nicht. Aber gleich darauf gab er Tante Becky einen Kuß. Und hörte gar nicht auf, sie zu küssen. Gaylord konnte es hören und war davon seltsam überrascht. Nicht, daß er es dem jungen Mann übelnahm. Obwohl Gaylord im allgemeinen nichts fürs Küssen übrig hatte, küßte er Tante Becky auch ganz gern.

Der Höhepunkt des Gewitters war nun vorbei. Es verzog sich gen Osten und ließ nur einen Dauerregen zurück. Plötzlich wurde es Gaylord langweilig. Er hatte alles gesehen, was er wollte. Jetzt hatte er wieder Lust auf Gesellschaft. Wie Neptun aus den Wogen tauchte er aus dem Heu auf und wanderte leutselig zu Tante Becky und Tante Rosies Liebhaber hinüber, um mit ihnen zu plaudern.

Aber selbst Gaylord merkte, daß er nicht willkommen war. Tante Beckys Gesicht war gerötet. Ihre Augen blickten erschreckt. «Gaylord! Wie lange bist du denn schon hier?» fragte sie.

«Schon ewig», sagte er. «Einmal hat mich fast der Blitz getroffen. Ich hab gemerkt, wie er mir den Arm entlanggezischt ist.»

Tante Becky sah ihn scharf an. «Wußtest du, daß Mr. Roberts und ich hier sind?»

«Natürlich. Ich hab euch doch heraufkommen hören.»

«Uns hat das Gewitter überrascht», sagte Tante Becky. «Wir mußten unterschlüpfen.» Ihr großer Hut lag neben ihr im Heu. Sie zog ihn zu sich heran und spielte mit den Bändern.

«Ja, ich weiß», sagte Gaylord kurz angebunden. Er war ja zwar noch sehr klein, aber so genau brauchte man's ihm doch nicht zu erklären. Er trat auf die Leiter zu. «Wo willst du hin?» fragte Tante Becky.

«Zurück ins Haus», sagte er. Zu Mr. Roberts gewandt, meinte er zuvorkommend: «Ich werde Tante Rosie sagen, daß Sie hier sind. Sie dachte schon, Sie kämen nicht mehr.»

«Laß das lieber», sagte Mr. Roberts hastig. «Das ist nicht notwendig, Gaylord.» Er suchte in seinen Taschen. «Hier, sicher hast du Bonbons gern.» Er gab Gaylord einen Shilling.

«Danke, Mr. Roberts», sagte Gaylord höflich. Er machte Anstalten, die Leiter hinunterzusteigen.

«Gaylord», rief seine Tante.

Er hielt inne. «Ja, Tante Becky?»

«Ach, nichts», sagte sie. Gaylord kletterte hinab. Er fing an, sich zu fragen, ob Tante Becky nicht ein bißchen verdreht sei.

Er rannte über den Hof, wobei ihm der kalte Regen auf den Kopf prasselte und das Wasser der Pfützen bis zu seinen Knien spritzte. Dann war er wieder in der dunklen Wärme des Wohnzimmers. «Gaylord, wo bist du gewesen?» rief Mummi.

«Hab das Gewitter angeguckt», sagte er. «Von einem Geheimplatz aus.»

«Wer hat dir das erlaubt?» sagte Opa tadelnd. «Deine Mutter hat sich fast zu Tode geängstigt.» Er schlug mit der Faust auf die Stuhllehne. «Ich versteh das nicht! Diese Frauen! Deine Großtante bekommt Krämpfe, nur weil es ein bißchen donnert, und Rose mault und maunzt hier herum, nur weil ihr junger Mann nicht aufgetaucht ist ...»

Gaylord war stolz, eine frohe Botschaft verkünden zu können. «Oh, *dem* geht's gut. Er liegt mit Tante Becky im Heu», sagte er beruhigend.

Die Reaktion auf diese gute Nachricht verblüffte Gaylord außerordentlich. Ganz langsam erhob sich seine Tante aus ihrem Sessel. «Was hast du da eben gesagt?» fragte sie gedehnt. Ihr ohnehin blasses Gesicht war kalkweiß geworden. Gaylord kam es so vor, als wenn sie turmhoch über ihm emporwüchse. «Was hast du da gesagt?»

«Ich hab gesagt, daß es ihm gut geht. Hätte ja sein können, daß du denkst, der Blitz hätte ihn getroffen, oder so was.»

«Ich wünschte, das wäre geschehen», sagte Tante Rose bitter.

«*Mich* hat er beinah erwischt», sagte Gaylord. Er verzog sein Gesicht und rieb sich den Arm. «Ich hab's richtig gespürt, bis hierher. Es hat mächtig gekribbelt.»

Aber Tante Rose konnte er damit nicht beeindrucken, ja, sie schien nicht einmal zuzuhören. Jedenfalls nicht Gaylord. Sie lauschte auf Schritte – muntere, trappelnde Schritte, die die Küche durchquerten. Dann öffnete sich die Tür, und Tante Becky kam herein. Heiter, kokett, selbstsicher wie immer – aber mit Strohhalmen in ihrem strohblonden Haar.

Tante Rose trat auf sie zu. «Wo ist er?»

Becky sah sie mit einem lustigen Stirnrunzeln an. «Wer, Schätzchen?»

«Na, wer schon. Bobs natürlich.»

«Schätzchen, woher soll ich das denn wissen? Ist er denn nicht gekommen?»

«Nein, ist er nicht. Und soll ich dir auch sagen, warum? Weil du ihm aufgelauert hast.»

«Aber was für ein Unsinn. Ich hab ihn nicht einmal zu Gesicht gekriegt.»

Das war für Gaylord eine Offenbarung. Bis jetzt hatte man ihm immer weisgemacht, daß nur er log; daß Erwachsene gar nicht fähig seien, die Unwahrheit zu sagen. Und jetzt tischte Tante Becky so faustdicke Lügen mit einer Gewandtheit auf, die er nur bewundern konnte.

Aber Tante Rose hatte sich zum Tisch zurückgetastet und ließ sich, steif wie eine uralte Frau, auf einen Stuhl fallen. Sie schien am Ende ihrer Kräfte, als sie sagte: «Das ist der Gipfel der Gemeinheit, Becky. Du hast dir noch jeden Mann geangelt, der sich hier nur sehen ließ. Nur ein einziger hat sich jemals um mich gekümmert, Bobs. Der einzige. Und den hast du dir jetzt auch noch geschnappt. Wie kann man bloß so gemein sein, Becky.»

Becky schwebte zur Treppe. «Ich habe keine Ahnung, wovon du redest», sagte sie.

In diesem Augenblick trat Mr. Roberts ins Zimmer. «Tut mir leid, daß ich mich verspätet habe, Rose...» begann er. «Aber das Gewitter...»

Weiter kam er nicht. Rose starrte ihn wie hypnotisiert an. Ihn noch immer fixierend, erhob sie sich, wobei ihre Hand über den Tisch tastete. Ihre Finger umklammerten eine Schere – und plötzlich stürzte sie sich auf Bobs.

«Nein», schrie er. «Nein.» Er entwand sich ihr, doch die Spitze der Schere riß ein großes Loch in seinen Jackenärmel. Eine Sekunde lang starrte Rose ihn mit aufgerissenen Augen und weitgeöffnetem Mund an. Dann ließ sie die Schere fallen, sank in einen Stuhl und schluchzte hysterisch.

Gaylord beobachtete das alles fasziniert. Diese Sache hier eben war womöglich noch aufregender als das Gewitter.

So ähnlich wie ein Gewitter war es ja auch gewesen. Alle hatten stumm zugesehen, wie zu Eis erstarrt, und dann war auf einmal alles zugleich geschehen – die Schere blitzte durch die Luft, Opa donnerte Rose an, sie solle den verdammten Blödsinn lassen, die Frauen kreischten, und Mr. Roberts schrie wie am Spieß. Und dann am Ende, genau wie der Regen, Roses Tränen.

Gaylord beobachtete die Schluchzende mit kühler Ungerührtheit. Ihr Gesicht war ganz fleckig, und aus ihrer Kehle drangen gräßliche Laute. Alles Leben war aus ihrem Gesicht gewichen, und sie sah aus, als wolle sie sterben und hätte nicht einmal dazu die Kraft. Gaylord beschloß, Tante Rose niemals zu heiraten. Sie sah abstoßend aus. So wie sie sich heute aufgeführt hatte, konnte man ihr ja alles zutrauen.

Und dann erwischte ihn Mummi und zog ihn mit ihrem unfehlbaren Talent, einem immer alles zu verderben, unsanft aus dem Zimmer. Aber er war eigentlich doch ganz zufrieden. Ein herrlicher Tag. Er hatte ein Gewitter mit angesehen und war beinahe vom Blitz getroffen worden. Er hatte Tante Becky beim Lügen erwischt und Tante Rose mit einer Schere verrückt spielen sehen. Die Erwachsenen, überlegte er, waren keineswegs so vollkommen, wie sie einem immer weismachen wollten. Heute hatte er immerhin ein oder zwei Dinge gelernt, die ihm nützlich sein konnten, wenn man ihm das nächste Mal etwas vorhalten würde.

Nur zwei Männer hatten sich jemals für Rose interessiert – Bobs und Stan Grebbie. Nur zwei Männer hatten ihr je Herzklopfen verursacht. Der eine von ihnen war weit fort, an einer Schule in Durham. Sie würde ihn vermutlich nie mehr wiedersehen. Und der andere hatte ihr dies angetan.

Das Gesicht in die Kissen vergraben, lag sie auf ihrem Bett und schluchzte noch immer. Da klopfte es an die Tür. «Laß mich in Frieden», schrie Rose.

Die Tür öffnete sich. May kam herein, setzte sich aufs Bett und nahm ihre Schwägerin fest in die Arme. «Wein doch nicht, Rose, wein doch nicht», bat sie.

«Laß mich in Frieden», sagte Rose und versuchte, sich zurück aufs Bett zu werfen.

May hielt sie aber fest umschlossen. «Rose, Liebes, wein doch nicht. Er ist es gar nicht wert. Kein Mann auf der Welt ist das wert.» Außer einem einzigen, fügte sie im stillen hinzu.

«Wo ist er?»

«Fort. Er hat Vater nur einmal angesehen und ist davongerannt, als wenn der Teufel hinter ihm her wäre.»

Rose hatte sich etwas beruhigt. «Ich will ihn nie mehr wiedersehen – so lange ich lebe.»

May drückte den Kopf der noch immer Schluchzenden

an ihre Brust. «Ich kann dich so gut verstehen. Du hast etwas Besseres verdient, mein Liebes.»

«Nein, hab ich nicht. Ich bin der häßlichste Mensch auf der ganzen Welt.»

«Rede doch keinen Unsinn», sagte May scharf. Roses Tränen flossen wieder. Du lieber Gott, dachte May. Wie kann man jemand trösten, wenn es keinen Trost gibt? Sie umfaßte Rose noch inniger. «Warum ziehst du dich nicht aus und legst dich ins Bett. Und ich bringe dir eine schöne Tasse Tee.»

«Tee! Das ist wohl euer Allheilmittel.»

Weil es ja auch kein anderes gibt, dachte May. Die Welt stürzt ein, und das einzige, was einem bleibt, ist eine Tasse Tee und sich langsam unter den Trümmern wieder hervorzuarbeiten. «Rose, Liebes», sagte sie mit großer Zärtlichkeit. «Du darfst dich nicht so gehenlassen.»

«Warum denn nicht?» sagte Rose. Sie saß jetzt auf dem Bettrand. Ihre herabhängenden Schultern machten den Eindruck, als würden sie nie wieder die Last des Lebens tragen können. Die Tür öffnete sich. Becky trat ein.

Rose starrte ihr entgegen. May sagte kühl: «Was willst du denn hier, Becky?»

Becky sagte: «Ich möchte mit Rose sprechen. Allein.»

«Laß mich in Ruhe», sagte Rose.

«Hat das nicht bis später Zeit, Herrgott noch mal», sagte May.

«Ich will aber jetzt mit ihr sprechen.» Becky zeigte sich von einer neuen Seite, energisch und bestimmt. Einen Augenblick sahen sie und May sich an. Dann ging May hinaus und schloß die Tür hinter sich.

«Laß mich in Ruhe», wiederholte Rose. Sie saß da und lehnte den Kopf gegen das Bettgestell und starrte ihre Schwester voller Haß, Verachtung und unendlicher Müdigkeit an.

Becky sagte: «Ich wollte mich mit Peter treffen. Aber gerade, als es anfing zu regnen, lief ich Bobs in die Arme. Wir mußten uns einfach irgendwo unterstellen.»

Rose starrte sie weiterhin schweigend an. Becky sagte: «Das war überhaupt nicht vorgesehen. Es war reiner Zufall... und sicher auch charakterlos von uns beiden.»

Rose starrte sie weiter an. «Bist du fertig?» fragte sie endlich.

«Ich möchte, daß du mir verzeihst. Wenn auch nicht jetzt, so vielleicht doch später.»

Langsam, ganz langsam löste sich der starre Blick von Beckys Gesicht und wandte sich zum Fenster. Nach einiger Zeit drehte Becky sich um und verließ das Zimmer. Rose schien es nicht zu bemerken.

17

«Ein bißchen im Heu herumknutschen, schön und gut. Aber hier Aufruhr und allgemeine Verwirrung stiften, ist doch etwas anderes.» Opa war auf den Barrikaden.

Becky auch. «Wir haben nicht im Heu herumgeknutscht. Drück dich bloß nicht so grob aus, Vater. Er hat mich geküßt, das hat ihm Spaß gemacht und mir auch ...»

«Und Rose hat es wohl auch Spaß gemacht, was?» sagte May.

«Halt du dich bitte heraus», sagten beide wie aus einem Munde.

«Den Teufel werd ich tun. Ich finde, man hat sich gegen Rose ganz abscheulich benommen.»

Opa haßte es, wenn sich Dritte in einen Streit einmischten. Er konzentrierte seine Feuerkraft gern auf einen Gegner. «May, sei still», schnauzte er.

«Übrigens», sagte Becky. «Durch wen hat es Rose überhaupt erfahren? Von Gaylord.»

«Aha. Nun ist wohl auch noch Gaylord an allem schuld.»

Die Debatte ging weiter. Paps, der sich gerade mit einem kniffligen schriftstellerischen Problem herumschlug, war den ganzen Tag verbissen durch die Gegend gelaufen und hatte zudem längere Zeit in einer Scheune vor dem Unwetter Zuflucht nehmen müssen. Jetzt kam er nach Hause, ganz auf Abendessen, Hausschuhe und ein gemütliches Pfeifchen eingestellt. Aber als er das Wohnzimmer betrat, wurde ihm klar, daß ihm diese Genüsse nicht beschieden waren. Vater marschierte auf dem Oberdeck herum, bereit, die gesamte Mannschaft in Eisen legen zu lassen. Paps sank das Herz. «Ist etwas passiert?» fragte er.

Opa drehte sich zu ihm um. «Und wo bist du gewesen, gerade als man dich hier brauchte?»

«Ich bin spazierengegangen», sagte Paps. «Und habe nachgedacht», fügte er als mildernden Umstand hinzu.

Opa machte kein Hehl aus seiner Verachtung für diese Tatsache. «Also, was ist hier eigentlich los?» fragte Paps.

«Ich werde dir sagen, was los ist. Unsere Becky hier hat Roses jungen Mann im Heu verführt.»

«Ach, ist das alles?» sagte Paps enttäuscht. Wenn man jedesmal einen Familienskandal machen wollte, sobald Becky mit einem jungen Mann ins Heu ging, dachte er, na dann ...

«Das ist nicht alles, bei weitem nicht. Danach hat sich Rose nämlich mit einer Schere auf diesen Kerl Roberts gestürzt.»

«Mit einer Schere?» fragte Paps ungläubig.

«Verdammt noch mal, ja. Hätte das arme Schwein fast umgebracht.»

May sagte gedankenvoll: «Für einen Rechtsanwalt im Ruhestand ist dein Vokabular oft recht überraschend.» Opa blitzte sie wütend an. «Junge Frau, kritisiere bitte nicht mein Vokabular.»

«Bitte nicht diesen Ton May gegenüber», sagte Paps.

«Ich hab ihn nicht verführt», sagte Becky.

«Du überraschst mich», sagte Paps.

«Wie kann man nur etwas so Unmögliches zu seiner eigenen Schwester sagen», empörte sich Mummi.

Paps wurde es ganz schwindlig. Er war offenbar außerstande, herauszufinden, wer auf wessen Seite war. «Wenn ihr meine Meinung hören wollt», erklärte er, «je schneller Becky unter die Haube kommt, desto besser.»

Der alte Mann starrte ihn verblüfft an. Dann: «Wahrhaftigen Gottes, Jocelyn. Da hast du endlich mal etwas Vernünftiges gesagt. Becky, dieser junge Mann da von dir, glaubst du, er wird dich heiraten?»

«Ich hab ihn zufällig noch nicht gefragt», sagte Becky kühl.

«Na, dann wird's aber höchste Zeit. Je eher du hier aus dem Haus bist, desto besser, ehe Rose dir etwas antut oder ich einen Nervenzusammenbruch kriege. Und wenn du ihn nicht fragst, tu ich es.»

Opa und Becky sahen sich über den Tisch hinweg an. Becky hieb wütend mit der Faust darauf. «Was fällt dir ein? Willst du mich mit vorgehaltener Pistole zum Heiraten zwingen?»

«Wenn's sein muß, mit einer Kanone», sagte ihr Vater. «Jedenfalls heiratest du diesen jungen Mann, ehe es zu spät ist.»

Gaylord, auf der Suche nach Proviant, kam an der Tür vorbei, zog sich seinen Schlafanzug hoch und überlegte, wie eine Hochzeit mit vorgehaltener Pistole aussähe. Vielleicht, dachte er, war das so ähnlich wie jene Hochzeit, die er einmal miterlebt hatte, als das Brautpaar unter einem Tor von gekreuzten Schwertern hindurchschritt; nur waren es in diesem Fall eben gekreuzte Pistolen. Das mußte wundervoll sein, besonders, wenn sie alle abgefeuert wurden. Es war ihm ganz unverständlich, daß Tante Becky dafür nichts übrig zu haben schien.

18

Peter war ein guterzogener, liebenswerter junger Mann. Er verteilte seine Zuneigung zu ziemlich gleichen Teilen auf Becky und seinen Sportwagen. Und solange Becky lieb war, und das war sie stets, und solange das Auto flott dahinrollte, und das tat es stets, fand er die Welt und das Leben wundervoll.

Es gab nur eines, was ihm gelegentlich Sorgen bereitete – die Vorstellung, daß er Beckys Feuerfresser von Vater fragen mußte, falls er einmal um ihre Hand anhalten wollte. Denn Peter hatte es immer darauf angelegt, dem alten Mann möglichst weit aus dem Wege zu gehen. Und der Gedanke, ihn tatsächlich aufsuchen und seinen Antrag vorbringen zu müssen, ließ Peter das Blut gerinnen.

Als daher der alte Herr ihn bei seinem nächsten Besuch empfing und ihn wortlos in sein Arbeitszimmer dirigierte, war Peter höchst alarmiert. Opa schloß die Tür und sagte: «Setzen Sie sich, junger Mann. Ich habe etwas mit Ihnen zu bereden.»

Peter hockte sich auf eine Stuhlkante. «Zigarre gefällig?» sagte Opa mit einem Lächeln, das er für freundlich hielt, was jedoch für Peters überanstrengte Phantasie eher wie das bösartige Grinsen auf einer afrikanischen Kriegsmaske wirkte.

Opa reichte ihm Feuer. «Bin ich richtig informiert», begann er mit samtweicher Stimme, «daß Sie meine Tochter Becky heiraten wollen?»

Trotz der samtweichen Stimme, mit der das vorgebracht wurde, erschien Peter diese Frage dynamitgeladen. «Also, also ...» begann er.

Wenn es etwas auf der Welt gab, was Opas Stimme den Samtton nehmen konnte, dann war es Unentschlossenheit. Unentschlossenheit bei Opa, und man war verloren. «Also wollen Sie oder wollen Sie nicht?» fragte er streng.

«J-ja. Ja, Herr Pentecost.»

«Na, dann zum Teufel, warum tun Sie's nicht?» fragte Opa.

Peter wurde durch diese unerwartete Frage so überrumpelt, daß es ihm die Sprache verschlug. Dann sagte er: «Sie ... Sie meinen, ich habe Ihre Zustimmung?»

«Und meinen Segen dazu, lieber Junge», sagte Opa und schien wieder die Freundlichkeit selbst.

«Na so was. Das ist aber schrecklich nett von Ihnen, Herr Pentecost.»

Opa stand auf. Er legte Peter seine Hand auf die Schulter. «Gehen Sie zu ihr, mein Junge. Und machen Sie sie so glücklich, wie sie mich immer glücklich gemacht hat.» Seine Stimme zitterte. Er bedeckte mit der Hand seine Augen. Es war ihm gelungen, selbst in Rührung zu geraten.

Peter suchte Becky, die, elegant hingelagert, in einer Hängematte lag, und rief: «Becky! Dein alter Herr sagt, ich kann dir einen Heiratsantrag machen!»

Sie begann zu schaukeln. «Kann oder muß, Peter?»

«Na, *kann* natürlich.»

«Erzähl mir, was geschehen ist», sagte sie.

Er berichtete. «Also, dieser gerissene alte Gauner», sagte sie bewundernd.

Er setzte sich neben sie in die schaukelnde Hängematte. «Willst du mich denn heiraten, altes Mädchen?» fragte er schüchtern.

«Ja, natürlich will ich», sagte die warmherzige Becky.

«Und mir ist es egal, ob es Vaters Idee war oder nicht. Auf jeden Fall finde ich es eine prächtige Idee.»

Er war beleidigt. «Es war nicht seine Idee. Es war meine.»

«Aber natürlich, Liebling. Ich meine, sechs ist eine nette Zahl, findest du nicht auch?»

«Wieso?»

«Sechs Kinder, mein Schatz.»

Diesen Aspekt der Ehe hatte Peter bisher noch nicht beachtet. «Aber die bekommen wir doch nie alle in das Auto hinein, Becky.»

«Verkauf das Auto», sagte Becky. «Und kauf einen Omnibus.»

Das Auto verkaufen. Peter kam sich vor wie ein Mann, der im grellen Blitzschein plötzlich einen Abgrund vor sich sieht. Dann blickte er Becky an und entschied, daß es sich lohne, für jemand, der so hübsch und so reizend war wie sie, das Auto zu verkaufen und sogar lebenslänglich barfuß zu gehen. Was bei Peter wirklich allerhand bedeutete.

Mummi sagte zu Paps: «Stell dir vor, Gaylord soll auf Beckys Hochzeit die Schleppe tragen.»

Paps starrte sie an. «Na, ist das nicht ein bißchen riskant? Und was soll er anziehen? Ich möchte auf keinen Fall, daß er wie der kleine Lord Fauntleroy herausgeputzt wird.»

«Ich glaube, sie wollen ihn in einen Kilt stecken. Und da doch anscheinend eine deiner Urgroßmütter mütterlicherseits seinerzeit im Hochland verschiedene Blutbäder auf dem Gewissen hat, ist das also ja auch ganz in Ordnung.»

Papa war entzückt. Wie die meisten Engländer hielt er die Schotten für einen der komischsten, wenn auch vielleicht nicht feinsinnigsten Scherze des Allmächtigen. Doch wie alle Engländer mit einem Tropfen schottischen Bluts in den Adern erfüllte ihn das mit Stolz; er träumte heimlich davon, mit einem Kilt angetan, bis zu den Knöcheln durch das Heidekraut zu waten. «Im Kilt? Soso», sagte er. «Ja, ja, das finde ich sehr passend.»

Gaylord auch. Er war begeistert. Am Morgen der Hochzeit rannte er mindestens fünfzehnmal aufs Klo, so erregt war er über die ihm bevorstehende Aufgabe. Trotzdem war er auf die Minute pünktlich, das Haar sauber zurückgebürstet, und der Hals war frisch gewaschen. Mummi traute ihren Augen nicht. Sie betrachtete ihn prüfend, fand aber nichts an ihm auszusetzen. «Was hast du in deinem Sporran?» fragte sie. Sie wußte, daß sich in dieser Ledertasche alles befinden konnte, von einer toten Maus bis zu einem Viertelpfund klebriger Bonbons. Aber Gaylord fischte in der Tasche herum und hielt einen Sixpence in die Höhe. «Nur was für die Kollekte, Mummi», sagte er artig.

Paps kam herein und versuchte krampfhaft, den Eindruck zu erwecken, als fühle er sich in Frack und grauem Zylinder genauso wohl wie in Sportjackett und Flanellhosen. Gaylord sah ihn ehrfürchtig und bewundernd an. «Mummi», staunte er, «sieht Paps nicht *prima* aus?»

«Ja», sagte Mummi kurz angebunden. Sie fand sich selber auch recht passabel aussehend, aber niemand hatte daran gedacht, das zu erwähnen.

Rose kam herein, noch ganz verschlafen, in einem soliden Tweedkostüm und mit einem Hut, der soviel weiblichen Charme besaß wie der Sturzhelm eines Motorradfahrers. «Hallo, Rose, Liebes», sagte Mummi und streckte ihr lächelnd die Hände entgegen.

«Hallo, May», sagte Rose.

«Kopf hoch, altes Mädchen», sagte Paps und legte seinen Arm um ihre Schultern.

Opa platzte herein, blieb aber beim Anblick seiner ältesten Tochter wie angewurzelt stehen. «Großer Gott, Rose. Wir gehen doch zu keiner Beerdigung.»

«Also wirklich, um Himmels willen», sagte Paps.

«Mach dir nichts draus, Herzchen», sagte Großtante Marigold. «Der Richtige kommt eines schönen Tages auch zu dir.»

Paps blickte Rose ins Gesicht. Mein Gott, sie ist wirklich tapfer, dachte er. Um ihr weitere Qualen zu ersparen, sagte er: «Kommt. Wir müssen gehen.»

«Also, Gaylord, denk daran, was ich dir gesagt habe», sagte Mummi.

Sie hätte sich diese Bemerkung sparen können, denn Gaylord dachte an alles. Als er seiner reizenden Tante und seinem ehrfurchtgebietenden Großvater durch die Kirche zum Altar folgte, war seine Haltung mustergültig. Und während der Trauungszeremonie war er feierlicher als der Pfarrer, gefaßter als der Bräutigam, korrekter als der Trauzeuge. Mummi beobachtete ihren so ungewohnt würdigen Sohn mit stolzer, liebevoller Zuneigung, und die Tränen traten ihr dabei in die Augen. Der heutige Tag hatte ihr eine neue Seite seines Charakters offenbart. Gaylord besaß einen Sinn für besondere Gelegenheiten. Nach der Zeremonie sagte sie zu Paps: «War er nicht märchenhaft, Liebling?»

«Wer?»

«Na, Gaylord natürlich. Ich hätte mir nie träumen lassen, daß ein so kleiner Junge ...»

«Noch haben wir's nicht überstanden», sagte Paps. «Vielleicht lockert der Champagner seine Zunge.»

Aber auf dem Empfang nippte Gaylord an seiner Limonade mit der Eleganz eines Sherry trinkenden Diplomaten. Und machte höflich Konversation, wenn man ihn ansprach. Später, allein in einer Ecke, verdrückte er heimlich ein paar Tränchen bei dem Gedanken daran, daß Onkel Peter zwar schon ganz schön alt war, sicher aber noch viele Jahre leben würde, ehe er starb und Gaylord seine wunderschöne Witwe heiraten konnte.

Dann wurde der Champagner serviert. Gaylord kostete ein Schlückchen und verzog die Nase. Wäre er nur bei der Limonade geblieben. Auch die Hochzeitstorte entpuppte sich als eine Enttäuschung. In Gaylords Vorstellung bestand eine Torte aus dicken, festen Scheiben. Aber von diesen winzigen Häppchen hier hatte man ja nichts. Doch er beschwerte sich nicht. Er aß die Torte mit allen Anzeichen würdevollen Genusses. Auf Mummi wirkte die Kombination von mütterlichem Stolz, Champagner und der besonderen Euphorie, die eine Hochzeit mit sich bringt, ganz demoralisierend. Sie knutschte Gaylord richtiggehend ab. Und Gaylord, der beschlossen hatte, bis zum Ende brav mitzumachen, ließ sich abknutschen.

Doch jetzt nahte das Ende. Becky war aus ihrem weißen Brautkleid in ein Reisekostüm geschlüpft, Peter trug wieder einen Straßenanzug. Der Wagen wartete. Alles marschierte hinaus in die sommerliche Sonne, um das Paar abfahren zu sehen.

Ein glücklicher, erhebender Augenblick. Alle schwatzten lachend und scherzend durcheinander. Sogar Rose, die sich mit einer Freundin in Rock und Pullover unterhielt, sah angeregt aus. Während Mummi, ihre eine Hand auf Jocelyns eleganten Arm gestützt und die andere um Gaylords heiße, kleine Pfote gepreßt, das Gefühl hatte, noch nie in ihrem Leben so stolz und glücklich gewesen zu sein. Stolz nicht nur auf ihren zylinderbedeckten Mann und ihren Sohn im Kilt, sondern auch auf diese gesamte, entzückend verrückte Familie, in die sie hineingeheiratet hatte. Stolz auf Opa, der, obwohl stark wie ein Ochse, an diesem wichtigen Tag imponierend würdig und gebieterisch wirkte. Stolz auf Großtante Marigold, die zwar nicht genau wußte, wer nun eigentlich wen geheiratet hatte, die aber zu jedermann reizend sanft und höflich war. Stolz auf Becky mit ihrer gesunden, herzerfrischenden Schönheit, deren strahlende Lebendigkeit sich auf die weniger Glücklichen übertrug. Stolz sogar auf Rose, die so nett sein konnte, wenn man sich erst einmal durch den Dschungel von Hemmungen, hinter dem sie sich versteckte, geschlagen hatte.

Das Durcheinander war ungeheuer. Allmählich beruhigte es sich. Becky, die lachend neben dem Wagen stand, bat mit einer Handbewegung um Ruhe. Schließlich wurde es still. Alle betrachteten mit Vergnügen diese roten, lachenden Lippen, die weißen, ebenmäßigen Zähne, alle warteten, was sie jetzt sagen würde.

Ausgerechnet in diesem Augenblick mußte sich Gaylord fatalerweise an etwas erinnern. «Mummi», sagte er laut und vernehmlich und ganz ernst. «Warum hat Tante Becky gesagt, das sei eine Hochzeit mit vorgehaltener Pistole?»

Es war immer noch still. Aber es war eine andere Stille, nicht länger freundlich-neugierig, sondern sehr gespannt.

Sie wurde durch Mummis ruhige Antwort gebrochen: «Sie hat nur gescherzt, Liebling.»

«Nein, bestimmt nicht, Mummi.» Gaylord klang sehr überzeugt. «Sie hat zu Opa gesagt: ‹Was fällt dir ein, willst du mich mit vorgehaltener Pistole zum Heiraten zwingen?› Und er hat gesagt ‹Wenn's sein muß, mit einer Kanone. Jedenfalls heiratest du diesen jungen Mann, ehe es zu spät ist!›»

«Dann haben sie wohl beide gescherzt», sagte Mummi.

«Nein, bestimmt nicht. Das war an dem Tag, als Tante Rosie ihren Liebhaber erstach.»

Alle fingen an zu lachen und noch lustiger draufloszuschwatzen, in Gedanken aber beschäftigte sie dieser äußerst sensationelle Einblick in das Leben auf dem Zypressenhof. Mummi flüsterte Paps zu: «Das wird ihnen für mindestens neun Monate Gesprächsstoff geben.» Aber Paps sagte: «Neun Monate! Meine liebe May, selbst wenn Becky mit neunzig Jahren kinderlos stirbt, werden sie immer noch das schlimmste denken.»

Aber für Rose war das Ganze gar nicht komisch. Schlimm genug, daß die Familie mit angesehen hatte, wie sie die Fassung verlor. Aber daß dieses niederträchtige Kind es vor der halben Gemeinde ausposaunen mußte... Ohne ein Wort schlich sie hinauf auf ihr Zimmer, schleuderte ihren lächerlichen Hut auf den Fußboden und beobachtete mit bitteren Gefühlen, wie die lachenden Narren, einer nach dem anderen, in ihren blitzenden Autos davonfuhren.

19

In den Sommerferien fuhren Mummi und Paps mit Gaylord immer nach Wales in das gleiche kleine Bauernhaus zwischen den Bergen und dem Meer. Paps hatte dabei immer ein schlechtes Gewissen. Da lebte er nun in einem Zeitalter, in dem sich ihm die Welt, oder zumindest ganz Europa, wie eine geöffnete Auster darbot, und er nahm törichterweise mit etwas vorlieb, was einem schon seit hundert Jahren erreichbar war. Aber er fand es eben immer wieder herrlich.

Oft, wenn er im Abenddämmer auf einem moorigen Weg stand, dachte er: Jetzt könnte ich auf den Champs-Elysées meinen Wein schlürfen oder das Colosseum bewundern. Wenn er dem schläfrigen Murmeln des Meeres, dem Trommeln des Regens oder dem Wohllaut walisischer Stimmen lauschte, dachte er: Jetzt könnte ich den Klang der Kastagnetten hören oder mich dem Rausch großer Musik in Bayreuth, Paris oder Wien überlassen. Andererseits war er sich bewußt, daß er dann nicht das starke, innige Gefühl der Wiedersehensfreude empfinden könnte, mit dem man an einen geliebten Ort zurückkehrt: Die Freude, schon beim Öffnen der Tür vom Duft der Geranien begrüßt zu werden, vom Geruch der Petroleumlampe, der Holzscheite, der Feuchtigkeit von alten Zeitungen, gewachsten Böden und von der Atmosphäre von Jahrhunderten einfachen, erdgebundenen ländlichen Lebens. Er hätte auch nicht das Glück empfinden können, mit dem man müde von der Reise in das große breite Bett unter dem schrägen Dach stieg in der

Gewißheit, daß eine herrliche Nacht voller Schlaf und ein langer Tag voller Müßigkeit vor einem lagen.

Und May liebte es auch. Die Ruhe, einmal nur zu Dritt zu sein, allein für sich, weit ab von der Familie. In diesem Jahr hatte das Haus noch einen weiteren Vorzug. Hier am Meer, weit weg von den Foggertys, konnte man Gaylord endlich wieder seine Freiheit genießen lassen. Mummi und Paps waren beide davon überzeugt, daß es für jeden kleinen Jungen nichts Herrlicheres gab, als auf den Wegen und Wiesen und am Strand Englands herumzustreifen. Obwohl es ihnen sehr schwergefallen war, hatten sie seine Wanderungen zu Hause ja doch beträchtlich einschränken müssen. Und beide waren entschlossen, hier in Wales alle Besorgnis fallenzulassen und ihm soviel Freiheit zu geben, wie ein Kind in seinem Alter nur erwarten durfte.

Aber in anderer Hinsicht bedrückte May noch etwas. Sie selbst war vom Leben so reich beschenkt – Jocelyn, Gaylord und die Gnade und Verheißung des sich in ihr regenden kleinen Wesens. Und die arme Rose hatte nichts. Gar nichts.

May sagte zu Jocelyn: «Ich habe darüber nachgedacht. Was hältst du davon, wenn wir Rose fragen, ob sie nicht mit uns kommen möchte. Sie ist doch schrecklich elend dran, das arme Ding.»

«Vielleicht», sagte Paps hoffnungsvoll, «hat sie schon etwas anderes vor.»

«Das bezweifle ich. Und es wäre für sie sicherlich nicht sehr lustig, allein mit Vater und Tante Marigold hierzubleiben.»

Jocelyn überlegte. «Ich möchte lieber mit euch allein fahren», sagte er.

«Ich ja auch. Es tut uns gut, mal ohne die Familie zu sein. Aber ...»

«Ich weiß», sagte Jocelyn. «Aber ... Sprich doch mal mit ihr, mein Liebling.»

Also sprach May mit ihr. Rose sah dankbar, ängstlich, ja fast abweisend aus. «Ich bin ganz sicher, daß ihr viel lieber allein wärt», sagte sie.

«Wenn wir dich nicht mitnehmen wollten, hätten wir dich doch nicht gefragt», sagte May.

Rose sah aus, als würde sie gleich anfangen zu weinen. «Es ist rührend von euch beiden.»

«Unsinn, wir würden uns freuen, wenn du mitkämst.»

«Ja, natürlich», sagte Rose. «Ich könnte ja abends für dich den Babysitter machen.»

May hätte ihrer Schwägerin am liebsten eins über den Schädel gegeben. Aber geduldig sagte sie: «Es gibt dort nur ein paar Bauernhäuser und eine kleine Kapelle. Nachtleben findet da nicht statt.»

«Na, dann könnte ich euch den Jungen doch am Tage mal abnehmen.»

«Also hör mal, Rose», sagte Mummi energisch. «Wenn du mitkommst, dann als unser Gast und um dich zu erholen. Wir nehmen dich nicht mit, weil wir eine unbezahlte Kinderfrau oder eine Tageshilfe brauchen.»

«Das ist sehr nett von euch», sagte Rose und versuchte, ihren Worten einen entspannten und dankbar klingenden Ton zu verleihen, konnte aber eine gewisse Schärfe dabei nicht unterdrücken.

«Nun?» fragte Jocelyn.

«Sie kommt mit.»

«Aha. Fein.» Er freute sich wirklich – um Roses willen. Er sah seine Frau an. «Warum lächelst du?»

«Die arme, alte Rose. Sie mußte sich erst einreden, daß sie uns damit einen Gefallen tut, bevor sie zusagte.»

Und dann war es soweit. Paps öffnete die Tür zum Bauernhäuschen – und es war, als wären sie nie fortgewesen. Zufrieden und selbstgefällig blickten die Porzellanhunde von der Kaminecke herüber. Die Geranien standen noch immer in den tiefen Fensternischen. Und da hingen noch dieselben Fotos in den Samtrahmen, der Turm von Blackpool, der verstorbene Mr. Davies und ein preisgekrönter Bulle. Alles war da, war immer dagewesen, hatte das lange, bewegte Jahr hindurch gewartet. Paps schleppte die Koffer hinauf. Gaylord ging an den Strand. Rose sagte: «So, May, du ruhst dich jetzt aus, und ich mache etwas zu Essen, es dauert keine zwei Minuten.»

Resigniert stellte May fest, daß Rose sich plötzlich in eine Pfadfinderin verwandelt hatte. Rose war anscheinend wild entschlossen, in den kommenden vierzehn Tagen so verdammt heiter und hilfreich zu sein, daß man es kaum aushalten würde. Wenn man ihr nur die geringste Chance gab, würde sie alles ‹organisieren› wollen, und Mummi wußte nur zu gut, wie sehr Jocelyn es haßte, organisiert zu werden. Die einzige Möglichkeit, Jocelyn zu organisieren, war ihre eigene, unauffällige Art, die er niemals bemerkte.

Gaylord kam zurück, ganz voller Sand, und Haar und Haut zeigten bereits einen Hauch von Salz und Sonne. «Nun?» fragte Paps. «Ist es noch da?»

«Was?»

«Das Meer», sagte Paps.

Gaylord verstand, daß Paps einen Scherz machen wollte. Er grinste beifällig. Er hatte es gern, wenn Paps Scherze machte, nicht, weil sie besonders amüsant waren, denn im allgemeinen waren sie recht dürftig, sondern weil sie ein Beweis dafür waren, daß sie sich verstanden. Dann sagte Tante Rosie: «Jetzt kommt alle zum Tee. Nachher wasche ich ab, und ihr könnt euch derweilen Neptuns Reich ansehen.»

«Was ist Neptuns Reich?» fragte Gaylord.

«Das Meer, mein Lieber.»

Aber Gaylord war schon bei etwas anderem. «Erinnert ihr euch noch an den Herrn, der an Weihnachten mit Tante Rosies Liebhaber bei uns war?»

«Stan Grebbie, meinst du?» rief Rose. Und dann, um ihren Eifer zu verbergen: «Hieß er nicht so?»

«Er ist am Strand», sagte Gaylord.

«Ach, Gaylord, sei doch nicht albern», sagte Mummi. Aber Rose war sichtlich beeindruckt. Sie fiel aus ihrer Pfadfinderrolle. «Gaylord, bist du sicher?» fragte sie fast bittend und errötete tief. «Klar», sagte Gaylord.

Mummi und Paps hatten die Veränderung an Rose bemerkt. Daher weht also der Wind, dachten sie beide. Und Mummi sagte freundlich: «Auf Gaylord ist nicht allzuviel Verlaß, Rose. Letzte Woche hat er Prinz Philip aus dem Tabakladen in Shepherd's Warning kommen sehen.»

«Der war's aber doch», sagte Gaylord trotzig.

«*Der* steht im Stall», korrigierte Paps.

«Wer, Liebling?» fragte Mummi. «Prinz Philip oder Mr. Grebbie?»

«Beide», sagte Gaylord, und man hätte einen Penny auf seine schmollende Unterlippe legen können.

Rose zerpflückte ihre Papierserviette. «Das ... das ist kein Zufall», murmelte sie und hoffte und betete, es möge ihr jemand widersprechen. Das Gebet wurde erhört. «So was gibt's», sagte Paps. «Ich schlage vor, daß Rose sich nach dem Tee mal ein wenig umschaut. Wenn er wirklich hier Ferien macht, können wir ihn gar nicht verfehlen.»

«Ja, das mache ich vielleicht», sagte Rose, «wenn keiner etwas dagegen hat.» Sie wurde sogar ein bißchen fröhlich. «Aber wäre das nicht ein toller Zufall, was?»

Gleich nach dem Tee sagte Rose: «Hör mal, May, ich wasche eben noch ab, und dann gehe ich vielleicht wirklich mal los.»

«Ach was, geh nur gleich», sagte Mummi.

Also trat Rose in den Abend hinaus und eilte zu dem endlosen einsamen Strand. Ich wollte, er wäre wirklich hier. Sie dachte an sein scheues Lächeln und den Druck seiner Hand. Ich wollte, er wäre es.

Die Sonne stand schon tief. Das Meer war so ruhig wie eine schlafende Katze. Kleine Krebse eilten durchs Brackwasser, und Quallen schimmerten in dem durchsichtigen Wasser am Ufer. Aber keine Spur von einem Menschen. So mochte die Welt vor der Schöpfung dieser ruhelosen Kreatur ausgesehen haben, oder so mochte sie aussehen, wenn es einmal keinen Menschen mehr gab: Sand, Felsen, Meer und die kleinen gepanzerten Krebse, die die Menschheit hatten kommen sehen und ihr Verschwinden erleben würden und die so gewissermaßen mit ihren Scheren die Unendlichkeit umspannten.

Eine kühle Brise erhob sich, rauhte das Brackwasser auf und wehte eine Handvoll knirschenden Sand um Roses Beine. Sie fröstelte. Niemand konnte Rose Phantasie nachrühmen, aber wie sie jetzt so an diesem schweigenden und verlassenen Ufer stand, wurde sie von dem panischen Gefühl gepackt, daß sie mutterseelenallein sei; daß das Land hinter ihr und das Land jenseits des Meeres völlig menschenleer seien. Niemals wieder würde sie den Klang menschlicher Stimmen in einem erleuchteten Zimmer vernehmen. Niemals wieder würde sie die tröstliche Gegenwart eines anderen Menschen empfinden.

Sie wollte laut schreien. Sie mußte rasch wieder zum Haus zurück, mußte ihre innere Sicherheit wiederfinden. Sie wandte sich um und rannte wie wild davon.

Aber ihre Füße versanken im Sand, und sie kam nur mühsam voran. Eben ging die Sonne unter. Wenn es dunkel wurde, war sie verloren. Hier, an diesem finsteren Strand, würde die See sich aufbäumen und sie an ihr kaltes Herz ziehen. Entsetzliches, Unaussprechliches würde aus den Wogen auftauchen ...

Ich werde verrückt, dachte sie. Die Anstrengung der letzten Monate, die schreckliche Hoffnungslosigkeit und Leere, das Wissen, daß sie sich wirklich wie eine Verrückte aufgespielt hatte, die Angst davor, dem verhaßten Bobs unerwartet in die Arme zu laufen, schließlich die Enttäuschung heute abend – das alles war zuviel für sie gewesen. Sie zwang sich, innezuhalten. Am ganzen Körper fliegend, war sie, mit gesenktem Kopf, leise stöhnend, vorangetaumelt. Jetzt blieb sie stehen, hob langsam den Kopf und versuchte, sich wieder in die Gewalt zu bekommen.

Oben auf der Düne zeigte sich die Gestalt eines Mannes. Langsam kam er herab. Dann fing er an zu laufen. Auch sie rannte nun. Dann standen sie sich gegenüber. Er strahlte verlegen. «Rose», rief er. «Sie sind es also doch.»

«Mr. Grebbie», keuchte sie.

Sie hätten sich am liebsten umarmt und geküßt. Ja, das war es, was sie wollten. Aber sie waren zu schüchtern. Immerhin standen sie dicht beieinander, hielten sich Hand in Hand, atemlos nach dem schnellen Lauf. «Ich glaubte schon, Ihren kleinen Neffen gesehen zu haben», sagte er, «aber ich hielt es einfach nicht für möglich.»

Sie stieß hervor: «Er ... hat erzählt, er hätte Sie gesehen. Aber ... aber, ich konnte es auch nicht glauben. Es war ... es schien mir ein unglaublicher Zufall.»

«Man sagt, die Wirklichkeit übertrifft jede Phantasie», sagte er. Keine besonders originelle Bemerkung. Aber Rose fand sie sehr zutreffend. Immer wieder lächelten sie einander an. Er wirkte weniger farblos, als sie ihn in Erinnerung hatte. Er trug ein blaues Hemd und Flanellhosen, und Wind und Meeresluft hatten seinen Wangen etwas Farbe gegeben. «Wie lange bleiben Sie?» fragte sie.

Er sah sie traurig an. «Nur bis morgen abend», sagte er.

Roses Augen füllten sich mit Tränen. Sie konnte es nicht verhindern. Sie glaubte zwar nicht an überirdische Mächte, aber wenn es schon eine Macht bewerkstelligt hatte, daß sie und Mr. Grebbie sich hier an diesem einsamen Ort begegneten, dann hätte sie es auch gleich so einrichten können, daß dieses Zusammensein länger als vierundzwanzig Stunden währte. Wenn man das Ganze für Becky arrangiert hätte, dachte Rose bitter, wäre ihr sicher ein Monat spendiert worden.

Stan Grebbie ergriff kühn ihren Arm, und sie gingen nun nebeneinanderher. «Viel Zeit haben wir ja nicht für uns», sagte er. «Wir müssen sehen, daß wir das Beste daraus machen.»

«Ja», sagte sie nur. Sie schlugen die Richtung zum Strand wieder ein. Jetzt, da die Sonne untergetaucht war, flammte die Welt plötzlich zu neuem Leben auf. Meer und Himmel brannten wie ein Freudenfeuer. Sie blickte voller Verlangen darauf. Dann wandte sie sich ihm zu und sah, wie die Abendröte sich in seinen Augen widerspiegelte. Nun, auf alle Fälle gehörte ihnen dieser Abend. Und der morgige Tag. Vierundzwanzig Stunden lang war sie jedenfalls keine alte Jungfer. Mehr durfte sie nicht erhoffen. Und es war schon mehr, als sie je erwartet hatte. «Wo wohnen Sie?» fragte sie plötzlich gelassen, und die friedliche Stimmung des Abends überkam auch sie.

«Bei einem Ehepaar Williams, gleich neben der Kirche. Aber morgen erwarte ich den Besuch eines Freundes, der mich im Wagen mit nach Irland nehmen will.»

Mußt du denn wirklich fort, dachte sie. Aber sie wußte instinktiv, daß für Stan Grebbie eine Abmachung eine Abmachung war. Wenn er mit seinem Freund nach Irland fahren wollte, würde keine noch so verführerische Sirene ihn davon abhalten können, schon gar nicht die arme Rose, die nichts Verführerisches an sich hatte.

«Setzen Sie in Holyhead über?» fragte sie gleichgültig.

«Ja, wir wollen dort die Nachtfähre erwischen. Wir nehmen den Wagen mit.» Aber auch ihm schien das jetzt ziemlich gleichgültig zu sein. «Ich wollte, ich führe nicht, Rose.»

«Wirklich?»

«Ja», sagte er und legte den Arm um ihre Taille.

Rose hatten Schüchternheit und Hemmung verlassen. Was Stan tat oder tun wollte, war richtig. Sie ließ alle Zweifel, alle Widersprüche und Vorsätze fallen. Vertrauensvoll lächelnd und voller Hingabe hob sie ihr Gesicht. Er sah sie verwundert an. Dann küßte er sie, sehr feierlich, unter dem verwaschenen, leeren Himmel.

«Hab ich dir nicht gleich gesagt, Tante Rosie, daß er es war», sagte eine selbstzufriedene Kinderstimme. Sie fuhren auseinander. «Ich wußte es doch, als ich ihn am Strand gesehen habe.»

«Hallo, kleiner Mann», rief Mr. Grebbie und versuchte, seine Stimme freudig klingen zu lassen. Aber Rose gab sich keine Mühe, ihre Enttäuschung zu verbergen. Jede Minute dieser vierundzwanzig Stunden war ein Juwel, das sie ihr Leben lang hüten wollte. Nicht eine Minute wollte sie verschwenden. «Zeit für dich, ins Bett zu gehen, Gaylord», sagte sie.

«Mummi hat aber gesagt, ich darf noch aufbleiben.» Gaylord zitierte die oberste Autorität mit großer Genugtuung. Er wandte sich an Mr. Grebbie: «Soll ich Ihnen mal eine Höhle zeigen, Mr. Grebbie?»

«Heute lieber nicht mehr, junger Mann», sagte Stan.

Gaylord hüpfte neben ihnen her. «Was wollen wir denn morgen unternehmen?»

Sie schwiegen beide. Jeder hatte so seine Pläne, aber sie schlossen Gaylord nicht ein. Rose sagte: «Mr. Grebbie und ich wissen noch nicht, was wir morgen unternehmen werden.»

«Vielleicht könnten Mr. Grebbie und ich morgen ein Picknick machen», sagte Gaylord. «Mummi macht uns sicher ein paar schöne Brote», versicherte er seinem neuen Freund.

Rose und Stan stellten resigniert fest, daß Gaylord eine Schwäche für Mr. Grebbie hatte. Und Gaylord gehörte nicht zu denen, die die Opfer ihrer Zuneigung leicht freigeben. «Wollen Sie nicht doch noch meine Höhle sehen?» fragte er freundlich.

«Nein, lieber ein andermal», sagte Stan.

Verzweifelt wühlte Rose in ihrer Handtasche. «Hier, geh und kauf dir beim Krämer ein paar Bonbons.»

«Die haben bestimmt schon zu», sagte Gaylord.

«Versuch's doch wenigstens», sagte Rose.

Er verwandelte sich in ein Düsenflugzeug und schoß los. Sie sahen ihm nach. «Bei der Geschwindigkeit ist er in spätestens zehn Minuten wieder hier», sagte sie.

«Wenn er zurückkommt.»

«Du kennst Gaylord nicht», sagte sie. «Blutegel sind nichts gegen ihn.» Und dann, zu ihrer eigenen Überraschung, lachte sie ein unbekümmertes, mädchenhaftes Lachen. «O Stan, es ist himmlisch, dich wiederzusehen.»

Aber er hatte nicht zugehört. «Wir könnten einen Fluchtversuch unternehmen», sagte er.

«Wohin denn?»

«In die Dünen», sagte er. «Komm.»

Gaylord betrat das gemütlich erleuchtete Haus. «Tante Rosie hat mich zum Krämer geschickt, ich soll mir da ein paar Bonbons kaufen. Aber der hatte schon zu.»

«So ...?» fragte Mummi, die sogleich merkte, daß er das nicht ohne Hintergedanken gesagt hatte.

«Ich hab mir gedacht, vielleicht hast du welche.»

«Hab ich auch. Hier», sagte sie und gab ihm eine Tüte.

«Danke schön, Mummi.» Er ging auf die Tür zu. «Wo gehst du hin?» fragte Paps.

«Ich will Tante Rosie und Mr. Grebbie welche anbieten.»

«O nein, das wirst du nicht», sagte Mummi. «Wenn es wirklich Mr. Grebbie ist, dann wollen sie allein bleiben.»

Da irrt sich Mummi, dachte Gaylord. Tante Rosie und Mr. Grebbie schienen nicht so recht zu wissen, was sie mit sich anfangen sollten. Er mußte ihnen unbedingt die Sehenswürdigkeiten des Ortes zeigen – Höhlen und so. «Aber sie warten doch auf mich», sagte er beleidigt.

«Hiergeblieben, Gaylord, setz dich», sagte Mummi.

Er nahm bockig auf einer Stuhlkante Platz. Mummi sagte: «Hier in den Ferien wollen Paps und ich zwar, daß du soviel Freiheit wie möglich hast, weil du zu Hause ja nicht so herumstreunen kannst.»

Für kurze Zeit hatte Gaylord Willies Brüder fast vergessen. Jetzt fielen sie ihm wieder ein, und die alten Ängste wurden aufs neue in ihm wach.

«Aber deshalb wollen wir noch lange nicht, daß du allein im Dunkeln herumläufst», fuhr Mummi fort. «Und du darfst dich auch nicht so an Tante Rosie und Mr. Grebbie hängen. Sie haben sich eine Menge zu erzählen.»

«Haben sie gar nicht», sagte Gaylord. «Sie haben kaum ein Wort miteinander gesprochen.»

Aber hätte er sie jetzt sehen können, wäre er überrascht gewesen, wie wenig sie ihn vermißten. Lachend, Hand in Hand, liefen sie über den nassen, welligen Sand des Strandes und verschwanden hinter den Dünen, wie Kinder, die Versteck spielen; ein Mann und eine Frau, beide nicht mehr ganz jung, rührend, fast ein wenig lächerlich; beide einsam, beide menschenscheu. Zwei Menschen, die plötzlich aneinander soviel Geborgenheit und Trost fanden, wie sie es nie erhofft hatten. Sogar vor einem kleinen Jungen waren sie davongelaufen. Am liebsten hätten sie sich vor aller Welt versteckt. Ein jeder von ihnen fand in des anderen Schwäche und Schüchternheit Schutz und Trost.

Lange blieben sie in den schützenden Dünen, während der Mond wie eine chinesische Laterne über dem Waliser Land hing. Und als sie sich endlich wieder den matt erleuchteten Häusern näherten, wußten beide, daß sie vor der Welt eine Zuflucht gefunden hatten.

Rose kam ganz benommen vor Glück nach Hause. Sie betrat das Häuschen und stand blinzelnd im Lampenlicht. Jocelyn saß allein in der Kaminecke und schmauchte sein letztes Pfeifchen. Bedeutsam lächelte er ihr zu: «Na, das scheint ja tatsächlich Mr. Grebbie gewesen zu sein.»

«Ja», sagte sie, «ist es nicht phantastisch?»

Noch immer lächelnd, sah er sie an. Aber fast noch phantastischer, dachte er, ist dic Wirkung auf Rose. Sie schien sich völlig verwandelt zu haben. Zum erstenmal entdeckte er bei ihr eine gewisse Ähnlichkeit mit Becky. Und das alles nur, weil ein farbloser, nicht mehr ganz junger Lehrer plötzlich am einsamen Strand aufgetaucht war. Jocelyn war ein gutmütiger, aber auch sehr ehrlicher Mensch. «Netter Kerl, dieser Grebbie», sagte er. Seine Ehrlichkeit verbot ihm, mehr zu sagen, seine Gutmütigkeit verbot ihm, weniger zu sagen.

Roses Gesicht strahlte auf. «O wie schön, daß du ihn magst, Jocelyn. Er ist... ich finde ihn wirklich besonders nett. Du nicht auch?»

«Um ganz offen zu sein, mir ist er sehr viel lieber als der andere Knabe», sagte Jocelyn. «Wie lange bleibt er denn?»

Roses Gesicht wurde traurig. «Bis morgen nachmittag.»

Verflixt, dachte Jocelyn. Arme alte Rose. Sie hatte wirklich mal etwas Aufheiterung nötig. «Das tut mir aber leid», sagte er.

«Mir auch.» Sie lächelte ihn kläglich an.

Er seufzte. «Dann müßt ihr morgen das Beste daraus machen.»

«Werden wir auch», sagte sie.

20

Es war einer jener frischen munteren Morgen, wie es sie nur an der See gibt. Eine übermütige Brise wehte. Die Weiden bebten, und die Unterseiten ihrer Blätter glänzten silbrig auf. Am Himmel hingen Wolken in allen Größen. Dicke Wölkchen tummelten sich über den Hängen. Wolkenschleppen hingen von den Hügeln herab, und in den oberen Regionen des Himmels strichen ein paar Federwölkchen dahin.

Rose wanderte mit ihrem Liebsten munter über das flache Marschland. Sie hatten bis heute nachmittag um fünf Uhr Zeit. Und alles um sie herum nahm im Licht dieser hellen, kühlen Morgenstunden eine fast beängstigende Klarheit an, so, als sähen sie dies alles zum erstenmal; sie sahen das Wogen des kühlen grünen Meeres, die reine, schlichte Schönheit einer weißen Möwe am blauen Himmel. Sie sahen den langen, leeren Tag wie eine weiße Straße vor sich liegen und waren glücklich. Sie sahen, wie die Sonne unaufhaltsam ihrem Untergang im Westen zuwanderte, und das erfüllte sie mit Kummer.

Mr. Grebbie trug in einem alten Gasmaskenbehälter ein paar Sandwiches und eine Thermosflasche. Sie waren auf der Suche nach einem abgelegenen Strand, wo selbst Gaylord, so hofften sie innig, sie nicht aufstöbern würde.

Rose dachte: Heute muß er doch etwas sagen. Er konnte doch nicht einfach nach Irland fahren und dann zurück in die Schule nach Durham, ohne vorher etwas zu sagen. Ich liebe ihn, und ich glaube, er liebt mich auch. Wir dürfen einfach nicht auseinandergehen, nur weil wir beide zu schüchtern sind, uns zu gestehen: ich liebe dich. Ich will bis an mein Lebensende bei dir sein.

«Stan», sagte sie.

«Ja?»

«Es wäre schön, wenn wir nicht so weit auseinander wohnten», sagte sie mit bebender Stimme.

«Ja, das wäre schön», sagte er. «Du ... du wirst mir fehlen, Rose.»

«Wirklich?»

«Ja, sehr.» Aber jetzt konnten sie die kleine Bucht vor sich sehen. Und beide sahen noch etwas anderes, das sie fast erstarren ließ. Die Gestalt eines kleinen Jungen, der dort im Brackwasser fischte. «Warum hat er sich nur gerade diese Bucht ausgesucht?» fragte Rose.

«Drüben gibt es noch so eine andere», sagte er.

Sie bogen ab. Der Weg war nicht weit. Aber diese Bucht war sehr bevölkert. Kinder lärmten, und überall sah man bunte Handtücher, bunte Liegestühle und bunte Badeanzüge. Sogar ein Eiswagen war da und ein Mann, der Boote vermietete. «O je», sagte Mr. Grebbie, «hier ist ja ein ziemlicher Betrieb.»

Er breitete seinen Regenmantel aus. Sie ließen sich nieder, kamen sich aber bald so vor, als säßen sie mitten in einem Kricketspiel. Sie wechselten ihren Platz. Jetzt näherte sich ein Hund und beschnupperte sie kritisch. Ein dicker kleiner Junge, in der einen Hand einen Eimer, in der anderen eine Schaufel, stand da und starrte sie blöde an. Rose schlug nach ihm wie nach einer Wespe. «Geh hier weg», sagte sie ärgerlich.

Das Kind reagierte überhaupt nicht, sondern starrte weiter; sicher konnte es das tagelang aushalten. «Wir könnten ebensogut in Blackpool sein», sagte Rose zwischen Lachen und Weinen.

Er legte seine Hand auf die ihre und sah sich suchend um. Aber es gab kein Entrinnen. Rechts von dieser kleinen, bevölkerten Bucht war der anhängliche Gaylord. Links von ihnen führte ein Steindamm zu einer fernen Landspitze. Hinter ihnen war schilfiges Sumpfgelände. Es war schon fast Mittag. Irgendwo mußten sich doch Frieden und Einsamkeit finden lassen, ohne daß man zu dem einsamen Dünenversteck der vergangenen Nacht zurückwandern mußte.

Da hatte er eine Idee. «Ich weiß was. Wir nehmen uns ein Boot.»

«O Stan. Das ist eine glänzende Idee.» Roses Gesicht, das bereits unbeschreiblich traurig ausgesehen hatte, hellte sich auf.

Aber nun kamen ihm Zweifel. «Leider bin ich kein sehr guter Ruderer», sagte er. «Doch das Meer sieht ja verhältnismäßig ruhig aus.»

«Ruhig wie ein Mühlenteich», sagte sie. «Komm nur.»

Sie eilten zu den Booten. Der Verleiher war bereits dabei, eines der Boote über den Sand ins Wasser zu lassen. Da sagte Rose, ohne ihre Lippen zu bewegen: «Sieh dich nicht um, denn da biegt Gaylord gerade um die Ecke.»

«O Gott», sagte Stan. Fieberhaft begann er mit Rose das Boot ins Wasser zu schieben, sehr zum Verdruß des Verleihers, der solche hastigen Unternehmungen gar nicht schätzte. «Was ist denn los? Wir lassen doch kein Rettungsboot ins Wasser», sagte er vorwurfsvoll.

Sie achteten nicht auf ihn und schwangen sich ins Boot. Die Ruder wirbelten in den Händen Stans wie verrückt gewordene Signalflaggen hin und her. Aber endlich gelang es ihm, sie in die Dollen einzulassen. Er setzte zu einem langen, kräftigen Ruderschlag an.

In diesem Augenblick hörten sie den ersten herzzerreißenden Schrei: «Tante Rosie. Wartet auf mich. Tante Rooosie.»

Rose versteinerte, drehte sich aber nicht um. Grebbie

starrte mit schrecklicher Konzentration auf die rechte Ruderspitze.

«Tante Rosie! Wartet doch!» schrie es verzweifelt.

Es half alles nichts. Sie wandte sich um. Wie ein Hai, der Blut riecht, kam Gaylord durch das seichte Wasser geschossen. Sie gaben sich geschlagen und zogen ihn ins Boot. Schnaufend und selig grinsend setzte er sich hin. «War das ein Glück», sagte er, «daß ich euch noch gesehen habe.»

«Glück für wen?» fragte Rose böse.

«Für alle», sagte Gaylord. Glück für ihn, weil er auf Boote versessen war. Glück für Tante Rosie und Mr. Grebbie, weil es sicher langweilig für sie gewesen wäre, so ganz allein herumzurudern. Er sah voller Bewunderung zu Stan hinüber. «Ich hatte keine Ahnung, daß Mr. Grebbie rudern kann», sagte er.

Mr. Grebbie auch nicht. Aber obwohl er bis jetzt seine Ruderschläge für ziemlich wirkungslos gehalten hatte, waren sie bereits überraschend weit nach draußen gelangt. Die Bucht vor den violetten Hügeln war nur noch ein kleiner Flecken an der endlosen Küste.

Rose sah sich um. «Ich glaube, wir machen jetzt eine Pause und essen erst mal unsere Brote.»

«Ja», erwiderte Stan erleichtert.

Rose sah auf die Uhr. Zwei Uhr. Nur noch drei Stunden, und dieser schöne Tag wäre vorüber. Alles wäre dann vorüber. Sie konnte es nicht mehr ertragen. «Stan», sagte sie.

Er bemerkte das Beben in ihrer Stimme und sah sie an. Sie selbst betrachtete ihn mit einer so flehenden Zärtlichkeit, daß er tief gerührt war.

Gaylord hing über dem Rand des Bootes und ließ seine Hände durch das herrlich kalte Wasser gleiten. Nur die kräftigen kleinen Beine und der Hosenboden waren zu sehen. Jetzt oder nie. «Rose», flüsterte Stan drängend. «Rose, ich liebe dich. Willst du ...?»

Er hatte sich vorgebeugt, um ihre Hand zu ergreifen. Sein rechtes Ruder, dadurch frei geworden, glitt sanft ins Wasser und trieb mit überraschender Geschwindigkeit davon.

Gaylord hatte das Klatschen gehört, drehte sich um und erfaßte die Situation mit einem entzückten Blick. «Wie ist das nur passiert, Mr. Grebbie?» fragte er. «Sie haben es einfach losgelassen, was?»

Tante Rosie sagte: «Gaylord, sei still. Mr. Grebbie muß nachdenken.»

Mr. Grebbie dachte nach. «Wir müssen es wiederhaben», jammerte er. Er hatte schon einmal gesehen, wie geschickte Männer Boote voranbrachten, indem sie vom Heck aus ein Ruder betätigten. Das versuchte auch er jetzt. Der Versuch wurde ein durchschlagender Mißerfolg. «Jetzt schwimmt es immer weiter weg», sagte Gaylord.

Er hatte natürlich recht. Das verflixte Ruder hüpfte auf den Wellen durch den Sankt Georgs-Kanal wie ein Schaf, das durch die Hecke gebrochen ist. Und eigenartigerweise schien sich auch das Ufer immer weiter von ihnen zu entfernen. Mr. Grebbie hatte bis dahin geglaubt, daß das Gerede der Seeleute über Ebbe und Flut nur Wichtigtuerei wäre. Jetzt wünschte er sich, daß er etwas darüber wüßte.

Rose ihrerseits dachte, sein Freund will ihn um fünf abholen. Wenn wir nicht bald gerettet werden, fällt die ganze Verabredung ins Wasser. Sie schob ihr Bittgebet für Schiffbrüchige noch ein bißchen auf und sagte: «Wir sollten erst einmal in aller Ruhe unsere Brote essen.»

Gaylord, in dessen Phantasie Schiffbrüche zum ganz Alltäglichen gehörten, nahm die Situation hin wie etwas längst Gewohntes. «Wir werden vielleicht noch viele Tage umhertreiben und sollten lieber sehr sparsam mit unserm Proviant umgehen», sagte er.

«Also, jetzt hör mal», sagte Rose. «Wir sind nur eine halbe Meile von der Küste entfernt und nicht mitten im Pazifik. Außerdem habe ich Hunger. Ich esse jetzt ein Brot.

Sie aßen ihre Brote. Gaylord verputzte schnell das seine und aß auch Rose und Stan noch etwas weg, die beide plötzlich das unbehagliche Gefühl hatten, leichtsinnig mit dem kleinen Vorrat umgegangen zu sein. Als sie das letzte Krümchen verzehrt und den Kaffee ausgetrunken hatten, sagte Gaylord munter: «Schiffbrüchige essen sich manchmal gegenseitig auf.» Er dachte, es sei doch gut, daß er mitgekommen war. Er war der Meinung, daß Tante Rosie und Mr. Grebbie in dieser Situation sonst völlig hilflos gewesen wären.

Grebbie sagte: «O Rose, was hab ich nur angestellt.»

«Sei nicht albern», sagte sie, «das kann doch jedem passieren.»

Gaylord sagte: «Ich wette, daß Paps so was nicht passiert wäre. Er rudert phantastisch.»

«Das kann jedem passieren», sagte Rose entschieden. Aber Gaylord starrte aufs Wasser. «Da ist ja das Ruder», sagte er.

Sie sahen hin. Die Strömung oder der Wind hatte das Ruder wieder auf sie zugetrieben. Rose war plötzlich enttäuscht. Jetzt, wo das Ruder wieder da war, waren sie bestimmt um fünf zu Haus. Sonst hätten sie noch stundenlang ohne große Gefahr umhertreiben können. Und das hätte ihr ganz gut gefallen. Ohne Gaylord wäre es überhaupt der Himmel gewesen. Aber selbst mit Gaylord war es ein Spaß. Doch der emsige kleine Kerl hing schon halb über Bord und angelte verbissen nach dem Ruder. Instinktiv ergriff Rose seine Beine. «Halt fest, Tante Rosie», sagte er, «ich glaube, ich hab's gleich.»

Sie konnte sehen, wie seine ausgestreckten Finger das Ruder fast berührten. Die tanzenden Wellen spülten es nahe heran. Gaylords Finger berührten gerade das Holz, als Tante Rose den Griff lockerte und er fast ins Wasser gefallen wäre. Aber nur fast. Seine Finger hatten dabei dem Ruder einen Stoß versetzt. Es trieb wieder ab.

«Verdammtes Pech, alter Junge», sagte Mr. Grebbie.

Aber Gaylord war wütend. «Tante Rosie hat mich losgelassen», sagte er, «grade, als ich es beinahe hatte.» Diese Weiber!

«Ich hab nur versucht, dir ein bißchen mehr Spielraum zu geben», sagte Rose.

Grebbie meinte kläglich: «Rose, was mußt du nur von mir denken! Ich bin wirklich der Letzte, der mit so einer Situation fertig wird, der Letzte, dem man ein Boot anvertrauen sollte, wie sich herausstellt.»

«Da kann man halt nichts machen», sagte Rose. «Es wird uns schon irgendeiner auflesen, ehe die Nacht hereinbricht.»

«Das glaube ich nicht», sagte Gaylord. «Wir sind ja Meilen vom Land entfernt.»

Sie warteten. «Das Ruder ist gar nicht mehr zu sehen», sagte Gaylord.

Sie warteten. Sie schrien im Chor. Sie banden Gaylords Hemd ans Ruder und winkten damit. Nichts geschah. «Ich glaube, ich kann schon Irland sehen», sagte Gaylord.

Die Zeit verging. Vier Uhr. Erde und Meer, Wolken und Himmel verschwammen im späten Nachmittagslicht. Die Brise wurde bereits etwas kühler. «Ich kann mir nicht denken, daß wir jetzt noch gerettet werden», stellte Gaylord vergnügt fest.

Rose hätte das nicht gleichgültiger lassen können. Sie lehnte in Stans Arm und lächelte zu ihm auf, der ein besorgtes, ängstliches Gesicht machte. «Mach dir nichts draus, Stan», lachte sie. «Wir werden schon nicht sterben, weißt du.»

Sie denkt ans Sterben, dachte Gaylord befriedigt. «Ist das ein Geier?» fragte er hoffnungsvoll und zeigte auf eine Möwe.

Um Viertel nach fünf wurden sie von dem vorwurfsvollen Bootsverleiher mit einem Motorboot eingeholt. Gaylord war außerordentlich enttäuscht. Er hatte auf einen Helikopter gehofft. Und außerdem waren alle Chancen dahin, daß sie unter sich auslosten, wer wen aufessen durfte. Langsam kam ihm die Erkenntnis, daß die Welt der Wirklichkeit es selten mit der Welt der Phantasie aufnehmen kann.

Nichtsdestoweniger hatte er jetzt etwas zu erzählen. Sobald sie an Land waren, sagte er höflich: «'tschuldigung, Mr. Grebbie, ich muß sofort gehen.» Dann verwandelte er sich in einen Jaguar und flitzte auf der Autobahn nach Hause.

Sie hätten eigentlich eine halbe Stunde vorher zu Hause sein sollen. Und sie hatten noch ein gutes Stück Weg vor sich. «Ob dein Freund warten wird?» fragte Rose.

Grebbie war todunglücklich. «Das nehme ich kaum an. Geduld ist nicht gerade seine Stärke.»

«Oh, fein», sagte Rose unwillkürlich.

Er sah sie verwundert an. «Immerhin sind unsere Plätze gebucht. Und wenn er nicht kurz nach fünf hier fortfährt, verpaßt er die Fähre.»

Es war ein milder Abend. Rose fühlte sich seltsam zufrieden, fühlte sich eins mit den Hügeln, mit dem Heideboden unter ihren Füßen und mit dem scheuen, liebenswerten Mann an ihrer Seite. Sie sagte: «Wolltest du mich nicht gerade etwas Wichtiges fragen, als uns das Ruder wegschwamm, Stan?»

Er schwieg. Dann sagte er bitter: «Du willst doch sicher nicht, daß ein solcher Blödian wie ich ... diese Frage an dich richtet.»

Sie drückte ihren Kopf zärtlich gegen seine Schulter. «Doch Stan, doch.»

Fast brutal machte er sich los. Als wäre er auf sie ebenso böse wie auf sich selbst, sagte er: «Ich kann nicht erwarten, daß mich jemand heiraten möchte. Ich kann ja nicht mal für mich selber geradestehen, geschweige denn für eine

Frau.» Mit langen Schritten eilte er weiter, den Kopf gesenkt, die Hände in den Taschen geballt.

Verzweifelt rannte sie neben ihm her. «Aber ich bin bereit, das Risiko auf mich zu nehmen, bestimmt ...» sagte sie, nervös lachend.

Er schüttelte schweigend den Kopf und sah auf seine Armbanduhr. «Ich lasse ja sogar meine Freunde im Stich.»

Sie wußte, daß mit ihm nichts anzufangen war, solange er sich dieser bitteren Selbstverachtung hingab. Hier halfen nur Geduld und Hoffnung, daß der Freund ohne ihn abgefahren war. Dann würde sie ihn schon in diesen zwei Wochen herumkriegen.

Als sie endlich in seinem Quartier ankamen, präsentierte ihnen Mrs. Williams erregt die Hiobsbotschaft. «Oh, war der wütend, Mr. Grebbie. Laut schimpfend ist er davon.»

Stan stand da und nagte an seiner Unterlippe. Dann straffte er seine hängenden Schultern. «Na, einen Vorwurf kann ich ihm da wirklich nicht machen.»

Mrs. Williams ging in ihr Häuschen zurück, hochbefriedigt darüber, wie ihre Nachricht aufgenommen worden war. Stan sagte: «Rose, es tut mir sehr leid. Ich ... ich fürchte, ich bin keine sehr amüsante Gesellschaft gewesen.»

«Stan», sagte sie, «ich muß dir etwas gestehen. Es war meine Schuld, daß Gaylord das Ruder nicht zu fassen bekam. Ich hab ihn losgelassen.»

Das schien ihn nicht recht zu überzeugen. «Nett von dir, Rose, daß du das sagst. Aber wenn ich es nicht zuerst verloren hätte ...»

Sie wurde ganz ernst. «Ich habe es doch mit Absicht getan; weil ich dich hier behalten wollte. Das will ich damit sagen.»

Er warf ihr einen Blick zu, daß ihr ganz Angst wurde. «Na, ich muß schon sagen, das war ja überaus rücksichtsvoll von dir.»

«Aber du hast doch selber gesagt, du wolltest eigentlich gar nicht nach Irland.»

«Das mag schon sein. Aber ich hasse und verabscheue es, Verabredungen nicht einzuhalten.» Er stand da und starrte zu den fernen Bergen hinüber. Sein graues Haar wehte im Abendwind. Auch sie blickte auf die Hügel in der Ferne. «Bleibst du nun hier?»

«Ich glaube schon. Es bleibt mir ja nicht viel anderes übrig.»

«Dann sehen wir uns sicher noch», sagte sie. «Gute Nacht, Stan.»

«Gute Nacht», sagte er und ging ins Haus.

Sie wanderte schweren Herzens nach Hause. Was für eine Situation!

Wenn ein Mann einen nicht liebt, kann man wenigstens versuchen, ihn für sich zu gewinnen. Wenn er einen aber liebt und so wenig von sich selbst hält, daß er sich nicht getraut, einen Heiratsantrag zu machen, was kann man dann tun? Selber einen Heiratsantrag machen? Das hatte sie ja praktisch auch getan. Ohne jeden Erfolg. Ihr einziger Trost war, daß sie beide die nächsten vierzehn Tage in demselben Ort verbringen würden. So bleiben ihr zwei Wochen, in denen sie Stan Grebbie in den Hafen der Ehe einschleppen oder lotsen konnte.

«Wir waren gerade dabei, das Los zu ziehen», sagte Gaylord am Ende seiner Wikinger Saga. Robinson Crusoe war nichts gegen ihn.

«Was sollte denn ausgelost werden?» fragte Mummi.

«Wer wem aufessen sollte natürlich.»

«Wen», korrigierte Paps.

Mummi warf Paps einen Blick zu. «Glaubst du auch nur ein Sterbenswörtchen?»

Gaylord sagte: «Du kannst ja Tante Rosie fragen.» Er

war beleidigt. Da passierte mal wirklich etwas Aufregendes – und sie weigerten sich einfach, es zu glauben. «Ich konnte von unserem Boot aus schon Irland sehen», sagte er.

«Ein Wunder, daß du nicht die Wolkenkratzer von Manhattan gesehen hast», sagte Mummi.

«Hab ich auch», sagte Gaylord, der keine Ahnung hatte, wovon sie sprach, aber zu allem bereit war. «Ganz in der Ferne», räumte er ein.

«Also, wir warten jetzt erst einmal auf Tante Rosie, dann werden wir ja hören.»

«Da kommt sie schon», sagte Paps.

Aber es war der Telegrafenbote. Und im Telegramm stand: «Marigold heute früh gestorben, Vater.»

Jocelyn war allein im Wohnzimmer. «Wo ist May?» fragte Rose.

«Oben. Packen», sagte Jocelyn. «Tante Marigold ist gestorben.»

Rose ließ sich schwer auf einen Stuhl fallen. «Wann fahren wir?»

«Morgen früh», sagte Jocelyn. «Ich wollte eigentlich allein fahren, aber May besteht darauf, mitzukommen. Und Gaylord ist der Meinung, daß er den Tod eines Familienmitgliedes auf keinen Fall versäumen darf.» Er lächelte sie müde an.

Rose sagte mit hoher, gepreßter Stimme: «Müssen wir wirklich fahren, Jocelyn?»

Er sah sie überrascht an. «Ich glaube doch wohl. Der alte Herr mochte sie besonders gern, weißt du. Es wird ihm sehr nahegehen. Und außerdem auch sehr mitnehmen.»

«Ja», sagte sie, wobei sie ihr Taschentuch zu einem harten festen Knäuel ballte. «Ja. Vater wird sie sehr vermissen.»

«Es tut mir leid, Rose», sagte er und wunderte sich, wie niedergeschlagen sie war. «Aber ich glaube, wir müssen wirklich fahren.»

«Ja, natürlich.»

«Und schließlich ist ja Mr. Grebbie auch schon abgereist, nicht wahr?»

«Nein», sagte sie. «Er bleibt nun doch hier. Deshalb ... es kommt alles so schrecklich unerwartet.» In ihrem Gesicht arbeitete es krampfhaft. «Ich weiß, ich dürfte jetzt gar nicht daran denken, sondern nur an Tante Marigold und Vater. Aber ... ich war schon immer eine selbstsüchtige Person.»

Jocelyn legte seinen Arm um sie. Arme, alte Rose, dachte er wieder einmal. Zum erstenmal hatte sich ihr das Schicksal freundlich gezeigt, und schon war alles wieder aus. «Du bleibst einfach hier», sagte er, «ich werde Vater das schon erklären. Du kannst das Häuschen haben. Und kümmerst dich einfach nicht darum, wenn man dich herzlos und selbstsüchtig nennt.»

«Danke, Jocelyn», sagte sie, «aber das kann ich nicht.»

«Das kannst du schon und solltest es auch», sagte er.

Sie schüttelte den Kopf. «Ich glaube, ich will gar nicht, Jocelyn. Mir ... mir ist nicht mehr danach zumute.»

Er sah sie erstaunt an. «Läuft nicht alles so, wie du willst?»

«Ich fürchte, nein. Vielleicht sind wir beide schon zu alt, um das Risiko einer Ehe auf uns zu nehmen. Ich ... ich weiß es nicht.»

«Ich bin trotzdem der Meinung, daß du hierbleiben solltest», sagte er ruhig.

Sie schüttelte den Kopf. «Nein. Ich komme mit, Jocelyn. Er weiß ja, wo er mich finden kann, wenn ihm daran gelegen ist. Aber ... ich glaube, er will es gar nicht.»

Nach dem Abendessen ging sie zu Stan hinüber, um ihm zu sagen, daß sie abreisten. Aber Mrs. Williams erklärte, er sei früh zu Bett gegangen und sie halte es für ungehörig, irgend etwas zu unternehmen. Rose hinterließ ein paar Zeilen. Aber als sie am nächsten Morgen abfuhren, war Mr. Grebbie nicht etwa erschienen, um ihr Lebewohl zu sagen.

21

In Chester unterbrachen sie die Reise. Gaylord, der seine zehn Shilling Feriengeld noch nicht ausgegeben hatte, starrte sehnsüchtig in die Schaufenster. Der Wunsch, diese zehn Shilling auszugeben, war überwältigend. Aber hier gab es keine interessanten Läden, nur Damenbekleidung und alte Möbel.

Und plötzlich, in einem dieser Geschäfte mit alten Möbeln, entdeckte er es – und traute seinen Augen nicht. Mummi, Paps und Tante Rose, die zum Wagen zurückgehen wollten, waren ungehalten, daß Gaylord mit weitaufgerissenen Augen in das Schaufenster eines Antiquitätenladens starrte. «Los, Gaylord, komm schon», rief Mummi.

Aber Gaylord hatte es, ausnahmsweise, die Sprache verschlagen. Er konnte seinen Blick nicht losreißen.

«Das tut er nur, um uns zu ärgern», sagte Paps. «In einem solchen Geschäft kann es doch nichts geben, was ihn interessieren könnte.»

Aber letzten Endes mußte der Berg zum Propheten zurückkehren. Paps sagte: «Gaylord, wir müssen noch hundert Meilen ...»

«Schaut doch bloß mal», sagte Gaylord und stieß mit dem Finger gegen die Scheibe.

Und sie schauten. «Ach, du großer Gott», sagte Paps, «ein gläserner Briefbeschwerer.»

«Ich wußte gar nicht, daß man sie im Laden kaufen kann», sagte Gaylord. Es war, als sei hier ein Regenbogen zu verkaufen.

Aber Mummis Gehirn funktionierte wieder einmal hervorragend. Plötzlich formten sich einzelne Mosaiksteine zu einem Bild. «Wolltest du etwa so einen zu Weihnachten haben?» fragte sie.

Aber Gaylord marschierte bereits in den Laden. «Wieviel ... wieviel kostet bitte der Briefbeschwerer?» fragte er, vor Aufregung ganz außer Atem.

«Zehn Shilling», sagte der Verkäufer. Und krönte den großen Tag, indem er hinzufügte: «Mein Herr.» So ein feiner Laden war das.

Gaylord kramte in seinen Hosentaschen herum und breitete auf dem eleganten Verkaufstisch eine Sammlung von Muscheln, Bindfadenenden, Münzen, Bonbonpapier und Steinen aus. Mit dem Verkäufer suchte er zehn Shilling zusammen. Den Rest stopfte er wieder in die Tasche. Der Mann legte den Briefbeschwerer in ein kleines Kästchen, wickelte es umständlich ein und öffnete Gaylord die Tür, der wie ein König hinaussegelte. «Er hat mich ‹Herr› genannt», berichtete er seinen erstaunten Eltern.

Im Wagen öffnete er das Kästchen und blickte verzaubert hinein. Statt des Rathauses von Leeds zeigte sich in der Glaskugel ein Fluß mit Schwänen und Weiden, aber sonst war die Kugel genauso glatt, rund und schimmernd. Gaylord besah sie sich von allen Seiten und fand sie von allen Seiten gleich wunderschön. Und dann flüsterte eine böse listige Stimme in ihm: «Der wäre was für Willie.»

Gaylord tat so, als hätte er nichts gehört, aber er fing an, sich ungemütlich zu fühlen. Da sagte Mummi: «Zeig doch mal her, Gaylord.»

Er reichte Mummi die Glaskugel. Sie hielt sie vorsichtig in ihren schlanken Händen. «Das ist aber auch wirklich hübsch», sagte sie.

«Ja», sagte Gaylord. Und wieder wisperte die böse, geheime Stimme: «Der wäre was für Willie.»

«Er bekommt ihn aber nicht», sagte Gaylord und zog einen Flunsch.

«Aber Willie hat sonst kein Spielzeug», beharrte die Stimme. «Und du hast soviel. Und der arme Willie hat nicht alle Tassen im Schrank.»

«Er bekommt ihn nicht», wiederholte Gaylord, aggressiver, aber schon weniger überzeugt.

Die Stimme schwieg. Kurz ehe sie zu Hause ankamen, sagte sie plötzlich: «Denk mal, wie nett und großzügig Willie es finden würde, wenn du sie ihm schenktest.»

Ein Erwachsener hat jahrelange Erfahrung, wie man mit einem aufdringlichen Gewissen fertig wird; er hat Hunderte von Argumenten zur Verfügung. Aber Gaylord besaß solche Erfahrung noch nicht. Er bohrte beide Hände in die Hosentaschen, lümmelte sich unglücklich auf dem Hintersitz und versprach, darüber nachzudenken.

Aber der Gedanke an Willie hatte andere Gedanken verstärkt, die nicht einmal die frische Seeluft aus seinem Gedächtnis hatte vertreiben können. Wenn er jetzt nach Hause kam, würden Willies Brüder ihm noch immer auflauern. Er hatte Angst. Er wünschte sehnlichst, sie wären doch noch an der See geblieben. Dort war man sicher. Denn eines Tages, so sehr er sich auch in acht nähme, eines Tages würde er um eine Ecke biegen, und dann würden sie schweigend, die Hände in den Taschen, dastehen und ihn anstarren. Und dann würden Todesangst und Schmerz über ihn hereinbrechen.

Sie traten aus dem warmen Sonnenschein in die dämmrigkühle Halle. Aus der Helle des Lebens in den Schatten des Todes. Opa kam ihnen entgegen. «Hallo, May. Hallo, Jocelyn. Es tut mir sehr leid, daß ich euch zurückrufen mußte.» Seine Stimme war voll melancholischer Wärme.

«Ist schon gut, Vater.» Jocelyn legte dem alten Mann den

Arm um die Schulter. «Es tut uns leid, daß es so kommen mußte.» Er sah seinen Vater an. Ja, man konnte es kaum bemerken, aber er war ein wenig in sich zusammengesunken. Er wirkte geschwächt. Niemand kann sagen, wann für ihn die Stunde schlägt...

Gaylord, der durch die Vorhalle lief, spürte, daß eine gewisse geschlossene Tür eine unwiderstehliche Anziehungskraft auf ihn ausübte. Langsam, ganz langsam schlich er sich näher. Legte die Hand auf den Türknauf.

Es überraschte ihn fast, daß der Knauf sich drehen und die Tür sich wie jede gewöhnliche Tür öffnen ließ. Zögernd, auf Zehenspitzen und den Atem anhaltend, näherte er sich dem Bett.

Dort lag in erhabener Majestät Großtante Marigold. Gaylord besah sie sich mit beträchtlichem Interesse. Sie war weniger und zugleich mehr als die lebendige Tante Marigold. Zerbrechlich, wächsern, gewichtig, streng. Er hatte grauenhafte Angst, daß sie sich plötzlich aufrichten und kichern könne. Dennoch streckte er seinen kleinen Finger aus und bohrte ihn vorsichtig in die kalte Wange. Als Gruß und Abschied. Die Augen unverwandt auf Tante Marigold gerichtet, ging er rückwärts zur Tür. Nicht für alle Reichtümer aus Aladins Wunderhöhle würde er dieser unheimlichen Gestalt den Rücken zukehren.

Hinter ihm flüsterte eine Stimme: «Gaylord, hier hättest du nicht hineingehen sollen. Wenigstens nicht allein.» Schützend fühlte er Mummis Hände auf seinen Schultern. Mutter und Sohn standen dort, und May betrachtete voll Trauer und Rührung diesen Menschen, der durch sein Leben so gut auf die Einsamkeit des Todes vorbereitet gewesen war. Dann sah sie auf Gaylord nieder. Er erwiderte ihren Blick mit einem Ausdruck, den sie nicht deuten konnte – Ehrfurcht, Verwunderung, Angst? Schweigend verließen sie, Hand in Hand, das Zimmer.

22

«Dir selbst wird es Freude machen, wenn du ihn Willie gibst», sagte die Stimme. «Er wäre bestimmt so dankbar, daß du dir wie der liebe Gott vorkämst.»

Das war alles schön und gut. Aber die Drohung der jungen Foggertys lag wie Mehltau über dem ganzen herrlichen Land. Gaylord traute sich nicht allein aus dem Haus. Er fing an, die friedlichen Wege zu hassen und die lauernde Stille der Felder zu fürchten.

Andererseits war das Haus voller Menschen, und keiner schien von ihm viel Notiz zu nehmen. Es gab ungezählte Gelegenheiten, sich unbemerkt davonzustehlen. Und sein Gewissen hatte dafür gesorgt, daß der Briefbeschwerer ihm nur noch Freude bereitete, wenn er ihn jetzt seinem Freund schenkte.

Also ging er los und fand Willie, wie immer, in dem alten Steinbruch. «Warst du an der See?» fragte Willie.

«Ja», sagte Gaylord. «Ich hab dir was mitgebracht.» Er gab Willie das Kästchen und wartete, wobei er neugierig das blasse Mondgesicht beobachtete.

Es sah fast so aus, als sei die Aufregung über das Geschenk für Willie zuviel. Er wurde krebsrot im Gesicht. Sein Atem ging schwer. Seine Finger zitterten, als sie das Papier zerrissen. Endlich hatte er es geschafft – und starrte mit grenzenloser Enttäuschung darauf. «Wofür ist das?» fragte er.

Gaylords Herz sank. «Das ist ein Briefbeschwerer», sagte er. «Wie der, den du verloren hast.»

Willies Augen wurden eng. «Den du mir geklaut hast, meinst du.»

«Das hab ich doch nicht getan, Willie. Aber ich hab dir einen anderen mitgebracht, um ... na ja, damit alles wieder gut ist.»

Willie betrachtete das Glas widerwillig. «Mit dem ist gar nichts los. Den Fluß kann ich immer sehen. In dem andern war eine Stadt und Straßen und so.»

Das kommt davon, wenn man auf sein Gewissen hört. Gaylord fühlte sich überhaupt nicht wie der liebe Gott. Und Willie hatte es auch nichts geholfen. Gaylord sagte: «Also gut, dann gib's wieder her, wenn du's nicht magst.»

Willie machte ein verschlagenes Gesicht. Schützend schloß er seine Hände um die Kugel. Gaylord wollte sie ihm entreißen; dann sah er etwas, das seine Knie weich werden ließ. Schweigend kamen Willies Brüder hintereinander in den Steinbruch. Und sie sahen ganz so aus, als ob sie ernst machen wollte.

Die Familie hatte sich versammelt. Das Haus war voller Menschen. Im Tod hatte Großtante Marigold eine Bedeutung erlangt, die ihr in ihrem anspruchslosen Leben nie beschieden gewesen war. Ben und Bea waren gekommen und waren seltsam gedämpft. Becky, hübscher denn je, und Peter. Dazu Verwandte, die selbst schon seit Jahren darauf warteten, die gleiche Reise anzutreten wie Marigold.

Es klopfte an die Tür. Rose öffnete. Stan stand vor ihr.

Er lächelte nicht, schaute sie bekümmert an. «Komm herein», sagte sie. «Ich dachte, du wärst noch in Wales.»

«Es hatte ja keinen Sinn, noch länger dort zu bleiben. Jetzt bin ich auf dem Weg nach Hause.»

«Wie nett von dir, hier hereinzuschauen», sagte sie, keineswegs steif, sondern als fände sie es wunderbar von ihm. Er stand immer noch auf der Schwelle, einen weißen Sturzhelm auf dem Kopf. In einer Hand hielt er ein Paar Motorradhandschuhe und schlug mit ihnen verlegen in die andere Hand. «Ich wollte dir nur sagen, wie leid mir das mit deiner Tante tut.»

«Komm doch herein», sagte sie und zitterte bei dem Gedanken, er könne sich gleich wieder auf seinen Motorroller schwingen und ab nach Durham brausen.

Er schüttelte den Kopf. «Ihr habt doch sicherlich das Haus voller Menschen», sagte er. «Bestimmt habt ihr das.»

Er hatte recht. Sie würden keine ruhige Minute zu einem Gespräch für sich haben – vorausgesetzt, daß er sich das überhaupt wünschte. Da hatte sie einen Einfall: «Weißt du», sagte sie, «ich wollte gerade ins Dorf gehen. Willst du mich nicht begleiten?»

Er schien unschlüssig. «Ich darf mich nicht lange aufhalten. Ich kenne nämlich den Weg von hier aus nicht.»

«Komm doch mit», sagte sie und lächelte ihn an, um damit die unsagbare Angst in ihrem Innern zu verbergen.

Die Stille in dem alten Steinbruch war lähmend. Willies Brüder umzingelten schweigend Gaylord.

Der stand da, in der stechenden Sonne, und wartete auf das, was kommen sollte. Sein Blick verfolgte jede Bewegung von ihnen. Und ihre Augen starrten ihn unverwandt an.

Klein, hilflos, aber trotzig stand er da, mit gespreizten Beinen, verzweifelt aufrecht, mit vorgestrecktem Kinn.

Sie waren ihm ganz dicht auf den Leib gerückt. Der trokkene, muffige Geruch alter Kleider, der scharfe Geruch dieser schwitzenden Körper schien den ganzen Steinbruch anzufüllen. Flucht war unmöglich. Er konnte sich keinen Fußbreit rühren.

Berts Gesicht hing über Gaylord. Seine Lippen verzerrten sich, ehe er sprach. «Dein Vater ist ein Schwein», sagte er dann.

Gaylord stand unbeweglich wie ein Denkmal. Der Schweiß lief ihm in die Augen, aber er traute sich nicht zu zwinkern, weil sie dann gedacht hätten, er heule.

Bert sagte: «Sprich mir nach: ‹Mein Vater ist ein verdammtes Schwein.› Los, sag's.» Gaylord schwieg.

Langsam hob Bert den Fuß. Dann trat er Gaylord mit aller Wucht vors Schienbein. «‹Mein Vater ist ein verdammtes Schwein›», wiederholte er.

Gaylord wurde schwarz vor Augen. Der Steinbruch begann sich ganz langsam wie ein Karussell zu drehen. Der Schmerz durchzuckte seinen ganzen Körper. Aber er schwieg.

Bert verlor die Beherrschung. «Sag's», schrie er. «Los, sag's. Sag, ‹Mein Vater ...›» Er schlug Gaylord mitten zwischen die Augen.

Gaylord brach zusammen, und Bert trat ihn, wild, viehisch, böse, bis seine Brüder selber Angst bekamen und ihn fortzerrten. Und Gaylord blieb in der glühenden Sonne blutüberströmt liegen, und dicke Fliegen krabbelten gierig auf ihm herum.

23

Stan legte Sturzhelm und Handschuhe in der Halle ab und trat mit Rose in die Nachmittagssonne hinaus. Er war schweigsam. Sie schob ihren Arm unter den seinen. «Du machst dir doch keine Gedanken mehr über die dumme Geschichte mit dem Boot?» fragte sie neckisch.

«Es war mehr als eine dumme Geschichte», sagte er, «es war typisch für mein ganzes Leben ...»

Sie blieb wie angewurzelt stehen. «Ach, sei doch bloß nicht ein solcher Narr», sagte sie wütend. «Jeder von uns stellt sich mal dumm an, aber deshalb muß man doch nicht wochenlang darüber nachbrüten.»

«Entschuldige», sagte er steif. Und sie dachte kläglich: O Gott, was hab ich jetzt wieder angerichtet.

Aber in diesem Augenblick sagte er: «Sieh mal dort, was ist das?»

Sie folgte seinem Blick. «Das ist ein alter Steinbruch», sagte sie. «Es ist ...»

«Nein», sagte er. «Ich meine dort», und wies dabei auf das Gebüsch am Eingang des Steinbruchs.

Sie sah hin und sah ein nacktes Bein, das aus den Brennesseln hervorschaute. Ein Anblick, der sie mit Grauen erfüllte. Aber Stan war schon hingeeilt und riß die Brennesseln auseinander: «Rose, bleib dort», rief er. «Es ist dein Neffe.»

Aber da war sie schon bei ihm und sah schreckerfüllt auf den blutigen, zusammengekrümmten Gaylord. «Er ... er ist ... ist doch nicht tot?» fragte sie entsetzt.

Aber Stan war bereits fieberhaft dabei, sein Hemd in Streifen zu reißen und Gaylords Oberarm damit abzubinden. Und während er das tat, sagte er lediglich ganz knapp und bestimmt: «Nein, er ist nicht tot, aber übel zugerichtet. Lauf nach Haus und versuch, so schnell wie möglich einen Krankenwagen herbeizuholen. Dann komm gleich wieder.»

«Ja», sagte sie. «Ja, Stan», und flog davon. Als sie das Blut sah, wäre sie fast ohnmächtig geworden, aber sie bezwang sich und lief den Weg hinunter und die Auffahrt hinauf ins Haus. Jocelyn war der einzige, den sie antraf. Sie begegnete einem Blick fassungslosen Erstaunens. «Gaylord», keuchte sie. «Er ist verletzt. Im alten Steinbruch.»

Alle Farbe schwand aus seinem Gesicht. «Aber ...» sagte er. «Aber ...»

Sie hing bereits am Telefon. Einen Augenblick lang betrachtete Jocelyn sie hilflos. Dann rannte er aus dem Haus und hörte nicht auf zu laufen, bis er den Steinbruch erreicht hatte.

Stan hielt Wache neben dem bewußtlosen Gaylord. Er hatte einen Bach ausfindig gemacht und mit einem Hemdfetzen das Blut abgewaschen. Jocelyn sah seinen Sohn. Noch nie in seinem Leben hatte er solch ein Opfer brutaler Gewalt gesehen. Der Anblick des kleinen zerschlagenen Gesichts erfüllte ihn mit Mitleid und mit einer Wut, wie er sie noch nie empfunden hatte. «Wird er durchkommen?» hörte er sich fragen.

«Soweit ich es beurteilen kann, ja», sagte Stan. «Aber ich bin kein Arzt.»

Jocelyn hockte sich nieder und nahm behutsam die Hand seines Sohnes. «Vielen Dank jedenfalls», sagte er, «für das, was Sie getan haben.»

Stan sagte, fast zu sich selbst: «Die Welt ist doch ein übler Ort. Wer kann nur einem Kind so etwas Schreckliches antun?»

«Sie haben recht.» Die Bitterkeit seiner eigenen Stimme überraschte Jocelyn. Ein Klang, den er bis jetzt bei sich nicht gekannt hatte. «Die Welt ist ein übler Ort.»

Schwer hing der Duft des Geißblatts in der warmen Luft, und gegen den Sommerhimmel schimmerten die Blätter grün und friedlich.

Eilige Schritte kamen den Weg herunter. Jocelyn sah auf. Es war May, zusammen mit Rose. Sie sah Jocelyn an, als wäre er ein Fremder. Dann kniete sie neben ihrem Sohn nieder und bettete seinen Kopf in ihren Schoß. «Dafür werde ich jemand umbringen», sagte sie ruhig.

Und dann war es Abend, und Gaylord lag im Krankenhaus, schwebte zwischen Leben und Tod. Das Haus wimmelte von Polizei und Familie. Jocelyn glaubte sich in einem Albtraum zu befinden. Das konnte doch kein Mensch Gaylord angetan haben. Das war doch undenkbar. Dann bemerkte er, daß jemand mit ihm sprach. Er versuchte, sich zu konzentrieren. Es war May. Seine Frau. Gaylords Mutter. «Was hast du gesagt?» fragte er und sah sie entgeistert an.

Sie legte eine Hand auf seinen Arm. «Es ist soweit, Liebling.» Er mußte krampfhaft nachdenken. Dann, plötzlich: «Großer Gott, du meinst...»

Sie nickte nur.

Er brachte sie ins Entbindungsheim und fuhr nach Hause. Keine May. Kein Gaylord. Aber vielleicht gelang es ihm jetzt, wo er allein war, nachzudenken, was ihm nicht gelungen war, seit sich das alles ereignet hatte. Diese Sache mußte er vor dem Hintergrund seines Lebens und seiner Überzeugungen sehen. Mußte alle Fäden zusammenziehen. Eine alte Frau gestorben, eine junge Frau in den Wehen. Ein Gott im Himmel, die Schönheit des Sommers, ein Kind fast zu Tode geprügelt. Sonnenschein, Sternenschimmer, Lachen, die Liebe gütiger Herzen; Klauen, Schnabel und Fänge, ein trauriges kleines Federbündel an einem lieblichen Maimorgen.

Wo lag die Antwort? Er wußte es nicht. Irgendwo, vielleicht in seinem Unterbewußtsein, lag sie bereit. Eines Tages würde es ihm gelingen, zu ihr vorzustoßen. Aber nicht jetzt. Nicht jetzt.

Stan sagte zu Rose: «Wenn es dir recht ist, übernachte ich heute im Dorf. Ich möchte doch noch wissen, wie es Gaylord geht, ehe ich heimfahre.»

«Ja, tu das», sagte sie. «Du mußt verstehen, daß wir dich leider nicht bei uns unterbringen können, aber komm wenigstens zum Frühstück herüber.»

Er strahlte. «Gut, wenn du meinst...»

Er erschien also zum Frühstück. Und als sie dabei saßen, kam Jocelyn herein, mit einem Gesicht, als hätte er die ganze Nacht keinen Schlaf gefunden, und sagte: «Es ist ein Mädchen. Und Gaylord ist bei Bewußtsein und hat schon wieder Hunger. Ich habe sie gesehen, alle drei. Meine beiden Küken und ihre Glucke.» Er lachte unsicher, setzte sich hin und begann still zu weinen.

Später nahm er Rose und Stan beiseite und sagte: «Grebbie, Sie wissen, daß Sie Gaylord das Leben gerettet haben. Ich weiß nicht, wie ich Ihnen danken soll.»

Zuerst machte Stan ein Gesicht, als wolle er losheulen, weil er so gerührt war. Dann hellte sich sein Gesicht immer mehr auf, und es schien, als würde er vor Stolz bersten. Aber bescheiden sagte er: «Zufall, daß Erste Hilfe mein Hobby ist.»

«Wirklich, du hast ihm das Leben gerettet, Stan», rief Rose und blickte ihn an, als wäre er der wunderbarste Mensch, den es je gegeben hatte.

Jocelyn sagte: «Wenn ich ein Königreich besäße, würde

ich es Ihnen schenken. Oder die Hand meiner Tochter, wenn sie nicht noch so klein wäre.»

Da wurde Stan bis unter die Haarwurzeln rot und schluckte und lächelte und wurde wieder ernst und stammelte: «Sie können mir die Hand Ihrer Schwester anbieten, Mr. Pentecost.»

Ehe Jocelyn diesen Satz so recht begriffen hatte, warf sich Rose mit dem entzückten Aufschrei: «Stan!» Mr. Grebbie in die Arme. Und während sie sich lachend an ihn klammerte, mußte sie daran denken, daß ausgerechnet Gaylord, dem sie nie so sehr zugetan gewesen war, Stan Grebbie genügend Mut gemacht hatte, um ihre Hand anzuhalten.

24

Es war einer jener vollkommenen Spätsommertage, der Tag des Begräbnisses. Der Himmel war dunstig und wolkenlos, die Bäume regten sich nicht, die Luft hielt den Atem an. Man sah das Land durch einen feinen Schleier. Die Konturen waren sanft, alle Wolken waren fortgeschmolzen. Kein Tag, an dem man jemandem die Sonne für immer nehmen sollte. Aber es mußte sein.

Der liebliche Tag ging in einen lieblichen Abend über. Irgendwo hinter den Hügeln bellte ein Hund. In der Ferne hörte man das Klappern der Milchkannen. Auf der anderen Seite des Tals stieß ein Zug weiße Dampfwölkchen aus. Auf dem Weg sang ein Kind vor sich hin. Die Kinderstimme klang süß und klar, unschuldig und glücklich. Paps, der sie hörte, überkam eine große Traurigkeit, aber er wußte nicht warum. Vielleicht, weil der sorglose Gesang des Kindes so bald enden mußte. Oder weil er in dem Lied das Echo seiner eigenen, verlorenen Unschuld hörte? Oder weil in diesem Haus ein alter Mann lebte, der nie mehr singen würde?

Er fand seinen Vater im Arbeitszimmer. Er sagte: «Ein herrlicher Abend draußen. Ich dachte, du würdest vielleicht noch ein bißchen mit mir spazierengehen, Vater.»

Der alte Mann sah zu ihm auf. «Ja», sagte er und rappelte sich hoch. «Ja. Nett von dir, Jocelyn.»

Sie gingen los, den Höhenrücken entlang, der das Flußtal säumte. Schweigend wie der stille Abend schritten sie dahin. Aber Jocelyn merkte, wie sein Vater alles in sich aufnahm; er schnupperte die milde Luft wie ein Tier, trat auf die süße Erde mit festen, lebensvollen Schritten, während seine Augen hin und wieder zur Sonne schweiften, die langsam den weißen Nebelfeldern auf den Marschwiesen zustrebte. Schließlich blieb er stehen, stützte sich auf seinen Stock und sah zu, wie der rote Sonnenball hinter der Erde versank. Er beobachtete, wie das warme Rosa und Blau, das kühle Grün langsam aus dem Himmel wich. Er sah hinauf zu dem funkelneuen Abendstern, der da oben im klaren Blau des Himmels blitzte. Jocelyn stand neben ihm. Endlich wandte sich der alte Mann ab. «Ein schönes Schauspiel, Jocelyn», sagte er.

«Ja.»

John Pentecost kehrte um. Sein Sohn mit ihm. Und diesmal schien der alte Herr nach Worten zu suchen. «Ein schönes Schauspiel», wiederholte er. «Findest du ... würdest du sagen, daß hinter all dem ein Sinn liegt? Ist es ... nur etwas, das man uns als schön beigebracht hat, oder ist es ... mehr ein Ausdruck, oder etwas ... eine Form der Liebe ... oder ein göttliches Walten?»

Jocelyn ging weiter. «Ich weiß nicht», sagte er endlich. «Ich glaube, uns ist nur ein kurzer Blick auf den Saum seines Gewandes vergönnt. Aber ... genau weiß ich es auch nicht. Ich weiß es wirklich nicht.»

«Es könnte doch sein, daß sich da oben wer über uns lustig macht», sagte der alte Mann.

«Sich lustig macht?»

«Ja, die Pracht dieses Sonnenunterganges. Und daneben die einzige Wirklichkeit: nur Würmer und nasser Lehm.»

Sie wanderten weiter. Zu ihren Füßen wand sich der Fluß wie eine Silberschlange durchs Tal. Hoch über ihnen leuchtete ein Stern nach dem anderen auf. Als sie zu Hause ankamen, war es fast dunkel, und die Milchstraße breitete sich über den Himmel wie ein Ordensband. Der alte Mann blickte hinauf. Dann trat er als erster ins Haus, wandte sich zu seinem Sohn um. «Danke, Jocelyn. Das war lieb von dir.» Er machte sich damit zu schaffen, den Stock in den Schirmständer zu stellen. «Ich werde deine Tante vermissen, weißt du. Zuerst deine Mutter. Jetzt sie.» Er schenkte ihm eines seiner seltenen Lächeln. «Der nächste bin ich.»

Jocelyn fragte: «Hast du Angst?»

Sein Vater blickte ihn rasch an. «Nein. Nein. Ich habe keine Angst. Aber weißt du, Jocelyn, ich werde alles vermissen. Die Erde unter meinen Füßen und den Wein in meiner Kehle und die Sonne auf meiner Stirn.»

Er schickte sich an, die Treppe hochzugehen. Jocelyn sagte: «Gute Nacht, Vater. Hoffentlich schläfst du gut.» Es war lange her, daß er und sein Vater sich so nahe gewesen waren. Aber der alte Mann hatte seinen Panzer abgelegt. Der alte Baum begann zu wanken.

Er knipste über seinem Schreibtisch das Licht an. Holte sich ein weißes Blatt Papier und saß lange Zeit da und dachte an vieles. An Rose und ihre Liebe, und an Becky und ihre Liebe. An den alten Mann, der wehmütig einen seiner letzten Sonnenuntergänge bewundert hatte. An May, wie er sie am Weihnachtsmorgen gesehen hatte, mit dem Lächeln der Verheißung auf den Lippen. An das Singen des Kindes auf dem Weg, an die Finsternis, die sich jenseits dieser kleinen Lampe bis zu den weitesten Sternen erstreckte. An Tante Marigold, die arme kleine Frau, die ihre dunkle Reise jetzt ganz allein antreten mußte. An Gaylord. Am meisten an Gaylord, der schon so zeitig die erbarmungslose Grausamkeit unserer Tage hatte kennenlernen müssen.

Erst um Mitternacht löschte er das Licht. Und hatte nur vier Zeilen geschrieben.

Und die waren nicht zur Veröffentlichung bestimmt.

Als May, Wochen später, den Schreibtisch ihres Mannes aufräumte, fand sie ein Blatt Papier, auf dem vier Zeilen – wie ein Gedicht – angeordnet waren:

Jenseits des Lampenlichts – die Sterne.
Jenseits der sinkenden Sonne – die Schwingen der Engel.
Hinter der Fratze der Gewalt – das Gesicht der Liebe.
Hinter dem Gesicht der Geliebten – das Antlitz Gottes.

Sie machte sich auf den Weg zu Jocelyn. Sie fand ihn in der Scheune beim Holzhacken. «Hast du das hier geschrieben?» fragte sie.

Er sah auf. «Ja.»

Sie setzte sich auf den Hauklotz. «Glaubst du daran, trotz allem, was Gaylord passiert ist, und allem andern?»

«Ja», sagte er. «Darum habe ich es auch aufgeschrieben.» Er blickte sie an und lächelte. «Glaubst *du* daran?» fragte er.

«Wenn du es tust», antwortete sie. «Ja. Denn ich glaube an dich, Jocelyn.»

«Danke», sagte er. Er ließ seine Finger an der Schneide der Axt entlanggleiten. «Ich kann mich natürlich irren. Aber ... ich habe darüber nachgedacht.»

«Ich habe auch darüber nachgedacht», sagte sie. «Als ich Tante Marigold sah und ... Gaylord. Aber ich brauchte dich, damit es mir bewußt wurde.»

25

Es war ein prächtiger Herbst. Er wartete mit allem auf: mit Morgen, deren weißer Dunst sich wie ein Brautschleier durchs ganze Tal zog; mit ruhigen, heißen, honiggoldenen Mittagsstunden; mit Nachmittagen, deren Stille nur vom Fall der Kastanien unterbrochen wurde; und mit Abenden, an denen der Mond wie eine Melone auf die Liebenden herablächelte, auf die wachsame, helläugige Maus und den sicheren Flug der Eule. Mit Tagen, an denen das Vieh zufrieden und schwanzwedelnd im knietiefen Wasser des Flusses stand. Der dumpf-faulige Geruch des Flusses, der sich mit dem bitteren Duft der Nesseln vermischte, würde Gaylord sein Leben lang unvergeßlich bleiben. Gaylord war nämlich wieder nach Hause zurückgekehrt. Ein bißchen bleicher, ein bißchen ruhiger, ein bißchen matter. Aber seine körperliche Schwäche wurde durch ein neues Gefühl des Stolzes aufgewogen. Paps war wenig mitteilsam gewesen, trotzdem hatte Gaylord einen großen Teil der Geschichte Steinchen für Steinchen zusammengetragen; und den Rest hatte seine Phantasie ergänzt. Er war höchst befriedigt, daß die Polizisten das Haus und den Steinbruch wie die Fliegen umschwirrt hatten. Mit den Foggertys hatte sich das Gericht beschäftigt, und nach Gaylords Meinung mußten sie viele Jahre hinter Gittern zubringen. Und schließlich war es doch eine tolle Sache gewesen, daß ein Foggerty-Stiefel seinen Arm so zugerichtet hatte und er fast daran verblutet wäre. Und nur den Bemühungen des gesamten Krankenhauspersonals, so malte es sich Gaylords Phantasie aus, war es zu verdanken, daß er am Leben geblieben war.

Er hatte noch einen weiteren Grund, stolz zu sein. Jetzt hatte er eine kleine Schwester, jemanden, der jünger war als er. Er galt nicht mehr als das kleinste Lebewesen in der Familie.

«Kann ich das Baby mal sehen?» fragte er, sobald sie nach Hause gekommen waren.

Doch er begutachtete den Neuankömmling ohne Begeisterung. Unter Schwester stellte er sich etwas mit Pferdeschwanz und Springseil vor, aber nicht so ein runzeliges, altersloses Etwas. «Hat aber nicht viel Haare», sagte er. «Bist du auch ganz sicher, daß es ein Mädchen ist?»

«Ganz sicher», sagte Mummi.

Das war wieder typisch für sie. Nie irgendwelche Zweifel. Aber Gaylord beschloß, mit seinem Urteil noch zurückzuhalten. Es sollte ihn nicht überraschen, wenn sich das Baby doch noch als ein Junge entpuppte, auch wenn Mummi ihrer Sache so sicher war.

Aber Mummi sagte sehr ernst: «Auch du bist jetzt für sie mitverantwortlich, Gaylord. Du mußt sie behüten und vor jeder Gefahr beschützen.»

Das war ja alles ganz schön, dachte Gaylord, aber kein Mensch hatte ihn schließlich gefragt, ob er eine Schwester haben wollte. Überhaupt nicht. Und jetzt sollte er natürlich die Verantwortung für sie übernehmen.

«Ich glaube, ich gehe raus», sagte er.

«Kann ich mitkommen?» fragte Paps.

«Aber ja. Natürlich», sagte Gaylord großmütig.

Sie gingen beide in den Sonnenschein hinaus. Paps sagte: «Laß uns auf die obere Wiese gehen, dort setzen wir uns in die Sonne.» Sie machten sich auf den Weg. Gaylord kam sich sehr sicher, sehr erwachsen vor. Es war zur Abwechslung doch etwas Schönes, daß es zu Hause noch jemand Jüngeren gab als ihn. Vielleicht würde Mummi ihn jetzt mit etwas mehr Respekt behandeln.

Sie stiegen den Hang zur Wiese hinauf. Gaylord legte sich hin, die Beine weit ausgestreckt, während Paps sich im Schneidersitz im Gras niederließ und sich in die heilige Handlung vertiefte, seine Pfeife zu stopfen und in Brand zu setzen. Dann steckte er die Streichhölzer wieder in die Tasche, hob einen Fallapfel auf und warf ihn seinem Sohn hinüber.

Jocelyn paffte an seiner Pfeife und genoß die warme Sonne auf seinem Gesicht und den bloßen Unterarmen. Das Summen der Bienen war so süß wie ihr Honig. Gaylord mampfte genießerisch seinen Apfel und genoß einen langen heißen Nachmittag der Kindheit. Jocelyn verspürte eine seltsame innere Leichtigkeit, fast, als stünde er neben sich und betrachtete diesen Jocelyn Pentecost. Er schaute seinen Sohn an, wie er – mit der ganzen Hingabe seiner Jugend – hingestreckt in der Sonne lag und mit seinen kräftigen Zähnen in das Fleisch des Apfels biß.

Der wird sich schon machen, dachte Jocelyn. Die Wunden des Körpers sind verheilt, und seelisch hatte er Gott sei Dank keinen Schaden davongetragen; wenn er jetzt vielleicht auch ein bißchen weniger frech ist. Und wenn er über diese Sache hinweggekommen ist, wird er jede Hürde zu nehmen wissen, die das Leben bereithält. Und was, dachte Jocelyn, wird er aus seinem Leben machen? Zumindest ist er ein Individualist. Er würde schon mit beiden Beinen fest auf der Erde stehen, würde die Freuden und die Leiden des Lebens hinnehmen, würde verhältnismäßig aufrichtig sein und vielleicht etwas ehrlicher als die meisten Menschen. Ja, dachte er voller Stolz, er wird ein standhafter, anständiger Mann werden, ein bißchen eigenwillig und mit einem eigenen Kopf; und das alles hat ihm seine Mutter vererbt, und nicht ich armer Narr.

Er stand auf und legte seine Hand auf Gaylords sonnenheißes Knie. «Bis nachher», sagte er. «Ich muß wieder zurück zu deiner Mutter.»

«Bis nachher», sagte Gaylord. Er blickte auf, und seine dunklen Augen waren erfüllt von der Verantwortung des älteren Bruders. Dann grinste er; und wieder war er das zufriedenste Wesen auf dieser Welt – ein kleiner Junge, der unter einem englischen Himmel in der Sonne einen Apfel verspeist.

Wenn süß das Mondlicht auf den Hügeln schläft

Für Jeannie
(Christine Campbell Thomson)
in Zuneigung
und Dankbarkeit

I

Über die azurblaue Decke des Himmels kroch das Flugzeug wie ein silberner Käfer.

Plötzlich geschah es: das gleichmäßige Dröhnen der Motoren setzte aus. Die Menschen tief unten auf der Erde blickten hinauf, ohne noch recht zu erfassen, was sich da oben verändert hatte, und dann sahen sie den silbernen Körper vom Himmel fallen. Anfangs schaukelte er wie ein Papierdrachen herab, dann fiel er schneller und immer schneller, bis das schimmernde Insekt schließlich als heulende, kreischende Metallmasse wie ein Geschoß auf die Erde zuraste.

Dann ein krachender Aufschlag, daß man meinte, die Welt ginge unter. Danach Stille, tödliche, unheimliche Stille. Sekunden später wurde sie vom Heulen der Sirenen zerrissen, Menschen schrien auf und riefen durcheinander, Alarmglocken schrillten ... und ihr Lärm schien sich wellenförmig über die ganze Erde verbreiten zu wollen, so als habe ein Stein eine glatte Wasserfläche aufgestört.

Und schließlich schrillte es auch am anderen Ende der Welt auf, im Gutshaus der Pentecosts, und zerriß die Schläfrigkeit eines englichen Sommertags.

Kein Lufthauch regte sich. Auf die Heustapel im Hof schien die Morgensonne. Alles strahlte Zufriedenheit aus. Bessie, die Sau, lag träge auf der Seite, während dreizehn quiekende, kringelschwänzige, rosige kleine Ferkel sie bedrängten und zu ihrem Recht zu kommen suchten. Opa, kräftig und robust, sah ihnen dabei zu. Er genoß das, was er über alles liebte: die Sonne und das Alleinsein. Doch der Sonnenschein stimmte ihn in letzter Zeit ebenso wehmütig, wie er ihn beglückte. Zu sehr näherte er sich schon sonnenlosen Gestaden.

Und das Alleinsein? Resigniert bemerkte er, daß er nicht mehr allein war. Ein kleiner Junge mit blondem Schopf stand neben ihm. Sein Kinn ruhte auf der warmen Sandsteinmauer des Schweinestalls, und seine dunklen Augen starrten fasziniert auf die schmatzenden kleinen Wesen.

Opa ergab sich in sein Schicksal und beschloß, nicht ungesellig zu sein. Doch da er seinen Enkel kannte, wählte er ein unverfängliches Gesprächsthema. «Bewundernswert, diese Schweine», sagte er. «Wissen genau, was sie wollen – und wehe, wenn sie's nicht kriegen.» Er selbst war nicht viel anders.

«Ich hätte nie gedacht, daß Bessie dreizehn Kinder haben wollte», sagte Gaylord.

«Sie hätte sie nicht, wenn sie sie nicht gewollt hätte», sagte Opa gereizt. Er wurde immer gleich kratzbürstig, wenn Gaylord das Problem der Fortpflanzung ansteuerte. Man wußte nie, was nun wieder kommen würde.

Gaylord sagte: «Kann schon sein. Aber Mrs. Twegg hat gesagt, als ihre Ethel Zwillinge bekam, hätte man sie umpusten können.»

«Schweine sind da anders», sagte Opa. «Sie nehmen alles so, wie's kommt.»

«Aber eben hast du doch noch gesagt, daß sie genau wissen, was sie wollen», beharrte Gaylord mit unerbittlicher Logik.

«Nicht, wenn es um Junge geht. Bessie weiß nicht einmal, daß sie dreizehn hat. Schweine können nicht zählen.»

«Ich wette, sie weiß, daß sie mehr als zwei hat.» Gaylord war gekränkt. Er liebte und bewunderte Bessie. Er fand es sehr befremdlich, daß ausgerechnet Opa ihre Intelligenz derart herabsetzte.

Opa seufzte. Bei Gaylord gab es doch wirklich *kein* unverfängliches Thema. «Ich glaube, deine Mutter ruft dich», sagte er.

«Ich habe nichts gehört», sagte Gaylord.

«Aber *ich* – Herrgott noch mal!»

Gaylord war beleidigt. Kaum hatte man eine so fesselnde Unterhaltung wie die über Bessies geistige Fähigkeiten begonnen, wurde man schon wieder gestört. Es war eben immer das gleiche mit den Erwachsenen. Sie waren unberechenbar. Er würde sie nie begreifen. «Auf Wiedersehen, Opa», sagte er höflich, verwandelte sich in einen Hubschrauber und flog mit kreisenden Armen aufs Haus zu.

Auch im Haus selbst atmete alles Zufriedenheit. Paps saß an seinem Schreibtisch. Sein neuer Roman machte gute Fortschritte, die Feder flog über das Papier, er schwelgte in Schaffensfreude.

Auch Mummi war zufrieden. Amanda lag an ihrer Brust und sog Kraft aus ihrer Kraft. Sie schaute auf das hingegebene, hilflose Köpfchen; und grenzenlose Liebe und Zärtlichkeit erfüllte sie. Sie drückte den kleinen, strampelnden Körper fester an sich, beugte sich hinunter und strich mit den Lippen über das weiche Haar.

Gaylord polterte ins Zimmer. Er sah seine Schwester interessiert an. Er staunte immer wieder darüber, daß Mummi – ausgerechnet seine kühle, elegante Mummi! – genau wie Bessie auf diese erstaunliche Weise ihren Nachwuchs ernährte. Wenn auch in bescheidenerem Maße, versteht sich. «Bessie schafft alle dreizehn auf einmal», stellte er leutselig fest.

«Soll das eine Kritik sein?» fragte Mummi.

«Was ist das, eine Kritik?»

«Du meinst doch, während Bessie mit dreizehn fertig wird, schafft die arme, alte Mummi nur eins?»

«So ungefähr», sagte Gaylord. «Aber dreizehn auf einmal könntest du jedenfalls nicht bekommen. Oder doch?» fragte er erwartungsvoll.

«Das ist wohl ziemlich unwahrscheinlich», antwortete Mummi.

«Dreizehn was auf einmal?» fragte Paps. Er hatte die aufreizende Angewohnheit, urplötzlich aus seiner Versunkenheit aufzutauchen.

«Babies», erwiderte Mummi.

«Gott behüte», rief Paps entsetzt und zog sich wieder in die weniger alarmierende Welt seiner Phantasie zurück.

In diesem Augenblick schrillte irgendwo in der kühlen Stille des Hauses das Telefon. Und schrillte weiter, mit der disziplinierten, geduldigen Hartnäckigkeit aller Telefone dieser Welt.

Opa war immer noch draußen in der Sonne. Er hörte zwar das Klingeln, rührte sich aber nicht. Jemand würde schon drangehen. Schließlich schafft man sich nicht einen Hund an, um selbst zu bellen. Und Morgensonne wurde allmählich kostbar für ihn.

Bis zu seinem sechzigsten Lebensjahr war Opa als Anwalt tätig gewesen. Er hatte jede Minute genossen, denn argumentieren und disputieren waren wie Essen und Trinken für ihn. Aber er war auch ein Mann, der mit den Füßen gern fest auf der Erde stand, gern den Wind um sich wehen ließ und gern sein Gesicht der Sonne und dem Regen aussetzte. Darum hatte er es mit sechzig gut sein lassen, seine Praxis aufgegeben und den kleinen Hof in den Midlands gekauft. Hier hatte er sich mit seiner großen und wohlassortierten Familie niedergelassen.

Seitdem war manches anders geworden. Trotz seiner robusten Kraft war ihm der Hof auf die Dauer zuviel geworden. Er hatte erst hier, dann dort ein Stück verkauft, bis schließlich nicht mehr übriggeblieben war als das Gutshaus selbst und ein paar Nebengebäude.

Auch die Familie war zusammengeschrumpft. Jetzt gab es nur noch seinen Sohn Jocelyn, seine Schwiegertochter May, Gaylord und Amanda.

Er überlegte träge, wer von ihnen jetzt wohl ans Telefon ging. Jocelyn bestimmt nicht. Wenn der am Schreiben war, sah und hörte er nichts. Selbst die Trompeten des Jüngsten Gerichts würde er dabei überhören, wenn man ihm nicht einen Extra-Cherub schickte, der ihm einen Stups gab. Der schied also aus. Wahrscheinlich würde May ans Telefon gehen. Opa bewunderte und respektierte May wie kaum einen zweiten Menschen. Und es gehörte weiß Gott allerlei dazu, Opas Respekt zu erringen. Er fand, daß May eine verdammt hübsche Frau war. Munter, tüchtig und doch durch und durch Frau.

Aber schließlich war es Gaylord, der ans Telefon ging. May

hatte gesagt: «Würdest du bitte gehen, Jocelyn? Wenn ich Amanda abnehme, ehe sie mit ihrem Dinner fertig ist, macht sie Spektakel.»

«Hm? Was?» hatte Paps abwesend gemurmelt.

Offensichtlich bedurfte es bei ihm einer zu großen Umstellung, als daß er eine so banale Sache wie ans Telefon gehen unverzüglich hätte in Angriff nehmen können.

«Geh du schon, Gaylord», hatte Mummi geduldig gesagt.

«Ja, Mummi.» Gaylord lief in die Diele, nahm den Hörer ab und hielt ihn ans Ohr. Er telefonierte höchst ungern. Die Sache war ihm nicht geheuer. Bestand da nicht immer die Gefahr, daß etwas von der Elektrizität auslief und einem mit schlimmen Folgen in die Glieder fuhr? Aber er war ein folgsames Kind. «Hier Shepherd's Warning sieben fünf», sagte er.

Eine streng dienstliche Stimme meldete sich.

«Hier ist eine Voranmeldung aus London für Mrs. Jocelyn Pentecost. Ist sie zu sprechen?»

Gaylord antwortete: «Nein. Sie stillt gerade Amanda.»

Die Stimme sagte: «Mit wem spreche ich? Würden Sie mich bitte mit Mrs. Jocelyn Pentecost verbinden?»

«Das geht nicht», sagte Gaylord. «Wenn sie Amanda abnimmt, bevor sie ihr Dinner ...»

Die Stimme unterbrach ihn brüsk: *«Ist Mrs. Jocelyn Pentecost zu sprechen oder nicht?»*

«Ja, aber erst, wenn sie mit Amanda fertig ist», sagte Gaylord und fügte höflich hinzu: «Wenn Sie vielleicht ein paar Minuten warten würden ...» Er ging zu Mummi und meldete ihr wichtig: «Da ist eine Voranmeldung aus London für dich, Mummi. Ich habe gesagt, du würdest kommen, wenn du mit dem Stillen ...»

«Voranmeldung aus London? Für mich?» Mummi war ebenso erstaunt wie erschreckt. «Wer in aller Welt kann denn das sein?» Sie nahm das gekränkte Baby von der Brust, drückte es Paps in die Arme und stürzte in die Diele. Amanda entsprach voll den diesbezüglich in sie gesetzten Erwartungen und brüllte los. Paps war hilflos. Gaylord riet mit Kennermiene: «Wahrscheinlich

Blähungen. Am besten legst du sie über die Schulter und klopfst ihr den Rücken.»

«Das scheint mir eine recht drastische Methode», meinte Paps zweifelnd.

«Aber sie wirkt», sagte Gaylord.

Paps versuchte es. Amanda brüllte nur noch lauter: «Ich glaube, ich habe ihre Gefühle verletzt», sagte Paps.

«Vielleicht möchte sie deinen Füller», meinte Gaylord. Er hielt ihr Paps kostbares Schreibutensil hin. Amanda packte es mit ihrer winzigen Faust und steckte es in den Mund. Sofort war sie still. «Siehst du, das funktioniert», sagte Gaylord befriedigt.

Mummi kam wieder ins Zimmer. Sie war leichenblaß.

«Liebling», sagte sie. «Etwas Entsetzliches.» Sie kam näher und nahm Amanda den Füllfederhalter weg. Es war eine reine Reflexbewegung. «Erinnerst du dich an das Flugzeugunglück?»

Paps erinnerte sich. Ein Flugzeugabsturz in Indien. Fast alle Passagiere tot. Eine dieser schrecklichen, sich fernab ereignenden Katastrophen, die einen mit tiefem, aber doch flüchtigem Entsetzen erfüllen.

«Ja, ich erinnere mich», sagte er und sah seine Frau voll unguter Ahnungen an. Was konnte das mit ihnen zu tun haben?

Mummi sagte mit gepreßter, beherrschter Stimme: «Helen und Frank sind ... unter den Opfern. Sie ist schwer verletzt, er ist ... tot.»

«Oh, mein Gott», sagte Paps. «Nicht Frank.»

Mummi schwieg. «Es ... kann nicht wahr sein», sagte sie schließlich. «Er war so ... voller Leben.»

«Ja», sagte Paps.

Amanda fing wieder an zu schreien. Sanft nahm Mummi ihrem Mann das Baby ab und knöpfte sich die Bluse auf. Die Kleine war sofort ruhig. Jocelyn legte seiner Frau die Hand auf die Schulter. «Liebling, es tut mir so leid», sagte er.

«Ich weiß.» Sie hob die Hand und legte sie auf seine. «Verzeih – aber es ... so plötzlich. Ich bin ganz fassungslos.»

«Komm», sagte er voll tiefem Mitgefühl. Er wußte, wie sehr May an ihrem Bruder hing. «Versorg du Amanda. Ich mache inzwischen eine Tasse Tee für uns. Dann kannst du mir alles erzählen.»

«Ja», sagte sie dankbar. «Ja.» Und sie fuhr fort mit dem ewig gleichen tröstenden Ritual. Gaylord sah ihr mit ernster Miene zu.

«Ist Onkel Frank tot, Mummi?»

«Ja, Liebes.»

Gaylord war traurig. Er hatte Onkel Frank nur einmal gesehen, als er auf Urlaub dagewesen war. Aber er hatte gleich seine Billigung gefunden. Er lachte gern, konnte mit den Fingerknöcheln knacken, daß es klang wie Pistolenschüsse, und hatte die Höflichkeit besessen, ihn immer nur mit Gaylord, nicht mit einem dieser albernen Kosenamen anzureden. Offengestanden hatte es ihn immer ein bißchen überrascht, daß Mummi, die ihn seiner Meinung nach von morgens bis abends herumhetzte, einen so netten Bruder haben sollte.

Amanda war versorgt. Gaylord war Mummis Vorschlag, nach draußen zu gehen und zu spielen, ohne weitere Widerrede gefolgt – ein fast noch nie dagewesener Vorgang. Jocelyn kam mit dem Tee herein.

«Nun also, Liebling», sagte er.

May schluckte. «Ihre Anwälte waren am Apparat», sagte sie. «Frank ist tot. Und Helen liegt im Krankenhaus. Wahrscheinlich für Wochen. Sie ist immer noch bewußtlos.»

Jocelyn schwieg. Wie die meisten Dichter vermochte er den Tod zu akzeptieren, den Tod als klares, sauberes Ende. Aber eine Verletzung, das war etwas anderes. Schon der Gedanke, daß in einem zerschmetterten, verstümmelten Körper das Leben noch flackerte, erschien ihm geradezu obszön. Da liegt sie nun, dachte er, ihr Geist ist weiß Gott wo, und sie zerren sie zurück, und eines Morgens wird sie wieder zu alldem zurückkehren müssen, zu den knarrenden Punkafächern, den Sonnenstrahlen, die durch die Jalousien stechen, den Schmerzen, die durch ihren Körper jagen; und dann wird sie erfahren, daß sie Witwe ist. «Arme Helen», sagte er leise.

May sagte: «Sie wollten in den Bergen Urlaub machen. Die

Kinder sollten nächste Woche von hier aus zu ihnen hinüberfliegen.»

Die Kinder! «Hatten sie nicht drei?» sagte Paps. Erschreckende Konsequenzen tauchten vor ihm auf.

May nickte. «Vor allem ihretwegen haben die Anwälte angerufen. Die Kinder können weiter auf der Schule bleiben – gottlob gibt es keine finanziellen Probleme, Frank hat für alles vorgesorgt – aber es geht um die Ferien. Nächste Woche schließen die Schulen für ein paar Monate. Und im Augenblick können sie ja nicht gut nach Indien gehen. Jedenfalls nicht, solange die arme Helen ...»

Jocelyn mochte Kinder in Büchern und im Fernsehen. Aber in natura fand er sie ziemlich anstrengend. Sie gaben ja nie Ruhe. Paps hatte an Gaylord mehr als genug. Er wappnete sich jetzt schon für den Tag, an dem Amanda laufen und sprechen würde. Dennoch sagte er sofort: «Nun, das ist ja kein Problem. Unser Haus ist groß genug.»

«Danke, Liebling.» Ihr Lächeln unter Tränen erinnerte ihn an einen Sonnenuntergang nach Regen. «Weißt du, ich hab's mir schon überlegt...» Mummi verlor auch in der Trauer nicht ihren Sinn für das Praktische. Man mußte sich auf die Lebenden konzentrieren. Die Toten – auch wenn sie einem noch so teuer waren – konnten selbst für sich sorgen. «Du darfst nicht bei deiner Arbeit gestört werden. Dein Arbeitszimmer muß absolut tabu sein. Für jeden. Zweitens hat dein Vater Anspruch auf Ruhe. Sein Arbeitszimmer ist ebenfalls tabu. Drittens...»

Jocelyn nahm seine Frau lächelnd in die Arme. «Liebling, vergiß drittens. Laß es an dich herankommen. Es war ein schrecklicher Schock für dich.»

Sie warf ihm einen wütenden Blick zu. «Verstehst du das denn nicht? Das ist nun mal meine Art, mit den Dingen fertig zu werden.» Ungeduldig tupfte sie sich eine Träne von der Wange. Drittens. Gaylord wird ziemlich geschockt sein. Aber darum sollten wir uns den Kopf nicht zerbrechen. Er war lange genug Einzelkind. Es wird ihm ganz guttun, wenn er sich mit anderen Kindern beschäftigen muß.»

«*Falls* er das tut! Gaylord würde auch dann noch seinem eigenen Dickkopf folgen, wenn man ganz Harrow bei uns einquartierte.»

Sie mußte lachen. «So schlimm wird es schon nicht werden. Es sind nur drei. Und David und Imogen sind schon zu groß, um sich noch viel um ihn zu kümmern. Aber Emma wird ihm ein Dorn im Fleisch sein.»

«Emma?»

«Sie ist sechs oder sieben. Er wird bestimmt nicht entzückt sein.»

Auf einmal gab es nichts mehr zu sagen. Sie schauten sich an – hilflos, hoffnungslos. Dann lag sie in seinen Armen und weinte. Wie ein Sturzbach kamen die Tränen, und er konnte nichts tun, als sie an sich drücken, mit den Lippen über ihr Haar streichen und ihren Namen murmeln.

Jocelyn sagte: «May hat eine furchtbare Nachricht bekommen, Vater. Erinnerst du dich an ihren Bruder Frank?»

«Natürlich. Der Ingenieur.»

«Ja. Er ist letzte Woche bei einem Flugzeugunglück ums Leben gekommen. Die arme May. Du weißt, wie sie aneinander hingen.»

Opa schwieg. Wenn man älter wird, nimmt man das Unglück wie ein Leitmotiv hin, wie Gewitter in einem langen, heißen Sommer. Aber das machte die Sache nicht leichter, weder für einen selbst noch für andere. «Das tut mir leid. Arme May. Ich wollte, das wäre ihr erspart geblieben.»

«Helen ist schwer verletzt», sagte Jocelyn. «Die Kinder gehen in England zur Schule. Sie sollten in den Ferien zu den Eltern nach Indien fliegen. May will, daß sie hierherkommen.»

«Natürlich», sagte Opa.

«Du hast nichts dagegen?»

Opa brauste auf. «Herrgott noch mal, Junge, mußt du mich das wirklich fragen?»

«Nein», sagte Jocelyn. «Entschuldige, Vater.»

«Das will ich auch stark hoffen. Wann kommen sie?»

«Das wissen wir noch nicht genau. Aber vermutlich bald.»

«Ich weiß nicht, für wen es am schlimmsten sein wird», meinte Opa. «Für dich, für Gaylord oder für mich.» Da stand er, stämmig wie eine englische Eiche, und starrte Paps unter seinen buschigen Brauen an. «Aber wenn irgendeiner es wagen sollte, bei May den Eindruck zu erwecken, daß er nicht jede Minute davon begeistert ist, kriegt er es mit mir zu tun.» Er drehte sich um und stampfte aus dem Zimmer. Paps sah den verschwindenden breiten Schultern gerührt nach und empfand eine Zuneigung zu dem alten Mann, die er – wie er sich beschämt eingestand – keineswegs immer empfand.

Mummi wußte, daß dies ein Augenblick war, der Takt und Feingefühl erforderte. Vorsichtig begann sie: «Gaylord, Tante Helens Kinder haben ihren Vater verloren. Ist das nicht furchtbar für sie?»

«Ja», sagte Gaylord. Das war's ja auch wirklich.

«Sie sind jetzt ganz allein auf der Welt, bis es ihrer Mutter besser geht», sagte Mummi. «Während der Schulzeit ist es nicht ganz so schlimm, aber was sollen sie in den Ferien machen ...?»

Sie wartete und sah Gaylord prüfend an. Sie konnte fast hören, wie es in seinem kleinen Kopf arbeitete. Endlich kam es: «Kannst du sie nicht zu uns einladen, Mummi?» In seiner Stimme lag ein leiser Vorwurf. Man hätte doch wohl erwarten können, daß Mummi von allein auf den Gedanken gekommen wäre.

Mummis Gesicht hellte sich auf. «Was für eine großartige Idee, Gaylord. Bist du auch sicher, daß dir das nichts ausmachen würde?»

«Ausmachen? Natürlich nicht.»

«Ach, das ist aber lieb», sagte Mummi. «Ich werde ihnen heute noch schreiben.»

Aber unter der Tür blieb Gaylord stehen. Er sah bedrückt aus. «Ich ... muß doch nicht etwa mit ihnen spielen, Mummi – oder?»

«Aber du wirst es sicher wollen, Liebling.»

«Das glaube ich nicht, Mummi.»

«Unsinn, du spielst doch auch mit den Kindern in der Schule, nicht wahr?»

«Das ist etwas ganz anderes. Das ist in der Schule.»

«Ach so», sagte Mummi. «Nun, darüber brauchen wir uns jetzt noch nicht den Kopf zu zerbrechen. Das wird sich alles schon finden.»

Sie war recht zufrieden. Solange Gaylord glaubte, der Besuch der Kinder sei seine Idee, würde er Himmel und Hölle in Bewegung setzen, um das Beste daraus zu machen. Doch Gaylord grübelte wie so oft über die geheimnisvolle Denkweise der Erwachsenen nach.

Diese Mummi! Von morgens früh bis abends spät organisiert sie alles und jedes. Immer am Ball, mußte man sagen. Aber wenn er nicht den Vorschlag gemacht hätte, die Kinder von Tante Helen einzuladen, wäre sie nie auf diese einfache Lösung gekommen.

Doch er machte jede Wette, daß sie hinterher diese Idee für sich in Anspruch nehmen würde!

2

Einmal am Tag wurde der verwunschene Friede des Bahnhofs von Shepherd's Warning jäh gestört. Das Läutwerk schrillte, die Sperre wurde feierlich geöffnet, Signale schepperten, das Fenster am Fahrkartenschalter wurde krachend hochgestoßen, und Joe Bates schob seinen Karren über den grasbewachsenen Bahnsteig. Die Bühne war hergerichtet. Ein ferner, melancholischer Ton, so traurig wie der Klang eines Horns in der Tiefe des Waldes, ein wachsendes Dröhnen und Rattern, und dann brauste der Vier-Uhr-Fünfzehn von Ingerby aus dem Tunnel hervor und kam keuchend neben dem Bahnsteig zum Stehen.

Paps saß am Steuer des wartenden Wagens und starrte säuerlich auf die grüne Diesellok. Er würde es der britischen Eisenbahn nie verzeihen, daß sie die Dampfloks abgeschafft hatte. Wehmütig gedachte er der Zeiten, als eine schmutzige, alte Lokomotive mit blinkenden Kolben und verrußtem Schornstein ein Sortiment von Erster- und Dritter-Klasse-Wagen in den Bahnhof zog. Als geborener Einzelgänger trauerte er den geschlossenen Abteilen nach, in denen man so hübsch und komfortabel für sich gewesen war. Er... Aber da fiel ihm plötzlich ein, daß er hier eine Mission zu erfüllen hatte. Der Gepäckträger riß eine der Wagentüren auf. Paps wartete gespannt auf die drei Kinder, die jetzt auftauchen mußten. Doch zu seiner Überraschung stieg nur eine junge Dame aus.

Paps wartete weiter. Aber niemand sonst erschien. Türen schlugen zu. Der Zug rollte davon. Die junge Dame blieb auf dem Bahnsteig stehen.

Die Kinder waren also nicht gekommen. Jocelyn startete den Motor. Er wollte gerade losfahren, als er das Mädchen auf sich zukommen sah. Er bremste. Wahrscheinlich wollte sie mitgenommen werden.

Sie trat an den Wagen heran und legte die Hand auf die heruntergedrehte Scheibe. Eine blonde Haarsträhne fiel ihr ins Gesicht. Sie hatte hohe Wangenknochen und die grünsten Augen, die er je gesehen hatte. Ihr Gesicht war schmal und gebräunt. Vielleicht war sie nicht hübsch, aber – weiß Gott – da schaut man zweimal hin, dachte er. Sie war jünger, als er zuerst vermutet hatte. Die Finger, die die Wagentür ergriffen hatten, waren klein, noch nicht ausgeformt und irgendwie wehrlos, die Hand eines Kindes. Und als sie sprach, merkte er, daß auch ihre Stimme noch jung war. «Onkel – Jocelyn?» fragte sie.

«Ja, aber ...» Er sah in zwei sehr klare Augen. Er rückte seine Krawatte zurecht und wollte, der Schöpfer hätte sich mit seinem recht alltäglichen Gesicht etwas mehr Mühe gegeben. «Aber ... Ich dachte, ihr kämt zu dritt?»

«David und Emma können erst morgen kommen.»

Paps haßte es, wenn er seinen Gedanken neue Weichen stellen mußte, dazu brauchte er immer ein Weilchen. Aber nun hatte er es geschafft. «Dann ... dann mußt du Imogen sein», sagte er strahlend.

«Ja.» Sie sah ihn scheu an. «Und bu bist der berühmte Jocelyn Pentecost.»

Trotz ihrer Unsicherheit betrachtete sie ihn mit unverhohlener Bewunderung. Paps sonnte sich in diesem Blick. Offene Bewunderung – das war etwas, wovon Paps nie genug kriegen konnte. In der Familie war sie streng rationiert. Er sprang aus dem Wagen, hob ihr Gepäck in den Kofferraum, lief auf die andere Seite und öffnete ihr die Tür. Mit einem dankbaren Lächeln stieg sie ein.

Sie fuhren los. «Es tut mir ganz schrecklich leid – alles», sagte er. «Es ist schrecklich für euch.»

«Danke», sagte sie still.

«Wir möchten, daß ihr euch bei uns wohl fühlt.» Er schaute für einen Moment von der Straße weg und lächelte ihr zu. «Ihr könnt auf uns zählen, weißt du.»

Sie schwieg. Nach einer Weile sagte sie: «Ich glaube, für David ist es am schlimmsten. Emma ist noch zu klein, um es ganz zu begreifen. Aber David... Daddy und er hingen sehr aneinander, und er ist schrecklich sensibel. Er empfindet alles wie... wie ein bloßliegender Nerv. Und er ist nicht...»

Sie brach ab. «Was ist er nicht?» fragte er sanft. Aber sie beantwortete seine Frage nicht. Statt dessen sagte sie scheu: «Ich wollte sagen... Ich finde, ‹*Gelb fallen die Blätter*› ist einer der schönsten Romane, die ich je gelesen habe.»

O du wunderbares Mädchen, dachte Paps. Du wunderbares, wunderbares Mädchen. «Ziehst du es meinen humoristischen Büchern vor?»

«O ja.»

«Das freut mich aber», sagte er. «Du bist so ungefähr die erste Person, die das sagt.»

Das war ein wunder Punkt bei Jocelyn, der sonst alles leichtnahm. Sein Agent, sein Verleger, sein Publikum, ja sogar seine ihm ergebene Frau hatten für seinen einzigen ernsten Roman wenig Begeisterung aufgebracht. Nur weiter mit dem Allotria, Jocelyn, alter Junge, war ihr Schlachtruf. Hier war endlich einmal jemand, der den ernsthaften Dichter in ihm erkannt hatte. Er war tief beeindruckt, daran bestand kein Zweifel. Was Jocelyn anging, so hatte Imogen für den Anfang entschieden den rechten Ton gefunden.

May erwartete sie vor dem Haus. Sie streckte die Hände aus. «Willkommen, meine liebe Imogen. Bist du aber groß geworden.»

«Wenn man bedenkt, daß du sie zuletzt gesehen hast, als sie fünf war, konnte man das ja wohl erwarten», sagte Paps fröhlich und wuchtete die Koffer aus dem Wagen. Er war sonst nicht gerade ein ausgesprochener Gesellschaftslöwe, aber er war wild entschlossen, sich von seiner besten Seite zu zeigen.

«Sind die andern noch im Wagen?» fragte Mummi.

«Nein.» Imogen erklärte ihr alles. «Nun, dann komm mit, damit ich dir dein Zimmer zeige», sagte Mummi und hakte sich bei Imogen ein. Sie gingen ins Haus.

«Du hast einen kleinen Jungen, nicht wahr?» sagte Imogen.

«Ja. Aber er ist noch in der Schule. Er kriegt erst nächste Woche Ferien.» Sie drückte Imogens Arm ein wenig. «Wir haben auch noch ein Baby. Ein kleines Mädchen. Willst du sie sehen?»

«Nein, wirklich?» Imogen schien überrascht. Jocelyn bildete sich ein, daß sie ihm dabei einen ‹wer hätte das von dir gedacht, alter Junge›-Blick zuwarf.

Sie gingen zur schlafenden Amanda, um sie zu besichtigen. «Oh, ist die süß», rief Imogen.

«Im Augenblick», sagte Mummi. «Jetzt spielt sie die schlafende Schöne. Aber warte nur, wenn sie aufwacht, dann ist die Hölle los.»

Das Mädchen blieb neben dem Stubenwagen stehen. Mummi sagte: «Imogen ist ein wunderschöner Name. Und mein Mann findet das bestimmt auch! ‹Die von den Barden Besungene› und so. Aber gibt es nicht eine schlichte Kurzform davon?»

«Mummi und Daddy nennen mich...» Sie brach ab, dann fuhr sie tapfer fort: «Meine Eltern haben mich immer Jenny gerufen.»

«Dann bleiben wir bei Jenny», entschied Mummi. «Aber ich hab dir ja immer noch nicht dein Zimmer gezeigt.»

Der nächste Tag war ein Freitag. Mummi fuhr mit Jenny zur Bahn, um ihre Geschwister abzuholen. Gaylord zappelte auf dem Rücksitz herum, erfüllt von düsteren Vorahnungen. Bis jetzt hatten alle seine Spielgefährten vier Beine gehabt: Bessie, die Sau, Heathcliff, der Stier, Crippen, die Katze. Nun sollte er zweibeinige Kameraden bekommen, und als eingefleischter Individualist war ihm diese Aussicht gar nicht angenehm. Es war das Ende einer Epoche, stellte er traurig fest.

Dank Amanda, die zur unpassendsten Zeit ein Mordstheater veranstaltet hatte, kamen sie zu spät. Der Zug hatte seine menschliche Fracht bereits abgesetzt und war wieder abgefahren.

Die menschliche Fracht stand auf dem Bahnhofsvorplatz. Sie bestand aus einem hübschen, aber arroganten Knaben von etwa sechzehn Jahren und einem kleinen, pummeligen Mädchen.

«Da sind sie!» rief Jenny liebevoll. «Wie verlassen sie aussehen!» Sie sprang aus dem Wagen, rannte los und umarmte Bruder und Schwester. Mummi sagte: «Komm, Gaylord. Und ein freundliches Lächeln zur Begrüßung, bitte.»

Gaylord schob die Unterlippe vor. Dann erinnerte er sich wieder. Diese Kinder hatten ihren Vater verloren. Und er hatte sich sogar eine kleine Willkommensrede ausgedacht. Er setzte ein starres Lächeln auf und folgte Mummi.

Mummi würde nie die Ungeschicklichkeit begehen, einen sechzehnjährigen Jungen zu küssen. Sie streckte ihm nur eine feste, freundliche Hand entgegen. «Hallo, David», sagte sie herzlich.

Er gab ihr die Hand, ohne zu lächeln.

«Und Emma», sagte Mummi und küßte das kleine Mädchen. Dann wandte sie sich um. «Das ist euer Vetter Gaylord.»

Gaylord machte den Mund auf und wollte zu seiner Ansprache ansetzen. ‹Es tut mir sehr leid, daß euer Vater mit dem Flugzeug abgestürzt ist›, hatte er sagen wollen. Doch jetzt kam ihm der Verdacht, daß das nicht so taktvoll war, wie er geglaubt hatte, und er beschränkte sich auf ein etwas mürrisches «Hallo».

Aber selbst das löste keine nennenswerte Reaktion aus. David machte ein Gesicht wie ein Schüler der Oberstufe, dem jemand taktloserweise einen Erstklässler vorgestellt hatte. Und Emma? Emma stand völlig regungslos da und starrte ihn mit ihren vorstehenden, kalten, porzellanblauen Augen an. Gaylord ging das Ganze ziemlich auf die Nerven.

Emma starrte weiter. Wenn's darauf ankam, darauf verstand er sich auch. Gaylords gute Vorsätze waren wie weggeblasen. Er starrte wütend zurück.

Mummi fühlte sich von allen im Stich gelassen. Sie sagte forsch: «Los, Gaylord, pack ein paar von den Koffern in den Wagen. Komm, David.» Sie legte dem Jungen freundlich die Hand auf die Schulter. Einen Moment spürte sie, wie sein Körper sich ihr entgegenneigte, als ob er instinktiv näheren Kontakt suche. Dann riß er sich zusammen, straffte sich und ging zum Wagen. Armer Junge, dachte May voller Mitleid. Sie hätte ihn liebend gern bemuttert. Aber hier war weder der rechte Ort noch die Zeit dafür. Mit großer Selbstverständlichkeit stellte sie fest: «Ich bin sicher, daß ihr einen Mordshunger habt.»

«David hat sich im Zug übergeben», sagte Emma und äußerte sich damit zum erstenmal.

«Na, dann *muß* er ja hungrig sein», meinte Mummi ruhig.

Gaylord griff das Thema erfreut auf. «Unsere Lehrerin sagt, es wäre gut, wenn man sich übergibt. Sie hat gesagt...»

«Schon gut. Das reicht, Gaylord», sagte Mummi.

«Und dann hat er auf der Toilette abgezogen, als der Zug schon auf dem Bahnhof stand», sagte Emma und richtete die porzellanblauen Augen auf May. «Dafür kann man doch ins Gefängnis kommen, nicht wahr, Tante May?»

«Nicht, solange man unter sechzehn ist», erklärte Gaylord wichtig.

«Natürlich nicht.» Mummi lächelte David beruhigend zu. Er erwiderte ihr Lächeln nicht. Sie versuchte seinen Blick abzuschätzen. Er war bestenfalls kalt. Man konnte ihn auch feindselig nennen.

Jenny vertraute May an: «Er ist immer furchtbar aufgeregt, wenn er neue Menschen kennenlernen soll. Dann wird ihm schlecht. Und dann wirkt er so ablehnend. Aber er ist in Wirklichkeit gar nicht so.»

«Ich weiß, wie ihm zumute ist», sagte May.

«Ja?»

«Natürlich. Das machen wir alle durch. Mach dir keine Sorgen, Liebes.»

Jenny lächelte sie dankbar an. May sagte: «Beruhige dich. David soll *meine* Sorge sein.»

Nie hatte sie ein wahreres Wort gesprochen.

Nach dem Tee sagte Mummi: «Gaylord, ich glaube, Emma würde sich jetzt sicher gern auf dem Hof umschauen und sich die Tiere ansehen.»

«Möchtest du?» fragte Gaylord. Er hoffte auf ein Nein.

Doch Emma nickte und rutschte von ihrem Stuhl herunter. Sie gingen hinaus in den stillen Abend.

Es war eine undramatische, ländliche Szenerie. Ein weites, ebenes Flußtal, gesäumt von sanften Hügeln; ein Landstrich mit sumpfigen Wiesen, wo Trauerweiden sich über den Fluß neigten und die Pappeln am Abend ihre langen Schatten warfen, wo im Frühling der Hahnenfuß alles in fröhliches Gelb tauchte und spät im Jahr die Herbstzeitlosen wehmütig ihre fahlen Köpfe hängen ließen wie kränkelnde, vornehme Damen. Eine nicht gerade aufregende Landschaft. Die einzig aufregenden Dinge, die Gaylord einfielen, waren Heathcliff und die Alte Halle.

Die Alte Halle war im 18. Jahrhundert erbaut worden, im 19. hatte man keine Verwendung mehr für sie gehabt, und nun, im 20. Jahrhundert, begann sie langsam zu verfallen. Darum war Gaylord der Zutritt strengstens verboten, was ihn natürlich nicht davon abhielt, hinzugehen. Gaylords persönlicher Ehrenkodex gestattete ihm durchaus, einen verbotenen Ort aufzusuchen, vorausgesetzt, daß er, wenn man ihn später zur Rede stellte, alles ehrlich zugab und die Konsequenzen auf sich nahm. Aber es war sicherlich nicht ratsam, Emma an diesen geheimen Ort zu führen. Deshalb entschied er sich für Heathcliff.

Er ging voran bis zu der Viehweide, auf der Heathcliff regungslos stand und die träge schwelenden Gedanken eines Stieres dachte. Sie spähten durch das Gatter. «Er ist wahnsinnig wild», sagte Gaylord.

«Er sieht aber nicht wild aus», sagte Emma. «Nicht so wild wie ein Tiger.»

Gaylord war gekränkt. «Wetten, du hast noch nie einen Tiger gesehen.»

«Wetten, daß. Ganz, ganz viele. In Indien wimmelt es von Tigern.»

Gaylord kämpfte eine verlorene Schlacht. Wenn bereits Heathcliff verpufft war wie ein feuchtgewordener Knallfrosch, dann war kaum anzunehmen, daß die Kühe und Schafe ihr Bewunderungsschreie entlocken könnten.

«Na schön», sagte er, «aber ich wette, du würdest trotzdem nicht wagen, auf die Weide zu gehen.»

«Wetten, daß!» Und damit schickte sie sich an, über das Gatter zu steigen. Gaylord erschrak. Wenn Emma sich gleich am ersten Tag aufspießen ließ, dann war klar, wem sie hinterher die Schuld in die Schuhe schieben würden. Nicht etwa Emma. Auch Heathcliff nicht. Nein. Es wäre nur wieder ein weiterer Punkt, über den er und Mummi verschiedener Meinung sein würden.

Emma erkletterte unverdrossen weiter das Gatter. Sie zog ihren kurzen Rock hoch und setzte sich rittlings auf den Querbalken.

«Ich habe rosa Schlüpfer an», verkündete sie.

Rosa Schlüpfer ließen Gaylord kalt. «Heathcliff beobachtet dich», sagte er beklommen. Aber auch er ließ Emma nicht aus den Augen.

Emma rutschte an der anderen Seite herunter und tat ein paar Schritte auf der Weide. Heathcliff sah sie mit rotgeränderten, unheilverkündenden Augen an. Und dann trottete er langsam auf sie zu.

«Emma, komm zurück», schrie Gaylord.

«Du hast ja bloß Angst», sagte Emma.

Das war gewiß keine Übertreibung. Es war keine Zeit mehr, Hilfe zu holen. «Er ist drauf und dran, dich aufzuspießen», schrie Gaylord. «Komm zurück, Emma! Bitte!»

Emma blieb, wo sie war. Und da dachte Heathcliff plötzlich, ach, was soll's, drehte ab und begann friedlich vor sich hin zu grasen. Gaylord sah das mit den gemischten Gefühlen der Erleichterung und der Verachtung.

Emma schaute noch einen Augenblick auf den Stier. Dann kletterte sie über das Gatter zurück. «Siehst du», sagte sie triumphierend. «Ich hab dir ja gleich gesagt, er ist nicht so wild wie ein Tiger.»

Gaylord begriff jetzt, was Opa meinte, wenn er sagte: «Trau nie einem Stier, mein Junge!» Heathcliff hatte ihn verraten, ihn dem Gegner ausgeliefert. Natürlich hatte Gaylord nicht gewollt, daß er seine kleine Kusine aufspießen sollte. Aber er hätte doch wenigstens so tun können als ob. So aber bestand kein Zweifel mehr, daß Emma die erste Runde nach Punkten gewonnen hatte, wenn nicht sogar mit einem klaren k. o. Gaylord war niedergeschlagen.

Jetzt gab es nur noch eine interessante Sache: seinen Freund Willie.

Willies Ruhm beruhte auf dem Umstand, daß er nicht alle Tassen im Schrank hatte. Gaylord empfand das als einen besonders faszinierenden Zug an Willie. Und die Tatsache, daß Mummi, die nach Gaylords Meinung weder Tod noch Teufel fürchtete, vor Willie Angst zu haben schien, verlieh ihm eine ganz besondere Anziehungskraft. «Möchtest du meinen Freund Willie kennenlernen?» fragte er.

«Wie ist der?»

«Er hat nicht alle Tassen im Schrank, und ich habe gehört, wie Mummi zu Paps gesagt hat, er wäre ein poten... Dingsbums-Mörder.»

«O ja, bitte!» sagte Emma.

Doch als sie zum alten Steinbruch kamen, in dem Willie so mühelos wie die Bäume und Steine seine Zeit mit Nichtstun verbrachte, wurde Emma herb enttäuscht. Willie sah gar nicht aus wie ein poten... Dingsbums-Mörder. Seine Stimme war sanft, sein rundes, bleiches Gesicht so unschuldig wie der Vollmond. «Hallo, Gaylord», sagte er und lächelte freundlich.

«Hallo, Willie», sagte Gaylord. «Das ist Emma.»

Emma starrte Willie an. Willie schaute zu Boden und kratzte sich am rechten Bein. «Emma kommt aus Indien», erklärte Gaylord.

Das schien aber Willie nicht weiter zu beeindrucken. Er konzentrierte sich ganz darauf, sich am Bein zu kratzen. Gaylord erkannte, daß auch diese Begegnung ihm keinen Prestigeerfolg brachte.

«Wir müssen jetzt gehen, Willie», sagte er. «Zeit ins Bett zu gehen», setzte er dankerfüllt hinzu. Sie trollten sich.

«Ich denke, du hast gesagt, er wäre so wild», sagte Emma voller Verachtung.

«Manchmal ist er's», sagte Gaylord. Es klang nicht sonderlich überzeugend. Er seufzte. Ihm war klar, daß die beiden nächsten Monate die reinste Hölle werden würden.

Alle waren insgeheim erleichtert, als der Nachmittagstee überstanden war. Gaylord und Emma waren verschwunden. May sagte: «Möchtest du mir helfen, Amanda zu baden, Jenny?»

Jenny strahlte. «O ja, *bitte*!» Jocelyn dachte bei sich: Für unverheiratete Mädchen bedeuten Nerze und Brillanten offenbar nichts im Vergleich mit dem Angebot, anderer Leute Babies zu baden. Er meditierte über die Eigentümlichkeiten der weiblichen Mentalität.

Opa steckte sich eine Zigarre an. Er heftete seinen bohrenden blick auf David. «Soll ich dir die Farm zeigen, Junge?» bellte er.

«Vie... vielen Dank, gern», sagte David. Miene und Ton waren alles andere als enthusiastisch.

May warf Jenny einen fragenden Blick zu. Dann sagte sie: «Vielleicht möchte sich David lieber auf eigene Faust ein bißchen umsehen, Schwiegervater?»

«Meinst du?» Opa war stolz, daß er den Wink verstanden hatte. «Tu das man, mein Junge. Es ist zwar nicht mehr mein Besitz, aber das macht ja nichts. Wenn jemand was von dir will, dann sag nur, wer du bist.»

«Jawohl, Mr. Pentecost.» David machte eine steife Verbeugung vor May und ging aus dem Zimmer. «Nettes Kerlchen», sagte Opa. «Mir gefallen Jungens, die gute Manieren haben.»

David ging hinaus in den Hof und atmete dankbar die klare, süße Luft ein. Zuerst schlenderte er gemütlich umher, dann ging er schneller und schneller, bis er fast rannte. Der goldene Sommertag neigte sich schon dem Abend zu, doch auf den staubigen Feldwegen und unter den überhängenden Zweigen der Bäume stand noch die warme Luft. Vögel hüpften unruhig in den Hecken und schwatzten wie müßige Frauen unter der Haustür. Das Vieh döste vor sich hin, und nur die Schwänze schlugen nach den Fliegen. Der Junge rannte weiter mit verschlossenem Gesicht.

Doch allmählich fühlte auch er den stillen Abendfrieden. Seine Verkrampfung ließ nach, sein Schritt verlangsamte sich. Er riß einen Grashalm aus und kaute auf dem bittersüßen, harten Stengel. Er kam an eine Stelle, an der der Fluß einen weitschwingenden Bogen machte. Und hier hielt er schließlich inne.

Ruhig und zielstrebig zog der Fluß dahin, nur stellenweise verharrte das Wasser in einem Strudel, gleich einem Wanderer, der sich umwendet, um eine Aussicht zu genießen.

David warf sich in das kühle Gras, stützte das Kinn in die Hände und schaute auf den Fluß. Er hörte das Dröhnen eines Flugzeugs, hörte, wie die Motoren plötzlich aussetzten, dann den langen, kreischenden Absturz. Er preßte die Hände gegen die Ohren und schrie, wieder und wieder. Er lauschte. Kein Laut in der weiten, schläfrigen, stillen Landschaft. Nur das Trillern einer Lerche, das stetige Rauschen des Flusses.

Regungslos lag er dort, starrte vor sich hin, das Gesicht tränenüberströmt, der Körper wurde von Schluchzen geschüttelt. Die Sonne war jetzt untergegangen, der Fluß verwandelte sich in ein Band aus Gold, dann in eines aus Silber.

David sah über seine Schulter zurück. Im Osten erhob sich ein kleiner Hügel. Während er hinübersah, schob sich ein schimmernder Bogen über den Rand des Hügels. Langsam ging der Vollmond auf. Einen Augenblick schien er an der Erde zu haften, dann schwang er sich empor – klar, rein, glänzend, strahlend.

David atmete tief. Dann stand er mühsam auf und begann zu gehen, ohne zu wissen wohin. Seine Augen waren wie hypnotisiert auf die helle Scheibe des Mondes gerichtet.

Opa ließ den Deckel seiner Taschenuhr aufspringen und blickte ungeduldig auf das Zifferblatt, dann zog er die Uhr auf. Nach geheiligter Familientradition war dies das Zeichen zum Aufbruch. Doch heute reagierte keiner auf den Wink. Finster blickte er sich in der Runde um. «Na, will denn heute abend keiner ins Bett gehen?» erkundigte er sich.

May erwiderte ruhig: «Wir können noch nicht, Schwiegervater. David ist noch draußen.»

«Heiliger Strohsack! Das geht aber nicht, daß er so lange draußen bleibt. Wo steckt er denn?»

«Wenn ich das wüßte», sagte May, «dann wäre mir erheblich wohler.»

«Aber es ist schon zehn. Er hat sich doch nicht etwa ein Mädchen angelacht?»

«Dann müßte er fixer sein, als ich es ihm zutrauen würde», sagte May. «Er ist doch heute nachmittag erst angekommen.»

Opa schnaubte. Nicht um zehn ins Bett zu gehen, das war für ihn ebenso unvorstellbar, wie wenn die Sonne mittags nicht durch den Zenit ging. Aber er konnte nicht einfach gehen und sich der Verantwortung für einen Gast entziehen. «Also, Jocelyn, da wirst du was unternehmen müssen», bellte er.

«Was denn?» fragte Paps.

«Woher soll ich das wissen? Du wirst doch nicht erwarten, daß ich in meinem Alter das Gelände absuche.»

«Hier ist verdammt viel Gelände abzusuchen», sagte Jocelyn unlustig.

In diesem Augenblick ging die Wohnzimmertür auf. David stand blinzelnd im hellen Licht. May sagte rasch: «Hallo, da bist du ja. Hast du einen schönen Spaziergang gemacht?»

«Ja. Aber ich hab mich verlaufen. Komme ich zu spät?»

«Ja», sagte Opa und erhob sich. «Wir wollten gerade den Fluß nach dir absuchen. Gute Nacht allerseits.» Er sah auf die Uhr. Zehn nach zehn. Wütend stapfte er aus dem Zimmer, Groll in jedem Schritt.

May sah Davids angespanntes, verweintes Gesicht. «Komm, setz dich», sagte sie sanft. «Ich hol dir was zu essen. Jenny ist schon schlafen gegangen. Sie war müde.»

Als sie hinausging, machte er ihr die Tür auf. Sie schwebte mit einem freundlichen Lächeln hinaus. Jocelyn sagte: «Ein schöner Abend, nicht wahr?»

«Wunderschön. Kennst du den ‹*Kaufmann von Venedig*›?»

«Du meinst die Stelle... ‹Der Mond scheint hell in solcher Nacht wie dieser...›»

Der Junge nickte. Jocelyn sagte: «Ist das nicht herrlich, wenn man sich vorstellt, daß Shakespeare, als er das schrieb, vielleicht an eine mondhelle Nacht in den Feldern um Stratford dachte?»

«Ja», sagte der Junge. «Und Keats. Endymion.»

Jocelyn schwieg. Dann meinte er nachdenklich: «Kein Wunder, daß du dich verlaufen hast.» Er verstand besser als die meisten, daß das Mondlicht einen jungen Kopf berauschen mußte, der voll von Keatsscher Poesie war.

Endlich waren May und Jocelyn allein. Paps schlürfte seine Ovaltine. «May», meinte er, «wie findest du ihn?»

«Kalt und arrogant. Er beunruhigt mich. Weil ich glaube, daß seine Arroganz nur Fassade ist. Und ich weiß nicht, was dahinter steckt.»

Sie schwiegen. «Er ist ein Dichter», sagte Jocelyn. «Das Mondlicht hat ihn ganz verwirrt.»

May sagte: «Mir scheint, alle Poeten erwecken den Eindruck, nicht ganz bei – im Gleichgewicht zu sein. Schließlich leben sie ja auch nicht in der gleichen Welt wie wir, nicht wahr?»

Er reichte ihr die Kekse herüber. «Jenny wollte etwas über David sagen, als ich sie gestern abholte. Aber dann verschloß sie sich plötzlich wie eine Auster.»

«Was hat sie gesagt?»

«Sie fing an: ‹Er ist nicht...› Und dann wechselte sie das Thema.»

«Wahrscheinlich wollte sie sagen: ‹Er ist nicht der allerklügste›, und fand es dann unfair. Nein, ich glaube, er ist einfach ein äußerst sensibler Junge, der verzweifelt versucht, über einen schweren Schock hinwegzukommen.»

«Und das gelingt ihm recht gut. Wenigstens hat er seine Tränen in aller Stille geweint.»

«Ja.» May blickte versonnen in ihren Becher. «Weißt du, diese dunkle, hübsche Arroganz kann schon ungeheuer attraktiv sein.» Wieder schwieg sie. Es war die rechte Stunde für langes Schweigen zwischen zwei Menschen, die sich so gut verstanden wie May und Jocelyn. «Sie ist auch nicht ohne», sagte sie schließlich.

«Wer?» fragte Paps, als ob er es nicht wußte.

«Jenny natürlich.»

Zu ihrer Verblüffung ließ diese harmlose Bemerkung ihren Mann nervös aufschrecken. Wenn er ein Pferd wäre, dachte sie, würde er jetzt wiehern und die Augen rollen. «Ja, wenn man sich's so recht überlegt, ist sie vielleicht wirklich ganz attraktiv», sagte er und versuchte verzweifelt den Eindruck zu erwecken, als habe er bislang keinen Gedanken daran verschwendet, und als sei Frauenschönheit etwas, das er nur dann bemerkte, wenn man ihn darauf aufmerksam machte.

«Wenn man sich's so recht überlegt...» In Mummis Augen blitzte jener fröhlich neckende Spott, der Paps immer so unbehaglich war. «Ich wette, du hast über nichts anderes nachgedacht, seit sie hier ist.»

Nun, Angriff war immer noch die beste Verteidigung. «Allerdings, das stimmt», sagte Jocelyn. «Außerdem ist Imogen nicht nur attraktiv, sondern auch eine Frau von erstaunlicher Urteilskraft. Sie hält *‹Gelb fallen die Blätter›* für einen der schönsten Romane, die je geschrieben wurden.» Er erhob sich und ging zur Tür. «Und nun entschuldige mich bitte – ich gehe zu Bett.»

Er lächelte sie an. Sie machte ein Gesicht wie eine Katze, die heimlich an der Sahne geleckt hat. «Liebling, dann hat sie ja genau das Richtige gesagt, nicht wahr?» Sie blickten sich in die Augen und lächelten beide dabei, teils amüsiert, teils herausfordernd. Es war offensichtlich, dachte er resigniert, daß May entschlossen war, diese nur in ihrer Einbildung bestehende Situation bis ins letzte auszukosten.

3

Der nächste Tag war ein Samstag. Es konnte ja nicht anders sein, dachte Gaylord. Es hätte doch auch ein Montag, ein Dienstag, ein Mittwoch – kurz, jeder der fünf Schultage sein können. Aber nein, es mußte Samstag sein, der Tag, an dem es kein Entrinnen gab.

Er hatte versucht, sich im Klo einzuschließen. Aber selbst da gab es kein bißchen Privatleben mehr. Er war noch keine zehn Minuten drin, als Mummi an die Tür trommelte. «Gaylord! Bleib nicht den ganzen Tag da drin!»

Warum nicht? fragte er sich. Hier war man doch wenigstens sicher. Doch noch während er darüber nachdachte, hörte er die verhaßte Emma. «Ist Gaylord da drin, Tante May?»

«Ja», sagte Mummi. Sie läßt mich also auch im Stich, dachte Gaylord bitter. Aber was war von Mummi auch schon anderes zu erwarten?

Es war zwecklos, Gaylord kam heraus. «Das wurde aber auch Zeit», sagte Mummi. Emma schlug vor: «Komm, wir spielen Krankenhaus. Du bist der Patient, und ich nehme dir den Blinddarm raus.»

Gaylord war empört. Doch zu seiner Überraschung schlug sich Mummi ausnahmsweise mal auf seine Seite. «Ich glaube, bis zum Frühstück reicht die Zeit nicht für eine Operation, Emma.»

«Aber ...»

«*Nach* dem Frühstück, Liebes.» Mummi blieb fest.

Es kam nicht oft vor, daß Gaylord Mummi dankbar war. Jetzt war er es. Dennoch war er von bösen Vorahnungen erfüllt. Und die Vorahnungen wurden zu blankem Entsetzen, als Emma mit der Miene ungeduldiger Erwartung und einer Schürze mit einem großen roten Kreuz auf der Brust am Frühstückstisch erschien; wild entschlossen schleppte sie einen Kasten herbei mit der Aufschrift ‹Die kleine Operationsschwester›.

«Was zum Teufel soll dieser Aufzug?» knurrte Opa.

«Sie will Gaylord nach dem Frühstück den Blinddarm herausnehmen», erklärte Mummi.

«Großer Gott.» Der alte Mann warf seinem Enkel einen Blick voll abgrundtiefem Mitleid zu.

Emmas porzellanblaue Augen wanderten zuversichtlich von einem zum anderen. «Ich hab schon alle Mädchen in meiner Klasse operiert», erklärte sie stolz. «Mary Jenkins hab ich einen Kaiserschnitt gemacht. Und Janet Watson hab ich das linke Bein abgenommen.»

Opa schaute sie mit unverhohlenem Abscheu an. «Du kleiner Vampir», sagte er.

«Was ist ein Vampir?» wollte Gaylord wissen. Er hätte sicher nicht gefragt, wenn er das Wort für schmeichelhaft gehalten hätte. Aber er ahnte, daß es das nicht war.

Stille in der Runde. Opa sah sich grollend um. «Na los, sag's ihm doch einer», knurrte er.

«Er hat *dich* gefragt», sagte Paps. Vor zehn Uhr morgens war er nicht ansprechbar.

«Blödsinn. Du bist sein Vater. Und Wörter sind dein Metier. Du verbringst doch deine ganze Zeit mit Wortklaubereien.» Opa hielt nicht viel von der Schriftstellerei.

Paps sagte: «Ein Vampir? Nun, das ist so eine Art geschwätziges Gespenst.» Er wandte sich an seine Frau. Er haßte es, wenn er ein Wort nicht exakt definieren konnte. «Sie saugen den Leuten das Blut aus, nicht wahr, May?»

«Hm, jedenfalls taten das alle, die ich kennengelernt habe», antwortete May zerstreut. Sie mußte den Tisch abräumen, Amanda stillen, Betten machen, ein Mittagessen vorbereiten und hatte noch hundert andere Pflichten im Kopf. Bei ihrem ausgeprägten Sinn für das Praktische waren Vampire am Frühstückstisch eine reine Bagatelle.

Gaylord lehnte sich befriedigt in seinem Stuhl zurück. Ein geschwätziges Gespenst! Er hätte zwar das Wort Gespenst nicht gerade gewählt, um seine durchaus leibhaftige pummelige Kusine zu beschreiben, aber er war nicht auf Haarspaltereien aus. Wer Emma mit Schimpfnamen bedachte, hatte seine volle Unterstützung. Vampir. Du kleiner Vampir! Er packte das kostbare Wort sorgsam in geistige Watte und verstaute es behutsam in seinem Gedächtnis zu späterer Verwendung.

Jocelyn war an diesem Morgen nicht nach Schreiben zumute. Das hielt ihn jedoch nicht von der Arbeit ab. Er setzte sich an seinen Schreibtisch und begann zu schreiben, wie es sich für einen guten Romancier gehört. Aber es bedeutete immerhin, daß er für Störungen empfänglicher war als sonst. Und die Störungen begannen beizeiten. Emma baute sich vor ihm auf und wiegte sich hin und her. Mit ihren pummeligen Händen hielt sie den Saum ihres Röckchens hoch. «Wo ist Tante May?»

«Sie schuftet sicher irgendwo. Kann ich etwas für dich tun?»

Emma sah ihn zweifelnd an. Aber sie beschloß, es immerhin zu versuchen. «Gaylord will nicht operieren spielen», sagte sie.

«Das kann ich mir verdammt gut vorstellen», sagte Paps.

«Gaylord will *überhaupt* nichts spielen», sagte Emma.

Paps legte den Federhalter hin. Zu seiner Überraschung tat ihm das resolute kleine Ding leid. Wenn doch Gaylord bloß ein bißchen umgänglicher wäre. «Weißt du, Gaylord ist es nicht gewöhnt, mit Kindern zu spielen», sagte er. «Es kann ein Weilchen dauern, bis er sich anpaßt.»

«Diesmal hat er sich auf dem Klo im Hof eingeschlossen», sagte Emma.

Also, das sah ja dann nicht gerade so aus, als sei er im Begriff, sich anzupassen, dachte Paps. Nicht daß er es Gaylord verübelte. Keinen Augenblick! Aber damit war Emma nicht geholfen. Doch schließlich kam er mit dem Schreiben ohnehin nicht recht voran. Vielleicht tat ihm eine kleine Unterbrechung sogar ganz gut. Er brauchte auch etwas Schreibpapier.

«Komm, Lady Hamilton», sagte er heiter. «Wir fahren zusammen ins Dorf, und ich kaufe dir ein Eis.»

«Kann ich ein Spezial haben?»

«Was ist denn ein Spezial?»

«Das ist Eiskrem und Limonade und Pfirsiche und Erdbeermarmelade und Nüsse. Schmeckt großartig.»

Paps schauderte. «Das ruiniert aber deine schlanke Linie», sagte er.

Emma schien das nichts auszumachen. Glücklich trottete sie neben ihm her. Als sie am Klo im Hof vorbeikamen, trommelte Paps gutgelaunt an die Tür und rief: «Du kannst jetzt herauskommen, du Säulenheiliger. Lady Hamilton fährt in die Stadt.»

Sie gingen weiter. «Warum sagst du Lady Hamilton zu mir?» keuchte Emma. Sie mußte rennen, um mit ihm Schritt zu halten.

«Sie hieß auch Emma», antwortete Paps.

«War das eine Freundin von dir?»

«Nein», antwortete Paps. «Eine Freundin von Lord Nelson.»

«War er ein Freund von dir?»

«Nein. Er ist kein Zeitgenosse von mir.»

Emma grübelte darüber nach, offenbar ohne Resultat, denn sie ließ das Thema fallen. Da hörten sie rasche Schritte hinter sich. Gaylord kam ihnen nach. Er wollte um keinen Preis etwas versäumen; außerdem wußte er, daß Paps alberne Spiele genauso haßte wie er. Paps drehte sich um. «Oh, der Säulenheilige persönlich», sagte er. «Willst du auch ein Spezial?»

«Ja, bitte», sagte Gaylord.

«Warum sagst du Säulenheiliger zu ihm?» fragte Emma.

«Der wollte auch von andern Leuten nichts wissen.»

«Hat der sich auch ins Klo ...?»

«Nein», sagte Paps rasch. «Er saß oben auf einer hohen Säule.»

Gaylord fand, das sei wirklich eine recht originelle und einleuchtende Lösung des Problems. Allerdings mußte er zugeben, daß, wenn Emma in der Nähe war, man wohl um den Fuß der Säule Stacheldraht ziehen müßte. Trotzdem war das ein interessanter Gedanke. Der einzige Haken war, daß er beim besten Willen nicht wußte, wo er in der Nachbarschaft eine solche Säule finden sollte.

Sie stiegen in den Wagen. Paps fuhr ums Haus herum. «Wir fahren nur rasch ins Dorf», rief er.

Jenny winkte aus einem Fenster im Erdgeschoß. Sie sieht etwas wehmütig aus, dachte Paps. «Willst du mitkommen?» rief er.

«Ich helfe gerade Tante May.»

«Sie hat sicher nichts dagegen», sagte Paps. «Komm mit.»

Zwei Minuten später stieg auch sie ins Auto. «Vielen Dank, Onkel Jocelyn», sagte sie mit einem Lächeln, bei dem er sich auf der Stelle um zehn Jahre jünger fühlte.

Emma sagte: «Bei uns in Indien gibt es Elefanten.»

Gaylord sagte: «Unsere Lehrerin hat gesagt, die indischen Elefanten wären kümmerliche kleine Dinger.»

«Sind sie nicht!» erhitzte sich Emma. «Sie sind ...»

«Emma!» rief Jenny streng.

Die Kleine schwieg, aber nicht lange. «Hat Amanda eine Ayah?» fragte sie.

Gaylord hatte die indische Fauna langsam satt. «Natürlich nicht», sagte er hastig. «So was wächst hier nicht.»

Darüber mußte die sonst so phlegmatische Emma so fürchterlich lachen, daß sie den Schluckauf kriegte. Geschieht ihr ganz recht, dachte Gaylord. Er wußte nicht, was er da Komisches gesagt haben sollte. Lange würde er das nicht mehr ertragen. Dabei standen ihm noch volle zwei Monate bevor. Das überstieg selbst Gaylords Vorstellungskraft.

Emma hatte noch immer den Schluckauf. «Versuch, zehn Minuten lang den Atem anzuhalten», riet Paps ungerührt. «Das hilft bei Schluckauf.»

Emma hielt den Atem an. Gaylord beobachtete sie gespannt. Ihre Backen blähten sich, die Augen traten ihr noch weiter vor als sonst, es sah aus, als würde sie jeden Augenblick wie ein Luftballon aus dem Auto schweben. Wenn sie nicht vorher explodierte, versteht sich.

Aber dann ließ sie plötzlich Luft ab wie ein geplatzter Reifen. «Das waren keine zehn Minuten», sagte Gaylord verächtlich.

Emmas Schluckauf hielt sich hartnäckig. Inzwischen waren sie auf dem Parkplatz angelangt. Paps hatte sich mächtig darauf gefreut, mit einem hübschen Mädchen an seiner Seite einkaufen zu gehen. Inzwischen war ihm schmerzlich klar, daß er außer dem hübschen Mädchen auch noch ein dickes Gör dabei hatte, mit einem Schluckauf, der sich so klar und regelmäßig meldete wie das Greenwicher Zeitzeichen. Er war verbittert. Sogar ein Onkel mittleren Alters hatte schließlich von Zeit zu Zeit ein Anrecht auf Romantik.

Im Café war jedoch das Glück wieder auf seiner Seite. Es gab keinen Tisch für vier Personen mehr. Also setzten Jocelyn und Jenny sich an einen kleinen Zweiertisch, und das junge Gemüse thronte auf den Hockern an der Theke.

Emma machte immer noch einen Spektakel wie eine Böllerkanone. Jocelyn störte sich nicht mehr daran. Ab und zu tauchten Jennys klare Augen in die seinen. Und sie hätten nicht schmachtender sein können, wäre er der Autor von ‹*Was ihr wollt*› oder ‹*Kleine Frauen*› gewesen. Ach, diese keusche Nähe eines so frischen, süßen, bezaubernden Mädchens wie Imogen war einfach köstlich. Er schenkte ihr ein verhaltenes, zärtliches Lächeln. «Möchtest du einen Kaffee oder auch so ein komisches Spezial?»

«Was nimmst du?»

«Kaffee», sagte er bestimmt.

«Ja, ich auch», sagte sie. «Bitte, Jocelyn.»

Es war, als ginge in seinem Kopf eine Alarmglocke los. Eben noch war er der Onkel gewesen, der einer hübschen kleinen Nichte ein Eis spendiert. Jetzt waren sie plötzlich Jocelyn und Imogen, vereint bei einer kultivierten Tasse Kaffee.

Aber er war schließlich kein Narr. Hier gab es nur eins: die Sache im Keim ersticken. Sanft sagte er: «Ich glaube, wir sollten es doch lieber bei *Onkel* Jocelyn belassen, meine Liebe.»

Sie senkte den Blick, das Gesicht von Röte übergossen. «Entschuldige bitte, das war vorwitzig von mir.»

«Nein, vorwitzig nicht», sagte er. «Ich nehme an, du hast dich nur versprochen.»

Sie schaute zu ihm auf. «Nein, Onkel Jocelyn, das nicht. Ich wollte es einmal versuchen.»

Er bewunderte ihre Ehrlichkeit. «Was versuchen?» fragte er.

Wieder schlug sie die Augen nieder. Diesmal antwortete sie nicht.

«Was versuchen?» fragte er wieder.

Sie schob die Kuchengabel mit dem Zeigefinger auf dem Tisch hin und her. «Ich hatte so das Gefühl ... du fändest mich attraktiv. Als Frau, meine ich. Nicht als die kleine Nichte. Und aus diesem Gefühl heraus wollte ich den ‹Onkel› vermeiden.»

Jocelyn war es nicht gewohnt, Probleme zu lösen, ohne sie vorher mit May besprochen zu haben. Aber May war nicht da. Außerdem würde May darin gar kein Problem sehen, dachte er voll Unbehagen. Sie würde es für den köstlichsten Witz seit Jahren halten. Ein Anlaß mehr, sofort klare Fronten zu schaffen.

Und so sagte er: «Ich bin nicht nur dein Onkel. Ich bin auch alt genug, dein Vater zu sein – oder doch beinah. Deshalb also kannst du eigentlich nicht erwarten, daß ich mich für dich als Frau interessiere. Oder? Trotzdem halte ich dich für das entzückendste ...»

«Kleine Mädchen?» fragte sie und sah ihn gekränkt an.

Er sagte ruhig: «Ich wollte sagen ‹das entzückendste Wesen, das ein Mann sich als Nichte wünschen kann›.»

Aber so rasch war sie nicht zu besänftigen. «Sogar ältere Männer verlieben sich in junge Mädchen», sagte sie.

Ältere Männer! Er zuckte schmerzlich zusammen. Warum hatten junge Leute vom Alter niemals die richtigen Vorstellungen? Warum war für sie jeder über dreißig schon ein Greis? Aber er ging darüber hinweg. «Wie schmeckt der Kaffee?» fragte er.

«Ausgezeichnet», sagte sie unglücklich.

Von der Theke drang ein abscheuliches Geräusch zu ihnen herüber. Gaylord sog die letzten Tropfen seines Spezial durch den Strohhalm, während Emma noch immer mit Eiskrem und Erdbeermarmelade beschäftigt war. Jenny beobachtete sie. Sie beneidet sie, dachte Paps. Armes Ding, noch ist sie Frau und Kind in einem. Die Frau in ihr wünscht sich den Kaffee und meine Bewunderung – und beides hat einen bitteren Beigeschmack. Und das Kind in ihr ist um seinen Eisbecher betrogen worden. Mit der Fingerspitze berührte er zart ihr Handgelenk. Sie fuhr zusammen, als sei sein Finger glühendheiß gewesen, und schaute erschrocken in sein mitfühlendes, sympathisch häßliches Gesicht. «Ich glaube, wir sollten uns zum Abschluß auch noch so ein Spezial gönnen», sagte er.

Sie schaute ihn noch immer ängstlich an. Dann verklärte lansam ein Kleines-Mädchen-Lächeln ihr Gesicht. Sie schob die halbleere Tasse von sich. «Schrecklich gern, Onkel Jocelyn», sagte sie dankbar.

Wie durch ein Wunder hatte der Eisbecher Emma von ihrem Schluckauf kuriert. Sie war wieder imstande, eine normale Unterhaltung zu führen. «Schmeckt nicht so gut wie in Indien», sagte sie. «In Indien sind noch Mangofrüchte drin.»

Doch keiner hörte ihr zu. Jenny dachte, was für ein hinreißender, verständnisvoller Mensch Onkel Jocelyn doch war. Die ganze Zeit über hatte er gewußt, daß sie viel lieber ein Spezial gehabt hätte, und nun nahm er noch selbst eins, obwohl er sich sicher nichts daraus machte, nur um ihr die Verlegenheit zu ersparen. Jocelyn überlegte verzweifelt, wieviel er – wenn überhaupt – von den Ereignissen dieses Morgens May erzählen sollte. Einerseits gab es gar nichts zu erzählen. Andererseits gab es eine ganze Menge. Sollte der Fall damit sein Bewenden gefunden haben, dann wäre Schweigen wohl für alle Beteiligten das beste. Wie stand es aber wirklich damit? Jocelyn war der Meinung, daß das Gefühlsleben eines jungen Mädchens ungefähr so explosiv war wie eine Handgranate. Und heute morgen, das fühlte er instinktiv, hatte Jenny sie abgezogen.

Gaylord hatte sich unterdessen einen Plan gemacht. Im Augenblick befand er sich noch im Frühstadium, sein Gelingen hing von einer Unzahl von Vorbedingungen ab, zu denen unter anderem gehörte, daß Gaylord einen Sultan treffen und ihn überreden mußte, Emma für seinen Harem zu kaufen. Und da er zugegebenermaßen im Augenblick noch keinen Sultan kannte, war die ganze Sache noch recht unsicher. Doch um Gaylord zu entmutigen, brauchte es mehr als das.

4

Gaylord saß an seinem Pult in der Schule tief in Gedanken versunken. Er fing an, sich seines Alters bewußt zu werden, und es gab viel zu bedenken. Emma war jetzt eine Woche bei ihnen; und wenn man sieben ist, kann eine Sechsjährige entsetzlich anstrengend sein. Heute war letzter Schultag. Ab morgen waren Ferien. Damit war ihm sein einziger Fluchtweg abgeschnitten. Der Ausblick in die Zukunft war wahrhaft trostlos. Er hatte Mummi und Paps sogar vorsichtig angedeutet, daß er während der Ferien durchaus ein paar Nachhilfestunden gebrauchen könne. Doch nachdem sie sich von ihrem ersten Schreck erholt hatten, hatten sie seinen Vorschlag mit jenem Zynismus abgelehnt, den er von ihnen allmählich gewöhnt war. Manchmal fragte er sich wirklich, ob sie denn ihrem eigenen Sohn unlautere Motive unterstellten.

Im Klassenzimmer herrschte eine eigenartige Mischung aus Schläfrigkeit und Aufregung. Die Lehrerin war beschäftigt und hatte den Kindern gesagt, sie dürften lesen. Folglich sahen die Kinder faul zum Fenster hinaus in den sonnenüberfluteten Schulhof und träumten von Ferien am Meer, von sonnigen Stränden, Eimer und Schaufel und von langen Tagen in den herbstlichen Feldern.

Nur zwei hatten andere Gedanken im Kopf: Gaylord, dessen Meditationen äußerst düster waren – und Henry Bartlett.

Henry Bartletts auffälligstes Merkmal – ja, eigentlich das einzig auffällige Merkmal – war eine Brille mit großen, runden Gläsern. Dieser Henry nun erhob sich plötzlich, ging durch die Klasse und stellte sich geduldig neben das Pult der Lehrerin, die ruhig weiterschrieb. Henry schluckte: «Verzeihung, Miss ...»

Miss Marston legte den Federhalter hin und blickte in das weiche junge Gesicht. «Ja, Henry?» fragte sie geduldig.

Wieder schluckte Henry. «Meine Mutter hat gesagt, ich müßte es Ihnen melden», flüsterte er.

«Was denn, Henry?»

Henry starrte sie an. Seine Lippen bewegten sich, aber sie vernahm keinen Ton. Und dann fing er plötzlich an, leise vor sich hinzuweinen.

«Aber Henry, mein Guter, was ist denn los?» sagte Miss Marston.

Henry gestand es ihr.

«Was – was hast du da gesagt?» Ihre Stimme klang so entsetzt, daß alle Kinder sofort die Ohren spitzten.

Henry wiederholte es. Miss Marston saß stumm und regungslos da. Schließlich sagte sie: «Darüber muß ich mit der Rektorin sprechen, Henry.»

«Ja, Miss», flüsterte Henry niedergeschlagen.

«Ihr lest so lange allein weiter», sagte Miss Marston und ging hinaus. Henry blieb an ihrem Pult stehen.

Gaylord war auf einmal hellwach. Henry Bartlett war sein Freund. Gaylord konnte sich nicht vorstellen, was sich in Henrys sonst so ereignislosem Leben abgespielt und eine derartig dramatische Reaktion ausgelöst haben könnte. Sofort richtete er seine nicht unbeträchtliche Phantasie auf diese Frage und kam zu dem einzig möglichen Schluß: Henry war einer Hexe in die Hände gefallen, die ihn um Mitternacht in eine Kröte verwandeln würde, was wohl für jeden Menschen eine ziemlich scheußliche Situation war. Aber was, so fragte sich Gaylord respektlos, was will die Quasselplatte schon dagegen machen?

Das Problem, dem Miss Plattner sich gegenübergestellt sah, war jedoch gänzlich anderer Natur.

Zunächst einmal war sie nicht sonderlich beglückt, als Miss Marston erschien. Für Rektorinnen hat das Ende des Schuljahrs eine fatale Ähnlichkeit mit dem Tag des Jüngsten Gerichts. Ihre Arbeit steht unter dem drohenden Schatten einer schrecklichen, unausweichlichen letzten Stunde, die immer viel zu früh kommt.

Daher schaute sie Miss Marston ungeduldig an. «Hat das nicht Zeit bis zum Beginn des nächsten Schuljahrs?»

«Nein», sagte Miss Marston, «es ist wirklich ziemlich ernst.»

Die Rektorin seufzte, schraubte ihren Füllfederhalter zu, nahm die Brille ab, lehnte sich zurück und starrte Miss Marston direkt in die Seele. «Schießen Sie los», sagte sie.

Miss Marston sagte: «Es geht um Henry Bartlett. Er behauptet, jemand hätte ihn auf dem Feldweg überfallen.»

Die Augen der Rektorin bohrten sich weiter in Miss Marstons Seele. Sie ließen sich nicht beirren. «Wann?»

«Letzte Woche, an einem Abend. Er kam von seiner Großmutter zurück, und ...»

«Letzte Woche, an einem Abend», sagte die Rektorin und starrte Miss Marston weiter an. «Letzte Woche! Und da wartet er bis eine Stunde vor Schulschluß, um damit herauszurücken. Ist die Polizei benachrichtigt? Hat seine Mutter sich bei Ihnen gemeldet? Oder ist das ganze ein Lügengespinst?»

«Ich glaube kaum, daß es ein Lügengespinst ist», sagte Miss Marston fest.

«Oder eine Übung in freier Phantasie?»

Miss Marston schüttelte den Kopf. «Er war sehr erregt, ich habe ihn nicht viel gefragt. Ich dachte, Sie würden mit ihm sprechen wollen.»

Miss Plattner setzte die Brille auf, um ihrer Untergebenen noch besser in die Seele schauen zu können. «*Wollen*, Miss Marston? Das ist wohl nicht der korrekte Ausdruck! Ich *will* nicht! Ich habe nicht das geringste Verlangen, fünf Minuten vor zwölf etwas ins Rollen zu bringen, dessen Ausgang nicht abzusehen ist.» Sie stand auf. «Ich will *keinesfalls*. Aber selbstverständlich *werde* ich.»

Sie gingen gemeinsam ins Klassenzimmer zurück. Die Rektorin machte die Tür auf und blieb in erschreckender Majestät dort stehen. Der Lärm erstarb, als ob sie an einem Schalter gedreht hätte. Sie fixierte die Kinder mit einem Hühnerblick. «Wenn sich noch einer von euch muckst», sagte sie zuckersüß, «werde ich für euch alle die ganzen Sommerferien streichen.»

Gaylord sah hoffnungsfroh zu ihr auf, aber nur kurz, denn er hatte zu Erwachsenen kein rechtes Vertrauen. Miss Marston sagte sanft: «Henry, mein Junge, Miss Plattner will ein paar Worte mit dir sprechen.»

Henry wankte wie magnetisiert zur Tür. Miss Marston legte ihm begütigend die Hand auf die Schulter und führte ihn in das Zimmer der Rektorin.

Miss Plattner setzte sich. Diesmal starrte sie in Henrys Seele. «Nun, Henry», begann sie ruhig. «Wer hat dich überfallen?»

«Das weiß ich nicht, Miss. Er kam aus der Hecke gesprungen und hat mir die Hände um den Hals gelegt und zugedrückt – hier!» Er wies auf seinen Adamsapfel. «Ich habe fast keine Luft mehr gekriegt.»

«So. Hm. Und was dann?»

«Dann kam ein Auto um die Ecke, und da hat er losgelassen und ist wieder in die Büsche gerannt.»

«Hat das Auto angehalten?»

«Nein, Miss.»

«Und was hast du dann gemacht?»

«Ich bin nach Hause gerannt.»

«Hast du es deiner Mutter erzählt?»

«Ja, Miss.»

«Wann?»

«Heute morgen, Miss. Sie hat gesagt, ich müßte es meiner Lehrerin melden.»

«Warum hast du es denn nicht früher erzählt?»

«Ich ...» Er ließ den Kopf hängen. «Ich weiß nicht, Miss.»

Miss Plattner klopfte mit ihrem Bleistift gegen einen ihrer knochigen Krallenfinger. «Würdest du ihn wiedererkennen, Henry?»

«Nein, Miss.»

«Warum nicht? War es denn dunkel?»

«Der Mond schien, Miss. Aber ... es war so plötzlich irgendwie.»

«Ja», murmelte Miss Plattner leise vor sich hin. «Natürlich plötzlich irgendwie.» Sie schlug mit beiden Händen auf den

Tisch und sagte energisch: «So, und was erwartet deine Mutter, was wir tun sollen?»

«Ich weiß nicht, Miss.» Henry sah ganz verschüchtert aus. «Sie hat nur gesagt, ich müßte es meiner Lehrerin melden.»

«Und was soll ich *deiner* Meinung nach in dieser Sache tun?»

«Ich weiß – nicht, Miss.» Und damit fing er wieder an, vor sich hinzuweinen. Miss Plattner, die ihn nicht eine Sekunde aus den Augen gelassen hatte sagte: «Das hast du doch alles nur erfunden, nicht wahr, Henry?»

«Ich glaube nicht...» begann Miss Marston. Henry blinzelte überrascht und sagte: «Nein, Miss. Bestimmt nicht.»

Miss Plattner sagte: «Du hast das doch alles nur erfunden, weil nie jemand Notiz von dir nimmt und du endlich einmal die Aufmerksamkeit auf dich ziehen wolltest.»

«Nein, bestimmt nicht, Miss. Er hat es wirklich getan. Ich hab das nicht erfunden.» Henry war nur noch ein verheultes Häufchen Unglück. Doch zugleich – und das war ganz neu für ihn – ehrlich entrüstet. Unvermittelt rannte er zur Tür, machte sie ungeschickt auf und blieb dann störrisch, aber verängstigt stehen, als die Rektorin ihm nachrief: «Geh und wasch dein Gesicht, Henry! Und dann kommst du wieder herein!»

Henry nickte gehorsam und verschwand. Miss Marston sagte mit ungewohnter Heftigkeit: «Ich finde, Sie sind sehr hart zu ihm, Miss Plattner. Ich bin überzeugt, Henry ist kein Junge, der solche Dinge erfindet.»

«Natürlich nicht. Aber ich mußte mir unbedingt Gewißheit verschaffen, bevor ich die Polizei anrufe, das sehen Sie doch ein?»

«Aber es war eine grausame Methode», sagte Miss Marston.

«Es war die einzige. Glauben Sie mir, ich kenne diese kleinen Wirrköpfe besser als Sie. Man erreicht manchmal mit Liebe nicht halb soviel, wie wenn man ihnen eine Heidenangst einjagt.»

«Werden Sie die anderen Kinder warnen?»

«Zu spät. Die Polizei wird sich mit den Eltern in Verbindung setzen müssen.» Sie griff nach dem Telefon. Doch in diesem Augenblick kam Henry zurück. Er hatte sich nur sehr flüchtig um die Augen herum gewaschen, der Rest seines Gesichts war noch von Tränen verschmiert. Er sah aus, als hätte er sich als Mohr geschminkt und wäre in den Regen gekommen.

«Nun, mein Junge», sagte Miss Plattner eine Spur freundlicher, «willst du zurück in deine Klasse, oder möchtest du lieber nach Hause gehen?»

«Lieber in die Klasse, Miss. Meine Mutter ist nicht vor fünf zu Hause.»

«Dann marsch, ab.»

Er stand noch immer neben ihrem Schreibtisch. «Es ist bestimmt wahr, Miss», beteuerte er.

«Ich weiß, Henry.» Miss Plattner tat etwas sehr Ungewöhnliches. Sie lächelte ihm zu. Doch als er draußen war, murmelte sie vor sich hin: «Aber ich wollte bei Gott, es wäre nicht wahr.»

Gaylord und Henry Bartlett machten sich zusammen auf den Heimweg, beide schweigsam und tief in Gedanken versunken. Gaylord vergaß sogar seinen üblichen Hochseilakt auf dem Mäuerchen vor dem Haus von Mrs. Watson, so sehr nahm ihn sein Problem gefangen.

Das Problem war, wie man die Antwort auf eine Frage bekommen konnte, ohne die Frage ausdrücklich zu stellen. Er beschloß, diplomatisch vorzugehen.

«Hast du schon mal eine Hexe gesehen, Henry?» fragte er.

«Nein», sagte Henry zu Gaylords Enttäuschung.

Das war ein herber Rückschlag. Aber so rasch gab Gaylord nicht auf. «Ich kenne jemand, der kannte einen, der in eine Kröte verwandelt worden ist», sagte er und beobachtete seinen Freund aufmerksam. Doch Henry war entweder ein guter Schauspieler oder es berührte ihn persönlich nicht, daß jemand in eine Kröte verwandelt worden war, denn er richtete seine milden blauen Augen auf Gaylord und sagte: «Sie haben Edelsteine. Vorne in der Stirn.»

«Wer?»

«Kröten.»

Diese bemerkenswerte naturkundliche Information beeindruckte Gaylord weit weniger, als das unter anderen Umständen wohl der Fall gewesen wäre. Sie waren jetzt fast vor Henrys Haus angelangt, und Gaylords Neugier nahm verzweifelte Formen an. Der bloße Gedanke, die ganzen Sommerferien in Ungewißheit zu bleiben, war unerträglich. Er erwog sogar schon einen offenen Vorstoß; nur sein angeborener Sinn für Schicklichkeit hielt ihn zurück. Und für das subtilere: ‹Hör mal, alter Junge, ich will mich dir nicht aufdrängen, aber falls ich auch nur irgend etwas für dich tun kann ...› war er zu jung.

Sie kamen an Henrys Gartentor. Henry machte es auf und schwang sich wie üblich sanft darauf hin und her.

«Also, auf bald dann», sagte er.

«Wiedersehen, Henry.» Gaylord rührte sich nicht vom Fleck. Nachdenklich rupfte er Blätter aus der Ligusterhecke.

Henry schwang immer noch hin und her. Gaylord stand weiter herum. Henry sagte: «Wir haben bald eine Eiche im Garten. Du darfst raufklettern, wenn sie groß ist.»

«Wann?»

«Weiß ich noch nicht. Ich hab die Eichel erst heute morgen eingepflanzt.»

Gaylord sann lange über diese Bemerkung nach, ein passender Kommentar fiel ihm jedoch nicht ein. Nein, er war auf der ganzen Linie geschlagen. «Ich glaub, ich geh jetzt besser», sagte er. Langsam zog er sich zurück.

«Wiedersehen», sagte Henry, pendelte auf dem Gartentörchen weiter hin und her und sah seinem Freund nach. An der Ecke drehte Gaylord sich noch einmal um und sah, wie Henry vom Tor glitt und auf ihn zugelaufen kam. «Du hast mich doch heute nachmittag mit der Lehrerin sprechen sehen», sagte Henry.

Gaylord legte die Stirn in Falten, so sehr mußte er seine Erinnerung bemühen. Dann nickte er. Ja, er glaube schon, so etwas bemerkt zu haben.

Henry rupfte Blätter von der Ligusterhecke des Nachbarn. «Ich hab ihr bloß erzählt, wie ich erwürgt worden bin», sagte er beiläufig, obwohl er einen leisen Unterton von Stolz in seiner Stimme nicht unterdrücken konnte.

Aber er konnte auch nicht verhehlen, daß ihn die Reaktion seines Publikums mit Genugtuung erfüllte.

«Er ... erwürgt?» stammelte Gaylord.

Henry nickte. «Letzte Woche. Abends auf dem Heimweg. Ganz hier in der Nähe.»

Gaylord blickte sich höchst interessiert an dieser historischen Stätte um. Doch dann befielen ihn – ganz gegen seinen Willen – heftige Zweifel. «Du kannst doch gar nicht erwürgt worden sein, Henry», sagte er.

«Wieso nicht?»

«Weil du dann tot wärst», folgerte Gaylord logisch.

«Aber ... beinah», sagte Henry. Und mit der unerschütterlichen Sicherheit, die die Erfahrung ihm verliehen hatte, fügte er hinzu: «Du kannst erwürgt werden, bis du beinah tot bist, aber nicht ganz.»

Sie standen auf dem staubigen Feldweg und besprachen den Vorfall lange und ausgiebig, bis Gaylord klarwurde, daß sie zu Hause wieder Fragen stellen würden, wenn er nicht bald heimginge. Rasch verwandelte er sich in ein Flugzeug und ließ seine Motoren zum Start warmlaufen. Sein alter Freund war in seinen Augen zu neuer Größe herangewachsen. Henry war, so schien es Gaylord, etwas Besonderes geworden. «Willst du nicht mal zu uns kommen und mit meiner Kusine spielen?»

«Ist sie nett?»

«Sie ist gräßlich.»

«Dann lieber nicht», sagte Henry.

Nun schön. Er hatte es wenigstens probiert.

«Bis dann, Henry», sagte Gaylord, packte den Steuerknüppel und startete.

«Bis dann», sagte Henry. Er empfand eine seltsame innere Befriedigung. Heute waren sie alle so nett zu ihm gewesen, sogar Quasselplatte persönlich.

Und ganz besonders Gaylord, den er immer aus respektvoller Entfernung betrachtet hatte. Noch befriedigender war jedoch, daß ihm alle zugehört hatten. Normalerweise sagte Henry nicht viel. Und wenn er einmal sprach, nahm niemand die geringste

Notiz von ihm. Der heutige Tag war für den stillen, zurückhaltenden Henry recht quälend gewesen – auf seltsame Weise aber auch wieder erfreulich.

Gaylord schlenderte durch den späten Nachmittag heimwärts und wog im Geiste eine ganze Reihe von Pros und Kontras gegeneinander ab. Nicht jeder hat einen erwürgten Freund, und er sehnte sich danach, in solchem Ruhm zu baden, aber um darin baden zu können, mußte er es erst jemand erzählen – und hier ergaben sich die Schwierigkeiten.

Gaylord war noch zu jung, um schon sehr viele Regeln für seine Lebensführung aufgestellt zu haben. Immerhin hatte er schon *ein* Prinzip, an dem er unerschütterlich festhielt, und das war: Niemals einem Erwachsenen irgend etwas erzählen, sofern es nicht unbedingt sein muß. Denn ehe man sich's versah, kam es Mummi zu Ohren. Und dann war man verloren. Sie gab keine Ruhe, bis die ganze Geschichte zerpflückt, zerredet und zerlegt war, und das abschließende Kreuzverhör ließ einen dann als nervliches Wrack zurück. Nein, den Erwachsenen würde er es sicher nicht erzählen. Aber wem dann? In diesem Augenblick verging ihm vollends die Laune. Seine kleine Kusine kam ihm auf dem Feldweg entgegen, und er war so in Gedanken gewesen, daß es für ein Ausweichmanöver zu spät war.

Wie üblich kam sie sofort zur Sache. «Laß uns nach dem Tee Kinderkriegen spielen! Ich sag dann zu dir: ‹Liebling, ich erwarte ein freudiges Ereignis›, und dann saust du ans Telefon und bestellst den Krankenwagen, aber du mußt es ganz wahnsinnig eilig machen und aufgeregt sein, und dann ...»

«Ich habe Kopfschmerzen», sagte Gaylord. Und die hatte er auch.

Emma sagte: «Immer hast du Kopfschmerzen, wenn ich was Nettes spielen will.» Sie schmollte. «Dann spielen wir eben morgen. Und übermorgen. Du hast doch jetzt Ferien – wochenlang, oder?»

Morgen und übermorgen und jeden Tag. Ein unerträglicher Gedanke. Verzweifelt versuchte er das Thema zu wechseln.

«Henry Bartlett ist erwürgt worden.»

Der Versuch war gelungen. «Totgewürgt?» fragte Emma begierig.

«Beinahe totgewürgt», verbesserte Gaylord. «Seine Seele war schon fast oben im Himmel, aber dann kam sie noch mal wieder zurück», extemporierte er.

«Warum?»

«Ein Auto kam vorbeigefahren. Und da ist der Mann weggerannt.»

Emma schien nachzudenken. «Laß uns heute nach dem Tee Erwürgen spielen. Ich erwürge dich.»

Doch Gaylord hörte gar nicht hin. Urplötzlich war ihm aufgegangen, was er da getan hatte. Er sagte ängstlich: «Sag bloß Mummi nichts davon, daß Henry Bartlett erwürgt worden ist.»

«Warum nicht?» Zwei porzellanblaue Augen musterten ihn in einer Weise, daß ihm noch unbehaglicher wurde. «Warum willst du denn nicht, daß ich es Tante May sage?»

«Sie regt sich bloß auf», sagte Gaylord.

Emma sagte: «Ich werde Tante May nichts verraten, wenn du mir versprichst, daß du die ganzen Ferien alles mit mir spielst, was ich will.» Sie lächelte wie jemand, der gerade das Trumpf-As ausgespielt hat.

Gaylord hatte noch nie etwas von Erpressung gehört. Aber er merkte, daß er in eine Falle gestolpert war, und war wütend auf sich selbst. «Na schön», sagte er. «Dann erzähl's ihr eben. Mir macht das nichts aus.»

«Macht es doch. Sonst hättest du mich ja nicht extra gebeten, es ihr nicht zu erzählen.»

«Lieber soll die sich aufregen, wie daß ich deine blöden Spiele spiele», sagte Gaylord und hätte mit diesem Satz seinen Vater nicht nur grammatikalisch bitter enttäuscht.

Emma antwortete nicht. Sie stellte sich mit dem Rücken dicht vor ihren Vetter hin, warf den Kopf zurück, lehnte ihn an seine Brust und sah ihn von unten herauf mit einem Lächeln an, daß ihm das Blut in den Adern gefror.

«Gab's was Besonderes heute in der Schule, Gaylord?» fragte Mummi leicht verzweifelt. Allmählich graute ihr vor den Mahlzeiten. Ein Tischgespräch in Gang zu bekommen, war so mühsam, wie ein altes Auto an einem Wintermorgen zu starten. Opa sagte wenig, doch seine bloße Anwesenheit genügte, um die Gäste einzuschüchtern. Jocelyn schwebte meist in seiner eigenen Welt. Emma war zwar recht gesprächig, doch sie eröffnete die Konversation meist mit Variationen über das Thema: «In unserem Garten in Indien gibt es Elefanten», was Opa in Rage versetzte und den Stachel noch tiefer in Gaylords Seele trieb. Und Gaylord, der sonst so elastisch wie ein Gummiball war, schien nur düsteren Gedanken nachzuhängen. Als sie ihn jetzt fragte, ob es in der Schule was Besonderes gegeben habe, bekam sie genau die Antwort, die sie erwartet hatte: ein müdes «Nein, Mummi».

Ach, wäre doch nur etwas passiert, das uns aus unserer Lethargie aufschreckte, dachte May. Wenn er doch nur sagen würde: Ja, Mummi, die Schule ist abgebrannt, dann könnten sie alle fasziniert zuhören. Aber nein. «Gar nichts, Gaylord?» fragte sie ermunternd.

«Nein Mummi, wir haben nur Schluß gemacht. Das ist alles.»

Der Abend war heiß und schwül. Alle Fenster standen offen, doch die Vorhänge bewegten sich nicht. Die Hitze lastete noch immer unter dem Himmel und stieg von der ausgetrockneten Erde auf. Sie war überall. Und so wie kurz vor dem Regen die Ferne näher heranrückt und alle Konturen schärfer werden, gewannen die kleinsten Ereignisse ein Gewicht und eine Bedeutung, die sie unter normalen Umständen gar nicht besaßen. Statt nur über die Oberfläche der Wahrnehmung hinwegzuhuschen, hafteten sie wie Pfeile im Bewußtsein, stilisierten sich wie Vorgänge auf der Bühne.

Jocelyn fragte: «Noch ein Stück Kuchen, Jenny?» und reichte ihr die Platte. Sie nahm ein Stück und sagte: «Danke, Onkel Jocelyn», wobei sie ihm reizend zulächelte. Reizend? Bewundernd? Verschwörerisch? Und wie schaute er sie denn an? Lag in seinen Augenwinkeln nicht das halb ernste, halb amüsierte Lächeln, das er nur denen schenkte, die er liebte?

Es mußte an der Gewitterluft liegen. Das war doch alles nur Einbildung. Sie, die kühle, überlegene May Pentecost sollte kleine Nadelstiche der Eifersucht wegen eines Teenagers empfinden? Sie, die unvoreingenommene, zärtlich liebende May Pentecost sollte sich durch die selbstverständliche Höflichkeit, die ihr Mann einem jungen Gast gegenüber an den Tag legte, irritiert fühlen? Sie, May Pentecost, die so manches Mal ein Königreich dafür gegeben hätte, wäre Gaylord nur fünf Minuten still gewesen, sollte sich nun aus der Fassung bringen lassen durch ein kurzes ‹Wir haben nur Schluß gemacht. Das ist alles.›?

Ein Schatten legte sich vor die Sonne und verdunkelte das Zimmer. Gewitter am frühen Abend, dachte sie, und hoffte, daß es bis zur Nacht vorbei sein würde. Denn beim stählernen Zucken der Blitze und beim Rasseln des Donners glaubte sie immer, der ganze Himmel sei voll von Messern und Gabeln, eine Vorstellung, die sie aus der Kindheit behalten hatte und die sie noch heute ängstigte.

‹Wir haben nur Schluß gemacht. Das ist alles.› Ach, wenn sie doch nur einen Gesprächsstoff finden würden, um die Beklemmung zu überwinden. Zum erstenmal begriff sie die Stimmung der Frauen bei Tschechow: nach außenhin nichts als Langeweile, aber darunter zitterten alle vor Spannung; und in den Wäldern riefen immerfort diese elenden Käuzchen, und die Bauern klimperten auf ihrer Balalaika ...

Abrupt kehrte sie in die Wirklichkeit zurück. Draußen war ein fernes Rumpeln zu hören. Ein Düsenflugzeug vielleicht oder das erste Grollen des Gewitters?

Emma sagte: «Jemand wollte Gaylords Freund erwürgen.» Sie lächelte zufrieden.

«Emma, red nicht so dummes Zeug», fuhr David sie an. Er wandte sich an May: «Immer geht die Phantasie mit ihr durch.»

Opa sagte: «Diesem Kind prophezeie ich eine große Zukunft. Sie wird der erste weibliche Herausgeber der ‹News of the World›.»

Jenny sagte: «Emma, du mußt wirklich nicht solche Dinge reden. Das schickt sich einfach nicht.»

«Nein, das ist wirklich nicht komisch, Schätzchen», sagte May mit jenem verhaltenen Tadel, auf den man sich bei fremden Kindern beschränkt.

Emma ließ sich von der allgemeinen Kritik nicht beirren. Sie grinste schadenfroh. «Dann fragt doch Gaylord.»

Das brauchte man Mummi gerade noch zu sagen, dachte Gaylord verbittert. Das tut sie doch automatisch. Er starrte auf seinen Teller, schob die Unterlippe vor und wartete auf die Fragen, die jetzt auf ihn herunterprasseln würden. Mummi warf nur einen Blick auf das blutübergossene, gequälte Gesicht und dachte: O Gott, da ist wirklich was passiert.

«Was ist denn passiert, Gaylord?» fragte sie.

Ausflüchte und Hinhaltemanöver waren Gaylords große Stärke. Doch bei Mummi hatte er diese Taktik längst aufgegeben. Es lohnte sich einfach nicht. Nun schön, dann wollte er wenigstens aus der Situation das Beste machen, und so servierte er seiner Familie eine schaurige, farbenprächtige Darstellung des Vorfalls.

In der Ferne grollte unablässig der Donner. Doch May hörte nichts. Gepreßt fragte sie: «Ist das auch wahr, Gaylord?»

«'türlich ist das wahr, Mummi.» Er war sehr verstimmt. Erst quetschten sie einen wie eine Zitrone aus, und dann drehten sie den Spieß um und warfen einem Aufschneiderei vor.

Zu seiner Überraschung ging Mummi jedoch nicht weiter darauf ein. «Nun, wenn ihr alle satt seid ...» sagte sie müde.

Man erhob sich. «Ich wasche ab», sagte Jenny.

«Nein, laß nur!» May wehrte ab: «Das mache ich. Und Onkel Jocelyn wird abtrocknen. Warum gehst du nicht noch ein bißchen spazieren, ehe das Gewitter losbricht.»

«Na?» sagte sie, als sie allein in der Küche waren.

«Man liest von solchen Sachen in der Zeitung», antwortete Jocelyn. «Aber daß sie vor der eigenen Haustür passieren, damit rechnet man nicht.» Er hatte das ungute Gefühl, daß man Taten von ihm erwartete. Aber Taten waren nicht gerade seine Stärke.

«Sie werden doch wohl die Polizei benachrichtigt haben?» meinte May.

«Wir müssen nicht gleich zu schwarz sehen. Du kennst Gaylords Neigung zum Dramatisieren. Man wird vermutlich Dreiviertel davon abstreichen können.»

«Dann bleibt immer noch ein sehr häßliches Viertel übrig», erwiderte May. «Und wir tragen im Augenblick die Verantwortung für fünf Kinder. Wir müssen Genaueres darüber erfahren, Jocelyn.»

«Wir könnten in der Schule anrufen», meinte er. «Aber jetzt sind Ferien.»

Sie warf ihm einen Blick liebevoller Verzweiflung zu. «Sehr konstruktiv bist du ja nicht, mein Lieber.»

«Nein», sagte er kläglich.

May trocknete sich die Hände ab. «Liebling, du mußt einfach Miss Plattner in ihrer Wohnung anrufen.»

«Aber wenn er sich das alles nur aus den Fingern gesogen hat», sagte Jocelyn beklommen. Er war Miss Plattner nur einmal begegnet und sich dabei wie ein kleiner Schuljunge mit tintenbekleckten Fingern vorgekommen. Es war kaum zu glauben, aber ein Blick von ihr – und er hatte wieder kurze Hosen angehabt.

«Du hast doch wohl keine Angst vor ihr?» fragte May.

«Schlotternde Angst», gestand er.

Sie legte die Hand auf seinen Arm. «Hör mal, Jocelyn. Vielleicht ist das Ganze nur das Phantasieprodukt eines kleinen Jungen. Aber es kann ebensogut tödlicher Ernst sein. Wir müssen hier klarsehen.»

«Ja», sagte er. «Natürlich. Entschuldige, Liebling.» Er ging zum Telefon. «Hier Pentecost. Es tut mir sehr leid, daß ich Sie um diese Zeit störe. Aber Gaylord ist mit einer phantastischen Geschichte angekommen – eins der Kinder sei überfallen worden.»

«Ich weiß nicht, wieso Sie das phantastisch nennen. So was kommt häufig genug vor.» Miss Plattners Stimme kam knapp und metallisch durch den Draht.

«Sie – Sie meinen, die Geschichte ist wahr?»

«Henry Bartlett ist vor einer Woche in der Crawford Lane überfallen worden. Er verdankt sein Leben offenbar nur dem

Umstand, daß ein vorbeifahrender Wagen den Unhold verscheuchte.»

May konnte jedes Wort mithören. Wütend stupste sie Jocelyn mit dem Finger in die Seite. «Schon vor einer *Woche*? Frag sie, warum man zum Teufel erst heute davon erfährt.»

Jocelyn sagte zaghaft: «Sagten Sie vor einer Woche, Miss Plattner? Wäre es da nicht ... Ich meine, hätte man die anderen Eltern da nicht schon früher informieren sollen?»

«Die anderen Eltern wurden nicht informiert, Mr. Pentecost, weil der arme, verstörte Junge bis heute kein Wort davon erzählt hat.»

«Oh», sagte Jocelyn. «Ich verstehe. Entschuldigen Sie, Miss Plattner.»

«Schon gut.» Miss Plattner fand, daß Kinder relativ unproblematisch waren, doch der Herr bewahre einen vor den Eltern!

«Frag sie, ob sie die Polizei benachrichtigt hat!» flüsterte May.

«Sie haben doch sicher die Polizei benachrichtigt?» sagte Jocelyn.

«Wollen Sie mich über meine Pflichten aufklären, Mr. Pentecost? Natürlich habe ich die Polizei informiert.»

«Gut. Ich war überzeugt, daß Sie das getan hätten.»

Miss Plattner sagte: «Verzeihen Sie, wenn ich etwas kurz angebunden war. Ich verstehe Ihre Sorge durchaus. Aber inzwischen haben mich fünfzehn Eltern angerufen und mir die gleichen Fragen gestellt. Guten Abend, Mr. Pentecost.» Sie legte auf.

Jocelyn wischte sich über die Stirn. «Wie muß die auf ein kleines Kind wirken!» Dann sah er das Gesicht seiner Frau. «Liebling! Es muß nicht noch mal passieren. Es kann doch jemand gewesen sein, der nur hier durchkam. Außerdem ist die Polizei ...»

«Es *wird* wieder passieren», sagte sie. Sie sah an ihm vorbei und starrte zum Fenster hinaus auf den bleigrauen Himmel. «So was wiederholt sich immer. Und die Polizei kann nicht *jedes* Kind in dieser Gegend bewachen.»

Er legte den Arm um sie. Sie zitterte am ganzen Leib und war trotz der Sommerhitze eiskalt. «Das nächste Mal ...» flüsterte sie tonlos, «... das nächste Mal kommt vielleicht kein Wagen im rechten Moment vorbei. Das nächste Mal ist es vielleicht ...» Sie brach ab. «Ich möchte bloß wissen, ob er sich immer noch mit Willie trifft.»

«Liebling, du darfst Willie damit nicht in Verbindung bringen. Das ist wirklich unfair. Er ist nur ein harmloser Narr.»

«Woher weißt du, daß er harmlos ist?» fragte sie gereizt. «Woher kann das irgend jemand wissen, bevor was passiert ist?»

«Ich gebe zu, es ist fatal, daß Gaylord ausgerechnet den Dorftrottel zu seinem besten Freund erkoren hat. Aber es ist absolut typisch für ihn. Und es wäre sehr falsch, sich hier einzumischen, bevor wir Genaueres wissen.»

«Wenn wir Genaueres wissen, ist es vielleicht schon zu spät.»

«Trotzdem ...» sagte Paps.

Auch er schaute aus dem Fenster. «Da haben wir's», sagte er. «Die Polizei ist schon in Aktion. Da drüben! Ist das nicht schon eine gewisse Beruhigung für dich?»

5

Es wäre nicht korrekt, zu behaupten, daß der junge Constable Harris eine schlechte Meinung von den Fähigkeiten anderer Leute hatte. Er hatte lediglich eine höhere Meinung von seinen eigenen. Er war tüchtig, ehrgeizig, eifrig, freundlich, kurz gesagt ein guter Polizeioffizier. Und seine Vorgesetzten konnten ihn nicht ausstehen.

Er lehnte sein Fahrrad an die Gartenpforte. Ehe er an der Haustür läuten konnte, hatte Mummi bereits aufgemacht. «Kommen Sie herein, Constable. Wir haben Sie schon erwartet.»

Er machte ein leicht enttäuschtes Gesicht. «Sie sind schon von der Schule informiert worden?» fragte er.

«Ja», sagte Mummi. «Es ist – ganz entsetzlich, nicht wahr?»

«Ja. Wir werden natürlich unser Bestes tun. Aber wir sind wenig Leute, Mrs. Pentecost, sehr wenige.»

Paps sagte: «Gibt es irgend etwas, was wir tun könnten, Constable? Vielleicht die Kinder warnen?»

«Nun, Mr. Pentecost, Sie kennen ja die allgemein herrschende Auffassung: Man soll den Kindern bangemachen, aber sie nicht erschrecken. Mehr kann ich dazu auch nicht sagen. Leider haben wir keine Beschreibung des Täters.»

Er schaute Paps ernst an. «Vielleicht können Sie mir helfen, Mr. Pentecost. Ich bin neu hier in der Gegend. Da ist doch dieser Willie Foggerty, der sich meist in dem alten Steinbruch auf Ihrem Grundstück herumtreibt, wie ich höre. Haben Sie diesbezüglich irgendwelche Klagen?»

Jocelyn schüttelte den Kopf. «Er ist beschränkt und erstaunlich sanft. Ich glaube, er könnte keiner Fliege was zuleide tun.»

Der Polizist wandte sich an May. «Würden Sie das auch sagen, Mrs. Pentecost?»

«Ich habe absolut keinen Beweis für das Gegenteil», antwortete May.

Er sah sie prüfend an. Dann sagte er: «Im Dorf wird über ihn geredet. Aber bei so einem Fall kommt natürlich jeder, der nur im geringsten von der Norm abweicht... Was war denn das?»

Sie hatten noch unter der Haustür gestanden. Und der Sommertag sah jetzt so zerzaust aus wie kurz vor einem Sturm. Der Himmel war wie ein ungemachtes Bett, die Bäume und Büsche bogen sich hin und her, Blätter und Strohhalme wirbelten durch die Luft. Und der anmaßende Sturmwind trug einen Schrei herüber, der Mays Herz fast stillstehen ließ, Jocelyn ein bleiernes Gefühl im Magen verursachte und der in den Ohren von Constable Harris das süße Wort «Beförderung» auslöste.

Einen Augenblick starrten sie sich gegenseitig an. «Ja, was war das?» flüsterte May. Sie war schneeweiß geworden.

«Da hat ein Mensch geschrien», sagte Constable Harris. «Ein Kind, möchte ich sagen.» Er reagierte blitzschnell. «Kommen Sie, Mr. Pentecost! Ihre Frau bleibt besser hier!»

«Reden Sie keinen Unsinn», sagte Mummi schroff und lief voran.

Sie rannten über den Hof und spähten aufgeregt nach allen Seiten. Doch der Hof lag leer im bleichen, bleiernen Zwielicht. Sie liefen weiter.

Sie kamen zur Koppel, wo der Wind das Gras peitschte, daß es in Wellen dahinzuschießen schien wie ein Bach über die Steine.

Aber auch hier fanden sie nichts. Dann kamen sie zu einem Hohlweg. Hohe Böschungen und überhängende Zweige machten ihn zu einem Tunnel; die Böschungen waren von den bloßliegenden knorrigen Wurzeln der Bäume wie von Adern durchzogen. Und hier, an diesem unheimlich düsteren Ort, blieb May das Herz stehen, als Constable Harris rief: «Was ist das?»

Halb verdeckt vom hohen Gras lag dort drüben ein farbiges Bündel, aus dem zwei weiße, pummelige Beine herausragten. Lieber Gott, laß es nicht Gaylord sein, dachte sie. Lieber Gott, nur nicht Gaylord!

Als sie näher kamen, blickten sie in zwei klare, porzellanblaue

Augen. «Wir spielen Erwürgen», sagte Emma hochbefriedigt. «Ich bin das Opfer.»

«Verdammt», sagte Constable Harris *sotto voce*. Aber May war nicht nach *sotto voce* zumute. Wütend rief sie: «Steh auf, du dumme Gans!»

Emma rappelte sich hoch, nicht ganz so selbstsicher wie gewöhnlich. May stand dicht vor ihr. Sie sah aus, als sei sie auf einmal zwei Meter groß. «Wo ist Gaylord?» fauchte sie.

«Da oben im Baum.» Emma wies auf eine Eiche in der Nähe.

«Gaylord, komm sofort herunter!» schrie Mummi.

Gaylord hatte gerade festgestellt, daß er hoch oben in einem Baum vergleichsweise sicher sei, und darum wollte er dort oben auch noch ein Weilchen bleiben – wie König Charles. Doch Emma und Mummi hatten dem Glück ein jähes Ende bereitet. Weiber, dachte er angewidert, als er herunterrutschte. «Hier bin ich, Mummi», sagte er voller Hoffnung.

May fuhr ihn an: «Hast *du* das alberne Spiel gespielt?»

«Ja, Mummi.»

May holte tief Luft. «Ich muß mich doch sehr wundern über dich. Ich dachte, Paps und ich hätten dich besser erzogen. Ein Freund von dir wird brutal überfallen und beinahe umgebracht, und – und du hältst das für ein Spiel.»

Gaylord schob die Unterlippe vor, sagte aber nichts.

Jocelyn sagte: «Wirklich erschreckend geschmacklos, alter Knabe.»

Gaylord hatte damit gerechnet, daß Mummi sich aufregen würde. Aber er war wirklich verstört, daß auch Paps erregt war. Er wußte, wenn Paps sich einmischte, dann hatten die Dinge, wie Mrs. Twegg zu sagen pflegte, den Kulminationspunkt erreicht. «Entschuldige, Paps», murmelte er.

«Für Entschuldigungen ist es zu spät», sagte Mummi. «Du hast etwas sehr Herzloses getan.»

«Ganz davon abgesehen, daß du die Polizei bei ihren Nachforschungen irregeführt hast», warf Constable Harris in freundlichem, aber bestimmtem Ton ein.

«Richtig.» Das mußte Mummi natürlich sofort aufgreifen.

«Während Constable Harris feststellen muß, was hier vor sich geht, hat jemand anders vielleicht seine Hilfe nötig.»

«Ich nehme an, das warst du, der da so geschrien hat?» sagte Constable Harris.

«Ja», sagte Emma stolz. «Ich hab geschrien und geschrien und geschrien. So ...» Sie offerierte ihnen das täuschend echte Geräusch eines in den Tunnel einfahrenden Zuges.

«Hör auf!» sagte Mummi scharf. Emma hörte auf. Sie machte ein Gesicht wie eine Primadonna, deren hohes C soeben vom Publikum mit Buhrufen bedacht worden ist. Dann wandte sie sich an den Constable. «Haben Sie einen Gummiknüppel?»

«Nur keine Angst», sagte Harris.

«Hauen Sie die Leute damit?»

Constable Harris gab keine Antwort. Mummi sagte: «Ihr beide geht jetzt besser ins Bett.»

Gaylord wollte das nicht so ohne weiteres hinnehmen, obwohl er es im Grunde für eine gute Idee hielt, denn so wurde er wenigstens Emma los. Entrüstet sagte er: «Mummi, es ist noch nicht mal sechs.»

«Aber bald», sagte Mummi.

«Bestimmt nicht», sagte Gaylord. «Ich wette, es ist erst fünf.»

Paps rief energisch: «Gaylord, sei nicht ungezogen!»

Zu Gaylords Entsetzen fragte Emma: «Dürfen wir zusammen schlafen?»

«Nein», sagte Mummi und hatte damit bei Gaylord wieder einen Pluspunkt.

«Ich hab noch nie mit einem Mann geschlafen», sagte Emma.

Hier bei mir fängst du auch nicht damit an, dachte Mummi, und ging zurück ins Haus.

Die anderen folgten ihr. Gaylord grübelte traurig über die Ungerechtigkeit des Lebens nach. Er hatte das Spiel genauso blöd und töricht gefunden wie Mummi; er hatte es nur einem Gast zuliebe gespielt. Und nun schoben sie ihm alle Schuld in die Schuhe. Warum habe ich ihnen das bloß nicht erklärt, dachte er. Aber die Gründe waren zu kompliziert. Loyalität der Kusine gegenüber? Die unvermeidliche Opposition aller Kinder gegen die Erwachsenen? Reiner Trotz? Er wußte es nicht. Er wußte nur das eine: daß er wieder genau da war, wo er die meisten Stunden seines jungen Lebens verbracht zu haben glaubte: auf dem Sünderbänkchen.

Doch als er im Bett lag, kam Mummi in sein Zimmer, und er wußte sofort, daß sie eine ganz andere Mummi war. Sie war nicht mehr zwei Meter groß, und sie lächelte sanft, fast entschuldigend. Sie setzte sich zu ihm aufs Bett, nahm seine Hand, spreizte die Finger fächerförmig auf der ihren und betrachtete sie nachdenklich. «War das dumme Spiel wirklich deine Idee?» fragte sie.

Er schwieg. «Oder war es Emmas?» insistierte sie.

Er schwieg immer noch. «*War* es Emmas?» fragte sie noch einmal.

«So ungefähr», flüsterte er.

«Das dachte ich mir.» Sie lächelte nachdenklich zu ihm herab. «Warum hast du das nicht gleich gesagt?»

«Ich weiß es nicht, Mummi.»

«Ich glaube, ich weiß es», sagte sie und ließ es damit bewenden. Sie spielte noch immer mit seinen Fingern.

«Siehst du Willie noch gelegentlich?» sagte sie beiläufig.

Er runzelte die Stirn. «Ich glaube, ich hab ihn kürzlich mal gesehen, Mummi. Aber nur von weitem.»

Sie verbarg ihre Sorge. «Liebling, wie oft soll ich dir das noch sagen? Willie ist kein passender Umgang ...»

«Aber er ist interessant, Mummi. Er hat nicht alle Tassen im Schrank.» Seine Augen leuchteten. «Ich kenne niemand sonst, der nicht alle Tassen im Schrank hat.»

Sie gab es auf. «Verstehst du, Gaylord, was Henry passiert ist, das könnte dir auch passieren», sagte sie. «Oder Emma. Und es könnte – noch schlimmer ausgehen.»

«Ja, Mummi.»

«Ich weiß, du kannst schon gut allein auf dich aufpassen. Aber Emma ist nur ein Mädchen, und jünger als du, und ...» Sie spielte ihre Trumpfkarte aus – «und ganz unter uns: Sie ist ein ziemlich albernes kleines Mädchen ...»

Sie ließ ihm Zeit, das zu verarbeiten, und beobachtete seine Miene. Ja, nun waren sie auf der gleichen Wellenlänge. «Deshalb möchte ich, daß du dich soviel wie möglich in ihrer Nähe aufhältst. Entfernt euch auf keinen Fall zu weit vom Hof! Und vor allem – wenn ihr irgendwelche fremden Männer seht oder irgend jemand, der sich komisch benimmt, dann bringst du Emma auf der Stelle nach Hause.»

Das mußte Gaylord sich erst mal durch den Kopf gehen lassen. Sie wartete beklommen. Endlich sagte er nachdenklich: «Mummi?»

«Ja, Liebling?»

«Sie ist ein bißchen anstrengend. Meinst du nicht, David oder Jenny könnten mich ab und zu mal ablösen?»

Es zerriß ihr das Herz. Aber sie schob das Mitleid beiseite. Dafür war die Sache zu ernst. «Natürlich könnten sie. Aber andererseits ...» Sie biß sich auf die Lippen.

«Was, Mummi?»

«Nun ja, Jenny ist auch bloß ein Mädchen. Und David ... Er ist ein netter Junge, aber ein bißchen verträumt, nicht wahr?» Sie schüttelte den Kopf und drückte fest seine Hand. «Wenn *du* in ihrer Nähe bist, ist mir erheblich wohler, Gaylord.»

Er seufzte. «Okay, Mummi. Schließlich sind es ja nur sieben Wochen, nicht?» sagte er wehmütig.

Sie fuhr zusammen. Und wenn nun nach sieben Wochen diese entsetzliche Bedrohung immer noch über ihnen schwebte? Dann konnte sie ihm keinen Begleiter mehr aufschwatzen. Dann würde Gaylord wieder allein auf den Wiesen und Feldern herumstreifen. Es sei denn, sie könnte ihn dazu überreden, Leibwächter für den armen Henry zu spielen. Aber bis dahin floß noch viel Wasser den Bach hinunter, dann würde man weitersehen. Sie beugte sich über ihn und drückte einen Kuß auf die weichen, feuchten Lippen. «Gute Nacht, mein Liebling, gute Nacht.»

«Nacht, Mummi, Nacht.» Sie ging zur Tür. «Mummi?»

«Ja, Herzchen?»

«Ich könnte vor Emmas Tür schlafen, wenn du willst. So wie der Ritter in dem Buch, das ich gelesen habe.»

«Ich werd's mir überlegen», sagte sie. «Aber ich hoffe, das wird nicht nötig sein.» Der gute Gaylord, dachte sie. Wenn man ihn erst mal herumgekriegt hat, dann gibt er sich nicht mit Halbheiten zufrieden.

Aber Gaylord beschäftigte der Gedanke noch. «Du, es muß aber ziemlich unbequem für den Ritter gewesen sein, so in seiner Rüstung und allem auf der Türschwelle zu schlafen.»

«Ich würde denken, er hat sie abgelegt und einen Pyjama angezogen, Liebling.»

Gaylord wäre nie auf den Gedanken gekommen, daß ein Ritter jemals die Rüstung ablegen könnte. «Das glaube ich nicht, Mummi. Dann hätte er ja einen Schraubenschlüssel und all so was gebraucht.»

«Wie lästig», sagte Mummi, «einen Werkzeugkasten im Schlafzimmer zu haben.» Aber so ganz vermochte sie die Sorgen, die ihrem Sohn die Probleme eines mittelalterlichen Ritters bereiteten, nicht zu teilen. Sie hatte an den Problemen ihres eigenen Jahrhunderts reichlich genug, sagte sie sich.

Gaylord lag in seinem Bett und war ganz gerührt. Die alte Mummi war eigentlich gar nicht so übel. Ein Jammer nur, daß sie immer das Leben anderer organisieren mußte. Aber das war wohl so ihre Art. Eines mußte man ihr lassen: wenn sie Hilfe brauchte – was weit häufiger vorkam, als sie zugeben mochte – also wenn sie Hilfe brauchte, dann war sie nicht zu stolz, einen darum zu bitten.

Mummi und Paps waren im Begriff, ins Bett zu gehen. «Ich habe vorgebaut», sagte May. «Gaylord ...»

«Moment, Liebling. Ich hab meine Uhr im Bad liegenlassen.» Er sauste los. Sie wartete geduldig. Das war so eine von Jocelyns enervierenden Angewohnheiten. Sobald sie zu einer wichtigen Mitteilung ansetzte, fiel ihm etwas ein, was er vergessen hatte, und er verschwand. Oder liegt es vielleicht daran, dachte sie, daß ich ihm dauernd was zu sagen habe? Vielleicht schnurre ich ab wie ein aufgezogenes Uhrwerk.

Er kam zurück. «Ich habe vorgebaut», begann sie erneut. «Von jetzt an werden Gaylord und Emma unzertrennlich sein wie siamesische Zwillinge. Solche... Männer... suchen sich doch immer vereinzelte Kinder heraus, nicht wahr?»

«Ich glaube schon.» Er kletterte ins Bett. May war auch soweit. Sie machte das Licht aus, ging zum Fenster und zog die schweren Vorhänge zurück.

Aus dem Gewitter war nicht viel geworden. Es war, wie die Leute auf dem Lande sagen, dem Fluß gefolgt, brummelnd wie ein alter, zänkischer Mann. Nur am Horizont war noch eine niedrige Wolkenbank zu sehen, sie schimmerte im Licht des Mondes.

Es war kein Vollmond mehr. Die Wolkenmäuse hatten an dem gelben Mondkäse genagt. Merkwürdig, dachte May, der Vollmond ist so friedlich heiter, doch sobald er abnimmt, lächelt sein unheilvolles, pockennarbiges Gesicht hämisch über den Opfern der Dunkelheit: über den flinkäugigen Mäusen; über dem angstäugigen Hasen, der verzweifelt an seinem in der Falle eingeklemmten Lauf nagt; über dem Vogel, den die triumphierende, listige Katze davonschleppt; und über dem Kind, das jemand ins Gebüsch zerrt... Sie stieß einen unterdrückten, entsetzten Schrei aus. «Was ist denn?» fragte er besorgt.

«Ich hab nur an was gedacht», sagte sie bedrückt in die Dunkelheit hinein.

«Komm ins Bett», sagte er. «Unsere kleinen Hühnchen sind ja alle im Nest.»

«Ja», sagte sie. Da klopfte es an die Tür. «Tante May? Darf ich hereinkommen?»

«Ja, komm herein», rief sie. Die Tür ging auf. Jenny stand auf der Schwelle, vom gelben Licht umrahmt. «Es ist wegen David, Tante May. Er ist nicht in seinem Zimmer.»

Jocelyn sagte: «Mach dir keine Sorgen. Der Mondschein fasziniert ihn. Er wird noch einen kleinen Nachtspaziergang machen.»

«Das ist alles schön und gut», sagte May. «Aber das sollte er nicht tun. Er ist schließlich noch ein Junge. Und...» Sie hatte sagen wollen: ‹Wo sich doch dieser Mann hier herumtreibt.› Aber da sah sie Jennys ängstliches Gesicht. So lachte sie denn und sagte: «Es ist nicht gerade der Gipfelpunkt der Höflichkeit, ohne ein Wort das Haus zu verlassen.»

«Ich wollte ihm ein Buch zurückbringen, das ich mir von ihm geliehen hatte», sagte Jenny. «Und da war er nicht in seinem Zimmer. Er – sollte nicht so allein losgehen, besonders nachdem Gaylords Freund das passiert ist.»

Jetzt werden sie mich gleich aus dem Bett scheuchen, damit ich was unternehme, dachte Jocelyn. Niemand weiß was Rechtes, und was wirklich Konstruktives kann man gar nicht tun, aber sie werden keine Ruhe geben, bis sie mich aus dem Bett haben. Er versuchte vorzubauen und sagte mit fester Stimme: «Mach dir keine Sorgen, Jenny! David ist alt genug, um allein auf sich aufzupassen.»

«Aber er ist so verträumt», sagte das Mädchen. «Der – der sieht doch niemand, bis es zu spät ist.»

«Ach, dieser Kerl hat es auf kleine Kinder abgesehen, nicht auf junge Männer wie David. Solche Leute sind spezialisiert», sagte Paps, dabei hatte er nicht die geringste Ahnung, wovon er eigentlich sprach.

«Trotzdem, ich mache mir Sorgen», sagte Jenny.

May sagte ruhig: «Meinst du nicht, es wäre besser, wenn du mal eben bis zur Einfahrt hinuntergingst, Jocelyn? Nur um einmal Ausschau zu halten?»

«Und wozu soll das gut sein?» Er hatte mit hinter dem Kopf verschränkten Armen im Bett gelegen. Jetzt rutschte er tiefer herunter und zog sich die Decke bis ans Kinn. Sie hatten es auf ihn abgesehen. Aber er würde nicht ohne Kampf aufgeben.

«Ich glaube, dann wäre Jenny ein bißchen wohler», sagte May. Er schaute Jenny an. Sie sah so süß und hilflos und attraktiv aus in ihrem zitronengelben, seidenen Morgenrock. Bei diesem Anblick rührte sich der fahrende Ritter in ihm.

«Bitte, Onkel Jocelyn», sagte Jenny flehentlich.

Der fahrende Ritter rührte sich nicht nur, er stieß den Dichter mittleren Alters aus dem Bett. «Ich werde gehen und sehen, was ich tun kann, Jenny», sagte er in beruhigendem Ton.

«Das ist sehr lieb von dir, Onkel Jocelyn.» Jennys dankbares Lächeln ließ sein Herz aufjubeln. Sie ging hinaus und machte leise die Tür hinter sich zu. «Na, das ging ja auf einmal flott», sagte May spitz.

«Was ging flott?» fragte Jocelyn, während er in seine Hose stieg.

«Wie du aus dem Bett gekommen bist. Gerade noch hast du knurrend in deiner Ecke gelegen und nach jedem geschnappt, der dir zu nahe kommen wollte. Und ein süß geflötetes ‹Bitte, Onkel Jocelyn› – und schon wedelst du mit dem Schwanz und willst Gassi gehen.»

Jocelyn war sehr gekränkt. «Du tust, als ob ich mich lächerlich gemacht hätte.»

«Manchmal sind Männer lächerlich», sagte May säuerlich.

Er zog die Jacke über den Schlafanzug und ging zur Tür. «Du bist eifersüchtig», sagte er kalt. «Eifersüchtig auf ein Mädchen, das noch ein halbes Kind ist.»

«Halbe Kinder können in Seidennegligées, von hinten angestrahlt, sehr attraktiv wirken.»

«Ich begreife dich nicht, May. Du wolltest doch unbedingt, daß ich aufstehe, obwohl es absolut sinnlos ist. Und kaum bin ich aus dem Bett, beklagst du dich. Was willst du nun eigentlich?»

«Ich will, daß du dich deinem Alter entsprechend benimmst. Aber vielleicht tust du das ja gerade. Du bist ja nicht mehr weit von den stürmischen Vierzigern, nicht wahr?»

«Ich gehe nach draußen», sagte er verärgert. «Es ist völlig sinnlos, aber ich gehe nach draußen.»

Doch auch May zog sich an. «Moment. Ich komme mit.»

«Wie bitte?» Er war erstaunt.

«Ich glaube nämlich zufällig nicht daran, daß solche Kerle spezialisiert sind. Ich halte es durchaus für möglich, daß er in einer Nacht auf Henry Bartlett losgeht und in einer anderen auf meinen Mann.»

Er war schon ein wenig besänftigt, aber ganz so rasch wollte er sich doch nicht von seinem hohen Roß herunterlocken lassen. «Ich bin sehr wohl imstande, allein auf mich achtzugeben», sagte er frostig.

«Das möchte ich stark bezweifeln», sagte May vergnügt. Sie knotete ihr Kopftuch unter dem Kinn. «Fertig?»

«Aber ... aber wenn nun Amanda wach wird?»

«Jenny wird schon mit ihr fertig werden.»

Sie blickten sich an. «Es wäre mir lieber, du gingst wieder ins Bett», sagte er.

«Spar dir deine Puste fürs Porridge», sagte sie. «Los, komm!»

Auf Zehenspitzen huschten sie durchs Treppenhaus. «Das möchte ich deinem Vater nicht erklären müssen», flüsterte sie und kicherte amüsiert. Sie schlichen nach unten und mußten feststellen, daß die Haustür in der Tat nicht abgeschlossen war. Sie traten hinaus ins fahle Licht einer kühlen Sommernacht. «Wie berechnet man einen Kreisumfang?» fragte Jocelyn.

«Pi R Quadrat», sagte May. «Was hat das hiermit zu tun?»

«Sehr viel», antwortete er. «Angenommen, David ist irgendwo in einem Radius von drei Meilen. Das wären dreikommasoundsoviel mal neun, macht rund 28. 28 Quadratmeilen durchkämmen? Oder machen wir Stichproben?»

«Wir machen eine einzige Stichprobe», sagte May. «Bis vorn zur Einfahrt. Dann kehren wir um und sagen Jenny, wir hätten nichts Verdächtiges gesehen oder gehört, und dann beruhigt sie sich schon.»

«Ich sehe nicht ein, wieso sie das beruhigen soll. Bei 28 Quadratmeilen ...»

«Liebling, Frauen sind nun mal unlogisch. Jenny wird die 28 Quadratmeilen nicht ausrechnen. Sie ist einfach beruhigt, wenn wir ihr erzählen ... Was ist das?»

Kein Luftzug regte sich. In der tiefen Stille hörten sie ein heftiges, regelmäßiges Keuchen, das rasch näher kam. «Da rennt jemand», sagte Jocelyn. Er bekam eine Gänsehaut. Diese eiligen Schritte hatten etwas merkwürdig Bedrohliches.

May packte ihn am Arm. Die Schritte waren jetzt ganz nah. Sie hörten nicht nur das Knirschen der Schuhe auf dem rauhen Weg, sondern auch die schweren, keuchenden Atemzüge eines

Menschen. Da kam er um die Ecke, die Einfahrt herauf. Sein Atem ging röchelnd. Sein Gesicht sah im Mondlicht angstverzerrt aus. «David, was ist denn?» schrie May.

Er schaute sie verstört an. «Was...?» keuchte er und brach ab. Er rang verzweifelt nach Atem. «Ich... konnte nicht einschlafen», japste er. «Bin... spazierengegangen. Dann... hab ich mich wieder verlaufen und kriegte es mit der Angst zu tun. Ich habe... Gespenster gesehen.»

Er zitterte am ganzen Leib.

Jocelyn sagte: «Hör mal, David, das geht nicht. Du kannst hier nicht nachts im Mondschein herumlaufen. Das ist... das ist krankhaft. Und die Landschaft ist wirklich unheimlich bei Nacht. Da würde ich auch Gespenster sehen.»

May sah die Sache wieder mal von der mehr praktischen Seite. «Du solltest nicht so rennen. Du bist ja in Schweiß gebadet. Nun marsch ins Bett, aber rasch.»

«Ja, Tante May», sagte er gehorsam und sprang eilig auf das Haus zu. «Schau aber noch eben zu Jenny herein und sag ihr, daß du wieder da bist. Aber beeil dich», rief May ihm nach.

Er reagierte nicht und verschwand im Haus. «Glaubst du, es fehlt ihm was?» fragte May besorgt.

«Ja, er lebt in einer anderen Welt. Das ist alles.» Jocelyn betrachtete die mondhelle Landschaft. Über den sumpfigen Wiesen lag der Nebel wie bleiches Linnen. Jeder Baum stand Wache über dem Kerker seines eigenen Schattens. Keine Bewegung, kein Laut, kein Lufthauch im weiten Flußtal. Er schauderte und erinnerte sich daran, wie seine jungen, erwachenden Augen diese unirdische Lieblichkeit einst beeindruckt hatte.

Aber seine Frau war wie üblich recht irdisch. «Er wird doch wohl... diesem Kerl nicht begegnet sein?» sagte sie.

«Großer Gott, nein. Der arme kleine Henry Bartlett ist mehr nach seinem Gusto.»

«Aber sein Gesicht», sagte May. «Er sah ganz entsetzt aus. Ich bin sicher, das war nicht nur das Mondlicht.»

Sie gingen zurück ins Haus. Er hakte sich bei ihr unter.

«Mach dich nicht verrückt, May. Es würde mich nach wie vor

nicht wundern, wenn der kleine Henry die ganze Geschichte erfunden hätte.»

Sie kamen in das hellerleuchtete Haus. Draußen stieg der Mond am Himmel hoch, eine Eule schrie im Henkerswald, ein Igel lief schwerfällig über den Hof, und Bessie, die Sau, schnarchte und wälzte sich in wollüstigem Schlaf.

Doch dann auf einmal eine kaum merkliche Veränderung, ein rascherer Pulsschlag des Lebens. Es war immer noch dunkel, doch da wehte eine erste Morgenbrise über das Kornfeld und bog die Halme nieder, ein Vogel erwachte und zwitscherte klagend, das eisige Schwarz am östlichen Himmel zerbarst in Helligkeit. Wie eine Staffel Jagdflugzeuge stiegen die Lerchen zum Himmel auf. Ein neuer Tag voll Gefahr und Entzücken, Leben und Tod, war über der englischen Landschaft angebrochen, Freude und Schmerz, ein neuer Tag voll pulsierender Betriebsamkeit hatte begonnen.

Opa war auf den Beinen und schnupperte die Morgenluft. Plötzlich merkte er, daß er beobachtet wurde. Durch ein Loch in der Hecke sah er den Helm eines Polizisten. Und zwei Augen.

Opa schäumte vor Wut. «He! Sie da! Kommen Sie sofort da heraus!» schrie er wütend.

Es ist gar nicht so einfach, durch eine Hecke zu kriechen und dabei die Würde zu bewahren. Doch Constable Harris schaffte es. Er sah Opa mit unverhohlenem Interesse an, was den alten Herrn nur noch mehr in Rage brachte. «Sie sind aber früh auf den Beinen», sagte Harris.

Opa tat sich gern etwas auf seine Kavaliersmanieren alter Schule zugute. Doch gelegentlich kamen sie ihm abhanden. So wie jetzt. «Kümmern Sie sich gefälligst um Ihren eigenen Dreck, verdammt noch mal!» fauchte er.

Der Constable ignorierte den guten Rat. «Sie arbeiten wohl hier, was?» fragte er mit dem etwas zu dick aufgetragenen Ton freundlicher Herablassung, den er bei den arbeitenden Schichten bevorzugte.

«Ja», antwortete Opa. «Ich arbeite hier. Zufällig lebe ich auch hier. Und zufällig gehört mir auch der Grund und Boden, auf dem Sie da stehen.» Er schnappte nach Luft. «Und wenn Sie hier nicht verschwinden und mir nicht aus den Augen sind, bevor ich bis zehn zähle, dann werden Sie Ihr blaues Wunder erleben. Ich rufe meinen alten Freund, den Chief Constable, an und beschwere mich, daß ein Unbefugter mein Grundstück betreten hat. Und ich werde ihm auch sagen, wer.»

Im Unterschied zu Jocelyn konnte Constable Harris sich einer veränderten Sachlage blitzschnell anpassen. Er hatte ins Fettnäpfchen getreten, weil er sich von einer schäbigen alten Jacke und einer geflickten Hose hatte täuschen lassen. Trotzdem war das kein Grund, bedingungslos zu kapitulieren. «Verzeihung, Sir», sagte er kühl. «Ich war der Meinung, dieses Grundstück gehöre Mr. Pentecost.»

«Ich bin John Pentecost», sagte Opa mit furchterregender Stimme.

«Verzeihung, Sir. Ich habe einen anderen Mr. Pentecost kennengelernt und war der Ansicht, der Hof gehöre ihm.»

«Und da dachten Sie, ich wäre einer der Knechte, und Sie hätten daher das Recht, mir nachzuschnüffeln?»

Constable Harris war ganz Würde. «Mr. Pentecost, in dieser Gegend sind zwei Kinder überfallen worden. Finden Sie nicht, daß unter diesen Umständen eine gewisse Schnüffelei gerechtfertigt ist?»

Opa fragte gelassen: «Sagten Sie zwei Kinder, Constable?»

«Ja. Gestern abend ist ein kleines Mädchen tätlich angegriffen worden. Darum ...»

«Darum waren Sie neugierig, was ich so früh hier draußen mache?»

«Ja», sagte Constable Harris.

«Ich muß mich entschuldigen», sagte Opa. «Sie haben nur Ihre Pflicht getan, eine ganz abscheuliche Geschichte aufzuklären.»

«Schon gut, Sir», sagte Constable Harris völlig unbeeindruckt.

«Ist das kleine Mädchen – verletzt worden?»

«Nein. Sie hat Glück gehabt, genau wie das erste Opfer. Ihre

Mutter war ihr entgegengegangen und kam gerade noch rechtzeitig. Der Unhold ist weggerannt.»

«Weiß mein Sohn schon davon? Der andere Mr. Pentecost?»

«Nein. Ich war gerade auf dem Weg zu ihm, um ihn zu warnen, als Sie mir auffielen.»

«Da haben Sie nichts versäumt», sagte Opa. «Mein Sohn ist um diese Zeit noch nicht auf. Soll ich es ihm ausrichten? Dann verlieren Sie hier keine weitere Zeit.»

«Das wäre nett, Mr. Pentecost. Vielen Dank. Sagen Sie ihm, wir tun, was wir können.»

«Natürlich.»

Der Polizist sah Opa durchdringend an. «Haben Sie irgendwelche Vermutungen, oder ist Ihnen vielleicht eine verdächtige Person aufgefallen?»

Opa sah den Polizisten durchdringend an. «Nicht das geringste. Und mich können Sie von Ihrer Liste streichen, Constable. Ich habe zwar auch dunkle Stellen in der Seele, weiß Gott, aber nicht in der Richtung.»

«Gewiß nicht, Mr. Pentecost», sagte Constable Harris, salutierte und machte kehrt. Opa ging ins Haus. Der Morgen hatte viel von seiner strahlenden Fröhlichkeit verloren. Ein drittes Opfer wird wohl kaum so viel Glück haben, dachte er. Und wer würde das dritte Opfer sein? Ach, es war abscheulich, daß so ein schwarzer Schatten auf sonnige Kindertage fallen mußte.

Er kam in die Küche. May stand am Elektroherd. «Wieder ein Kind», sagte er. «Diesmal ein Mädchen. Aber ihr ist nichts passiert, wie ich höre.»

May ließ die Gabel klirrend in die Bratpfanne fallen und starrte ihn aus noch halb verschlafenen Augen entsetzt an.

«Wer war es, Schwiegervater?»

«Keine Ahnung», sagte er. «Der Constable war hier und wolte Jocelyn Bescheid sagen. Aber ich habe ihm versichert, so früh sei der noch nicht auf», fügte er befriedigt hinzu.

In diesem Moment kam Jocelyn in die Küche und sagte verärgert: «Natürlich bin ich auf. Bloß, weil ich nicht jeden Tag in ein Büro gehe, Vater, heißt das doch nicht, daß ich im Bett ...»

«Wieder ein Kind», sagte May tonlos.

«Wer? Was – wieder ein Kind?» fragte Jocelyn, der seine ganze Konzentration aufbieten mußte, um zu so früher Morgenstunde einen Gedankengang verfolgen zu können.

«Es ist wieder ein Kind überfallen worden», sagte Mummi ungeduldig.

«Ach du lieber Gott», stöhnte Jocelyn.

«Ja, jetzt ruft ihr nach dem lieben Gott!» fauchte Opa. «Aber deine Generation ist schuld daran. Ihr seid viel zu weich. Ihr habt zwei Dinge abgeschafft: Selbstbeherrschung und Verantwortungsbewußtsein für die eigenen Handlungen. Und das Ergebnis? Jeder macht, was er gerade will, mordet, wann es ihm paßt, schläft, mit wem er will, tut, was er Lust hat...»

«Wozu er Lust hat», murmelte Jocelyn automatisch. Es fiel ihm schwer, sich über moralische Verfehlungen seiner Mitmenschen zu erregen, doch grammatische Verfehlungen waren ihm unerträglich. Mummi behauptete oft, sein Leben sei mehr nach der Grammatik und dem Oxfort Dictionary ausgerichtet als nach Bibel und Gesangbuch.

«Sei nicht so ein verdammter Pedant», schnauzte Opa. Er gehörte zu den Leuten, die ein handfestes Frühstück lieben. Und er wußte, daß er in Anbetracht seines vorgerückten Alters nicht mehr allzu viele Frühstücke vor sich hatte. So waren ihm Frühstücke heilig. Aber wie er die Frauen kannte, würde May wohl heute nichts seinen Vorstellungen Entsprechendes auf den Tisch bringen. Sie machte ein Gesicht, als hätte sie schon im stillen zu sich gesagt: Zum Teufel mit dem Frühstück.

Ihre nächsten Worte bestätigten seine schlimmsten Befürchtungen. Erregt knallte sie die Bratpfanne auf die Herdplatte und rief: «Jocelyn, verflixt noch mal! Da wird wieder ein Kind überfallen, und du hast nichts anderes im Kopf als Haarspaltereien.»

«Das ist keine Haarspalterei», sagte er verdrossen.

«Natürlich ist es das», sagte Opa. «Du gehörst zu der Generation, die Schuld ist am Niedergang des britischen Empire, und was tust du? Du treibst Haarspalterei!» Er drehte sich zu seiner

Schwiegertochter um und fragte mit scheuer Hoffnung: «May, wie steht's mit dem Frühstück?»

«Ach, zum Teufel mit dem Frühstück», sagte May und brach in Tränen aus.

Jocelyn stürzte zu ihr. «Liebling, was hast du denn?» Ihm war ganz elend zumute. Er war ein Mann, der empfindsam auf die Stimmungen der Menschen reagierte, die ihn umgaben. Und da stand er nun mit einer in Tränen aufgelösten Frau und einem bitterbösen alten Vater, und das ausgerechnet zu der Tageszeit, in der seine Lebensgeister ihren Tiefstand hatten.

«Was ist denn bloß los?» sagte er noch einmal.

«Es ist... diese schreckliche Geschichte», sagte sie. «Ich habe solche Angst. Das... macht mich... ganz krank.»

«Komm, komm», sagte er begütigend und zog sie an sich.

«Und keiner macht sich was draus», schluchzte sie. «Ihr nehmt das alle so auf die leichte Schulter.» Sie wischte sich die Tränen ab. «Euch ist das ganz egal, solange ihr nur euer Frühstück kriegt und keiner gegen die Grammatik verstößt.»

Opa hatte sich schon verstohlen an die Bratpfanne herangemacht, um zu sehen, ob wohl noch irgend etwas zu retten war. Bei Mays Worten zog er sich schuldbewußt wieder zurück. Jocelyn sagte: «Natürlich sorgen wir uns auch, May, mein Liebling. Wir machen uns sogar große Sorgen. Aber die Polizei hat die Sache in die Hand genommen, und wir können herzlich wenig tun.»

May fragte: «Um wieviel Uhr war das gestern abend?»

«Ziemlich spät, hat der Kerl von der Polizei gesagt», erklärte Opa.

«Ich frage mich, ob David nicht doch was gesehen hat», meinte May. «Ich frage mich...» Sie schwieg. «O mein Gott», stöhnte sie.

«Was ist denn?» fragte Jocelyn erschreckt.

Sie starrte ihn an, als hätte sie ihn noch nie im Leben gesehen. «Nichts», sagte sie. «Nichts.» Und dann ging sie an ihm vorbei und verließ die Küche mit leerem Blick, wie eine Blinde.

Die beiden Männer standen in der Küche und hörten, wie sie langsam nach oben stieg. Jocelyn wollte ihr nacheilen. «Laß sie lieber ein Weilchen allein», sagte Opa. «Ich hab das Gefühl, sie muß was überdenken.»

Jocelyn wehrte ab. «Aber das ist gar nicht ihre Art. Sie ist doch sonst so – gelassen.»

«Mein Gott, Mann, laß ihr doch Zeit. Keine Mutter bleibt gelassen, wenn sich ein potentieller Mörder in der Gegend herumtreibt.»

«Ich weiß. Aber trotzdem ist es merkwürdig, wenn May so die Nerven verliert. Sie machte einen Eindruck, als ob ... Ich weiß auch nicht», schloß er lahm.

6

Am späten Vormittag ging Jocelyn ins Dorf. Die Leute waren in hellster Aufregung. Das überfallene Kind war sieben Jahre alt, ein ohnehin höchst nervöses, empfindsames Mädchen; es lag nun mit schweren Prellungen und einem Nervenschock im Krankenhaus.

Die Frauen standen erregt, in ohnmächtigem Zorn vor den Haustüren, maßlos erbittert, daß so etwas in ihrer Gegend geschehen konnte. «Die arme Kleine», sagten sie. «Davon kann sie glatt überschnappen.» Sie sagten es immer wieder.

Die Männer standen vor den Hoftüren, blinzelten in die Sonne und lüpften mit einem Finger die Mützen. «Es ist nicht zu glauben», sagten sie. «Sich an einem Kind zu vergreifen! Es ist nicht zu fassen.» Sie sagten es immer wieder, verzweifelt bemüht, diesen dunklen Fleck, der da auf ihr Gemeinwesen gefallen war, fortzuwischen.

Einige waren weniger aufgeregt und vertraten ihre eigene Auffassung. Sie nahmen das Böse als nun einmal gegeben hin, aber sie würden jetzt aufpassen. Und wenn ihnen dieser Bursche in die Finger fiele, dann würde ihn die Polizei, wenn er ihr überantwortet würde, nicht mehr wiedererkennen.

«Also ich finde das wirklich abscheulich, ehrlich», sagte das affektierte junge Ding im Tabakladen. «Also wirklich, da muß man ja damit rechnen, daß man im Bett umgebracht wird.»

Dieser Mr. Pentecost war ein feiner Herr, ihm gegenüber konnte man ruhig vom Bett sprechen, ohne eine anzügliche Antwort oder einen schiefen Blick zu riskieren wie bei vielen anderen.

«Ja.» Jocelyn steckte das Wechselgeld ein. «Und das schlimmste ist, daß es jeder von uns sein könnte. Jeder – auch ich, Miss Bates.»

«Ach, aber doch nicht Sie, Mr. Pentecost.» Sie kicherte nervös.

«Warum nicht?» sagte er scharf. Konnte man wirklich so borniert sein?

«Nein wirklich – Mr. Pentecost! Sie sind doch ein Gentleman, Mr. Pentecost.»

«Wenn er nicht gerade kleine Kinder überfällt, ist dieser Mann vielleicht auch einer», sagte Jocelyn müde. Manchmal war er deprimiert über die Untiefen und Abgründe des menschlichen Geistes. Wenn wir doch nur alle ein bißchen einfacher und geradliniger sein könnten, dachte er, als er den Laden verließ. Nein, also wirklich! dachte Miss Bates und überlegte einen Moment, ob das eben ein Geständnis gewesen sei oder ob Mr. Pentecost sich nur einen kleinen Scherz erlaubt habe. Nachdem sie kurz ihr Spatzenhirn bemüht hatte, entschied sie sich für das letztere.

Der Schlachter machte es sich einfacher. «Weiß Gott, den möchte ich nur fünf Minuten in die Finger kriegen», sagte er und hieb wütend auf eine Lammkeule ein.

«Ja», sagte Jocelyn. Als ob das dem armen kleinen, verschreckten Wesen helfen würde, das jetzt im Krankenhaus in seinem Bettchen lag, den Unhold noch vor Augen, einen erbärmlichen, verwirrten Nachtwanderer oder einen lasterhaften, verabscheuungswürdigen Rohling? Wie mußte man ihn sich vorstellen? Wie sollte man mit ihm verfahren? Verdiente er eine rasche, harte Verurteilung oder Pflege und Mitleid? Jocelyn wußte es nicht. Es war eine der vielen Fragen, die der Durchschnittsbürger so einfach zu beantworten fand und die Jocelyn so kompliziert schienen. Bedrückt kam er heim und dachte darüber nach, daß vermutlich die gefährlichste aller menschlichen Schwächen nicht Haß oder Zorn oder Machtgier war, sondern die ganz gewöhnliche, alltägliche Dummheit ehrbarer Leute.

May kam ihm im Hausflur entgegen. «Verzeih, daß ich mich vorhin so angestellt habe, Liebling.»

«Aber ich bitte dich!» Er lächelte sie freundlich an.

«Ich wollte, wir könnten ein Weilchen wegfahren», sagte sie. «Und sie alle mitnehmen – nur weg von hier.»

Er sah sie nachdenklich an und ärgerte sich, daß er nicht selbst darauf gekommen war. Die arme May! Erst der Schock über den Tod des Bruders, dann die Belastung mit seinen Kindern und nun auch noch diese schreckliche Geschichte, die sie alle bedrohte. «Warum nicht?» fragte er. «Ein paar Tage an der See würden uns allen guttun. Und die Kinder wären begeistert.»

Wie sich jedoch herausstellte, waren ein paar Tage an der See in dieser Jahreszeit nicht zu realisieren. Jocelyn machte sich mit einem Hotelführer und dem Telefon ans Werk. Doch seine bescheidene Anfrage, ob man einen älteren Herrn, ein Ehepaar, zwei Teenager verschiedenen Geschlechts und drei kleine Kinder unterbringen könne, wurde von den Hoteliers entweder mit Befremden aufgenommen oder mit glattem Hohngelächter beantwortet. May und Jocelyn sahen ein, daß sie mit einem einzigen Tag an der See zufrieden sein mußten. Aber selbst das würde eine Erholung sein.

«Durch halb England fahren, nur um einen Blick aufs Meer zu werfen?» fragte Opa. «Ihr seid ja verrückt.»

«Du kommst mit, Schwiegervater», sagte May.

«Ich? Blödsinn. Ich hasse das Meer. Es ist kalt und grau und unfreundlich. Wer wird denn schon ...»

«Die Seeluft wird dir guttun.»

«Seeluft hat noch keinem gutgetan. Das sagt einem doch der gesunde Menschenverstand. Sie greift die Lunge an.»

«Hör mal, Schwiegervater», sagte May. «Willst du mich wirklich zwingen, dir vorher extra ein Mittagessen zu kochen, bevor wir fahren? Das ist mein Jahresurlaub. Schriftsteller können sich keine zwei Wochen in Saint-Tropez erlauben.»

«Dann wird's allerhöchste Zeit, daß er einen anständigen Beruf ergreift», brummte der Alte. Aber er gab nach. «Du kriegst mich immer rum. Weil du auf meine Gutmütigkeit spekulierst.»

«Unsinn. Die besitzt du ja gar nicht», sagte sie übermütig.

Gaylord nahm die Nachricht gleichgültig hin. Emma würde ja auch mitkommen, dieser Mühlstein um seinen Hals! Da konnte er ebensogut daheimbleiben und hier leiden, als hundert Meilen weit fahren, um dort das gleiche durchzumachen. Aber dann hatte er einen großartigen Einfall.

Von sozialen und ökonomischen Unterschieden hatte Gaylord nur sehr vage Vorstellungen. Aber er wußte, daß Henry Bartletts Mutter Witwe war, und er bedauerte Henry manchmal, weil dieser aus unerfindlichen Gründen immer abseits zu stehen schien und traurig zuschaute, während Gaylord, ohne zu wissen, warum und wieso, immer dazugehörte. Es war höchst unwahrscheinlich, daß Henrys Mutter es sich erlauben konnte, mit ihm an die See zu fahren. Folglich wäre es doch wirklich nett, wenn er Henry auffordern würde, mit ihnen zu kommen. Er konnte es kaum abwarten, Henrys ernste Augen hinter den Brillengläsern aufleuchten zu sehen, wenn er von dieser Einladung hörte.

«Könnten wir Henry nicht mitnehmen?» fragte er.

Zuerst stutzte Mummi. Es war überhaupt nicht Gaylords Art, sich freiwillig mit Spielkameraden zu umgeben. Dann kam ihr die Erleuchtung. «Ach so, du kleiner Opportunist», sagte sie.

«Was ist ein Opportunist?»

«Jemand, der seinem Freund Emma aufhalst.»

Gaylord war tief gekränkt. «*Deshalb* wollte ich Henry nicht dabei haben. Ich wollte Henry einladen, weil seine Mummi es sich nicht leisten kann, mit ihm ans Meer zu fahren.» Also so was! Er mußte ja zugeben, daß seine Beweggründe nicht immer schlicht und geradlinig waren, aber wenn sie es schon einmal waren, dann hätte er auch gern Anerkennung dafür gefunden.

Mummi schaute ihn immer noch amüsiert an. «Natürlich kann er mitkommen, Liebling. Und es ist sehr lieb von dir, daß du daran gedacht hast, ihn einzuladen. Wenn er dir obendrein auch die lästige Emma noch etwas abnimmt, dann bist du ja fein raus.»

Jetzt hätte ein Penny auf Gaylords Unterlippe Platz gefunden. «Daran habe ich überhaupt nicht gedacht», sagte er verdrossen. Doch trotz seiner Entrüstung mußte er zugeben, daß

Mummi hier nicht so ganz unrecht hatte. Etwas ganz und gar Selbstloses zu tun, ohne sich einen persönlichen Vorteil zu erhoffen und dadurch nicht nur dem Freund eine Wohltat zu erweisen, sondern auch noch eine nicht zu verachtende Belohnung nachgeworfen zu kriegen – das schien Gaylord ein glänzendes Beispiel dafür, wie es im Leben zugehen sollte und tatsächlich nur so selten zuging. Seine Laune wurde zusehends heiterer.

Er trabte voller Eifer los. Henry war im Garten. «Ich gieße meine Eiche», sagte Henry.

Gaylord betrachtete die schwarze, schlammige Erde. Da war nichts zu sehen. «Ist sie noch nicht raus?» fragte er.

«Nein», sagte Henry. Er nahm einen Stock und zog Furchen in den Boden, damit das Wasser abfließen konnte. Das schmutzige Wasser floß hinein, ein paar Zentimeter nur, dann blieb es stehen. Gaylord fand, es sei Zeit, vom Grund seines Besuches zu sprechen. Er mußte es natürlich taktvoll machen.

«Fährst du dieses Jahr an die See?» begann er vorsichtig.

Henry schaute ihn mit runden, ernsten Augen an. Dann buddelte er weiter. «Nein», sagte er.

Gaylords Herz quoll über vor Mitleid. «Am Meer ist es nicht immer schön», sagte er. «Manchmal regnet es auch.»

«Ja», sagte Henry.

«Manchmal gibt es auch Sturmflut, und dann ertrinken die Leute», sagte Gaylord.

Henry buddelte weiter. «Wir fahren am Mittwoch – für einen Tag nur», sagte Gaylord sanft.

Henry buddelte immer noch.

«Mummi sagt, du könntest mitkommen, wenn du Lust hast.»

Henry hörte auf zu buddeln. Seine Augen, durch die runden Brillengläser noch größer als in Wirklichkeit, richteten sich starr auf das Gesicht seines Freundes. «Du... du meinst... ich soll mit?» stotterte er.

«Ja.»

Stille. «Ich kann nicht», sagte Henry. Er machte ein Gesicht, als würde er gleich heulen. Auch Gaylord hätte fast geheult. «Wir fahren morgen nach Österreich.»

«Liegt das am Meer?»

«Nein», sagte Henry. «Das ist ein Land, und da gibt's kein Meer. Ringsum liegen bloß andere Länder.»

Na, das schien ja ein armseliger Platz für die Sommerferien zu sein. Doch Gaylord war viel zu taktvoll, um es auszusprechen; wahrscheinlich war es das Äußerste, was Henrys Mutter sich leisten konnte. Ein Land ohne Meer und Küste – das mußte ja wohl so ziemlich das billigste sein, wo man hinfahren konnte, nicht wahr.

«Na», fragte Mummi, «fährt er mit uns?»

«Nein», sagte Gaylord traurig. «Er wäre gern mitgekommen. Aber er kann nicht. Seine Mummi nimmt ihn morgen mit nach Österreich.» Er lehnte sich an seine Mutter, schmiegte den Kopf an ihre Seite und schaute mit seinen dunklen, ernsten Augen zu ihr auf. Dann sagte er sehr vertraulich und mit ungeheurem Mitgefühl: «Ich glaube, das ist alles, was seine Mutter sich leisten kann.»

7

May war eine hochintelligente Frau, aber ihre Bildung hatte Lücken, und sie wäre die letzte gewesen, das abzustreiten.

Astronomie zum Beispiel. May konnte nie behalten, ob sich nun die Sonne um den Mond dreht oder umgekehrt, und was das Schlimmste war: sie konnte nicht einsehen, wieso das wichtig sein sollte. Die Sonne ging jeden Morgen auf und ging unter zur Schlafenszeit. Ihr Leben war säuberlich in Tage und Monate und Jahre aufgeteilt, und ob diese Einteilung von den Astronomen oder dem Allmächtigen stammte, das wußte sie nicht zu sagen. Was schert mich, wie das nun genau funktioniert, dachte Mummi. Irgend jemand hatte die Sache ausgetüftelt, alles lief wie ein Uhrwerk, und damit war der Fall für Mummi erledigt.

Genaugenommen gab es nur einen Punkt im kosmischen Zeitplan, der sie wirklich irritierte, und das war eine vom Menschen ersonnene Tücke, die sogenannte «Englische Sommerzeit». Es empörte sie maßlos, daß man sie jeden April um eine Stunde Schlaf betrog, und keiner konnte sie davon überzeugen, daß sie ihr im Oktober zurückerstattet wurde. Sie hatte vielmehr das dunkle Gefühl, daß sie zwischen April und Oktober *jede* Nacht eine Stunde Schlaf einbüßte, obwohl es ihr nie gelungen war, sich selbst oder anderen dies mathematisch überzeugend nachzuweisen.

Eine andere von Mummis Lücken war die Navigation. Wenn man nach Norden reiste, ging es ja noch. Aber wenn man nach Süden fuhr, mußte man – so wies sie mit zwingender Logik nach – die Karte umgekehrt halten, weil sonst die Seitenstraßen in falscher Richtung abzweigten; dann aber konnte man die Namen der Städte nicht richtig lesen, was wiederum ein beträchtlicher Nachteil war.

An diesem Morgen ging es jedoch in Richtung Osten. Jocelyn saß am Steuer, neben ihm Jenny – kühl, frisch und köstlich duftend –, und daneben Opa mit dem Straßenatlas. Auf dem Rücksitz saß Mummi, entspannt und heiter, neben ihr David mit verschlossener Miene, Gaylord und Emma; hinter ihnen schlief Amanda in ihrer Tragetasche.

Nach ein paar Meilen sagte Jocelyn: «Von jetzt ab kenne ich den Weg nicht mehr.»

Opa schlug den Straßenatlas auf und wühlte in seiner Jackentasche. «Verflucht», sagte er. «Ich habe die falsche Brille eingesteckt.» Er spähte blinzelnd auf die Karte. «Ich kann nichts erkennen. Kannst du Karten lesen, Jenny?»

«Nein, leider nicht, Onkel John.»

Nun, Jocelyn wollte er auf keinen Fall fragen. Opa war der festen Überzeugung, daß sein Sohn seine volle Konzentration zum Fahren brauchte, und selbst da würde es noch fehlen. Er drehte sich schwerfällig um und drückte Mummi den Atlas in die Hand. «Da, May, dann eben du.» Worauf er sofort einschlief.

Eine Stunde später erwachte er, erfrischt und kampfgestärkt. Mit grimmiger Miene schaute er sich um. «Ich dachte, wir wollten zur Ostküste», knurrte er.

«Da fahren wir ja auch hin», sagte Mummi selbstsicherer, als ihr zumute war.

«Dann muß ich mich fragen», sagte Opa, «warum wir dann um acht Uhr morgens unseren Schatten *vor* uns haben?»

Wenn sich vor den Vorderrädern jäh ein tiefer Abgrund aufgetan hätte, hätte Mays Entsetzen nicht größer sein können. Zumal sie keine blasse Ahnung hatte, worauf er überhaupt hinauswollte. «Was in aller Welt hat denn das damit zu tun?» fragte sie.

«Guter Gott, Weib, und ob das etwas damit zu tun hat. Wo geht denn wohl die Sonne auf?»

«Über dem Henkerswald – im allgemeinen», sagte Mummi verzweifelt.

Opa schnaubte entnervt. «In welcher Himmelsrichtung, Herrgott noch mal.»

«Im Osten», sagte Mummi beleidigt. Das war nicht fair. Sie hätte nie gedacht, daß zwischen ihren beiden wunden Punkten, dem Kartenlesen und der Astronomie, eine Beziehung bestehen könnte. Wenn Opa jetzt anfangen sollte, die beiden zu kombinieren, dann mußte sie wirklich aufgeben.

«Im Osten», wiederholte Opa bissig. «Richtig. Wir haben immer noch Morgen. Darum steht die Sonne immer noch im Osten. Folglich müßte sie vor uns stehen, wenn wir nach Osten fahren. Statt dessen steht sie direkt hinter uns», sagte er hochbefriedigt.

Mummi war selten so wütend gewesen. Männer konnten wirklich zu pedantisch sein! Aber sie beherrschte sich noch, während sie sich eilig vergewisserte, was die Landkarte dazu sagte. Dann erklärte sie hoheitsvoll: «Ich richte mich weder nach dem Polarstern noch nach dem Moos an Baumstämmen, sondern nach der offiziellen Straßenkarte. Und danach befinden wir uns auf der A 47, die nach Norwich und an die Ostküste führt.» So, und das darfst du jetzt erst mal verdauen, dachte sie.

«In der *einen* Richtung», sagte Opa sarkastisch. «Und was ist mit der anderen?»

May sah auf der Karte nach. «Willst du etwa behaupten, ich hätte uns nach Birmingham dirigiert?»

«Ja», sagte Opa. «Genau das.»

«Ist dir schlecht, Gaylord?» fragte Emma.

«'türlich nicht», sagte Gaylord.

«Gaylord ist schlecht», sagte Emma, und sogleich stimmte sie nach der Melodie von ‹John Brown's Body› ein herzzerreißendes Lied an: «Ups! So rülpst das Frühstücksbrot. Ups! rülpst der Kakao», sang sie vergnügt. «Ups! rülpst auch das Frühstücksei und upsi alle drei.»

«Ruhe!» brüllte Opa. Emma verstummte.

Sie brausten an einem Straßenschild vorbei. «Birmingham, zehn Meilen», sagte Gaylord, stolz darauf, daß er seine Lesekünste unter Beweis stellen konnte.

«Jocelyn! Halt! Umdrehen, ehe es zu spät ist!» befahl Opa. «Halt dich um Himmels willen aus den Einbahnstraßen raus, sonst fahren wir stundenlang im Kreis herum wie die Ratten im Käfig.»

«Mußt du denn immer gleich so grob werden», sagte May. Sie hatte großen Respekt vor dem alten Mann. Aber morgens war er manchmal wie vom Teufel besessen.

«Zum Teufel, was soll ich denn machen? Hier ist doch Wendeverbot», sagte Jocelyn gereizt.

«Wenn wir nicht bald halten, platze ich», sagte Emma.

Jenny war entsetzt. «Emma!»

Und Opa schnaubte: «Vielleicht sagt jemand der jungen Dame, daß sie sich hier nicht im Omnibus nach Blackpool befindet, sondern unter zivilisierten Menschen, und daß sie sich gefälligst um eine entsprechende Contenance bemühen möchte.»

«Was ist Contenance?» fragte Gaylord.

«Ich hab doch bloß gesagt ...» fing Emma an.

«Eben, eben», schnappte Opa.

Einen Augenblick später kamen sie zur allgemeinen Erleichterung an einem Schild vorbei mit der Aufschrift «Nächster Parkplatz 1/4 Meile».

Paps verlangsamte das Tempo, scherte in den Parkplatz ein und hielt. Vier Türen wurden gleichzeitig aufgerissen. Emma schoß in die Büsche. May sagte mit erzwungener Heiterkeit: «Nun, wer möchte einen Kaffee?»

Opa sagte im Ton der Entrüstung: «Kaffee? Ja, gib du denen nur noch Kaffee, dann können wir alle fünf Minuten anhalten.»

Mummi schraubte den Deckel von der Thermosflasche ab und goß ein. Opa zuckte die Achseln. «Schön, aber ich hab dich gewarnt.» Trotzdem nahm er eine Tasse. «Aus der Thermosflasche schmeckt er nie anständig», brummte er.

«Entschuldige», sagte May spitz. «Ich hätte natürlich die Bohnen und die Kaffeemühle und die Kaffeemaschine und das Wedgewoodservice mitbringen sollen.»

Opa musterte sie kühl. «Wohl ein bißchen gereizt heute morgen, was, May?» Er ging zu Jocelyn und redete ernsthaft auf ihn ein. May schnappte ein paar Worte auf: «überarbeitet», «tut zuviel», «zart behandeln» und zu ihrem unbeschreiblichen Entsetzen auch noch «in ihrem Alter». Sie wollte gerade loslegen und ein paar Breitseiten in alle Richtungen abfeuern, als Amanda aufwachte und ihre Aufmerksamkeit beanspruchte. Und dann kam Emma wieder und strahlte sie alle an. «Jetzt geht's mir wieder besser», verkündete sie vergnügt.

Schließlich konnten sie weiterfahren. Opa, seiner eigenen Mahnung eingedenk, daß man May nachsichtig behandeln müsse, sagte zu seiner Schwiegertochter: «Richte dich nur einfach nach der Sonne, May, dann kann nichts schiefgehen. Kümmer dich gar nicht um Straßennummern und Schilder.»

«Ja, Schwiegervater», antwortete May und hielt sich gehorsam an seinen Rat.

Gegen Mittag hatten sie die Ostküste gefunden. May war mit sich zufrieden. «Seht ihr! Ich hab's geschafft», sagte sie stolz.

Opa schnaubte. «Wenn du auf einer Insel lange genug nach Osten fährst, kannst du das Meer ja wohl kaum verfehlen.» Dagegen war freilich nichts zu sagen. Opa war heute nicht gerade leutselig gestimmt.

Es gab so viel Sand hier, wie man sich nur wünschen konnte. Sand in den Dünen, Sand, der einem beim Gehen warm und weich um die Knöchel rieselte. Sand, durch den Gaylord berauscht und überglücklich und vor Freude jauchzend stolperte, Sand, in dem Jenny hilflos strauchelte, so daß sie nach einer helfenden männlichen Hand suchen mußte, genauer gesagt, nach der von Jocelyn, Sand, durch den Opa, die Schuhe voll von dem verdammten Zeug, fluchend stapfte, verzweifelt wünschend, er hätte die heimische Erde nie verlassen.

Meilenlang erstreckte sich der glatte, feste Sand, bis hinunter an die zarte Klöppelspitze der Brandung; jungfräulicher Sand, aus dem man Burgen bauen konnte und Kanäle, in die man das salzige Seewasser ableiten konnte. Und Sonne im Überfluß! Sonne, die auf die salzbesprühten Glieder und den trägen Ozean niederbrannte. Eine leichte Brise wehte, strich einem köstlich um die sonnenverbrannten Wangen und die Stirn, warf die Möwen gen Himmel und kämmte das lange grüne Haar der Dünen.

Gaylord wußte sich vor all dem Reichtum nicht zu lassen. Es gab mehr Sand, als man je in Burgen verwandeln konnte. So viel Wasser, und er konnte doch kaum von einem Ende eines Planschbeckens bis zum anderen schwimmen. So viele Dünen, die sofort erforscht werden mußten. Aber zu seinem Schrecken sah er, daß Mummi schon wieder dabei war, alles nach bewährtem Muster zu organisieren. Sie breitete ein Tischtuch auf dem Sand aus, öffnete Dosen, bestrich Brötchen. Als ob auch nur irgendeiner jetzt Lust hätte, Zeit ans Essen zu verschwenden. Essen konnte man jeden Tag zu Hause. Es ist doch ein Jammer, dachte er, daß die Menschen, wenn sie so alt sind wie Mummi, gleich immer wieder in den alten Trott fallen müssen.

«Kann ich ins Wasser gehen, Mummi?» fragte er hoffnungsvoll.

«Erst wird gegessen, Liebling.»

«Aber du sagst doch immer, daß man erst zwei Stunden nach dem Essen baden darf.»

«Ja, das ist richtig», sagte Mummi zerstreut.

«Dann kann ich jetzt also gehen, Mummi?»

Mummi hatte zwar nicht ausdrücklich Ja gesagt, aber auch ganz gewiß nicht Nein. Gaylord sprang davon und lief selig den einsamen Strand entlang. Der Sand war kühl und feucht unter seinen Füßen, die Sonne brannte heiß auf seiner nackten Haut, und er rannte der ersten atemberaubenden Umarmung des Meeres entgegen.

Er war erleichtert, als er merkte, daß Emma ihm nicht folgte. Naß werden gehörte wohl nicht in ihren Spielplan.

Opa besorgte sich einen Liegestuhl, die *Times* und eine Zigarre und versuchte, so gut das am offenen Meer möglich war, sich seine gewohnte Gemütlichkeit zu schaffen. Doch schon schleppte eine kleine, dicke Person eifrig einen Liegestuhl an seine Seite und ließ sich hineinplumpsen. «Steht was von Mördern in der Zeitung?» fragte Emma hoffnungsvoll.

«Nicht daß ich wüßte», sagte Opa. Er hatte den Börsenbericht vor sich und überdies ja auch seine Lesebrille nicht dabei.

«Vielleicht steht auf den anderen Seiten was», sagte Emma.

«Kann sein», sagte Opa. «Aber zufällig lese ich nun mal gerade diese Seite.» Opa war äußerst ungesellig. Aber bloße Ungeselligkeit vermochte Emma nicht zu vertreiben. Sie wippte in ihrem Stuhl gemütlich hin und her und rieb sich ihren rechten Fuß. «Da war doch mal einer, der hat die Frau in Stücke gehackt und die Teile...»

Opa ließ die Zeitung sinken und blickte Emma beträchtlich angewidert an. «Und da denkt man immer, Gaylord sei die größte Katastrophe, die einen alten Mann heimsuchen kann.»

Emma dachte nach. «Meinst du, du kannst mich nicht leiden?» fragte sie.

«Das ist nicht deine Schuld», sagte Opa. «Das liegt an der Unvereinbarkeit der Temperamente.»

«Gaylord mag mich auch nicht besonders», sagte Emma. «Eine ganze Menge Leute mögen mich nicht besonders. Meinst du, das ändert sich, wenn ich mal groß bin?»

«Das bezweifle ich stark», sagte Opa.

«Ich auch», sagte Emma. Sie schaute zu Jocelyn und Jenny hinüber, die in ein Gespräch vertieft waren. «Ich glaube, Jenny ist in Onkel Jocelyn verliebt», sagte sie.

Opa war unbeschreiblich schockiert. «Sei nicht albern, Kind. Sie ist seine Nichte.»

«Nichten und Onkels können sich doch verlieben, oder nicht?»

«Ganz gewiß nicht», sagte Opa.

«Na, ich finde aber, es sieht so aus», sagte Emma. Sie stand auf und machte sich auf die Suche nach Gaylord.

Offengestanden fand Opa auch, daß es so aussah. Er würde Jocelyn gehörig die Meinung sagen. Jocelyn war nie fähig gewesen, über seine eigene Nasenspitze hinauszusehen...

Doch Jocelyn war sehr wohl imstande, darüber hinauszusehen. Vor seiner Nase lag nämlich ein sehr hübsches Mädchen in einem verführerischen Bikini. Ein hübsches Mädchen, dessen sonst so trauriges, nachdenkliches Gesicht nun aufblühte und mit der Sonne um die Wette lachte. Ein hübsches Mädchen, das obendrein genau die richtigen Dinge zu sagen wußte.

«Um ein Schriftsteller zu sein, mußt du doch ein großes Einfühlungsvermögen haben», sagte sie gerade. «Sicher fühlst du alles intensiver als andere Menschen.»

«Das glaube ich nicht», sagte er und lächelte ihr zu. «Ich glaube, ich fühle überhaupt nicht viel. Ich bin kalt wie ein Fisch, Jenny.»

«Das glaube ich dir nicht», sagte Jenny.

Opa und Emma waren nicht die einzigen, die sie beobachteten. May dachte: Ich werde die junge Dame im Auge behalten müssen. Mir gegenüber ist sie so still und brav. Aber wenn sie sich mit Jocelyn unterhält, ist sie wie umgewandelt. Und sie weiß genau, was Männer mögen. Dick aufgetragene Schmeicheleien; bewundernde Blicke und so viel weibliches Geschütz, daß man damit ein Schlachtschiff versenken könnte. Ich wette, mein alter Jocelyn kommt sich vor wie eine Mischung aus Dostojewski und dem schlimmen Lord Byron. Ein bißchen spitz rief sie: «Könntest du vielleicht herüberkommen und mir helfen, Jenny?»

«Natürlich, Tante May.» Sie schenkte Jocelyn ein rasches verstohlenes Lächeln und ging hinüber.

Gaylord tauchte aus den Wellen auf und sah seine Kusine vor sich stehen. «Ich bin bis zum Horizont hinausgeschwommen», prahlte er.

«Bist du nicht», sagte Emma. «Ich hätte dich greifen können, ohne daß mir die Füße naß geworden wären.»

«Wetten, daß nicht», sagte Gaylord hitzig. Aber er war deprimiert. Emma hatte leider recht. Er war nicht bis an den Horizont geschwommen. Vorgehabt hatte er es freilich, aber sein wildes Strampeln, das er schwimmen nannte, schien den Ozean nicht beeindruckt zu haben. Es hatte ihn nicht nur nicht vorwärts gebracht, sondern nicht einmal über Wasser gehalten. Das war schon schlimm genug. Aber daß man es sich auch noch sagen lassen mußte, konnte einen rasend machen. Er sah Emma voll Abscheu an.

Sie gingen den Strand hoch. «Untergegangen bist du auch», sagte Emma.

Gaylord gab keine Antwort. Er hatte einen finsteren Entschluß gefaßt. Wenn er von dem Tag am Meer noch etwas für sich retten wollte, mußte er sich Emmas entledigen, und zwar schnellstens.

«Essen kommen», rief Mummi forsch.

«Och, Mummi, müssen wir?» fragte Gaylord.

«Ja. Komm schon, Liebling. Einer unserer gefiederten Freunde hat schon Platz genommen.»

Gaylord guckte. Eine Möwe stand am Rand des Picknickplatzes, wachsam, arrogant; kalte Augen musterten die Menschen, das Essen und die anderen Möwen. Mit gutem Grund, denn diese Möwe hatte ein schweres Handikap. Während die anderen kreisten und herabstießen und miteinander kämpften, stand sie ganz allein im Sand. Manchmal machte sie ein paar ungeschickte Schritte vorwärts, dann hüpfte sie wieder zurück. Fliegen konnte sie nicht. Eine Schwinge hing kraftlos herab.

Tiefes Mitleid erfüllte Gaylord. «Die arme Möwe», sagte er. «Sie ist verletzt.» Er nahm ein Hühnerbein und ging langsam auf sie zu.

«Nicht doch, Gaylord», sagte Mummi, nahm ihm das Hühnerbein ab und gab ihm einen Keks. «Aber sie mögen Hühnchen», sagte Gaylord.

«Wir auch», erwiderte Mummi ungerührt.

«Ich wette, wenn du eine lahme Möwe wärst, würdest du auch etwas besseres als Kekse haben wollen», sagte er hitzig.

«Ach, ich weiß nicht recht», sagte Mummi. «Wenn du dir nämlich vorstellst, daß ich schon als ganz gesunde, kampflustige Möwe mir wegen ein bißchen Abfall die Lunge aus dem Hals schreien müßte. Die sind nicht so verwöhnt, glaub mir.»

Gaylord kam da nicht ganz mit. Dagegen kam er nicht auf, aber es hatte auch gar keinen Sinn, zu streiten. «Hier, kleine Möwe», sagte er freundlich und warf ihr den Keks hin. Die Möwe hüpfte darauf zu, doch ehe sie ihr Futter erreicht hatte, war eine andere Möwe herabgeschossen und schnappte es ihr fort. Gaylord war wütend. Er nahm noch einen Keks, aber diesmal ließ er ihn auf der ausgestreckten Hand liegen.

Die Möwe sah Gaylord an, mit einem kühl abschätzenden Blick. Schließlich hing ihr Leben von der richtigen Einschätzung einer Lage ab. Sie kam ein wenig näher, blieb stehen, starrte ihn wieder an. Dann machte sie einen Hüpfer vorwärts. Für den Bruchteil einer Sekunde berührte der gierige Schnabel mit dem orangefarbenen Fleck fast Gaylords Hand. Dann war die Hand leer, und der Vogel würgte in sicherer Entfernung den Keks herunter. Jocelyn sagte: «Sie machen immer den Eindruck, als ob sie an chronischen Verdauungsbeschwerden litten. Kein Wunder, wenn man sieht, wie sie ihr Essen herunterschlingen.»

Doch Gaylord war hingerissen. «Hast du das gesehen, Mummi? Sie hat mir's direkt aus der Hand gefressen.»

Er hielt der Möwe noch einen Keks hin. Der Vogel nahm ihn, verschlang ihn und starrte Gaylord, begierig auf mehr, an.

Gaylord war glücklich und ganz vertieft in seine Beschäftigung. Merkwürdig, dachte May, wie so ein kleiner Junge mühelos zu Tieren Kontakt findet. Sogar zu diesem wilden, arroganten Geschöpf von Wasser und Wind.

Sie drehte sich um und wollte zu Jocelyn etwa sagen. Aber sie schwieg. Sie hatte Davids Miene gesehen.

Davids Augen ruhten starr auf dem glücklichen Gaylord. Und in seinen Augen lag ein Ausdruck, den sie nicht deuten konnte. Ein langer, brütender Blick. Wenn es nicht so absurd gewesen wäre, wenn David nicht zur Familie gehört hätte, wenn er nicht Gaylords Vetter gewesen wäre, wenn... dann hätte es nur ein Wort gegeben, mit dem sie diesen Blick hätte beschreiben mögen. Das Wort hieß Haß.

Aber es war zu absurd. Welchen plausiblen Grund hätte David denn haben können, seinen kleinen Vetter nicht zu mögen, geschweige denn ihn zu hassen? Soweit May wußte, hatten die beiden sich bisher kaum miteinander beschäftigt, denn die zehn Jahre, die sie trennten, waren schwerer zu überbrücken als jeder Abstand zwischen anderen Altersgruppen. Nein, das bildete sie sich bestimmt nur ein. Vielleicht hatte ihr Schwiegervater recht, sie war heute wirklich ein bißchen nervös.

Das Picknick war vorüber. Nachdem die Möwe sich vergewissert hatte, daß nichts mehr zu erwarten war, starrte sie die kleine

Gruppe vorwurfsvoll an und hüpfte dann unbeholfen in die Dünen. Emma sagte: «Komm, wir gehen ein Eis kaufen.»

Sie war einigermaßen überrascht, als Gaylord begeistert zustimmte. Bis jetzt hatte er zwar noch keinen genauen Plan, wie er sich Emmas entledigen könnte. Opa hatte ihm jedoch eingeimpft, daß die Städte voll von Unheil und Gefahr seien. Irgend etwas würde Emma in der Stadt ganz bestimmt zustoßen, meinte er.

Aber offensichtlich war das hier nicht so eine Stadt. Alles war in lustigen Farben gestrichen, es gab einen freundlichen kleinen Hafen, Läden, vor denen bunte Bälle und Eimer und Schaufeln und Strohhüte und Fischernetze baumelten; eine gepflegte Promenade und ein Kino, das eine «Sondervorstellung für Kinder» ankündigte. Und hier spielte Emma Gaylord direkt in die Hand. «‹*Lassies Enkel*›», rief sie. «Da gehn wir rein, Gaylord.»

Die Szene vor dem Kino ähnelte dem Sturm auf die Bastille. Tausend Kinder drängten sich vor der Absperrung. Gaylord betrachtete das Gewimmel mit hellem Entsetzen. Doch er ließ sich nichts anmerken. «Der ist toll», sagte er.

«Los, komm», drängte Emma und zerrte ihn ins Gewühl.

Gaylord ließ sich ein Stück mitziehen. Dann blieb er stehen. «Hast du Geld, Emma?»

«Nein», sagte Emma.

Er gab ihr einen Shilling. «Da, falls wir getrennt werden ...»

Emma packte den Shilling mit ihrer heißen kleinen Hand und drängelte sich weiter vor. Gaylord beobachtete, wie sie langsam auf den Kartenschalter zutrieb. Er sah, wie sie ihre Eintrittskarte kaufte und sich aufgeregt nach ihm umblickte. Dann wurde sie weitergeschubst und war verschwunden.

«Puhhh», sagte er und pustete dabei die Luft aus den Backen. Die war er für ein paar Stunden los. Er war frei! Frei, wie seit Wochen und Wochen und Wochen nicht mehr. Er war selig.

8

May gehörte zu jenen Frauen, die durchaus ihren Teil an den Sorgen und Plagen des Lebens willig auf sich nehmen, aber trotzdem den Eindruck unwandelbarer Gelassenheit erwecken. Aber heute war sie nicht gelassen. Ihre sorgenvollen Gedanken quälten sie wie ein bohrender Zahnschmerz. Sie war an die See gefahren, um einmal alle Sorgen zu vergessen, und wieder einmal mußte sie erfahren, was sie schon lange wußte: Weglaufen ist keine Lösung. Man trägt seine Probleme mit sich herum wie eine Schnecke ihr Haus. Das heute war allenfalls ein Aufschub. Im Grunde wollte sie ja doch auf dem schnellsten Wege nach Hause zurück, um zu hören, ob wieder etwas passiert, wieder ein Kind überfallen worden war. Falls heute etwas geschehen sein sollte, während sie alle hundert Meilen weit weg waren, dann würde wenigstens ihr schreckliches, nagendes Mißtrauen widerlegt sein. Doch jener Verdacht, so gräßlich er auch sein mochte, war keineswegs ihre größte Sorge. Ihre Kinder waren in Gefahr; Amanda vielleicht nicht so sehr, aber dafür Gaylord ganz gewiß. In großer Gefahr! Und sie konnte so wenig dagegen tun. Der Herbst stand vor der Tür, schon warf er seine riesigen Schatten über die Sommerlandschaft. Und mit dem Herbst kam die Abreise der Kinder – und dann die Zeit, in der Gaylord wieder allein sein würde, die Zeit der dunklen Nächte.

Es gab nur einen Trost. Bisher hatten sich die Überfälle nachts ereignet. Doch schon der nächste konnte am hellen Tage geschehen. Der nächste konnte ... Sie schauderte. Ach, wenn sie doch immer hier liegen bleiben könnte, im heißen Sand, den Kopf in die Beuge ihres Armes vergraben ...

Sie riß sich zusammen. Das ist Vogel-Strauß-Politik, ermahnte sie sich energisch. Was ich jetzt brauche, ist ein ausgiebiges, kühles Bad im Meer. Sie stand auf. «Geht jemand mit schwimmen?» fragte sie.

Gaylord und Emma waren nirgends zu sehen. David hatte sich abgesondert. Damit blieben nur drei übrig. Opa schlief tief und fest. Jocelyn lag auf dem Rücken in der Sonne, machte blinzelnd ein Auge auf und sagte: «Bedaure, Liebling, Schocktherapie ist nichts für mich!» Jenny lag auf dem Bauch, ein gebräunter Ellbogen berührte zart Jocelyns Seite. Sie drückte sich tiefer in den Sand. «Hmm, zu gemütlich hier», murmelte sie.

May nahm ihren Badeanzug und ging auf die Dünen zu. Als sie außer Hörweite war, stieß sie einen tiefen Seufzer aus. Zu all ihren Sorgen auch noch diese! Eine ziemlich alberne Sorge zwar, aber Männer waren nun einmal solche Narren. Selbst die besten und nettesten – vielleicht gerade die besten und nettesten? – waren Wachs in der Hand eines hübschen und entschlossenen Mädchens, das wußte, was es wollte.

Aber was wollte Jenny eigentlich? Wahrscheinlich nichts Körperliches. Vermutlich war es nur die Sehnsucht eines kleinen Mädchens, einen reifen Mann, den sie für eine Berühmtheit hielt, zu beeindrucken. Nun, solange Jocelyn wußte, daß das alles war ... *Falls* es so war, dachte sie bedrückt.

Sie zog den Badeanzug an und ging ans Wasser. Jocelyn und Jenny aalten sich immer noch in der Sonne, doch ihr Schwiegervater war inzwischen wach. May stellte mit boshafter Befriedigung fest, daß er die beiden finster musterte. Das dürfte genügen, um ein Techtelmechtel zu verhindern, dachte sie und schämte sich sofort, daß es mit ihren Gedanken überhaupt so weit gekommen war. Vor einem Monat noch wäre die Idee, Jocelyn könnte ein Techtelmechtel haben, so undenkbar gewesen wie die Vorstellung, Jocelyn begehe Ladendiebstähle.

Die Wellen kamen ihr entgegen, umspülten ihre Knie, ihre Schenkel, schaurig kalt schlugen sie gegen ihren Magen, und dann nahmen sie sie auf und trugen sie fort. Sie hatte die Elemente vertauscht, war aus Sonne und Luft in das kalte, salzige, erfrischende Wasser getaucht. Sie streckte die Arme vor und glitt durch die Wellen, eins, zwei, mit kraftvollen, herrlich befreienden Stößen. Das Wasser war bewegt und aufgewühlt und funkelte um sie herum. Sie schwamm zügig hinaus und holte in raschen Atemzügen Luft. Dann hielt sie inne, trat auf der Stelle und versuchte den Boden zu erreichen. Aber hier war es schon sehr tief. Sie machte eine Rolle, tauchte ins Wasser wie ein Delphin und schwamm hinunter zum Grund. Ein paar Meter schwamm sie am Boden entlang, ihre Brust streifte den welligen Sand, und dann ließ sie sich nach oben treiben, schneller, immer schneller, bis sie wieder auftauchte in die strahlende Welt aus Blau und Weiß und Sonnenglast. Sie holte tief Luft und legte sich auf das Wasser wie auf ein riesiges Bett. Die Wellen umspielten sie zärtlich. Sie war allein, vollkommen allein, und das frische, kalte, klare Meer wusch alle Sorgen von ihr ab. Sie wußte genau, an Land würden sie mit finsterer, unerbittlicher Miene auf sie warten. Doch im Augenblick war sie ihnen entkommen. Sie, May Pentecost, war heimgekehrt in die uralte Wiege aus Sonne und Salz und Wasser, dahin zurückgekehrt, wo alles seinen Anfang genommen hatte. Sie lag am Busen der rauhen, gütigen Mutter Natur. Und die Sonne beugte sich tief über sie wie das Gesicht eines Geliebten ...

Sie mußte lachen. Jocelyn würde jetzt wieder sagen, ich verwechsele die Metaphern, dachte sie. Der liebe Jocelyn. Der liebe, gute Jocelyn. Sie würde einmal in aller Ruhe mit ihm reden. Mehr war gar nicht nötig. ‹Liebling, findest du Jenny attraktiv?› Dann würde er sie mit jenem abschätzenden Blick ansehen, den sie so gut kannte. ‹Nicht besonders. Wieso?› – ‹Nun, dich findet sie jedenfalls attraktiv. Du wirst dich in acht nehmen müssen, mein Süßer.› Ein rasches Lächeln. Eine liebevolle Berührung des Arms. Das war alles. Du lieber Gott, eine reife, erfahrene Ehefrau weiß doch wohl, wie sie mit einem Schulmädchen fertig wird. Sie lächelte verschmitzt zur Sonne auf und tauchte erneut in die grünen, schattigen Tiefen.

Sie hatte recht gehabt. Ihre Sorgen warteten an Land schon auf sie, so vertraut und vorwurfsvoll wie Verwandte. Ihr Mann und

Jenny lagen noch an derselben Stelle, wo sie sie zurückgelassen hatte. Das Bild hatte sich nur insofern verändert, als Jocelyn Jenny jetzt den Rücken mit Sonnenöl einrieb. Und wenn ihr feinfühliger Jocelyn schon vor einem so abgedroschenen, durchsichtigen Manöver nicht zurückschreckte, dann war es um die Dinge schlecht bestellt, dachte May alarmiert. Sie fing einen Blick ihres Schwiegervaters auf. Der Blick des alten Mannes war ausdruckslos und doch vielsagend. Er ist doch nicht blind, dachte sie. Auch ihm gefällt das alles wenig. Sie verschwand in den Dünen, um sich wieder anzuziehen, und mit jedem Kleidungsstück wurde sie mehr und mehr wieder zu Mrs. Jocelyn Pentecost, die noch kaum eine halbe Stunde zuvor eine Meeresmetamorphose durchgemacht, sich in eine Woge verwandelt hatte, sehnsüchtig wünschend, daß ihr ein Fischschwanz wüchse und sie an einer Märchenküste säße und sich die Haare kämmte. So, jetzt nur noch den Rock, und dann war Mrs. Jocelyn Pentecost fast wieder die alte. Ein bißchen Puder, ein Hauch Lippenstift, fertig! Fehlt nur noch das Etikett, dachte sie: ‹May Pentecost, Ehefrau und Mutter, perfekt, charmant, ausgeprägter Humor, glücklich verheiratet, trotzdem einige Probleme.›

Sie betrachtete sich prüfend im Spiegel, während sie die Lippen mit dem Stift nachzog. Als sie fertig war und den Spiegel wegstecken wollte, sah sie darin gerade noch eine Bewegung hinter sich in den Dünen. Sie fuhr herum.

Etwa fünfzig Meter von ihr entfernt stand David. Sie konnte nur seinen Kopf und die Schultern sehen. Da bemerkte er sie, und selbst aus dieser Entfernung sah sie, wie er verlegen wurde. Warum? David hätte doch nur Schuldgefühle haben können, wenn sie ihn beim Auskleiden überrascht hätte. Was treibt er da bloß, dachte sie. Offenbar hielt er etwas in der Hand. Da bückte er sich und entzog sich damit ihrem Blick. Sie konzentrierte sich darauf, den Badeanzug auszuwringen. Es hatte ja schließlich keinen Sinn, den Jungen unnötig in Verlegenheit zu bringen. Als sie wieder aufblickte, trat er auf sie zu.

Sie warf das Handtuch über ihre Schulter und sagte fröhlich: «Hallo, David.»

«Ich...» fing er an und verstummte. Er schaute auf seine Hände und blickte rasch weg. May sah, daß seine Hände mit Sand bedeckt waren.

Aber der Sand in den Dünen war trocken und fein. Warum klebte er an seinen Händen? Sie wollte ihm helfen und fragte: «Ja – was willst du sagen?»

«N-nichts, Tante May», sagte er. «Ich – ich gehe jetzt zurück zu den anderen.»

«Tu das», sagte sie. «Ich packe nur noch meine Sachen zusammen.» Sie tat so, als suche sie etwas in ihrer Handtasche. David lächelte sie gequält an und lief davon. «Ich möchte bloß wissen, wo er gewesen ist», sagte sie laut vor sich hin.

Sie war sicher, daß sie die Stelle finden würde, wo er vorhin gestanden hatte. Sie watete durch den tiefen, weichen Sand. Ja, hier mußte es gewesen sein, ganz sicher. Sie blickte zu Boden. Auf der Oberfläche mischte sich der feinkörnige Sand mit dunklerem, festerem. Hier hatte jemand gegraben.

May wurde es plötzlich übel. Sie kniete sich hin und scharrte den Sand weg wie ein Hund. Was hatte David hier in fliegender Eile vergraben?

Sie grub tiefer. Und plötzlich stieß sie einen erstickten, entsetzten Schrei aus, als ihre Finger etwas Weiches berührten, das im Gegensatz zu dem kühlen, feuchten Sand ganz warm war.

Sie mußte sich hinsetzen. Sie konnte nicht mehr. Sie wollte Jocelyn holen.

Nein, auf keinen Fall. Sie hatte noch nie im Leben vor etwas gekniffen. Sie wischte sich den Schweiß von der Stirn, biß die Zähne zusammen und bohrte die Hände vorsichtig in die Grube.

Was sie herausholte, war Gaylords Möwe. Der gebrochene Flügel hing schlaff herab. Doch nun war auch der Hals gebrochen, der Kopf war ihr schrecklich nach hinten verdreht. Die grausamen Augen waren von einem Schleier überzogen, die Federn mit Sand und Blut verschmiert, und das dunkle Blut lief in einem dünnen, warmen Rinnsal an May Pentecosts Hand herab.

Sekundenlang hockte sie regungslos dort und starrte voller Entsetzen auf das, was sie da in der Hand hielt. Dann legte sie es in sein Grab zurück und glättete darüber den Sand. Sie hatte das Gefühl, sie müsse dem toten Tier eine letzte Ehre erweisen, ja sie sei, stellvertretend für die Menschheit, der ganzen Tierwelt ein Zeichen der Reue schuldig. Aber sie ließ es. Sie rieb ihre Hände am Sand und dem harten Strandhafer ab, doch das Blut klebte noch immer daran. Sie rieb wie besessen, sie hätte schreien mögen, denn sie fühlte sich so besudelt wie noch nie in ihrem Leben. Sie hätte sich am liebsten wie zu einer rituellen Reinigung ins Meer geworfen, aber dazu war keine Zeit mehr. Sie mußte David allein sprechen, ihn zur Rede stellen, ihn fragen, warum er so etwas Grauenvolles getan hatte. Warum? Warum? Warum bloß? Sie hob ihr Handtuch auf und wischte sich immer wieder verzweifelt die Hand daran ab, während sie zu den anderen zurückging.

Sie kam mitten in eine Familienkrise hinein. Sobald sie in Sicht war, kam Jocelyn ihr eilig entgegengelaufen. «Da bist du ja, Liebling. Ich fürchte, wir müssen sofort nach Hause.»

Sie hatte das Gefühl, daß sie einem weiteren Schock nicht mehr gewachsen war. «Warum? Was ist los? fragte sie beklommen.

«Vater geht's nicht gut. Seine Lumbago ist ganz schlimm geworden. Wir müssen so rasch wie möglich zusammenpacken.»

Sie rannte los. Opa saß schon im Wagen und fluchte leise vor sich hin. Jenny und David klappten die Liegestühle zusammen und packten die Teller und Bestecke in den Picknickkorb. May blickte suchend über den leeren Strand. «Wo sind die Kinder?»

«Ich weiß nicht. Weit können sie nicht sein.»

«Aber am Strand sind sie nicht.»

«Wahrscheinlich spielen sie in den Dünen. Ich werde sie suchen.» Jocelyn lief in die Dünen und rief und rief. May ging zum Wagen. «Wir sind gleich soweit, Schwiegervater.»

Opa warf ihr einen Blick voll unbeschreiblicher Wut zu. «Verflucht noch mal, Weib! Ein ganzes Regiment bricht das Lager schneller ab als ihr.»

Bei so einem Regiment gibt's auch keinen Gaylord, um den man sich zu kümmern hat, dachte sie. «Sei nicht unvernünftig, Schwiegervater. Ohne die Kinder können wir nicht gut abfahren.»

«Na, dann schaff sie herbei, verdammt noch mal, schaff sie herbei!»

May sagte ruhig: «Wenn ich einen Gong hätte, könnte ich ihn schlagen, und wenn ich eine Leuchtrakete hätte, könnte ich sie abschießen; da ich aber weder das eine noch das andere habe, wirst du schon noch ein wenig Geduld haben müssen, Schwiegervater.»

«Geduld? Ich hab mein Lebtag keine Geduld gehabt», sagte der alte Mann. Doch er sprach schon etwas weniger aufgebracht. Wenn es einen Menschen gab, der mit ihm fertig wurde, dann war es May.

Jocelyn kam aus den Dünen zurück. «Diese verflixten Blagen. Keine Spur von ihnen.»

Er handelte sich einen anklagenden Blick seines Vaters ein. «Heutzutage gibt es eben keine Disziplin mehr. Dir haben wir niemals erlaubt, so auf eigene Faust herumzustreunen. Und das hat sich auch bewährt.» Er stöhnte und griff sich mit der Hand ans Kreuz, als hätte ihm jemand einen Dolch hineingestoßen.

May flüsterte Jocelyn zu: «Ich glaube, das ist ein ziemlich schlimmer Anfall. Wir dürfen ihn hier nicht lange warten lassen.»

«Los, wir laufen rasch ins Dorf und suchen sie», sagte Jocelyn.

Sie eilten davon und suchten am Strand, in den Dünen und auf der Promenade. Nichts. Als sie in eine Seitenstraße einbogen, kam ihnen ein kleiner Junge entgegen. Er hinkte jämmerlich, aber das lag nur daran, daß er mit einem Fuß im Rinnstein ging und mit dem anderen auf dem Bürgersteig. Er blickte auf und sah sie.

Gaylords Miene verriet seine blitzartig wechselnden Gefühle. Zunächst einmal herbe Enttäuschung. Gerade eben hatte er sich Emma mit teuflischer List vom Hals geschafft, und jetzt, wo er den Becher der Freiheit in vollen Zügen zu genießen dachte, war Mummi da und riß ihn ihm von den Lippen.

Er fragte sich, ob es schon zu spät war? Ob sie ihn gesehen hatten? Bei Paps hätte er es auf jeden Fall riskiert. Aber es bestand geringe Hoffnung, daß Mummi etwas entging. Trotzdem, es lohnte einen Versuch. Wie der Blitz machte er eine Kehrtwendung und hinkte zurück in die Richtung, aus der er gekommen war.

Seine Hoffnung wurde sogleich zunichte gemacht.

«Gaylord!» rief Mummi mit einer Stimme, die alle seine Himmel einstürzen ließ.

Eltern! dachte Gaylord degoutiert. Da bringt man sie an die Küste, sie verdrehen die Augen vor Entzücken über das Meer und den Sand, pumpen sich mit Ozon voll und führen sich auf, daß es schon leicht peinlich ist. Und kaum dreht man ihnen den Rükken, da wetzen sie schon zurück in die Stadt.

«Gaylord!» rief Mummi noch einmal.

Was war das nur? Hatte da jemand in der Ferne nach ihm gerufen? Er drehte sich um und blickte erstaunt suchend die Straße hinunter. Ach, da waren ja seine Eltern. Er begrüßte sie überrascht, doch ohne sonderliche Begeisterung, als sie keuchend näher kamen. «Paps, was heißt das: ‹N. Vorst. 15.00›?»

«Was heißt was?» fragte Paps. Doch Mummi war wie üblich nur mit ihren eigenen Gedanken beschäftigt. Die Frau hatte doch nie Zeit für eine gemütliche Unterhaltung. «Gaylord, wo ist Emma?» fragte sie scharf.

Immer schön der Reihe nach. «‹N. Vorst. 15.00›», wiederholte er für seinen Vater. «Da läuft ein Zeichentrickfilm, aber kein Mensch war da, und auf dem Schild stand ‹N. Vorst.› ...»

«GAYLORD! WO IST EMMA?» fragte Mummi in Großbuchstaben. Sie konnte nicht weit sein. Nachdem sie erst einmal Gaylord aufgetrieben hatten, war es nur noch eine Frage von Minuten, bis sie auch seine Kusine finden würden. May war ungeduldig, sie wollte weg von hier, schnell. Sie mußte den alten Mann auf jeden Fall so rasch wie möglich ins Bett bringen. Außerdem war sie durch die Sache mit der Möwe, die sie vorhin ganz unfeierlich in den hintersten Winkel ihrer Gedanken verdrängen mußte, gereizt und beunruhigt. Sie hatte nur noch den einen Wunsch, die Kinder aufzulesen, sie in den Wagen zu packen und heimzufahren.

Gaylord hinkte immer noch wie vom Veitstanz gepackt zwischen Rinnstein und Bürgersteig auf und ab. Es machte sie wahnsinnig. «Emma?» sagte er. «Emma ist ins Kino gegangen.»

«O nein», stöhnte Mummi. Wenn jemand sie zwei Minuten vorher gefragt hätte, ob ein kleines Mädchen in einem Städtchen an der See absolut unerreichbar werden kann, hätte sie mit einem glatten Nein geantwortet. Und sich gründlich getäuscht. «Ist sie – schon lange drin?» fragte sie.

«Nein», sagte Gaylord. «Erst ein paar Minuten. Kurz bevor ich euch rufen hörte.»

«Das heißt also, sie ist für die nächsten paar Stunden weg», sagte Paps.

May hatte eine Idee. «Du wirst mit dem Geschäftsführer sprechen, Liebling. Vielleicht läßt er eine Nachricht an die Leinwand projizieren oder so was.»

«Ja», antwortete Jocelyn unlustig. Er haßte es, fremde Leute mit ungewöhnlichen Bitten zu behelligen. Er war stets darauf gefaßt, daß sie ablehnten, was sie auch meistens taten, und dann kam er sich als Versager vor. Sie gingen zum Kino. «Verflixt und zugenäht, hüpf doch nicht so auf dem Kantstein herum», sagte Mummi. Sie kochte. «Es war sehr ungezogen und gedankenlos von Emma, so ohne ein Wort zu verschwinden.»

«Ja, Mummi», flötete Gaylord. Er unterließ es wohlweislich, Mummi darüber aufzuklären, daß es sich hier um einen der größten Siege seiner Strategie handelte. Sie hatte kein Verständnis für so was.

Der Portier saß vor dem Kino auf der Treppe und sonnte sich. Paps sagte: «Ich wollte fragen, ob Sie uns eventuell behilflich sein könnten?» Der Portier wartete ab und schwieg.

«Haben Sie vielleicht ein kleines Mädchen hineingehen sehen?» fuhr Paps fort. «Sie ist sechs – ein ziemlich pummeliges kleines Mädchen.»

Der Portier ließ sich reichlich Zeit. Er strich seine Handschuhe glatt, rutschte ein paar Zentimeter zur Seite und drückte sein

Gebiß fest. Endlich sagte er: «Da sind ungefähr zweitausend Kinder drin, mein Herr. Kindervorstellung. *‹Lassies Enkel›*.» Wieder schob er sein Gebiß zurecht. «Nein, an Ihr Kind kann ich mich nicht erinnern, mein Herr.»

«Mein Vater ist plötzlich erkrankt», sagte Jocelyn. «Ich hatte gehofft, Sie könnten vielleicht eine Nachricht an die Leinwand werfen lassen.»

«Ausgeschlossen, der Herr. Nicht in einer Kindervorstellung. Was meinen Sie, wie diese Gören sich mit dem identifizieren, was auf der Leinwand vorgeht. So eine Unterbrechung, wie Sie sie da haben wollen, na, die könnte sich aber recht nachteilig auf die kleinen Gemüter auswirken.»

«Kompletter Blödsinn», sagte Mummi.

Der Portier schwieg indigniert. Paps seufzte. «Dann werden wir wohl hineingehen und selbst nachsehen müssen.»

Wortlos hob der Portier eine Hand und wies auf das Schild Ausverkauft.

Paps ließ sich eine Menge gefallen, aber es konnte ganz plötzlich und ohne jede Vorwarnung passieren, daß er auftrumpfte. Dann war Schluß.

«Holen Sie mir den Geschäftsführer», sagte er jetzt.

«Der ist heute nachmittag nicht da.»

«Dann meinetwegen seinen Vertreter.»

«Haben wir nicht.»

«Verflixt noch mal, einer muß doch hier zuständig sein.»

«Ich», sagte der Portier.

Es war zwecklos. Sie gingen. «Dann wird uns ja wohl nichts anderes übrigbleiben, als daß ich mit den anderen nach Hause fahre, und du wartest auf Emma, und ihr beide kommt mit dem Zug nach», sagte Mummi.

«Ja», sagte Paps ohne jede Begeisterung. «Obwohl ich nicht gerade versessen darauf bin, hier allein herumzuhängen.»

«Du kannst es ja mal mit *‹Lassies Enkel›* versuchen», sagte Mummi gefühllos.

Sie kamen zurück zum Wagen. May sagte entschlossen: «Emma ist ins Kino gegangen, aber Jocelyn wird hierbleiben und auf sie warten. Ich fahre dich gleich nach Hause, Schwiegervater.»

«Gott behüte», sagte Opa beschwörend.

Jocelyn brauste auf. «May fährt viel besser als ich.»

«Schlechter kann man ja wohl auch kaum fahren», sagte der alte Mann. Die Lumbago hatte seine Laune nicht verbessert.

«Armer Onkel Jocelyn», sagte Jenny. «Was willst du denn so allein anfangen?»

«Mir die Beine vertreten», sagte Jocelyn. Er hatte dabei einen längeren Strandspaziergang im Auge. Aber May sagte: «Liebling, du kannst dich nicht weit von hier entfernen. Wenn Emma zurückkommt und den Wagen nicht vorfindet, kriegt sie Zustände.»

Jocelyn machte ein langes Gesicht. Jenny sagte: «Das stimmt. Und deshalb bleibe ich hier und leiste Onkel Jocelyn Gesellschaft.»

Jocelyns Gesicht leuchtete auf, und es leuchtete nicht nur auf, sondern es wurde auch bemerkt, daß es aufleuchtete, und zwar von May, die rasch sagte: «Das geht nicht, Jenny. Du mußt mir helfen, Schwiegervater aus dem Wagen zu heben, wenn wir angekommen sind.»

«Du sprichst von mir wie von einem Sack Kohlen», sagte Opa. Und Jenny sagte: «Du hast doch David. Und es braucht ja wohl nicht drei von uns.»

«Sei nicht vorlaut, Jenny», fuhr May sie an.

«Immer sachte, altes Mädchen», sagte Jocelyn. «Ich finde es wirklich lieb von Jenny, daß sie hierbleiben will.»

«Davon bin ich überzeugt», sagte May.

Sie maßen einander mit langen, bitterbösen Blicken. Sie waren es nicht gewohnt, sich zu streiten. Es tat ihnen beiden mehr weh, als sie sagen konnten. Sich aber in aller Öffentlichkeit zu streiten, war etwas, was sie noch nie in ihrem Leben getan hatten. Jocelyn sagte begütigend: «Was ist denn bloß los mit dir, May?»

«Gar nichts ist los mit mir», sagte sie.

Jenny fing an zu weinen. «Ich weiß es schon. Du wolltest, wir wären nie zu euch gekommen, Tante May.»

«Sei doch nicht albern, Jenny. Ich hab euch alle drei gern bei uns.» Wenn nur David keine Möwen umbrächte – oder vielleicht gar noch Schlimmeres täte, und wenn du nicht meinem Mann nachstelltest, und wenn Emma dem armen Gaylord nicht das Leben zur Hölle machte: das hätte sie sagen mögen. Aber es gab eben Situationen, wo die Wahrheit das letzte war, was man sagen konnte. Und das hier war eine solche.

«Ich habe euch gern bei uns», wiederholte sie. «Aber in diesem speziellen Fall treffe ich die Entscheidungen, und ich erwarte, daß ihr alle tut, was ich sage.»

«Irrtum», sagte Jocelyn. «Ich treffe hier die Entscheidung. Und ich gedenke, Jennys Angebot anzunehmen.»

Opa sagte: «Wenn ihr eures emotionellen Gemetzels müde seid, dann hat vielleicht jemand die Güte, mich nach Hause zu fahren und ins Bett zu bringen, wohin ich nämlich gehöre.»

«Ja, Schwiegervater. *Ich* werde das tun», sagte May. Sie setzte sich hinters Steuer, startete mit bebenden Händen und legte wütend den ersten Gang ein. David saß schon auf dem Rücksitz. «Los, steig ein, Gaylord», rief Mummi energisch.

«Kann ich nicht hierbleiben bei Paps und Jenny?» fragte Gaylord.

«Aber natürlich, Liebling», sagte Mummi. «Wiedersehen, mein Goldschatz.» Und ehe noch jemand ein Wort sagen konnte, stob sie in einer Sandwolke davon. Gaylord war ganz beglückt. Es kam selten vor, daß Mummi ‹mein Goldschatz› zu ihm sagte. Sie mußte ausnahmsweise mal mit ihm zufrieden gewesen sein, obwohl er sich beim besten Willen nicht erklären konnte, warum. Aber schließlich hatte er es längst aufgegeben, Erwachsene und ihre seltsamen Gedanken ergründen zu wollen. Er nahm alles so, wie es kam. Er lächelte Paps an. «Was machen wir jetzt?» fragte er gespannt.

«Machen können wir gar nichts», sagte Jenny. Sie kämpfte immer noch mit den Tränen.

«Wir könnten versuchen, irgendwo eine Tasse Tee aufzutreiben», sagte Jocelyn mit Jammermiene.

«Das ist langweilig für Gaylord», sagte Jenny. «Er kann ja hierbleiben und im Sand spielen.»

«Ich möchte lieber mit euch kommen.» Gaylord wußte selbst nicht recht warum. Er hatte das instinktive Gefühl, er könne was verpassen, wenn er nicht mit ihnen ginge.

«Ich an deiner Stelle würde hierbleiben und spielen», sagte Jenny. «Schließlich kommst du ja nicht alle Tage ans Meer.» Sie warf Jocelyn einen Blick zu, den er nicht zu deuten vermochte, der ihn aber alarmierte. Er fühlte plötzlich, daß er ohne Gaylord ein sehr verlorenes, wehrloses männliches Wesen sein würde. Ach, wenn er sich doch bloß nicht in diese lächerliche Situation gebracht hätte. Ein kleiner Flirt ohne Fußangeln wäre nach seinem Geschmack gewesen. Aber bei diesem Flirt hier gab es jede Menge von Fußangeln.

Und da eine dieser Fußangeln – wie konnte es auch anders sein – seine liebe May war, kam das Ganze überhaupt nicht in Frage. Der Flirt war gestrichen. Er sagte mit gespieltem Gleichmut: «Ach, laß ihn doch mitkommen. Eines kannst du dir für den Umgang mit Gaylord sowieso merken: bei ihm hast du immer das Unerwartete zu erwarten.»

«Aber es ist so töricht.» Jenny war der Verzweiflung nahe. «Alle kleinen Jungen spielen doch gern im Sand.»

«Ich möchte lieber mitkommen», sagte Gaylord eigensinnig.

Paps schenkte ihm ein freundliches, dankbares Lächeln. Gaylord war hocherfreut. Erst Mummi und jetzt Paps. Er konnte sich nicht erinnern, daß ihn beide Eltern zu gleicher Zeit jemals mit solch uneingeschränktem Wohlwollen behandelt hatten.

«Nun, bis ihr euch entschlossen habt, werde ich mein Gesicht herrichten. Ich sehe bestimmt schrecklich aus.»

Im Gegenteil, sie sieht ganz besonders entzückend aus, dachte Jocelyn unvorsichtig. Er war stark versucht, eine tröstend väterliche Hand um ihre schmale Taille zu legen. Nur die Furcht vor den Folgen ließ ihn der Verlockung wiederstehen. Vermutlich ist es häufig bloß Feigheit, wenn Leute tugendhaft leben, und nicht etwa moralische Stärke, dachte er.

Jenny hatte ihm ausreichend Zeit gelassen, ihr zu versichern, sie sähe nicht schrecklich aus, oder ihr den Arm um die Taille zu legen. Als nichts dergleichen geschah, zog sie sich resigniert in die

Dünen zurück. Gaylord schaufelte ein bißchen im Sand herum und fragte: «Warum hat Jenny geheult?» Er fand die Gefühlsverwirrungen von Erwachsenen merkwürdig faszinierend.

«Sie glaubt, deine Mutter sei böse mit ihr.»

«Mummi war heute mit allen böse. Nur mit mir nicht», sagte Gaylord selbstgefällig. Er schaufelte weiter im Sand. «Warum war Mummi denn wütend auf Jenny?» fragte er.

«Ich weiß es nicht», antwortete Paps.

Gaylord fing an, eine Burg zu bauen. «Emma sagt, Jenny ist in dich verliebt. Aber das geht doch nicht, Paps, oder? Du bist doch verheiratet.»

«Nein», sagte Paps. «Das geht nicht. Ich bin verheiratet.»

«Emma weiß wohl nicht, daß Damen sich nicht in die Männer von anderen Damen verlieben können», meinte Gaylord.

«So, weiß sie das nicht?»

«Außerdem bist du alt.» Gaylord rundete das Thema so sorgfältig ab wie seine Sandburg. «Du bist viel zu alt, als daß jemand sich in dich verlieben könnte, nicht wahr, Paps?»

«Viel zu alt», sagte Paps.

Gaylord beklopfte seine Sandburg mit stolzer Miene. Jenny erschien wieder, frisch gepudert und gefaßt. «Ach, da bist du ja», sagte Jocelyn munter, obwohl ihm gar nicht so zumute war. «Ich denke, jetzt gehen wir erst mal zum Bahnhof und erkundigen uns nach den Zügen.»

Gaylord wollte sich weltmännisch geben. «Ist Emma nicht dumm, daß sie meint, du seist in Paps verliebt?» sagte er zu Jenny gewandt.

Jenny sah Jocelyn verzweifelt an, dann senkte sie die Augen und errötete heftig. Gaylord dachte, sie würde gleich wieder heulen. Sehr interessant. Diesmal konnte es nicht daran liegen, daß Mummi mit ihr böse war.

Jenny sagte: «Emma ist wirklich ein sehr dummes kleines Mädchen.»

Da konnte Gaylord ihr nur recht geben. «Sie weiß nicht, daß Damen ...»

Paps fiel ihm eilig ins Wort. «Ich denke, wir haben das Thema ausgiebig genug erörtert, Gaylord. Wollen wir jetzt zum Bahnhof gehen?»

Sie setzten sich in Marsch. «Es tut mir leid», flüsterte sie.

«Warum denn in aller Welt?» flüsterte er zurück. «Gegen Gaylord ist kein Kraut gewachsen.»

Sie gingen ein paar Schritte. «Ich meine... weil es doch nun einmal wahr ist», stammelte sie.

«Jenny! Rede doch nicht solch einen verdammten Blödsinn», sagte er streng. Jenny brach in Tränen aus.

Gaylord stapfte zwischen den beiden durch den Sand. Er war wütend. Erwachsene verbrachten den größten Teil ihres Lebens damit, in tierischem Ernst über Dinge von nahezu unfaßlicher Langeweile zu diskutieren. Doch wenn sie – was wahrscheinlich selten genug vorkam – einmal wirklich etwas Interessantes zu sagen hatten, Dinge, die Gaylord zweifellos entzückt hätten, dann flüsterten sie. Erwachsene hatten ja weiß Gott eine Menge irritierender Angewohnheiten, aber das war eine Untugend, die ihn am meisten ärgerte. Ganz abgesehen davon, daß er ihnen, würden sie ihn ins Vertrauen ziehen, höchstwahrscheinlich eine große Hilfe sein konnte.

Der Gedanke, daß er womöglich nie erfahren würde, was nun wieder zu diesem sehr aufregenden Gefühlsausbruch geführt hatte, war ihm schier unerträglich. Aber er wußte aus bitterer Erfahrung, daß es nicht ratsam war, Fragen zu stellen. Sie würden ihm nur über den Mund fahren.

Sie fingen Emma vor dem Kino ab. «Ich fand, es war kitschig, aber die anderen haben geheult und geheult», sagte Emma. Sie musterte ihre Schwester. «Warum hat Jenny denn geheult?»

«Erst war Mummi wütend auf sie», sagte Gaylord. «Und dann Paps.»

«Warum?»

«Weiß ich nicht. Sie haben geflüstert», sagte Gaylord voller Verachtung.

«Sie flüstern nur, wenn was Schlimmes ist», sagte Emma. Sie überlegte kurz. «Vielleicht kriegt sie ein Baby.»

«Red keinen Quatsch!» sagte Gaylord. «Sie ist doch nicht verheiratet.»

«Ach ja», sagte Emma. «Daran hatte ich nicht gedacht.»

Also so was, dachte Gaylord. Seine kleine Kusine konnte schon sehr beschränkt sein.

Der nächste und zugleich einzige Zug fuhr um sechs Uhr, in einer Stunde also. Eine ganze Stunde, dachte Jocelyn, mit Gaylord, Emma und einem sensiblen Mädchen, das ich gerade in Tränen gestürzt habe! Eine volle Stunde, und dann fängt die Reise erst an. Nun, eines stand für ihn fest, er würde den Bahnhof nicht verlassen. Wenn er irgendwo sicher war, dann hier. Er wollte es nicht riskieren, in die Dünen gelockt zu werden.

Sie setzten sich auf eine Bank. «Wir hätten noch Zeit genug für einen Schaufensterbummel», sagte Jenny.

Paps drückte seine Schultern fester an die Rücklehne.

«Meinetwegen kannst du gehen», sagte er. «Ich bleibe hier und rauche eine Pfeife, wenn du nichts dagegen hast.»

«Ich komme mit.» Emma rutschte von der Bank herunter.

Prompt sagte Gaylord: «Ich bleibe hier.»

«Du fährst doch nicht ohne uns ab?» fragte Jenny ängstlich lächelnd. «Ich habe nämlich kein Geld.»

Jocelyn packte das blanke Entsetzen. «O Gott, es gibt nur diesen einen Zug. Kommt bloß rechtzeitig wieder, hört ihr?»

Sie lachte. «Natürlich, Onkel. Mach dir keine Sorgen. Wir kommen schon wieder.»

Sie zogen los. Jocelyn sah ihnen mit gemischten Gefühlen nach. Einerseits fühlte er sich sicherer, wenn Jennys Rock nicht dauernd seine Knie streifte. Andererseits – was sollte er machen, wenn sie nicht rechtzeitig wiederkamen? Er konnte sie doch nicht einfach hier sitzenlassen. Doch er würde seine Ehe aufs Spiel setzen, wenn er den letzten Zug verpaßte. Nein, dann würde er sie lieber im Stich lassen. Was konnte den beiden schon Schlimmes passieren?

Gaylord lehnte sich gemütlich zurück, die Hände tief in den Hosentaschen vergraben. «Henry Bartlett sagt, der Handel mit weißen Sklaven wird immer schlimmer», bemerkte er ganz versonnen.

Jocelyn fuhr zusammen und starrte seinen Sohn fassungslos an. «Ja, sag mal, woher weiß Henry Bartlett was vom Handel mit weißen Sklaven?»

«Er hat es in der Zeitung gelesen», sagte Gaylord.

«Guter Gott!» sagte Jocelyn.

Sie schwiegen beide. «Was ist das – Handel mit weißen Sklaven?» fragte Gaylord.

Paps sagte gereizt: «Verflixt, Gaylord, du kannst nicht erst eine tolle Behauptung aufstellen und im nächsten Atemzug fragen, worum es überhaupt geht.»

«Wieso nicht?»

«Weil ... Nun, weil es ein Beweis dafür ist, daß du keine Ahnung hast, wovon du überhaupt redest.»

«Hab ich auch nicht. Darum frag ich ja», sagte Gaylord vorwurfsvoll. «Hat es was mit Negern zu tun?»

«Nein», sagte Paps. «Mit Negern hat das absolut nichts zu tun.» Dann entsann er sich Mays strikter Anweisung, alle Fragen stets freimütig und furchtlos zu beantworten. Er schluckte. «Böse Männer kaufen manchmal Frauen, um ... um damit Geld zu verdienen.»

«Würden die auch Emma kaufen?»

«Nein», sagte Paps entschieden.

«Warum nicht?»

«Nun sag doch selbst.» Paps sprach ganz von Mann zu Mann. «Würdest du dein gutes Geld für Emma ausgeben?»

«Nein», sagte Gaylord.

«Na siehst du, da hast du's», sagte Paps.

«Ja», sagte Gaylord. Er dachte nach. Er hatte nicht gewußt, daß man Frauen kaufen und verkaufen konnte. Aber es überraschte ihn nicht. Die Erwachsenen schienen ihr Leben mit Kaufen und Verkaufen zu verbringen. Paps verkaufte Geschichten, Opa kaufte Aktien. Warum also keine Frauen? «Für Amanda würden wir sicher viel Geld bekommen», sagte er hoffnungsvoll.

Paps war sehr gewissenhaft. Er sagte: «Ich glaube, du hast das nicht ganz richtig erfaßt. Die ganze Sache ist... viel komplizierter...»

Doch Gaylord war nicht mehr am Thema interessiert. «Wetten, daß Jenny und Emma den Zug verpassen», sagte er.

«Das tun sie besser nicht!» sagte Jocelyn ängstlich. Er sah auf die Bahnhofsuhr. Fünf Uhr zwanzig! Angenommen – nur mal angenommen –, sie wären um fünf Uhr fünfzig nicht wieder da?

Sie waren es nicht. Paps nahm Gaylord fest an die Hand und ging vor den Bahnhof. Nichts zu sehen. Sie rannten die einzige Ladenstraße hinunter. Auch hier war nichts zu sehen. Die Ladeninhaber holten bereits die Strandbälle und Sonnenhüte herein und schlossen die Geschäfte. Über dem Meer lag eine schwermütige Abendstimmung. Fünf Uhr fünfundfünfzig!

Sie rannten zum Bahnhof zurück. Der Zug war mittlerweile eingelaufen, der Lokführer wischte mit einem öligen Lappen am Triebwagen etwas ab. Von Emma und Jenny keine Spur. «Ob wir nicht besser die Krankenhäuser anrufen?» schlug Gaylord vor.

Der Lokführer hatte schon die Hand am Hebel und hielt den Stationsvorsteher im Auge. Der Minutenzeiger auf der Bahnhofsuhr rückte zuckend weiter. Fünf Uhr neunundfünfzig. Jocelyn blickte verzweifelt über den Bahnhofsvorplatz. Nichts! Dies war der Augenblick der Entscheidung. Die Türen des letzten Zuges nach Hause wurden zugeworfen. Jocelyn rührte sich nicht. Der Stationsvorsteher setzte die Trillerpfeife an die Lippen. Er hob die grüne Flagge. Der Minutenzeiger zuckte auf zwölf. Die Pfeife ertönte, die Flagge wurde geschwenkt, der Hebel senkte sich, und der Zug fuhr an. Jocelyn rührte sich nicht. Der Bahnhofsvorplatz blieb leer.

«Ich glaube, nun werde ich deine Mutter anrufen müssen», sagte Jocelyn niedergeschlagen.

«Na, die wird sich ja schön aufregen», sagte Gaylord ermutigend. In diesem Augenblick hörte man das Klappern hoher Absätze. Jenny kam in Sicht, sie zerrte Emma hinter sich her. «Onkel Jocelyn, ist er weg? Es tut mir wahnsinnig leid. Meine Uhr ist stehengeblieben.»

Jocelyn ließ sich selten vom Zorn hinreißen. Aber wenn es einmal geschah, dann konnte er ihn nicht mehr bremsen. Wie eine Flutwelle schlug es über ihm zusammen. Wütend brüllte er die verschüchterte Jenny an: «Wie konntest du es wagen! Das hast du absichtlich getan!»

«Nein, Onkel Jocelyn, bestimmt nicht. Sieh doch! Auf meiner Uhr ist es erst halb.»

«Du hältst mich wohl für einen Idioten», sagte er zornig. «Und was machen wir jetzt? Was hast du vorzuschlagen? Bildest du dir vielleicht ein, wir werden mitten in der Saison irgendeine Unterkunft finden?»

«Irgendwas – muß es doch geben», sagte sie kleinlaut.

«Nichts gibt es», fauchte er. Und wenn es noch Zimmer gäbe, dann würde ich trotzdem keins nehmen, dachte er. Hier galt es nicht nur, die Schicklichkeit zu wahren. Es ging darum, daß alle Welt sehen mußte, wie sehr er sie wahrte. Nicht daß er ernstlich um seine Ehe gefürchtet hätte. Er hatte nur keine Lust, May eine Waffe in die Hand zu spielen, die sie hervorholen und polieren konnte, wann immer es ihr paßte.

«Morgen früh um sieben geht der nächste Zug», sagte er. «Emma und du – ihr könnt es euch im Wartesaal 1. Klasse gemütlich machen. Gaylord und ich bleiben im Wartesaal 2. Klasse.»

Zwei porzellanblaue Augen starrten ihn mit ungläubigem Entsetzen an. «Da drin sollen wir die ganze Nacht bleiben?» schrie Emma.

«Ja», sagte Paps wütend. «Die Mem-Sahib wird sich dazu herablassen müssen, die Nacht mit den Eingeborenen zu verbringen.»

Emma fing an zu heulen. «Da ist es kalt drin.»

«Ich hab Hunger», sagte Gaylord.

«Wir essen nachher Fisch und Chips», sagte Paps.

«O ja, bitte, Paps», schrie Gaylord. Fisch und Chips waren seine größte Wonne.

Jenny legte Jocelyn bittend die Hand auf den Arm. «Könnten wir nicht doch versuchen, ob wir ein Hotel finden, Onkel Jocelyn? Ich weiß, ich bin an allem Schuld, aber es war wirklich keine böse Absicht, und ... und außerdem meine ich, Emma und Gaylord sollten doch nicht dafür büßen müssen.»

«Eine Nacht im Wartesaal schadet ihnen nichts», sagte er. «Und nun entschuldige mich, ich muß jetzt eine Tante anrufen.»

«Liebling», sagte sie. «Was ist los? Wo steckst du?»

Er sagte: «May, schau, es tut mir wahnsinnig leid. Wir haben den letzten Zug verpaßt.»

«Was? Heißt das, du bist immer noch an der Küste?»

«Ja», sagte er deprimiert.

«Oh, Jocelyn, du Narr!» sagte sie.

«Ja», sagte er. «Ich weiß.»

Ihr erster Gedanke war: Das wäre der ideale Augenblick, ihn um eine neue Waschmaschine zu bitten. Aber sie unterließ es. «Gibt es denn nichts?» fragte sie. «Keinen Bus oder sonst was?»

«Nein. Der Bus fährt nur einmal am Tag. Und das war heute morgen um elf.»

«Und wie wär's mit einem Taxi?»

«Das möchte ich nicht riskieren. Denn falls Emma und Gaylord einschlafen würden, dann ...»

«Liebling – ist es denn so schlimm?»

«Noch viel schlimmer. Sie hat das alles ganz bewußt inszeniert. Nein, ich glaube, meine Lösung ist schon die sicherste. Sie und Emma in dem einen Wartesaal, Gaylord und ich in dem andern.» Kläglich setzte er hinzu: «Auf einem Bahnhof kann einem doch nicht viel passieren, oder?»

«Sieh dich nur vor», sagte May. «Vielleicht läßt du dich besser einschließen?»

«Liebling!» sagte er vorwurfsvoll. «Das Ganze ist schließlich nicht komisch.»

«Das sagst du mir? Aber ich weiß auch nicht, wie ich dir helfen soll. Du mußt dir schon selbst zu helfen wissen, mein Junge.»

«Ja», sagte er unglücklich. Er mochte noch nicht auflegen. Er brauchte die tröstliche Stimme seiner Frau. Aber da kam schon das Warnzeichen, und er hatte kein Kleingeld mehr.

Jenny und Emma zogen sich in ihren Wartesaal zurück. Aber nicht für lange. Fünf Minuten später war Jenny bereits wieder da. Jocelyn fuhr hoch. «Onkel Jocelyn, es tut mir leid, daß ich dir auf die Nerven gehe. Aber ich habe eben mit dem Gepäckträger gesprochen, und er sagte, die Hotels im Ort seien halb leer.»

Er sah sie säuerlich an. Aber es war erst halb sieben. Nur fünf Minuten hatte er auf der harten Bank gelegen, und sein grimmiger Entschluß, hier eisern auszuharren, begann schon zu wanken. Er stand auf. «Los, kommt», sagte er mürrisch.

«Wo gehn wir hin?» flötete Gaylord.

«In ein Hotel.»

«Aber Paps! Du hast uns doch Fisch und Chips versprochen.»

Jenny sagte: «Wenn wir in einem Hotel unterkämen, dann brauchtest du nicht die ganze Nacht auf der harten Bank zu liegen.»

«Ich fand es prima. Es war richtig gemütlich. Paps, wenn wir in ein Hotel gehen, kriegen wir dann nicht Fisch und Chips?» Gaylord machte eine Jammermiene.

«Gaylord, du bist aber wirklich die reinste Nervensäge», sagte Jocelyn. Er zog mit Emma und Jenny los. Gaylord schlurfte hinterher, schob die Unterlippe vor und warf sehnsüchtige Blicke nach dem Wartesaal zurück.

Sie gingen in ein Hotel. Der Portier, der Chefportier und der Empfangschef musterten sie kühl. «Haben Sie vier Einzelzimmer?» fragte Paps.

«Nein, mein Herr. Sie können zwei Doppelzimmer haben.»

«Das ist doch prima», sagte Emma. «Ich schlafe mit Gaylord, und Jenny ...»

«Schön», sagte Jocelyn. «Die beiden Damen nehmen das eine Zimmer, und der kleine Junge und ich das andere.»

Gaylord hatte eine Idee. «Paps, vielleicht gibt's hier Fisch und Chips.»

Emma sagte: «Also, ich fände es viel besser, wenn Gaylord und ich ein Zimmer nähmen ...»

«Aber ich nicht», sagte Gaylord ungalant.

«Haben Sie Gepäck, mein Herr?» erkundigte sich der Empfangschef.

«Nein», sagte Jocelyn.

Erstaunt hochgezogene Augenbrauen: «Soll Ihnen der Portier die Garage zeigen, mein Herr?»

«Wir haben keinen Wagen.»

Die Brauen kletterten noch ein Stück höher. «Würden Sie so freundlich sein, sich hier einzutragen. Sie sind Mr. und Mrs...?»

«Nein», sagte Jocelyn. «Mister und Miss.»

«Verzeihung.» Der Empfangschef betrachtete interessiert das gemischte Quartett. Vater und drei Kinder? Nein. Sie trug sich unter einem anderen Namen ein. Also Mr., Miss und der gemeinsame Nachwuchs? Dazu sah sie nicht alt genug aus, aber heutzutage konnte man nie wissen. Kein Gepäck. Kein Wagen. Das war schon faul. «Ich muß Sie leider bitten, im voraus zu zahlen, mein Herr», sagte er ölig.

Jocelyns Laune sank unter den Gefrierpunkt.

Eine Stunde später war ihm schon wesentlich wohler. Es war eines jener Hotels, in denen man Kinder nicht so gern im Speisesaal sieht. Ein Kellner war aufs Zimmer gekommen und hatte sich erkundigt, was der junge Herr zum Abendessen wünsche.

«Fisch und Chips», sagte der junge Herr wie aus der Pistole geschossen. Sie brachten ihm für 17 Shilling Sixpence davon.

Gaylord haute kräftig rein, während Paps ein gut Teil seiner schlechten Laune in einem ausgedehnten, genußvollen Bad ertränkte. Als er nach einer Weile wieder ins Schlafzimmer kam, fand er Gaylord in ein schwieriges Problem vertieft.

«Paps, ich habe keine Zahnbürste. Wie soll ich mir die Zähne putzen?»

«Gar nicht», antwortete Paps.

Damit war Gaylord höchst einverstanden. Ausnahmsweise widersprach er nicht. Das ist sehr interessant, dachte er. Wie verschieden Eltern doch sein können. Mummi hätte so leicht nicht aufgegeben. Wenn Mummi jetzt hiergewesen wäre, hätte sie es todsicher fertiggebracht, eine Zahnbürste für Gaylord aufzutreiben, und wenn sie das ganze Hotel hätte rebellisch machen müssen. Gaylords Zähne jedenfalls wären geputzt worden. Wieder einmal mußte Gaylord feststellen, daß eine Welt ohne Frauen doch erheblich gemütlicher wäre.

«Ich habe auch keinen Schlafanzug», sagte Gaylord.

«Nein. Du mußt im Hemd schlafen.»

Mensch, Mummi würde Junge kriegen, dachte Gaylord respektlos.

«Wirst du mit Jenny essen?» fragte er.

«Vermutlich», sagte Paps. «Wir können ja wohl kaum an getrennten Tischen sitzen.» Trotzdem war der Gedanke nicht verlockend. Mißstimmungen waren für ihn das Schlimmste im Leben. Und er ahnte schon, daß er sich während der ganzen Mahlzeit mit Jenny streiten würde – wenn nicht mit Worten, dann doch in Form eines unheilvollen Schweigens. Er gab Gaylord einen flüchtigen Gutenachtkuß, ging hinunter in den Speisesaal und bekam einen Tisch für zwei Personen zugewiesen. Er sagte dem Kellner, er werde noch warten.

Es war ein sehr eleganter Speisesaal – ganz in Weiß und Gold und in Kerzenlicht getaucht. Eine Atmosphäre, wie May sie liebte und wie er sie ihr selten bieten konnte. Und nun saß er hier und würde enormes Geld für ein Essen ausgeben, an dem keiner von ihnen wirklich Freude hatte. Er war maßlos wütend.

Jenny betrat schüchtern den Speisesaal. Wenn man bedachte, daß sie nur für einen Tag am Strand angezogen gewesen war, war es erstaunlich, wie attraktiv sie sich zum Abend hergerichtet hatte. Er erhob sich. Sie kam näher. «Wollen – wir zusammen essen?» fragte er zögernd.

«Wenn ... ja, wenn du wirklich nichts dagegen hast.» Sie sah völlig verängstigt aus.

Der Kellner hielt ihr den Stuhl bereit, sie setzte sich. Kellner legten riesige Speisekarten vor sie hin. Sie bestellten. Die Kellner zogen sich zurück. Jenny schaute vor sich auf die Tischdecke. Endlich sagte sie gepreßt: «O Gott, es ist mir ja so peinlich. Ich koste dich ein Vermögen, Onkel Jocelyn.»

«Im Wartesaal wär's billiger gewesen», gab er zu.

«Ich kann dir gar nicht sagen, wie leid es mir tut», sagte sie.

Ach, geschenkt. Er war einfach nicht nachtragend. Das lag nicht in seiner Natur. «Also, Jenny!» sagte er. «Das wird ein sehr teures Essen. Und es kostet genau dasselbe, ob wir es nun genießen oder nicht. Darum schlage ich vor, wir vergessen, was passiert ist, und machen das Beste daraus.»

Sie machte ein Gesicht, als würde sie gleich vor Erleichterung weinen. «Ach, Onkel Jocelyn, du bist so süß zu mir», sagte sie demütig.

Er war beschämt über dieses Lob von einem Mädchen, das er vor einer Stunde noch mit Freuden umgebracht hätte, und er kam sich wie ein Schuft vor. Er winkte dem Weinkellner und bestellte eine halbe Flasche Sauternes. Der Wein lockerte die Spannung zwischen den beiden zwar nicht ganz, aber er half. Am Ende der gemütlichen Mahlzeit fühlte Jocelyn sich ungemein väterlich. Sie standen auf. «Ich glaube, wir gehen zeitig ins Bett», sagte er. «Wir müssen morgen in aller Frühe aufstehen.»

«Ja», sagte sie. Sie gingen die breite Treppe hinauf. Vor ihrer Tür blieben sie stehen. Sie schaute zu ihm auf, sehr traurig. «Ich wollte, ich hätte das Abendessen bezahlen können. Es wäre mir jede Summe wert gewesen. Aber für dich war es natürlich bloß eine schreckliche Geldverschwendung.»

Er wußte nicht, was er darauf sagen sollte. Darum tat er, was ihm das einzig Mögliche zu sein schien. Er beugte sich herab und küßte ihren warmen jungen Mund. Einen Augenblick klammerte sie sich an ihn. «Gute Nacht, Onkel Jocelyn», sagte sie sanft.

«Gute Nacht, Jenny.» Er drehte sich um und ging die Treppe hinunter. Seine Finger suchten nervös in seinen Taschen nach Pfeife und Tabaksbeutel. Er brauchte dringend ein stilles Pfeifchen in der Nachtluft, denn er war zutiefst verwirrt über seine seelische Verfassung. Es war lange her, seit er zum letztenmal die Wirkung von gutem Wein, erlesenem Essen und gedämpftem Licht in der Nähe eines verführerischen jungen Mädchens verspürt hatte. Er war in beängstigend romantischer Stimmung. Doch was ihn am stärksten beunruhigte, war die Frage, was und wieviel er May davon erzählen sollte.

Er hätte sich seine Überlegungen sparen können. Emma platzte sofort los: «Tante May, wir sind in ein riesiges Hotel gegangen, und ich wollte mit Gaylord schlafen, aber Onkel Jocelyn hat gesagt, ich müßte mit Jenny schlafen.»

May sah Jocelyn eisig an. «Ich dachte, ihr wolltet im Wartesaal übernachten?»

«Das hatte ich auch vor», sagte er. «Aber dann stellten wir fest, daß im Hotel noch Zimmer frei waren.»

«Ich hab Fisch und Chips auf dem Zimmer gegessen», sagte Gaylord stolz.

«Ich auch», sagte Emma. «Und Jenny und Onkel Jocelyn haben Krabbencocktail und Huhn Maryland gegessen und eine Flasche Wein getrunken.»

«Das scheint mir ja ein richtiges Festessen gewesen zu sein», sagte May und warf ihrem Mann einen Blick von der Sorte zu, die Gaylord nur allzugut kannte. Es war der Blick, mit dem sie ankündigte, daß sie noch eine Reihe Fragen stellen würde.

Doch später, als sie ganz allein waren, als die Vorhänge schon zugezogen waren und die Stehlampe ihr weiches Licht verbreitete, sagte er: «Übrigens, es ist was ziemlich Groteskes passiert. Jenny hat mir erklärt, sie liebte mich.»

«Das habe ich befürchtet.» May schwieg lange. Dann sagte sie: «Ich müßte wohl Mitleid mit ihr haben. Aber ich habe es nicht. Im Gegenteil – ich bin empört.»

«Ja», sagte er.

«Was hast du ihr darauf gesagt?»

«Daß sie nicht so einen hirnverbrannten Blödsinn reden soll. Ich hab's ziemlich unfreundlich und mit Nachdruck gesagt. Und dann sind wir sofort zum Bahnhof gegangen. Ich dachte, da könnte sie am ehesten wieder zu Verstand kommen.»

«Ja», sagte May. Die Vorhänge blähten sich in der sanften Abendbrise. Sie stand auf und schloß die Fenster. Dann kam sie zurück und setzte sich wieder zu ihm. «Ich hab auch meine Sorgen», sagte sie ruhig. «Mit David.»

Jäh durchzuckte ihn schmerzliche Eifersucht. «Gott im Himmel! Er ist doch nicht ...»

«In mich verliebt?» Sie lächelte. «Nein. Das nicht. Aber ...» Sie erzählte ihm von der Möwe. «Es ist grausig», sagte sie. «Und ich bin noch nicht dazu gekommen, ihn zur Rede zu stellen. Sobald wir deinen Vater versorgt hatten, war er verschwunden.» Sie trommelte nervös mit den Fingern auf die Armlehne ihres Sessels. «Er – er ist nicht normal», sagte sie. «Ich fürchte, er ... er könnte ... der Mann sein, der die Kinder überfallen hat. Und ich glaube, er haßt Gaylord.»

9

Es war Hochsommer. Der Regen, der sonst zum englischen Juli gehört, schien diesmal Urlaub zu haben. Das Gras war braun und verdorrt, die Erde von solch breiten Rissen durchzogen, daß Gaylord sich auf den Bauch legte und voll kühner Hoffnung in die Spalten äugte, weil er meinte, man könne vielleicht Australien sehen. Die Blätter an den Bäumen wurden braun und dürr, der Duft der kleinen weißen Ligusterblüten lag schwer in der warmen Luft, und das Vieh jagte hin und wieder unvermittelt über die Weiden, als habe eine englische Sonne es toll gemacht. Die Nächte waren heiß und drückend. May wälzte sich ruhelos und von schweren Träumen geplagt im Bett und lauschte in die Dunkelheit. Auf was? Das Quietschen einer Tür, den Schrei eines Kindes, die hastenden Schritte eines Mörders? Doch sie hörte nur das Rufen einer Eule im Henkerswald, das ferne, schläfrige Bellen eines Hundes.

Die Stelle jedoch, an der sich die ganze Hitze dieses Sommers wie unter einem Brennglas zu konzentrieren schien, das war der alte Steinbruch. Seine Felswände fingen die Sonnenhitze ein und strahlten sie hinunter auf den verwachsenen Grund, wo Brombeerbüsche und Dornengestrüpp und junge Schößlinge einen verzweifelten Kampf um einen Platz an der Sonne führten.

Emma sonnte sich auf einem heißen Stein wie eine Eidechse. Sie spähte durch das Gebüsch hinunter in die Tiefe des Steinbruchs. «Dort unten kann ich ein kleines Haus sehen», sagte sie. «Wollen wir nicht Picknick machen?»

«Ein Häuschen?» sagte Gaylord unbehaglich. Natürlich wußte er seit langem, daß dort unten zwischen den Bäumen ein kleines Haus stand. Aber bei aller Neugier war er eher ein vorsichtiges Kind, und die Gebrüder Grimm hatten ihn nicht darüber im Zweifel gelassen, daß Leute, die an Türen von kleinen Häusern im Wald klopfen, meist Überraschungen erleben. Emma aber kannte offensichtlich solche Hemmungen nicht. «Wer wohnt da drin?» fragte sie.

«Ganz genau weiß ich es nicht», sagte Gaylord. «Aber ich glaube, ein scheußlicher alter Zwerg mit drei Augen.»

Kaum hatte er es ausgesprochen, wußte er schon, daß er sich zu weit vorgewagt hatte. Emma sprang wie elektrisiert auf. «Komm!» sagte sie.

Gaylord folgte ihr in sicherer Entfernung. Emma blieb stehen und sah enttäuscht aus. «Ich glaube nicht, daß da drinnen ein Zwerg wohnt», sagte sie. «Das ist ja bloß eine alte Holzbude.»

Gaylord war nicht so sicher. Mit Zwergen war das so eine Sache. Doch Emma hatte schon die Hand an der Klinke. Bei der ersten Berührung fiel die Tür nach innen. «Hier wohnt keiner», rief sie. «Hier ist alles leer und voller Staub.»

Gaylord wurde mutiger und folgte seiner Kusine. Die Hütte war in der Tat eine Enttäuschung. Ein paar durchgebogene leere Regale. Eine heruntergebrannte Kerze. Ein Haufen vergilbter Zeitungen, sonst nichts. Nur... Gaylords Herz klopfte plötzlich rascher. Was er da drüben in der Düsternis erspähte, war schon erheblich verlockender. Auf dem Boden stand eine kleine Holzkiste. In solchen Kisten bewahrten die Leute ihre Golddukaten und Silberstücke auf.

Emma starrte, ein stämmiger Cortez, schweigend auf die Kiste. Schließlich fragte sie: «Was meinst du, was da drin ist?»

«Goldbarren und so», sagte Gaylord. «Und natürlich Münzen. Und Edelsteine.» Erbittert dachte er: Wenn man schon mal auf einen vergrabenen Schatz stößt, dann muß ausgerechnet Emma dabei sein. So ein Pech. Mädchen und vergrabene Schätze gehörten nicht zusammen. Eine mahnende Stimme sagte ihm leise, daß er die Kiste ohne Emma nicht gefunden hätte, aber er hörte nicht darauf.

«Wetten, daß da ein Gerippe drin ist?» sagte Emma.

«Da paßt doch gar keins rein», sagte Gaylord.

«Doch, wenn man es knickt. Wetten, da ist ein Gerippe drin mit Edelsteinen in den Augenhöhlen.»

Gaylord mußte zugeben, daß ein Gerippe mit Edelsteinen in den Augenhöhlen eine feine Sache wäre. Trotzdem war er persönlich mehr für den vergrabenen Schatz.

Emma machte sich schon am Schloß zu schaffen. Gaylord ermannte sich und sagte beschützerisch: «Laß mich das lieber machen. Auf verborgenen Schätzen liegt manchmal ein Fluch.»

Er riß mit an dem Schloß. Doch sie brauchten sich nicht sehr anzustrengen. Das Holz war schon ganz morsch. Krachend zersplitterte es, und Gaylord stand mit dem Deckel in der Hand da, aber mit geschlossenen Augen. Er mochte eigentlich gar nicht mehr hinsehen. Wenn Emma recht haben sollte, dann wollte er doch lieber nicht in die kalten Edelsteinaugen schauen müssen.

Dann sah er doch hin. Und er wurde wieder einmal belehrt, daß die Wirklichkeit nur selten an die Gebilde ungehemmter kindlicher Phantasie heranreichte. Keine Augenhöhlen, weder mit noch ohne Edelsteine. Keine Dukaten, keine Silberlinge. Die Realität bestand aus drei kurzen, runden Stäbchen, grau vor Staub, das Langweiligste und Verstaubteste, das man sich vorstellen konnte. Sie sahen fast so aus wie manche Steine am Meer, aber sie waren nicht so hübsch in der Farbe, und als er zwei von ihnen gegeneinander schlug, brachen sie nicht auseinander. Nein, es waren keine Felsbrocken.

Sie erinnerten ihn dunkel an Feuerwerkskörper, aber da war nichts, um sie anzuzünden. Es war so richtiges Erwachsenenzeug, das man nicht essen konnte und das zu nichts zu gebrauchen war, es sah nicht mal hübsch aus, und trotzdem hielten Erwachsene mit ihren komischen Wertbegriffen so etwas für wichtig.

«Du hast doch gesagt, hier sei ein Schatz vergraben?» sagte Emma verächtlich. «Was ist das denn überhaupt?»

«Es könnten Goldbarren sein», meinte Gaylord und kratzte mit dem Fingernagel an einem der Stäbchen. Natürlich wußte er, daß es keine waren, aber Mädchen glauben einem ja alles. Emma hatte jedoch schon das Interesse daran verloren. Sie packte die Butterbrote aus und machte die Limonadenflasche auf, während Gaylord allein über seinem Fund brütete. Er konnte sich nicht vorstellen, wozu die drei kleinen Dinger taugen sollten, aber man konnte nie wissen. Irgendwann würde er sie vielleicht mal brauchen. Es konnte nichts schaden, wenn er sie in seiner Kramkiste aufbewahrte mit all den anderen Sachen, die darauf warteten, einmal von ihm gebraucht zu werden: die Uhrfeder, der Deckel einer Fahrradklingel, der zerbrochene Elektrostecker, die leere Tabaksdose, der abgebrannte Knallfrosch, der letztes Silvester seinen großen Moment gehabt hatte. Wer weiß, vielleicht würde er sogar seinen Freunden Henry Bartlett und Willie Foggerty so ein Ding schenken.

10

May erwischte David unten im Hof.

Er sieht gehetzt aus, dachte sie. Aber diesmal sollte er ihr nicht entwischen. «David», sagte sie rasch. «Ich muß mit dir reden.»

«Ja, Tante May?» sagte er. Auf seiner Stirn standen Schweißtropfen. Nun ja, es war heiß heute. Trotzdem ...

May redete nie lange um den Brei herum. «Warum hast du die Möwe getötet?» sagte sie.

«Die Möwe?» sagte er. «Ich – ich verstehe nicht, Tante May.»

«In den Dünen, an dem Tag, als wir an der See waren. Du hast Blut an den Händen gehabt. Du hast die Möwe, die Gaylord beim Picknick gefüttert hat, getötet und dann vergraben.»

Sein Gesicht war aschfahl geworden, aber sie hatte kein Mitleid mit ihm. «Ich weiß nicht, wie du sie gefangen hast», fuhr sie fort, «aber du hast es getan. Und ihr den Hals umgedreht. Das war ... abscheulich.»

Er sah sie an – mit einer Miene, die sie nicht deuten konnte. Sie merkte nur, daß er nicht mehr in der Defensive war. Es war ein anklagender Blick, voll flammender Empörung. «Glaubst du wirklich, Tante May, ja glaubst du denn wirklich, daß ich ... *ich* ... so etwas Schönes wie eine Möwe töten könnte?» Er machte eine hilflose und fahrige Handbewegung. «Mein Gott, wie schlecht du mich doch kennst!»

Er war ein glänzender Schauspieler. Wenn sie die Möwe nicht selbst gesehen, den noch warmen Körper nicht mit eigenen Händen berührt hätte, sie wäre darauf hereingefallen. So aber sagte sie scharf: «Ich habe dich nicht gefragt, *ob* du es getan hast. Das weiß ich. Ich frage dich, *warum* du es getan hast?»

Wortlos starrte er vor sich auf den Boden. Dann hob er den Kopf und sah ihr in die Augen. «Ich hab sie in den Dünen gefunden», sagte er. «Sie konnte nicht fliegen. Sie war verletzt. Das weißt du doch. Das Beste, was man für sie tun konnte, war, sie rasch zu töten, ehe ein anderes Tier sie erwischt hätte. Aber ... es war das Gräßlichste, was ich je im Leben tun mußte.»

«Ach so», sagte sie. «Es tut mir leid. Aber warum hast du mir das denn nicht gleich gesagt, statt so ein Geheimnis daraus zu machen?»

Wieder schwieg er. «Ich wollte nicht mehr daran denken müssen», sagte er nach einer Weile. «Ich wollte es vergessen. Ich kam mir vor wie Lady Macbeth mit dem Blut an den Händen. Kannst du das nicht verstehen?» Seine Stimme überschlug sich plötzlich und klang fast hysterisch.

«Ja», sagte sie sanft, «ich verstehe das schon.» Dennoch war ihr nicht recht wohl dabei. Wenn es stimmte, dann hatte er etwas getan, was für einen Jungen von seinem Naturell unerhört tapfer war. Wenn es nicht stimmte, hatte er etwas ganz Abscheuliches und Widernatürliches getan. Und sie war recht unsicher, ob er die Wahrheit gesagt hatte. Dafür hatte er allzu große Ausflüchte gemacht.

Doch das sollten nicht die einzigen Ausflüchte sein, die sie zu hören bekam. Aber die anderen kamen von einer anderen Seite.

«Was hast du denn da, Gaylord?» fragte May. Ihr Sohn lief mit auf der Brust gekreuzten Armen über den Hof wie ein meditierender Mönch. Und wenn das nicht bedeutete, daß er unter seinem Hemd etwas Unerlaubtes versteckt hielt, dann kannte sie ihren Gaylord schlecht.

Zwei herzzerreißend unschuldsvolle Augen blickten sie an.

«Wo, Mummi?» Er streckte beide Arme aus, um ihr zu beweisen, daß alles mit rechten Dingen zuging. Aber vorn hatte er einen merkwürdigen Auswuchs, dachte sie. «Komm, komm, mir kannst du nichts vormachen», sagte sie. «Ich habe Röntgenaugen.»

Das brauchte sie Gaylord nicht eigens zu sagen. Mummi hatte

Röntgenaugen, hatte Augen im Hinterkopf und konnte auch um die Ecke sehen. Das wußte er aus bitterer Erfahrung. Nein, er machte selten den Fehler, Mummi zu unterschätzen. Trotzdem erkannte er, daß ihre Röntgenaugen diesmal versagt hatten. Sie *wußte* nämlich nicht, was er unter seinem Hemd trug. Nun, es waren schließlich nur die drei kleinen Stäbchen, und es war eigentlich nicht einzusehen, warum es Ärger geben sollte, wenn man sie ihr zeigte.

Aber eben darin konnte man sich bitter täuschen. Mummi war durchaus imstande, wegen drei solcher harmloser kleiner Stäbchen ein Heidentheater zu machen. Er wußte zwar nicht, wie sie es anstellen würde, aber daß sie etwas an ihnen auszusetzen haben würde, das wußte er ganz genau.

Andererseits sah er kaum einen Ausweg. Weglaufen kam nicht in Frage. Das war eine Lösung, die in seinen Überlegungen niemals auftauchte. Es entsprach seiner Natur, Mummi höflich und respektvoll zu behandeln, selbst noch bei seinen verzweifelten Versuchen, sie zu überlisten. Und Verzögerungstaktik schob den peinlichen Moment nur hinaus, denn es war völlig zwecklos, zu hoffen, daß Mummi die Sache vergessen würde. Mummi vergaß nie etwas.

Also versuchte er wenigstens, sie vom Thema abzulenken, wenn auch mit geringer Hoffnung auf Erfolg.

«Du, Mummi, ist das nicht dumm von Emma, daß sie meint, Jenny wäre in Paps verliebt?» sagte er. Es war das erstbeste Thema, das ihm gerade eingefallen war. Und zu seiner allergrößten Verblüffung mußte er feststellen, daß sein Trick diesmal funktionierte. Mummi schaute nicht mehr auf sein Hemd, sondern sah ihm ins Gesicht. «So was sagt sie?» fragte sie nachdenklich.

«Ja», sagte Gaylord. Jetzt mußte er seinen Vorteil ausnutzen. «Aber das ist dumm, nicht wahr, Mummi? Damen verlieben sich doch nur in Leute, die noch nicht verheiratet sind, oder?»

«Ja», sagte Mummi. Sie hatte es anscheinend völlig aufgegeben, dahinterzukommen, was unter Gaylords Hemd stecken mochte.

«Emma ist noch sehr klein», sagte Gaylord nachsichtig. «Ich glaube einfach nicht, daß sie gesehen hat, wie Paps Jenny in dem Hotel geküßt hat.»

Schweigen. Einen angstvollen Augenblick lang dachte Gaylord, sie würde jetzt wieder auf sein Hemd zurückkommen. Aber da sagte Mummi müde und mit belegter Stimme: «Hat sie gesagt, das hätte sie gesehen?»

«Ja. Aber ich glaube, das hat sie sich bloß eingebildet. Außerdem», fügte er verständig hinzu, «wenn Paps wirklich jemand küssen will, dann hat er doch immer dich, nicht wahr?»

Mummi gab keine Antwort. Sie schaute hinüber zu den Wiesen am Fluß, als habe sie sie noch nie gesehen. Gaylord überlegte, ob nun ein taktischer Rückzug möglich sei. Es war unwahrscheinlich – jedenfalls bei Mummi. Aber versuchen konnte er es ja immerhin. «Ich gehe jetzt, Mummi», sagte er.

Sie schien nicht zu hören. Er machte ein paar vorsichtige Schritte. Mummi starrte immer noch in die Ferne. Gaylord zog sich leise und unmerklich zurück. Fünf Minuten später warf er die Stäbchen in seine Kramkiste. Donnerwetter, das war gerade noch mal gutgegangen! Das sah Mummi überhaupt nicht ähnlich, daß sie sich ablenken ließ, wenn sie sich erst mal in etwas verbissen hatte. Vielleicht liegt es an der Hitze, dachte er. Wenn man erst mal so alt ist wie Mummi, dann verträgt man sie wohl nicht mehr so gut.

May blickte immer noch ins Leere. Erst nach einer langen Zeit kam wieder Leben in ihren Blick. Sie sah nach unten und war ein wenig überrascht, daß Gaylord nicht mehr vor ihr stand. Ein heftiger Schauder überlief sie. Dann ging sie langsam ins Haus zurück.

Sie fand Jenny in der Küche. Sie sah bleich und verstört aus. «Ich muß mit dir sprechen, Tante May», sagte sie gepreßt.

«Und ich mit dir», sagte May.

Jenny setzte sich kerzengerade auf einen harten Küchenstuhl. Sie preßte die Handflächen gegeneinander, legte sie zwischen ihre Knie und starrte darauf.

«Es tut mir sehr leid, Tante May, aber ich liebe Jocelyn», sagte sie.

May kannte junge Mädchen und wußte genau, daß Jenny nichts lieber gewesen wäre als ein hochdramatischer Gefühlsausbruch, und diese Befriedigung gedachte sie ihr nicht zu verschaffen.

«Davon habe ich bereits gehört», sagte sie beiläufig.

Das Mädchen sah überrascht auf. «Von wem?»

«Von Gaylord. Seit Tagen gibt es im Kinderzimmer kein anderes Thema.»

«O nein», stöhnte Jenny auf. Sie sah wieder auf ihre Hände. «Was sollen wir jetzt tun?» fragte sie kläglich.

«Tun?» sagte May. «Überhaupt nichts werden wir tun.»

«Aber ich liebe ihn doch.»

«Das ist dein Pech. Ich bin mit ihm verheiratet.»

«Aber ... Aber wir können doch nicht so tun, als wenn nichts geschehen wäre. Doch jetzt nicht mehr, nachdem du alles weißt.»

«Ich sehe keinen Grund, warum nicht.» May setzte sich auf die Kante des Tischs, ließ ihre schlanken, hübschen Beine pendeln und stellte mit Befriedigung ihre Wohlgeformtheit fest.

«Warum nicht?» wiederholte sie. «Ich werde weiter für ihn das Essen kochen und seine Wäsche waschen und das Bett mit ihm teilen. Und ihn ganz behutsam, ohne daß er etwas davon merkt, auf genau dem Kurs halten, der meiner Meinung nach für ihn der beste ist. Und du wirst ihn weiter lieben.»

«Aber was ist mit Jocelyn?» fragte das Mädchen ärgerlich.

«Onkel Jocelyn, meine Liebe. Oh, der wird ganz glücklich sein. Ich möchte sagen, er genießt es durchaus, von einem jungen Mädchen geliebt zu werden. Vorausgesetzt, du störst seine Kreise nicht. Das würde ihm nämlich mißfallen.»

Jenny sagte bitter: «Du bist seiner ja sehr sicher, nicht wahr?»

«Ziemlich», sagte May. «Ich habe noch nie erlebt, daß er sich von seinen Gefühlen den Kopf verwirren läßt. Ich kann mir nicht einmal vorstellen, daß er so weit ginge, dich zu küssen.»

«Nun, da täuschst du dich aber sehr», rief Jenny triumphierend. «Genau das hat er getan.»

«Unsinn.» Doch plötzlich hatte May ein leeres Gefühl im Magen. «Dazu ist er viel zu kultiviert.»

Jenny sprang auf. «Du bist einfach unmöglich. Du – du tust gerade so, als ob wir über eines deiner Kinder sprechen würden, nicht über deinen Mann.» Sie blickte May empört an, während ihr die Tränen über das Gesicht liefen. «Ja, das ist es. Das habe ich von Anfang an gemerkt. Jocelyn und du, ihr habt ein Mutter-Sohn-Verhältnis.»

«Oh, das will ich nicht sagen», lächelte May amüsiert. «Wir haben so unsere Momente.» Sie glitt vom Küchentisch herunter und legte Jenny die Hand auf die Schulter. «Schau mal, Liebes. Vergiß diesen Unsinn. Das ist ja alles nicht so, wie du glaubst. Das hast du dir nur eingeredet. Warum suchst du dir nicht einen netten Freund in deinem Alter?»

«Ich will keinen netten Freund in meinem Alter. Ich liebe reife Männer.»

May nahm die Hand von Jennys Schulter und ging hinüber zum Fenster. «Oh, Jocelyn ist gar nicht so besonders reif. Das sind Schriftsteller nie. Wenn sie es wären, würden sie nicht schreiben.»

Jenny sagte verächtlich: «Das schlimme bei dir ist, daß du ihn überhaupt nicht verstehst.»

May lachte auf, fröhlich und ungezwungen. «Meine liebe Jenny, ich verstehe ihn nur zu gut, ich kenne jede Regung und jeden Winkel seiner bemerkenswerten Seele. Und außerdem liebe und achte und bewundere ich ihn. Und er liebt mich. Und ich würde vorschlagen, daß wir es dabei belassen.» Jetzt lächelte sie nicht mehr. «Verstanden, Jenny?»

«Ich nehme an, du möchtest, daß wir gehen», sagte Jenny pathetisch.

«Nein. Ich möchte nur, daß du aufhörst, dich so albern aufzuführen.»

«Aber man kann doch nicht auf Kommando aufhören, jemand zu lieben.»

«Man kann schon, wenn man sich Mühe gibt. Leichter jedenfalls, als die meisten Menschen glauben.» Sie bedachte Jenny mit ihrem strahlendsten Lächeln und ging hinaus, um Jocelyn zu suchen. Wenn nun schon einmal Großreinemachen war, dann auch gründlich und überall.

«Würdest du mir eine ehrliche Antwort auf eine ehrliche Frage geben?» Damit stürmte May das Arbeitszimmer ihres Mannes und durchbrach die wohlgeordnete Schlachtlinie seiner Gedanken wie ein Panzerwagen.

«Natürlich.» Er legte den Federhalter zur Seite und blickte sie, nichts Gutes ahnend, an.

«Hast du Jenny je geküßt – es sei denn als Onkel?»

Er überlegte. «Nein», sagte er. Er überlegte wieder. «Ja», sagte er. «Einmal. Damals an der See. Sie sah so schrecklich verloren aus.»

«Herrgott noch mal», sagte sie. «Damit ist alles verdorben. O Jocelyn, du bist ein Narr.»

«Ich weiß nicht, was daran so schlimm sein soll», sagte er und schien sich über sich selbst zu schämen.

«Es ist sogar sehr schlimm. Ich habe gerade eben unsere Ehe vor einem Eindringling verteidigt. Und jetzt muß ich erfahren, daß ausgerechnet du mir den Boden unter den Füßen weggezogen hast.»

«Es war doch nur ein Kuß», sagte er. «Was ist denn heutzutage schon ein Kuß?»

«Nur ein Verrat», sagte sie traurig. «Das, was es immer gewesen ist, ein Verrat, Liebling.»

II

Aber dann kam plötzlich Hilfe von außen. May hatte am Frühstückstisch ihre Post durchgesehen und rief: «O Jenny, David, Emma – hört mal her. Ich habe eine Nachricht für euch. Eure Tante Clarissa hat geschrieben. Sie haben ein Ferienhaus auf der Isle of Wight gemietet, und sie fragt, ob ihr nicht für vierzehn Tage zu ihnen kommen wollt.»

Der einzige, der eine Gemütsbewegung verriet, war Gaylord. Er strahlte. «Kann Gaylord mitkommen?» fragte Emma.

«'türlich nicht.» Gaylord wehrte energisch ab. «Ich bin doch nicht eingeladen.»

David machte ein verängstigtes Gesicht. Jenny sah Jocelyn flehend an. Dann wandte sie sich an May. «Du möchtest wohl gern, daß wir gehen, Tante May?» fragte sie mit einer Spur von Bitterkeit.

«Ich denke, es würde euch allen mehr als guttun», sagte May. Und uns auch, dachte sie im stillen.

«Ich – ich möchte lieber hierbleiben», sagte David abweisend. «Ich hasse Fremde.»

«Ich auch», sagte Emma.

«Ich fürchte, es würde recht unhöflich wirken, wenn ihr ablehnt», mahnte May sanft.

«Natürlich», sagte Jenny frostig. «Bitte schreib ihr, wir seien entzückt, Tante May.»

Ein paar Tage später brachte May sie zur Bahn, erleichtert, aber doch von Gewissensbissen geplagt. Drei Kinder, die in Ferien fuhren. Und doch, als sie aus dem Abteilfenster winkten, sahen sie so grenzenlos verlassen aus. Ob sie sich wohl bewußt sind, daß das nun ihre Zukunft ist, dachte May. In der Verwandtschaft von einer Familie zur anderen weitergereicht zu werden, und so immer weiter. Immer von netten, verständnisvollen Leuten aufgenommen, die ihnen alles geben konnten, nur das eine nicht, was sie vor allem brauchten – das Gefühl selbstverständlicher Zugehörigkeit. Ich hätte sie nicht gehen lassen sollen, dachte sie. Wenn sie jetzt schon die Freudlosigkeit empfinden, die ihnen bevorsteht, dann bin ich daran schuld. Und das alles nur wegen eines unbegründeten Verdachts gegenüber einem Jungen und wegen einer meiner nicht würdigen Eifersucht auf ein Schulmädchen. Und ich werde es büßen müssen, dachte sie. Ich muß es mit meiner Angst um Gaylord büßen, denn jetzt ist er wieder allein, und das Damoklesschwert hängt noch immer über uns.

Gaylord war frei. Es war höchste Zeit, daß er seinem Freund Willie wieder einmal einen Besuch abstattete. «Ich habe dir ein kleines Geschenk mitgebracht, Willie», sagte er und gab ihm eins von den kleinen Stäbchen.

Willie betrachtete das Ding ohne sonderliche Begeisterung. «Was ist das?»

Gaylord hatte insgeheim gehofft, das könnte Willie ihm erzählen. «Nichts Besonderes», sagte er. «Aber wenn du das unter dein Kopfkissen legst und darauf schläfst und dir was wünschst, dann geht es manchmal in Erfüllung.»

«Nur manchmal?» fragte Willie.

«Meistens», sagte Gaylord. «Ich hab's schon probiert. Ich hab mir gewünscht, ich wäre der König von England.»

Willie sah seinen Freund mißtrauisch an. «Aber du bist es doch nicht», sagte er sanft.

«Na hör mal, ich bin doch noch gar nicht alt genug», sagte Gaylord.

Daran hatte Willie nicht gedacht. Aber es war ein überzeugendes Argument. «Danke, Gaylord», sagte er und steckte das Ding erfreut ein. «Wirklich nett von dir.»

12

Es war Neumond. Die Nächte waren warm und samten, Sternenstaub lag schimmernd über dem Himmel, und in den Gärten hing schwer der Duft der Levkojen und der Geruch von Erde und üppigem Grün. Vierzehn Tage sind es jetzt, dachte May, vierzehn Tage seit dem letzten Überfall. Vielleicht haben wir es ausgestanden. Vielleicht war es wirklich nur ein Fremder, der zufällig hier durchkam. Vielleicht müßten wir uns jetzt sogar unserer heimlichen Verdächtigungen schämen und versuchen, die ganze Sache wie einen Albtraum zu vergessen. Vielleicht ... Da kam ihr ein Gedanke, der ihren Seelenfrieden jäh zerstörte. Es war Neumond. Und die Überfälle waren alle bei Vollmond geschehen. Konnte es sein, daß der ganze Schrecken von neuem begann, wenn der Mond wieder voll am Himmel stand? Oder waren das nur Ammenmärchen? Sie wußte es nicht und fragte ihren Mann.

«Wie ist das eigentlich mit Geisteskranken? Sind die wirklich bei Vollmond schlimmer?»

«Keine Ahnung. Es klingt sehr nach mittelalterlichem Aberglauben. Aber irgendwas ist dran.»

«Dann hätten wir also, wenn das für den Unhold zutrifft, der die Kinder überfallen hat, jetzt eine Weile Ruhe, und man müßte damit rechnen, daß alles wieder anfängt, wenn wir Vollmond haben.»

«O Gott», sagte er. «Daran hatte ich nicht gedacht. Ich glaubte, die Gefahr sei vorüber.»

May holte einen Kalender aus ihrer Tasche. «Gestern war Neumond. Wenn ich recht haben sollte, dann können wir uns in zehn Tagen auf etwas gefaßt machen.»

Constable Harris radelte nachdenklich durch die abendlichen Wege. Im Westen sah der Himmel aus, als hätte ihn ein Kind mit Wasserfarben betupft. Doch Constable Harris hatte keinen Blick für das zarte Spiel der Farben. Der Constable hatte Sorgen. Vierzehn Tage waren nun verstrichen seit den beiden Überfällen. Nichts hatte sich seither ereignet, und seine Vorgesetzten waren schon geneigt, die ganze Geschichte zu den Akten zu legen. Nicht so Constable Harris. Jemand hatte diese Kinder auf dem Gewissen, und dieser Mensch konnte wieder zuschlagen – irgendwann. Es war seine Pflicht, weiter nachzuforschen und – wenn möglich – ein Unheil zu verhindern.

Da war zum Beispiel dieser Willie Foggerty. Er machte einen durchaus harmlosen Eindruck. Harris hatte ihn sich vorgeknöpft und ein paar Worte mit ihm geredet, und obwohl er äußerst freundlich und sanft vorgegangen war, hatte Willie vor Angst sein kleines bißchen Verstand fast verloren. Aber damit war Willie für ihn noch nicht erledigt. Es kann nicht schaden, dachte er, mal einen Blick in den Steinbruch zu werfen, in dem Willie sich dauernd herumtreiben soll. Er lenkte sein Fahrrad in diese Richtung.

Als er den Steinbruch erreichte, waren die Pastelltöne im Westen verblichen. Der Himmel wurde grau. In düster drohender Stille lag der Steinbruch vor ihm: auf seinem überwachsenen Grund hielt sich noch die Hitze des Tages, und die hohen Felswände hüllte die Nacht ein.

Constable Harris lehnte sein Fahrrad gegen einen Baum und tauchte ins Dickicht. Er wußte eigentlich nicht, was er hier zu finden erwartete. Alles was er wirklich fand, war die Nacht, die hier unten, am Fuß der Felswände, etwas verfrüht eingekehrt war. Er leuchtete mit seiner Taschenlampe in die Runde. Blätter und ihre Schatten, Schneckenspuren, silbrigfeucht schimmernd im plötzlichen Licht, graue, samtene Nachtfalter, die zu Hunderten aufgescheucht herumtaumelten beim plötzlichen Erscheinen ihres geliebten und gehaßten Feindes, des Lichts. Sonst nichts weiter. Doch halt, da drüben in der Ecke, direkt unter der Steinwand, da war doch was?

Eine alte, verfallene Holzhütte. Nun lassen wir einmal Willie aus dem Spiel. Angenommen, hier haust einer – zum Beispiel ein Landstreicher? Der sich tagsüber hier versteckt und nur nachts herauskommt? Er bahnte sich einen Weg durch das Gestrüpp. Die Brombeersträucher rissen an seiner Uniform. Er leuchtete das Innere der Hütte mit seiner Taschenlampe ab. Tatsächlich, hier hauste jemand – oder hatte jemand gehaust. Auf dem Boden Reste einer Mahlzeit, eine Papiertüte mit Abfällen, eine heruntergebrannte Kerze. Constable Harris knipste seine Lampe aus und trat wieder hinaus in die Dunkelheit. Hier würde er sich bei Tageslicht einmal gründlich umsehen. Das konnte nichts schaden. Vielleicht würde er sogar den Mann finden, den er suchte.

Im Westen sah der Himmel aus, als hätte ein Kind ihn mit Wasserfarben betupft. Doch May hatte keinen Blick für das zarte Spiel der Farben. Sie suchte etwas anderes. Und sie fand es.

Während die Farben verblaßten und unmerklich in Grau übergingen, entdeckte sie, was sie gesucht hatte. Lange schaute sie hin, und mit dem schwindenden Tageslicht wurde es immer heller, bis es blitzte wie ein Türkensäbel aus poliertem Stahl. Sie starrte zu ihm hinauf, bis er im Dunst versank und verschwunden war. Aber morgen abend wird er wiederkommen, dachte sie, und am nächsten Abend und am Abend danach. Und immer würde er ein bißchen runder werden, er würde unaufhaltsam wachsen wie ein Kind im Mutterleib. Bis ... oh, was für eine Monstrosität hatten sie wohl zu erwarten, wenn der Mond sich in seiner Überfülle präsentierte?

Vielleicht steht eben in diesem Augenblick irgendwo jemand und starrt ihn an, genau wie ich. Und wartet auf seine Fülle, nicht mit Furcht, sondern mit Ungeduld. Und vielleicht schläft in diesem Augenblick irgendwo ein Opfer in einem stillen Raum und ahnt nicht, wie sogar noch die Phasen des Mondes an seiner Vernichtung mitwirken.

Doch mit dem Anbruch des Tages verblaßten solche nächtlichen Phantasien, denn es war ein Tag so voller Verheißung, daß man glauben mochte, alles Böse müsse sein Gesicht vor der gütigen Sonne verbergen und auf diesen honigsüßen, honigfarbenen Feldern und Wegen könne es keine Grausamkeit geben.

Mummi schob Amandas Wagen auf die Veranda hinter dem Haus und dachte: So frisch gebadet und gepudert in der milden Morgenluft in einem beschatteten Bettchen zu liegen, ohne Pflichten, ohne Sorgen – das muß doch der Gipfel menschlichen Wohlbehagens sein. Wenn doch nur jemand käme und sie selbst so gemütlich irgendwo hinpackte und ihr all ihre Erwachsenensorgen für ein paar Stunden abnähme.

Leise stellte sie den Wagen fest und schlich davon. Amanda hatte scheinbar friedlich geschlummert, doch als May ging, wurde sie vor Zorn krebsrot und schrie wie am Spieß.

«Ach, du kleines Dummchen», seufzte Mummi, «warum genießt du es nicht, so lange du es noch so gut hast? Ehe du dich versiehst, mußt du große Wäsche waschen, ein halbes Dutzend Betten machen, einen auf Minnepfaden irrenden Mann versorgen und sorgst dich obendrein um ein Kind, das in Gefahr ist.»

Für Constable Harris begann der Morgen mit brutzelndem Schinken und zwei Spiegeleiern, einem guten, starken Tee, Sonnenschein auf dem Frühstückstisch und der Aussicht, heute morgen im alten Steinbruch etwas Konkretes zu finden. Ich muß nur rasch vorher im Revier hereinschauen, dachte er, und dann aber nichts wie aufs Fahrrad und nachsehen, was es zu sehen gibt.

«Na, dann bis später», sagte er zu seiner Wirtin. «Wird eine Bullenhitze werden heute. Passen Sie auf, wir kriegen bestimmt über dreißig Grad.»

Vor sich hin pfeifend fuhr er davon. Im Geiste hörte er schon die Stimme seines Vorgesetzten barsch wie immer sagen: ‹Gut gemacht, Harris. Werde es nicht vergessen, wenn ich den nächsten Bericht über Sie schreibe.›

Lumbago hin, Lumbago her – an so einem strahlenden Morgen dachte Opa nicht daran, in dem verdammten Bett zu bleiben. «Jocelyn!» bellte er.

Jocelyn stürmte herein, das Gesicht mit Seifenschaum bedeckt. Sein Vater sah ihn griesgrämig an. «Hilf mir hier raus», befahl er.

Jocelyn seifte weiter. «Dr. Browne hat gesagt, du müßtest im Bett bleiben», sagte er mahnend.

Opa warf die Bettdecke zur Seite. «Dr. Browne ist ein weibischer alter Tattergreis!» Er streckte ein Bein aus dem Bett und suchte mit dem Fuß nach dem Boden. Er fand ihn, aber er zog den Fuß zurück, als habe er in rote Glut getreten. «Himmelherrgottsakrament», fluchte er leise vor sich hin.

«Ich verstehe nicht, wie du deine Ausdrucksweise mit deinen Kirchenbesuchen in Einklang bringst», sagte Paps.

«Verflucht noch mal, kümmere dich nicht um meine Ausdrucksweise. Und steh da nicht nur herum und seif dich ein. Tu endlich was! Schaff mich nach unten!»

«Wie?»

«Wie zum Teufel soll ich das wissen? Meinetwegen hol einen Rollstuhl oder sonst was Fahrbares.»

«Das einzige in der Art, das wir in diesem Hause besitzen, ist Amandas Kinderwagen, und den braucht sie selbst. Ich werde May fragen. Ihr wird schon etwas einfallen.»

«Nein!» sagte der alte Mann schnell.

«Warum denn bloß nicht?»

«Sie wird mich nicht aus dem Bett lassen. Dich kann ich herumkommandieren, soviel ich will. Aber gegen May bin ich machtlos.»

«Das ist ein verdammt starkes Stück», sagte Paps aufgebracht.

«So, und wer flucht hier? Übrigens, da fällt mir etwas ein. Dieses Mädchen, diese ... wie heißt sie noch? Jenny.» Er starrte seinen Sohn finster grollend an. «Ich wünsche keine Poussierereien in meinem Hause, verstanden?»

«Also, ich muß doch bitten, Vater.» Jocelyn verschlug es die Sprache. «So lasse ich einfach nicht mit mir reden. Weißt du denn nicht, wie alt ich bin?»

«Nein. Das habe ich nie behalten können. Aber du bist auf jeden Fall bei weitem zu alt für ein Techtelmechtel mit einem

Schulmädchen. So, und jetzt hilf mir gefälligst aus dem verdammten Bett.»

Jocelyn schnaubte wütend: «Vater, ich verbitte mir solche unpassenden Ausdrücke, was immer du auch unter einem Techtelmechtel verstehen magst.»

«Spiel dich nicht auf», sagte Opa. «Würdevoller Zorn hat dir noch nie gestanden. Aber wenn du obendrein noch das Gesicht voller Seifenschaum hast ...» Er schwang die Beine aus dem Bett, setzte die Füße vorsichtig auf den Boden und richtete sich langsam auf. Als er endlich stand, war er in Schweiß gebadet. «Komische Sache – Schmerzen», sagte er. «Kein Medikus weiß genau, was das eigentlich ist. Definieren könnte ich es selber nicht. Aber daß sie da sind – daran besteht nicht der mindeste Zweifel.»

«Nein», sagte Jocelyn. Trotz seiner Wut mußte er den alten Mann bewundern.

«Ich werde mir das Bad schenken», sagte Opa. «Sonst hört May das Wasser laufen, und ich stelle sie lieber vor ein Fait accompli.» Mit schmerzverzerrtem Gesicht humpelte er zum Schrank und nahm seine Sachen heraus. Zehn Minuten später bot Opa das gewohnte morgendliche Bild: Zwei stämmige Beine ragten aus einem Sessel hervor, darüber schwebte die *Times*, hinter der feine Rauchwölkchen aufstiegen wie aus einem brodelnden Vulkan.

Doch Opa war es nicht vergönnt, lange in Ruhe zu brodeln. «Schwiegervater!» rief eine entsetzte Stimme. «Was machst du denn hier? Ich denke, du bist im Bett.»

Ganz langsam ließ Opa die Zeitung sinken. So wütend wie noch nie schaute er May an. «Bis zur rüden Störung», sagte er eisig, «habe ich hier meine Zeitung gelesen und meine Frühstückszigarre genossen.»

«Die *Times* kannst du auch im Bett lesen, und Zigarren schaden dir sowieso», sagte seine Schwiegertochter energisch. «Komm, heia, heia.» Sie ergriff ihn beim Arm.

Er schüttelte sie erbittert von sich ab. «Komm mir hier nicht mit heia, heia, Mädchen. Wenn meine Zeit gekommen ist, dann könnt ihr mich meinetwegen mit einem Lastkran aus dem Sessel hieven, aber bis dahin werde ich so lange wie möglich drin sitzen bleiben. Und übrigens, da wir gerade allein sind: Paß auf deinen Mann auf! Wenn du schlau bist, nimmst du ihn ein bißchen fester an die Kandare. Ich will hier kein Techtelmechtel im Haus haben, ist das klar?»

Diesmal blieb May fast die Luft weg. «Wie kannst du es wagen? ... Wie kannst du es wagen, so über Jocelyn zu sprechen?»

«Diese Schriftsteller sind alle gleich», sagte Opa. «Haltloses Volk.»

«Selbst wenn du es vergessen haben solltest, daß er dein Sohn ist, solltest du dich daran erinnern, daß er *mein Mann* ist.»

«Freiheit sagen sie heute zu so was. Wir nannten das Mangel an moralischem Rückgrat.»

«Nun, ich habe Wichtigeres zu tun, als hier den halben Morgen herumzustehen und über Jocelyn zu reden», sagte May und rauschte wütend hinaus. Opa tat einen langen, genießerischen Zug an seiner Zigarre. Das habe ich gut hingekriegt, dachte er. Nur eine Bemerkung über Jocelyn, und schon hat sie völlig vergessen, daß sie mich ins Bett verfrachten wollte. Er fand, daß er seinen Trumpf prächtig ausgespielt hatte. Er hatte einen friedlichen Morgen vor sich.

Von seinem Sessel konnte er durch die offene Tür der Veranda schauen. Die Sonnenstrahlen fielen schräg ins Zimmer, die Vorhänge bauschten sich sanft in der Morgenbrise. Von draußen drang das Gesumm der Bienen herein, das tiefe Muhen der Rinder und das ferne, einschläfernde Rattern eines Mähdreschers. Heute morgen fand Opa an der *Times* wenig Freude. Die Welt war in Unordnung, aber das war sie ja immer. Die Politiker hatten keine Ahnung, aber heutzutage hatten sie nicht einmal mehr Format. Kleine Leute, die sich ein Geschäft aufgeladen hatten, das in seiner Kompliziertheit weit bedeutendere Köpfe in Verlegenheit bringen konnte. Die Börse spielte wieder einmal verrückt, aber das tat sie oft genug. Nein, die Welt war voller Haß und Leid und menschlicher Dummheit. Und da draußen vor den Fenstern lag ein so köstlicher Morgen, als sei er eigens für die Heiligen im Himmel geschaffen und nicht für die armseligen Sünder dieser Erde. Das war ein Widerspruch, der ihn zeitlebens beschäftigt hatte, ohne daß er ihn zu lösen vermochte. Schmerz inmitten von soviel Schönheit, das Unkraut des Hasses, das unter den Blumen der Liebe wucherte.

Nun, er würde das Rätsel auch heute nicht lösen. Das Schlimme war nur, daß es bisher offenbar noch keiner gelöst hatte. Außer Christus vielleicht. Er hatte es in der direktesten, in der mutigsten Weise gelöst – indem er den Schmerz geduldig annahm. Das ist wahrscheinlich alles, was wir tun können, dachte Opa.

Er faltete die Zeitung zusammen. Ein seltsamer Friede erfüllte ihn. Ein neuer Tag lag vor ihm – lang, müßig, golden. Ein Tag, an dem man ruhig über das Vergangene nachdenken, ohne große Furcht in die Zukunft blicken, vor allem aber die Gegenwart genießen konnte. Ein Tag, an dem ... Da sah er seinen Enkel auf die offene Verandatür zukommen.

Verzweifelt stellte er sich schlafend. Dann ging ihm auf, daß man mit einer brennenden Zigarre im Mund als Schläfer nicht sehr überzeugend wirkt. Er nahm sie aus dem Mund und legte sie in den Aschenbecher, schloß die Augen und begann tief und gleichmäßig zu atmen.

Der Junge kann doch tatsächlich leise sein, dachte Opa. Er hörte nichts. Dabei wußte er genau, daß Gaylord das Zimmer angesteuert hatte. Der alte Mann riskierte ein vorsichtiges Auge. Gaylord saß ihm gegenüber im Sessel und rauchte mit Kennermiene Opas Zigarre.

«Zum Teuel, was fällt dir denn ein?» bellte Opa.

«Ich dachte, du schläfst.» Gaylord war sichtlich gekränkt.

«Wie du siehst, schlafe ich nicht. Leg sofort die Zigarre hin!»

«Komisch», sagte Gaylord. «Sie schmeckt gar nicht so, wie sie riecht.» Er zog noch einmal prüfend an der Zigarre. «Aber trotzdem – ich mag das gern.»

«Der Spaß wird dir gleich vergehen. Noch ein paar Züge, und dann fühlst du dich, als hättest du ein Dutzend Cremeschnitten gegessen und drei Schweinekoteletts und wärst hinterher lange Karussell gefahren.»

«Muß ich mich übergeben?»

«Ohne den geringsten Zweifel.»

«Mußt du dich auch jedesmal übergeben, wenn du eine Zigarre rauchst, Opa?» Gaylord betrachtete den alten Mann mit ganz neuem Interesse.

«Natürlich nicht. Ich bin's ja gewöhnt.»

Gaylord stand auf und reichte ihm die Zigarre. «Bitte schön, Opa. Und vielen Dank auch», sagte er höflich.

Der alte Mann zuckte zurück. «Nein, danke, ich nehme lieber eine neue, wenn du nichts dagegen hast. Zigarren sind keine Friedenspfeifen, die man rundgehen läßt, weißt du. Das Mundstück wird ... matschig.»

«Dann darf ich die hier behalten?» fragte Gaylord eifrig.

Opa schwieg. Seine Zigarre und seine Pfeife gehörten zu den Dingen, die ihm das Leben immer so angenehm gemacht hatten. Dennoch hielt er das Rauchen für Unfug, für Verschwendung und für eine schlechte Angewohnheit. Je später sein Enkel damit anfing, desto besser, dachte er. Und vor harten Erziehungsmethoden hatte er nie zurückgeschreckt. «Meinetwegen gern», sagte er. «Wenn ich dir einen guten Rat geben darf, dann wirf sie gleich weg. Aber wenn du unbedingt rauchen willst, dann verkriech dich irgendwohin, wo du garantiert allein bist. Wenn du sie nämlich zu Ende geraucht hast, wirst du auf menschliche Gesellschaft keinen gesteigerten Wert mehr legen.»

«Vielen Dank, Opa», sagte Gaylord. «Könntest du mir vielleicht auch noch ein paar Streichhölzer leihen? Dann geh ich in den Steinbruch und rauche da.»

Opa sah ihn mit etwas schadenfrohem Mitleid verschwinden. Na, das dürfte ihn vom Rauchen kurieren, bis er mindestens siebzehn ist, dachte er. Und als erfreuliche Nebenwirkung wird es mir weitere Störungen von dieser Seite ersparen.

Constable Harris hatte recht gehabt. Es war wirklich eine Bullenhitze. Während er zum alten Steinbruch radelte, fühlte er, wie ihm unter seiner dicken Uniform der Schweiß über den Körper lief. Er war auf dem Revier länger aufgehalten worden; inzwischen war aus dem Morgen ein heißer, schläfriger Sommermittag geworden, an dem das Vieh knietief und versonnen im seichten Flußwasser stand, die Pferde den Schatten suchten, Vögel und Schmetterlinge nicht mehr flattern mochten und sogar die Karnickel still am Boden hockten und träumten. Doch Constable Harris ließ sich von der Hitze nicht beirren. Kräftig trat er in die Pedale. Er hatte dem Sergeant auf dem Revier von seiner Entdeckung im Steinbruch erzählt und war für all seine Mühe auch noch ausgelacht worden. Das Leben, dachte Constable Harris, kann verdammt hart sein für einen ehrgeizigen Mann, der nur Nieten zu Vorgesetzten hat. Aber er würde es ihnen schon zeigen. Wenn wirklich jemand in der Hütte hauste – und seine flüchtige Untersuchung gestern abend ließ das vermuten –, dann müßte doch irgend jemand einen Fremden in dieser Gegend bemerkt haben. Doch niemand hatte von einem solchen Fremden berichtet. Folglich mußte dieser jemand sich versteckt halten. Folglich war es ein höchst verdächtiges Individuum. Ha! Da würde aber was gefällig sein, wenn Constable Harris ankommen und sagen würde: ‹Ich glaube, ich habe den Mann, den Sie suchen, Sergeant.›

Der Steinbruch kam in Sicht. Harris sah die steilen Wände in der Hitze flimmern, als sähe man sie durch Wasser hindurch. Und – großer Gott! Da sah er noch etwas anderes! – Eine dünne Rauchsäule kräuselte empor und hob sich blau gegen die grauen Steine ab. Der Constable trat noch kräftiger in die Pedale. So ein Dusel! Das war ja fabelhaft! Der Kerl war doch tatsächlich da und kochte sich sein Mittagessen! Na, der Sergeant wird ein ganz schön dummes Gesicht machen, bevor der Tag zu Ende geht.

Die Rauchsäule schien immer größer zu werden. Eigentlich ein bißchen viel Rauch für ein paar Scheiben Speck. Und was war das für ein Geräusch, das man jetzt deutlich in der atemlosen Stille des Mittags hörte? Dieses Krachen, als ob ein Ungeheuer gierig Knochen zermalmte? Constable Harris verlor etwas von seiner Selbstsicherheit. Da sah er einen kleinen Jungen, der in höchster Not über die Straße rannte, als suche er Hilfe. Doch ein Blick auf die blaue Uniform – und schon schlug er einen Haken wie ein gehetzter Hase und verschwand im Gebüsch.

Constable Harris hatte keine Zeit, sich um das Bürschchen zu kümmern. Er rannte zum Steinbruch. Als er ihn erreicht hatte, brannte der ganze ausgedörrte wild verwachsene Grund hell wie ein Strohfeuer.

Gaylord war in seinem ganzen Leben niemals so übel gewesen. Da hatte er friedlich in seinem Steinbruch gesessen und vergnügt die Zigarre geraucht, als plötzlich die Erde zu schwanken begann und auf und nieder wogte wie ein Schiff im Sturm. Gaylords Stirn war naß. Seine Zunge fühlte sich an wie Löschpapier. Er konnte sich nicht vorstellen, daß man so eine Übelkeit überleben konnte. Nein, bestimmt nicht. Er würde ganz sicher hier liegen bleiben und sterben. Ob sie wohl seine Leiche jemals finden würden? Es konnte Monate dauern. Vielleicht war er bis dahin von Würmern zerfressen wie neulich die tote Katze...

Das konnte unmöglich von der Zigarre kommen. Opa rauchte den ganzen Tag Zigarren, und ihm wurde nie schlecht. Nein, bestimmt hatte er eine fürchterliche Krankheit. Vielleicht war es die Pest. Die Lehrerin hatte doch gesagt, die Pest käme mit der großen Hitze. Aber wenn es die Pest war, dann würden sie sich alle anstecken, und kein Mensch würde übrigbleiben, um ihn zu suchen, und er würde zu einem Gerippe vermodern. Diese Vorstellung war erheblich angenehmer als der Gedanke an die tote Katze, und er fühlte sich gleich ein wenig besser.

Aber ganz egal, was es war – die Zigarre wollte er doch wohl lieber nicht zu Ende rauchen. Im Gegenteil, er konnte sie nicht rasch genug wegwerfen. Pestkranke rauchten keine Zigarren.

Er fand ein schattiges Fleckchen, legte sich nieder und schloß die Augen, zum letztenmal, wie er vermutete. Aber kaum hatte er es sich gemütlich gemacht, als er ein leises Knacken hörte, so als ob sich wilde Tiere näherten. Ist ja egal, dachte er, ob ich an der Pest sterbe oder von wilden Tieren gefressen werde. Doch in seiner angeborenen Neugier wollte er wenigstens noch erfahren, von welchen wilden Tieren er denn nun gefressen werden würde. Obwohl es ihm schwerfiel und der Kopf entsetzlich weh tat, öffnete er die Augen. Und da sah er, daß das Unterholz munter brannte.

Wacker machte er sich daran, die Flammen auszutreten. Aber er hätte ebensogut versuchen können, sie mit einer Tasse Wasser zu löschen. Hier gab es nur eins: Wegrennen und Hilfe holen.

Dabei war ihm gar nicht nach rennen zumute. Außerdem hatte er das elende Gefühl, daß er diesmal in einem Maß ins Kreuzverhör genommen werden würde, wie er es noch nie erlebt hatte. Trotzdem rannte er los – und um ein Haar direkt einem Polizisten in die Arme! Die Aussicht auf ein Verhör durch Opa und Mummi war gerade noch zu ertragen, zumal er wußte, daß es unvermeidlich war. Aber dazu auch noch die Polizei? Nein, das konnte er nicht. In Rekordzeit verschwand er im Gebüsch.

«Ich höre, Sie haben das Feuer inzwischen unter Kontrolle», sagte der Sergeant. «Was haben Sie denn da gemacht, Harris? Wohl gemütlich ein Zigarettchen geraucht, was?»

«Sie wissen genau, daß ich nicht rauche», sagte Harris entrüstet.

«Wie haben Sie denn dann die Feuersbrunst zustande gebracht?» Der Sergeant gehörte zu den Leuten, die sich mit Vorliebe auf Kosten anderer lustig machen.

«Ich war's nicht. Mir scheint, da steckt ein kleiner Junge dahinter. Ich habe ihn noch auf der Straße wegrennen sehen.»

«Haben Sie sich mit ihm unterhalten?»

«Nein. Ich hatte etwas Wichtigeres zu tun. Ich habe mir den Schaden angesehen und dann sofort Hilfe geholt.»

«Scheint ja ein beliebtes Plätzchen zu sein, dieser Steinbruch», sagte der Sergeant. «Kleine Jungs, Würger. Übrigens, ich dachte, Sie wollten sich Beweismaterial beschaffen?»

«Wie konnte ich denn, verdammt noch mal, wo der ganze Platz in Flammen aufgegangen ist?» sagte der Constable ärgerlich.

Nun war der Spaß aber vorbei. «Das reicht jetzt. Wir wollen hier keine Insubordination, Constable Harris.» Der Sergeant war verschnupft. Kaum machte man mal einen kleinen Scherz mit diesen jungen Kerlen, und schon nahmen sie sich etwas heraus.

Die Fragen prasselten auf ihn hernieder, daß es nur so eine Art hatte.

«Ich habe dir erlaubt, meine Zigarre zu rauchen», sagte Opa. «Aber nicht, die gesamte Nachbarschaft in Brand zu stecken.»

«Du hast gesagt, er dürfe eine Zigarre rauchen?» schrie May entgeistert. «Ich muß mich sehr über dich wundern, Schwiegervater. Es fiel mir ja gleich auf, daß der Junge ganz elend aussah.»

«Das kommt nicht von der Zigarre», sagte Gaylord. «Ich glaube, ich habe die Pest.» Und dann durchzuckte ihn ein Gedanke, so köstlich und strahlend wie ein Sonnenaufgang. «Emma wird wohl besser nicht hierher zurückkommen, wenn ich die Pest habe», sagte er. «Willst du ihr nicht lieber sofort ein Telegramm schicken und sie warnen, Mummi?»

Aber Mummi hörte nicht zu. «Natürlich kommt es von der Zigarre. Wie kann man ein Kind in diesem Alter rauchen lassen. Das ist einfach grausam.»

«Emma dortbehalten. Gaylord hat Pest», schlug Gaylord vor.

«Ich wette, der raucht sobald nicht wieder.» Opa kicherte. Dann wurde er ernst. «Aber verflixt noch mal, er kann nicht einfach hingehen und die ganze Landschaft in Brand stecken.»

«Dann hättest du ihm besser keine Zigarre aufdrängen sollen», sagte Mummi.

Opa fuhr wütend herum. «Na, erlaube mal, May. Dein Sohn brennt wertvolles Waldland ab, und dann soll ich schuld sein. Nun hör sich doch einer diesen Unsinn an.»

«Wertvolles Waldland», sagte Mummi höhnisch. «Ein Haufen alter Brombeerbüsche.»

«Ich hab sie nicht abgebrannt», sagte Gaylord.

«Nein?» sagte Opa mit unverhohlenem Sarkasmus.

«Natürlich hast du das gemacht», rief Mummi.

Gaylord war sprachlos. Eben noch war Mummi zu seiner größten Überraschung auf seiner Seite gewesen. Und nun machte sie plötzlich eine Kehrtwendung, mit einer Geschwindigkeit, die einem glatt den Atem nahm. Aber das war wieder mal typisch Mummi. «Das schafft schon eine Glasscherbe», erklärte er. «Die Sonne scheint durch wie durch ein Brennglas, und dann setzt sie ein Blatt in Brand, und das Blatt setzt einen Zweig in Brand, und der Zweig setzt einen Ast in Brand und ...» Er war so richtig schön in Fahrt gekommen. Aber Opa brachte ihn wieder auf die Erde zurück. «Dann war es also schiere Koinzidenz, daß der Steinbruch ausgerechnet zu brennen anfing, als du da deine Zigarre geraucht hast?»

«Was ist Koinzidenz?»

«Das heißt, die beiden Ereignisse standen in keiner kausalen Beziehung zueinander.»

«In keiner?» fragte Gaylord ganz aus dem Konzept gebracht.

«Verdammt, das will ich ja gerade von dir wissen», brüllte Opa los.

«Was ist kausal?»

Jocelyn war am Vormittag in der Stadt gewesen und kam in diesem Augenblick herein. Er fühlte ja sofort, daß hier dicke Luft war. Aber er kam selbst mit Neuigkeiten. «Ich glaube, im alten Steinbruch hat es gebrannt», sagte er aufgeregt.

Er handelte sich damit einen vernichtenden Blick seines Vaters ein. «Und wir haben etwas davon läuten hören», sagte Opa gehässig, «daß es auch in London gebrannt hat – so um 1666, glaube ich.»

«Also mit anderen Worten – ihr wußtet es schon?»

«Liebling, es war Gaylords Politik der verbrannten Erde», sagte Mummi. «Dein Vater hat ihn in den Steinbruch geschickt, um dort eine Zigarre zu rauchen, und selbstverständlich hat er dort alles in Brand gesetzt.»

«Aber sie waren doch gar nicht kausal», sagte Gaylord.

«In seinem Alter sollte man noch keine Zigarren rauchen», sagte Paps.

«Das solltest du deinem Vater klarmachen», sagte Mummi. «Er hat ihm eine ganze Handvoll von den Dingern aufgeschwatzt.»

«*Eine* hatte ich ihm gegeben, und die hatte ich schon halb geraucht», sagte Opa.

«Wie abscheulich», sagte Mummi.

«Paps, ich habe die Pest», sagte Gaylord.

Jocelyn sagte: «Ich bin doch sehr erstaunt über dich, Vater. Dem Jungen hätte schlecht werden können.»

«Ist ihm geworden», sagte Opa. «Sehr schlecht sogar.»

«Paps, ich finde, es wäre besser, wenn Emma nicht wiederkäme. Du willst doch nicht, daß sie auch die Pest kriegt, oder?»

«Und hat es nun wirklich gebrannt?»

«Wie der Teufel», sagte Opa.

«Nun, ich sehe nicht recht, wie man nachweisen will, daß es Gaylord war. Es gäbe bestenfalls Indizien.»

«Das ist wieder typisch für euch Schriftsteller. Schmeißt mit großen Worten um euch, die ihr überhaupt nicht versteht. Überlaß das doch bloß den Juristen, um Himmels willen.»

«Unsere Lehrerin hat gesagt, in der Hitze würde man immer die Pest kriegen», sagte Gaylord. «Und sie sagt, sie sei furchtbar ansteckend.»

Mummi sagte: «Ich weiß wirklich nicht, wohin dieses Gespräch führen soll. Der Steinbruch brennt. Die ganze Versammlung ist sich ja anscheinend darüber einig, daß das alles Gaylords Schuld ist. Also was reden wir dann noch?»

«Es war nicht meine Schuld», sagte Gaylord.

«Wessen Schuld denn dann?» fragte Opa.

Paps sagte: «Entschuldige, Vater, wenn ich das sage: aber ich finde, es ist deine. Du hast es ja geradezu darauf angelegt.»

«Da haben wir's wieder», sagte Opa. «Dies Gespräch dreht sich im Kreise.»

Gaylord sagte: «Unsere Lehrerin hat gesagt, man müßte die Kleider von den Kranken in Essig tauchen. Mummi, wenn du meine Sachen alle in Essig tauchst, dann kriegen Paps und du vielleicht nicht die Pest.»

«Mach dir keine Sorgen, Liebling», sagte Mummi. «Ich denke, du wirst uns noch lange Zeit erhalten bleiben.» Opa schnaubte. Vor ein paar Stunden noch hatte er sich auf einen stillen, friedlichen, besinnlichen Tag gefreut. Er hätte es besser wissen müssen. Solange Gaylord in der Nähe war, waren solche Hoffnungen trügerisch, um es noch milde auszudrücken.

13

Der Mond nahm zu, und er verbarg sich nicht mehr nach Sonnenuntergang, sondern stieg später und später am Nachthimmel auf. May beobachtete die wachsende Scheibe mit Beklemmung. Noch eine Woche, dann war Vollmond. Die Nacht war heiß und schwül, Amanda war quengelig und gab keine Ruhe. May wanderte im Schlafzimmer auf und ab, das quäkende Bündel an sich gedrückt, und schaute zu dem blanken Kieselstein am Himmel hinauf.

Leise sang sie vor sich hin, ohne zu wissen was.

«Warum singst du das?» fragte Jocelyn. Er lag schon im Bett.

«Ich weiß nicht. Was hab ich denn gesungen?»

«‹Clair de Lune›», sagte er. «Das hab ich dich noch nie singen hören.»

«Nein», sagte sie, drückte das warme Köpfchen gegen ihre Kehle, strich mit dem Kinn über die weichen Härchen und lullte die kleine mit ihrer tiefen Stimme ein: *«‹Au clair de la lune, mon ami Pierrot, ouvre moi ta porte, pour l'amour de Dieu. Ma chandelle est morte ...›»*

«Mein Gott, das ist aber ein trauriges kleines Lied», sagte Paps.

«Ja», sagte sie. Das Kind war jetzt still. Vorsichtig legte sie es ins Bettchen zurück und zupfte die Decke zurecht. Trotz der Hitze lief ihr eine Gänsehaut über den Rücken. Sie ging zum Fenster und zog die Vorhänge zu. Draußen lag das fahle Licht des Halbmondes.

«Ja», flüsterte sie, als sie zu Bett ging. «Ja, ein trauriges kleines Lied, mein Herz.»

May ging nur selten abends aus. Doch am nächsten Tag machte sie Amanda schon um sechs Uhr fertig, ermahnte Paps, dafür zu sorgen, daß Gaylord um sieben ins Bett käme, und dann ging sie zu einer kleinen Party ins Pfarrhaus.

Gaylord schaute auf die Uhr. Mummi hätte ihn schon vor einer halben Stunde schimpfend ins Bett geschickt. Nicht so Paps. Paps schrieb emsig. Und Gaylord saß in der Klemme. Einerseits war er todmüde und wäre zu gern schlafen gegangen. Doch andererseits konnte er unmöglich aus *freien Stücken* gehen. Er war leicht ungehalten. Paps vernachlässigte seine Pflichten. Wenn er ihn jetzt nicht bald ins Bett schickte, würde er zu müde sein, um sich gebührend zur Wehr zu setzen.

In diesem Moment kam Paps zu sich, sah auf die Uhr und sagte: «Zu Bett, Gaylord.»

Gaylord war beleidigt. «Es ist noch nicht mal halb acht», sagte er entrüstet.

«Doch. Und außerdem gehst du sonst immer um sieben.»

«Ich bin überhaupt noch nicht müde», sagte Gaylord gähnend.

Es sah ganz so aus, als würde Paps wieder weiterschreiben. Wenn das passierte, konnte Gaylord womöglich bis neun hier herumsitzen. Hastig sagte er: «Ich wette, in Amerika essen sie jetzt erst zu Mittag.»

«Wir sind nicht in Amerika», sagte Paps. «Und im übrigen kann ich dir versichern, daß in Rußland die Kinder bereits seit Stunden auf dem guten alten Ofen schlafen.»

«Wieso auf dem Ofen?» fragte Gaylord verwirrt.

«Dort schlafen sie halt auf dem Ofen.»

«Warum?»

«Weil es so gräßlich kalt ist», sagte Paps. Er sah, wie Gaylords Augen aufleuchteten. Du lieber Gott, dachte er, das wird er bestimmt ausprobieren. «Ich würde es dir nicht empfehlen», sagte er. «Bis zum Morgen wird es verflixt hart da oben, und wenn man vor dem Einschlafen vergißt, die Ofenklappe zu schließen, dann kann man sich auf eine ziemlich ungemütliche Nacht gefaßt machen.»

Gaylord merkte, daß sich hier ganz neue Möglichkeiten erschlossen. Doch noch ehe er einen seiner Gedanken weiter verfolgen konnte, steckte Opa den Kopf zur Tür herein und sagte: «Der Kerl von der Polizei ist wieder da, Jocelyn.»

Das konnte nur der Polizist sein, der ihn gesehen hatte, als er aus dem brennenden Steinbruch kam! Gaylords Gesetzeskenntnisse waren sehr lückenhaft, aber er hatte sich von jemandem sagen lassen, man könne schon sechs Monate kriegen, wenn man nur ganz kleine Sachen in Brand steckte. Was würden sie ihm da erst für einen ganzen Steinbruch aufbrummen! Er wollte nicht den Rest seines Lebens im Gefängnis verbringen. «Nacht, Nacht, Paps», sagte er hastig und war nicht mehr zu sehen.

Constable Harris kam ins Arbeitszimmer. Höflich stand Paps auf. «Nehmen Sie Platz, Constable», sagte er. Er war sehr leutselig aufgelegt. Er hatte ein gutes Gewissen, und als gesetzestreuer Bürger fand er es angenehm aufregend, von der Polizei besucht zu werden.

«Vielen Dank, Mr. Pentecost», sagte Constable Harris. «Darf ich mir erlauben, Ihnen ein paar Fragen zu stellen.»

«Aber nur zu», sagte Paps und kam sich angenehm wichtig vor.

«Es geht um den alten Steinbruch, Mr. Pentecost. Haben Sie zufällig bemerkt, daß eine verdächtige Person dort herumlungerte?»

«Nur Willie Foggerty. Und ihn würde ich nicht verdächtig nennen. Ich halte ihn für völlig harmlos.»

«So. Hm. Und sonst niemand? Kein Landstreicher? Oder Gammler? Ich hatte den Eindruck, als habe jemand kürzlich dort eine Mahlzeit zu sich genommen.»

«Der Steinbruch ist schon öfters für Picknicks benutzt worden», sagte Jocelyn lächelnd.

«Aha.» Der Constable erwiderte das Lächeln nicht. Damit war wieder eine seiner Vermutungen den Bach hinuntergegangen. «Dann glauben Sie also nicht, daß der Mann, der diese Kinder überfallen hat, im Steinbruch gehaust haben kann?»

«Das weiß ich wirklich nicht», sagte Jocelyn. «Aber selbst wenn er dort war, ich habe ihn nicht gesehen. Und wenn er dort war, wird er wohl kaum noch dort sein – oder?»

«Nein, Mr. Pentecost.» Jocelyn konnte dem Ton entnehmen, daß der Constable es vorzog, selbst die Schlüsse zu ziehen. «Dann habe ich noch eine weitere Frage. Ich kam neulich an den Steinbruch, kurz nachdem er angefangen hatte zu brennen. Und da begegnete mir ein kleiner Junge, der aus dem Steinbruch kam und ... hm ... mir entwischte. Können Sie sich vorstellen, wer das gewesen sein könnte?»

«Ja. Das wird wohl mein Sohn gewesen sein.»

«Vielen Dank, Mr. Pentecost.» Der Constable sah verlegen drein. Er nahm seinen Helm von den Knien hoch und blickte angestrengt hinein. «Verzeihen Sie mir die Frage, Mr. Pentecost – aber halten Sie es für möglich, daß er irgend etwas mit dem Brand zu tun gehabt hat?»

«Ja», sagte Jocelyn. «Er hat ihn gelegt.»

«Oh», sagte der Constable fassungslos.

«Ja. Er hat eine Zigarre geraucht und vermutlich den Stummel weggeworfen. Ein sträflicher Leichtsinn, natürlich.»

Stille. Dann: «Mr. Pentecost, die Polizei läßt sich nicht gern zum besten halten. Ich möchte Sie darauf aufmerksam machen, daß ich hier eine äußerst ernste Angelegenheit aufzuklären habe.»

Jocelyn sah verblüfft aus. «Lieber Freund, ich halte Sie nicht zum besten. Nichts läge mir ...»

«Ist ihr kleiner Junge gewohnheitsmäßiger Zigarrenraucher, Mr. Pentecost?»

Jocelyn ging ein Licht auf. «Ah, ich verstehe, was Sie meinen. Guter Gott, nein. Er – probiert eben nur alles aus.»

«Ich verstehe, Mr. Pentecost», sagte Harris ermattet. Diese Familie fing an, ihn Nerven zu kosten. Ein kleines Mädchen spielte die Erwürgte, ein alter Mann lief herum wie ein Landarbeiter und war der Busenfreund des Chief Constable, dann dieser lange, lahme Schriftsteller und obendrein ein kleiner Junge, der Zigarren rauchte und die Gegend verwüstete. Diese Familie wollte er in Zukunft besser sich selbst überlassen.

«Könnten wir noch mal auf diesen Willie Foggerty zurückkommen?» sagte er. «Offengestanden, ich bin der Meinung, er ist ein Typ, den man in einem solchen Fall wohl doch verdächtigen muß. Falls Sie also irgend etwas Auffälliges bemerken ...» Er erhob sich.

«Dann werde ich Sie selbstverständlich benachrichtigen, Constable», sagte Jocelyn und stand ebenfalls auf. Irgendwo draußen im Flur krachte ein Dielenbrett. Harris stutzte, doch Jocelyn meinte gelassen: «In diesen alten Häusern gibt es die seltsamsten Geräusche. Manchmal ist es, als murmelten sie im Schlaf.» Er sah die Miene des Polizisten und erkannte, daß seine Metapher an ihn vergeudet war und sicherlich keine Gegenliebe gefunden hatte. Er ahnte, daß das Interview aus irgendwelchen Gründen nicht gut verlaufen, daß er auf einer strengen Waage gewogen und zu leicht befunden worden war. Nun gut, er war bescheiden genug, sich nicht darüber zu wundern, unterstellte er doch stets – wenn auch nicht immer zu recht –, daß der Mann der Tat für einen Schreibtischmenschen nichts als Verachtung übrig hat.

Man hätte Gaylord nie den Vorwurf machen können, daß er am Schlüsselloch lauschte. Aber wenn eine Tür offenstand – nun, dann brauchte man das ja auch gar nicht, nicht wahr? Und wenn es bei dem Gespräch um die eigene Freiheit womöglich für die nächsten zwanzig Jahre ging, konnte einem wohl keiner übelnehmen, daß man lauschte.

Er hatte nicht alles verstanden, doch er hatte nicht den Eindruck gewonnen, als wollten sie ihn gleich ins Kittchen stecken, was immerhin schon eine Erleichterung war. Dennoch mußte er jetzt ein ernstes Problem überdenken. Sie glaubten also, sein Freund Willie würde herumschleichen und Leute erwürgen. Sie würden den armen Willie sicher für immer ins Gefängnis stekken. Der arme Willie, der keine Fliege töten konnte, der nicht mal Blumen pflückte, aus Angst, ihnen weh zu tun. Der arme, sanfte Willie mit dem Vollmondgesicht. Unverzüglich richtete Gaylord seine nicht unbeträchtliche Phantasie auf die Vorbereitung der ‹Operation Willie›.

14

Dann waren plötzlich die Kinder wieder da.

May hatte die Rückkehr von Jenny nicht gerade sehnsüchtig erwartet. Ihr Verhältnis war allzu gespannt. Doch zu ihrer Überraschung warf das Mädchen ihr die Arme um den Hals.

«Tante May, denk dir nur, wir haben gute Nachrichten. Mummi ist wieder bei Bewußtsein. Nach all diesen Wochen. Wir dürfen noch nicht zu ihr, aber sie hoffen, daß wir sie jetzt bald besuchen können.»

«Ach, Liebes, das freut mich aber», sagte May und küßte sie. Sie drückte Jenny an sich. Zuneigung entsprach ihrem Wesen mehr als Abneigung.

«Und außerdem werden David und ich nicht mehr in unsere Schule zurückgehen. Wir gehen für immer nach Indien.»

Gaylord hörte sich das alles mit wachsender Bestürzung an. Niemand erwähnte hier, daß auch Emma nach Indien eingeschifft werden würde. Der Gedanke, daß Emma für immer unter einem englischen Himmel residieren sollte, war zu fürchterlich, um ihn zu ertragen. Dann würde sie in allen Ferien aufkreuzen. Emma zu Weihnachten, Emma zu Ostern, Emma im Sommer, und alle Ferienfreuden zum Teufel...

Da bohrte sich ein dicker Ellbogen in seine Rippen. «Ich komm nicht mehr in den Ferien zu euch», sagte Emma. «Tante Clarissa hat mich eingeladen, ich soll zu denen kommen.»

Gaylord hatte nie sonderliche Sympathien für Tante Clarissa gehabt. Nun schoß sie blitzartig auf Platz 1 seiner Popularitätsliste. Emma sagte spitz: «Da ist es lustig. Wendy und Simon spielen den ganzen Tag mit mir. Nicht wie hier.»

Spitze Bemerkungen vermochten Gaylord jedoch nicht zu treffen. Stöcke und Steine, so pflegte er immer zu sagen, brechen die Gebeine. Aber Worte konnten ihm nichts anhaben. Nun dauerte es ja nicht mehr lange, bis Emma wieder in die Schule ging. Nur noch ein wenig Geduld, und die Zukunft war strahlender als je.

Ja, die Kinder waren wieder da, und damit die alten Sorgen, die sich in Mays Kopf zu dem vertrauten Puzzlespiel zusammenfügten. Nach wie vor schmachtete Jenny Jocelyn an und warf ihm verstohlen vertrauliche Blicke zu, wenn sie glaubte, May würde es nicht sehen. David war noch genauso arrogant und verschlossen. Und genauso unergründlich, dachte sie. Immer noch wanderte er stundenlang allein umher. Der einzige Trost war, daß Emma nicht von Gaylords Seite wich. Da drüben waren sie wieder, tummelten sich im Sonnenschein wie Kleinausgaben von Romeo und Julia. Und dort schlich auch David wieder aus dem Haus zu einem einsamen Spaziergang; mit wirrem Blick lief er den Weg hinunter, als sei der Teufel hinter ihm her, und wer weiß, vielleicht war er es? Und der Mond war nun fast rund.

15

Der volle Mond löst bei den Menschen die verschiedensten Gefühle aus. Er ist in jeder Beziehung ein äußerst merkwürdiges Phänomen. Er ist der kühne Entwurf einer Straßenbeleuchtung, er ist ein freundliches, gutmütiges Gesicht, das auf die Torheiten der Menschen herablächelt. Er ist ein appetitlicher Holländer Käse, er ist ein winziges Sandkorn in der weiten, leeren Wüste des Weltalls; er ist die unerreichbare Schöne, blaß, blond und unbeschreiblich lieblich. Er ist ein noch unbezwungener Mount Everest. Es ist eine böse, lauernde Gegenwart; in seinem vollen Licht zu schlafen, kann Menschen um den Verstand bringen. Er ist ein riesiger Findling, der jeden Augenblick krachend auf die Erde herunterstürzen kann. Er ist ein ganz unbedeutendes Gestirn, das einen kleinen, genauso unbedeutenden Planeten umkreist, und alle seine Bahnen sind berechenbar. Man kann die Uhr nach ihm stellen. Er ist eine dämonische Kraft, die die Meere bewegt und düstere Fluten durch verstörte Menschenhirne treibt.

Und nun war Vollmond...

Nach Sonnenuntergang wurde es dunkel. Doch dann leuchtete der Osthimmel silbrig auf, und der Mond glitt hinter dem Hügel empor – voll, strahlend, mit dem Selbstbewußtsein einer Primadonna. Es war ein perfekter Auftritt – lächelnd, voll Anmut und großartig inszeniert. Aber für die Dame Luna war das ja schließlich nicht die erste Vorstellung, die sie gab.

May aber war von diesem Schauspiel nicht beeindruckt. Sie hatte es beobachtet und ging dann zurück in das hell erleuchtete Wohnzimmer. «Der Mond ist aufgegangen», sagte sie. «Und ich bin so nervös wie eine Amsel mit einem Nest voller Jungen.»

Jocelyn erwiderte liebevoll: «Die Lampen brennen, die Vorhänge sind zugezogen, die Kinder liegen im Bett, was könnte uns Schlimmes geschehen?»

«Ich weiß nicht», sagte sie bedrückt. «Nichts vermutlich.» Sie stand und lauschte. «Was war das?»

«Ich habe nichts gehört», sagte er.

May ging zur Tür, machte sie auf und trat in die Diele. «David, wo willst du hin?» fragte sie ärgerlich.

«Noch ein wenig vors Haus, Tante May. Es ist eine so wundervolle Mondnacht. Und ... und ich schlafe nicht gut, seit Vater ...»

Sie sagte barsch: «Ich möchte lieber nicht, daß du heute nacht noch nach draußen gehst, David. Dieses Herumwandern im Mondschein tut nicht gut.»

Er sah sie nachdenklich an. «Ich muß aber raus, Tante May. Ich ersticke im Haus. Ich bleibe nicht lange.» Mit ernstem Gesicht setzte er hinzu: «Ich verspreche es dir.»

«David, ich verbiete dir, jetzt noch hinauszugehen», sagte May.

Er zuckte zusammen, als habe sie ihn geschlagen. «*Verbieten?* Darf ich fragen warum?»

Sie sagte: «Du bist Gast in meinem Haus. Ein junger Gast. Muß ich dir Rechenschaft ablegen?»

«Nein, Tante May», sagte er ruhig. Dann schien er sich plötzlich aufzubäumen. «Aber ich bin dir auch keinen Gehorsam schuldig. Ich bin schließlich alt genug, um spazierenzugehen, wann ich will.»

«Nun schön, David», sagte May resigniert und ging zurück ins Wohnzimmer. «Dann geh.»

Wortlos verließ er das Haus. Er ist unausgeglichen, dachte May. Kein Wunder. So verschlossen und überspannt und gleichzeitig störrisch wie ein Maultier.

Aber war er von Natur aus störrisch? Oder stand er unter einem seelischen Druck? Das wird es wohl sein, dachte sie. Er war wie eine gespannte Feder. Darum hatte sie vorhin auch nachgegeben, was eigentlich so gar nicht ihre Art war. Aber sie hatte das Gefühl, wenn sie es nicht getan hätte, wäre die Feder gesprungen.

Sie sagte zu Jocelyn: «Entschuldige, daß ich mich so anstelle, Liebling, aber ich möchte mich doch lieber vergewissern, ob bei den anderen alles in Ordnung ist.»

Er zündete sich eine Pfeife an, ein Ritual, das kein Gespräch zuließ. Aber er lächelte ihr über die Streichholzflamme hinweg zu. Sie ging nach oben. Es war im Grunde närrisch, das wußte sie wohl, und vielleicht fand Jocelyn sie auch närrisch. Schließlich hatte sie Gaylord und Emma schon vor drei Stunden zu Bett gebracht. Und Jenny würde wohl kaum im Mondschein herumwandern. Trotzdem brachte sie es nicht fertig, an Jennys Tür vorbeizugehen. Leise öffnete sie sie einen Spalt und spähte hinein.

Jenny schlief, und das Licht des Mondes fiel auf ihr Gesicht. Sie sah jung, unschuldig, zerbrechlich und wunderschön aus. Ich kann es Jocelyn wahrhaftig nicht verdenken, dachte sie, daß er sich ein wenig geschmeichelt fühlt und mehr als angezogen. Jedenfalls war bei Jenny alles in Ordnung.

Dann stand sie vor Emmas Tür. Sie widerstand der mütterlichen Versuchung, zuerst nach ihren eigenen Kindern zu schauen und ging hinein. Emma lag quer auf der Bettdecke, einen großen Teddybär im Arm. Sie und der Teddybär hatten die gleiche Statur. Emma atmete laut und kräftig. Auch sie war also wohlversorgt.

Amanda schlief. Sie lag noch genauso in ihrem Bettchen, wie sie sie hineingelegt hatte, so behütet und unversehrt wie eine Rose in einem Zellophankarton. Blieb also nur noch Gaylord.

Einen Augenblick blieb May vor Gaylords Tür stehen und holte tief Luft. Wenn – wenn er nun nicht da war? Was machte man dann? Sollte man die Polizei rufen? Aber was konnte diese in der Weite der mondübergossenen Landschaft ausrichten? Was konnte sie schon in den endlosen Stunden bis Tagesanbruch unternehmen? Aber natürlich war er da, er mußte doch da sein. Sie hatte ihn ja selbst zu Bett gebracht. Sie gab sich einen Ruck und öffnete die Tür.

Sein Blondkopf ruhte auf dem Kissen! Gott sei Dank! Sie trat ins Zimmer. Im Mondlicht zeichneten sich die Konturen des Fensters an der Wand ab, doch dort, wo May stand, lag tiefer Schatten. Plötzlich hätte sie weinen mögen. Vor Erleichterung, dachte sie. David war in Gefahr, vielleicht in mehr als einer Hinsicht. Doch die anderen Kinder waren so sicher, wie Sterbliche es nur sein können. Amanda war wohlig behütet. Gaylord schlief friedlich...

Doch in diesem Augenblick setzte eine instinktive Regung ihrem Seelenfrieden ein jähes Ende. So wie sie ihren Sohn kannte, schlief er da gar zu friedlich. Sie trat näher ans Bett heran und betrachtete ihn prüfend.

Er lag auf dem Rücken, die Augen mit den langen Wimpern geschlossen. Sein Atem ging in tiefen, gleichmäßigen Zügen. May beobachtete ihn weiter. Gaylord murmelte im Schlaf, rollte sich auf die Seite und präsentierte May sein hübsches Profil. Einen Augenblick lang ging sein Atem rascher, dann fiel er wieder in den gleichmäßigen Rhythmus.

Es war gut gemacht, das Werk eines Künstlers. Aber schließlich war Gaylord immer ein Künstler, wenn es sich um subtile Täuschungsmanöver handelte. «Gaylord», flüsterte May.

Wieder stockte der Atem einen Augenblick, wurde unregelmäßig und beruhigte sich wieder. Man hätte meinen können, Gaylord würde nun bis zum Morgen tief durchschlafen.

May kniete sich neben das Bett, hielt ihr Gesicht dicht neben das des Jungen, schaute ihn unverwandt an. Denn das war etwas, dem Gaylord bei all seiner kindlichen List nie gewachsen war. Es war genauso schlimm, als würde man ihn kitzeln. Der Schatten eines Lächelns huschte um seinen Mund, dann verstärkte es sich zum Grinsen, und er schlug die Augen auf. Er tat sehr erstaunt, Mummi vor sich zu sehen, wiewohl er selbst nicht so recht an den Erfolg seiner mimischen Künste glaubte. Paps wäre auf sie hereingefallen, nicht so Mummi. Aber Paps hätte sich ja auch mit einem Blick durch die Tür begnügt, um festzustellen, daß Gaylord fest schlief. Es ist wirklich ein Jammer, dachte Gaylord, daß solch schlichtes Vertrauen nicht weiter verbreitet war. Jetzt würde Mummi natürlich wieder das übliche Kreuzverhör eröffnen. Kein schlichtes Vertrauen, was Mummi anging. «Warum schläfst du nicht?»

«Ich glaube, du hast mich geweckt, als du hereinkamst, Mummi», sagte er kleinlaut.

«Warum hast du denn dann so getan, als ob du schläfst?»

«Ich dachte, du würdest sonst böse sein.»

«Wieso denn, wenn ich dich doch aufgeweckt habe?»

Das wurde zu kompliziert. Er zog es vor, das Thema zu wechseln. «Mummi, du kennst doch das Märchen von dem Prinzen, der die Prinzessin nach hundert Jahren mit einem Kuß aufgeweckt hat?»

«Gaylord! Bleibe beim Thema! Warum hast du so getan, als ob du schläfst?»

«Ich tu immer so, als ob ich schlafe. Dann stellst du mir keine Fragen.»

Mummi war sprachlos. «Heißt das, du tust es nur um des lieben Friedens willen?» Du lieber Gott, dachte sie, für was für einen Drachen muß mich das Kind doch halten!

«So ungefähr», sagte Gaylord vergnügt. «Du, Mummi, diese Prinzessin. Die hatte sich doch hundert Jahre nicht die Zähne geputzt. Mummi ...»

«Was hast du vorgehabt?» sagte May.

Gaylord sah gekränkt aus. «Nichts, Mummi. Ich war eben wach, das ist alles. Und dann bist du hereingekommen, und ich hab so getan, als ob ich schlafe. Dann hast du mich zum Lachen gebracht, und ich bin aufgewacht. Mummi, ich möchte keinen Menschen küssen, der sich hundert Jahre lang nicht die Zähne geputzt hat.»

«Jetzt wird geschlafen», sagte May energisch. «Ich werde die Vorhänge zuziehen, damit der Mond dich nicht stört.»

Dieses schreckliche, unheilvolle Mondlicht, dachte sie. «Gute Nacht, Liebling», sagte sie fürsorglich und küßte ihn. «Nacht, Nacht, Mummi», sagte er und kuschelte sich wieder zurecht. Sie schloß die Tür hinter sich. Na, das wäre aber beinahe schiefgegangen, dachte Gaylord. Er hatte nämlich gerade neben seinem

Bett gestanden und sich die Hose angezogen, als sich die Türklinke bewegte. Ins Bett springen und sich schlafend stellen, war eins gewesen. Aber er war überrascht, daß Mummi die Hose nicht entdeckt hatte. Das war in letzter Zeit nun schon das zweite Mal, daß ihre Röntgenaugen sie im Stich ließen. Er fragte sich ernstlich, ob sie wirklich so unfehlbar waren, wie sie immer vorgab.

Er hörte Mummi nach unten gehen. Er hörte, wie sie die Wohnzimmertür schloß. Nun, Mummis Mißtrauen würde sie wohl für die nächste Stunde oder so nicht mehr plagen. Vorsichtig kletterte er aus dem Bett, zog sich vollends an und schlich auf Zehenspitzen nach unten.

Was das Schleichen anbetraf, so konnten selbst Indianer noch allerhand von Gaylord lernen. Fünf Minuten später huschte er aus der Hintertür, ohne daß auch nur eine Treppenstufe oder ein Dielenbrett geknarrt hätte. Sogar Mummi mit ihrem eingebauten Frühwarnsystem hatte nichts gehört.

Weiß lag der Weg im Mondlicht vor ihm. Gaylord marschierte los. Unter den Bäumen nahmen die Schatten manchmal bedrohliche Formen an, und er konnte ihnen nicht einmal ausweichen. Es war beängstigend. Die Finsternis konnte einen auf immer und ewig verschlingen, so wie diese komischen Pflanzen, die Fliegen fraßen. Sie konnte ihn mit Würgearmen umschlingen, fester und fester, fester und fester, bis er keine Luft mehr bekam. Sie konnte plötzlich in wilde Schreie und irres Gelächter ausbrechen, daß man vor Angst verrückt würde. Es gab wirklich nichts, was sich die hemmungslose kindliche Phantasie nicht auszumalen vermochte.

Dennoch stapfte er mit klopfendem Herzen in die Schatten hinein und dann jedesmal sehr erleichtert wieder heraus. Denn Gaylord hatte eine Mission. Und wenn Gaylord eine Mission zu erfüllen hatte, dann war er imstande – zwar schlotternd vor Angst, aber dennoch zum Äußersten entschlossen – mitten durch die Hölle zu marschieren.

Normalerweise hätte er all dies auch am Tage erledigen können. Doch nicht jetzt, wo Emma jeden seiner Schritte belauerte.

Nein, neuerdings konnte man wichtige Dinge nur noch des Nachts unternehmen, wenn Emma nicht auf Posten war.

Er kam zu einem Lattentor, das krumm und schief zwischen zwei wuchtigen, steinernen Pfosten hing; auf jedem dieser Pfosten kauerte sprungbereit ein Löwe. Furchtsam musterte Gaylord die beiden Raubtiere. Er wußte, daß Steinlöwen tagsüber ungefährlich waren, aber er hatte wenig Erfahrung mit diesen Ungeheuern bei Mondschein, und ihr Anblick war ihm unbehaglich. Dennoch kletterte er über das Tor und ging auf der grasbewachsenen Einfahrt weiter. Immer wieder drehte er sich um, um sich zu vergewissern, ob nicht doch einer der Steinlöwen ihm fauchend auf den Fersen war.

Inzwischen konnte er sein Ziel erkennen – ein großes, halbverfallenes Gebäude, dessen blinde Augen blicklos in den blinden Mond starrten. Am Tage war dies ein herrlicher Tummelplatz für einen kleinen Jungen; Gaylord kannte hier jeden Winkel. Aber in dieser geisterhaften Beleuchtung sah alles ganz anders aus. Er hatte das deutliche Gefühl, daß das Haus nur darauf wartete, daß er näher kam, um sich mit einem Satz auf ihn zu stürzen. Seine Schritte wurden immer langsamer, kürzer und verhielten endlich. Sein Mund war wie ausgetrocknet. Doch dann holte er tief Atem, drehte sich vorsorglich noch einmal nach den steinernen Löwen um und ging tapfer weiter.

Die großen Steinplatten der Terrasse waren noch warm von der Hitze des Tages. Gras und wilde Blumen wuchsen kniehoch aus den Ritzen. Die steinernen Götter und Göttinnen waren verwittert, grüne Flechten wuchsen auf ihren Brauen. Die halbverfallenen Fensterrahmen waren mit Brettern vernagelt, doch auch die Bretter verfielen schon. Alles war Tod und Verwesung in diesem tödlichen Licht, und die Natur wucherte triumphierend über die Spuren des Todes hinweg.

Einer der Steingötter bewegte sich. Gaylord hatte es aus den Augenwinkeln bemerkt. Tapfer drehte er sich um und schaute hin. Doch das Götterbild war wieder zu Stein geworden und blickte sinnend zu Boden – wie seit Jahrhunderten. Vielleicht war es nur ein Blatt gewesen, das sich in der stillen Nachtluft gerührt und im fleckigen Mondlicht bewegt hatte? Gaylord war dessen nicht so sicher. Er hatte so fürchterliche Angst, daß er sich wünschte, Mummi wäre hier. Oder besser noch Opa. Es müßte schön sein, Opa an diesem verwunschenen Ort breitbeinig neben sich zu haben und seine Hand in Opas große, schwere Pranke legen zu können. Keine steinernen Herren und nicht einmal steinerne Löwen würden es mit Opa aufnehmen wollen.

Aber Opa war nicht hier. Auch Mummi und Paps nicht. Gaylord war allein, das einzige menschliche Wesen weit und breit in einer Welt, die vom Mondlicht übergossen benommen dalag.

Gaylord wußte zwar, daß man in der englischen Landschaft nicht gut einem Braunbären begegnen konnte. Doch für einen Siebenjährigen ist es vom Unwahrscheinlichen bis zum Unmöglichen ein weiter Weg. Wenn er nicht seine Mission zu erfüllen gehabt hätte, wäre er jetzt fortgerannt – immer vorausgesetzt, daß ihn seine schlotternden Beine wirklich getragen hätten. So aber blieb er wie versteinert stehen und starrte in hellem Entsetzen auf das, was auf ihn zukam. Und dann sagte eine Stimme dicht neben ihm: «Hallo, Gaylord.»

Gaylord konnte später nie begreifen, wieso er nicht auf der Stelle tot umgefallen war. Alle Symptome hatten dafür gesprochen. Langsam, ganz langsam drehte er sich um – und blickte in das bleiche Vollmondgesicht seines Freundes Willie.

Für den Austausch von umständlichen Begrüßungsformeln war jetzt nicht die Zeit. «Da ist ein Bär», sagte Gaylord und zeigte mit dem Finger ins Dunkel.

Sie sahen hin. Nichts. Die Schatten unter den Bäumen schliefen.

Gaylord, obwohl er es sonst energisch abgestritten hätte, wußte sehr genau, daß er Wirklichkeit und Phantasie nicht immer zu trennen vermochte. Aber er hätte darauf schwören können, einen Bären gesehen zu haben. «Hast du hier schon mal Bären gesehen, Willie?» fragte er.

«Nein», sagte Willie. Es war beruhigend und doch auch wieder enttäuschend. «Wohl Gespenster. Aber keine Bären.»

«Wie sahen die denn aus?» fragte Gaylord gespannt.

«Weiß nicht», sagte Willie unbestimmt. Das war das Ärgerliche an den Gesprächen mit Willie, dachte Gaylord. Er war genau wie seine Gespenster: Wischi-Waschi. Sobald man was Interessantes ansteuerte, trieb Willie ab wie ein unvertäutes Boot. Trotzdem hatte Gaylord seinen Freund von Herzen gern, sonst wäre er auch wohl kaum an diesem schrecklichen Ort erschienen, um nach ihm zu sehen, zumal er nicht einmal sicher gewesen war, ihn hier anzutreffen, denn im Sommer schlief Willie überall, nur nicht in seinem Bett – im alten Steinbruch, in der alten Fischerhütte, doch am häufigsten in einem sonnendurchwärmten Winkel dieses alten Hauses. Es war geradezu ein Tick von ihm.

Gaylord wies mit einer Kopfbewegung auf jenen Gott, der sich bewegt hatte. «Ich glaube, der hat sich bewegt», sagte er.

«Tut er», sagte Willie. «Die bewegen sich alle bei Nacht. Sie laufen hier überall herum.»

Gaylord schauderte genießerisch. Wenn er allein gewesen wäre, wäre das für ihn eine sehr beunruhigende Vorstellung gewesen. Aber nun, da er Gesellschaft hatte, fand er es höchst aufregend. Aber er war ja schließlich nicht gekommen, um hier übersinnliche Phänomene zu diskutieren. Er setzte eine feierliche Miene auf.

«Ich bin gekommen, um dich zu warnen, Willie», sagte er.

«Wovor?» fragte Willie und starrte den Mond an.

«Sie glauben, du bist der, der die Kinder erwürgen wollte.»

Willies ausdruckslose Augen lösten sich vom Mond und hefteten sich auf den Freund. «Wer glaubt das?»

Gaylord sagte zögernd: «Meine Mummi, zum Beispiel.»

Er überlegte angestrengt. Er wollte nicht unloyal gegen Mummi sein, aber andererseits mochte er seinen Freund auch nicht kränken. «Sie hat manchmal so komische Ideen», sagte er.

«Wer noch? Dein Vater?»

Gaylord schüttelte den Kopf. «Nein. Paps würde so was nie glauben.» Er versuchte, seinem Freund die Mentalität eines Intellektuellen zu erklären. «Paps denkt nie über das nach, was wirklich passiert. Erst wenn Mummi es ihm sagt.»

«Wer noch?» sagte Willie mit starrem Blick.

«Constable Harris», sagte Gaylord und sah seinen Freund voll Mitleid an. «Deshalb bin ich ja auch gekommen. Um dich zu warnen.»

«Woher weißt du das denn? Hat er es dir gesagt? Ist er ein Freund von dir?» fragte Willie böse.

«'türlich nicht. Ich hab gehört, wie er es zu Paps gesagt hat.»

Zu Gaylords Schrecken fing Willie an zu weinen. Regungslos stand er da im Mondlicht, die Arme an die Seiten gepreßt wie ein Zinnsoldat, und die Tränen rollten ihm übers Gesicht; hin und wieder wurde sein ganzer Körper wie von einem Krampf geschüttelt. Es war ein verzweifeltes, lautloses Weinen. Gaylord sah es mit Schrecken, Unbehagen und Anteilnahme. Schließlich konnte er sich nicht verkneifen, wenn auch mit sanfter Stimme, zu sagen: «Willie, du mußt dir die Nase putzen.»

Willie hatte keine Ahnung, was ein Taschentuch war. Er starrte Gaylord an, dann fuhr er sich heftig mit dem Ärmel über die Nase. «Verfluchter Bastard», sagte er. «Verfluchter Bastard von einem Polizisten.»

«Deshalb wollte ich dich ja warnen», sagte Gaylord. «Wenn sie kommen und dich verhaften wollen, dann kannst du dich hier verstecken, und ich bringe dir Essen und Proviant.» Gaylord wußte nicht, was Proviant war, aber er hatte das Wort immer im Zusammenhang mit Essen gehört. Wahrscheinlich war es etwas zu trinken.

«Verfluchter Bastard», sagte Willie.

Gaylord hätte zu gern einen raffinierten Signalcode mit seinem Freund verabredet, aber er ahnte, daß das unmöglich war. Er würde eben die Augen offenhalten müssen, und wenn Willie nicht zu finden war, Essen und Proviant hier zurücklassen.

Nun, er hatte seine Warnung an den Mann gebracht. «Ich muß jetzt gehen, Willie», sagte er. «Wo wirst du denn heute nacht schlafen?»

Doch Willie war so taub und still und stumm wie die steinernen Götter und Göttinnen. Gaylord zog ab; seine Mission war erfüllt. Wenn er auch insgeheim gehofft hatte, daß Willie sagen würde: ‹Vielen Dank, Gaylord, für all die Mühe, die du dir meinetwegen gemacht hast›, so nahm er es doch seinem Freund nicht übel, daß er es unterlassen hatte. Bei einem Freund, der nicht alle Tassen im Schrank hat, muß man schon zu ein paar Zugeständnissen bereit sein, und Willie war jedes Zugeständnis wert. Gaylord dachte mit leisem Stolz daran, daß es schließlich nicht viele Leute gab, die einen so ausgefallenen Freund besaßen.

Zurück durch die grasbewachsene Einfahrt und über das windschiefe Tor. Als er diesmal das Reich der steinernen Löwen durchschritten und das freie Feld erreicht hatte, drehte er sich um und machte ihnen eine lange Nase, fragte sich aber sogleich besorgt, ob das nicht ein bißchen voreilig war. Dann ging er um eine Ecke, und sie waren nicht mehr zu sehen. Vergnügt hüpfte er im hellen Mondlicht dahin und malte sich aus, wie lustig es wäre, Willie Essen und Proviant zuzuschmuggeln. Das wäre eine herrliche Übung in Kriegslist und Strategie.

Er kam an eine Weggabelung. Da hörte er in der windstillen Nacht Schritte auf dem anderen Weg.

Gaylord verkroch sich in einer Hecke. Selbst seine Phantasie reichte nicht aus, sich vorzustellen, was Mummi wohl sagen würde, wenn sie von dieser nächtlichen Exkursion erfuhr.

Die Schritte näherten sich der Weggabelung. Es war jemand, der aus dem Dorf kam. Es mußte also jemand sein, den er kannte. Wenn der Betreffende einbog, war es so gut wie sicher, daß er bei dem strahlenden Mond einen kleinen Jungen entdeckte, der da flach im Gebüsch auf dem Bauch lag.

Die Schritte waren jetzt ganz nah. Laut und deutlich klangen sie durch die Nacht. Gaylord schob sich noch tiefer ins Gebüsch zurück. Doch da entfernten sich die Schritte in Richtung auf den Hof zu. Vorsichtig hob Gaylord den Kopf und spähte. Es war David.

Der Anblick seines Vetters, der da im Mondschein spazierenging, brachte Gaylord auf. So eine Frechheit! Schließlich war auch David nur ein Junge. Er hatte schon seit Stunden im Bett zu sein. Daß er selbst hier mitten in der Nacht herumlief, das war etwas ganz anderes. Er war hier schließlich zu Hause! Es war sein Revier, er gehörte dazu wie die Bäume oder die alte Scheune.

Aber doch nicht David. David war ein Fremder und hatte sich gefälligst an die hier geltenden Vorschriften zu halten. Außerdem komplizierte er eine so delikate Sache wie Gaylords Rückkehr. Denn Gaylord ging es bei seinen nächtlichen Expeditionen wie den Astronauten. Die kritischen Momente waren der Start und der Wiedereintritt in die Atmosphäre.

Er ließ seinem Vetter reichlich Zeit, im Haus zu verschwinden. Dann stand er auf, klopfte sich den Staub von der Hose und trabte heimwärts. Zehn Minuten später hockte er oben im Apfelbaum, kletterte über einen Ast durchs offene Fenster in sein Zimmer, schlüpfte in seinen Pyjama und schlief schon mit Unschuldsmiene, als Mummi und Paps ihre letzte Inspektionsrunde machten, bevor sie sich zu Bett begaben. Mummi schaute ihn prüfend an: «Ich glaube, diesmal schläft er wirklich», flüsterte sie. «Aber bei Gaylord weiß man das nie so genau.»

Gaylords Atemzüge gingen gleichmäßig. Er sah nur noch ein bißchen zufriedener aus als gewöhnlich.

Sie waren noch im Wohnzimmer, als David nach Hause kam. Er hatte die Tür aufgemacht und gesagt: «Ich wollte euch nur Bescheid sagen, daß ich wieder da bin. Ich gehe jetzt ins Bett.»

Er wirkte angespannt und verlegen. Aber das war begreiflich. Ein Junge von seiner Mentalität konnte nicht gelassen einem Erwachsenen gegenübertreten, den er kurz vorher mit seinem Trotz herausgefordert hatte. «Gute Nacht, alter Knabe», sagte Jocelyn freundlich und wandte sich wieder seinem Buch zu. May wollte sich versöhnlich zeigen, lächelte freundlich und sagte: «Welchen Weg bist du denn gegangen?»

«Den unten am Fluß entlang bis zum Wehr.»

«Mich wundert bloß, daß du keine Gespenster siehst», lachte sie. «Ich würde bestimmt welche sehen.»

Er lächelte pflichtschuldig. «Gute Nacht», sagte er, blieb aber stehen und ließ verlegen die Tür hin und her schwingen, unfähig, zu sagen, was er sagen wollte, und unfähig, zu gehen, ohne es gesagt zu haben.

«Was ist denn, David?» sagte May freundlich. Wenn ich nicht nachhelfe, bleibt er die ganze Nacht da stehen, dachte sie.

Er schluckte. «Es tut mir leid. Das war ungezogen vorhin, Tante May.»

Nun, das klang ja ganz zerknirscht. Und May konnte nicht nachtragend sein. «Du warst nicht ungezogen», sagte sie. «Wir waren verschiedener Meinung, das war alles. Du bist halt deinem Kopf gefolgt, nicht meinem.»

«Ja», sagte er. «Es tut mir leid.»

«Das braucht dir nicht leid zu tun. Aber ich bleibe bei meiner Ansicht. Deine nächtlichen Ausflüge schätze ich auch weiterhin nun mal nicht.»

«Ich weiß.» Er lächelte blaß. «Gute Nacht, Tante May. Gute Nacht, Onkel Jocelyn.» Er ging.

«Armer Kerl», sagte Jocelyn.

«Ja.» May nickte. «Armer Kerl.» Sie schaute in das heruntergebrannte Kaminfeuer. Sie hätte den unglücklichen Jungen so gern bemuttert, ihm ein bißchen Trost zugesprochen, doch andererseits wuchs ihre Abneigung gegen ihn. Sie war von Natur aus ein geradliniger, unkomplizierter Mensch, und darum machten solche widerstreitenden Gefühle sie gereizt und unruhig.

«Armer Kerl», wiederholte sie leise, während sie das Zimmer für die Nacht aufräumte, die Kissen aufschüttelte und die Zeitschriften ordnete. «Und keiner von uns kann ihm helfen.»

16

«Was heißt ‹verfluchter Bastard›?» fragte Gaylord.

«Das ist eine Invektive», antwortete Paps.

«Und was ist eine Invektive?»

«Ein Ausdruck, den man für jemanden gebraucht, den man nicht mag.»

Gaylord schaufelte seinen Brei aus Milch und Cornflakes. «Warum ißt Opa keine Cornflakes?»

Opas Frühstück bestand jahraus, jahrein aus Porridge, zwei Scheiben Speck mit Spiegeleiern, einer Scheibe Toast mit Marmelade sowie zwei Tassen Kaffee. Er raschelte erbost mit der *Times*. «Weil er das verdammte Zeug nicht ausstehen kann.»

«*Ich* mag es aber», sagte Emma geräuschvoll löffelnd.

«Sieht dir ähnlich», sagte Opa rüde.

Gaylord hatte über etwas nachgedacht. Jetzt sagte er: «Ich mag Miss Plattner nicht besonders. Ist sie ein ...»

Mummi fiel ihm hastig ins Wort. «Nein, Liebling. Miss Plattner ist eine sehr nette Dame, auch wenn du nicht viel für sie übrig hast. Der Allmächtige hat sie nun mal als Kinderschreck erschaffen.»

«Und als Elternschreck», murmelte Paps bitter.

Gaylords Logik meldete sich: «Aber Paps hat doch gesagt, daß man jemand, den man nicht besonders mag, einen verfluchten Bastard nennt.»

«Unfug. Das habe ich nicht gesagt.» Paps war entrüstet. Opa hatte seine Zeitung hingelegt. Er funkelte erst Gaylord an, dann funkelte er Paps an und schließlich funkelte er May an. «Für ein Kind seines Alters ist seine Ausdrucksweise eine verdammte Schande.»

«Das mußt du gerade sagen», entgegnete Mummi.

«Ich weiß, was ein Bastard ist», verkündete Emma stolz.

«Emma!» sagte Jenny scharf.

«Was denn?» fragte Gaylord.

«Jemand, der unehelich geboren ist...»

«Was ist unehelich?»

Emma dachte kurz nach. «Unehelich ist, wenn man als Bastard geboren ist.»

Gaylord fand, das sei nun wirklich keine befriedigende Erklärung, wenn er auch im Moment nicht genau sagen konnte, wo es da fehlte. Aber Opa setzte bereits zu einem großen Kommentar an. Er richtete sich halb aus seinem Sessel auf, warf wütende Blicke auf sämtliche Anwesenden und sagte mit furchterregender Stimme: «Zu meiner Zeit haben Kinder sich am Frühstückstisch nicht über Bastarderei unterhalten.»

«Was ist Bastarderei?» fragte Gaylord.

«Das ist dasselbe wie Bastard, nur noch schlimmer», sagte Emma.

Opa bedachte sie mit einem so vernichtenden Zornesblick, daß sogar sie die Fassung verlor, sich verschüchtert in ihre Cornflakes vertiefte und über den Löffel hinweg nur noch angstvolle Seitenblicke auf Opa riskierte.

«Du hast völlig recht, Schwiegervater», sagte May. «Gaylord, ich will diesen abscheulichen Ausdruck nie wieder von dir hören.»

Gaylord, der die ganze Zeit vergnügt das Wort «Invektive» vor sich hingesagt hatte, schwieg betroffen. Er schaute Mummi enttäuscht an. «Das klingt aber doch so interessant», protestierte er.

«Ich meinte nicht das Wort ‹Invektive›», sagte Mummi. «Ich meine dieses andere Wort.»

«Ach so.» Gaylord war erleichtert. Darum war es nicht so schade. Aber natürlich konnte Mummi mal wieder kein Ende finden. «Und bei welchem deiner Freunde hast du dieses sprachliche Juwel aufgegabelt?» Sie musterte Gaylord streng.

Glücklicherweise war Gaylord mit seinen Cornflakes fast fertig. Er kam gerade in das geräuschvolle Stadium, in dem man besonders schön laut mit dem Löffel die letzten Reste von Milch und Zucker aus dem Teller kratzen konnte, wie sollte er da die Frage hören!

Mummi wiederholte sie, diesmal so laut, daß sie seinen Lärm übertönte. Gaylord legte die Stirn in nachdenkliche Falten. Er mußte sein Gedächtnis wirklich sehr anstrengen. Aber es war vergebens. «Ich kann mich nicht erinnern, Mummi.» Er schaute sie mit einem Unschuldsblick an, der einem das Herz brechen konnte.

Mummi sah ihn scharf an. «Du warst doch hoffentlich nicht wieder mit Willie zusammen?»

So direkt gefragt, konnte Gaylord schlecht lügen. Aber die Frage irgendwie umgehen konnte er schon, und so sagte er denn mit dem entzückten Lächeln eines kleinen Jungen, der jemand zum besten halten will: «Ach, Mummi, ich habe ihn letzte Nacht gesehen, kurz nachdem du aus meinem Zimmer gegangen warst. Er stand in so einer Art Ruine und sagte: ‹Hallo, Gaylord. Ich dachte, du wärst ein Gespenst›, und ich habe gesagt: ‹Hast du denn in dieser alten Ruine schon einmal Gespenster gesehen, Willie?›, und er sagte: ‹Ja, eine Menge.› Und dann hab ich gesagt ...»

Mummi fiel ihm ins Wort. «Das reicht, Schätzchen. Du bist hier nicht beim Psychiater auf der Couch. Na schön, wenn es Willie nicht gewesen ist, wer war es dann?»

Na, war das nicht ein großartiges Ablenkungsmanöver, dachte Gaylord. Wieder runzelte er die Stirn. «Ich weiß wirklich nicht, von wem, Mummi.» Dann kam ihm eine Idee. «Vielleicht war es unsere Lehrerin», sagte er hoffnungsvoll.

«Sei nicht albern», zischte Mummi. Doch da schaltete sich Paps ein. «Vielleicht ist es gar nicht so albern. Sie hat ihm ja auch gesagt, es hieße Klosett und nicht WC, erinnerst du dich?» Einer Frau, die zu so etwas fähig war, konnte man alles zutrauen.

Opa klappte seine Taschenuhr auf. «Wo ist dieser David wieder?» erkundigte er sich. «Wenn ich etwas nicht vertragen kann, dann ist es Unpünktlichkeit bei den Mahlzeiten.»

Jenny sprang sofort auf. «Ich lauf nach oben und mach ihm Beine, Onkel John. Er trödelt morgens immer so entsetzlich.»

May drückte sie in ihren Stuhl zurück. «Laß nur, Jenny. Er wird schon herunterkommen. Er ist spät zu Bett gegangen letzte Nacht.»

«Spät? Aber wieso denn, Tante May? Er ist zur gleichen Zeit schlafen gegangen wie ich.»

«Er hat es sich noch mal anders überlegt. Er ist wieder heruntergekommen und hat noch einen Spaziergang unternommen. Es war fast Mitternacht, als er zurückkam.» Sie lächelte Jenny beruhigend zu. «Laß ihn nur ausschlafen, große Schwester.»

«Fast Mitternacht? Zum Teufel, was hat er denn gemacht?» brüllte Opa.

Jocelyn antwortete: «Er ist den Fluß bis zum Wehr entlanggegangen.»

Gaylord starrte seinen Vater an. Er war so verblüfft, daß er ein mit Honig beladenes Messer fallen ließ. Na so was! Als er David heute nacht gesehen hatte, war er doch aus der entgegengesetzten Richtung gekommen. Aus Shepherd's Warning. Es machte einen wirklich wild, wenn man mitanhören mußte, wie die Erwachsenen selbstgefällig Unrichtigkeiten verbreiteten und man sie nicht korrigieren konnte. Er wurde ganz rot vor Verdruß, doch glücklicherweise war Mummi vollauf damit beschäftigt, sich über den auf dem Teppich verkleckerten Honig aufzuregen, so daß sie es nicht bemerkte. Und Opa knurrte: «Was hat der nachts allein herumzuschwärmen? Verdammt ungesunde Sache so was, wenn ihr mich fragt.»

«Ich finde es nicht so schlimm, Vater», sagte Jocelyn. «Laß ihn doch seine Freiheit genießen, so lange er es noch kann.» Er seufzte. «Wenn er erst einmal verheiratet ist, braucht er einen Passierschein, wenn er nachts allein im Mondschein spazierengehen will.»

«Und einen Schmied, der ihm die Eisenketten mit der schweren Kugel abnimmt», sagte Mummi und lächelte ihrem Mann säuerlich zu. Doch in diesem Moment sagte Opa, der zufällig einen Blick aus dem Fenster geworfen hatte: «Nun seht bloß mal, da kommt der Kerl von der Polizei schon wieder. Was will er denn nun schon wieder?»

«Ja, leider, Mrs. Pentecost. Und diesmal war es schlimmer. Den kleinen Jungen hat es bös erwischt.»

«Er ist doch nicht ...»

«Nein, nein, Mrs. Pentecost. Er lebt noch. Und er wird auch wieder auf die Beine kommen. Der Kerl scheint wirklich nicht besonders raffiniert zu sein.»

«Also, ich begreife einfach nicht, wie Eltern ihre kleinen Kinder nachts herumlaufen lassen können. Um wieviel Uhr war das?»

«Halb zwölf.»

«Um Himmels willen! Ich bitte Sie, was hat ein Kind nachts um diese Zeit auf der Straße zu suchen?»

«Die Mutter behauptet, sie hätte nicht gewußt, daß der Junge draußen war. Sie hat geglaubt, er läge im Bett.»

Mummi schnaubte. «Hat geglaubt, er läge im Bett! Also wirklich – manche Leute verdienen es nicht, Kinder zu haben.»

Gaylord erschrak. Wenn es jemals herauskäme, daß er letzte Nacht draußen war, nachdem Mummi hier die reinste öffentliche Erklärung abgegeben hatte – o du liebes bißchen! Es gab nur einen Ausdruck, der dem angemessen schien, was ihm dann drohte, und was dieser Ausdruck genau bedeutete, wußte er nicht einmal. «Was ist das – ein Schicksal schlimmer als der Tod?» erkundigte er sich.

Aber niemand nahm Notiz von ihm. «Wo hat sich das denn zugetragen?» fragte Mummi.

«Wie bei den anderen Malen. Am Dorfausgang von Shepherd's Warning.»

Die Tür ging auf. David kam herein. «Entschuldigt, ich ...»

Da sah er Constable Harris und wurde blaß. «Ist was passiert?» fragte er.

«Man hat schon wieder ein Kind überfallen», sagte May.

Später, als der Polizist gegangen war, sagte sie: «David, ich muß mit dir sprechen.» Mit hochmütiger Miene folgte er ihr in die Küche. «David», begann sie, «das Kind ist heute nacht um halb zwölf überfallen worden. Als du spazieren warst. Begreifst du nun, warum ich was gegen deine nächtlichen Wanderungen habe?»

Er sah sie verwirrt an. «Aber sie ... der würde mir doch nichts tun. Der hat es doch auf kleine Kinder abgesehen.»

«Ich mache mir nicht etwa Gedanken darüber, daß du angegriffen werden könntest.» Sie sah ihn prüfend an.

«Sondern?» Er schien noch verwirrter.

«Bist du gestern nacht in der Nähe des Dorfes gewesen?»

«Nein, natürlich nicht. Ich hab's euch doch gesagt. Ich war ...» Da endlich hatte er begriffen. «Tante May! Du glaubst doch nicht etwa ...»

«Du hast einiges getan, um Verdacht zu erregen», sagte sie. «Jedesmal, wenn etwas passiert ist, warst du nicht zu Hause.»

«Ich finde es trotzdem gemein, so etwas von einem zu denken», sagte er mit der rasch aufbrausenden Wut gekränkter Jugend.

«Und die Geschichte mit der Möwe?» sagte sie.

«Aber das habe ich dir doch erklärt. Ich *mußte* es tun. Es war gräßlich.»

«Ja, das glaube ich wohl», sagte sie müde.

«Wenn du wirklich so was denkst, dann solltest du es gleich der Polizei sagen.» Er sah sie fast verächtlich an. «Vielleicht hast du das sogar schon getan.»

May war noch nie mit solcher Geringschätzung behandelt worden. «Sei nicht hysterisch», sagte sie kalt. Mit der pathetischen, aber rührenden Würde eines Oberschülers sagte er: «Ich finde, *du* bist hysterisch, Tante May. Eine Frau deines Alters! Erst eifersüchtig auf Jenny, und jetzt ...»

Damit hatte er sie an ihrer empfindlichsten Stelle getroffen. Sie sagte: «Jenny wollen wir doch hier aus dem Spiel lassen, wenn du nichts dagegen hast. Und was die andere Sache anbelangt, so tut es mir leid, wenn ich da falsche Schlüsse gezogen haben sollte. Aber du wirst doch wohl einsehen, daß du es mir recht schwierig gemacht hast.»

«Das sehe ich durchaus nicht ein.»

«Es ist aber so. Nimm das bitte zur Kenntnis», fuhr sie ihn an.

Sie wechselten frostige Blicke. «Ist das alles?» fragte er.

«Es tut mir leid, daß ich die Beherrschung verloren habe», sagte sie. «Ja. Danke. Das ist alles, David.»

Er ließ sie stehen und ging hinaus.

May suchte Jocelyn. Sie fand ihn im Schuppen, wo er zusammen mit Gaylord Holz hackte. «Geh und spiel du nur, Gaylord», sagte May ermunternd. «Ich werde Paps jetzt helfen.»

Gaylord wußte, wie er das zu übersetzen hatte. Es hieß: Verschwinde, ich muß Paps etwas Aufregendes erzählen.

«Wir können doch beide Paps helfen», schlug er rasch vor, wenn auch ohne große Hoffnung.

«Nein, du gehst.» Ihr Ton hatte eine leichte Schärfe. Paps sah Mummi nur kurz an und schlug sich zu Gaylords Überraschung auf ihre Seite. «Los, verschwinde, alter Knabe», sagte er.

Aus all diesen Symptomen schloß Gaylord messerscharf, daß die Dinge mal wieder ihren Kulminationspunkt erreicht hatten. Aber nicht nur, daß sie ihn nicht konsultierten, sie dachten nicht mal daran, ihn zu informieren. Wie üblich. «Na, dann gehe ich eben», sagte er, ohne sich von der Stelle zu rühren. Anscheinend merkten sie gar nicht, daß er noch da war. Einen Moment wiegte er sich in der kühnen Hoffnung, Mummi würde mit ihren aufregenden Enthüllungen beginnen. Doch er hätte es besser wissen müssen. Plötzlich funkelte sie ihn böse an. Er schob die Unterlippe vor und schlenderte gemächlich zu der Leiter hinüber, die nach oben auf den Heuboden führte. Aufreizend langsam und umständlich kletterte er hinauf. Wenn er sich auf den Heuboden verzog, konnte ihm keiner vorwerfen, er würde horchen. Wenn aber ein paar Worte nach oben drangen, war es nicht seine Schuld, oder? Das konnte man nicht horchen nennen. Die Worte drangen schließlich von ganz allein an sein Ohr. Dagegen konnte er gar nichts tun, nicht wahr?

«Liebling, du siehst ja schrecklich aus», sagte Jocelyn. «Was ist denn passiert?»

«Ich bin zu weit gegangen. Ich habe David praktisch beschuldigt. Das war unverzeihlich von mir.»

«Wie hat er reagiert?»

«Er saß ziemlich auf dem hohen Roß. Ich kann's ihm nicht mal verdenken – falls er unschuldig ist.»

«Liebling, verzeih, aber ich bin sicher, daß er das ist.»

Sie setzte sich auf den Hackklotz. «Das ist alles schön und gut, Jocelyn, aber jemand ist es gewesen. Du sagst, es ist nicht David, und Willie ist es deiner Meinung nach auch nicht. Ich weiß, es erscheint dir unglaubwürdig. Du stellst dir solche Menschen immer als Ungeheuer vor. Aber das sind sie gar nicht – jedenfalls nicht nach außen hin. Sie sind ganz gewöhnliche menschliche Wesen und leben im allgemeinen ganz normal unter ihren Mitmenschen.»

Jocelyn sagte: «Aber David ist doch gestern abend gar nicht in der Nähe des Dorfes gewesen. Das hat er uns doch erzählt.»

«Ich weiß. Und ich glaube, daß er die Wahrheit gesagt hat. Aber etwas anderes interessiert mich brennend: Wo war dieser Willie Foggerty heute nacht um halb zwölf?»

Die Worte waren in der Tat nach oben zum Heuboden gedrungen. Gaylord lauschte mit wachsendem Entsetzen. *Er* wußte, wo Willie um halb zwölf gewesen war. Aber *sie* wußten es nicht, und Gaylord konnte es ihnen nicht erzählen, und so würden sie es nun dem armen Willie anhängen. Dabei war doch *David* in Shepherd's Warning gewesen. Gaylord befand sich in einer mißlichen Lage. Er hätte alles aufklären können, wenn sein Mund nicht versiegelt gewesen wäre. Und er war versiegelt, ganz, ganz fest. Denn wenn ich ihn aufmache, dachte er verstört, dann droht mir ein Schicksal schlimmer als der Tod.

Aber dann hörte er sie unten weiterreden. «Constable Harris ist heute morgen gleich bei den Foggertys gewesen», sagte Mummi. «Aber offenbar hat er wenig erreicht. Willie war nicht da, und seine Mutter hat ihn nach dem Fernsehprogramm gestern abend nicht mehr gesehen.»

«Der arme Willie», sagte Paps. «Bei einer Hexenjagd ist er das nächstliegende Opfer.» Besorgt fügte er hinzu: «Ich hoffe nur, daß die Leute im Dorf die Sache nicht selbst in die Hand nehmen. Sie sind sehr gereizt.»

Gaylord hatte genug gehört. Sein Freund war in höchster Gefahr. Es war an der Zeit, die ‹Operation Willie› unverzüglich einzuleiten.

Unterwegs begegnete ihm David. Und da Gaylord, der bei aller Raffinesse grundehrlich war, den Gedanken an eine direkte Lüge nicht ertragen konnte, sagte er: «Wo warst du eigentlich gestern nacht, David?»

David schaute seinen Vetter erstaunt an. Seiner Meinung nach hatten kleine Jungen nur zu reden, wenn sie gefragt wurden.

Er sagte: «Du hast doch wohl gehört, was ich zu deinem Vater gesagt habe. Ich bin den Fluß entlanggegangen.»

Gaylord sagte empört: «Das stimmt doch gar nicht, David. Du warst im Dorf.»

Unverhohlener Haß zeichnete sich in Davids Gesicht ab. «Du kleine Kröte», sagte er. «Ich war am Fluß.»

«Aber David, ich hab dich doch *gesehen*!» sagte Gaylord. Kaum war ihm dieser Satz entfahren, als er zu Tode erschrak. Nicht nur, weil er sein schlimmes Geheimnis preisgegeben hatte, sondern mehr noch, weil David leichenblaß geworden war. Und schon packte David den kleinen Gaylord vorn an der Jacke und hob ihn vom Boden hoch. Seine Knöchel bohrten sich hart und schmerzhaft in Gaylords Kehle, als er ihn wütend hin und her schüttelte. «Du widerlicher Schnüffler! Du kleine Ratte!» zischte er. «Ich wette, du bist gleich zu deiner lieben Mummi gerannt und hast es ihr erzählt.»

Gaylord schüttelte entrüstet den Kopf.

«Untersteh dich bloß», sagte David. Unvermittelt ließ er Gaylord zu Boden fallen. Er setzte elegant seinen Fuß auf Gaylords Magen. «Untersteh dich», sagte er noch einmal und schritt hoheitsvoll davon.

17

Constable Harris war in seinem Element. Der Sergeant war für vierzehn Tage an die See gefahren. Der rituelle Abschied war ungewöhnlich leutselig verlaufen. «Auf bald also, Constable. Und tun Sie nichts, was ich nicht auch machen würde, klar?»

«Auf bald, Sergeant. Und wenn Sie unbedingt über die Stränge hauen müssen, geben Sie gut auf sich acht.»

Nun war Harris allein mit einem jungen Sergeant, den er um den Finger wickeln konnte, und damit praktisch der Boss des Polizeireviers. Zumindest im Augenblick war er Alleinherrscher, denn der Sergeant war zu Tisch gegangen.

Schritte näherten sich. Constable Harris straffte sich, setzte eine strenge und wachsame Miene auf und war ganz einsatzbereit.

Er hätte sich die Mühe sparen können. Es war nur Mrs. Foggerty. «Guten Morgen, Mrs. Foggerty», sagte er kühl. «Was kann ich für Sie tun?»

«Es ist wegen Willie», sagte sie.

Und da Mrs. Foggerty beim Sprechen immer eine Zigarette im Mund hatte, war sie schwer zu verstehen. Doch Constable Harris hatte verstanden. «Was ist los mit Willie?» fragte er betont gleichmütig.

«Er ist weg», sagte Mrs. Foggerty.

Constable Harris hatte ein Blatt Papier in der Hand. Es begann zu zittern. «Was soll das heißen – weg?»

Mrs. Foggertys Zigarette war so weit heruntergebrannt, daß sie ihr die Lippen ansengte. Sie kramte in ihrer Tasche, fand eine neue Schachtel, zog eine Zigarette heraus und zündete sie an dem alten Stummel an. Der Rauch stieg ihr ins Gesicht, ihre Augen begannen zu tränen. «Was ich gesagt hab – weg. Seit drei Tagen hab ich ihn nicht mehr gesehn.»

«Aber Sie haben mir doch erzählt, im Sommer würde er immer irgendwo im Freien schlafen.»

«Ach, schlafen ja!» Mrs. Foggerty wurde so ernst, daß sie tatsächlich die Zigarette aus dem Mund nahm. «Aber nicht essen. Von essen hab ich nichts gesagt.» Sie fuchtelte dem Constable mit der brennenden Zigarette unter der Nase herum und fragte drohend: «Nun seien Sie mal ehrlich, Constable – hab ich was von essen gesagt?»

«Nein», sagte er. «Ich glaube nicht.»

«Sie wissen verdammt genau, daß ich davon nichts gesagt hab. Schlafen ja. Essen nein.»

«Haben Sie keine Ahnung, wo er sein könnte?»

Mrs. Foggerty hatte die Zigarette wieder zwischen die Lippen geklemmt. Ihre Lippen schlossen sich gierig darum. «Keinen Schimmer», sagte sie.

Constable Harris sagte: «Sie scheinen sich aber keine großen Sorgen zu machen.»

Sie zuckte die Achseln. Vertraulich lehnte sie sich über die Barriere. Der Geruch eines ganzen Lebens voller Zigaretten, Waschtagen und ungelüfteten Kleidern schlug ihm entgegen.

«Wenn Sie Witwe wären und einen Sohn hätten, der nicht ganz richtig ist und ihnen die Haare vom Kopf frißt, und dann verschwindet ... Würden Sie dann nicht auch hoffen, daß ... man ihn nicht wiederfindet, he?»

«Wir werden ihn schon finden, Mrs. Foggerty», sagte Constable Harris. «Haben Sie eine Idee, warum er weggelaufen sein könnte?»

«Er hat den Kindern nichts getan», sagte sie. «Wenn Sie das vielleicht damit meinen.»

«Das habe ich nicht unterstellt», sagte er.

Sie richtete sich auf. «Aber ich könnt Ihnen schon einen Tip geben.»

«Nicht nötig, Mrs. Foggerty. Würden Sie jetzt bitte ein paar Angaben machen?» Er begann zu schreiben. Aber hinter seinem amtlichen Gebaren gärte es. Warum war Willie verschwunden? Dieser Willie steckte noch in der Pubertät. Er konnte sowohl ermordetes Opfer als auch flüchtiger Mörder sein. Und was war das, was Mrs. Foggerty da von einem Tip geredet hatte? Den wollte er schon aufgreifen, sobald er die Zeit für gekommen hielt. Aber so oder so mußte Willie gefunden werden – um des Gesetzes und der Ordnung willen, um Willies und nicht zuletzt um der Karriere von Constable Harris willen.

Zwei Tage versorgte Gaylord seinen Freund Willie nun schon mit Essen, jedoch nicht mit Proviant, da er immer noch nicht wußte, worum es sich dabei handelte. Aber Willie schien auch so ganz gut zurechtzukommen. Allmählich wurde Gaylord diese Aufgabe etwas viel. Wenn er sich nur mit Mummi hätte abplagen müssen, wäre es schon schwierig genug gewesen. Aber da Emma ständig an den unerwartetsten Stellen auftauchte, war es wahrhaft nervenaufreibend.

Er hatte Willie auf dem Heuboden untergebracht. Seit Opa die Farm verpachtet hatte, stieg niemand mehr hinauf. Außerdem war es da oben warm, trocken und gemütlich.

«Und du kannst herunterschleichen auf das Klo im Hof», hatte Gaylord ihm erklärt. «Aber paß bloß auf, daß dich keiner dabei sieht.»

Jocelyn versuchte angestrengt, durch Wellen des Schlafs ins Bewußtsein aufzutauchen. «Ich möchte bloß wissen, ob es bei uns spukt», murmelte er.

Im Gegensatz zu ihrem Mann war May sofort hellwach, sobald sie die Augen aufschlug. «Wie kommst du darauf?» fragte sie munter.

«Ach, ich war wohl doch noch im Halbschlaf. Aber ...» Er gähnte müde. «... ich könnte schwören, daß jemand unten im Hof an der Klokette gezogen hat.»

May lachte. «Liebling, ich habe immer geglaubt, Gespenster würden mit Ketten rasseln. Daß sie an Ketten ziehen, habe ich noch nie gehört.» Sie fand ihre Antwort für drei Uhr nachts äußerst schlagfertig. Doch zu ihrem Kummer war Jocelyn schon wieder eingeschlafen. Das nennt man Perlen vor schlafende Säue werfen, dachte sie ärgerlich. Sie wollte es sich für morgen früh aufheben.

Als sie sich am anderen Morgen anzogen, sagte sie daher: «Erinnerst du dich, daß du heute nacht aufgewacht bist und gesagt hast, hier spuke es?»

«Hab ich das?» sagte er. «Du lieber Gott. Da muß ich ja wohl geträumt haben.»

«Nein, du hast geschworen, draußen auf der Toilette im Hof hätte jemand an der Kette gezogen.» Sie überlegte gerade, wie sie am besten ihren kleinen Witz anbringen könne, da sagte Jocelyn: «Aber Gespenster ziehen doch nicht an Ketten», und schien nachzudenken. Dann breitete sich über sein langes melancholisches Gesicht Entzücken aus und er rief: «Sie rasseln nur damit.»

Es gehörte einiges dazu, Jocelyn vor zehn Uhr morgens zum Lachen zu bringen. Doch jetzt lachte er. Als er das Gesicht seiner Frau sah, kam er wieder zu sich. «Also ich fand das komisch», stammelte er.

«Ich auch, als ich es nämlich heute morgen um drei Uhr sagte.»

Er war starr vor Staunen. «Soll das heißen, daß du denselben Witz gemacht hast?»

Sie nickte. «Ich glaube, ich habe ihn nur besser formuliert.»

Es verschlug ihm die Sprache. Kein Berufshumorist hat es gern, wenn ihm andere zuvorkommen.

Die Mahlzeiten waren die reine Hölle. Gaylord begriff langsam, vor welchem Problem ein Amselvater mit einem Nest voller Jungen stand. Dabei mußte ein Amselvater sich das Futter nicht einmal unter Mummis Augen zusammenklauben. Und hatte keine Kusine am Hals. Obendrein brauchte er nicht wählerisch sein und konnte seinen Jungen vorsetzen, was er wollte. Gaylord beneidete den Amselvater geradezu. Hätte er Willie Würmer und Käfer vorsetzen können, wäre das Leben erheblich einfacher gewesen.

Die erste in einer Reihe von Krisen brach am Sonntag nachmittag über ihn herein. «Tante May», flötete Emma.

«Ja, Kind?»

«Gaylord hat sich gerade ein Schokoladen-Eclair in die Hosentasche gesteckt.»

May schenkte gerade den Tee ein. Sie stellte die Kanne wieder auf den Untersatz. «Was ... hat er gemacht?»

«Ein Schokoladen-Eclair in die Tasche gesteckt», wiederholte das widerwärtige Kind.

May sah ihren Sohn entgeistert an. Er war das leibhaftige schlechte Gewissen. «Was fällt dir ein!» sagte sie.

Er ließ den Kopf hängen. «Ich krieg immer so einen Hunger in der Kirche», sagte er.

May griff in die Hosentasche ihres Sohnes und mußte feststellen, daß Emma nur die Hälfte verraten hatte. Die Schokoladencreme bildete mit einer Tomate und einer überreifen Pflaume eine einzige Masse.

«Also, Gaylord», sagte May, «manchmal frage ich mich, ob du wirklich noch bei Verstand bist.»

«Ja, Mummi», sagte Gaylord kläglich. Er wußte aus Erfahrung, daß es jetzt nur eine Möglichkeit gab: mit dem Wind zu segeln.

«Entschuldige bitte vielmals, Mummi», flüsterte er zerknirscht. «Man sollte nicht meinen, daß ein Eclair so einen Matsch machen kann, nicht wahr?»

«Die Tomate und die Pflaume haben schließlich auch noch ihr Teil beigetragen», sagte Mummi. «Los, marsch ab ins Badezimmer.»

Doch als sie oben allein waren, sagte sie plötzlich: «Was sollte das denn geben? Ein Picknick um Mitternacht?»

Er blickte auf und sah zu seiner Verblüffung, daß Mummi lächelte. Das nahm ihm den Wind vollends aus den Segeln. Mummi zu überlisten wurde sehr schwierig, wenn sie sich plötzlich auf seine Seite schlug. «So was Ähnliches», sagte er mürrisch.

«Ich müßte dir sehr böse sein. Und ich *bin* es auch», sagte sie, während sie die Säuberungsaktion begann. «Aber Emma sollte nicht petzen. Das hast du nun doch nicht verdient, daß Emma *und* ich dir im Nacken sitzen.»

«Nein, Mummi», sagte Gaylord, der ihr zwar nicht ganz folgen konnte, aber doch dunkel ahnte, daß er nicht aufs Sünderbänkchen geschickt wurde.

Die nächste Krise war beunruhigender. Gaylord kam von Shepherd's Warning zurück, als er plötzlich auf einem sich nähernden Fahrrad Constable Harris erkannte. Gleich darauf trat der Constable in die Bremse und stieg ab, als sei Gaylord sein ältester und bester Freund.

«Hallo, junger Mann», rief er.

«Hallo», sagte Gaylord wenig begeistert. Der Polizei traute er nicht über den Weg. Außerdem schätzte er es nicht, wenn man ihn «junger Mann» nannte.

«Wohl in Shepherd's Warning gewesen, wie?»

«Nein.» Gaylord widersprach aus Prinzip.

Der Constable stutzte. Wenn dieser zigarrenrauchende Dreikäsehoch ihn hereinlegen wollte, konnte er etwas von Jack Harris erleben. Aber soweit waren wir noch nicht. Er behielt den leutseligen, freundlichen Ton bei. «In letzter Zeit mal deinen Freund Willie gesehen?» fragte er.

«Meinen Sie Willie Foggerty?»

«Ja, den meine ich.»

Gaylord blickte Constable Harris sehr erstaunt an. «Natürlich nicht. Er ist doch verschwunden. Wußten Sie das nicht?»

Auf diese Gegenfrage war Constable Harris nicht gefaßt gewesen. «Ich dachte, du wüßtest vielleicht, wo er steckt», meinte er.

«Aber wenn einer verschwunden ist und jemand weiß, wo er ist, dann ist er doch nicht mehr verschwunden, oder?» sagte Gaylord.

«Hm», sagte Constable Harris.

«Emma ist sicher, daß sie ihn ermordet haben», sagte Gaylord.

«So?» sagte Constable Harris und machte Anstalten, wieder aufs Rad zu steigen. Dann sagte er fast bittend: «Falls du deinen Freund irgendwo sehen solltest, würdest du mir dann so schnell wie möglich Bescheid geben?»

«Klar», sagte Gaylord. Der Constable radelte davon. Gaylord sah ihm beklommen nach. Er hatte erhebliche Zweifel, daß das Gespräch so harmlos gewesen war, wie es den Anschein hatte. Merkwürdig, er versteckte seinen Freund Willie doch vor Constable Harris. Und dieser gleiche Constable schien gar nicht zu wissen, daß Willie vermißt wurde. Sehr, sehr eigenartig. Gaylord fragte sich mißtrauisch, ob die Erwachsenen wirklich immer so ehrlich und offen waren, wie sie taten.

Die dritte Krise war niederschmetternd. Es war Samstag nachmittag. Gaylord bummelte durch den Henkerswald. Pötzlich sah er sich einer höchst befremdlichen Schranke gegenüber... einer langen Kette von Männern, die mit finsterer Miene das Unterholz mit Stöcken abklopften und langsam vorrückten. Es waren Männer aus dem Dorf, Pfadfinder und Polizisten mit Funksprechgeräten. Schlimmer noch: dazwischen waren Polizisten mit Hunden. Als sie Gaylord erblickten, blieben sie wie angewurzelt stehen. «He! Du da!» schrie jemand, dann redeten sie alle durcheinander: «Der kleine Pentecost!» – «Der kann's nicht sein.» – «Viel zu jung.»

Das menschliche Schleppnetz setzte sich wieder in Bewegung.

Gaylord war neugierig geworden. Höflich sprach er einen grauhaarigen älteren Mann an. «Suchen Sie was?» fragte er artig.

«Ja», sagte der Mann. «Willie Foggerty. Hast du ihn vielleicht irgendwo gesehen?»

Gaylord schüttelte automatisch den Kopf. Regungslos stand er da, starr vor Entsetzen, während die stumme, eifrige Suchmannschaft um ihn herumging, wie eine Flutwelle einen Stein umspült. Lange nachdem sie verschwunden waren, stand er immer noch da, mit einem leeren, kalten Gefühl im Magen, und mit weichen Knien. Denn er, Gaylord Pentecost, hatte mit seinen sieben Jahren ganz allein und ohne Hilfestellung diese Aktion ins Rollen gebracht. Wenn er nicht wäre, würden diese Männer

18

Paps ging hinaus in den Abend, um ein bißchen frische Luft zu schnappen. Da sah er seinen Sohn wie einen Indianer über den Hof schleichen.

Was drückt er denn da so verstohlen an die Brust, dachte Jocelyn erstaunt. Es sah aus wie ein volles Einkaufsnetz. Eigentlich müßte er der Sache auf den Grund gehen, dachte er.

Doch Jocelyn war der Ansicht, daß er mit den Geschöpfen seiner Phantasie schon genug Sorgen hatte, als daß er sich den Kopf auch noch mit den lebenden beschweren sollte. Dann fiel ihm ein, daß May ihm auf die Seele gebunden hatte, sich mehr um seinen Sohn zu kümmern, sich mehr dafür zu interessieren, womit er sich beschäftigte, und herauszufinden, womit er sich die Zeit vertrieb. Wahrscheinlich hatte May recht. «Gaylord», rief er.

«Tod und Hölle», sagte Gaylord. Diesen Fluch pflegte er sich für die allerverzweifelsten Situationen aufzusparen. Er richtete sich auf und verwandelte sich aus einer Rothaut in einen kleinen Jungen, der ein Netz voll Eßwaren trug. In einen kleinlauten und zugleich äußerst gewitzten kleinen Jungen. «Ja, Paps?»

«Wo willst du mit den Sachen hin?» fragte Jocelyn.

«Ich will ein Picknick machen, Paps.»

«Aber wir haben doch gerade Teezeit gehabt.»

Gaylord konnte hier keinen Zusammenhang erkennen. «Man macht doch nicht kein Picknick, weil man keinen Hunger hat», belehrte er seinen Vater.

Jocelyn bemühte sich angestrengt, diesen mit Verneinungen gespickten Satz zu verstehen. Gaylord kam ihm zu Hilfe.

«Bei Tisch muß man essen, was Mummi sagt. Beim Picknick kann man essen, was man will.»

«Geht Emma mit?»

Gaylord wehrte entschieden ab. «Nein!» Unruhig trat er von einem Bein aufs andere. «Kann ich jetzt gehen und mein Picknick machen, Paps?»

«Du mußt ihn ein bißchen ermuntern», hatte May gesagt. «Sprich mit ihm über die Dinge, die er treibt.» Nun, gerade das schien Gaylord nicht zu schätzen. Und Paps war es nur recht. «Bis später, alter Knabe», sagte Jocelyn im Bewußtsein erfüllter Vaterpflicht. «Viel Spaß beim Picknick.»

«Danke, Paps.» Für den Fall, daß Mummi oder Emma auf dem Kriegspfad sein sollten, verwandelte Gaylord sich vorsichtshalber wieder in einen Indianer. Gerissen machte er einen Umweg über die Weide, schlug einen Haken und pirschte sich von der Rückseite her an die Scheune heran. Er zwängte sich durch die schwere Tür, trat in das erdige Dunkel und kletterte die Leiter hinauf. «Ich hab dir was zu essen gebracht, Willie», sagte er.

«Gut.» Willie schaute hungrig in das Netz. Als er Mummis selbstgebackene Rosinenbrötchen sah, knurrte er: «Die harten Dinger mag ich nicht.»

Gaylord hätte es nett gefunden, wenn Willie seine treuen Freundesdienste etwas mehr gewürdigt hätte. Doch er hatte größere Sorgen als Willies mangelnde Manieren. Sollte er es Willie sagen oder ihm seine Illusionen lassen? Sein Mitleid bewog ihn, weiterhin zu schweigen. Illusionen sind herrlich, solange sie dauern.

Willie sagte selbstzufrieden: «Der Polyp hat mich noch nicht gefunden, Gaylord.»

«Nein», sagte Gaylord. Er überlegte fieberhaft, was er machen sollte, wenn er ihn doch entdeckte. Die Begegnung im Mondschein beichten, um Willie ein Alibi zu verschaffen? Oder Willie einfach im Stich lassen? Doch das war eine müßige Frage, und die Antwort erfüllte ihn mit düsteren Vorahnungen. In den sieben Jahren seines Lebens hatten noch niemals so viele Probleme auf seiner Seele gelastet.

Die nächste und heikelste Frage war, ob Paps Mummi von seinem Picknick erzählen würde. Wenn ja, würde Mummi sich dann einen Vers darauf machen?

Nun, Paps hatte vor, morgen früh zu seinem Verleger nach London zu fahren. Wenn er erst einmal aus dem Hause war, war Gaylord sicher. Über einer Fahrt nach London würde Paps alle Nebensächlichkeiten vergessen, die vorher geschehen waren. Doch bis dahin war es noch eine lange Zeit.

Am nächsten Morgen verlief das Frühstück normal, jedenfalls so normal, wie es möglich war, wenn Paps einen Zug kriegen mußte. (Paps hielt nichts davon, mit dem Wagen in die Metropole zu reisen, seit er einmal in den brausenden Londoner Verkehr geraten und sich vorgekommen war wie eine Spinne, die auf das Abflußloch der Badewanne zugespült wird.)

Wenn Paps einen bestimmten Zug erwischen mußte, wurde er zum flatternden Nervenbündel.

«Herrgott noch mal!» fauchte Opa, als Jocelyn zum fünftenmal auf die Uhr sah. «Es ist doch bloß der Neun-Uhr-fünfundzwanzig von Shepherd's Warning, kein Countdown in Cap Kennedy.»

Paps hörte nichts. «Ich muß weg», rief er, warf die Serviette auf den Tisch, sprang auf und stürzte zu Gaylords größter Erleichterung aus dem Zimmer.

Mummi eilte hinter ihm her. «Komm und gib deinem Vater einen Kuß zum Abschied», rief sie Gaylord zu. Gaylord folgte. Er fühlte sich schon so gut wie sicher. Er war überzeugt, daß Paps mit keinem Gedanken mehr an sein Picknick dachte.

«Auf Wiedersehen, Liebling», sagte Mummi.

Sie küßten sich zärtlich und wehmütig. Gewöhnlich fand Gaylord so etwas abstoßend, aber diesmal fand er es süß. Vielleicht, dachte er, war er im Grunde seines Herzens sentimental. Paps schoß zur Tür. «Jocelyn, du hast Gaylord noch keinen Kuß gegeben», rief May vorwurfsvoll.

«Ach, verflixt», sagte Paps reumütig.

Gaylord gab keinen Pfifferling auf diesen väterlichen Kuß, aber er war immer dafür, es bis zur Neige auszukosten, wenn ein

Erwachsener einmal bei einem Lapsus erwischt wurde. Prompt spielte er das arme, verlassene Waisenkind.

Paps warf einen Blick auf das todtraurige Jammergesicht, sah auf die Uhr, kam zurück und küßte seinen verlorenen Sohn. «Bis bald, alter Knabe», sagte er. Und weil er das Versäumnis wieder gutmachen wollte, setzte er noch hinzu: «War's schön beim Picknick gestern abend?»

«Picknick?» Mummi stutzte. «Was für ein Picknick?»

«Entschuldige, altes Mädchen», sagte Jocelyn. «Ich komm zu spät zum Zug.» Er verschwand. Mummi wandte sich an ihren Sohn. «Was für ein Picknick?» fragte sie erbarmungslos. Und Gaylord wußte, daß die Lunte angezündet war und munter brannte.

Dennoch – die Spielregeln mußten eingehalten werden, wie es sich gehörte. «Ich habe ein Picknick gemacht, Mummi», sagte er.

Nun, das hatte er ja auch, wenn man es recht besah, auch wenn Willie alles allein gegessen hatte.

«Woher hast du die Sachen gehabt?»

«Aus der Speisekammer, Mummi.»

«Also, Gaylord, das war sehr unrecht von dir! Wenn du mich fragst, kannst du alles bekommen. Aber ich wünsche nicht, daß du dir selbst etwas nimmst.»

Ein Hoffnungsfunke begann in Gaylords Brust zu glimmen. Wenn er Mummi bei diesem Thema halten konnte, würde sie sich vielleicht so tief hineinknien, daß sie darüber alle weiteren Fragen vergaß. Also sagte er fröhlich: «Das war wohl richtig gestohlen, was, Mummi?»

«Allerdings», sagte Mummi streng.

«Das tut mir leid, Mummi. Daran hatte ich nicht gedacht.»

Er wußte genau, was jetzt kommen würde: «Daran solltest du aber vorher denken!» Doch diesmal ließ Mummi die alte Platte nicht ablaufen. Sie schaute ihn vielmehr mit einem Blick an, der ihm höchst unbehaglich war. «Was hast du dir genommen?»

«Nur ein paar Rosinenbrötchen, Mummi, und eine Tüte voll ...»

«Rosinenbrötchen?» rief Mummi. «Ich denke, du kannst Rosinenbrötchen nicht ausstehen.» Sie musterte ihn immer noch auf eine Art, die ihm unbehaglich war. «Gaylord», sagte sie gedehnt, «was hast du ausgeheckt?»

Gekränkte Unschuld. «Ich, Mummi? Nichts, Mummi!»

Es half nichts. Nun ja, er hatte es auch nicht anders erwartet. Aber er mußte wenigstens die Spielregeln einhalten. Mummi stand vor ihm, schaute ihn an und überlegte angestrengt. Er konnte fast hören, wie ihr Gehirn arbeitete. Und plötzlich hatte es die Antwort gefunden.

Mummi wurde blaß. «Gaylord», sagte sie düster, «du... versteckst doch nicht etwa Willie?»

Gaylord war puterrot geworden. Er ließ den Kopf hängen und rieb die linke Schuhspitze am rechten Strumpf.

«So ungefähr, Mummi», flüsterte er.

«O Gott», sagte Mummi und ließ sich auf einen Stuhl fallen. Gaylord verschlug es vor Überraschung die Sprache, als sie die Arme weit ausstreckte und ihn an sich zog. «Aber Herzchen, alle Welt sucht doch nach ihm. Sie kämmen die ganze Gegend durch.»

«Ja, Mummi», sagte Gaylord.

«Und dein Vater mußte ausgerechnet nach London. Das ist typisch», sagte sie. «Damit erübrigt sich jede Frage, wer nun die Polizei anrufen muß. Übrigens, wo steckt er denn überhaupt?»

«Auf dem Heuboden, Mummi.»

«Auf *unserem* Heuboden», sagte sie und griff nach dem Telefon. «Weißt du, mein Engelchen, nach diesem Debakel bleibt uns nur noch eins. Die Emigration.»

«Was ist Emigration?»

«Aus der Heimat fliehen», sagte Mummi.

Gaylord fand, daß Mummi allzu optimistisch sei. Bis er, Gaylord, aus dem Gefängnis freikäme, würde er viel zu alt sein, um zu emigrieren. Und wiewohl er nicht *ganz* genau wußte, was das Gesetz in einem solchen Fall vorschrieb, befürchtete er stark, daß auch Mummi und Paps ins Gefängnis kamen, weil sie so ein Kind wie ihn in die Welt gesetzt hatten.

19

Constable Harris hatte es nicht leicht. Kaum hatte er wegen des jungen Foggerty Alarm geschlagen, als der Aushilfssergeant zu ihm sagte: «Passen Sie auf den Laden auf, Constable.» Von da an verschwand er bei jeder Gelegenheit und machte Außendienst. Um diese Jahreszeit gab es nichts Langweiligeres, als «auf den Laden aufzupassen». Die kleinen Gauner, die sonst den Betrieb in Gang hielten, waren anscheinend allesamt ans Meer gefahren. Es passierte aber auch gar nichts. Da klingelte das Telefon. Er nahm den Hörer ab.

«Hier spricht May Pentecost», sagte eine Stimme.

«Ja, Mrs. Pentecost?» Harris war auf der Hut.

«Ich höre, Sie suchen Willie Foggerty.»

Der Puls des Constable ging rascher. «Ja, Mrs. Pentecost?»

«Er ist auf unserem Heuboden», sagte May.

«Lebend?»

«Munter und fidel, wie ich höre.» May schluckte und gab sich einen Ruck. «Mein kleiner Sohn hat ihn in bester Absicht dort versteckt und ihn mit Essen versorgt.»

Stille. Dann: «Wollen Sie damit sagen, daß er schon längere Zeit dort sitzt?»

«Wie ich höre, schon mehrere Tage.»

Wieder Stille. Dann sagte der Constable mühsam beherrscht: «Danke, Mrs. Pentecost. Wir lassen ihn holen.»

Langsam legte er den Hörer auf. Er wußte genau, was jetzt passieren würde. Wenn man Foggerty irgendwo tot in einem Graben gefunden hätte, dann hätten seine Vorgesetzten sich gegenseitig beglückwünscht, und kein Mensch wäre auf den Gedanken gekommen, von Constable Harris zu sprechen. Doch an diesem abgrundtief lächerlichen Ausgang konnte nur ein einziger Mensch schuld sein. Constable Harris wußte, daß er erledigt war.

Auch May legte den Hörer auf. Gaylord sagte voll düsterer Ahnungen: «Da kommt Henry Bartletts Mutter die Auffahrt herauf.»

Was denn nun wieder? dachte May und ging zur Tür. Mrs. Bartlett stand auf der Treppe und rang die Hände.

«Könnte ich sie einen Moment sprechen, Mrs. Pentecost? Es geht um Henry. Ich bin ganz außer mir.»

«Aber natürlich», sagte May. «Kommen Sie herein, Mrs. Bartlett.» Sie hatte ein flaues Gefühl im Magen. So mußte den Heldinnen der griechischen Tragödie zumute gewesen sein, wenn der nächste Bote hereingestürzt kam und sein «Wehe! Wehe!» rief.

Mrs. Bartlett sagte: «Es ist wegen Henry, Mrs. Pentecost. Ich habe ein kleines, rundes Stäbchen unter seinem Kopfkissen gefunden. Er behauptet, es sei etwas, womit man sich Wünsche erfüllen könnte. Er sagt, er hätte es von Gaylord.»

Nun, vorläufig klang das ja noch ganz erträglich. Doch May wartete ab. Ihr schwante, daß das Schlimmste erst kommen sollte.

So war es. «Ich glaube, es ist Dynamit», sagte Mrs. Bartlett.

«Dynamit? Gaylord!» rief May. «Hast du Henry ein kleines, rundes Stäbchen gegeben?»

«Ich glaube schon ...» begann Gaylord.

«Hast du noch mehr davon?»

Gaylords Welt stürzte über ihm zusammen. «Kann sein, daß ich noch eins oder zwei davon in meinem Schlafzimmer habe. Soll ich sie holen gehen?» fragte er entgegenkommend.

«Um Gottes willen! Bloß nicht. Das Zeug ist hochexplosiv. Wo hast du das gefunden?»

«Im Steinbruch, Mummi. In einer alten Hütte.»

«Dann ist mir alles klar», sagte May. Sie nahm den Hörer auf. Dann legte sie ihn wieder auf die Gabel. «Hast du sonst noch jemand was davon gegeben?» Sie wollte lieber gleich das Schlimmste wissen, bevor sie die Polizei anrief.

«Ich glaube, ich habe Willie eins gegeben.»

«So, du glaubst, du hast Willie eins gegeben?» Sie hob erneut den Hörer ab. «Constable Harris? Hier noch einmal May Pentecost.»

«Ja, Mrs. Pentecost?» Diesmal klang es mehr als nur vorsichtig, es klang direkt furchtsam.

«Es geht um meinen kleinen Sohn. Allem Anschein nach hat er Dynamit in seinem Schlafzimmer.»

«Guter Gott», sagte Constable Harris.

«Und seien Sie sehr vorsichtig, wenn Sie Willie Foggerty abholen. Gaylord meint, er hätte ihm auch ein Stück gegeben.»

«Allmächtiger», sagte Constable Harris. Er wußte, daß der Sergeant und ein Constable schon unterwegs waren.

«Hat das Zeug wohl unter seinen Freunden wie Kaugummi verteilt?»

«So scheint es», sagte Mummi. «Er ist halt eine freigiebige Natur.»

«Rühren Sie nichts an, hören Sie? Ich werde die Sache den Militärbehörden übergeben.»

«Vielen Dank, Constable», sagte May gebrochen.

Da machte die aufgestaute Bitterkeit des geplagten Constable sich jäh Luft. «Wenn ich schon einmal an der Strippe hänge, können Sie mir vielleicht gleich sagen, ob Sie nicht auch noch ein paar kleinere Aufträge für die Marine und die Luftwaffe auf Lager haben. Da sie momentan keinen Krieg führen müssen, nehme ich an, sie treten sich gegenseitig vor Langeweile auf die Hacken.»

«Nein, vielen Dank, Constable», sagte May. So kleinlaut hatte Gaylord seine Mummi noch nie erlebt. Sonst war Mummi nie um eine Antwort verlegen und hatte immer noch eine Zugabe auf Lager.

Sobald es mit einigem Anstand möglich war, zog sich Gaylord vom Schauplatz zurück. Einmal, weil er sich instinktiv in einen stillen Winkel verkriechen wollte wie ein waidwundes Tier.

Außerdem wollte er Mummi die Chance geben, sich zu fassen, ehe er ihr wieder unter die Augen treten mußte. Es lag ja wohl auf der Hand, daß Mummi und er jetzt für eine ganze Weile verschiedener Meinung sein würden.

Doch eine Frage war noch offen und bedurfte der Klärung. Und da Mummi der einzige Mensch war, der ihm helfen konnte, blieb ihm nichts anderes übrig, als sie nach einer angemessenen Atempause aufzusuchen.

Sie musterte ihn kühl. «Na, was ist es diesmal?» erkundigte sie sich. «Die Posträuberbande auf dem Speicher? Oder Tellerminen hinten im Garten?»

Das war zu hoch für Gaylord. Aber da er vermutete, daß sie scherzen wollte, lächelte er bläßlich. «Was werden sie mit Willie machen?» fragte er.

Mummis Ton wurde sanfter. «Ich weiß es nicht, Liebling. Sie vermuten wohl, daß er die Kinder überfallen hat. Wenn das stimmt, wird ihm der Prozeß gemacht.»

«Ist Prozeß machen schlimm?»

«Das heißt, daß man vor den Richter kommt, und der entscheidet, ob man es war oder nicht.»

Gaylords Herz wurde schwer. Er konnte sich nicht vorstellen, daß Willie es gern sehen würde, vor einen Richter gebracht zu werden. «Und was machen sie mit ihm, wenn sie meinen, daß er es war? Stecken sie ihn dann ins Gefängnis?»

«Das glaube ich nicht, Liebling. Willie wohl kaum. Sie werden ihn wohl eher in eine Art Krankenhaus schicken.»

Gaylord schluckte. «Er war es nicht, Mummi», sagte er.

May war gerührt. «Liebling, das ist wirklich süß von dir. Aber wissen kannst du das nicht, oder? Nur weil er dein Freund ist...»

Das war der Augenblick der Wahrheit. Gaylord sagte tapfer: «Beim letztenmal, da kann er es unmöglich gewesen sein, Mummi. Weil ich nämlich in der Alten Halle mit ihm gesprochen habe, während es passiert ist.»

«Unsinn, Kind», sagte May scharf. «Das war nachts um halb zwölf. Da hast du im Bett gelegen.»

«Nein, Mummi, hab ich nicht. Ich bin aufgestanden und zu Willie gegangen und hab ihn vor der Polizei gewarnt.»

Er senkte den Kopf. Die Lehrerin hatte ihnen von einem gewissen Herrn namens Jupiter erzählt, der Blitze schleuderte. Er wußte nicht, ob auch Damen Blitze schleuderten, doch falls sie es konnten, war zu vermuten, daß Mummi jetzt einen Blitz auf ihn schleudern würde.

Aber Mummi brachte es doch immer wieder fertig, ihn zu überraschen. Sie sagte leise: «Wenn dein Willie doch nur ein bißchen mehr Grips hätte, damit er zu schätzen wüßte, was für einen treuen Freund er hat. Aber so scheint es ja doch verschwendet.»

Gaylord begriff das nicht ganz. Doch Hauptsache – keine Blitze. «Er war es nicht, Mummi», beteuerte er noch einmal.

«Das mag sein. Trotzdem war es sehr unartig und sehr töricht von dir, und auch sehr, sehr ungehorsam. Wie oft habe ich dir schon verboten, mit Willie zu sprechen.»

«Ich weiß nicht, Mummi.»

«Und du weißt auch, daß du nicht in die Nähe der Alten Halle gehen sollst. Es ist furchtbar gefährlich.»

«Ja, Mummi.»

May sah ihn kopfschüttelnd an. «Es ist ein Kreuz mit dir», sagte sie. «Du tust immer die falschen Sachen aus den edelsten Motiven.»

«Ist das gut?» fragte Gaylord hoffnungsvoll.

«Wahrscheinlich ist es besser, als wenn man die richtigen Dinge aus schlechten Motiven macht. So, und jetzt laß mich allein», sagte sie. «Jetzt kommt der dritte Durchgang mit Constable Harris.»

Das Telefon schrillte. «Das kann sie nicht sein», sagte Constable Harris. «Nicht schon wieder.» Er nahm den Hörer ab.

Er hatte sich geirrt. Sie konnte es sehr wohl sein. Sie war es. «Es geht mich wahrscheinlich nichts an, Constable. Trotzdem möchte ich Ihnen etwas sagen: Falls man Willie Foggerty beschuldigen will, so hat er ein Alibi.»

Constable Harris war nicht entzückt. Er hatte sich inzwischen dafür entschieden, daß es Willie sein mußte. Schon die Tatsache, daß er sich versteckt hatte, war belastend genug. Er sagte eisig: «Was für ein Alibi?»

«Mein Sohn Gaylord war zur Zeit des letzten Überfalls zusammen mit ihm in der Alten Halle.»

«Ihr Sohn. Der, der ihn versteckt hat?»

«Ja.»

«Was hat er denn nachts um diese Zeit draußen getrieben? Ich hätte nicht gedacht, daß Ihre Kinder ...»

May erinnerte sich schmerzlich, daß sie sich in Gegenwart des Constable mit ziemlichem Nachdruck über verantwortungslose Eltern ausgelassen hatte, deren Kinder nachts in der Gegend herumstreiften. «Er war ohne mein Wissen aus dem Haus gegangen», sagte sie.

«Ach so.» Er sagte es in einem Ton, daß May ihn am liebsten geohrfeigt hätte. «Aber auf die Aussage Ihres Jungen allein können wir uns nicht verlassen.»

«Mein Sohn ist kein Lügner, Constable Harris.» Wenigstens das konnte sie beschwören.

«Natürlich nicht, Mrs. Pentecost. Keine Mutter hat einen Lügner zum Sohn. Aber immerhin hat er durch seine Bemühungen um Foggerty bereits die gesamte Polizei des Distrikts mobilisiert. Und dabei – wenn ich mir diese Bemerkung erlauben darf – eine Spur der Verwüstung hinterlassen.»

«Ja», sagte May kurz. «Ich habe Ihnen gemeldet, was ich weiß, Constable. Alles weitere ist Ihre Sache.» Sie legte auf. Constable Harris schien nicht viel für ihre Familie übrig zu haben. Und da sie eine objektive Person war, konnte sie ihm das nicht gut verdenken.

Die Augen des Sergeant blitzten triumphierend. «Wissen Sie, Harris, langsam glaube ich, daß ich recht hatte, Foggerty zu verdächtigen. Wissen Sie, was er bei sich hatte, als wir ihn abholten?»

«Ja, sagte Harris, «eine Stange Gelatinedynamit.»

Der Sergeant war sprachlos. «Woher wissen Sie das?»

«Der kleine Pentecost hat es ihm gegeben.»

«Wie in aller Welt kommt denn der daran?»

«Fragen Sie mich nicht.» Der Constable wehrte müde ab. «Der Bursche spielt mit Dynamit, so wie andere Kinder mit Murmeln.» Er seufzte. «Und wenn Sie glauben, Foggerty hätte die Kinder auf dem Gewissen, irren Sie sich. Er hat ein Alibi.»

«Von wem?»

«Von unserem kleinen Freund. Den wir alle so lieben. Vom kleinen Pentecost.»

«Und wenn es gelogen ist?»

«Der lügt nicht. Das hat er nicht nötig. Der ist schon verheerend genug, wenn er nur die lautere Wahrheit sagt.» Kein Zweifel, der Dolch saß tief in der Brust von Constable Harris.

20

Das Selbstbewußtsein mancher Menschen ähnelt einem Autoreifen, der permanent etwas undicht ist.

Der arme Jocelyn gehörte zu diesen Leuten, was nicht verwunderlich war. Er schuftete emsig wie ein Biber, doch einen Kommentar zu seiner Arbeit bekam er nur dann zu hören, wenn sie den grämlichen und strengen Kritikern in die Hände fiel. Seine Familie dachte nicht im Traum daran, ihm den Lorbeer des seriösen Dichters zuzuerkennen oder ihm überhaupt Achtung und Ehrerbietung zu zollen.

Und die Leute von Shepherd's Warning betrachteten ihn entweder als «den Schriftsteller», was für sie bedeutete, daß er ihnen so weit entrückt war wie der Mond, und wagten es nicht, ihn auf der Straße anzusprechen. Oder aber sie sahen in ihm einen schrulligen Außenseiter. Schließlich gab es viele Leute, die in ihrer Jugend ein bißchen schrieben. Doch das legte sich, und dann gingen sie einer richtigen Beschäftigung nach. Sie waren erwachsen geworden. In Shepherd's Warning war man der Ansicht, daß etwas nicht ganz stimmte bei einem Mann, der mit dreißig noch schrieb. Er war irgendwie zurückgeblieben.

Doch einmal im Jahr wurde Jocelyns Selbstbewußtsein bis weit über den Normaldruck hinaus aufgepumpt. Das war, wenn er nach London fuhr, um seinen Verleger zu besuchen.

In London genoß Jocelyn ein Ansehen, wie er es in Shepherd's Warning nie erreichen würde. Sein Verleger, sein Agent und ihre Angestellten behandelten ihn mit mehr Herzlichkeit und Respekt, als er daheim je zu spüren bekam. Es gab Sherry im Besprechungszimmer, Lunch im *Ivy*, Portwein im Club, ja ihm wurde sogar die größte aller denkbaren Ehren zuteil: er durfte die Direktionstoilette benutzen. Nach einem solchen Tag in London kehrte Jocelyn stets mit einem gesunden Gefühl für die eigene Bedeutung heim, vom Alkohol köstlich beschwingt, aber auch von Gewissensbissen geplagt, weil die arme alte Mummi sich den ganzen Tag mit den Kindern hatte herumschlagen müssen, während er in London in Saus und Braus gelebt hatte.

Sie stand unter der Haustür und erwartete ihn. «Liebling», rief sie. «Es war eine Ewigkeit. Hast du es schön gehabt?»

«Herrlich», sagte er. Arm in Arm gingen sie in die Halle, glücklich, nach der ungewohnten Trennung wieder beisammen zu sein. Sie waren mehr als nur Mann und Frau, mehr als nur Liebende. Sie waren zugleich die allerbesten Freunde.

Die übrigen Mitglieder der Familie lagen schon im Bett. May drückte Jocelyn in einen tiefen Ledersessel und brachte ihm einen Teller mit belegten Broten und ein Glas Bier.

«Na, dann schieß mal los», sagte sie.

Er erzählte. Es dauerte eine ganze Weile. Sie hörte ihm zu und freute sich mit ihm. Endlich sagte er: «Und während ich all das erlebt habe, hast du nur einen gewöhnlichen, langweiligen Alltag auf dem Lande verbracht. Stimmt's?»

«Nicht ganz so langweilig», sagte sie.

Er lächelte ihr über das Glas hinweg zu. «Willst du sagen, daß wirklich etwas los war?»

«Also, zunächst einmal ist die Jagd nach Willie abgeblasen.»

«Abgeblasen? Warum?»

«Weil sich herausstellte, daß er nicht wirklich verschwunden war. Gaylord hatte ihn auf unserem Heuboden versteckt.»

«O nein», stöhnte Paps.

«O ja», sagte Mummi.

«Aber ... Aber was hat die Polizei dazu gesagt?»

«Sehr wenig. Äußerst beherrscht und maßvoll.»

«Ihr Glück», sagte Jocelyn.

«Bei der Sache mit dem Dynamit waren sie nicht ganz so zurückhaltend.»

«Mit dem was?»

May sagte: «Gaylord hat Dynamit im alten Steinbruch gefunden. Und es unter seinen Freunden verteilt wie Kaugummi, um den Constable zu zitieren.»

«Dynamit?»

«So ist es, Liebling. Anscheinend hat Henry Bartlett ein paar Wochen mit Dynamit unter dem Kopfkissen geschlafen.»

Paps sagte gar nichts mehr. Er sackte in seinem Sessel zusammen und starrte Mummi entgeistert an. «Ach ja, noch was, Liebling – da war ein reizender Leutnant hier und hat das restliche Dynamit aus Gaylords Spielzeugkiste geholt.»

«Ein Leutnant?»

«Ja, mein Herz. Die Polizei hat die Militärbehörden alarmiert, und in der Zwischenzeit sind sie überall in den Straßen herumgefahren mit einem Lautsprecherwagen und haben gebrüllt: ‹Liefert das Dynamit ab.› Oder so ähnlich jedenfalls.»

«Guter Gott!» Paps hatte schon einen leicht glasigen Blick.

May lächelte ihn strahlend an. «Ich glaube, das war alles», sagte sie. «Bis auf die Sache mit dem Alibi natürlich.»

«Nur zu», sagte Jocelyn, auf schlimmstes gefaßt.

«Als das letzte Kind überfallen wurde – um halb zwölf nachts, du weißt ja –, da befand sich Willie bei den Ruinen der Alten Halle, also eine gute Meile vom Tatort entfernt. Und er hat einen Zeugen, der beeiden kann, daß er sich in der fraglichen Zeit dort mit ihm unterhalten hat.»

Sie sahen sich an. «Wer ...» begann Paps und verstummte.

«Dreimal darfst du raten», sagte Mummi.

Paps seufzte. «Ich glaube, wir werden wohl besser in den Norden von England übersiedeln», sagte er, «irgendwohin, wo uns niemand kennt.»

May sagte: «Ich habe ihm heute selbst gesagt, er tut alles aus den edelsten Motiven.»

Jocelyn saß immer noch zusammengesunken im Sessel. «Der liebe Gott mag uns vor dem Tag bewahren, an dem er aus schlechten Motiven handelt», sagte er schließlich.

Es war Zeit, zu Bett zu gehen. May erhob sich und nahm ihrem Mann das leere Glas und den Teller ab. «Aber sonst war es», sagte sie, «ein ganz ereignisloser Tag.»

21

Und die Tage blieben ereignislos. Wie riesige Heuschrecken zogen die Mähdrescher über die Felder und verschlangen die Fülle des Sommers, Äpfel hingen wie kleine goldene Sonnen zwischen den Blättern, und in den Gärten leuchteten bunte Herbstblumen. Dann kam der Tag, an dem Emma zum letztenmal am Frühstückstisch saß und ihre Cornflakes aß. Gaylord ging singend durch das Haus.

Sie brachten sie zum Bahnhof. «Wiedersehn, Gaylord», sagte Emma. «Willst du mich heiraten, wenn du groß bist?»

«Nicht besonders gern», sagte Gaylord ungalant. Das war doch der Gipfel. Er hatte geglaubt, dies sei das letzte Lebewohl. Die Vorstellung, sein ferneres Leben mit Emma verbringen zu müssen, ließ ihn schaudern. Und jetzt mußte Mummi natürlich wieder dazwischen kommen. «Aber du kommst doch zu Weihnachten, wenn du Lust hast, nicht wahr?» sagte sie. Verräterin!

Er war maßlos erleichtert, daß Emma diese Gedanken im Keime erstickte. «Nein, vielen Dank, Tante May. Ich will lieber mit Wendy und Simon spielen.»

«Wie du willst, Kind. Tu nur das, was du lieber möchtest», sagte May. Insgeheim war sie fast ebenso erleichtert wie Gaylord. Und doch hatte sie ein ungutes Gefühl. Ich habe nicht mein Bestes getan, dachte sie. Arme kleine resolute Emma. Sie hat sich bei uns nicht wohl gefühlt. Sie will nicht wieder hierher kommen. Das Kind meines eigenen Bruders, ein armes, vaterloses Geschöpf, und sie mag nicht wiederkommen.

Der Zug lief ein. Sie schoben sie in ein Abteil, und dann trug der Zug sie davon. Gaylord blies die Backen auf und machte erleichtert: «Puh!»

May fuhr ihn an: «Gaylord! Du bist ein richtig herzloser Junge.» Er blickte verstört auf. Kein Zweifel: sie betrachtete ihn mit Mißbilligung. Er kam sich vor wie ein Schuft. Was für eine maßlose Enttäuschung! Er hatte erwartet, daß er sich nach Emmas Abreise so frei wie ein König fühlen würde. Und nun hatte seine unberechenbare Mummi wieder einmal erreicht, daß er sich schuftig vorkam.

Jenny heulte auf dem ganzen Heimweg und machte es damit nur noch schlimmer. «Die arme kleine Emma», schluchzte sie. «Jetzt ist sie mutterseelenallein.»

«Das ist sie nicht», widersprach May. «Clarissa mag sie furchtbar gern. Und außerdem, sobald es deiner Mutter besser geht ...» Hätte ich doch den Mund gehalten, dachte sie. Nun hingen die unausgesprochenen Worte noch deutlicher in der Luft. Sie hätte sagen müssen: ‹Wir alle mögen sie furchtbar gern.› Aber sie brachte es nicht über die Lippen.

Während die Tage verstrichen, wurde Jenny immer stiller und trauriger, und ihre großen grünen Augen ruhten immer liebevoller auf Jocelyn.

Tagsüber verbreitete die Sonne eine wohlige Wärme; nachts leuchtete ein großer, gelber, herbstlicher Vollmond am Himmel. Dann kam der Tag, an dem Jenny die Koffer packte. Am anderen Morgen sollten David und sie nach Indien fliegen.

Morgen um diese Zeit sind sie weg, dachte May. Dann brauche ich mir keine Sorgen mehr darum zu machen, ob das dumme Gör meinem Mann nachstellt und was David auf seinen Mondscheinspaziergängen treibt. Aber mir bleibt die Sorge um Gaylord, der dann allein ist. Vorausgesetzt, das Damoklesschwert hängt immer noch über uns. Ja, die beiden sind dann fort. Arme Kinder. Auf das eine war ich eifersüchtig, mißtrauisch gegen das zweite, und für das dritte habe ich nur mit Mühe ein bißchen Sympathie aufbringen können. Dabei hätte doch das Mitleid, das mich überwältigte, als ich sie zum erstenmal sah, bei weitem ausreichen müssen, alle anderen Empfindungen zu ersticken.

Jocelyn dachte: Morgen wird es wieder still sein im Haus.

Ach ja, und May wird froh sein. Sie ist wohl doch noch überzeugt, daß David der Bösewicht war.

Und ich? Was ist mit mir, dachte er. Werde ich froh sein? Nein, eigentlich nicht. Er mußte sich eingestehen, daß er Jennys Anwesenheit herrlich erregend gefunden hatte. Nicht etwa, daß es jemals mehr zwischen ihnen hätte geben können als diesen einen albernen Kuß. Aber vielleicht war gerade das der Grund, warum ein Mann seines Temperaments die Situation so angenehm fand. Hätte die Gefahr bestanden, daß sich mehr daraus entwickelte – die blanke Angst hätte ihn gepackt... Aber was sollte das alles, er mußte arbeiten! Er konnte seine Zeit nicht mit sentimentalen Gedanken vertun, nur weil die Herbstzeitlosen welkten. Er hatte doch wohl genug Maienblüten gepflückt. Septemberblumen waren nichts für ihn.

Er zog ein neues Blatt Schreibmaschinenpapier aus dem Kasten und entdeckte darunter ein zusammengefaltetes Briefchen. «Ich kann mich unmöglich vor den anderen von dir verabschieden. Ich bin heute nachmittag unten am Fluß. Könntest du nicht kommen – nur für fünf Minuten?»

Was machte man da? Am vernünftigsten wäre es wohl, May den Zettel zu zeigen, ihn dann zu zerreißen und überhaupt nicht zu reagieren. Aber... «Könntest du nicht kommen – nur für fünf Minuten?» Nein, es wäre unfair, diesen Zettel einer anderen Frau zu zeigen. Selbst wenn es May war. Verflixt und zugenäht. Das war seine Sache, und er würde es schon recht machen. Er würde zum Fluß gehen und väterlich, mild und gütig zu ihr sein und sehr, sehr standhaft bleiben...

Sie saß am Ufer im sonnengefleckten Schatten einer Weide und blickte unverwandt auf den Pfad, der durch die Wiesen führte. Als sie ihn kommen sah, erhob sie sich halb, um ihm entgegenzulaufen, doch er winkte ab. Es war nicht unbedingt nötig, daß alle Welt ihr Rendezvous bemerkte.

Er kam näher, blieb vor ihr stehen und betrachtete sie gedankenvoll. Sie lächelte dankbar zu ihm auf und klopfte leicht mit der Hand auf den Platz an ihrer Seite. Sehr zögernd nur setzte er sich neben sie. Er steckte die Hände in die Taschen und fühlte das glatte, runde Holz seiner Pfeife und das weiche Leder des Tabakbeutels. Umständlich zog er beides aus den Taschen, stopfte seine Pfeife und zündete sie an. Jetzt fühlte er sich schon sicherer.

Behaglich paffte er vor sich hin. Oder versuchte es vielmehr. Aber irgend etwas saß im Stiel fest. Die Pfeife blubberte wie ein Suppentopf und schmeckte wie Schierling. Die Pfeifenreiniger lagen in seiner Schreibtischschublade. Er suchte einen langen Grashalm, riß ihn aus und stocherte damit mühsam und vergebens im Mundstück herum. Das dürfte romantische Regungen abtöten, dachte er. Doch Jenny sah ihn mit schwärmerischen Blikken an und hauchte: «Ich sehe dir gern zu, wenn du deine Pfeife rauchst. Dann wirkst du so zufrieden.»

«Jenny», sagte er, «du bist wirklich närrisch. Kind, du bist noch so jung und hast ein ganzes Leben vor dir. Dir einzureden, einen verheirateten Mann zu lieben, das ist wirklich das Schlimmste, was du machen kannst.»

Sie schlang die Arme um die Knie und blickte über den Fluß hinweg. Sie schüttelte den Kopf. «Ich bilde es mir nicht ein», sagte sie.

«Natürlich tust du das», sagte er rauh. «Einen jungen Griechengott solltest du lieben. So wie du aussiehst, brauchst du doch nur zu wählen. Und dann schau mich an. Ich bin spindeldürr und werde langsam alt, hübsch war ich nie, ich habe zwei Kinder und... und bin nur an meiner Frau interessiert», setzte er tugendhaft hinzu.

«Ich liebe dich nun einmal», sagte sie. «Da kann man nichts machen.» Sie schaute immer noch über den Fluß. Dann kamen ihr plötzlich die Tränen, überraschender als ein Schauer im April. «O Gott», sagte Jocelyn. Alle Vorsicht war vergessen. Er legte den rechten Arm um sie. Mit der linken Hand drückte er ihren Kopf gegen den rauhen Tweed seiner Jacke. «War dein Vater ein bißchen wie ich?» fragte er sanft.

Sie schüttelte den Kopf. Ihre Hand umklammerte sein knochiges Knie.

«Ich denke, er war es doch – in gewisser Weise», sagte Jocelyn. Dann schwieg er und ließ sie weinen. Er hätte fast selbst geweint. Der Kummer dieser Welt. Die Tränen dieser Welt – nicht nur die Tränen über einen echten Verlust wie den ihres Vaters, sondern auch die Tränen über einen eingebildeten Schmerz wie ihre Liebe zu ihm. Der Kummer dieser Welt war wie ein großer Berg. Und dieser Berg warf einen Schatten aus Angst und Jammer und Einbildung, der tausendmal größer war als der Berg selbst. Jocelyn ließ sie weinen und wünschte sich, er dürfte es auch, um noch einmal zu erleben, wie die Tränen den Schmerz und den Kummer der Welt hinwegspülten.

Endlich versiegten ihre Tränen von selbst. Doch noch klammerte sie sich an ihn, das Gesicht in den Falten seiner Jacke verborgen. Er zog ein Taschentuch heraus und hielt es ihr hin. Sie nahm es und trocknete sich die Augen, den Kopf tief gesenkt.

Nach einer Weile sagte er: «Hast du schon mal den *‹Mikado›* gesehen, oder *‹The Yeomen of the Guard›* oder *‹Iolanthe›*?»

Die Frage überraschte sie so, daß sie aufblickte. Dann ließ sie den Kopf wieder hängen. Unwillig sagte sie: «Ich weiß nicht, was das damit zu tun hat.»

«Oh, sehr viel. Hast du jemals in Schottland bei Sonnenuntergang an einem See gestanden? Bist du schon einmal auf einer kleinen Insel gelandet und hattest einen ganzen langen Ferienmonat vor dir? Hast du je eine Sommernacht durchtanzt bis in den frühen Morgen? Hast du *‹Hamlet›* gesehen? Den *‹Kirschgarten›*? Oder *‹Gespenster›*?»

Wieder schaute sie ihn an, als habe er den Verstand verloren. «Nein», sagte sie. «Nichts von alldem.»

Er lachte. Er gab ihr sogar einen freundlichen Klaps auf die Nasenspitze. «Lauter Premieren», sagte er. «Eine nach der anderen – wie eine Lichterkette. Das alles wartet auf dich.»

«Ohne dich wird mir das alles nichts bedeuten», sagte sie traurig.

«Unsinn», sagte er. «Glaub mir, Jenny, ich würde alles dafür geben, wenn ich das noch einmal vor mir hätte. Ich würde nicht hier hocken und weinen. Ich würde vor Freude tanzen.»

Gott verzeih mir diese abscheuliche Lüge, dachte er. Nicht um alles in der Welt würde er den behaglichen Komfort seiner frühen Reifejahre gegen die nervenzerreißenden, welterschütternden Seelenkrisen der Jugend eintauschen. Seinetwegen konnte das süß-duftende Buch der Jugend geschlossen bleiben. Jugend war ein schmerzlich-quälender Zustand. Der einzige Trost war, daß man sie eines Tages hinter sich hatte.

Und doch hatte er jedes Wort ehrlich gemeint. Opa, der wie alle rechtschaffenen Engländer der Ansicht war, daß die Savoy Operas den gleichen göttlichen Stempel trugen wie die Zehn Gebote, hatte seinem Sohn kleine Kostproben davon schon als Kind verabfolgt. Diese alten Grammophonplatten gehörten genauso zu Jocelyns Kindheit wie ‹*The Magnet*› und ‹*Hymns, Ancient and Modern*›. Doch erst mit siebzehn Jahren hatte er eine dieser Opern auf der Bühne gesehen, und da waren all die alten bekannten Arien und Lieder plötzlich in nie geahnter Farbenpracht und Fülle lebendig geworden. Als er aus dem Theater kam, war er wie berauscht von der Musik, dem Tanz, dem heiter-ernsten Spiel gewesen.

Er dachte an seinen ersten ‹*Hamlet*›, den ersten Tschechow. Ach ja, das Leben war manchmal mühsam, irritierend, schmerzlich. Aber bei Gott, es hatte auch seine guten Seiten. Dazu gehörte sogar, an einem Fluß zu sitzen und – wenn auch mit noch so armseligen Worten – zu versuchen, einem Menschen, der schwächer war als man selbst, ein wenig von der Stärke, dem Mut, der zagen Hoffnung weiterzugeben, die die Jahre einen gelehrt hatten. Er beugte sich hinunter und küßte sie leicht auf die Stirn. «Besser?» fragte er mit seinem scheuen Lächeln.

«Nein», sagte sie. «Ich merke nur noch deutlicher, wie nett du bist.»

«Nette Männer gibt's massenhaft. Und die meisten sind jünger und stärker und hübscher als ich.»

Sie klammerte sich noch immer an ihn. «Du kannst mir nicht helfen», sagte sie. «Mir kann niemand helfen.» Dann ließ sie ihn endlich los. Beinahe schroff stieß sie ihn von sich und stand auf. «Aber das ist meine Sorge, nicht deine, und ich bin jetzt bereit, sie auf meinen eigenen Schultern zu tragen.» Sie sah ihn beinahe trotzig an.

«Braves Mädchen», sagte er. Auch er war aufgestanden. Sie gingen zusammen zum Haus zurück. Er streckte die Hand aus und ergriff die ihre. Sie ließ sie in seiner Hand liegen, ohne den Druck zu erwidern, ohne irgendeine Reaktion zu zeigen. «Wann geht dein Zug?» fragte er, und sie antwortete: «Elf Uhr fünfzehn», und dann förmlich: «Es war furchtbar lieb von dir und Tante May, daß ihr uns so lange bei euch aufgenommen habt.»

«Ich bitte dich», sagte er. «Es war eine große Freude für uns.»

«Nein», widersprach sie. «Das stimmt nicht, Onkel Jocelyn. Wir haben nicht recht hierher gepaßt, nicht wahr?»

«Wenn es so wäre, könntet ihr nichts dafür. Ich fürchte, wir sind eine schrecklich schwierige Familie, in der man sich nicht leicht einleben kann.»

«Das liegt daran, daß ihr alle solche Individualisten seid», sagte sie.

«Ach, das will ich nicht sagen. Wir sind nur alle... Hallo, Liebling.»

«Hallo», sagte May. Sie war es nicht gewohnt, ihren Mann Hand in Hand mit einem jungen Mädchen zu überraschen. «Spazieren gewesen? Ich dachte, du sitzt in deinem Zimmer und arbeitest.»

Jocelyn spürte die leichte Schärfe in ihrem Ton. Er runzelte die Stirn und sah May warnend an. «Wir haben über die Zukunft gesprochen», sagte er. «Über Jennys schöne neue Welt. Sie wird ihre Toten begraben.»

Ein prüfender Blick. «Bist du einer von den Toten?»

«Ja», antwortete er ruhig. Jennys Hand zuckte in seiner. Da erst ließ er sie los. Unvermittelt sagte May: «Jenny, du bist furchtbar nett, und ich weiß, ich bin manchmal ekelhaft zu dir gewesen. Es ist eigentlich ein Jammer.»

Jenny sagte: «Schon gut, Tante May. Aber du hättest es nicht nötig gehabt. Wirklich nicht. Du hast doch die ganze Zeit alle Trumpfkarten in der Hand gehabt, nicht wahr?»

«Nicht alle», sagte May. «Es gibt keinen Mann auf dieser Erde – nicht mal Jocelyn –, bei dem man sich darauf verlassen könnte, daß er bei einem so hübschen Mädchen wie dir nicht Dummheiten begeht.» Sie lächelte. Und dann schauderte ihr. Die Sonne war untergegangen, vom Fluß wehte eine kühle Brise herüber, und wie ein in ein Leichentuch gehülltes Gespenst tauchte der Mond aus dem Dunst am Horizont auf.

22

Jemand rief Gaylords Namen. Eine flüsternde, lockende Stimme. «Gaylord. Bist du wach, Gaylord?»

Ja, er war wach. Aber er wollte es nicht zugeben, bevor er nicht wußte, wer sich danach erkundigte. Manchmal war es erheblich besser, zu schlafen. Vorsichtig machte er ein Auge einen winzigen Spalt weit auf.

Es war stockdunkel, er sah nichts. «Gaylord, bist du wach?» Wieder diese flüsternde Stimme.

Gaylord lief es kalt über den Rücken. Diese körperlose Stimme in seinem Zimmer war ihm unheimlich. Besonders da er die Stimme nicht erkannte. Mummi gehörte sie nicht. Paps auch nicht. Es konnte also nur ein Gespenst sein. Er zog die Decke bis ans Kinn und hauchte: «Wer ist da?»

Und die Stimme sagte: «Ich bin's, David.»

Das beruhigte Gaylord keineswegs. Ihre letzte Begegnung war recht unerfreulich verlaufen, seitdem hatte ihn David keines Blikkes gewürdigt. Nein, dann doch lieber ein Gespenst!

Gespenster drohten wenigstens nicht damit, einen in den Bauch zu treten. Dennoch hielt er es für klüger, höflich zu sein. «Hallo, David», sagte er gepreßt.

David sagte: «Weißt du, warum ich gekommen bin? Ich wollte mich entschuldigen.»

Gaylord blieb fast das Herz stehen, als plötzlich ein gräßlich illuminiertes Gesicht vor ihm auftauchte und über ihm in der Dunkelheit schwebte. Es gelang ihm jedoch, seine Stimme fest und gelassen klingen zu lassen. «Ich weiß, wie du das machst», sagte er. «Du hältst dir eine Taschenlampe unters Kinn.»

Davids Gesicht verschwand. «Ich wollte dir keine Angst einjagen, Gaylord», sagte er schmeichelnd. Gaylord spürte, wie sein Bett heruntersackte, als David sich auf die Kante setzte.

«Draußen scheint ein herrlicher Mond», sagte David.

«Ja?» Er hatte sich zwar von seinem Schrecken erholt, wußte aber immer noch nicht, was dieser Besuch bezwecken sollte. Für ein kleines Plauderstündchen war das wohl kaum die rechte Zeit. Und wenn Mummi jetzt hereinkäme, würde sie ihm wieder die Schuld in die Schuhe schieben. In diesem Haus waren die Gäste immer schuldlos, was Gaylord für eine himmelschreiende Ungerechtigkeit hielt, da er selbst nie in die glückliche Lage kam, Gast zu sein.

«Ich dachte, du hättest vielleicht Lust, mit herauszukommen zu einem Picknick im Mondschein», sagte David.

Ein Picknick im Mondschein! Ein großer Junge wie David, fast schon ein Mann, ließ sich herab, Gaylord zu einem Picknick im Mondschein einzuladen. Er hätte vor Behagen schnurren mögen, obwohl sich gleichzeitig eine innere Stimme meldete und ihn eindringlich warnte. Er schlug die Warnung nicht ganz und gar in den Wind. «Könnten wir es nicht hier drin machen?» fragte er.

«Was? In deinem Schlafzimmer?» sagte David verächtlich.

Gaylord wollte, er hätte das nicht gesagt. «Ich dachte ja bloß, es wäre gemütlicher», entschuldigte er sich.

«In einem dunklen Schlafzimmer kannst du doch kein Mondscheinpicknick veranstalten.»

«Wir könnten die Vorhänge aufziehen», meinte Gaylord.

David sagte sanft: «Schon gut, Gaylord. Wenn du Angst hast, vergiß das Ganze.»

«Ich habe keine Angst», protestierte Gaylord. «Ich dachte bloß . . .»

«Aber ich nehme es dir doch gar nicht übel», sagte David. «Der Mondschein ist ja wirklich etwas unheimlich. Laß nur. Vergiß, was ich gesagt habe.»

Sein Tonfall war eine delikate Mischung aus Nachsicht, Gereiztheit und Verachtung, Gaylord war den Tränen nahe.

«Bitte, David, nimm mich mit. Laß uns zum Fluß gehen.»

David wehrte ab. «Nein. Ich habe keine Lust mehr. Ich wollte eigentlich zur Alten Halle. Aber wahrscheinlich darfst du dort sowieso nicht hin.»

«Einmal ist keinmal», sagte Gaylord.

Plötzlich knipste David die Taschenlampe an und leuchtete Gaylord voll ins Gesicht. Geblendet verbarg Gaylord das Gesicht im Kissen. «Hast du auch bestimmt keine Angst?» sagte David.

«'türlich nicht», sagte Gaylord. «Ich glaube, ich habe vor überhaupt nichts Angst», fügte er zuversichtlich hinzu.

«Gut. Dann zieh dich an. Ich hole in der Zeit was zu essen. Am besten gehen wir getrennt los und treffen uns draußen. Kannst du eine Eule nachmachen?»

«Klar», sagte Gaylord nicht ganz wahrheitsgemäß. Er brachte bestenfalls ein Geräusch zustande, das sich anhörte, als ob Gaylord eine Eule nachmachen wollte. Aber ihm genügte es.

«Ich mach tuhwit-tuhu, wenn ich draußen bin», sagte er. «Dann weißt du, wo du mich finden kannst.»

«Gut», sagte David. Er wußte so gut wie Gaylord, daß es weit bequemer und sicherer gewesen wäre, sich schlicht vor der Haustür zu verabreden. Aber es galt schließlich, geheiligte Knabenrituale zu achten.

David schlich leise hinaus. Gaylord zog sich an. Die innere Stimme mahnte ihn noch immer, doch er ignorierte sie. Nicht etwa, weil es ihm etwas ausgemacht hätte, von David ein Feigling genannt zu werden, sondern nur, weil er sich beweisen wollte, daß er keine Angst hatte. Fünf Minuten später waren sie auf dem weißen Weg, der zur Alten Halle führte.

Der Mond ging mit ihnen, strich über die Zweige der Bäume und schwamm still auf dem Himmelsmeer. Auf dem ganzen Weg suchten Davids Augen unablässig die mondgetränkte Landschaft ab. «Die Griechen haben geglaubt, der Mond habe sich in einen sterblichen Jüngling verliebt», sagte David.

Gaylord grübelte lange darüber nach. Er fand, das klang ziemlich närrisch, verkniff sich aber aus Höflichkeit, es laut zu sagen. Er sagte: «Paps meint, bis ich groß bin, werden sie auf den

Mond fliegen. Er sagt, dann kann man Tagesausflüge dahin machen.»

David wurde ärgerlich. «Darüber macht man keine Witze.»

Gaylord schwieg. Er zweifelte mehr und mehr, ob es weise gewesen war, sich auf diesen Ausflug einzulassen. David war kein unterhaltsamer Begleiter, dachte er. So launisch. Sehnsüchtig dachte er an sein warmes, gemütliches, sicheres Bett. Dann kam die Alte Halle in Sicht.

«Ich denke, wir picknicken auf der Terrasse», schlug David vor. Sie setzten sich auf eine Steinbank. Die steinernen Damen und Herren starrten sie an. Gaylord mochte das nicht. Hinter ihnen ragte die in Mondschein getauchte große Halle auf, mit schwarzen Fenstern wie leere Augenhöhlen. David machte seinen Beutel auf und packte aus: ein paar harte Rosinenbrötchen, eine Dose Ölsardinen und eine Flasche abgestandene Limonade. Gaylord hatte keinen großen Hunger. Aber es war doch nicht möglich, ein Picknick im Mondschein nicht zu genießen. Pflichtschuldig fing er an zu essen, ein Rosinenbrötchen in der einen Hand, in der anderen eine Ölsardine. David schaute ihm nachdenklich zu. «Dir scheint es ja zu schmecken», sagte er gereizt. «Genau, wie man es manchmal in der Zeitung liest: ‹Der Verurteilte nahm noch ein herzhaftes Frühstück zu sich.›»

Das verstand Gaylord nicht. «Das ist doch kein Frühstück», sagte er. «Zum Frühstück gibt es keine Rosinenbrötchen mit Ölsardinen.»

David ließ ihn nicht aus den Augen. Und plötzlich hatte Gaylord Angst, gräßliche Angst. Alles, alles starrte ihn an, schweigend und drohend. Der Mond da droben, die steinernen Götter und Göttinnen, die große Halle mit ihren hundert blicklosen Augen. Und David. Vor allem David. Alle starrten ihn an, umringten ihn und schlossen einen Kreis um einen kleinen, sehr verängstigten Jungen in einer leeren, schlafenden Landschaft.

Augen aus Stein. Tote Augen. Nur Davids Augen waren gräßlich lebendig. Sie glitzerten im Mondschein. David sagte: «Hast du deiner Mutter erzählt, daß ich damals nachts im Dorf gewesen bin?»

«'türlich nicht», sagte Gaylord. Es sollte entrüstet klingen, doch die Worte kamen heiser und gepreßt aus seiner Kehle. Er würgte. «Ich glaube, ich gehe jetzt lieber nach Hause, David», sagte er.

«Damit du deinen Eltern erzählen kannst, daß ich im Dorf war?» sagte David und ließ die Augen nicht von Gaylord.

«Nein», sagte Gaylord, «das würde ich nie tun, David, nie. Man darf Erwachsenen nie etwas erzählen», erklärte er.

«Warum willst du denn auf einmal nach Hause?»

«Es ist schon so spät. Und ...»

David wurde mit einemmal etwas freundlicher. «Wir gehen noch nicht nach Hause. Paß auf. Bleib schön hier sitzen und trink deine Limonade. Inzwischen sehe ich mich ein bißchen in der Alten Halle um.»

Gaylord wollte nicht gern allein bleiben. An diesem Ort gab es zu viel Unheimliches – Willies Gespenster, steinerne Herren, die sich bewegten, den braunen Bären. Aber sagen konnte er es nicht. Mochte kommen, was wollte, David durfte um keinen Preis merken, daß er Angst hatte. «Okay», sagte er.

«Bin gleich wieder da.» Lautlos huschte David zum Haus. Gaylord hockte auf der Steinbank und starrte mit weit aufgerissenen Augen nach allen Seiten. Unlustig aß er eine Sardine. Und auf einmal merkte er, daß er vor den steinernen Herren und den Gespenstern und dem Bären gar nicht die größte Angst hatte. Die hatte er vor David. David ängstigte ihn zu Tode.

Er schaute zu dem alten Haus empor. Nichts rührte sich. David mußte irgendwo da drin sein. Wenn er jetzt ganz leise davonschleichen würde, ohne daß man ihn hören konnte, und dann losrannte, so rasch ihn die Beine trugen, dann könnte er vielleicht schon daheim sein, bevor David überhaupt gemerkt hatte, daß er verschwunden war. Daß er Angst gehabt hatte, würde er nie zugeben müssen. Er würde sich einfach damit herausreden, seine Eltern hätten ihm verboten, so spät nachts draußen zu sein.

Ganz leise stellte er die Limonadenflasche hin. Ohne einen Blick vom Haus zu wenden, rutschte er von der Bank und schlich auf Zehenspitzen auf die grasbewachsene Einfahrt zu. Noch immer rührte sich nichts in dem großen Gebäude. Noch ein paar Schritte. Und jetzt waren Bäume zwischen ihm und dem Haus.

Er senkte den Kopf und rannte mit einem Schauer der Erleichterung los. Noch immer konnte David ihn einholen, aber er mußte sich sehr beeilen. Und hinter sich hörte er keinen Laut.

Die Steinlöwen konnten nicht mehr weit sein. Er hob den Kopf, um zu sehen, wie weit es noch war. Und da sah er keine zehn Meter vor sich den braunen Bären breitbeinig mitten auf dem Weg stehen.

Gaylord war wie gelähmt. Er machte auf dem Absatz kehrt und wollte zurückrennen. Da sah er, wie sich seitwärts unter den Bäumen neben dem Weg etwas bewegte. David! Und vor David fürchtete er sich am allermeisten.

Unschlüssig blieb er stehen. Doch der Bär hatte ihn schon eingeholt. Er streckte zwei lange Arme aus, packte Gaylord und zog ihn an sich. Gaylord schaute auf, und da ergriff ihn lähmendes Entsetzen.

Der Bär hatte ein Menschengesicht.

«Was war das?» sagte May und stützte sich auf ihren Ellbogen.

«Der Kühlschrank», sagte Jocelyn schlaftrunken.

«Ach, Liebling, red nicht so daher. Mitten in der Nacht bumst doch der Kühlschrank nicht.»

«Der rasselt oft genug, als wollte er gleich in See stechen», brummte Jocelyn. Er hatte nichts gehört. Er haßte Mays Marotte, mitten in der Nacht Dingen auf den Grund zu gehen. Er fand ganz entschieden, das hätte allemal Zeit bis zum anderen Morgen.

Doch May war schon aus dem Bett. «Es hat sich genauso angehört, als ob jemand die Haustür zugeschlagen hätte. Und da – hör mal! Das klingt so, wie wenn Gaylord eine Eule imitiert.»

«Vielleicht ist es eine Eule.»

«Dann müßte sie schon Angina haben.» Sie schaute aus dem offenen Fenster. Kein Blatt rührte sich im Mondlicht. Sie sah nur fahles Weiß, dunkle Schatten, schwarze Bäume. Nicht die

Spur einer Bewegung. Die Landschaft war wie in Silber gestochen.

«Gaylord», rief sie. Keine Antwort. Ob es vielleicht doch eine Eule gewesen war? Sie verließ das Fenster und lief ins Treppenhaus hinaus.

Jocelyn richtete sich so unbequem wie möglich auf einem Ellbogen auf. Er durfte auf keinen Fall einschlafen, ehe May zurück war, sonst würde sie ihm Herzlosigkeit, Mangel an Verantwortungsgefühl und Faulheit vorwerfen.

Er brauchte nicht lange zu warten. Mit wehendem Morgenrock kam sie hereingestürzt.

«Jocelyn, schnell. Steh auf! Gaylord ist nicht in seinem Zimmer. Seine Kleider sind weg. Er muß wieder einmal losgezogen sein, dieser kleine Narr! Und wenn es Willie ist...»

In fliegender Hast zog sie sich an. Auch Jocelyn zog sich an, wenn auch etwas langsamer. Er fand seine verdammten Socken nicht.

«Sollen wir nicht gleich die Polizei anrufen?» fragte sie.

«O Gott! Bloß nicht! Nicht schon wieder. Weit kann er ja noch nicht sein.»

«Du vergißt wohl, daß wir Vollmond haben», sagte sie erregt. «Und der Kerl läuft noch frei herum, während unser Gaylord irgendwo da draußen... Oh...» Wieder stürzte sie aus dem Zimmer und rannte über den Flur. Als sie zurückkam, war sie leichenblaß. «David ist auch nicht da», sagte sie tonlos.

Plötzlich wurde Jocelyn übel. Die ganze Zeit hatte er Mays Gerede um David und den Vollmond als Hirngespinst abgetan. Doch wenn sie recht haben sollte – und leider hatte sie meistens recht –, dann war Gaylord in der Tat in Lebensgefahr. Er sah seinen Jungen vor sich, wie er ihn meistens vor Augen hatte: auf dem Rücken im sonnigen Gras liegend, einen Apfel kauend und seinen Vater in einem der seltenen Momente der Anerkennung und des Einverständnisses verschmitzt angrinsend. «Mein Gott!» sagte er langsam. «Wenn etwas passiert ist...»

May sagte: «Eben drum. Los. Komm! Die anderen müssen sich um Amanda kümmern, wenn sie wach werden sollte. Wir können niemand mehr Bescheid sagen. Ich denke, wir versuchen es zuerst am Fluß unten.»

Nach dem sanften gelben Licht der Nachttischlampen war es, als träten sie hinaus in eine Welt aus Eis. Das klare, unerbittliche Licht des Mondes empfing sie kalt. Sie rannten hinunter zum Fluß. «Gaylord!» riefen sie. «Gaylord!» Sie lauschten. Nur das Echo ihrer eigenen Stimmen drang an ihr Ohr, sonst hörten sie keinen Laut unter dem Mond.

Das Wasser floß dahin, und der Mond lag auf seiner Oberfläche wie ein zerbrochener Teller. «Warum antwortet er nicht?» sagte May. «Wir müssen doch meilenweit zu hören sein. Er *muß* uns hören können. Wenn er nicht ... O Gott», sagte sie.

Jocelyn sagte: «Man ist so hilflos. Nur Büsche und Hecken, Felder. Meilen um Meilen. Und er kann überall stecken.»

«Wir hätten doch die Polizei anrufen sollen», sagte May. «So allein können wir nichts ausrichten. Ich lauf zurück zum Telefon. Ruf du weiter nach ihm.»

«Gut», sagte er. «Das ist wohl das Beste. Großer Gott, was ist denn mit ...»

«Mit was?» fragte sie rasch.

«Die Alte Halle. Da war er doch neulich auch.»

«Mein Gott, was bin ich doch für eine Närrin», sagte sie. «Natürlich! Aber ich rufe trotzdem erst die Polizei an und sage Bescheid, wo wir hingehen. Wir waren verrückt, daß wir es nicht gleich getan haben.»

Der Bär hatte ein Menschengesicht. Und Menschenhände. Finger, die Gaylords weichen Hals erbarmungslos packten, nach seiner zarten Kehle suchten, sie fanden, wieder abglitten, sie erneut fanden und zudrückten, genau dort, wo – das fühlte Gaylord mit schauriger Gewißheit – das Leben seinen Sitz hatte. Gaylord wehrte sich so vergeblich wie ein Vögelchen in den Krallen einer Katze. Doch plötzlich konzentrierte sich dieser Kampf nicht mehr auf seinen Hals allein. Gaylord wurde hin und her geschleudert. Ein schwerer Körper warf sich über ihn und preßte ihn auf den Boden. Doch im nächsten Augenblick war er fast frei. Er hörte ein Stöhnen, Ächzen, Schreie und dann immer mehr Schreie. Der Mond tanzte in einem irren Wirbel am Himmel, und dann zerbarst er zu einer so grellen, blendenden Helligkeit, daß Gaylord laut aufschrie. Aber es war gar nicht der Mond, es waren die Scheinwerfer eines Wagens, und der Wagen kam direkt auf sie zu und würde sie gleich überfahren, was auch nicht besser war, als erwürgt zu werden...

Der Wagen hatte wohl doch noch rechtzeitig angehalten, denn Gaylord war nicht überfahren worden, sondern lag irgendwo, wo es weich und angenehm wohlig war. Es roch genau wie Mummi, ja es *war* Mummi, sie wiegte ihn so liebevoll in den Armen wie sonst Amanda, und sie weinte. Na, dann war ja alles klar. Er war also tot. Darüber wurde er so traurig, daß er zu weinen begann. Der arme alte Gaylord, dahingerafft in der Blüte seiner Jugend!

«Alles ist wieder gut, Liebling», flüsterte Mummi und hielt ihn an sich gepreßt. «Jetzt passiert dir nichts mehr.»

Er schaute ihr ins Gesicht. «Du meinst, ich bin nicht tot?» fragte er hoffnungsvoll.

Sie schauderte und drückte ihn fester an sich. «Natürlich nicht, mein Liebling», sagte sie, beugte sich herab und küßte ihn.

Gaylord war erleichtert. Nicht nur, weil er nicht tot war, sondern weil er ganz sicher war, daß Mummi und er nun nicht mehr verschiedener Meinung waren. Sie hatte ihn eben zweimal hintereinander Liebling genannt, ein untrügliches Zeichen, daß sie alles vergessen und vergeben hatte.

Er schaute sich um. Die Szene hatte sich vollkommen gewandelt, wie in einem Traum. Vor wenigen Augenblicken, so schien es, war hier ein leerer Weg gewesen, der Bär, und in den Kulissen der Bäume David. Nun waren Mummi und Paps da, David, der sich den Staub vom Anzug klopfte, ein Polizeiwagen mit zuckendem Blaulicht, zwei Polizisten. Und der Bär hatte sich in einen zerlumpten alten Mann in einem langen braunen Mantel verwandelt.

Einer der Polizisten trat zu ihnen. «Wie geht es ihm?» erkundigte er sich.

«Anscheinend gut», sagte Mummi unsicher. «Aber ich habe keine Ruhe, ehe ihn nicht ein Arzt gesehen hat.»

«Das glaube ich Ihnen gern. Ich werde Sie rasch nach Hause fahren. Wilson kann solange hierbleiben und warten.» Er wandte sich an David. «Würden Sie bitte auch hierbleiben, mein Herr? Sie könnten noch ein paar offene Fragen klären helfen. Ich hole Sie nachher hier ab.»

Gaylord durfte im Polizeiwagen mit blinkendem Blaulicht nach Hause fahren, und so wurde ihm unversehens einer seiner heißesten Kinderwünsche erfüllt. Der Hals tat ihm ein wenig weh, aber das war es wert. Als sie vor dem Haus ankamen, hoben Mummi und Paps ihn wie einen Kranken aus dem Wagen. Gaylord hätte es zwar durchaus allein geschafft, doch da er stets dafür war, eine Situation bis zur Neige auszukosten, kehrte er ins Haus zurück mit der Miene des leidenden Ritters.

Eine wütende Stimme scholl ihnen entgegen. «Wo zum Henker treibt ihr euch alle herum?»

Opa stand in Morgenrock und Pantoffeln breitbeinig vor dem Kamin in der Diele.

Mummy hatte es eilig. «Jocelyn wird dir alles erklären, Schwiegervater», sagte sie. «Ich muß erst einmal Gaylord zu Bett bringen.

«Kann ich nicht aufbleiben und es Opa selbst erzählen?» fragte Gaylord. In seinem Eifer vergaß er für einen Augenblick, daß er an der Schwelle des Todes gestanden hatte.

«Nein, Liebling!» Mummi führte ihn sanft nach oben.

Gaylord war ausgesprochen verärgert. Schließlich gab es für ihn nichts Schöneres, als hochdramatische Geschichten zu erzählen, in die er selbst verwickelt war. Und was konnte es Dramatischeres geben, als erwürgt zu werden? Aber er hatte seinen Trumpf zu früh aus der Hand gegeben. Er hätte sich die Sterbe-Pantomime besser für einen späteren Zeitpunkt aufheben sollen.

«Ich bin erwürgt worden, Opa», rief er fröhlich von der Treppe herunter.

«Du wirst es wohl verdient haben», sagte Opa. Opa konnte

um Mitternacht noch grober sein als in den Morgenstunden, und das wollte allerhand heißen.

«Nein, Vater, wirklich», sagte Jocelyn. «Es stimmt.»

«Guter Gott», sagte Opa entsetzt. «Du meinst, dieser Kerl?»

«Ja. Es ist ein alter Landstreicher.» Jocelyn hockte sich auf die Eichenbank. «Ach, Vater, ich glaube, mit mir stimmt etwas nicht. Er hat meinen eigenen Sohn überfallen. Ich müßte ihn doch nun mit diesen meinen Händen erwürgen wollen.»

Er saß mit gespreizten Beinen, die Ellbogen auf die Knie gestützt. Er schlug die Hände zusammen, daß es klatschte. «Und doch habe ich noch nie in meinem ganzen Leben mit einem Menschen solches Mitleid gehabt.»

Opa äußerte sich nicht dazu. «Aber wie ist das denn gekommen? Wir haben doch alle friedlich im Bett gelegen. Und dann höre ich auf einmal, wie ihr alle durch die Gegend rennt, daß Gaylord überfallen worden ist und ...» Er brach ab. «Wieso ist er davongekommen?»

«Ich weiß es noch nicht genau. Aber ich glaube, David hat ihn gerettet.»

«Allmächtiger Gott! Der war auch draußen?»

«Gottlob! Wir kamen zugleich mit der Polizei an. Und dann stand er da – dieser arme alte Mann, halb verhungert und völlig schwachsinnig ... und rechts und links von ihm zwei große, stämmige Polizisten. Es schien so unfair.»

Opa sagte für seine Verhältnisse sehr sanft: «Eines Tages hätte er tatsächlich jemanden umgebracht. Nach allem, was du sagst, hätte er um ein Haar Gaylord umgebracht.»

«Ja, ich weiß. Er ist widerlich und dreckig und gefährlich. Und trotzdem ... ich verdanke es nur der Gnade Gottes, daß es nicht Jocelyn Pentecost ist.»

Opa sah seinen Sohn an. «Mein lieber Junge, es gibt Augenblicke – sie sind selten, muß ich zugeben –, in denen ich eigentlich ganz stolz auf dich bin. Gute Nacht», sagte er abrupt und schickte sich an, die Treppe hinaufzugehen. Auf dem Weg stützte er sich einen Moment lang auf die Schulter seines Sohnes.

Es war zwei Uhr nachts, als David zurückkam. May und Jocelyn hatten auf ihn gewartet. Im Kamin flackerte ein munteres Feuer, der Kaffee summte fröhlich in der Maschine, daneben stand eine Platte mit dickbelegten Schinkenbroten. Leicht schwankend kam David ins Zimmer. Wahrscheinlich die Reaktion, dachte Jocelyn. Er stand rasch auf und sagte: «Komm, David, setz dich hierhin.»

«Danke, Onkel Jocelyn.» David ließ sich aufatmend in den tiefen Sessel fallen. Er ist verändert, dachte Jocelyn. Er wirkt längst nicht mehr so verschlossen, er ist viel ungezwungener. Und May dachte: keine Spur Arroganz mehr. Er hat mir sogar zugelächelt, als er hereinkam.

«Hier, trink eine Tasse Kaffee», sagte sie. «Und nimm von den Broten. Wir können es kaum abwarten, uns bei dir zu bedanken, aber vorher sollst du noch eine Chance haben, etwas zu essen.»

Er aß die Brote mit Heißhunger und trank eine ganze Kanne Kaffee. Dann lehnte er sich in den Sessel zurück und sagte: «Vielen Dank, Tante May. Das konnte ich jetzt aber auch brauchen.»

Jocelyn sah David hilflos an und stammelte: «Wir... wir möchten dir danken. Du hast Gaylord das Leben gerettet. Es ist ganz unmöglich, die rechten Worte dafür zu finden...»

«David, ich muß mich sehr bei dir entschuldigen», sagte May. «Ich habe dir bitter Unrecht getan. Es tut mir wahnsinnig leid, David. Und ich bin dir grenzenlos dankbar.»

«Schon gut», sagte er rauh.

Jocelyn sagte: «Es wird uns allmählich klar, daß Gaylord zu jeder beliebigen Stunde der Nacht an jedem beliebigen Ort sein könnte. Wir verstehen nur nicht, woher du wußtest, daß er dort war.»

«Ich habe ihn mitgenommen», sagte David. «Er war mein Lockvogel.»

Betroffenes, benommenes Schweigen. Dann sagte May mit ungläubiger Stimme: «Du willst sagen, du hast ihn absichtlich dieser Gefahr ausgesetzt?»

«Ja», sagte er mit einem Hauch seiner früheren Arroganz. Dann kam es, so scharf und plötzlich, daß May zusammenfuhr.

«Du, Tante May, du hast geglaubt, ich könnte eine kranke Möwe nur so zum Spaß töten.»

May sagte sehr kleinlaut: «David, mein Lieber, ich habe dir doch gesagt, daß es mir leid tut.»

Er hörte nicht zu. Er sagte mehr zu sich selbst: «Wenn ich mir das heute so überlege, kann ich es kaum glauben, daß ich den Mut dazu aufgebracht habe. Ich glaube, ich könnte es nicht noch einmal tun. Aber damals ...» Er schaute May und Jocelyn wie um Entschuldigung bittend an. «Irgendwie war der Vogel für mich ein Symbol für das Leiden meiner Mutter. Ich konnte wenigstens seinem Leiden ein Ende machen, wenn ich ihr schon nicht helfen konnte.» Er schwieg. Nach einer Weile fragte er: «Das hört sich wohl ziemlich überspannt an?»

«Nein, gar nicht», sagte May sanft. «Aber ... du wolltest uns von Gaylord erzählen.»

«Ja, ich hatte gesagt, du hast geglaubt, ich könnte einen kranken Vogel nur so zum Spaß töten. Und du hast auch geglaubt, ich wäre seelisch so labil, daß ich herumlaufen und kleine Kinder überfallen würde.»

May schwieg. Ihr war ausgesprochen unbehaglich zumute. Sie sah zu Jocelyn hinüber, der ihrem Blick auswich. Er hatte zwar ihre kühnen Theorien nie im geringsten unterstützt. Trotzdem hätte er jetzt ein Wort für sie einlegen können, wo sie es so bitter nötig hatte. Aber David sprach wieder. «Ich war außer mir. Ich hätte nie gedacht, daß ich so wütend werden könnte. Und das Schlimme war, daß ich nur noch einen einzigen Weg wußte, um deine Ansicht über mich zu ändern. Charakterstärke ist bewundernswert, Tante May – sofern man im Recht ist. Aber wenn man im Unrecht ist, dann kann sie das Leben anderer Menschen ruinieren.»

Ich möchte bloß wissen, wo er das gelesen hat. Auf einem Kalenderblatt? dachte sie ärgerlich. Sie sagte: «Du hast also das Leben meines Jungen aufs Spiel gesetzt, um mir zu beweisen, daß ich im Unrecht war?»

Er nickte. «Begreifst du das nicht?» sagte er. «Mein Vater ist tot. Meine Mutter... Ich hatte nur noch dich, Tante May. Und du hast... so etwas von mir gedacht.»

Sie schwiegen alle. Nach einer Weile fragte Jocelyn: «Aber woher hast du es gewußt? Hattest du den Mann einmal gesehen?»

«Ja. Auf einer meiner berüchtigten Mondscheinwanderungen. In der Nähe der Alten Halle. Als er mich sah, ist er davongelaufen.»

«Findest du nicht, es wäre klüger gewesen, wenn du es uns gesagt hättest oder der Polizei?»

«Hättet ihr mir denn geglaubt?» fragte David verbittert.

Das Feuer sank zusammen. May stand auf. Sie ging zu David und legte ihm die Hände auf die Schultern. «Du hast eine große Last von uns genommen», sagte sie. «Wir sind dir sehr dankbar. Und es tut uns schrecklich leid. Nicht nur, daß wir dieses Mißtrauen gegen dich hatten. Wir bedauern vor allem, daß wir nicht genug Verständnis für dich aufgebracht haben.» Leise fügte sie hinzu: «Du hast uns beschämt, David. Kannst du uns... verzeihen?»

Sie schaute ihm ins Gesicht. Eine ganze Weile sah er sie ausdruckslos an. Und dann, nach einer Ewigkeit, wie es ihr schien, zuckte es in seinem Gesicht, als wolle er weinen. Aber er weinte nicht. Er lächelte, und alles, was er sagte, war: «Ich glaube fast, ich bin nach Hause gekommen, Tante May.»

23

Fünf Stunden später betrat Constable Harris das Polizeirevier. Gestern war sein freier Tag gewesen. Er hatte ihn damit verbracht, in der Umgebung nach Spuren und Hinweisen zu suchen und in Shepherd's Warning Nachforschungen anzustellen, alles ohne Ergebnis. Er war tief enttäuscht. Na schön, er konnte ja mal fragen, ob man hier während seiner Abwesenheit einen Schritt weitergekommen war. Eine müßige Frage zwar, aber er wollte nichts unversucht lassen.

«Sind Sie inzwischen mit dem Würger weitergekommen?» fragte er kühl.

Der Sergeant lehnte sich in seinem Drehstuhl zurück. Sehr entspannt. Er lächelte seinen Untergebenen freundlich an.

«Aber freilich doch. Wir haben ihn, Constable.»

Harris hielt den Atem an. «Was? Sie haben ihn?»

«Er sitzt bereits in der Zelle», sagte der Sergeant.

«Tod und Hölle», flüsterte Constable Harris. Er rang mit sich. «Woher wissen Sie, daß er es ist?» fragte er heiser.

«Wir haben ihn auf frischer Tat ertappt, als er gerade den kleinen Pentecost würgte», sagte der Sergeant.

Constable Harris schoß der flüchtige Gedanke durch den Kopf, daß wohl *jeder* sich versucht fühlen würde, den kleinen Pentecost zu erwürgen. «Wer ist es?» fragte er ruhig.

«Ein alter Landstreicher. Soundso. Ist hier zugelaufen, nehme ich an. Warum er sich allerdings gerade uns ausgesucht hat . . .»

Constable Harris schwieg. Wenn das so weitergeht, dachte er deprimiert, bin ich mit vierzig Jahren ein verbitterter, enttäuschter alter Mann.

In dieser Nacht brachte der Wind den Regen. Damit war der Sommer zu Ende. Die Feldwege waren aufgeweicht, die windzerzausten Hecken braun und naß, die Blätter der Weiden, die wie ein Regen von blanken Kupfermünzen herabfielen, rasch in den nassen Lehm hineingetreten. Der Sommer war zu Ende, die Kioske schlossen einer nach dem anderen. Bald würde es Zeit sein, die bunten Ferienhäuschen winterfest zu machen.

Die Gäste waren fort. May und Jocelyn hatten sie zum Zug gebracht. Ein wenig erleichtert – gewiß. Doch auch mit leisem Bedauern. Jenny und Jocelyn waren auf dem Bahnsteig auf und ab gegangen, und sie hatte gesagt: «Du brauchst dir keine Sorgen mehr um mich zu machen, Onkel Jocelyn. Ich bin erwachsen geworden. Und nun kommt Indien!» Sie lächelte. «Mag sein, daß es nicht nett von mir ist, aber England ist tatsächlich für mich schon Vergangenheit.»

«Das freut mich für dich», sagte er und lächelte zurück. Er fühlte sich ein wenig verlassen und war ein wenig eifersüchtig auf all die jungen Leute in Indien, die sich in sie verlieben würden.

Am anderen Ende des Bahnsteigs sagte David: «Ich glaube, es hat mir gutgetan, daß ich hier bei euch war, Tante May. Ich bin nicht mehr so nervös und – empfindlich wie früher.»

Bestimmt nicht, dachte sie und erinnerte sich an den verschlossenen, in sich gekehrten Jungen, den sie vor ein paar Monaten auf diesem Bahnsteig in Empfang genommen hatte. «Das freut mich von Herzen», sagte sie liebevoll. «Ich fürchte, ich bin kein guter Muttersatz für dich gewesen, aber ...» Sie lachte verlegen, «... du hast mich ja auch nicht gerade dazu ermutigt, oder?»

Und nun waren sie fort. Im Haus war es still geworden. Jocelyn schrieb eine bittersüße kleine Geschichte von einem dreißigjährigen Mann, der sich in ein Mädchen von zwanzig verliebt. Mummi hatte die Stickarbeit vorgeholt, die sie im Frühjahr weggelegt hatte.

Jocelyn war mit seiner Geschichte fertig. Nun hatte er sich Jenny von der Seele geschrieben. Er legte den Federhalter hin und lehnte sich in seinem Sessel zurück. «Es wird langsam Winter», sagte er zufrieden. «Die Tage werden immer kürzer. Und die Familie ist wieder ganz die alte.»

«Nicht ganz, Jocelyn», entgegnete sie ernst. «Wir sind nicht ganz so, wie wir vorher waren. Wir sind doch daran erinnert worden, daß es neben unserem ländlichen Frieden noch eine andere Welt gibt, in der ... sich schreckliche Dinge ereignen und immer wieder ereignen werden.» Sie legte die Handarbeit in den Schoß und blickte ins Kaminfeuer. «Es ist gut, daß wir daran erinnert worden sind. Man neigt so leicht dazu, zu vergessen.»

«Ja.» Und dann schwieg er. Auch er schaute sinnend ins Feuer. Der Kummer und das Leid der Welt. Hab ich sie wirklich je vergessen, fragte er sich. Doch noch ehe er diesen Gedanken weiterspinnen konnte, platzte Gaylord herein. Man sah ihm an, daß er eine Neuigkeit hatte. «Bessie kriegt schon wieder welche», verkündete er selig.

«Woher weißt du das?» fragte Paps.

«Von Opa.»

Mummi dachte: Ich möchte bloß wissen, was für eine delikate Formulierung der Alte gewählt hat, um seinem Enkel diese Neuigkeit beizubringen. Sie brauchte nicht lange zu rätseln. Gaylord schob den Bauch vor und sagte mit tiefer Stimme: «Die verdammte Sau ist schon wieder schwanger.»

Damit verschwand er. May und Jocelyn schauten sich an, lächelten, lachten, lachten immer mehr, bis er sie in die Arme nahm und sie schließlich hilflos vor Lachen gegeneinander sanken. Schmerz und Leid dieser Welt. Vergiß sie nicht. Niemals. Aber vergessen wir auch nicht, dachte er, das Lachen und die Wonnen dieser Welt.

Opa stand oben am Hang in den Wiesen. Ein frischer, ungestümer Wind wehte aus Westen, riß die Blätter von den Bäumen und warf die krächzenden Saatkrähen in die Luft. Die alten Eichen knarrten und stöhnten. Opa spürte den kalten Wind auf seinen Wangen. Das hatte er gern. Dieser Wind wischte die klebrige Süße des Sommers fort. Jetzt würden die vollen Tage schrumpfen wie Fallobst. Bewölkter Himmel im April, sanfte Maimorgen, schläfrige Septembertage – alles vorbei. Nur für ein paar Monate? Oder für immer? Das weiß man nie, wenn man so alt geworden ist. Lieber davon ausgehen, daß es für immer vorbei ist. Den vollen, bittersüßen Duft bis zur Neige auskosten.

Für einen anderen alten Mann aber war es für immer vorbei. Der Alte, der Gaylord überfallen hatte, würde nie mehr draußen im freien Feld den Wind auf seinem Gesicht spüren. Vielleicht war Freiheit das einzige gewesen, was er je im Leben besessen hatte. Und nun würden sie ihm auch das noch nehmen. Sie mußten es tun. Es ging nicht anders.

Ich habe so viel gehabt, dachte Opa, und er so wenig. Seine eigene Schuld – natürlich. Ich habe mir alles erarbeitet. Er nicht. Aber ich habe auch das Handwerkszeug dazu mitbekommen, gutes, ausgezeichnetes Handwerkszeug. Er hatte keins, der arme, beschränkte Teufel.

Warum? Warum mein Gott, warum war alles so ungerecht verteilt? Er mußte über diese Dinge nachdenken, eine Antwort suchen, die er doch nie finden würde. Der Winter stand vor der Tür, die rechte Zeit für solche Meditationen. Er würde über diese Dinge nachdenken müssen, vor dem flackernden Kaminfeuer in seinem Zimmer, wenn die Vorhänge zugezogen waren, an den langen Winterabenden, die nun kommen würden, nachdem die Sommertage dahingegangen waren.

Fotomechanische Vergrößerung
der Janson- und Garamond-Antiqua (Linotype)
Gesamtherstellung Clausen & Bosse, Leck/Schleswig
Werkdruckpapier
von der Papierfabrik Schleipen, Bad Dürkheim
Printed in Germany